2021年 中篇小说年选

孟繁华 ————— 编选

山东文艺出版社

图书在版编目（CIP）数据

2021 年中篇小说年选 / 孟繁华编选 . —济南：山东文艺出版社，2022.1
ISBN 978-7-5329-6463-5

Ⅰ .①2… Ⅱ .①孟… Ⅲ .①中篇小说—小说集—中国—当代 Ⅳ .① I247.5

中国版本图书馆 CIP 数据核字 (2021) 第 219838 号

2021 年中篇小说年选

2021 NIAN ZHONGPIAN XIAOSHUO NIANXUAN

孟繁华　编选

主管单位　山东出版传媒股份有限公司
出版发行　山东文艺出版社
社　　址　山东省济南市英雄山路 189 号
邮　　编　250002
网　　址　www.sdwypress.com

读者服务　0531-82098776（总编室）
　　　　　　0531-82098775（市场营销部）
电子邮箱　sdwy@sdpress.com.cn

印　　刷　山东新华印务有限公司
开　　本　710 毫米 ×1000 毫米　　1/16
印　　张　29.5
字　　数　418 千
版　　次　2022 年 1 月第 1 版
印　　次　2022 年 1 月第 1 次印刷
书　　号　ISBN 978-7-5329-6463-5
定　　价　79.00 元

序：生活和艺术：总有新发现

——王凯和肖勤的两部中篇小说

孟繁华

　　王凯是一个极具军人气质的作家。他的所有作品都天然地带有一种军人的气息和气质，那是来自军营连队的气息和气质，表面粗粝、狂野，但更有血性和情深意长如影随形。王凯取得的文学成就，使他成为当下最耀眼的新生代军旅作家。尤其他的中篇小说《沙漠里的叶绿素》《蓝色沙漠》《导弹和向日葵》《换防》《沉默的中士》等，在批评界获得非常高的评价。他的产量未必很高，但每一部作品的发表，一定会引起极大的关注和反响。在文学外部环境不尽如人意的时候，王凯仍然能创作这样的作品，可见其文学抱负和能力的不同凡响。

现在我们讨论的中篇小说《星光》，表面上看是一篇波澜不惊其貌不扬的小说。说它是"军事"题材勉为其难，这是一篇和平时期的军营小说。除了军营的日常生活有质的规定性之外，它与军营大院之外的大千世界并无区别。军人首先是人，人的喜怒哀乐七情六欲甚至更为丰富。于是，我们看到了参谋古玉、处长马书南、干事常宁宁和士兵刘宝平等人物的波澜不惊和背后的心底波澜。他们是中下层军官或士兵，表面上看，军营生活整齐划一秩序井然，但是，作为现实中的人，他们都有不同的处境和欲望，处境和欲望的矛盾构成了人物的命运和性格。古玉是小说的核心人物，他处在一个特殊时期：他陷入了转业和编制竞争之中，如果转业，可以留在地级城市雍城，因为妻子冯诗柔是雍城人。但是，在帮助前女友吕少芬的父亲吕先生因肝癌住院的过程中古玉得知，妻子冯诗柔的户口并不在雍城，而是在雍城下面的一个小县城，如果是这样，就意味着古玉转业不能就地安排在雍城，而是要到一个偏远的小县城；给古玉发来吕先生病重信息的是那个几乎让他毙命的士兵刘宝平。于是，雍城和肋巴滩是小说故事的基本场景，城与乡，官与兵，公与私，明与暗，荣誉与利益等，在交织纠缠中次第展开。

肋巴滩是一个地名，这是一个基层单位的所在地。王凯的小说大多发生在连队，连队是士兵生活的特殊环境，只有连队才能充分地表现军营和士兵生活。肋巴滩的功能同连队一样，有了肋巴滩，就有了新兵连，就有了军营的根。这是王凯的叙事策略，也是王凯讲述军营故事的出发点和归宿。有了这个根，就如同交响乐队有了根音，无论乐章如何庞大华彩，乐曲都不会虚飘轻薄。于是，刘宝平的出现于小说来说意义非凡。如果小说只有少将李部长、仓库宁主任、马处长和几个参谋，这只能是一个部队机关的故事。这样的故事也有很多，但生动感人的大概说不上来有哪部。军营的故事就是士兵的故事，这是生活对艺术的规约所致。如是，王凯对艺术与生活关系的理解极为透彻。新兵刘宝平第一次出现是在肋巴滩的新兵连，他就像小说中一个"潜伏"的人物，不显山露水，一出场就是一个让人生厌的累赘。他是新兵连体能训练垫底的人物，阴差阳错又被分到了警卫连。这当然只是表面现象，刘宝平在小说中位置之所以重要，就在于他不仅是其他人物的重要参照，同时他个人性格的丰富性，极大地丰富了小说的文学含义。他表面木讷，一根筋，体能训练成绩不好，但他是一个有情有义的人。刘宝平在一次试弹训练中投弹失手，指挥训练的连长古玉扑在刘宝平的身上救了他的命，以至于古玉至今身体里还有永远取不出的钢珠，一条腿不时又痒又痛。因此，无论古玉怎样讨厌或看不上刘宝平，刘宝平并不在意。在他看来，救命恩人无论做什么，他都应该终生感恩涌泉相报。在肋巴滩的那些年里，刘宝平始终对古玉忠心耿耿唯命是从，永远都用崇敬的眼光看着他。就像当年分兵时军务股长说的那样，刘宝平崇拜古玉。他希望像一颗卫星似的永远围绕着古玉这颗行星旋转，尽管古玉不需要崇拜。但是，古玉选择历史，也必须被历史选择。"从新兵连开始，刘宝平就喊他连长，一直叫到现在，即使他早已不再是连长了。他想起那年秋天，自己重感冒烧到四十度不退，刘宝平在医院守了整整两天两夜，谁来换班他都不让。他整夜都在不停地弄湿毛巾给古玉降温，体温终于下来时，刘宝平居然哭了起来。我又没死，你哭个屁！古玉记得自己这么训过刘宝平，而他赶紧拿起手里的湿毛巾，手忙脚乱地擦去脸上的泪。"他曾经恨透了刘宝平，现在他忽然又不那么恨了。刘宝平更像个不知轻重的小孩子，见抽屉就拉见门就推，从不管那里面会藏着些什么。那么还是告诉他吧。打电话当然说得最清楚，可他一时拿不准该以什么样的口吻对刘宝平说话。他一直认为刘宝平是怕他的，此时这个有于连气息的连长却像是怕起了刘宝平。当古玉有这种感觉时，古玉与刘宝平就彻底和解了。

生活中多有意气难平事，从日常生活、工作到恋人身份。王凯在讲述他的故事时，仿佛处处漫不经心随风飘荡，但每个人物，每个情节或细节，都与小说的主旨息息相关如影随形。这就是王凯的厉害。一切都在设计之中，一切又都了无痕迹。如果从生活不尽如人意的角度理解，生活是如此糟糕或令人绝望，一如古玉的"没有意思"。但是，生活中也毕竟有马处长马书南——

就你古玉有情绪，别人没有？我马书南没有吗？你加班我也加班，你熬夜我也熬夜，我比你舒服吗？我副团马上满十年，原来人家说我是保障部最年轻的副团，现在呢？现在是最老的——算了，不扯这个。没错，我明年三月就该转业了，那我现在是不是就可以去对领导说我不干了，能吗？不能，因为我说不出口！因为我还有我的原则，我还有我的尊严！尊严，懂吗？我不知道你遇上了啥事，我也不想问你，但是不管遇上什么事，我都不能允许你给我拿出这副半死不活的样子！不允许！什么叫疾风知劲草，一点风就把你吹倒了？以前的你是这个样子吗？你档案里的二等功是怎么来的，你自己不记得了吗？

马书南的"失态"或"发飙"，是人物性格所致，也是人物的性格魅力。马书南的"爆炸"，是小说一直在蓄势的结果，就像修筑工事一样，王凯一直在张弛有度地构筑蓄势待发的"当量"，到了水到渠成时，读者想要的一切便如期而至——所有的都恰到好处，这就是王凯的小说。这时一个抽象的与"星光"有关的问题浮出了水面：古玉想起刘宝平曾问过他的问题："天上这么多亮闪闪的星星，为啥夜还是黑的呢？"这一问，有如"钱学森之问"，即便不是学术禁区，做出回答不仅需要智慧而且格外艰难。古玉救过刘宝平的命，但这次他可能是真没有能力回答刘宝平了。刘宝平之问，科学家是可以做出解释的，但是，刘宝平之问显然不是在科学的维度上——这是文学之问，这是一个巨大的隐喻。古玉难以回答，那是因为世界的全部复杂性永远不在我们的把握之中。有了星光，暗夜才会形成浩渺的宇宙星空。星光不能照亮暗夜，却使星空生动无比，惊艳无比。就像马书南、刘宝平、常宁宁和古玉一样，他们是星光，但他们并非无所不能，就像世界上没有完美无缺的人和事物，星光亦如是。星光璀璨，星空更浩渺。小说的整体构造令人拍案惊奇叹为观止，但最精彩处还在结尾：卑贱者最聪明，比如"刘宝平之问"。

肖勤是当下小说创作的有生力量。她以《丹砂》一举成名并获第十届少数民族文学创作骏马奖。中篇小说《暖》《我叫玛丽莲》《潘朵拉》《亲爱的树》《去巴林找一棵树》以及短篇小说《霜晨月》《丹砂的味道》等，无论题材还是人物，无论故事还是语言，逐渐形成了自己的风格，评论界有很好的评价。《你的名字》是肖勤新近创作的一部中篇小说。如果只看这"中性"色彩的题目，我们不会知道这是一部怎样的小说。但读过之后，我们为这貌不惊人的题目后面蕴含的巨大欲望和权力内容深感震惊，这是一部通过极小的切口开掘出丰富社会生活内容的小说，是一部敢于正视生活矛盾，敢于正视世道人心的小说，是一部正面展开的人性与社会批判的小说，同时也是一部深怀悲悯和反省、忏悔意识的小说。

冯愉快是最先出场的人物。表面上他很光鲜，穿制服，在审讯砍人的滚月光。但这是假象。这是一生都不得志的人，是一个少年时代就充满了创伤记忆的人。他生性软弱，知子莫如母，他妈曾说："你说他不敢动刀子吧，前天张二娘杀只鸡，他一边哆嗦一边使劲往前凑，一双眼白花花黑森森，死盯着那血和刀子，牙齿还磨得霍霍响。我把他往前操，想让他多看练胆吧，结果他跟只炸毛鸡似的，呜啦啦地叫着跑了，从巷子这头窜到那头，像啥，像个——奔跑的哨子——这话是百里那孩子说的，百里那孩子有文化，你听听人家这味道。"母亲对人家孩子袁百里的艳羡以及对自家孩子冯愉快的不满溢于言表。自从有了袁百里，冯愉快就没有过好日子。"冯愉快在水巷子度过了他的少年时代，'隔壁院子的袁百里'像巷子墙壁晨昏交替的阴影一样始终笼罩着他，早上上学，阴影从左边压过来，下午放学，阴影从右边压过来。"童年的创伤记忆挥之难去。冯愉快有爱好，按说应该是文学青年，他写《众生录》，经常将类似"一碗中药，征服江湖"的句子塞到里面，其志向才能可见一斑。数年后，当冯愉快勉强凭着一首《警察赞歌》，终于"在这凉薄的世界"里找到一份派出所协勤的活儿时，袁百里早已衣锦还乡，在县城最招人红眼的财政局上班了。而此时的冯愉快却"活得像一截猪下水"。

在家里，提到冯愉快，杀猪的爹都"一脸鄙弃"，而老婆黄曼经常在吵架时将一块湿漉漉的抹布摔打过来。冯愉快无论在单位还是在家里，比"多余的人"的地位还要低下，他没有尊严不受待见，几乎就是"一桶泔水"。在冯愉快看来，"自己之所以成为一桶泔水，都是因为'隔壁院子的袁百里'，当年以他的语文成绩，亲爱的亲人和老师们再鼓励一下，学文科走个二本，应该不是大问题。可是杀猪匠老把他塞在袁百里的影子下面，让他受潮生霉发馊。若不是袁百里，协警冯愉快至少也是中学语文老师。"但命运没有这样安排，于是人生便有了不同的况味——

那年端午节，天漏了个洞，涨端阳水，冯愉快左手撑着一把完全顶不住雨水的尼龙伞，右手提着几大袋菜，全身湿透，手指也勒得发僵，在路边站了好半天，一辆车也打不到。正淋得打喷嚏，袁百里的车过来了，且从他旁边缓慢掉头。袁百里透过车窗，看了一眼路边这个狼狈不堪的男人，眼神漠然——他已经不记得冯愉快了。

冯愉快本来想和他对上眼神之后骂他一句，就一句——你个狗×的，原本我是可以考上大学的，是你他妈莫名其妙冒出来，把老子摔翻，变成今天的猪下水。

可是他没想到，袁百里看过来的眼神完全是无障碍穿透性的——他心心念念天天惦记的人，根本不记得他是谁。

这就是目中无人。难怪冯愉快感到窝囊或憋屈，"明明是两个人的战场，却只有他一个人在辛苦拼杀"。肖勤的锐利，就是在比较中写出了人的巨大差异性："胜利者"，春风得意马蹄疾，一日看尽长安花；"失意者"，世事一场大梦，人生几度秋凉。小说写到这里，"你的名字"第一次隐约被触及。这个触及是以"忽略"和"抹掉"的方式呈现的。或者说，袁百里对冯愉快这个名字不屑一顾，觉得不值一提，这就是"成功者"的趾高气扬。此时冯愉快的心破碎到怎样的程度可想而知。于是，冯愉快就将千仇万恨集于袁百里一身。当新县城晃格里的广场上播放"我爱晃格里，你在蓝天下，你在白云里"时，冯愉快嘴里哼唱的却是"我爱袁百里，一刀捅肩上，一刀捅腰里"。如果冯愉快的命运仅仅如此，他卑微可怜的一生就太让人同情了。同样，如果肖勤仅仅写了这样一个弱者的形象，我们也不至于对冯愉快兴致盎然。关键是肖勤写出了冯愉快人性中更复杂的一面，也就是冯愉快人性深处难以察觉或少有机会表现的一面。这即是小说开篇时冯愉快审问滚月光的场景。当时冯愉快觉得当警察就是好，人进了派出所，管你有事没事，我用什么样的态度跟你说话都可以，但你不能什么都可以。于是，冯愉快今晚的心情不错。"平头哥袁百里被人砍——联想到不可一世的袁百里被人追着砍时惊恐、猥琐或者狼狈的样子，冯愉快的大脑就不可抑制地分泌出一大堆多巴胺，让他忍不住想笑，眼角、嘴角，板着板着就弯上去了，仿佛他并不是在派出所调查一个叫滚月光的男人，而是在某个小巷子里调戏良家妇女。"这时的冯愉快，已然不是那个卑微、猥琐、低人一等的冯愉快了。这是一个小人得志的形象，有了些许权力就百倍放大，然后肆无忌惮地蹂躏没有还手之力的滚月光。其实，这时的冯愉快还只是一个协警，他应该没有审问滚月光的权力。但他也穿着一身制服，他是通过"权力寻租"的方式惩戒滚月光的，本质上是违法的。这时的冯愉快，和已经当上局长的趾高气扬的袁百里，对权力的理解有什么区别吗？在日常生活里，他吃早点不付钱，审讯滚月光时，随意地用脚碾死一只蚂蚁，这当然是个隐喻。写出冯愉快人性深处不经意流露的"恶"，才是肖勤的过人之处。一个"日天的架势、拉稀的胆"的人物形象活色生香地跃然纸上。

滚月光来自枫叶寨。寨里出来的男人个个都蓄着跟滚月光一样的发型，整个脑袋剃得光溜溜的，只剩头顶一撮，蓄得很长，挽成棍状立在头上。哪怕是到了火星水星，这发型没的变。这是祖宗传下来的规矩。滚月光发型怪异，但他是一个中规中矩的老实人。在寨子女婿黄大嘴的鼓动下，他到新县城晃格里打工淘金。黄大嘴像所有进城的农民工隐喻一样，对滚月光说："什么时候，你把自己变成这种树，扎根在县城里，嵩，你就成功了！"这几乎成为一个目标，一个信念。"滚月光在工地上先是挑灰浆，然后拌沙，慢慢学会了砖工和瓦工，也学会了扎钢筋。读过高中的滚月光，学什么都快，人又敦实，黄大嘴满意，让他管材料，每天钢筋用多少、水泥用几包，滚月光一笔笔记着，绝不含糊，给黄大嘴节省了不少钱。他本来就是从打下手做起来的，门儿清，骗不了他。日子长了，黄大嘴拿滚月光就有点当儿子看了。"几年之后滚月光出师当了包工头，说是包工头，其实还是跟着师父干，原因是滚月光拿不到工程单子。尽管黄大嘴对滚月光很好，但滚月光心里终究有个坎，"总觉得要翻过去了，才算了了愿，这个坎就是'乙方'。他想这辈子真正做一回乙方，像师父那样，在正经八百的仪式上，和甲方签一回合同"。黄大嘴终于给了滚月光一次机会，"滚月光第一次坐在乙方的签约席上签下了自己的名字"。这是小说第二次触及名字。滚月光名字的价值第一次得到了正大的体现。抢险应急公路硬化工程设计是五米五宽，滚月光修成了六米宽。滚月光一战成名，县里有应急工程都找这个"六米宽"。"几年下来，滚月光在县城买起了房子车子。"滚月光的生活发生了变化，心气和欲望也随之膨胀起来。一个偶然机会，滚月光吃饭时遇到了一个叫老包的人，本事极大。他介绍给滚月光一个大工程，也是一个BT工程。就是乙方先垫资建，政府再按约定时间和比例回购。但新县城这些年负债累累，到处是窟窿眼。搞BT，部门说得好听，但到了约定回购期时部门拿不出钱，你没有任何办法。老包之所以找滚月光，是因为他"人厚道、讲质量，其他的人，我不放心"。老包信誓旦旦地承诺后面的事情，滚月光思忖再三后答应了。签约仪式在县政府铺着红牡丹图案地毯的会见厅举行，滚月光和分管副县长喝了签约酒，他不知道所谓签约酒只是表示个意思，昂起头就把大半杯红酒全干了下去——

　　副县长抿一口，慢吞吞地说，滚总的确是个老实人。

　　滚月光红着脸说，罗县长，您叫我月光吧。

　　副县长不露声色地微微笑，哦，月总。

　　却不肯叫月光。

这是小说又一次触及名字。副县长称滚月光"滚总",滚月光觉得不妥,希望县长称他"月光",县长却改成"月总"。我们知道,名字,是个体与群体其他成员表达差异的符号。通过这个符号的称谓和变化,可以了解不同的场合以及身份、地位和亲疏关系。因此,"称呼"是生活政治的一种表意形式。在现代人际交往中,选择正确、适当的称呼,反映着自身的教养、对对方尊敬的程度,甚至还体现着双方关系发展所达到的程度和社会风尚。作家须一瓜的小说《智齿阻生》中有这样一个情节:一个人打电话称对方为"老大",被叫"老大"的人自己也清楚,无论黑道白道他都不是什么"老大"。可是对方这么叫,他从来没有制止过。这个称呼,有一点戏谑又透着一些尊崇,模模糊糊地让人感觉好像有多少马仔供自己驱使。因此,对称呼的选择,隐含了称呼者对对方的态度和情感。就像袁百里的第二任夫人不愿意滚月光叫自己的孩子"小宝贝儿",要叫大名袁千,是因为她不愿意和滚月光这样的人搞得太亲密。同理,副县长如果叫了"月光",他会觉得抬高了"月总"而矮化了自己。在权力关系中,"平等"是下对上的可遇不可求,也是上对下的恩赐施舍。因此,称呼作为现代生活政治,本质是等级、身份的表征。用普通话说:你要知道你是谁。

选定了日子杀了大红公鸡放了鞭炮搞了开工仪式。滚月光把六十万咨询顾问费打给了老包后,又忙了半个多月,突然想起该请包总吃顿饭,以后和政府谈回购款时还得靠老包呢,于是喜盈盈打过去,结果,那个来自县长湖北老家的手机号打不通了。

从此后,滚月光踏上了一条不归路。老包"进去了",滚月光要不到工程款,险些被扣上"合伙骗取政府项目"的帽子。老包的话是假的,可合同是真的,按期完成工程是不能含糊的,借的高利贷是要还的。滚月光没有别的办法,只能一条道走到黑了。这时,县长召集项目经理会,滚月光以为会柳暗花明,结果是没解决任何问题,分文没有。县长冠冕堂皇地说要审计后才能付款，滚月光的工程没有审计，滚月光"这才发现，最后一丝希望原来一直就不曾存在过"。审计归袁百里管，袁百里却永远有借口不给审计。袁百里只要滚月光为他接送客人，接送孩子上下学，装修"亲戚家"的毛坯房。"他压根不知道，自己只不过是袁百里玩捏着的一只小鸡，袁百里嘻嘻看着他挣扎，全世界也都嘻嘻嘻笑着看他的挣扎。"可怜的滚月光在袁百里那里什么也没有得到，几乎被逼到绝路的时候，袁百里还要栽赃陷害他砍了自己。如果不是冯愉快有大量证据拿在手里，滚月光的审计不知要等到何年何月。滚月光的遭遇一波未平一波又起，苦不堪言大概说的就是滚月光的命运了。

在病房门口，袁百里终于咬牙切齿地喊出了冯愉快的名字。他一直记得冯愉快，但他就是佯装不知。小说的逻辑就是"恶有恶报"，袁百里终于败在了"无名小卒"手下，只因为他心有大恶。季羡林先生说过，坏人不能变好只能变老。因为坏人不会反省自己。袁百里从来没有反省过自己，他确实是坏人。但冯愉快不是坏人，他还没有条件成为坏人，他对滚月光说：

> 你恨袁百里是有道理的，袁百里太恶毒，但你一直砍不下去，因为你善良，直到为了小青眼。我也恨袁百里，可我当年恨他其实是没有道理的——那时候大家都在念高中，人家只是比我优秀而已，我恨他完全是因为我他妈心眼狭隘。后来这么多年跟踪他、窥探他，纯属变态——总而言之，我是个卑鄙的人。我拿着他那么多证据，但我实在找不到一个高尚的理由来为人民除害，包括什么反腐——因为我自己心里头清楚，那些只是借口，我心里住着的是个猥琐小人冯愉快。直到今天，为了你，我拿出来了，也放下了。几十年，不容易啊。堵得慌呢。

冯愉快的反省和忏悔，表明他只是一个卑微的人，生活中谁没有卑微过呢？但冯愉快有反省自己的愿望和能力。《你的名字》最值得称道的，是写了不同的人物和场域。冯愉快、滚月光、袁百里，三个人物，性格迥异，但令人过目难忘。通过名字——日常生活的身份政治，将当下的世风、人心写得风生水起活色生香。小说写了底层打工者群体，写了村寨，更写了基层拥有公权力的场域，这个场域几乎就是江湖。这些人总是振振有词信誓旦旦，冠冕堂皇中隐含的是潜规则，打太极、搪塞、推诿，是他们的拿手好戏。滚月光的不幸就是因为他膨胀的欲望与这个场域关系过于密切。人之所以不能控制自己，就是因为膨胀的欲望身不由己，无论权力还是金钱。

这是一篇雅俗共赏，既好看又有力量的小说。它写了社会的不公，生活的沉重，写了权力的傲慢和欲望的膨胀，但它不是深陷绝望无路可走的小说，虽然没有义薄云天，但它是有情有义的小说，特别是它凸显了底层人的诚恳、质朴。这缘于生活的观念比思想观念更有力量，思想观念如旋转木马不日更新，而生活观念如长江大河亘古不变。人间的情和义，一如那新年绽放的烟花，"只要闪烁过，它就一直在"。

目录

王　凯

星光

1

收到刘宝平的短信之前，整个世界和 37 路公交车都运行正常。这个闷热无风的周日午后，古玉站在车厢后门处的一个天蓝色空座边上，看着车流两岸无尽的楼宇和行人。车声涌动，乘客稀少，他是唯一站着的那个人。

他每次都站着，哪怕车上空无一人。这看上去有点傻，却让他感觉轻松。两年前刚从肋巴滩调到雍城那几个月，他也曾在公交车和地铁上坐过几回，不过很快就不坐了。坐着令他紧张。每到一站，他都忍不住望向车门，仔细甄别刚挤上来的乘客，然后飞快地评估自己是否应当起身让座。那些形形色色的陌生人与他毫无干系，他却莫名其妙地认为自己对他们负有某种责任，并为此瞪大眼睛绷紧身体，像个紧盯着显示器的雷达操纵员，生怕漏掉了重要的空情而被送上军事法庭。

他总结过，公交车上真正需要让座的乘客微乎其微：要么老得走不动路，要么小得还不会走路，要么就是身怀六甲不方便走路。问题是大多数时候，其间的界限并不清晰。有一回他把座位让给一个抱着爸爸大腿不停往地板上出溜的小男孩，不料他才起身，小家伙却冲他做个鬼脸，嘻嘻笑着跑去了车厢另一头，等他回过神来，位子已经被别人占了。更难判断的是那些刷老年卡的乘客，他们看上去压根儿没有六十五岁，常常担纲车厢骂战的主角，火力全开时中气十足口沫横飞，词汇粗鄙而丰富，弄得众人纷纷闪避，丝毫看不出需要让座的迹象。为了舒缓乘车时的紧张情绪，古玉也学着和别人一样靠在椅背上闭目养神，讨厌的是眼皮总在剧烈抖动，那种感觉类似见死不救，而自己正在无可救药地迅速堕落。最后一次是在地铁二号线上，他还没来得及从刚挤上来的一堆乘客中发现合适的让座对象，身边一位瘦小的阿姨已然起身去招呼一个穿裙子的姑娘了。来来，坐这儿。几个月了？她们微笑地攀谈着，让呆坐一旁的古玉深感沮丧。他怎么就没看出来那是个孕妇呢？问题是孕妇难道不应该挺着大肚子，体重一百六十斤才对吗？这失误造成的挫败感很长时间挥之不去。虽然那天他穿着优衣库买来的T恤和短裤，没人知道他是个三十二岁的空军上尉。

那次以后，他再也没在公交车或地铁上坐过。他宁愿站着。站他不怕。十八岁上军校的第一课就是站军姿。最长一次他站过三个钟头，那是因为内务检查时他们忘了擦灯管而丢掉了流动红旗，班长盛怒之下对他们的惩罚。班长在他们身后走来走去，不时用膝盖顶他们的腿弯，或者冷不丁地去拽他们的袖子，看他们双腿是否用力绷直，手臂是否紧贴裤缝。那一回全班九个人站晕了两个，站吐了一个。每个晕倒的同学需要两个人搀扶回宿舍，呕吐的同学也需要有一个人陪同，最后只有古玉一个人从头站到了尾。他和班长大眼瞪小眼，至今回想起来都很可笑。那时候他的两条腿肌肉结实皮肤光滑，不像现在，右膝到屁股一线多了十几处白色的疤痕，总会在阴雨天开始作祟。所以只要站着，就不用再去考虑让座的问题，就不会让自己那么紧张。雍城总是让他紧张。即使现在陪着冯诗柔上街，他依然感到紧张。尤其是在商场，一进去便会面红耳赤胸闷气短，额头和掌心不停出汗。去商场是为了陪冯诗柔，他不好不去，但公交车上他可以不坐。你干吗呀？起初冯诗柔会奇怪地瞅着他，为什么不坐？这个问题的答案过于庸人自扰，连古玉自己都想不好该怎么回答。他只能笑着摇头，告诉冯诗柔他不坐，他真的不坐，他就是喜欢站着。

不过今天情况有点特殊。连续三个星期，他都被马处长摁在仓库搞方案。一个联合火力演习弹药保障方案。一个仓库实战化训练方案。一个野外驻训组织实施方案。这个周末本来也得加班，战区空军保障部李部长下周四要带工作组来仓库检查工作，马处长想尽快把汇报材料弄出来。意外的是周六下午，他突然开恩把古玉放走了。

我差点忘了，六月十九号你还要去西藏押运，也没几天时间了。马处长翻了翻台历，汇报材料先放一放，李部长周四到，时间还来得及。你先回趟家，也有日子没见小冯了吧？

没事的处长。古玉习惯性地客气着，去西藏押运也没啥，也就是地方远点海拔高点，半个月差不多也就回来了。

你没明白我的意思。不是远不远的问题，而是能不能完成多样化保障任务的问题。仓库组建几十年都从来没往西藏押运过火工品，现在让我们去，这说明什么？说明这是一个全新的考验，机关和部队也在看我们能不能经得起这个考验！否则就那十几发弹，我叫保管队去两个人押运不就完了，还要你一个副营职参谋带队干啥？马处长瞅古玉一眼，行了，听我的，你先回去。你和小冯上个月不才刚领证吗？小两口总不见也不对……回去吧，材料周一再说！

古玉没再客气。在马处长手底下干了两年，听得出他是认真的。加上最近两天，右膝上方又开始发胀。凭他八年来的经验，这种特殊的酸胀感——让古玉想到缓慢生锈的金属——正在提醒他空气湿度过大，而他也在办公室坐得太久，确实需要休整一下了。

昨晚回来见到冯诗柔，免不了有些用力过猛，早上醒来右腿酸胀得厉害，下床都有些吃力。上午陪冯诗柔逛街时，右腿感觉像是粗了一圈，他不得不经常停下来用力甩腿。你咋了？没事啊。噢，我以为你等不及了。没有没有。那就好，我再试试这条。整个上午冯诗柔都在试裤子。大批裤子破洞的姑娘在街头出没，冯诗柔不能没有。他们走了两条街上的好几家商场，试了能有十五条裤子，那些裤子的颜色、材质、版型、长短、价格，以及洞的位置、面积和破损程度令冯诗柔犹豫不决。好看吗？挺好的。比刚才那条咋样？都挺好的。古玉每次都这么回答，虽然他认为那些紧身牛仔裤并不适合身材略显矮胖的冯诗柔。快到饭点了，他们才走了很长的路回到最初去过的那家商场，买了最初试过的那条裤子。当然是在冯诗柔的带领下，不然古玉不可能找得到。调到雍城两年了，古玉依然会在商场里迷路。这不奇怪。城市缺乏能见度，比一望无际的戈壁滩更难辨别方向。

买完裤子，他们去了一家网红泰国菜馆。他们前面排了十一桌。认识冯诗柔之前，古玉从来没为吃饭等过位。排队上厕所是因为没办法，排队吃饭又是为了什么呢？肋巴滩不存在这种事。就像那里不存在雾霾、噪音和交通堵塞一样。可冯诗柔想吃，那就吃好了。他们坐在餐厅门口的条凳上各自埋头玩了四十分钟手机，身边弥漫着一股塑料烧着了的怪味儿。进去坐下以后才知道，那怪味来自一种漂浮着黄色泡沫的汤。每上一道菜，冯诗柔照例会先拍照，她的朋友圈需要这些照片。她还让古玉给她拍。把我的脸拍得这么大，你能不能走点儿心啊？和从前一样，古玉拍出来的没有一张能让她满意。算了算了，还是我自己拍吧！古玉如蒙大赦，赶紧把手机还给冯诗柔。

后来古玉回想起这一幕时，记得最清楚的是餐厅墙壁上的各种交通标志，以及服务员的东北口音。按照冯诗柔的计划，午饭后他们会去看电影。她要穿大家都在穿的破洞牛仔裤，也想看大家都在谈论的爱情片。古玉一直认为，爱情片和科幻片应该归入一类，因为它们描述的东西并不存在，当然，他不会发表这种愚蠢的意见。接下来，他们将去吃位于雍城最高建筑顶层的一家网红下午茶，里面有漂亮的蛋糕、餐具和外国服务生，冯诗柔已经念叨了好几个星期。古玉清楚那地方会很贵，而且自己会浑身不自在，他更想找个地方吃一颗白水煮羊头。至于晚上干什么，冯诗柔还没想好，好在马处长已经替他们想好了——午饭才吃到一半，古玉就接到了马处长的电话。

在什么位置？机关刚来电话，说李部长的日程提前到周二上午了。马处长的声音带着一丝皱褶,本来不想叫你的,宁主任一个劲催着要汇报材料,你现在能赶回来吗?

当然没问题。在这个湿热黏腻又生死攸关的夏天,没什么比马处长的召唤更重要的了。冯诗柔的脸本已沉了下来,听古玉提到马处长,表情又和缓了些。行吧,你去吧,咱俩的事还得靠人家呢。这让古玉有些内疚。从认识到结婚这半年里,两个人在一起的时间不超过十个周末。每次见面之间相距很长时间,仿佛横亘着一条接一条的路面减速带,刚加速就得制动,让古玉无法感受到想象中应有的速度与激情。按他的想法,以这样的交往频率,两年以后再结婚应该是适宜的,可冯诗柔却表现得很热情。咱们结婚吧,我想结婚了。她说,还需要等什么吗?古玉没想出还要等什么,所以他们就去领了证。冯诗柔是医科大学的硕士、肿瘤医院疼痛科的医生,人家愿意嫁给他,已经远超他的人生预算,他不能得了便宜还卖乖。领结婚证那天,他只请了一个上午的假。从婚姻登记处出来,两人吃了点粥,古玉就回仓库去了。这无疑是场成本低廉的恋爱,如果他是冯诗柔,恐怕都不会看上自己,可冯诗柔几乎没有抱怨过。除了幸运,他找不出别的解释。离开时,他提前结了账,又给冯诗柔微信里转了一千块钱。除此之外,他还能做什么呢?他怎么可能知道,这会是自己和冯诗柔共进的最后一次午餐呢?

车又停一站,下去几个人,又上来了几个人。一个头发乱糟糟,T恤卷到胸口的小伙子走过来,看了一眼古玉,像是嫌他挡住了座位。古玉赶紧往边上挪一步,小伙子一屁股坐下,又伸手拉开窗玻璃,一股热风顿时涌了进来,而37路本来是趟空调车。小伙子接着从裤兜里摸出根烟,点上抽了起来,灰色烟雾笼住了古玉的脸。二手烟果然很难闻,远不如自己抽着感觉好。

古玉只好又往边上挪了一步。这个时候,掌中的手机兀地震了一下。他拿起来看一眼,屏幕上出现的名字令他心脏紧跟着猛震一下,像是在机场上突然听到了消防车的尖叫。机场上每个人都知道消防车鸣笛意味着什么,而这个名字只有他才知道意味着什么。这个名字像是铁箱子上陈旧的标签，里面装满了破损的回忆、流血的伤口、泄露的隐秘和意外的死亡。

刘宝平

刘　宝平

刘宝　平

刘　宝　平

他瞬间预感到了危险。盯着屏幕上的短信通知，迟疑着不敢点开查看。妈的，他居然被刘宝平整怕了！每次想到这个名字，古玉都会立刻喝止自己。起码一年没有刘宝平的音信，他常常认为自己已经把这家伙忘掉了，至少在理论上，他是应该把他忘掉的。然而此刻，那张圆鼓鼓的脸却非常 3D 地从脑海中浮现出来，竟然还在冲着他笑。我是宝平啊连长。滚蛋，谁是你连长！然而回忆永远单向输出，刘宝平听不到。记忆中的刘宝平正像一只企图打开铁笼的野猪，背后有无数青面獠牙的往事正在互相推搡着想要冲出来把古玉撕得粉碎。

他似乎听到司机在前面喊了句什么，一时间却理解不了。脑袋像是高速运转的飞机发动机瞬间吸入异物，把原本坚固齐整的涡轮叶片打得稀烂。过了五分钟，要不就是五秒钟，他的意识才渐渐恢复。车上不许抽烟！司机在前面喊。显然，说的正是坐在他旁边的小伙子。但对方塞着耳机，正伸手把烟灰弹向窗外。而风又生气地把烟灰吹回车厢，有一些飞到了古玉黑色的 T 恤上。他抖了抖衣服，伸手去拍小伙的肩膀。

司机师傅喊你呢。古玉等小伙子转过头摘下一只耳机才说，车上不能抽烟的，赶紧掐了吧。

跟你有啥关系？小伙子可能受了冒犯，瞪起了眼，你算是干啥的？

我就是替人家司机师傅传个话。古玉赔着一点笑脸，公共场所抽烟总归不对，你说是不是？

司机是你爹啊？小伙重新塞上耳机，管闲事！

心猛跳起来，而脸也唰地热了。就在小伙子即将转回头的瞬间，古玉一把从他唇间揪出半截烟卷丢出了车窗。车窗抛物是不对的，可扔在车里似乎也不妥。小伙子腾地站起来，准确地说还没站起来，脖子已经被古玉扼住了，右手在这根汗腻腻的脖颈上稍微打了打滑。按照捕俘拳的套路，这个动作叫作锁喉。在肋巴滩场站警卫连，这是人人都要熟练掌握的基本战术动作。古玉认为自己并没使太大的劲，却也足够让小伙屁股悬空，上半身后仰着抵在椅背上动弹不得。对方双眼暴出，面部涨红，喉咙里发出水龙头停水时才有的空洞声响，两只手死死抓着古玉的手腕。他试图挣脱，可没能成功。这么僵持了几秒，小伙子终于放开双手举过了肩膀。

古玉松开手，小伙子一屁股滑回座位，俯下身剧烈地咳嗽起来。不会有第二回合了，古玉想。他似乎从来没这么干过。噢不，也不全是。很久以前，他也掐过刘宝平的脖子。心跳得很厉害，后背一阵阵发凉。为什么要动手呢？他问自己。他一时间也想不明白。要不就是刘宝平的短信闹的。他可能把面前这个小伙子当成了刘宝平。

2

周日下午的办公楼和古玉的脑袋一样空空荡荡。仓库领导和机关干部的家大都安在雍城市区，他们一般会在周五下午坐班车回去，周一早上再回来上班。唯一例外的是马处长。马处长属于纯种的办公室动物，基本生活习性就是在饭堂觅食，在办公室栖息，不求偶也不交配，每天傍晚在库区长久地散步。一般情况下他都一个人走，有时也会喊上古玉。据齐胖子说，马处长在保障部机关工作时买过一套经济适用房，离婚后给了前妻和女儿，所以没处可去。要不谁愿意天天待在这地方啊？齐胖子评论道，老马有狐臭是不假，脑子又没病！

齐胖子把马处长描述成一个净身出户又流落到仓库这种边缘单位的落魄男人，古玉反感这种人设。平心而论，马处长是个不错的领导，单是经常亲自带古玉一起加班推材料这一条，仓库七个领导里头没谁能做得到。再说人家长得也好，身材高大气宇轩昂，自带两道浓眉和一张红脸，活像刚刚刮过胡子的关羽。不像齐胖子，一张鲇鱼嘴从来吐不出什么好话。古玉不喜欢他。从一开始就不喜欢。刚调来不久的一个周五下午，他想进城买点东西，就上了办公楼前的班车。刚坐下没两分钟，齐胖子也上来了，说古玉坐了他的座位。这车已婚干部才能坐，你现在属于无票乘车，快快快，赶紧起开！哄笑声中，古玉灰溜溜地下了车。那天下着小雨，他站在营门外树下等进城的客运中巴车。中巴车没来，常宁宁却来了。你怎么不坐班车？她放下车窗问。古玉愣了几秒钟，才认出这个裙子上绣了起码五十只蝴蝶的姑娘确实是政治处的常干事。又是齐胖子说的吧？班车从来就没固定过座位。你理他干吗？他就一傻子！古玉挺尴尬地站在车边，一时间不知如何接话。上车吧，我捎你回去。不用不用，车一会儿就来了。来什么呀，那破车从来就没个准点！古玉还想客气，常宁宁却白了他一眼。别磨叽了好不好？那是他头一回和常宁宁说话，也是头一回见常宁宁翻白眼。后来常宁宁成了他在仓库唯一聊得来的人，这大概是他唯一需要谢谢齐胖子的地方。相比之下，他和齐胖子在一个办公室坐了两年也没怎么聊过。齐胖子喜欢聊股票，割肉补仓什么的，古玉一点也听不懂——肋巴滩没人聊这个。两人同是仓库业务处副营职参谋，齐胖子管收发，他管训练，可实际上齐胖子经常不来办公室，而马处长除了把齐胖子的活儿派给古玉，似乎也没什么别的办法。古玉一直没搞清齐胖子那个级别很高的亲戚到底是他的姑父还是姨父，话说回来，这有什么区别呢？按新编制表，业务处顶多只能有一个副营职参谋纳编，连很向着他的常宁宁都觉得古玉很难争得过齐胖子。

你得给马处长说啊！这话常宁宁说过好几次，他现在不就靠你在干活儿吗？

古玉张不开口。如果是马处长主动提，他也许会趁机说一下。问题是马处长从来也不提这事。每次陪马处长散步，他说的全是工作。三号库再不加固真要塌了。北山二号洞库的湿度总是过高又找不出原因。库区改造方案报上去快一年了却迟迟批不下来。野战伴随保障一直没有专用装备。人工装卸作业满足不了部队需要。要不就是机关能用的人太少而叉车的故障率太高。马处长说这些事情时思路清晰又忧心忡忡，偶尔会停下来叹一口气。而古玉更希望马处长谈一谈新编制下来以后仓库机关的人事安排，这难道不是所有人唯一真正关心的问题吗？好在两年下来，古玉早已习惯了马处长的习惯。从市里赶回来领受任务时，马处长并没多说什么客套话，只是让他务必在晚上九点前把宁主任给李部长的汇报材料初稿拿出来。

李部长是第一次来咱们仓库。马处长交代完材料路子，啥意思就不用我说了吧？

不用说。李部长上任不到两个月，保障部系统的人已经初步领教了他独特的领导风格。该首长第一次下部队就拒绝在招待所就餐，大清早独自去了连队吃"碰饭"。饭堂里突然冒出来一个少将，吓得全连官兵魂飞魄散。当他发现早餐居然没给战士们煮鸡蛋，倒也没批评连长指导员，而是把闻讯赶来的场站领导痛批了一顿。还有后勤训练大队。几天前李部长去检查，正在会议室听汇报，不知谁的手机响了起来。谁把手机带进会场的？不知道保密规定吗？谁？自己站起来！几秒钟后，面红耳赤的副大队长畏畏缩缩地站了起来。连一个手机都管不好，你还能管好什么事？于是，该副大队长就全程站到了散会。这两件事弄得驻雍城的几个单位都紧张起来，而李部长来仓库的时间又突然提前了两天，难怪宁主任一个劲儿地催着马处长要汇报材料。

搁在平时，半天时间拿个初稿对古玉不算太难。毕竟有之前的汇报垫底，添上点新近的工作和时兴的套话，顺巴顺巴也就差不多了。可古玉在电脑前坐到快六点，连最简单的第一块都没搞出来。每隔几分钟他就会停下来，拿起手机搜索他从来没关注过的关键词。那些陌生又可憎的概念、术语和图片堵在他的思路上，弄得他磕磕绊绊无法前进。还有腿。自打坐到办公桌前，本已酸胀的右腿又开始发痒。先是这儿再是那儿，痒一会儿停一会儿，慢慢地范围越来越大，间隔越来越短，最后这痒打通了时间和空间，开始四处弥漫。古玉又捏又挠，却怎么也触不到那要命的痒处。仿佛有一队工兵正贴着他的骨头，在血管和神经间挖掘着坑道，弄得他心尖都在颤。挤捏抓挠类似炮火覆盖阵地表面，顶多在皮肤上留下些青紫，却丝毫影响不到深层的掘进。他不得不一次次把双手从键盘上拿下来，去死命地箍住大腿。材料的第一块说白了就是仓库的基本情况介绍，理应半个小时就结束战斗，可整个下午，他连这点事都没捋清楚。他唯一搞清楚的就是，自己的脑子已经不清楚了。

你啥时候跑来的？不是昨晚才回去吗？常宁宁不知道什么时候出现的，穿着短袖夏常服和军裙笑嘻嘻地走进来，来加班也不知道给总值班员报告呀？

进门的时候我想着给你说来着。穿着军装的常宁宁看着很清爽，让古玉乱哄哄的脑袋安静了些，我隔着值班室玻璃看了，你没在。

噢，进楼的时候才给我说啊，把我这个总值班员当什么了？常宁宁翻一个白眼，你出发的时候就应该给我说。

好好好，我错了，这行了吧。古玉知道常宁宁在逗他，他应该报以笑容，所以他使劲地笑了一下，也不知道笑得怎么样，岩岩呢，没带过来？

他姥姥看着呢，过来也没什么玩的，又得闹。常宁宁眼珠转转，咦，不对啊，你脸色怎么这么难看？跟你家冯大夫吵架了？

我没跟她吵过架，我们相敬如宾。古玉说，你当是跟你呢？

嘁，谁稀罕跟你吵。常宁宁靠在古玉办公桌上，散发着熟悉的香水味儿。有一次她在车上说，别人都不喜欢这种黑石榴香水，只有古玉觉得好闻。走啊，到饭点了。

中午吃得晚，不想吃了。古玉把目光从常宁宁脸上挪回面前的屏幕，虽然那上面只有几个不成体统的段落，马处长急着要汇报材料，我啥都还没写呢。

吃饭能耽误你多长时间？来个李部长你就不吃饭了，要是司令政委来了你还不活了？常宁宁又翻了个白眼，她总是喜欢翻白眼。到底去不去？不去我走了。

常宁宁这么说，古玉就只有去了。不想才起身，马处长却走了进来。哟，小常也在这儿啊。马处长穿着身运动服走过来，浓烈的体味和常宁宁的香水味短兵相接，立刻就占了上风。

怎么样了，进展还顺利吧？他径直走到古玉身后，走一下我看。

古玉赶紧滑动一下鼠标滚轮。他写的那几行字根本不值一滚，指尖才轻轻动了一下，Word 文档就已经见了底。

一共写三块，每块写什么，不是都给你讲过了吗？马处长的声音在他头顶上凝成了浓积云，是我没给你讲清楚，还是你没听明白？

您讲清楚了。古玉如实回答，我也听明白了。

那怎么到现在连第一块都没弄出来？短暂的沉默中，古玉能听到马处长手指甲挠着下巴胡茬的声音，你写完了我得带你推，推完了还要再给主任政委看，还要打印还要校对，李部长周二一早就到，你认为什么时间拿出来合适？

古玉不知道自己什么时间能拿出来。有一刻他认为自己不可能拿出来了。脑子乱得像个灾区。历史辉煌。保障范围。库区面积。编制人数。肋巴滩。刘宝平。肿瘤。原发。继发。巨块。结节。A4纸十二页。三号仿宋。弥漫。浸润。地面库房。地下洞库。现代物流。跨越发展。他的思绪飘飞，没有一片是完整的，只能盯着键盘缝隙里的烟灰不吱声。

你平时不是这样的啊！马处长放缓了口气，怎么，叫你提前回来有意见？

没有，真没有。古玉赶紧表态，加班我不怕。您加班比我多多了，我干这点算啥。

那你今天啥情况？完全不在状态。马处长居高临下地盯着古玉，出啥事了？

古玉否认了。这也不算瞎说。他不过是收到了刘宝平的一条短信而已。这短信只针对自己，正如判决书只针对犯罪嫌疑人。就算把刘宝平的短信拿给马处长看，他也看不出任何名堂。《肖申克的救赎》里的典狱长也没看出蒂姆·罗宾斯贴在牢房墙上的明星海报有什么名堂。何况古玉已经把短信删了。只看了一眼就删了，好像不删他就没办法再活下去。刘宝平什么时候变得这么有杀伤力，一条短信就让自己如临大敌？这太可笑了。除了"你的部下宝平"这个一如既往的落款，他确实无法还原那条短信的具体表述，但他不能假装不懂刘宝平告诉他的事情。从这点上说，短信绝对是一种可恶的发明，差不多跟酒店里的针孔摄像头一样卑鄙。不像电话，你不想接就不接，不接你就不知道对方想说啥，既然不知道，这事就可以算作不存在。电话类似炮弹，你只要抱着脑袋缩在合适的掩体里，一时半会儿死不了。短信则不同。短信更像地雷，你根本不知道什么时候会踩上，只要踩上，"咣"——你就等着吧。

用肋巴滩当地的土话来说，那条短信古玉已经"看到眼睛里拔不出来了"。肋巴滩机场属于水青县地界，水青县的土话前后鼻音不分，"梦"会说成"闷"，"杏子"会说成"哼子"，遇上熟人会大叫一声"呔"，这个字他只在《隋唐演义》或者《说岳全传》里见过。水青人说话时常常要把舌尖用力抵住齿缝，吐字时发出"嘶"的尾音，听上去又尖又硬。古玉始终不习惯这种方言，当初他愿意和吕少芬交往的重要原因之一就是她能说一口很标准的普通话。吕少芬大学学的是历史，毕业以后在水青县博物馆当团支部书记兼解说员。博物馆位于水青县城文化街南头，古玉每次从肋巴滩机场进城时总要从博物馆门前经过，可他在肋巴滩待了好些年，从来没有进去过。据说那儿的镇馆之宝是后凉太祖吕光的金印，不过古玉并不知道吕光的底细，他也懒得知道。古玉对水青的一切都缺乏兴趣，包括历史、现实和荒凉的未来。当然，吕少芬也没邀请过他。吕少芬说过，大多数解说员其实并不真懂那些文物和历史，他们只需要把解说词背熟就行。吕少芬还说，她不好意思让古玉看到她解说的样子，那样特别傻。

我还说晚上九点带你一起推稿子呢，这样子还推啥？马处长在办公室踱了几个来回，小古，什么时间能拿出来？我现在需要一个准话。

晚上……晚上太晚您也得休息了。古玉犹豫着，明早一上班我给您放在办公桌上。

休息？都这个时候了还休息什么？你知道宁主任今天催了我多少回了吗？明天一早还要开协调会，仓库上下都得动起来，我哪有时间再带你推稿子？马处长叹口气，你现在不要再想别的事了，就专心在这里弄材料。什么时候弄完了，什么时候给我打电话，十二点弄完我十二点来，三点弄完我三点来，反正这东西不能过夜。我对主任政委负责，你对我负责，听明白没有？

古玉明白，马处长真的生气了。记忆中，这似乎还是第一次惹他生气。仓库的新编制表刚下来，这个时候惹马处长生气是不明智的。想到这儿，脑子又清醒了一些。马处长走了，并没叫他一起去饭堂，这也是两年里第一次。但凡加班到了饭点，马处长总会来叫他一起去吃饭的。好在他自己也没什么食欲。中午和冯诗柔吃的泰国菜还在他胃里反着酸水。他呆坐了一阵，想站起来活动一下身体，起身时才感觉到右腿吃不住劲儿，不得不伸手扶住桌子，以便把桌子下面那条不听话的腿拖出来。

他看着办公室窗外的北山。据说那黛色的深山里有一座香火很旺的北周佛寺，不过他至今没去看过。水青县博物馆他当初应该去看看的，也许在肋巴滩的时候，他认为自己会和吕少芬结婚并在那里度过半生，所以什么时候看都行。这种想法显然大错特错。当然，这辈子他或许还有机会重返水青，却不可能再见到吕少芬了。她不在了。这是一年前刘宝平在短信里告诉他的。刘宝平从来没告诉过他任何好消息，早知这样，真不如当初就让手榴弹把他炸飞算了。吕少芬不在了，而她爸吕老师还在。吕老师此刻就在雍城，这也是下午刘宝平在短信里告诉他的。刘宝平说，吕老师查出了肝癌，水青县医院治不了，医生建议他来最有名的雍城肿瘤医院试试手术治疗。他确实来了雍城，已经在医院附近的旅馆住了几天，却一直等不到床位。可吕老师的身体不是向来都很好吗？古玉觉得这个问题过于庞大，他整个下午都绕着它兜兜转转，像一个工兵围着一颗陌生的炸弹在转，想不出怎么才能把它安全地拆除。

走廊里传来高跟鞋清脆的声响。常宁宁走进来，把装在塑料袋里的两个包子扔在古玉办公桌上。我真不饿。赶紧吃，哪儿那么多废话！好吧好吧，听总值班员的。古玉拿起包子咬一口，猪肉白菜馅的包子还冒着热气，味道不错。

有个事。古玉问，肿瘤医院你有熟人吗？

肿瘤医院？好像没有。常宁宁想了一下，哎，不对啊，你家冯大夫不就是那儿的吗？你今天是怎么了，没带脑子过来吗？

3

晚上八点多，冯诗柔发了条朋友圈。造型奇特的瓶瓶罐罐。木质楼梯。革面发亮的沙发。漂亮玻璃杯里的彩色饮料。窗外雍城流光溢彩的夜景。橱柜里的限量版马克杯。配着一句感想：爱和美好。

古玉飞快地点了赞。冯诗柔喜欢发朋友圈，每天都得发个三五条，图文并茂，风格相近，宜于直接点赞。不过每条朋友圈下面都只有他点的一个孤零零的赞。古玉明白，他和冯诗柔之间目前还没有共同的朋友。这也正常。毕竟他们在一起的时间非常有限，还没有机会去认识彼此的朋友或者同事。如果真要介绍什么人给冯诗柔，他似乎也没有合适的人选。齐胖子肯定不考虑。常宁宁也不妥。来给你介绍一下，这是我同事常宁宁，仓库上百号人就我俩最聊得来。他能这么介绍吗？不能。他不能把一个单亲妈妈介绍给冯诗柔。他和冯诗柔运行在两个不同的星系，相隔很久才会彼此接近一次。这个时候古玉会觉得，除了彼此的身体，他和冯诗柔其实还没那么熟悉。

所以他犹豫了半天，不知道到底要不要请冯诗柔帮忙。如果冯诗柔欣然同意，那她和吕老师就不得不见面。他们见面时将不可避免地谈及自己。而毫无疑问，吕老师口中的自己将彻底否定掉冯诗柔口中的自己，哪怕他们谈论的完全就是同一个自己。他到底有多少个自己？他回答不了这个问题。他唯一能做的就是继续痛恨刘宝平。这个该死的家伙，为什么要告诉自己这些该死的事情！他甚至怀疑这是刘宝平的恶作剧。他故意想让自己难堪，他难道没这么干过吗？在警卫连当连长的第一年，军区空军军训处来旅里考核警卫分队训练情况，现场抽考一个建制班的五公里武装越野和单双杠练习。古玉当然想让二班上，那是连队的尖子班，只要有工作组来检查，拉出去显摆的从来都是二班。但机关那帮家伙也不傻，拿着花名册直接选了全连垫底的四班。四班训练成绩最差的原因就一条：刘宝平在这个班。他河马一样的长相和身材轻而易举地就将全班的平均成绩拽到了沟底。

考虑到考核的重要性，古玉还是选择了变通。他把两个排长叫来，告诉他们刘宝平不用参加考核，让二班派个体能好的新兵顶替刘宝平，点名时刘宝平不要吭声，由二班的新兵代他答到并代他上场。古玉认为这个计划没什么漏洞，为此还得到了两个排长的吹捧。他唯独没想到军训处的参谋在队列前点名时，刘宝平和他的替身竟然一起答了"到"。怎么回事？刘宝平出列！参谋火了，于是古玉眼睁睁地看着队列前站出来两个刘宝平。非但如此，刘宝平还立刻掏出士兵证，证明自己的确是正品刘宝平。正在现场陪同的军训科长指着古玉的鼻子破口大骂，说他弄虚作假蒙骗上级把训练当儿戏，好像古玉从来没向他汇报过而他也没拍着古玉的肩膀说此计甚好一样。考核结果不用说，刘宝平照例把全班拽进了沟底，因为全连唯一一个五公里越野不及格的就是他。而古玉的档案袋里就此多了一个行政警告处分。

那天从操场上回来，古玉站在连部门口一叠声地大喊刘宝平的名字，刚跑完五公里的刘宝平呼哧呼哧地跑到古玉面前，正准备立正敬礼，迷彩服领子已经被古玉一把揪住了。谁叫你站出来的？报告连长，我——你站出来想证明啥？证明全连就你跟猪一样连个五公里都跑不下来吗？报告连长，我觉得这样做不太妥当，我觉得……古玉没让刘宝平觉得完就一把掐住了他河马一样的粗脖子。你什么毛病？你脑子进屎了吗？被锁了喉的刘宝平无法回答任何问题，他脸涨得通红，两只手居然还紧贴着裤缝，保持着标准的立正姿势。古玉很想把他捏死又不能真把他捏死，只得猛地把他推开，刘宝平后背重重地撞在走廊墙上，然后才弯腰咳嗽起来。你到底想干啥？你们排长没给你说换人吗？报告连长，说了。说了为什么不听？报告连长，我觉得这不可能是你的意思，我觉得你绝对不可能同意这么干的。

古玉不记得自己后面还说了什么，关于这件事的回忆每次到这句话就戛然而止，像是一部数据出错的盗版电影。那时候刘宝平是个新兵，所以他说的古玉信了。现在他还能信吗？两年前在水青火车站，吕老师给他的那记耳光劲道十足，一点不像是有病的人。相反，在古玉和吕少芬相处的那段时间里，他看上去健康快乐，没事就叫古玉去家里吃饭。吕家饭桌下面永远放着一个十公升的白色塑料桶，装着从水青酒厂门店打来的六十度散酒。吕老师酒量不行却爱喝，喝不到三两就开始弹钢琴。这可是伟大的贝多芬啊！他脸红到脖颈，头顶秃了，留着一圈前清遗老式的头发。

古玉，你现在知道我为啥给她起名叫少芬了吧？这话他起码说过五百遍，我给你说，我这个女儿攒劲得很，你自己说，我这个女儿咋样？

哎呀你烦死了！这时候吕少芬会红着脸把酒杯收走，再说我改名去呀！

吕少芬当然不会改名。她多爱她爸啊！每天早上起来给她爸做一碗加荷包蛋的汤饭。水青的汤面叫汤饭，捞面叫干饭，当然，拉条子还叫拉条子。古玉最喜欢吃的就是把吕少芬炒的菜拌进吕少芬做的拉条子里，每次起码两碗，三碗也吃过，吃完后一站起来就没法再坐下去。刘宝平也常跟着去混饭，吃得比古玉还多。并不是古玉愿意带他，而是吕老师喜欢他。你们那个小宝平呢？如果他没来，吕老师就会问，你们那个小宝平攒劲得很，他会看人，对你相当崇拜！吕少芬每次发工资都去给她爸买两瓶“草原风情”，不过他爸更喜欢喝散酒。晚上过了十点她爸要不回家，她就会不停地打电话，像怕老头丢了似的。她甚至还张罗着给她爸再找个伴儿，不过古玉认为这是多此一举。水青县广大干部群众都知道，文化馆的作曲家吕老师向来风流不羁，身边总会围着几个能歌善舞的半老徐娘。吕老师一喝酒就弹琴，一出门就戴围巾。水青县城位于肋巴滩机场以东二十公里，海拔一千九百五十米，年平均气温只有一摄氏度，三伏天睡觉也得盖好被子，否则半夜会被冻醒。全中国都找不出几个像水青这样适合喝酒和戴围巾的地方，所以吕少芬给她爸买了至少一百条围巾，而高瘦的吕老师也有足够的时间来戴那些颜色材质各不相同的围巾。

印象中的吕老师戴过无数条围巾，可此刻古玉想不起任何一条具体的围巾。那些围巾在散乱的记忆里被抽象，变得久远而斑驳。眼下他更关心手头的汇报材料。到现在他才写完了第一块，照这个进度，写到天亮也交不了稿，而他不可能真的在半夜三点给马处长打电话。他给自己定的最后时限是十二点，再晚的话他将无法面对马处长。他不能在一天之内让马处长生两次气。

　　绝对不能。两个月前，他给政治处打结婚报告时才知道，冯诗柔的户口并不在雍城。你户口怎么会不在雍城呢？是不在啊，我给你说过我户口在雍城了吗？没说过。那你问过我吗？没有。那不就对了吗？搞得好像我骗你一样。接下来的两个月里，古玉没再请过一天假，每天晚饭过后就直奔办公室，像个恪尽职守的灯塔看守人一样点亮四根灯管，好让马处长散步回来时清楚地看到自己正在加班。马处长在任何时候走进办公室时都能看到他正端坐在电脑前苦苦思索。他在办公桌上摆着满当当的烟灰缸、深色的茶或咖啡和四处铺开的红头文件，附赠噼里啪啦敲打键盘的声响。这是他为马处长精心定制的欢迎仪式，约等于鲜花、地毯、军乐队。这些下三烂的手段他究竟是怎么想出来的？他什么时候开始在这些事情上变得如此才华横溢？古玉自己都无从知晓。仿佛正在假装专心听别人讲一个索然无味的老笑话，而且必须要发出夸张的笑声。

　　他并不想这么做，可他就是这么做了，不然他还能怎么做呢？仓库的新编制表上那些纵横的线条把他给死死地网住了。仓库机关三个部门——业务处、政治处和后勤处——很快将合并为一个综合办公室，原有的十五名军官编制削减了一半还多，只剩下六个。才六个！葫芦兄弟还有七个呢。这意味着现有的机关干部大多都无法纳编。按古玉从前的打算，只要和冯诗柔领了证，就算无法纳编而被迫转业，自己也能顺理成章地随着冯诗柔安置在雍城。现在事情复杂了。冯诗柔的户口并不在雍城——她的户口怎么会不在雍城呢？古玉甚至从来没想过这个问题，他一直以为在肿瘤医院工作的冯诗柔必定是雍城户口——这就意味着结婚只是一个段落的开始而非结束。他已经和冯诗柔结了婚，却依然不具备落户雍城的资格。他必须重新修订关于雍城的人生规划。他要尽快给冯诗柔办理随军手续，等她成了雍城人，自己才有可能留在雍城。他仔细研究过雍城的军转政策：干部配偶随军满一年之后才有资格转业到本市，否则只能回原籍安置，而他的原籍是雍城西北两百多公里的本省小县城，比水青县好不到哪里去。即便一切顺利，一年后办完随军，还要再服役一年，这样算下来，古玉最少要在仓库再待满两年才满足落户到雍城的条件。问题是，所有人都盯着那么几个军官编制，领导会让他再多待这凭空冒出来的两年吗？

他不知道。那么他不能再去想吕老师了。想也没用。今夜他不关心人类，他只想材料。在纳编的问题上，他唯一指望的只有马处长，所以他必须把活干好。活干好了马处长就会高兴。马处长一高兴，也许就会愿意帮他。他必须服从这个比吕老师的癌肿更为坚硬的现实。他需要把吕老师从自己脑袋里切除，哪怕只切除这一个晚上。他紧紧攥着手机，手心汗津津的，像是攥着颗拔掉了保险销的82-2式全塑钢珠手榴弹。他熟悉这种圆滚滚沉甸甸的武器，里面藏着一千六百颗直径三毫米的小钢珠。他不可能一直这么攥着。他必须得把它投出去。于是他就投出去了。投出去未必会炸到别人，不投出去肯定会炸到自己。他在微信里请冯诗柔帮忙联系床位时，特意说到这个吕老师只是几年前曾帮他们连队辅导过合唱节目并且得了一等奖的一个音乐老师，冯诗柔不必亲自出面——他认为自己不这么说的话，冯诗柔一定会亲自带着吕老师去看病的——只要电话联系好了告诉他一声就行。

扔下手机，古玉微微松了口气。腿忽然不痒了。他起身走到办公室中间，冲手心吐口唾沫搓一搓，深吸一口气趴在了地上。在继续写材料之前，他需要振奋一下精神。他不记得自己多久没做过俯卧撑了，半年？要么就是一年。他本打算一百个起，结果才六十个就感觉在垂死挣扎。好容易撑到七十，整个人像条甩在案板上的鱼，沉沉地摞在了木纹地板革上。搁在肋巴滩，这动作会让手下的兵笑上一个礼拜。在警卫连那几年，他的俯卧撑最高纪录是三百二十七个。即便后来到军训科当参谋，做两百以上也毫无问题。而此刻，他觉得自己体肥如猪，气喘如牛，甚至远远比不上后来的刘宝平。

他爬起来回到办公桌前。他不确定自己的精神振奋了没有，心跳得倒是很厉害。靠在椅背上喘了会儿粗气，正准备继续干活，猛地发现窗玻璃外面趴着一只小壁虎。菱形小脑袋歪着，白色肚皮微微起伏，四只脚五趾大开贴着玻璃，在灯光下仿佛是透明的。这小东西在肋巴滩叫"四脚蛇"，夏天的戈壁滩上常能看见。它喜欢趴在石头上晒太阳，一旦有人走近，它会很不高兴地甩甩尾巴，扭身钻进石缝里。而在雍城，他还是头一回遇上。他拿起手机，悄悄凑近窗户想把它拍下来。可能是靠得太近，小壁虎警惕地动了动脑袋，在玻璃上转了个圈，转眼就不见了。

4

喝了一碗滚热的玉米粥，军装都湿透了，古玉感觉好了点儿。又摸出手机看看，依然没有冯诗柔的回复。奇怪。从两人开始交往直到昨天，但凡古玉发微信，冯诗柔基本都是秒回，顶多隔上几分钟。可昨晚发了那条微信之后，过了差不多一个钟头才收到回复。我问下。她这么说，之后便再无下文。整个晚上，她没有像平时那样和古玉在微信里聊天，甚至都没像平时那样给古玉发一个"晚安"的表情。

难道是自己给冯诗柔出了道难题？很有可能。她只是著名的雍城肿瘤医院星系中的一颗小行星罢了。她之于医院和古玉之于雍城差不多都相当于地球之于银河系，有联系的就那么几个不大不小的星球，还相隔万里，各转各的。拥有上千万人口的雍城过于巨大，人们摩肩接踵又互不相识。不像肋巴滩，满眼都是熟人，走在路上得不停地挥手打招呼。每个周末家属院叫吃饭的电话从来没断过，弄得古玉常常安排不开。现在没这事儿了。请客为什么要在家里？还不够麻烦的。除了常宁宁，仓库这些点头之交的同事中他并不真的熟悉什么人。马处长似乎也不熟。而刘宝平却以为他能在雍城呼风唤雨。他以为人在雍城就拥有了雍城？得亏自己不在北京，否则刘宝平八成会认为自己正在金光四射的天安门城楼里上班呢！

古玉想不出刘宝平到底长了个什么脑子，还是根本就没长脑子。就算有脑子，脑皮层沟回也一定走的都是直角。新兵连的时候，一个正步的动作要领别人走两回就明白了，他得花上一个星期才知道什么叫"绷脚尖"。他还是个肮脏的家伙。要不是每天晚上班长踢着他的屁股让他去水房，他根本想不起来还要刷牙洗脚。最要命的是实弹训练那回，他把一枚82-2式手榴弹投到了自己身后，手榴弹在他脚后直打转，他居然还在那儿愣着。站在一侧指挥的古玉冲上去把他扑倒在地，他身边就是避弹沟，稍微打个滚就能进去，可这家伙却抱着脑袋一动不动地趴在地上，急了眼的古玉不好意思自己跳进避弹沟，只能死死压在他身上，然后替他挨了三十一颗钢珠。

　　所以分兵的时候，古玉根本就没考虑过要他。那会儿古玉的伤口刚拆线，走路还不太利索。刘宝平跑来求了他好几次，最后一次是抹着眼泪走的。古玉是从警卫连副连长岗位上被抽去当新兵连连长的，新兵训练结束后他还得回警卫连去。他可不能把一个连五公里都跑不下来，又把手榴弹投到自己脚底下的蠢货弄到自己连里，那样的话他没办法向连长和指导员交代。而且警卫连的兵天天得携枪带弹，谁知道他会不会哪天走火打中自己人。不光古玉，他手下几个班长对刘宝平也没什么好气。新兵连最后一次在澡堂洗澡，刘宝平怯怯地走过来要帮古玉搓背，结果被三班长一膀子撞出老远。滚犊子！三班长瞪他，你祸害连长还没祸害够？冬天澡堂漏风，刘宝平抱着胳膊哆嗦着，臊眉搭眼地在边上站了一会儿说，连长，你的包皮有点长呢，应该去做个手术，不然容易发炎。

　　啊，这个蠢货！古玉认为刘宝平最佳的去处应该是去场站军需股生产班种菜。只能是种菜，喂猪都不行。毕竟蔬菜属于植物，他多少应该比植物聪明一点，而猪看上去都比他机灵。万没想到分配名单下来，刘宝平的名字竟然列在警卫连一栏内。老话不都说了嘛，没有带不好的兵，只有不会带兵的干部。行，我不会带兵，但我不会惯着兵。刘宝平说要去警卫连你们就让他去警卫连，他说要去中南海你也让他去？中南海我说了不算，警卫连我说了能算。反正我不要他！别给我扯淡，反正这兵是你的了。你干啥非把他塞给我？他的命是你救的，他不跟你跟谁？再说了，这小子崇拜你——崇拜！哈哈！军务股长很开心地从办公桌上拿起两页纸扔给古玉，看见没？血书！我当了快二十年兵，还是头一回知道血书长啥样呢！

　　刘宝平的血书并不全是血写的，不过是在申请书的末尾涂了一行东倒西歪的血字，还用了三个惊叹号。

　　恳请组织上批准我去警卫连！！！

纸上的血迹干了是暗褐色的，看上去污秽又恶心，不仅毫不感人，反倒像厕所里捡回来的。回到连里，古玉叫来了刘宝平。手伸出来！刘宝平像迎接军容风纪检查似的平伸出双手。手心朝上！刘宝平赶紧把双手翻转过来。写血书不是应该咬破手指的吗？可这家伙的十个指头完好无损。你的那什么狗屁血书拿啥写的？报告连长……他冲着古玉吐出了舌头。头一秒古玉以为他在做鬼脸，第二秒才反应过来。舌头！白腻的舌头！舌尖上一处猩红的创口赫然在目。你疯了？报告连长，我没疯。我原先是想着在指头上弄血的，问题是我这几天负责打扫厕所，怕指头弄破了不好干活……再说我又不咋说话，舌头破了就破了，反正也不影响啥。

古玉被刘宝平弄得没了脾气。后来他想，如果当初他坚决不要刘宝平，军务股长应该也会让步的吧？问题是他怎么能知道，刘宝平会那么努力地干着他力所能及的蠢事呢？他为什么偏要在这个节骨眼上告诉他这些烂事！昨晚十一点五十给马处长打完电话，他感到异常绝望。他从来没对自己出手的材料如此没底过，那十几页东西连他自己都没勇气回头看一遍。马处长肯定会大发雷霆，然后彻底击碎他想要纳编的梦想。他听到深夜走廊里马处长的脚步声时心跳如鼓。自己马上就要完了，他这么想，仿佛梦里刚刚捅死一个人而感到惊惧悔恨。他浑身僵硬地看着马处长端着茶杯走进来，拉过一把椅子坐到自己身边，右腿突然又痒了起来。

来，往下走。马处长盯着屏幕。走。再走。第一块，嗯，大差不差吧。再走。继续走。慢点，我看一下这里……还行吧，走。古玉小心均匀地转动鼠标滚轮，他突然发现马处长身上向来浓烈的体味消失了。他可能紧张得失去了嗅觉。他沉重而脆弱的心高悬在一根发丝上，等着马处长喷出怒火将它烧断，狠狠跌落在地摔成碎块。

然而马处长只是短暂沉默了一会儿。来吧，退回去，咱们从头开始，争取三点前搞完。古玉瞟了一眼马处长，没看出什么表情。他很少能在马处长脸上看出什么表情。马处长口述，古玉打字。在仓库这两年，古玉经常和马处长这样加班。他抽很多烟，马处长喝很多茶。他们有种默契，至少在工作上。马处长常会下达一些简短的指令，大概只有古玉能听懂。刷一下。古玉立刻把小标题刷成楷体字，或者把阿拉伯数字换成 Times New Roman 体。看刚才。古玉立刻会找到马处长要看的段落。长短咋样？古玉会选中某一部分查看行数。缩一下。古玉会删掉一两个字或者标点符号，以免段落末尾的一个字被孤零零地挤进下一行，因为马处长不喜欢让一个单字霸占一行。在肋巴滩的时候，军训科陈科长也会这么带着他加班。唯一的不同是陈科长会时不时地跟他闲聊。机关人事，家长里短，领导轶事，以及各种段子。他们还会为了某句话该怎么写而大声争吵。古玉记得自己很多时候都能占上风。行行行，你牛！按你的写行了吧？陈科长似乎生气了，其实他并没有真生气。吵得兴头上来，陈科长会操起电话叫他家属赶紧弄点吃的送来。陈科长是张家口人，总说自己是"张家嘴"的。古玉最喜欢吃科长家嫂子做的老虎菜和拌着炸花生的拍黄瓜，如果加上一罐冰镇的"西凉"姜啤——他和陈科长多次向参谋长保证过这玩意儿绝对不含酒精，其实还是有一点儿的——那就完美了。

他和马处长从来没这样过。马处长不是个喜欢聊天的人。他似乎总在思考问题。有时候古玉觉得他挺像庙里的佛像，不管你在心里念叨什么都不会得到回应，而你却感觉他是知道的。所以这也没什么可比性。往昔的美好不都是时间添加的滤镜吗？原片也可能是灰暗的。陈科长难道没有劈头盖脸地臭骂过他吗？各种污言秽语，还龇着一口大黄牙。而马处长对古玉说过的最重的话，也就是下午那次了。何况从仓库大门出发，一路向南五十公里就能到达灯光璀璨的雍城市中心；而从光秃秃的肋巴滩出发，他能到哪里呢？

又盛了一碗粥，还是没有冯诗柔的回信。他甚至想打电话问了，犹豫一下还是作罢。冯诗柔不喜欢打电话。刚开始交往古玉就知道这点。他打去的电话冯诗柔要么挂断要么不接，接着会马上用微信联系他。古玉猜测她也许是不满意自己稍显尖利的嗓音。只是猜测，因为古玉从来没问过她。其实他是喜欢打电话的。在肋巴滩的时候，他曾和场站财务股的朱晓琳谈过一段时间。他们常常在夜里打电话，最长一次通话时间将近六个小时，最后两个人都困得说不出话了。咱们睡吧。却又都舍不得睡。他记得那时的话语和呼吸声轻触耳膜，直接又感性，他很享受那种感觉。那是他平生最投入的一次爱情，导致朱晓琳调走几年了，他都没再谈过恋爱，一直到认识了吕少芬。那都是很久以前的事情了。他拥有的只是现在。所以在打电话的问题上，他会顺着冯诗柔。他会继续等待冯诗柔的回信。

你今天情绪不高呀。常宁宁笑嘻嘻地端着餐盘走过来坐在古玉对面，光吃粥？

你扣子开了。古玉扫一眼她短袖夏常服里露出的浅绿色内衣和一小片皮肤，注意点儿军容风纪行不？

反正平胸，又没什么光可走，无所谓了。常宁宁漫不经心地扣好扣子，说真的，早上出操我看你萎靡不振，还老下错口令……怎么回事？

没怎么回事。古玉说，我好着呢，就是昨晚加班太晚了。

你真写了一个通宵啊？常宁宁咬一口鸡蛋，蛋白上留下淡淡的口红印儿，马处长跟你一块儿加的班？

是啊。他计划三点推完，结果弄到快六点。古玉笑笑，我抽了能有半条烟，感觉嘴里跟垃圾桶一样。

那你干吗不去睡会儿，还出什么操？常宁宁白他一眼，那么多啥活儿不干还睡懒觉不起来的，你跟他们比觉悟呢还是怎么着？

我干吗跟他们比？古玉嘴硬着，反正也睡不成了，去出操活动活动也挺好。

得了吧。常宁宁盯着古玉，马处长人倒是不错，但好像也没到让你这么死去活来给他表现的份儿吧？

古玉被说中了心事，不免有些脸热，只好埋头喝粥。

你脸红啦？我也就是这么一说。你给马处长表现也没什么不对。毕竟你家冯大夫户口不在雍城，你一时半会儿还真不能转业。常宁宁揪下一粒玉米放进嘴里，你是为这事儿着急吧？我昨天就感觉你整个状态不对，是不是马处长给你说啥了？

古玉摇头。他倒希望马处长给他说点什么，遗憾的是马处长什么也不说。

那你怎么看着情绪这么低落？常宁宁仰起脸看着天花板，小而翘的鼻尖向着天花板，让古玉想起动画片里的一只小狐狸，肯定有啥难言之隐对不对？是不是跟某个女人有关？哎呀，我最喜欢听这种事了，生活这么沉闷，没点八卦怎么行。快，说来听听！

常宁宁有种爽脆的聪明，仿佛肋巴滩能见度极高的早晨，你有时会在金黄色的光线里感觉到丝丝缕缕的清凉，迷人而不确定。不过这感受也许只属于他。作为仓库政治处的宣传干事兼心理咨询师，她负责的咨询室长期门可罗雀。唯一喜欢去的是齐胖子，不过每次都会被常宁宁赶出来。你当这儿是男科医院呢？刚到仓库时，古玉曾听见常宁宁在走廊里发飙，想讨论可以啊，先把你跟你老婆性交的情况拿到会议室讨论好了！接着就是齐胖子噔噔噔跑走的声音。

你也不用太担心，真要说起工作，全仓库谁比你强？领导当然会照顾关系，但他们也得要人干活儿吧？常宁宁按她的思路宽慰古玉，你以为马处长真喜欢齐胖子？真要留下的全是齐胖子那号的，他还活不活了？

古玉笑笑，没吱声。有段时间，他也以为马处长讨厌齐胖子。有好几回马处长都沉着脸把齐胖子起草的材料扔在古玉桌上。你帮他重新弄一下吧，写的这叫什么东西？最起码的机关公文格式都没搞明白！古玉喜欢听马处长说这种话。贬低齐胖子好像就抬高了他古玉，后来他才明白，自己实际上一毫米也没变高。半个月前仓库组织体能考核，从引体向上、仰卧起坐到三千米跑，五个项目齐胖子全不及格。三千米他只跑了不到三百米就不跑了，引体向上更惨，连一个都没做成。古玉是训练参谋，考核成绩由他汇总上报。军官纳编的一个基本条件就是体能考核达标，所以古玉整理成绩表时心情不错，他认为光凭体能这一条，齐胖子都没资格跟他竞争。他兴冲冲地把成绩表呈送马处长审阅签字，可马处长瞅了半天却没签。先放我这儿吧，有空我再看看。他一看就是半个月，到今天也没通知古玉去取。

你俩真是形影不离啊。齐胖子端着餐盘一屁股坐在古玉旁边，聊啥呢，是不是又在背后说我坏话？

说你坏话还用背后吗？常宁宁哼一声，我当面也没少说吧？

那还是背后说吧，当面说太让人伤心了。齐胖子哈哈笑着，哎，你们听说没，李部长把走过的几个单位都给整蒙圈了。星期五老头去了油库，那边招待所房间给上了"软中华"，老头问他们用啥钱买的，油库丁主任想了半天说他自己出钱买的，哈哈哈哈，你们猜老头说啥？

不猜。常宁宁不耐烦了，你要说就说，不说拉倒。

扯淡！哈哈，不是说你啊，是老头说油库丁主任扯淡。齐胖子看着兴致不错，老头可真够狠的，这帮库头都快被他吓尿了。

哎，古玉，今早出操别记我啊。齐胖子见没人接话，吃了个包子后又说，我昨晚加班了。

你加班？古玉还没来得及说话，常宁宁先笑出声来，逗谁呢？

啥意思啊你？我就不能加班了？齐胖子把嘴里的包子咽下去，昨天下午老马打电话叫我进城去采购工作组用的东西，弄得我约好的酒都没喝成，这不算加班？还有，你上周五不也没出操吗，还说我！

我大姨妈来了，你呢？我一顿只吃半个包子，你吃几个？常宁宁冷笑一声，我年底准备转业，你转吗？

我干吗要转？我还要积极投身改革强军大业呢，咋，不行啊？齐胖子脸红一红，不过无所谓，我就是不出操又能怎么样？我还告诉你，我体能考核全都通过了，你不服？

啥时候通过的？古玉心里一惊，忍不住问，我咋不知道？

你现在不就知道了吗？齐胖子嘿嘿笑起来，上周宁主任让警卫排的人重新给我补考了，全部合格，成绩表我还拍了照片呢。齐胖子翻出手机照片在古玉眼前晃一下，怎么样，哥们儿还行吧？

古玉不想再听了，可又不好马上离开。他低头看着面前空空的不锈钢餐盘发了会儿呆，直到裤兜里的手机震动了一下。

刚问了一下肝胆外科，现在确实没床位，做手术起码要等三个月。冯诗柔终于回复了，实在没办法，你给你老师解释一下吧。

古玉愣一下。似乎哪里不太对，但他又想不出哪里不对。他端起餐盘起身离开。他得去办公室了，马处长正在等他。

挺好，就是感觉党委班子建设这一块还单薄了点，你们再充实一下，其他的我没什么意见。张政委很快翻完汇报材料，明天是宁主任代表仓库给首长汇报，你们主要看看他那里还有什么想法。

宁主任果然有许多想法。换句话说，宁主任对汇报材料不太满意。我说老马，你们就让我拿着这个去给首长汇报？宁主任把手上的材料翻得哗哗响，汇报应该聚焦主责主业，现在这里面反映得明显不够啊！咱们干了那么多事情，你不写，首长怎么能知道？所以我反复说，汇报重要就重要在这里，它是拿来在首长面前留印象、树形象的！李部长要求那么严，走过的几个单位都挨了批，咱们不能重蹈覆辙啊，你说是不是啊老马？

古玉直挺挺地坐在马处长身后，冯诗柔的微信却像街边的电子显示屏一样不停滚动。三个月。冯诗柔说起码要等三个月。三个月里，那些肆无忌惮的癌细胞什么事情干不出来？吕老师还等得了三个月吗？

……保障备战打仗我们抓得很有特色啊！上半年组织的抗敌袭扰演练搞得那么好，报纸都登了，应该浓墨重彩地讲，结果你看看，才写了三行不到！还有，营造练兵备战氛围我们做了那么多工作，围墙都刷成迷彩的了，营区里还树了那么多灯箱标语……这些也都没怎么讲。再有就是你们提到的这些困难，像什么三号库老旧、电动叉车缺配套托盘，还有作业线沿途的伪装这些，我看还是别说了。说这些没意义。哪个单位没困难，不能见了首长就叫苦，对不对？

我主要考虑这些问题几年了一直解决不了，光三号库这事，年年上请示，到现在也批不下来。马处长想了想，那么大的库房，不说推倒重建，就是加固一次，没个三四百万也拿不下来……

这个我当然知道。问题是咱们得想清楚，李部长这次到底是来干啥来了。人家首长刚刚上任，下部队主要是熟悉一下情况，咱们上来就给首长出难题，这恐怕不妥。而且你们想过没有，你提出来这么一堆困难，首长会怎么想？首长会觉得我们啥事不干，就坐在这里等、靠、要，那不是给人留话柄吗？宁主任说得有点激动了，点烟的手都有点发抖，老马，你是老机关了，又是老业务处长，你得把握住这个汇报的调子，对不对？调子不对，你再说啥不都是白扯吗？

明白了，我们马上改。马处长没再争辩，从宁主任手中接过了画了很多红线的汇报稿。从后面看去，古玉发现马处长微秃的头顶似乎又少了些头发。马处长一米八三的个头，不从这个角度观察，还真不容易看到他那一头浓密的头发也日渐稀少了。

这让古玉有点内疚。昨晚推材料时，马处长本来是要把宁主任最得意的"抗敌袭扰演练"和"迷彩围墙"写充分一点的，可古玉建议还是简单写为好。你说说为啥？因为我觉得这事经不起说。古玉认为自己是实话实说。四月份组织抗敌袭扰演练时，古玉全程都在现场。是他拉响了库区的警报，然后拿着对讲机通知保管队在遭"敌"突袭时迅速隐蔽人员和物资。为了增强演练效果，宁主任让人把俱乐部的音响搬到了二号洞库前面，播放着飞机轰鸣和炸弹呼啸的音效，最可笑的是中间不知怎么搞的，还插进去了一段《谍中谍》的电影片头曲，弄得大伙全都笑了场。飞机自然是没有的，洞库上空盘旋的只有一架政治处用来拍摄资料的家用无人机。宁主任原先的设想是用伪装网来遮挡码在作业场上的器材，但无人机传回的画面显示，洞库门前的水泥作业场铺上草绿色的伪装网之后，非但没起到任何伪装效果，反倒弄得更加醒目。于是他又临时命令保管队长把刚从库房里搬出来准备装车转运的器材全部搬回洞库，差点没把大伙累死。这还没完。演练结束后，战士们又得把那几百只铁箱子重新从洞库里搬出来装车，弄得广大官兵都一个劲儿地骂宁主任的娘。还有被刷成了迷彩色的库房和围墙，看着倒是好看，然而从伪装的角度讲，一大片迷彩建筑坐落在北山脚下的村落和民居之中，真要是敌机来袭，简直连地面引导都不需要了。至于营区里新安的灯箱，老实说还不如在装卸场和作业线沿途多栽点树，如果把整个库区和周边的植被融为一体，那可比伪装网要管用多了。

行吧，先按你的来，不行再说。马处长采纳了他的建议，现在古玉又后悔自己多嘴了。宁主任说得没错。他干吗要把前几任欠的烂账算在自己头上？领导的眼睛是雪亮的，他怎么可能比宁主任高明呢？哪怕宁主任把围墙刷成肉色的，关他古玉屁事！自己多嘴牵连了马处长，让他很过意不去。仓库的人都清楚，去年仓库周主任转业，大伙都说马处长是最合适的接替人选，可来的却是宁主任。宁主任之前是后勤训练大队的副大队长，副团刚满三年就提升过来当了仓库主任，而副团干了快十年的马处长依旧一动不动，很像那栋红砖砌就的三号库房，即使快塌了，还得在那儿撑着。

你按着主任的意思再改一稿吧。路子不用动，把他说的内容加进去就可以了。从宁主任办公室出来，马处长给古玉交代着，上午我还得开协调会，没时间带你推了，你改这个没问题，好不好？

马处长的语气里听不出任何情绪。这大概就是领导的本事。古玉点点头，信心却不是很足。特别是想到吕老师就在离自己不远的市区时尤其如此。他住在哪儿？宾馆还是小旅社？谁陪他来的？他只有一个除了借钱从不登门的外甥，不太可能会陪他来雍城。吕老师是不是快死了？刘宝平的信息里并没有关于病情的具体描述，但肯定不乐观，否则像吕老师那样固执的人，是绝不可能从水青跑到雍城来看病的。

那自己能做什么？好像也没什么了。冯诗柔就在肿瘤医院工作，她说住不进去，那就是住不进去。这样回复刘宝平，应该也可以了吧？不不，话不是这么说的。他并不是在回应刘宝平，他只是想求得一个安慰。刘宝平算什么东西？光一个五公里武装越野，他跑了差不多两年才过关。刚下连时他一听说跑五公里脸就会发白，跑一趟下来少说得三十分钟，喘得好像两只眼睛都在出气。自从搞砸了考核被古玉掐过脖子之后，他变得主动了些，有几次古玉经过机场，都看到刘宝平正在联络道上吃力地奔跑。联络道一个来回六公里，古玉不知道他能不能跑下来，也不想知道。爱跑就跑吧，能怎么样呢？年底考核时他虽然有了点进步，但依然是全连垫底的那个人。

那阵子古玉的想法就是让他两年服役期满后赶紧打背包回家，除此之外他没替刘宝平想过什么。连队那么多优秀的士兵需要他去想，刘宝平根本排不上号。他唯一正确或者说可行的出路就是按时退伍，即使他非常积极地递交了留队选取士官的申请书。这次他倒写得工工整整，没搞什么恶心的血书，不过古玉并不在意这个。他根本不担心刘宝平能留队，光凭五公里武装越野这一条就足够把他淘汰了。奇怪的是预选士官考核时，刘宝平居然通过了。古玉不知道他是怎么通过的，就像现在他不知道齐胖子是怎么通过体能考核的一样。士官选取考核那天，刘宝平开始落在所有人后面，直到从北塔台折返时他才开始超过别人。他像是开了加力的飞机，越跑越快。古玉站在南塔台下的终点，眼睁睁地看着刘宝平向自己飞奔而来，他仰着脸大张着嘴，一手用力摆动，一手扯着枪带向自己飞奔而来，仿佛屁眼里正在喷出炽热的尾流，推动着他继续闯入自己的生活。

报告连长，我跑了第三名！刘宝平一直冲到他面前才停下，鼻孔里臭烘烘的热气喷在古玉脸上。他一把抓起刘宝平腰间的水壶晃了晃。他认为水壶一定是空的，令他失望的是壶中水满满当当。最后定名单时他还想把刘宝平拿掉，指导员坚决不同意。你想把别人拿掉我还可以考虑，刘宝平绝对不行。为啥不行？你说为啥？刘宝平的小命不是你给救回来的？我后悔了。后悔也晚了，你以为他这一年多每天早晚跑两个五公里是为了啥？废话，为了留队转士官。错！他是为了不给你丢人！

多讽刺！刘宝平让自己丢的人还少吗？他简直就像盘踞在自己右腿坐骨神经丛里的那颗直径三毫米的钢珠，虽然不能影响他行动，却总是让他烦躁、酸痒甚至疼痛。他一直想把这颗残留的钢珠弄出来，医生却告诉他弄不出来了。看上去这颗钢珠要同无法抹除的记忆一道陪伴着他，直到几十年后从他的骨灰里滚落出来。医生弄不出钢珠，他也没弄走刘宝平，这一直令他耿耿于怀。如果刘宝平没转成士官，就不可能当上班长。如果没当上班长，就不会被指导员找去组织什么小合唱。如果不组织小合唱，他就不会去请县文化馆的吕老师来辅导。如果吕老师不来辅导，这节目就不可能在旅里的"八一"晚会上得奖。如果不得奖，就没必要请吕老师吃饭。如果不吃饭，就不会知道吕老师还有个女儿叫吕少芬，而吕老师也不会想把女儿介绍给他。那时候财务股的朱晓琳早已调回兰州并且结婚生女，而他每次探家也都会去相亲，最多时一周见过五个姑娘。倒也有姑娘对他印象不错，有两个还在手机里交往过几个月。问题是视频里的自己是二维的，无法触摸也无法拥抱。

他就这么和吕少芬开始了交往。那阵子他已经快三十岁了，父母、陈科长和参谋长都认为他应该成家了。这是人生中不可或缺的议程。他不知道和吕少芬在一起时算不算爱情。和朱晓琳相处时他会时而兴奋时而伤感，而和吕少芬在一起他是平静的。他唯一确定的是他不喜欢和吕少芬接吻。若要深究起来，他和冯诗柔的吻向来也浅尝辄止。他总是把吻当成判断距离的标尺，或是检测电流的万用表，他自己也不知道这样对不对。这些年里，大概只有一次是他愿意的。春天的一个周末，他搭常宁宁的车去市里。常宁宁回家，他去找同学吃饭。和平时一样，他们一路上听歌闲聊，听了什么聊了什么忘得一干二净，只记得常宁宁把车停在路边等他下车，他却回头跟常宁宁对视了几秒，然后探过身去噙住了她的嘴唇。他记得那鲜艳又柔软的感觉。常宁宁瞪大了眼睛，瞬间又闭上了。咱俩这是干吗呢？两人分开时，常宁宁飞快地笑了一下，别瞎闹了，好好找个姑娘结婚吧。古玉也不知道自己是在干什么。常宁宁是个带着四岁儿子的单身女人，在他的观念中，自己是不可能和这样一个女人结婚的。那他为什么要去吻她？他问过自己很多次，却从来也没想清楚过。

很多时候，他都想不清楚。但他终于还是给刘宝平回了短信。能问的人都问过了，住院至少要排上几个月。古玉斟酌着用词，原则是尽量客观并且保持距离，干等也不是办法，还是换其他医院试试吧。

短信一发出去，古玉立刻关掉手机，拔掉电话线，关上了办公室门。他已经尽力了。起码他这么认为。他一眼就可以望尽肋巴滩，却望不尽雍城。雍城，这个感觉中自相矛盾的城市，巨大而琐碎，繁华而冷漠。有时听冯诗柔说起医院如何人满为患时，他会生出一丝怪异的优越感，仿佛自己已经跻身高台，拥有了俯瞰奔忙众生的资格。而当吕老师连个医院都住不进去时，他又苦涩地意识到这个城市其实与自己无关。雍城只是个注满了人的容器。人是溶质，也是溶剂。人构成了城市，又被城市所淹没。此刻的他是一小滴飞溅在器壁上的溶液，如果不能尽快滑落其中，就会被彻底蒸发。他只能强迫自己去搜罗雍城的好处。肋巴滩没有雾霾，但有沙暴。肋巴滩没有生活，只有工作。肋巴滩倒是也有肿瘤，但没有肿瘤医院。肋巴滩夜空里布满了一文不值的星星，而雍城的夜永远是红色的。肋巴滩的单身干部宿舍楼靠着围墙，墙外村子里有只不要脸的鸡，每天早上四点半就开始扯着嗓门打鸣，弄得他没法睡觉。直到调走之前，他都想把那只鸡买回来弄死。这还不够吗？

　　他必须把跟肋巴滩有关的一切都忘掉。他手指翻飞，键盘发出的声音清脆密集，像轻武器实弹射击。宁主任主抓的抗敌袭扰演练、迷彩围墙和不锈钢灯箱极大强化了仓库全体官兵的备战打仗意识，全面锤炼了现代战争的核心保障能力，有力破除了长期存在的和平积弊，充分激发了大家投身强军实践的火热豪情。这不挺好的吗？他干吗要想那么多没用的？他飞驰在宁主任指引的思路上。那思路差不多有肋巴滩机场的跑道那么宽，可以起降现役各型军用飞机——天气晴好风速适中，只需要轻推油门，飞机便轰鸣着滑跑起来，接着柔和拉杆，机身抖动着离开地面——古玉觉得自己完全进入状态了。憋着一泡尿他也不去厕所，生怕一停下来就打乱了节奏。不到两个小时，宁主任和张政委提的修改意见基本上已经落实到位，只需要再从头顺一遍就可以出手了，而右腿中那颗充满了自我意识的小钢珠竟然也知趣地平静下来。

　　古玉你干吗呢？电话都不接！常宁宁猛地推开门，找你的电话打到我那儿去了，我给了你的号，结果人家又打过来说没人接！

　　我把电话线拔了，正赶材料呢。古玉说，谁打的？

　　我哪儿知道？我问了，人家不说。还是个保密电话，没有来电显示。常宁宁转身往外走，你赶紧接啊，不然人又打我那儿去了。

　　古玉犹疑地揪过电话线头，刚塞进插孔，电话立刻响了起来。

　　你好，业务处古参谋。他换成工作口吻，请问哪位？

　　是我呀连长。耳朵灌进呼呼啦啦的呼吸声，我是刘宝平，你的兵宝平！

　　古玉僵在了原地。这声音仿佛肋巴滩的风，他已经很久没被吹到，并且以为永远不会再被吹到。那粗粝坚硬又永不止息的漠风总是吹得他灰头土脸皮肤皲裂，即使待在房间，它也会在窗外徘徊，在门缝呜咽。风声是肋巴滩永恒的背景音乐，而雍城，只有无尽的车声。

谁让你打到这儿来的？古玉把口气放冷了些，有事赶紧说，我还忙着！

连长，我刚收到你的短信，想给你打电话结果你关机了……

收到就行，没必要给我报告。古玉低头揉着电话线，现在就是这么个情况，肿瘤医院病人太多，我也没办法。

是是，我知道，大地方的事情有时候还不如咱肋巴滩好办。我问了县医院的大夫，说吕老师可能等不了多长时间了，我本来也不想打扰连长，问题是吕老师他……你知道他本来就瘦的对吧？现在瘦得连个人形都没了，脸也是青的……我想着连长你再咋说也在城里……刘宝平停了停，使劲说了一句，连长，你不能再想想办法吗？

不是给你说了没办法吗？古玉知道刘宝平的那股黏劲儿又上来了，能找的人都找过了，没用！

我知道我知道，我意思是……连长，你不是认识保障部的一个领导吗？我听旅里的人说，你认识保障部的领导，一个姓栗的处长，我特意打听过了，保障部直工处的处长确实姓栗，糖炒栗子的栗，应该是这个栗处长吧？刘宝平小心翼翼地往古玉耳朵里塞着话，连长，保障部不是管后勤的吗？咱们场站都归他们管的对吧？他们肯定跟地方上的大医院都熟悉，你能不能找找那个栗处长，让他给想想办法？你调动那么大的事情他都能办，这事他应该也能帮上忙吧？我感觉——

你感觉个屁！你叫我找谁我就找谁？你有什么资格给我下指示？古玉抓着听筒破口大骂，仿佛瞬间回到了肋巴滩场站警卫连的操场上。那时候总有近百号人背着枪齐刷刷地站在对面听他训话，就算是狂风裹着沙石横扫过来都纹丝不动。那时候的他威风凛凛理直气壮，而现在却像个骂街的泼妇。刘宝平你给我听清楚，我不认识任何领导！

连长你别生气，我也不想惹你生气。刘宝平沉默了一会儿，又从古玉倾泻的怒火中重新探出头来，我知道自己给你惹了好些祸，你不想睬我也是应该的。我就是想着吕老师人挺不错的，现在身边又没个人照应，要是吕少芬在的话还好说，现在……连长，我没别的意思，你要能帮就帮一下他，实在帮不了……就算是我给你最后再惹一次祸吧。

古玉闭上了眼睛。他不知道说什么好了。刘宝平怎么这么平静？噢……是的，他早已不再是当年那个手足无措的列兵，而是个服役第九年的上士了。带过兵的人都清楚，老兵总是最有主意的，不管他曾经多么幼稚可笑过。古玉拿着听筒睁开眼，突然看见常宁宁还站在门口，默默地望着他。

我再打听打听吧。古玉的声音低沉下去，不过够呛能有啥结果。

谢谢连长，给连长添麻烦了。刘宝平似乎高兴起来，连长你挺好的吧？

就那样，没啥好不好的。古玉没有正面回答。他怕一回答，刘宝平就会误以为自己愿意同他聊天了。他也许又会像从前在连队那样，没事就跑来站在古玉身边东拉西扯，像只讨厌的苍蝇嗡嗡着，挥之不去。

连长你多保重，我先挂了。刘宝平犹豫一下，连长，我……我挺想你的。

连长。从新兵连开始，刘宝平就喊他连长，一直叫到现在，即使他早已不再是连长了。他想起那年秋天，自己重感冒烧到四十度不退，刘宝平在医院守了整整两天两夜，谁来换班他都不让。他整夜都在不停地弄湿毛巾给古玉降温，体温终于下来时，刘宝平居然哭了起来。我又没死，你哭个屁！古玉记得自己这么训过刘宝平，而他赶紧拿起手里的湿毛巾，手忙脚乱地擦去脸上的泪。

那已经是很久以前的事了。在肋巴滩的那些年里，刘宝平始终对他忠心耿耿唯命是从，永远都用崇敬的眼光看着他。也许真像当年分兵时军务股长说的那样，刘宝平崇拜自己。他希望像一颗卫星似的永远围绕着自己这颗行星旋转。问题在于，他不需要别人崇拜。他没准根本就不是一颗行星。他可能只是漠漠宇宙中一块孤独又冰冷的陨石，从不确定下一秒会飞向何方。

6

根据反复修改的迎检方案，周二上午李部长工作组行程安排如下：

一、步行前往作战值班室检查库区安全监控系统，并与保管队北山二号洞库执勤官兵视频连线（指定干部战士各一名做好连线准备，业务处提供应知应会内容，政治处提供简短表态发言），时间约十五分钟。

二、乘车前往北山库区，换乘电瓶车进入一号洞库检查装备器材储存保管情况（保管队彭队长负责现场介绍），时间约三十分钟。

三、乘车前往军械站台现场查看器材收发作业，同时组织应急机动分队拉动演练（携带全套装具及空包弹），时间约三十分钟。

四、乘车前往四号库房检查装备器材条码管理，并在四号库房作业场观看叉车驾驶技能展示，时间约二十分钟。

五、乘车返回办公楼三层党委会议室，听取仓库工作汇报并讲话做指示，时间约一小时。

事实上，在古玉做的最早一版迎检方案中，还有两项内容。一是去三号库房现场查看房屋危旧情况；二是进入北山二号洞库体验湿度过大的问题。现在不用了。宁主任直接否掉了第一项，又把检查二号洞库改成了视频连线。对此马处长没再说什么。他只是业务处长，宁主任才是军事主官，相比之下，宁主任压力更大。前方友军战况不利，几个历来先进的迎检单位已被李部长迅速攻陷，这令仓库领导们深感焦虑，怎么安排都感觉不托底。迎接工作组的马奇诺防线多年来都十分牢靠，可万一李部长偏要穿越阿登森林呢？

这不啻一次复杂的想定作业。例如，从高速出口到仓库这段路上到底要不要设调整哨？如果安排了，李部长可能批评他们兴师动众迎来送往；真要不安排，谁知道李部长心里会不会不舒服？还有午饭。到底怎么安排？惯例都在招待所小餐厅，可李部长要去连队吃怎么办？还有工作汇报。据最新消息，李部长今天上午在机关直属保障队检查时，对队长照稿子念汇报很不满意，现场要求脱稿。队长是营房助理员出身，跟包工头打交道是把好手，脱稿讲话却不在行，立刻就傻在了那里。眼下宁主任的汇报稿是准备好了，但也是准备拿去念的。如果李部长心血来潮让宁主任脱稿，麻烦就大了。敌情不明是兵家大忌。李部长当然不是敌人，只是从某种意义上说，他比敌人更难对付。宁主任一接到通知就开始四处打电话搜集情报，先找的就是刚被李部长批评过的几个单位。人家正自郁闷着，哼哼哈哈半天也不愿把检查的具体细节和盘托出——我们挨了批，你们还想受表扬？要死大家一块死算了。宁主任无奈，又让马处长去问机关的熟人，试图套取一些李部长的喜好。难办的是首长刚上任，机关也被批得鸡飞狗跳，得到的回答全是"正常安排"或者"该咋办咋办"之类的敷衍之词。最后宁主任七拐八绕，把电话打到了多年未曾联系的军校同学那里。那人倒曾在李部长手底下干过几年，可他只当宁主任在胡扯——他印象里的李部长在航空兵师当副师长的时候千杯不醉，酒量全师无人能出其右，怎么可能像宁主任说的那样滴酒不沾呢？

求援无果，仓库只能孤军死守。从前的套路不好使了，新的套路尚待研发，最后只能双管齐下，把弓箭和步枪都背在身上，让歼–7E 和歼–10C 编队起飞。调整哨不搞了，改用引导车在路口迎候。招待所照常准备午饭，机关和连队两个灶也各加两个硬菜。至于汇报材料，古玉改了一上午，快下班时才把稿子呈阅。宁主任叼着烟，把个材料翻来覆去，好一阵不言语。古玉站在一边，只怕宁主任又提出什么意见。他脑子已然发木，感觉自己再也改不动了。

工作差不多就是这些了，关键是首长要让脱稿汇报怎么弄？宁主任皱着眉头扫一眼古玉，你们马处长怎么考虑的？

除了直属保障队，其他单位也没这样要求。古玉认为他代表不了马处长，自己又提不出什么建议性意见，只得试着宽慰一下宁主任，我觉得首长应该不会让脱稿的吧？

你觉得？你还能替首长觉得？万一首长让脱稿呢？我是搞不懂你们马处长，一个汇报给我写了十五页！谁能背得下来？他能背下来？宁主任摘下眼镜揉了揉眼角，你们这机关，真是让我无语啊！算了算了，材料先放在我这儿，忙完了我再找你们！

这话古玉当然不会转达给马处长。他自保尚且困难，不可能去掺和领导之间的事，哪怕他真切地替马处长感到不平。原想午饭后回宿舍眯一会儿也不行，整个中午，所有人都在打扫卫生，业务处负责机关楼到库区大门道路两侧的卫生区。马处长一身短打推着割草机，碎草飞到半空，落得他满身都是，空气中弥漫着草汁的腥味儿。

打扫完卫生，马处长让古玉通知几个基层主官来开会，又交代他去四号库，盯着装卸班的人把叉车展示的项目认真演练一下。条码管理那些都好说，关键是叉车表演，好久没搞了，你得让小徐多练几次。马处长眼圈有些发黑，精神却很抖擞，你告诉小徐，这是宁主任最看重的亮点，千万别搞砸了！

快到四号库作业场，古玉远远就看见保管队的四级军士长老徐和几个兵正坐在墙根玩手机，叉车停在一边根本就没动。

徐班长，主任政委马上要来检查了，大家伙儿不能都坐着啊。要搁在肋巴滩警卫连，古玉早就开骂了，可他现在必须得赔着笑脸，宁主任专门说了，你这可是咱们仓库的压轴戏，明天就靠你出彩呢！

噢，这会儿领导又想到我了。老徐打着游戏，头都不抬，去年底评功评奖的时候，不是说我这个是雕虫小技，不符合实战化要求吗？今年我咋又成了压轴的了？

去年是周主任，今年是宁主任嘛。古玉赔着笑好说歹说，老徐才很不情愿地收起手机上了车。演示的第一项是四台半吨的野战叉车进行快速装卸作业。第二项是四台叉车排成一路纵队在标杆间前进、倒退和曲线行驶。第三项则由真正的男一号老徐担纲。他的绝活由两部分构成，先是在货叉上固定一根钢片，然后拿这根钢片来开可乐瓶盖，"叭"一个，"叭"一个，固定在铁架上的十瓶可乐被一瓶瓶起开，简直比饭馆服务员还快。几个兵喝着老徐起开的可乐，乐不可支。接着把钢片取下来，换上一根十来厘米长的细钢丝，老徐将操纵叉车，把这根细钢丝穿进铁架上一根大号钢针的针眼里。

在叉车的轰响中，古玉盯着那根微微颤动的细钢丝。钢丝是确定的，针眼也是确定的，但能不能穿进去却是不确定的。不确定的事物往往令人焦虑。老徐一共试了三次，头一次没成功，后两次成功了。

怎么样，还行吧？老徐在车里哈哈笑，古参谋，你是管训练的，得帮我给领导反映反映啊！我当了十六年兵，开了十六年叉车，全保管队没人比我更熟悉这东西了。你们要是觉得这活计以后还得给首长看，那年底转三级军士长的事就应该考虑一下我。要不然明天李部长过来，我这针可不一定能穿进去啊！

古玉笑着，继续看他们在作业场上演示，直到所有的流程走完两遍，才拍拍老徐的肩膀告辞了。老徐说什么他不担心。不管他说什么，他都不可能故意不把钢丝穿进针眼。每个人都是这样。每个人都要揣测、试探、迂回，在话语的齿轮中涂上润滑油，以便继续以咬合的方式和谐相处。当初他向吕少芬提出分手时也是这样。在肋巴滩的最后几个月，他没有给任何人讲过自己调动的事已经差不多要办成了。他不说不会有人知道，因为那完全是个巨大的意外。他开始故意不接吕少芬的电话，收到微信也很久才回一个"好"或者一个面无表情的表情。他开始找各种借口不再去吕老师那儿吃饭。古玉知道，用不了几天吕少芬就会问他到底是怎么了。他当然不会告诉吕少芬调动的事，他只是一口咬定他父母不同意他在肋巴滩找对象。这对他来说是件异常艰难的事，因为这个借口听上去连刘宝平都不会相信。所以刘宝平才会跑来问他。

连长，你真的要和吕少芬断了吗？

滚一边去，关你屁事！

刘宝平问，他可以这么说。吕少芬问，他却不知道怎么说才好。他没办法说实话。实话从来不是好话。他不能说，在她和雍城之间，他只能选择后者。他不能说，她只是自己在肋巴滩那荒凉时光中暂时的慰藉。他不能说，自己从来也没有在她身上感受过激情和痛苦。和吕少芬最后一次见面时，她哭得几乎喘不上气来。古玉从来没见谁那么哭过。那就这样了是吧？

平息下来之后她轻轻地自语着，嗯，好吧，我懂了。古玉一度怕她会出什么事。不是担心她，而是担心自己。真要那样的话，他调动的事可能就会黄了。古玉那时唯一关心的就是这件事。好在吕少芬是个柔软又坚硬的姑娘，而古玉从前并不真的了解她。那次见面真是太要命了，古玉整个人都是僵硬的，像棵枯朽的死树，只要拿手指轻轻一碰，咔吧，枯枝便会应声而落。不论当面还是背后，他都承认自己对不起吕少芬。他不该去占用她的时间和情感，那都是她生命的构成部分。他唯一聊以自慰的是他并不真的爱吕少芬，可什么又是爱呢？他回答不了。也许爱情跟塑料差不多。什么乙烯、丙烯、酸酯之类，大家每天都离不开它们，却没人真能搞得清那究竟是些什么。

他走在空旷的库区，远处是涂成迷彩色的围墙。刚调来时，他很喜欢这里的安静，偌大的库区常常见不到一个人。后来他却很怀念肋巴滩机场上的轰鸣声。那金属质地的巨大噪音曾令他厌恶，奇怪的是它们又在回忆中雄浑激昂起来。这到底是怎么回事？人的感觉为什么这样飘忽不定！或许他从来都是迷惑的，他甚至都没搞清楚过自己究竟为什么非要削尖了脑袋调来雍城。这个念头也许是在被朱晓琳甩掉之后就种下来，然后被肋巴滩的烈日和狂风滋养长大，直到整个脑袋塞满了坚韧扭曲的藤蔓。他已经来到了雍城，而藤蔓并未消失，它们依然在生长，以至于他透过那些细小的缝隙，始终无法看到任何一张完整的面孔。他唯一确定的是那些面孔仍隐藏在藤蔓深处，它们只被掩盖却从未消失。

是的，是这样。刘宝平不正在藤蔓之间呼唤他吗？让他想起自己曾在吕老师家里喝过那么多次酒。他还非要教古玉划拳。你以为我不知道你们那啥禁酒令？划拳是划拳，喝酒是喝酒，谁给你说的划拳就等于喝酒？我还和人家划拳唱歌呢，咋就不行了？咦，你咋不喊？不喊你划啥呢？你一喊酒劲就散掉了，这是有科学道理的懂不懂？来，戴一个帽啊，就是只喊一个哥俩好。咋又是五魁首？给你说了水青划拳不带五！五这种拳，咋划都能赢，有啥意思？你以后是水青的女婿，你不按水青的规矩来咋行呢？来，再来一次，听我的啊，兄弟两个好上……吕老师喊"兄弟两个好"时一本正经，常引得古玉忍不住笑。等他学会划拳后才发现，吕老师划的拳其实烂得要命，他最爱出二喊四、出四喊七，十次有八次会被古玉逮个正着。水青划拳喝酒的规矩是一次六拳，一拳一杯，赢二输四，几个回合下来，古玉还没怎么着呢，满脸通红的吕老师就已经坐到钢琴前开始演奏了。在吕老师家，他听了很多钢琴名曲，可他最爱听的却是老头用极其流畅的轮指演奏《阿尔罕布拉宫的回忆》，而那本来是一首吉他曲。几乎可以说，他是冲着这个可爱的老头才去和吕少芬交往的，比起女儿，他可能更喜欢父亲。吕少芬是多么安静啊！她不爱说话，永远只是点头或者微笑，以至于古玉很少能回忆起他们相处那段时间里，究竟都聊过些什么。

现在一切都凋落了。到雍城刚七个月的一天，刘宝平在短信里告诉了他吕少芬出车祸去世的消息。他没有回复。这可能是他自从有了手机以来唯一没有回复的信息。他不知道如何回复。他应该回复的，哪怕只是问一问具体情况，可他的确没有回复。刘宝平说事故出在312国道上，吕少芬夜里开车时跟一台货车追尾。他在网上找了很久，并未找到相关的事故报道。312国道长达数千公里，每天都可能发生事故，而吕少芬的这起事故或许小得不值一提。她为什么要夜里开车？古玉同她分手时，她还在驾校学车，科目二考了两次都没过，一次折在了倒车入库，一次折在了坡道起步，她还在那儿傻笑。不是能考五次吗？还早着呢！第三次考得怎么样古玉就不知道了，看样子应该是通过了。那她出事是什么原因？超速？酒驾？还是别的什么？他没问，也不可能再问了。

出了库区大门刚到路口，一辆吉普车在他面前停下来。你搞什么呢！齐胖子从车窗里探出脑袋，马处长正找你呢，领导电话你也敢不接！古玉摸出手机，果然有马处长的两个未接电话，应该是被刚才的叉车声盖过了。古玉答应着走了两步，又停了下来。胖子，肿瘤医院你有熟人吗？肿瘤医院啊……好像还真没认识的，谁没事想去那儿看病啊。齐胖子眼珠转转，你要说部队医院的话我还能帮你找到人……哎，你逗我呢是吧？你老婆不就是那医院的吗？

古玉逃也似的走开了。赶回办公室，正靠在椅背上闭目托腮的马处长立刻坐直身子。果然没什么好事。宁主任终于想出了解决脱稿汇报的高招。他要求准备两个版本：一个是十五页的完整版，汇报时与会人员每人打印一份；另一个则是不超过八页的缩写版，让政治处会写书法的士官小李抄在自己的笔记本上，一旦首长要求脱稿，宁主任有这册孤本在手，应付下来绝无问题。

意思明白了吧？宁主任说这个叫干货版。就这点干货，要你去汇报，你闭着眼睛也能说个一二三出来吧。马处长罕见地露出一丝讥讽的笑容，不过立刻又收了回去，宁主任既然要求了，你就善始善终吧。弄完不用给我看了，直接呈给宁主任就行。马处长停了停，忙完这个工作组，这两天我尽量不给你派活儿了，让你也休整休整，下周好安心地带队去西藏押运，好不好？

古玉本想说这个干货版可能比完整版更难写，可马处长的最后一句话把他的嘴给堵上了。回到办公室，古玉坐在电脑前发了会儿呆，然后摸出手机给冯诗柔发信息。他们不是已经领证了吗？那就不应该再有求人的感觉。他想他可以再试一次。他盯着手机，好在这次冯诗柔回复得很快。

我又问了一下，等床位的人太多了，真的住不进来。冯诗柔加了一个"流汗"的表情。

好的，明白了。

你会陪你朋友来医院吗？

为啥，不是说住不进去吗？

住院现在确实不行，我是想问你会不会陪你老师去门诊看。

应该不会，这两天太忙了。

没帮上忙，你不会怪我吧？

怎么会，你又不是院长。

假如你要带病人来的话，一定提前给我说一声，这几天我们也忙，不一定在。

好的。古玉最后回复了一句。微信无疑也是有语气的。冯诗柔的语气似乎和平时不太一样。也许是因为没帮上忙而过意不去？从早上到现在，她甚至连朋友圈都没更新。平时古玉吃早饭的时候，她至少已经发过一条了。车流。朝霞。花朵。瑜伽。海滩。小狗。戒指。咖啡。食物。还有很多胖乎乎的猫，虽然古玉确定她并没有养猫。最多的是自拍，特别是嘟着嘴的照片。冯诗柔说她嘴唇薄，嘟起来会好看些。可现在最新的一条还停留在昨天下午。不过他没时间去考虑这些了。他还要去写宁主任要的干货版。他已经做了他所能做的一切，至少他自己是这么认为的。

桌上的电话响起来，古玉仔细地看了来电显示，确定是保障部战勤计划处的号码才接起来。

小古，我是王参谋。明天上午李部长工作组名单改一下，直工处曹副处长不去了，换成栗处长去。电话那头的口气稀松平常，而古玉听着却像个噩耗，栗处长名字知道吧？栗建中，建设的建，中国的中。给你们领导汇报一下啊，就这事儿！

放下听筒，右腿却冷不丁地痒了起来。古玉伸出手去揉腿，可无济于事。他怀疑那颗令医生束手无策的小钢珠可能卡在了某根神经枝杈当中，他愤怒地冲着大腿侧面猛击几拳。这下好了，小钢珠生起了气，它大概是使劲蹦跶了一下，一阵剧痛瞬间爆发，疼得古玉差点叫出声来。一口冷气倒吸进去却半天吐不出来，他双臂死命抱住右腿一动也不敢动。不知道过了多久，疼痛渐渐消退了，他仍抱着大腿在椅子上蜷缩着，像一条可怜的狗。

7

会议室没什么可说的，长得都差不多。唯一的变化是胡桃色大会议桌蒙上了迷彩布，看着有点儿晃眼。宁主任对这块灰蓝色数字迷彩桌布十分满意，昨晚铺桌布时还专门上来看了一眼。他表示，落实实战化要求就是要从细节做起，后面他还打算定做一些迷彩文件袋和迷彩封面笔记本发给大家，以期进一步增强仓库官兵的备战打仗意识。正往一头扯桌布的齐胖子听了连声叫好，因为这桌布是他周日在城里定做，昨天下午又去城里取回来的。至于怎么把那十几把又大又沉的黑色革面软椅搞得更加实战化，宁主任暂时还没想出办法，所以只好先这么用着。

　　会场内众人在两侧分坐——李部长工作组靠窗，仓库常委班子靠墙。也不完全靠墙，他们背后还放着一溜窄桌，坐着会务组的几个人。古玉的任务是给首长讲话录音并在会后整理讲话稿。但还早。还没到"请首长讲话做指示"的时候。这会儿仓库宁主任正在给李部长汇报工作。他面前放着棕色的笔记本，那里面抄录着古玉绞尽脑汁炮制的干货版。可惜这活儿白干了，因为李部长并没有要求脱稿汇报。没人知道李部长为什么没让宁主任脱稿，大家都在揣测领导，于是领导变得更加难以揣测。这可能跟刚才老徐的叉车穿针有关。到四号库房之前，李部长一直面无表情，除了问一些专业上的问题，没有一句多余的话。陪在李部长身边的宁主任不停出汗，短袖夏常服几乎湿透了。检查的前半程气氛都很紧张，直到老徐操作叉车成功地把钢丝穿进针眼，李部长的表情才微微活泛起来。他从随行参谋那儿取来自己的花镜戴上，凑到货叉尖前仔细端详，然后笑了起来。嗯！李部长点点头。毫无疑问，这代表着表演取得圆满成功。来，小伙子！李部长甚至还拉过老徐合了影，这绝对算得上是锦上添花。就此开始，整个气氛变得松快了些，至少跟在后面的古玉感觉如此。

　　最高兴的当然是宁主任。对李部长这样标准高要求严的领导来说，不批评基本等于表扬。他声音洪亮地念着汇报稿，显得有了些底气。古玉坐在后排常宁宁旁边，假装在稿子上勾勾画画，虽然他是最不用看这稿子的人。上午的阳光正照在李部长背上，肩上一颗金色星徽闪着光。刚上军校时，古玉也想过自己哪天能当上将军，后来他就不想了。金星过于遥远，而他只能停留在地球上。

　　身边的常宁宁抓起桌上的相机，起身去给领导拍照。刚才李部长检查时她也一直在跟拍，其中的一些照片将会出现在办公楼前的灯箱里。天天给领导照相，相机都快吐了。想起刚才常宁宁在会议室门口说的话，古玉觉得有些好笑。常宁宁的迷彩服显然是领小了一号，穿在身上很显身材。古玉的目光一直抵着常宁宁背影，像双机编队的僚机盯着长机。正盯着，常宁宁在会议桌前突然转了个身，古玉的目光瞬间从她纤细的腰肢上滑开，猝不及防地跟栗处长撞在了一起。脑袋里砰地一响，宛如金铁交鸣，震得他浑身发麻。天啊！他赶紧低下了头。他见识过栗处长的眼神，像是明晃晃的刺刀，而他无力与栗处长抗衡。

古玉不敢再乱看了。他强迫自己集中精力，埋头听着宁主任的汇报稿究竟念到了哪儿。第二块……第三点。正念着，李部长却一下子截掉了宁主任的话头。

我插一句。李部长取下花镜，你们这汇报是谁搞的？

宁主任立刻停了下来，会议室瞬间毫无声息。古玉赶紧按下录音笔的红键，可李部长只说了这一句就不说了。李部长在等待回答，然而这个问题不怎么好回答——谁也无法判断李部长这话究竟是什么意思。即使从侧后方观察，古玉也能看出宁主任被问蒙了，像个被老师叫起来提问的小学生。小学生答不上来可以红着脸说不知道，宁主任可以红脸但不能说不知道。

首长，我报告一下，这个汇报材料是我们业务处的马处长牵头起草的。宁主任终于反应过来，伸手指了一下马处长，我们马处长以前在保障部机关干过参谋，干过秘书，又是仓库的老业务处长，经验是很丰富的。

噢……还干过秘书。李部长点一点头，给谁干过秘书？

古玉忍不住抬起头。所有人都看着马处长。马处长端坐在桌前，声音不大却很清晰地说出了一个名字。古玉在肋巴滩时就知道这个名字，不仅如此，他还亲眼见过这个名字的主人。那会儿他在警卫连当连长，曾在队列前跑步向他报告，并和指导员一起陪同这位相当平易近人的将军检查过连队。搞得不错。搞得挺好。古玉至今记得他很长的眉毛，以及听上去漫不经心而又言简意赅的评价。来仓库以后，他才知道马处长曾给此人当过秘书，只不过干了没多久便从保障部机关下到仓库当了业务处长。虽然是副团职平调，但从大机关到这个小仓库，实际还是贬了。几年后该将军落马，有关部门把马处长叫去配合调查，大家都以为这就算是永别了，谁知道没过一个月他又回到了自己的办公室。古玉最初听到的版本是说，马处长因为多次犯颜直谏惹恼了首长，才从雍城市中心的机关大院贬逐到了这个北山脚下的团级仓库，走的明显是范仲淹的路子。但齐胖子不这么认为。

哪儿有那么多不要命的？不要脸的倒是有。齐胖子哼哼着，那是因为老马有狐臭，秘书才干了三个来月就熏得首长受不住，这才把他弄走的，不信你们去闻啊！

古玉很不喜欢齐胖子这个版本，即便他此刻确实能闻到马处长身上那股不太友好的味道。他看不到马处长的脸。他只是感觉马处长的头发似乎又少了些。

宁主任你接着说啊，愣着干什么？我批评你们了吗？没有嘛！李部长怔一怔，重新戴上花镜，嘴角咧了一下，听你刚才讲的那个防空袭演练，有那么点意思，最起码反映了你们仓库党委的备战打仗意识。不像有些单位，思维还停留在过去，跟不上当前的形势，这怎么行，是不是？

宁主任抹把汗，清清嗓子继续汇报。念到每一页末尾，会场上就会响起大家一起翻页的哗哗声，像是海水冲过沙滩，抹掉了所有的脚印。但那些脚印曾经存在过，不是吗？刚才那个名字是马处长的一小片过去。人人都有皮肤一般的过去，即使长出了斑点布满了皱纹也依然须臾不可分离。古玉抬起头来看一眼坐在李部长身边的栗处长，他正拿着笔在面前的汇报材料上勾画着。一个念头气泡般在他脑海里冒出，一串接一串，起初他不确定那是什么。如果不是刘宝平，他从来没往栗处长这里想过。他只看到海面泛起异样的波纹，接着涌起白色的泡沫，突然间，一头巨鲸从海中跃起又轰然落下，黑色的皮肤在阳光下闪闪发光。

你看，首长表扬你了吧？下楼去招待所吃饭时，宁主任笑哈哈地拍着马处长的肩膀，我这人就是这样！该你们露脸的时候，绝对要把你们往前推的！

吃饭轮不到古玉参加，其实他也不想参加。和领导吃饭本质上是一项工作，而此刻他只想办点私事。等领导们鱼贯进入餐厅，他快步上了二楼，钻进了楼道尽头的卫生间。昨晚陪着马处长过来检查准备情况时他已经看过了，二楼每个房间都带卫生间，所以楼道尽头的公用卫生间不会有人去。卫生间的地形也十分有利，只要从里面出来进入走廊，经过的第一个房间门上就贴着红色的名签：栗建中。

他关上隔间木门，坐在马桶盖上抽烟。楼下餐厅里的说笑声隐隐传来，而他像个纠结的刺客。他要去找栗处长，而栗处长肯定不想见他。他们本来就没有任何关系，按说也不可能有任何交集。他们只是彼此的一个意外。很久之前的那个晚上，古玉借着来雍城出差的机会跑到战区空军机关大院门口，只是想求见人力资源处分管干部调配的干事。那是他绕了好几个弯才联系上的老乡，他想去打听一下调动的事情，可人家全然没有想见他的意思，不耐烦地挂断了电话。我说了不要来不要来，你怎么听不懂话呢？古玉在站着双岗的营门外徘徊了很久，直到一个剃着平头的便衣暗哨走过来盘问他，他才讪讪离开。他在夜色中往地铁站走，一路上用力发誓再也不去求人办调动了。那本来就是个梦，已经损耗了他大部分的平静和工资。他应该消停下来，老老实实待在肋巴滩，看战斗机起降，跟吕少芬结婚，这并没什么不对。起初不甘于命运，最终又屈从于命运，大家不都是这样的吗？

总体来说，那是个离奇的夜晚。大概也只有夜晚才充满偶然和悬念。闷头走下地铁站又长又陡的台阶，一声惊呼唤醒了他。隔着台阶中央的护栏，一个人从高高的台阶上滚落，一直滚到台阶中间的平台上才停下来，那又重又钝的声音听得他心惊肉跳。他四处张望着，如果附近有别人，他可能就那么走了，他没心情管这些闲事。奇怪的是当时还不到九点钟，而视野中除他之外却空无一人。他呆在原地犹豫了一下，这才跳过护栏跑了下去。那个穿着红色羽绒服的老太太在地上蠕动呻吟，额角和嘴里流着血，看样子摔得不轻。古玉唯一能做的就是拨打 120 电话，从台阶上捡回了老人飞掉的鞋，然后守在老人身边。

急救车来得很快，古玉帮着医生把担架弄出地铁站，又把老人送上车。如果他就此离开，一切会很完美。他将像蝙蝠侠一样扶危济困，然后背对着鲜花和赞美，大义凛然地消失于暮色。令他意外的是，把老人送上急救车后，他却没能下来，因为老太太一直抓着他的手不肯松开。那时他不可能知道，老人有一个叫栗建中的儿子。现在再让他选，他宁愿选择不去知道。他不应该接过老人的手机，去帮她给儿子打电话。当他从老太太口中得知，即将匆匆赶来的那个中年男人居然是战区空军保障部直属工作处的处长后，又决定继续等在手术室外面。他脑袋里一定有个病毒程序被激活了，完全管不住自己。第二天中午，他又鬼使神差般地坐了二十几站地铁跑去医院，还在医院门口买了一大束鲜花。那是他平生唯一一次买花，送给了一个老太太。或者说，送给了有个处长儿子的老太太。他知道会在病房里再次见到栗处长。他必须抓住这个机会，这个机会是他自己挣来的，难道不是吗？如果他只是把老人送进医院就悄然离开，像一个真正的好心人那样，那么他会心安理得地接受栗处长的笑容和感谢。可惜他已经迫不及待地把那些笑容和感谢变现了，仿佛把捡来的钱包还给主人，然后又向对方索要了一份酬金。他在心里反复申明，这并不是自己想去做的。也许捡到钱包的人已经饿了很久，需要像个人一样吃上顿饱饭呢？

他从来也不确定，自己在栗处长眼中是个什么样的人。两年前接到调令来雍城报到时，他借机又去找了一次栗处长。光是打听门牌号就费了半天周折。那天晚上，他走在营区昏暗的路灯下，一直担心信息有误而敲错了门。还好，出现在门口的正是栗处长本人。他穿着短袖体能训练服和拖鞋，手里拿着一副花镜，很疑惑地看着古玉。

那是他和栗处长最后一次单独见面。他很拘谨地坐在栗处长斜对面的沙发上，双手放在膝头。他记得栗处长指指面前茶几上的水果让他吃，他当然不能吃。他向栗处长表示衷心感谢，感谢他费心把自己从肋巴滩调到了雍城，栗处长却靠在沙发上盯着电视，半天没有回应。古玉挖空心思准备的开场白很快就用完了，而栗处长看上去仍未打算开口，于是两人之间显露出大片的沉默，仿佛空旷而寂寥的戈壁滩。

阿姨怎么样？他硬着头皮找话，身体恢复得挺好吧？

栗处长好像嗯了一声，但混杂在电视声里，古玉听不真切。栗处长始终盯着电视，那里有两个专家在讨论特朗普，好像他们和特朗普很熟似的。

古玉知道自己该走了。他起身从挎包里掏出一个小纸袋，轻轻放在了茶几沿上。事后回想起来，这个举动带来的悔恨可与当初让刘宝平去了警卫连有一比。为了这个破玩意，他在商场的珠宝柜台折腾了好半天，最终被扣除了百分之十的"手续费"才得以退货，白白损失了小一万块钱。

合适的干部可以调过来，不合适的干部也可以退回去。他记得栗处长说的每一个字，东西拿走，你也回去吧。

呼吸变得困难。套近乎远没他想象中容易。他很想给栗处长解释一下，这不过是聊表谢意，但栗处长看上去并不这么认为。他一定以为古玉不仅想要一次性优惠，还想享受长期的会员折扣。栗处长当然不可能这么说，这是古玉自己想的，说明他真的这么想过。从医院手术室外的交谈开始，栗处长可能就已经开始烦他了。那次短暂的会见中，沙发上的栗处长连动都没动。他的目光从花镜上方斜射过来，仿佛一只老虎，看得古玉心中一凛。

我说话你没听见吗？回忆的最后一幕是一只被重重摔在茶几上的电视遥控器，年纪轻轻搞这种名堂，你不觉得丢人吗？

古玉揿灭手里的烟。他的脸可能比烟头还烫。不能再想下去了，否则他会失掉最后的勇气。他从马桶盖上站起来，听着喧哗声由远及近。他心跳加速，而腿又开始痒了。副营。落编。丢人。肝癌。转业。美好。户口。旅馆。请求。地铁。混蛋。钢珠。感谢。尊严。叉车。再见。他用力晃晃脑袋，他需要确定自己到底要对栗处长说些什么。

人声渐息，走廊里传来几记关门声。古玉再次确认迷彩服的领章、胸标和臂章佩戴无误，扯了扯衣襟走出厕所。走廊里空无一人，工作组的人应该都准备休息了，下午两点半他们还要去空防工程处检查。他站在栗处长门前，调动出所有的勇气开始敲门。他设想着栗处长的脸色，应该不会好看。不过作为一个有涵养的领导干部，他应该也不会立刻把自己轰走。就算是神色冰冷古玉也完全理解。阿拉丁神灯的故事已经讲完了，他当然不能厚着脸皮要求再来一段渔夫和金鱼的故事。

8

去市区的班车上，古玉睡着了一会儿。从接到刘宝平的短信到现在，四十八小时里他基本没怎么睡。现在好了。他感觉轻松，几乎有些愉快。

这愉快有一部分是栗处长带来的，虽然他中午敲开招待所房门时，穿着白色背心正准备休息的栗处长显得有些惊讶。

要是工作上的事，你可以说一说。栗处长坐在窗边的椅子上，如果是个人的事情，最好还是通过组织解决为好，明白我的意思吧？

栗处长当然不可能猜到古玉要说什么，这让古玉有一丝得意。如果不是刘宝平的短信，就连古玉都不会把栗处长和吕老师联系起来。刘宝平的想法如此离奇又危险，宛如一颗深水炸弹，在黑暗沉寂的海底炸出一团橘色的火光，令古玉无法继续潜藏。他在栗处长几步开外立正站好，有些结巴地说了一分钟，要么五分钟，直到栗处长的目光从天花板落到他的脸上。

好了，我知道了。按说这件事你也不应该来找我。栗处长语气淡淡的，不过人命关天，我就帮你问一问看吧。

见栗处长拿起手机，古玉准备回避，栗处长却摆摆手让他不要走。栗处长显然和对方很熟，听上去应该是战友或者同学。这不意外。意外的是他敬完礼转身走到门口时，栗处长又把他叫住了。

有些话我一直没给你说过，既然你今天来了，说说也无妨。栗处长顿了顿，你从肋巴滩交流到雍城的事，有一部分是我母亲的原因，不过这不是主要的。最主要的，是我看到你简历里有个二等功，这让我还有些意外。从这件事情上讲，你其实是个优秀的干部。栗处长盯着他，优秀这东西，不是谁赏给你的，也不是你拿钱换来的，所以我希望你……希望你继续优秀下去。

出门时，古玉似乎看到栗处长微笑了一下。一颗小行星紧掠过地球，草木依旧葱茏。

给马处长请了假，又从宿舍换了便装出来，正好在楼梯口碰上了齐胖子。你知道李部长今天为啥没批咱们仓库不？不知道。我给你讲吧，他当副师长的时候，那几个单位都刁难过他，只有咱们仓库对他不错，懂了吧？古玉笑笑，侧过身子下了楼。他不想知道那么多，那跟他没什么关系。

在上班吗？上了地铁，古玉给冯诗柔发信息。

对啊，怎么了？

没事，随便问问。

你那个老师看病的事咋样了？还会来我们医院吗？

不来了。看来冯诗柔对这事真很上心。不过现在古玉可以放心地和她开开玩笑了，你们医院不是住不进去吗？他们去别处看了。

好的。冯诗柔说，我们医院就这点不好，人太多。

用不着告诉冯诗柔。她知道了反而尴尬。古玉要做的只是去医院找到张主任，然后和冯诗柔共度这个夜晚。下周一出发押运，至少半个月不会再见到她了。

栗处长打了招呼，一切都很顺利。院办张主任是个忙碌而严肃的瘦子，直到听古玉说到肋巴滩，才突然变得热情起来。我在肋巴滩待了十六年！跟你们栗处长是一个车皮拉过去的兵，都在机务大队，他搞特设我搞机械。张主任说，后来他到师里政治部当干事，军区空军调他他还不太想去呢，说舍不得那儿的羊肉，哈哈！

古玉还是头一次听说栗处长居然也是肋巴滩出去的。这感觉很奇怪。仿佛他怀揣着一个秘密要去告诉别人，而别人早已心知肚明。张主任一连问了古玉好几个人，只可惜年代过于久远，古玉只认识他说的一个老飞行员。

那家伙人不错。我当机械师的时候，每回上飞机他都给我们发"阿诗玛"哩。张主任打完电话，又撕下一张便签给古玉写了两个电话号码，栗建中搞得也太夸张了，谁给他说要等三个月的？我问了肝胆外科，没那么紧张，等个一周十天的也就住进来了。

张主任的法说和冯诗柔不同，这没什么奇怪。张主任说话肯定比冯诗柔好使。再说等的时间越短，插队的感觉就会越小。无论如何，吕老师明天就可以住进来，然后手术，然后化疗，然后就好了。他仍然可以戴他的围巾弹他的钢琴，身边的半老徐娘还可以继续存在，唯独酒可能不能再喝了。酒。他白喝了吕老师那么多的酒，还搭着吕少芬做的菜和拉条子，按说他应该陪着吕老师来医院办手续才对，可他怕吕老师见了自己会气血攻心，没准会强撑病体，用弹惯了钢琴的手再给自己一个耳光。耳光击打的是身体，而受损的是灵魂。一个耳光的当量不亚于一万句辱骂和斥责。他清楚这一点。

两年前那个戈壁夏夜，他拉着黑色的行李箱悄悄出了营门。他专门买了最晚一班的过路车，因为他不想让任何人知道。去水青火车站的路上，他和熟悉的黑车司机聊得不错，直到看见刘宝平从车站门口的台阶上跑下来迎接他。

古玉至今搞不明白，刘宝平是从哪里打听到的车次。他没告诉任何人，包括对他一向不错的陈科长都以为他第二天才走。刘宝平说是他猜的，可古玉不认为他有这么聪明。最大的可能就是他问过了当晚送自己去车站的司机。问题是常年跑水青县城到肋巴滩一线的黑车司机有十一二个，刘宝平真的会逐个打电话去问吗？也许会。这种事只有刘宝平才能干得出来。

刘宝平抢过他的箱子走上高高的台阶。想提就提吧，古玉自己无法改变他在刘宝平心目中的崇高地位，哪怕他从来也没给过刘宝平一点儿好脸色。他虚幻的崇高完全建立在刘宝平可笑的愚蠢之上，他不相信刘宝平不明白这一点。行了，你赶紧回吧。那咋行，我还得把你送上车呢！古玉不想再见到刘宝平了，没谁愿意面对戳穿了自己谎言的人，可刘宝平却赖着不肯走。他从迷彩服口袋里掏出个小盒子递过来，说那是他专门送给古玉的 ZIPPO 火机。

别给我，我不要。别啊连长！我买的时候叫店家在上面刻了你的名字呢，不信你看。刘宝平手忙脚乱地想要证明，火机却从盒子里掉出来，滑到了椅子底下。他赶紧弯腰去捡，就是这一刻，古玉猛地看见吕老师正冲他走过来。他穿着件浅色牛仔衬衣，围着条很薄的黑色围巾冲他走过来。自己该怎么称呼他？刚认识他时，古玉叫他吕老师，后来又叫他吕叔叔，如果没有遇到栗处长，他可能已经改口叫爸了。还没想好怎么称呼，他脸上已经挨了一记重重的耳光。吕老师的预算应该是一串耳光，只不过刚刚完成了一个，就被刘宝平紧紧抱住了。他使劲挣扎着，可河马一样壮实的刘宝平已经当了几年的警卫班长和连队的捕俘拳教员，如果被他抱住，就连获得过摔跤比赛名次的蒙古族牧民都没办法把他甩脱。

放开。古玉轻声命令着，他不想在空荡的候车室发出回声。

再打你怎么办？刘宝平看一眼古玉，又看看老头，吕老师，有话好好说啊，你怎么能打人呢？

你为什么要干这事？我就想知道你为啥要干这事？吕老师不理睬刘宝平，他只是瞪着古玉，两只发红的眼睛突然涌出泪来，我们哪里对不起你了吗？

这一定是人生中最为难堪的时刻。古玉垂下了眼帘。他无力与吕老师对视。他只是想离开。他想把自己从戈壁滩上拔出来，所以不得不扯断那些同别人缠绕在一起的根须。他想要对既定的目标发起空袭，就不可避免地造成附带伤害。他并不想这样，可除了这样，谁还有什么更好的办法吗？

你跑来干啥呀爸！谁叫你跑来的？一阵急促的脚步声，吕少芬不知从哪里冒了出来。她带着哭腔跑过来抱住父亲，这是我的事，你跟我着干啥呀！

几个面容疲倦的旅人远远地看着他们，一个婴儿响亮地啼哭起来。候车室天花板上起码有一百根荧光灯管，他们为什么把这里弄得这么亮？他不知道接下来该怎么做才是正确的。大概怎么做都不可能正确。他只能怔怔地看着吕少芬拉扯着父亲走向候车室门口，继而消失在无尽的暗夜之中。

连长，吕老师这事办得不好，再咋说也不能动手……刘宝平凑过来，却被古玉揪住了脖子。像当年那样，刘宝平还是一动不动，像一只被揪住了后颈的猫。唯一的区别是，古玉头一回感觉到了刘宝平的强壮和分量。

你告诉他们的，是不是？

我……吕少芬问我你啥时走，我觉得不说也不好，后来吕老师也问我……连长，我不是那个意思……

古玉松开手，提起箱子走向检票口。刘宝平追上来要帮他提箱子，被他一把推开了。连长，我错了，我没想到吕老师会动手，我就是想着你和吕少芬好过那么长时间，她送你一下也没啥。连长，你把箱子给我呀，以后我想给你提也没机会了……

你给我滚远点！古玉狠狠地瞪着刘宝平，你以为你是个什么东西？你以为我最烦的是谁？就是你！你不知道吗？

古玉走开了。进站前，他看见玻璃门上映出刘宝平的影子。他低着脑袋戳在那儿，活像一个混凝土墩子。那时他恨透了刘宝平，现在他忽然又不那么恨了。他更像个不知轻重的小孩子，见抽屉就拉见门就推，他从不管那里面会藏着些什么。那么还是告诉他吧。打电话当然说得最清楚，可他一时间拿不准该以什么样的口吻对刘宝平说话。他一直认为刘宝平是怕他的，此时自己却像是怕起了刘宝平。这是不对的，怎么能有这种感觉？刘宝平不是他带出来的兵吗？

古玉站在医院行政楼前，摸出手机犹豫了好半天，然后给刘宝平发了一条很长的短信，包括所有的联系人、电话号码、住院流程和一句对吕老师的祝福。他不可能像在肋巴滩的机场上那样，一眼望到祁连山顶的雪。他只能站在被无数建筑立面切碎了的城市天空下，琢磨、掂量、纠结着，怀揣散沙般细碎又卑微的心思。

古玉重新穿过门诊部大厅准备离开。从认识冯诗柔到同她结婚，他从未来过这里。眼前这巨大喧嚣如同春运高铁站的门诊大厅令他震惊。这是雍城背景音乐的一部分。古玉在人流中绕来绕去，即将走出这嘈杂之地时，他随意地抬头扫了一眼，不由自主地停下了步子。

疼　痛　科

绿底白字的牌子，古玉在冯诗柔的朋友圈里见到过。他一直以为这是一栋独立的建筑，搞了半天只是环绕大厅天井的一层回廊。他仰头看了一会儿，迟疑着上了扶梯。一排诊室都关着门，古玉不知道冯诗柔在哪一间。每间诊室门口的屏幕上都显示着医生和患者的姓名，他从头走到尾，却没看到冯诗柔的名字。看来她还太年轻，不仅没办法搞定住院的事，连在屏幕上显示姓名的资格也还没有。古玉转身往回走，忽然看到楼道拐角处的墙上贴着一张医护人员值班表。他摸出手机，想把冯诗柔的名字拍下来发给她，那一定很好玩。奇怪的是，古玉盯着那张表格上上下下仔细找了几遍，都没找到冯诗柔的名字。

你好。他喊住迎面走来的一位中年女医生，请问冯诗柔在吗？

谁？她满腹狐疑地打量着古玉。

冯、诗、柔。古玉又认真地重复一遍，她是你们这儿的医生。

冯诗柔？她嘴里嘀咕一下，你弄错了吧，我们这儿没这个人。是不是其他科室的？

这儿不是疼痛科吗？

是啊。这点我应该还不会弄错，这科成立我就在这儿。她笑笑，指指白大褂上的胸牌，上面印着她的照片和姓名，我可以很肯定地告诉你，我们这儿没你说的这个人，要说起来，我们这儿从来也没有过一个姓冯的。

古玉站在原地发了会儿呆，才想起给冯诗柔打电话。和平时一样，她直接挂掉了。她为什么这么讨厌接电话？

老公有事吗？冯诗柔很快发来微信，我在上班呢。

我就在你上班的地方。古玉在巨大的嘈杂声中打着字，没找到你啊。

别逗了，我正忙着呢。她回个笑脸，今天病人特别多。

肯定是哪儿搞错了。疼痛科。多么怪异的名称。古玉冲着走廊拍了张照片发出去。这地方他一点儿也不熟悉，冯诗柔应该能告诉他到底是怎么回事。

我刚才没说清楚，我今天不在单位上班，一下午都跟着专家在医大附院这边出诊呢。冯诗柔的电话立刻回了过来，这似乎是她头一次主动给古玉打电话，你怎么跑到医院来了，你到底在干吗？

我顺路过来的。古玉笑，刚才我问了个医生，人家说不认识你。

谁让你来的？我不是给你说了，你来的时候告诉我吗？冯诗柔不知是怎么了，发动机试车般的尖利嗓音刺得古玉鼓膜生疼，我现在不在医院！你别瞎跑了，赶紧回去！听见没有？

问题是我已经来了。古玉突然觉得整个世界都晃动起来，你这是咋了？你到底在哪儿？

9

在一号洞库仔细核对完将要押运走的十二发 15 号弹，古玉没坐电瓶车，而是沿着幽深的坑道往外走。航空爆破弹重而航空杀伤弹轻。航空穿甲弹细而航空燃烧弹粗。航空照明弹带吊伞而航空照相弹不带。梯恩梯的机械感度很小，就算朝着它开枪也不会爆炸。黑索金一点不黑，它其实是种白色的结晶物。

身边码垛的弹药古玉已经非常熟悉，而人却依然陌生。从洞库出来，刺目的阳光让他眼前发黑。他索性坐在了洞口旁的草坡上，面朝太阳闭上眼睛。他应该回办公室的，但这时候他不想见到任何人。昨天傍晚离开家，他在大街上游荡了很久，后来右腿酸胀得厉害，就坐在路边的长凳上，一直坐到街上再也看不到行人才打车回了仓库。整个晚上，冯诗柔给他发了很多条微信，还打了十几个电话，但他没回也没接。他不知道说什么。就像早上马处长问他为什么没在家多待会儿，他也不知怎么回答。

回来了也好，正好把这个给你。马处长把手里的几页传真纸递过来，这是我从我同学那里要来的一些高原行车的经验材料，他在拉萨和日喀则都待过，对西藏那边的情况特别熟。你好好看看，马处长带着一丝笑意，这可是押运秘籍，应该能有点儿帮助。

不用了处长。古玉犹豫一下，我用不上。

有备无患嘛，怎么叫用不上？马处长愣一下，人家出去旅游还做做攻略呢，这是仓库第一次押运火工品去西藏，你又是带队干部，更得准备充分些。

我去不了了。

为啥？

我不想去了。

这话怎么讲？马处长把手收了回去，意外地看着古玉。他可能想从面前的这张还算年轻的脸上发现点儿什么，为什么不想去了？

不为啥，就是觉得没意思。

没意思？什么有意思？

没什么有意思的，什么都没意思。

所以你就不去了？

是。

因为你心情不好，所以就打算撂挑子不干了？马处长的腮帮子微微发抖，我知道你这几天状态不对，但这好像还构不成你不去押运的理由吧？

我状态挺好的。古玉呆了呆，就是不想去了。

现在要是让你上前线打仗去，你也打算说你不想去了，是这话吗？

我没那么说。古玉低声嘟哝着，那不是一回事。

这就是一回事！马处长猛地把手里的材料拍在桌上，震得古玉一激灵。他眼看着马处长的一张关公脸很快红得要滴血，不想去了，你说得轻巧！你凭什么不想去？你有什么资格给我说这种话？就你古玉有情绪，别人没有？我马书南没有吗？你加班我也加班，你熬夜我也熬夜，我比你舒服吗？我副团马上满十年，原来人家说我是保障部最年轻的副团，现在呢？现在是最老的——算了，不扯这个。没错，我明年三月就该转业了，那我现在是不是就可以去对领导说我不干了，能吗？不能，因为我说不出口！因为我还有我的原则，我还有我的尊严！尊严，懂吗？我不知道你遇上了啥事，我也不想问你，但是不管遇上什么事，我都不能允许你给我拿出这副半死不活的样子！不允许！什么叫疾风知劲草，一点风就把你吹倒了？以前的你是这个样子吗？你档案里的二等功是怎么来的，你自己不记得了吗？

古玉完全呆了。他从来没见过如此咆哮的马处长。他印象中的马处长永远和颜悦色温文尔雅。两年前来仓库报到那天，马处长什么也没问，只是让他起草一份从严治军教育提纲。古玉熬了一个晚上，第二天一早把十页纸的提纲送到了马处长桌前。他不知道马处长看了没有，因为马处长压根就没再提过这事。这说明只有两种可能：要么很好，要么很烂。不过古玉不担心。部队机关搞材料，一级就是一级的水平。离开肋巴滩时，古玉是航空兵旅司令部军训科的副营职参谋，而综合仓库只是个团级单位。一个作战旅机关拿出来的材料多少要比一个后勤团级机关高一截，就像雍城的人总比水青的人见多识广。事实也是如此，虽然马处长没给出任何评价，但业务处乃至整个仓库的大材料从此就归了古玉。从这点上说，马处长是赏识古玉的，虽然他从来没有明确表示过，就像他从来没有如此狂怒过。

我为什么要推荐你去负责这次押运？我不看别的，我就看你古玉经历比别人全面，干工作比别人卖力，出去能把这个任务完成好！当然了，我也有私心，我想把你留下，所以我得给你压担子，我得让别人看到你古玉是可以的！我想尽量给仓库留几个像样的干部，一个单位没几个踏实干活的人，那就彻底完了！刚才的怒吼像是把马处长累坏了，他的声音低沉下来，我给你一天时间考虑，想清楚了再来找我。我希望你去，但如果你坚持不去，我不勉强你。听明白了吗？

古玉点点头，看着马处长离开。马处长失态了，终于流露出了自己的失意。自己也失态过，死死揪住刘宝平的脖领要揍他。常宁宁也失态过，酒后抱着古玉哭过一回。吕老师也失态过，给了古玉那么结实的一记耳光。冯诗柔也失态了，昨晚她冲着古玉用力哭喊，用掉了好多张纸巾。也许每个人一生中至少都会失态一次，仿佛一扇沉厚的铁门突然开启又迅速关闭，露出门内一瞬间的隐秘光景。

古玉摸出手机瞅一眼，冯诗柔今天没有更新朋友圈，也没再给他发微信。她可能也意识到，虚构不是件容易的事。他想起第一次和冯诗柔约在星巴克见面时，她话不多，显得有些拘谨，直到她站起来去拍陈列架上那些新来的杯子。这是新款的呢，好漂亮呀。她说，然后把它发了朋友圈里。第二次见面时，古玉是带着那只杯子去的。那天他有些兴奋，因为别人从来没给他介绍过一个容貌尚可并且有着一份体面工作的姑娘。他太需要一个合适的结婚对象了，而冯诗柔看上去是最合适的一个。在他们相处的短暂时光里，她最常讲的是医院里的事情。一个危重病人如何化险为夷。手术结束后少了一块纱布。号贩子和快递小哥打起来了。某种进口的针剂一支就几千块。这些事情她总是讲得异常具体，充满了带着消毒剂味儿的细节。

这很荒谬。他只不过是一个小小的上尉，每月拿着在雍城面前不值一提的工资，就算全花在冯诗柔身上，那也不是什么值得欺骗的数目。相反，他从她那儿得到了很多满足，不论欲望还是虚荣。他失掉的原来并不是他理应得到的。所以昨天晚上，他和冯诗柔沉默相对时，居然找不出什么事情来责难她。他唯一想知道的只是她为什么要这么做，可她却不肯给古玉一个直接的回答。

不为什么。她始终坚持着，因为我喜欢你。

这不是真的。古玉知道他没那么大魅力。他可能是冯诗柔秘密计划的一部分，正如冯诗柔也是他秘密计划的一部分。他们理应心照不宣。在肋巴滩时，他曾做过那么多计划和方案，现在想来，没有哪一次是完美的。着陆的飞机撞上鸽群。打地靶时突起沙尘遮掩了十字靶标。拉羊粪的车在戈壁滩迷路。手榴弹在身边爆炸。离开肋巴滩那个晚上，古玉也精心计划过。他特意买了最晚的过路车的车票以避开别人，最终还是遇上了早已等在那里的刘宝平。

古玉不太能够辨别此刻涌动着的到底是痛苦还是难堪，也许兼而有之。如果最开始他就知道，冯诗柔其实只是肿瘤医院旁边那家民办医院的护士，那么他还会继续同她交往吗？她从来没念过医科大学。她和古玉同住的那套两居室公寓也是租来的。她从前说过，她的名字是当老师的父亲起的。现在古玉对此表示怀疑。虽然身份证显示，她真的姓冯名诗柔，一个字都不错。

那么她还是不是她呢？古玉想。冯诗柔的头发垂落下来，遮住了半张脸。她的模样和两天前毫无二致。只是当她红肿着双眼坐在古玉对面的沙发上一言不发时，他也惶惑了。他只觉得每个人都如此深奥，令他费解。

不知在橘色的光晕中停留了多久，古玉睁开眼，拍拍屁股向山下走去。拐过六号库房，远远地看见常宁宁正快步走过来，估计是走得有点急，脸颊红扑扑的。

你干吗呢？打电话你为啥不接？看见古玉，她立刻气急败坏地喊起来，你到底在干吗？

我在洞库清点导弹啊，洞库不让带手机你不知道啊？古玉看着常宁宁的发梢被汗水粘在了额头上，怎么了？

没怎么……没事了。常宁宁长舒一口气，无力地靠在库房迷彩色的外墙上，你早上跟马处长是怎么回事？我从来没见他发那么大火。

我知道了。你是怕我想不开去引爆弹药库吧？

滚你的！常宁宁瞪着他，你去引爆啊！

我逗你呢。古玉笑笑，早上我是有点失控，不过现在好了。

哟！常宁宁也笑起来，你这么冷静的人也会失控？

自己冷静吗？古玉想了想，很多时候是的。两年前局势最紧张的时候，肋巴滩要前出一个任务分队去西藏。动用飞机数量。航弹种类和基数。空转安排。地转安排。轮战方案是古玉做的，他也把自己写进了前指人员名单。他考虑得很周详，连参谋长都这么说。唯独没想到的是方案上午刚批下来，干部科下午就通知他去雍城的调令到了。他忘不掉那无比纠结的一天。我知道你想去，对吧？我也觉得你应该去。当兵不就为的这一天吗？陈科长满怀期待地看着古玉，想去咱们就请干部科帮你协调，特殊情况嘛，晚几个月去报到应该没问题，你说呢？

古玉不说。他没法和陈科长对视。他飞快地评估了一下成本和风险，然后拒绝了。虽然吃力，他还是拒绝了。他怕夜长梦多。万一因为参加了任务分队弄得调令作废了呢？他承担不起这个后果。现在他才发现，后果永远是存在的，就像行进的落脚处，避开了这里，就得踩到那里。

忽然想起个事。古玉说，我在肋巴滩的时候，有一回要在营门口立个牌子，参谋长说要写"哨兵神圣不可侵犯"，我说应该写"哨位神圣不可侵犯"。参谋长说其他单位都是这么写的，我说其他单位都没过脑子。这下把参谋长惹火了，他说就你聪明？你给我说写哨兵哪里不对了？我说神圣应该形容事物啊，像神圣的战争、神圣的领空什么的。哨兵就是一个兵，他能神圣炊事员为啥不能神圣？站长政委神圣不？你办公室门上是不是也要写个"参谋长神圣不可侵犯"？差点儿没把他噎死。

你这就是抬杠。常宁宁白了他一眼，那最后呢，按谁的写了？

那还用说，当然是参谋长的。古玉笑起来，谁官儿大谁说了算嘛。

所以你还是会去押运的，对吧？

应该会吧。古玉重新闭上眼睛，让自己回到橘色的光晕中，我会做我应该做的一切事情。

10

夜色不动。高原不动。109国道不动。抛锚的车不动。古玉也一动不动。只有心脏在疯狂跳动，像个被快速拍击的皮球，咚咚咚咚咚咚，他能清楚地听到这声响。古玉想转移一下注意力，手机却不听使唤，屏幕上的图标浮动着，指头总也点不住。他自己也不听使唤，背包带勒住的脑袋一跳一跳地疼，感觉血管马上就要爆裂了。他张大嘴巴呼吸着，又不敢张得太大，不然心从嘴里跳出去怎么办？鞋上全是中午在大西滩推车时沾的泥巴，难道要把沾满了污垢的心脏从脚底下捡起来重新吞下去吗？

一天下来，他们其实并没走出多远。眼下离沱沱河兵站少说还有七八十公里。早上在格尔木刮过的胡子，此刻已经长出老长。气压减小，胡子就会长得快？这个可以研究一下。出发时带的红景天胶囊马上吃光了，没觉得有什么用。车打不着，用不了暖风，他把所有能穿的衣服都穿上，依然觉得冷。这是废话。能打着，他就不用待在这里了。打不着，他就得待在这里。没别的办法，带队干部是他，他不能把一车的15号弹扔在野地里，也不能让保管队那两个兵替他待在这里。

他一动不动地靠在车门边。路上已经见不着车了。雨不知道什么时候开始下的，透过布满雨水的车窗看出去，此时的夜色如同肋巴滩一样深沉。不像在雍城暗红色的夜空下，他总能看到自己那层浅薄的影子。说起来，古玉一直觉得自己是喜欢黑暗的。接任警卫连长后，他干的第一件事就是把营门夜间的灯给关了。从前的营门并非如此。从前的营门一到夜晚便灯火通明，卫兵的眼睛和刺刀在灯光下闪闪发亮。没人觉得这有什么不对，所以参谋长晚上散步，远远看到营门黑着还以为灯坏了，打电话让古玉赶紧找机营股来修，当知道是古玉故意把灯熄了，还把他训了一通。古玉很认真地向参谋长指出了其中的差别。执勤卫兵必须背着步枪藏身于夜幕，直到有人跨过那条写着"警戒线"字样的白线时——他是这么要求的——卫兵才会突然把营门顶上的大灯打开，让对方瞬间暴露在刺眼的灯光下。

他告诉参谋长，灯火管制是一种安全策略。灯光辐射能量，会让卫兵误以为温暖和安全。唯有黑暗，才能让他们绷紧神经瞪大眼睛警觉起来。

出发前那个周日他也是这么想的。肿瘤医院住院部安静而明亮，而他恨不得去把电闸拉了。他在漫长的走廊里寻找病房，每个拐弯处都会先停下来，像个贼似的把头探过墙角观望。但他终究是要走出来的，他必须闯过护士站前的那片开阔地，才能到达吕老师的病房。

你干什么？一个年轻的护士严肃地看着他，探视时间结束了。

古玉尴尬地停了下来。你找谁？他几乎都要转身离开了，护士却又放了他一马，十九床在那边，你动作快点儿啊！

古玉站在门外，隔着玻璃看着病床上的吕老师。老头躺在白色被单里，露出一张苍白的脸，看上去像是死了，好在古玉确信他还活着，没准还能活挺长时间。吕老师不会知道他曾经来过，他只是需要让自己知道他曾经来过。

呼吸越来越困难。古玉裹紧大衣，把车窗摇开一条缝，稀薄又冷冽的空气灌进来，他打了个哆嗦。便携的小氧气罐只剩下两个，人却有三个，他不能再吸了。头疼得几乎要裂开，眼前闪现出不明不白的眩光。马处长给的资料上说得很对，夜间的高原反应确实比白天更大。古玉想再把头上的背包带勒紧些，可使不出一点力气。这是要死了吗？他感觉自己撑不到两个去求援的兵回来了。以今天路上的平均行驶速度，他俩搭乘的便车即使顺利到达沱沱河兵站，找到修理工再马上返回，起码也得四五个钟头。那时候自己一定已经死了吧？

他瘫倒在座椅上，躺下应该会好些。正挪着身子，突然觉得腰下硌着个东西。伸手一摸，噢，枪。一支老牌的五四式手枪。上军校新训时用的就是这个，肋巴滩警卫连也用这个，现在还是这个。他其实挺喜欢五四式，很趁手。相比之下，空勤用的七七式就显得太小了些。棕色的牛皮枪套上插着一只弹夹，里面有五发子弹。古玉退出空弹夹，在黑暗中把装有实弹的弹夹塞进手枪。咔嗒，好了。然后呢？在肋巴滩的时候，他们会射击固定靶和移动靶。不过现在没有靶子，有的只是他自己。刚开始学习轻武器射击时，总有人不理解什么叫"有意瞄准无意击发"。报告连长，我老想着无意呢，那这是不是又算有意了啊？刘宝平这么问过他，不过后来他总算明白了。当然，手枪训练最基本的要求不是这一条，而是"枪口不得对人"。古玉打了那么多子弹，还从来没把枪口对准过谁呢。对着那小小的、圆圆的、刻着精细膛线、黑洞般看不到尽头的枪口会是什么感觉？他好像从来没想过这个问题。

古玉举起手枪，在车窗透进的微光中端详着枪身优美的剪影。他盯了它一会儿，用拇指张开击锤，又把手慢慢移开，直到枪口碰到了太阳穴，那里的血管正跳得厉害。古玉把枪口紧紧压在太阳穴上，但似乎还不足以压制住那弹跳的血管。他僵了几秒，试着把笔直地紧贴在扳机护圈外的食指移进护圈，可就在轻触到扳机的那一瞬，他像被电击了一般，猛地坐了起来。

天哪！他飞快地关上保险退掉弹夹拉动套筒，枪膛里那颗子弹掉在了坐垫上。他赶紧捡起来压进弹夹，又神经质地把弹夹内所有的子弹退出来数了几遍。一、二、三、四、五。没错，是五发。五发够了，送他出发时马处长这么说过，就是那么个意思。他这才把子弹重新压回去，给手枪换上空弹夹，然后把这沉甸甸的家伙装回枪套，再一把塞进工具箱，叭地扣上盖子。他浑身紧绷地坐在那儿，只觉得从脚跟到后颈一阵阵发麻，身上酸痛的感觉反倒消失了。

这时候，手机屏幕突然亮了起来。

给你看个东西。常宁宁发来一个视频，你肯定感兴趣。

古玉不知道她说的是什么。信号很差，视频始终在缓冲。但不管怎么说，刚才那一波接一波的后怕开始平息。昏昏沉沉不知道坐了多久，古玉再点一下视频，居然可以打开了。古玉认出那是保障部机关礼堂，他曾在那儿开过几次会。镜头从主席台顶上一条"先进事迹报告会"的横幅移下来，又拉大，主席台侧面的发言席上，一个穿着军装，斜挂着红色绶带的士官正站在那儿发言。起初古玉没认出这是什么人，因为他戴着军帽，脸上似乎有一块一块像是没洗净的东西。看了差不多一分钟，他才陡地明白过来。

刘宝平。这是刘宝平。怎么可能是刘宝平呢？他长得不是这样的。在水青火车站送他时，刘宝平还像只河马一样敦实，现在却瘦多了。常宁宁拍的视频声音不很清楚，得仔细听才能听出里面说的是什么。

……我特别想感谢的，是我的老连长古玉。当初在新兵连训练时，我因为过于紧张而把手榴弹投到了脚下。是我的老连长奋不顾身地扑上来，用自己的血肉之躯为我挡住了弹片。我毫发未损，他却被炸伤，整条裤腿浸透了鲜血，直到现在，他身上还留着没能取出的弹片。我的老连长是我最崇敬的人，是他用实际行动给我树立了崇高的榜样，教会我怎样去做一个合格的军人。所以在看到战机起火迫降时，我脑海中第一个闪现出的就是老连长当时的身影……

身影。刘宝平居然也会用这个词？不用看都知道是宣传科的赵二宝给写的，肋巴滩的人都知道，赵二宝最大的本事就是添油加醋，然后去骗报纸的稿费。还有刘宝平，他说得太逗了。谁想去替他挡什么弹片？

可古玉却忍不住看了一遍又一遍，直到屏幕变得完全模糊起来。他推开车门爬下去。雨不知是什么时候停的。天空洗净了，头顶一片汪洋星海，弥漫着雾一般的星云。他眨巴几下眼睛，星空变得清晰起来。这里的星河和肋巴滩的一样宽广灿烂。在肋巴滩那些年，古玉就喜欢坐在操场边上的混凝土墩子上看星星。时间久了，墩子上露出的钢筋都被他的屁股磨得发亮。那阵子刘宝平常会跑来和他一起看。古玉叫他滚开他总也不滚，他坐在几步开外的另一个混凝土墩子上，学着古玉的样子，仰着脑袋看天。

连长，古玉忽地又想起刘宝平曾问过他的问题，你说天上这么多亮闪闪的星星，为啥夜还是黑的呢？

这就不错了，你还想怎样？古玉可能是这么说的，他对刘宝平从来都是这副口气。也可能他什么都没说，就那么沉默着，因为直到今天，他依然没想好该怎么回答。

原载《十月》2021 年第 3 期

肖　勤

你
的
名
字

一

姓什么？

滚。

什么？

滚，波涛汹涌的滚。

那不就是滚开的滚。百家姓里有这姓？冯愉快放下笔，很不礼貌地笑起来。冯愉快觉得当警察就是好，人进了派出所，管你有事没事，我用什么样的态度跟你说话都可以，但你不能什么都可以。

眼前这个中年男人对冯愉快这个态度明显有点恼火，但他也只能憋着。这家伙个头不到一米六，皮肤黑亮紧绷，肩宽背厚，整个人就像张家沱老盐号里经年的秤砣，从里往外冒出来的都是汗滋滋的实诚，身上一套宽松肥大的暗灰色珊瑚绒睡衣，脚上是一双乡下女人手纳的布鞋。

这样子怎么可能是犯罪嫌疑人，所里这一堆猪头。

名字？冯愉快接着问。

滚月光。

冯愉快迅速脑补出一轮月亮被他撵猪儿一样撵着走的情形，又浪漫又有点古怪稀奇。

于是又嘻嘻笑起来，今晚他的心情不错，平头哥袁百里被人砍——联想到不可一世的袁百里被人追着砍时惊恐、猥琐或者狼狈的样子，冯愉快的大脑就不可抑制地分泌出一大堆多巴胺，让他忍不住想笑，眼角、嘴角，板着板着就弯上去了，仿佛他并不是在派出所调查一个叫滚月光的男人，而是在某个小巷子里调戏良家妇女。

男人显然被他持续不断的嬉笑彻底惹恼了，他以为冯愉快还在笑他的名字，于是身子向前倾，一脸老实人要炸毛的表情。

好、好好好，滚月光。冯愉快收起笑容，边记录边朝滚月光的头顶看了一眼，嘀咕，好端端的把头发弄成这个样子搞啥子，人家不抓你抓谁？

男人的发型很特别，整个脑袋剃得光溜溜的，只剩头顶一撮，蓄得很长，绾成棍状立在头上。大街上估计只有两种人这样蓄头发，一种是艺术家，一种是满大街混社会的。不管是哪种，都不好惹，万一抓错了，闹起来不好收场，所以冯愉快立马把锅扣在人家的发式上——冯愉快其实属于那种既怕事又爱揽事的主儿，用媳妇的话说，日天的架势、拉稀的胆。若不是因为这个，冯愉快也不会一直在派出所当协警，对"日天拉稀"的冯愉快来说，他一辈子五行缺刚，协警这一身皮相，正好补足所欠刚火。

我头发怎么了？我们满个寨子的人都是这样的头发。男人怒火冲天地答着，也许是说到了他们寨子的缘故，他顿了顿，表情突然变得温驯，叹口气，嘴角轻扯了一下，又说，我们满个寨子的人都姓滚。说完转头去盯着窗外路灯下那棵油绿的皂角树，眼神温润孤单，仿佛那里有他的寨子，还有一群头顶绾着一撮发辫的姓滚的人。

好嘛，那滚月光，知道为什么叫你来这里吗？

我车上有刀。滚月光转回头，却不看冯愉快，低头看地上，那里有一只莫名其妙冒出来的蚂蚁。

冯愉快顺脚一抹，地上只剩一道细小的黑痕。

滚月光一动不动地盯着那黑痕，缓钝地抬起头，目光像块黑色的磁铁，能把人吸进去。然后，他费解地问，你踩它干啥子？

冯愉快放下笔，也一脸费解的表情，我为啥子不能踩死它？

哼。滚月光咧咧嘴，表情古怪。

袁百里被砍的时候，你在哪里？

哦，滚月光又咧咧嘴，突然嘿嘿嘿笑出声来，我在要去砍他的路上。说完，滚月光十分受活地往后一靠。

他忘记了派出所作询问笔录时给坐的凳子没有椅背，于是，冯愉快还没来得及伸手，他就整个人仰着倒翻在地。

冯愉快没忍住，狂笑。

"一块朴实的秤砣，咚一声，砸痛了谁的夜，有人在痛，有人在笑。"冯愉快在他的《众生录》上写下这么一段。

询问就这样以闹剧收场。

想一想，今夜，有人拿刀砍了牛烘烘的袁百里，有人拿着刀正在去往砍袁百里的路上，这事真他妈疯狂。

二

从青春期开始，协警冯愉快就经常做同一个梦，梦见自己走在一条没有尽头的小巷道里，对面走来一个人，脸上没有鼻子和眼睛，只有一张巨大的嘴，嗫瑟地笑着。那个人举着一个透明的玻璃瓶，白花花的阳光从高高的巷壁上照下来，照在小小的瓶子上，瓶子散发着七月焦热的泥土味，还带着太阳雨过后弥漫在空气中的濡湿气息，里面困着一只画眉，慌里慌张没头没脑地在瓶子里扑腾。

你出不来的，冯愉快与那个只有嘴巴的人擦肩而过，用细得只有蚂蚁听得见的声音说。尽管声音不大，但冯愉快的语气像极了一个痞子。

画眉看了他一眼，突然它的头变成了恶狠狠的袁百里，冯愉快脸上的痞子气顿时吓得收住。

其实，冯愉快的爸一直希望儿子冯愉快能成个痞子，他觉得作为一个小市民的儿子，要么就跟杀猪匠破鱼娘一样无惧贫穷脏乱，要么就在猪摊鱼市里拼出一条仕途来，做那种每天穿着干干净净的白衬衣上班的人。没有第三条路可走。当然，从现状看，儿子冯愉快离穿白衬衣上班的要求显然还远得很，所以他只能奢望儿子能像个痞子，而不是生了痞子的命，又天天想着写他那些狗屁不通的诗。杀猪匠知道，生活就是战斗，痞子不成器，但至少有拼搏的血性。可是他没想到他每天拿着杀猪刀，却生了个怯懦到连鱼都不敢杀的儿子，实在是丢了他和他列祖列宗的脸。

杀猪匠对冯愉快的失望表现在若干参照物上，巷子东口家敢倒着从树上向下摔表演铁头功的铁头，西门刘寡妇家那个能与泼妇较量三天三夜的许大嗓子，龙井坎梧桐树下敢直接拿巴掌把猪儿虫拍得满井坎都是绿肉汁的李家疙瘩……天下所有的男孩都是反照出冯愉快"什么玩意儿都不是"的镜子。

比照得多了，杀猪匠也累，最后万马归槽，把参照物固定在"隔壁院子的袁百里"身上。

隔壁院子的袁百里就是今天滚月光要去砍的那个袁百里。

脑补一下袁百里血光四溅的画面，冯愉快全身打了个哆嗦，像是憋了许久的一泡尿，终于爽快地一泻千里。

杀猪匠说冯愉快没有得到他半点遗传，也不完全对，起码冯愉快和他一样，对血是有深厚感情的，每当看着杀猪匠朝猪身上捅一刀，接着一注鲜血漂漂亮亮准确无误地射进地上的木盆里时，冯愉快是开心的，眼神阴森快活地躲闪跳跃，像是偷偷和自己谈了场不敢与人言说的恋爱。

冯愉快的妈害怕冯愉快看血的鬼样子，她跟杀猪匠诉苦——这孩子让人心里发毛。

咋个了？杀猪匠瓮声瓮气地答，肥厚的手掌朝冯愉快的妈胸口搓过去。

冯愉快的妈烦着呢，拿起手里的剪刀比画，远点，说话呢。

你说。杀猪匠端起桌上的搪瓷大茶缸，喝一口浓茶，兴奋地问，他咋个让人心里发毛了？

你说他不敢动刀子吧，前天张二娘杀只鸡，他一边哆嗦一边使劲往前凑，一双眼白花花黑森森，死盯着那血和刀子，牙齿还磨得霍霍响。我把他往前搡，想让他多看练胆吧，结果他跟只炸毛鸡似的，呜啦啦地叫着跑了，从巷子这头窜到那头，像啥，像个——奔跑的哨子——这话是百里那孩子说的，百里那孩子有文化，你听听人家这味道。

冯愉快的妈说到袁百里，叹口气，觉得一样的十月怀胎，人家生的和自己生的怎么差别就这么大呢？

想到这里，后头的事她就不想再说了，怕杀猪匠也怪起她的肚子来。

杀猪匠却看出媳妇还有话没说，一只厚厚的手掌又伸出来，准备把话"压"出来。冯愉快的妈赶紧躲开，道，今天何家三妹生日，正蹲在门前欢欢喜喜端着碗蛋炒饭吃呢，他突然弯着腰冲着人家三妹打干呕，像是要吐，噎得眼泪汪汪，气得何三妹整碗饭都倒了喂狗了。何三妹来家里泼，我打他，他却委屈得慌，说张二娘杀鸡，自己老子杀猪，巷子里整天飘的都是血腥味，他闻得太饱了。

闻饱了他还看？

就是啊，也不是一回两回了。巷子里哪家杀鸡宰鱼不都想法避开这孩子，你看，本来就瘦得肋巴骨贴胸，再三天两头吐，怕是活不长，可他不轻省，吐完了嗅着那股子血腥味，又巴巴地要去看，二娘李哥他们都躲，他就爬到人家树上、房顶上，贴到人家门缝上看，看着看着，又突然炸毛尖叫，从巷子这头，哨子一样叫到那头。冯愉快的妈说完，又叹气，巧妙地拐了个弯做总结，说，这孩子，有病，都是你手上杀生太多。

冯愉快是有病，冯愉快家门前的节煤炉上常年煨着苦恹恹的中药，熏得旁边那棵桑葚树结满了桑葚也没人采。冯愉快坐在门槛旁的小石磴上，端着一碗黑乎乎的中药，一口一口细细抿。他妈给他压苦的白糖，冯愉快从来不吃，因为他发现每当自己这样子喝药的时候，巷子里那些鄙视或讨厌他的眼神就会闪出一丝丝惊骇和佩服。

冯愉快扬扬得意。

"一碗中药，征服江湖。"冯愉快脑子里冒出一句诗。

那时候，冯愉快就已经开始写《众生录》了，乱七八糟，什么都往里塞。

巷子里的老人们，自认为有点年岁，见世面多，向来有点矫情，东一堆西一堆围在一起，研究杀猪匠的儿子是五行缺了啥，还是他老子杀生太多犯了啥。

冯愉快冷眼看着这群凑堆的老烟枪，没声没响地走过去，像一只黑夜里的猫，到了他们背后，突然一声高唱，学习雷锋，好榜样。

惊得老人们也像炸毛鸡一样散开来，脚步零乱，中风一样。

只有冯愉快自己知道，他的病是心病。

去年隔壁院子里搬来一户回城知青，他们家有个儿子，叫袁百里。搬来就搬来吧，偏生跟冯愉快一个级。这个袁百里刚来不久就在学校出了名，功课科科一百，主科就算了，居然连思想品德和体育音乐都要考一百。毛病不是？

夏天黄昏，水巷子向来是最热闹的，每家每户都把小板凳竹躺椅端到门口，狭长的巷子里坐满了一长排光着膀子粗声大气说话的男人们，还有叽叽喳喳洗洗涮涮的女人们。袁家呢，不出来，在自家院子里拉手风琴，家访的老师得意地介绍说，那是《莫斯科郊外的晚上》，水巷子的人嘴巴都合不拢来——他们连省城都没去过，人家就已经莫斯科了！一时间，连巷子里的狗都不敢造次了，冯愉快的爸晚上喝醉酒回来，也不再大声吐痰。

袁百里出现之前，语文能考全年级第一的冯愉快，在水巷子里还是有点地位的，甚至还有人替他辩解——愉快是个斯文人，当然怕血。可是姓袁的一来，冯愉快完蛋了。

提到姓袁的，冯愉快寒心到脑门顶，这龟儿子太全面，不光成绩好，四肢还很发达。那年头大街小巷都在演《霍元甲》，大人小孩一开口都在唱"万里长城永不倒，千里黄河水滔滔"，冯愉快也唱，袁百里呢，不唱，只管把那两句"冲开血路，挥手上吧"付诸实践。他从小跟着当知青的父母在大草原上长大，野惯了，三天不动手脚就痒痒，学校里有个风吹草动他就狂热地钻进人堆里去，不分山头、不管西东，揪着人就开打，不需要任何理由和动机。冯愉快也爱往里凑，但没打架的本钱，只是瞪大了眼盯着看，然后看到血就开始尖叫，冲出人群满操场跑。学校里的老师看着他的背影，可怜他，这孩子，吓坏了。

没有比较就没有伤害，以往，杀猪匠觉得儿子胆小，但语文好，斯文。现在有了一个科科拿一百分，又能打架的袁百里，所谓隔壁出英雄，自家出怂蛋，冯愉快老子彻底受不了了，有事没事揪住冯愉快就是一顿打，打得整个巷子里都是冯愉快吹哨子一样锐细的尖叫声，鸽群都不敢朝这里飞。

好好看看隔壁院子的袁百里。杀猪匠边打边气得发抖，吼声惨烈，像一头就要被杀掉的猪——你好好看看，好好学学。

冯愉快越被揍越不好好学，他知道杀猪匠打得越厉害其实心里越受伤，杀猪匠也有自尊心的。这家人没来之前，整个巷子就只有冯愉快家一年三百六十五天，天天桌上都能见油腥，没人不羡慕，何况还有个会写诗歌的儿子。可惜这家人一来，整个巷子都不再羡慕冯愉快家，而是一听到那支破曲儿响就赞美"莫斯科"，杀猪匠多难受啊，他打冯愉快是因为他失败了。于是冯愉快的尖叫声里就多了层意境，带着受尽欺凌却又蔑视苍生的笑意，让人听起来感觉大白天都像是遇到了鬼。

冯愉快在水巷子度过了他的少年时代，"隔壁院子的袁百里"像巷子墙壁晨昏交替的阴影一样始终笼罩着他，早上上学，阴影从左边压过来，下午放学，阴影从右边压过来。

冯愉快经常捂着胸口咳嗽，他也不知道咳嗽啥子，只觉得袁百里像一口痰，堵在自己喉咙里。

杀猪匠骂，咳咳咳，不见死呢。有一次，他骂过冯愉快，顿了顿，脸上浮起古里古怪的笑容，转头看隔壁的围墙，自言自语地说，猪长膘招杀，人得意招祸。

冯愉快听懂了，啧啧道，咦，有人起杀心呢。说完肩膀笑得直抽抽。杀猪匠大惊失色，踢了他一脚说你他妈的乱讲什么鬼？骂完举起捶衣棒要打人，冯愉快却呼哨一声尖叫着，风一样跑开了。

冯愉快知道，在他身后，杀猪匠又要开始喊头痛了。

很多年过去，水巷子的老烟枪们始终坚信，杀猪匠的脑出血绝对不是因为当时宰鸡用力过度，而是冯愉快长年累月的尖叫声，在那一瞬间从他记忆深处像海啸一样冲出来，把他的血管冲爆了。

冯愉快的妈也坚信这一点，没有杀猪匠后，冯愉快的妈胸口那一块衣襟从此不再常年油腻腻的了，冯愉快家的饭桌也不再油腻。冯愉快的妈对冯愉快再没有过好脸色。

干巴无味的日子从那时开始进驻冯愉快的人生，冯愉快恨袁百里，他清楚，杀猪匠不是被自己气死的，他是被袁百里气死的——人比人，气死人。

从杀猪匠下葬后的第二天开始，关注仇人袁百里的一举一动并每日诅咒袁百里吃饭被噎走路被撞考试被黑如此种种，成了冯愉快苦涩青春唯一的调料。

三

高三结束，少年丧父的冯愉快高考成绩和那歌词一样，"千里黄河水滔滔"，滔到最后没有了。袁百里呢，自然是"冲开血路，挥手上吧"，考上大学得意扬扬吹着口琴坐着火车走了。

同一个天地出来的两个少年，人生从此分了岔。一个像大树往上生长，一个像蚯蚓越钻越泥泞。数年后，当冯愉快勉强凭着一首《警察赞歌》，终于"在这凉薄的世界"里找到一份派出所协勤的活儿时，袁百里早已衣锦还乡，在县城最招人红眼的财政局上班了。

在冯愉快的理想中，财政局已经遥不可及，但对袁百里来说只不过是人生小小的第一站。"公元一九九九，大河奔流；红河水电站，把英雄召唤。"写下这行蹩脚诗时，激情豪迈的冯愉快不知道，水电站建设召唤的英雄竟是他妈的袁百里。

水电站建设淹没线一确定，整个县城乱成一锅粥——大半个县城都得搬出花河子城区，迁到县城城郊万佛山半腰的台子地去，叫晃格里。那两年，什么GDP，什么创卫、创文、创优争先，政府统统不管，只管大喇叭天天喊着，县城街道不是这里牵开一块条幅就是那里刷上一桶油漆，都是动员搬迁的口号。人人见面都苦大仇深地指着万佛山说，就是那儿，背时的晃格里。

好像是晃格里害了他们，生生扯散了他们和现在的家。

冯愉快对于家在哪里不感兴趣，人生百年，只不过沧海一粟，何其渺小，考虑那么多事情做什么？其实，彼时，思想伟大的冯愉快在派出所只负责扫地打开水做笔录顶夜班，活得像一截猪下水，县城在晃格里也好，在花河子也好，都改变不了冯愉快猪下水的命运。所谓不屑一顾，不过是放屁不响。下了班，瘦得跟个竹竿似的冯愉快整天拿着个相机，这个废墟堆里晃晃，那个楼顶上转转，问他干啥，答说要学《南方周末》的记者，拍一百组老县城纪实，十年二十年以后做摄影展。听起来主意不错，只不过放在冯愉快身上，到底是没人信，瘪个嘴呸一声就蔑视掉了。

和冯愉快学钻旮旯地不同，袁百里在大搬迁中是大显身手、战功赫赫，还当上了建设局副局长。

混乱中，年轻气盛的袁百里充分发挥了其能言善战的优势，不管是讲道理还是讲感情，他一个顶十个，绝不落败。拼胆量，更没有几个干得翻他，遇到钉子户，你敢左手煤气罐，他就敢右手打火机；你敢喝乐果，他敢递杯子；你敢跳楼，他敢楼下摆一棺材；你说打架，他绝对敢单挑。

钉子户们遇到的行政干部大都是四平八稳的角色，突然来这么个刚货，钉子户的一线作战部队"十八罗汉阵"有点拿不稳战术，最后整个队伍在极不稳定的作战状态下迅速四分五裂。

县城里曾一度传闻，袁百里能拿下著名的十八罗汉，并不是因为他敢打会吵，是因为这家伙年纪轻轻学了一大堆阴招——明面上寸土不让，背后大放水，暗中帮钉子户虚报建筑面积，今天测量明天就签协议，后天立即拆房子。你说面积不对报多了，冲一地瓦砾讨证据去。

传闻隐秘传递着，像暗夜的风，明明有，但就是摸不着也逮不着，急死了冯愉快，天上怎么不掉个雷下来劈死袁百里？没办法，大搬迁时期，干部群众都忙瞎了去，水要淹上来，七八万活人，七八万座坟，活着的死了的，都是事，这个哭那个求，乱成一锅，能按时搬走就是大局。

能维护好大局的同志，自然是好同志。大搬迁后，财政局小科长袁百里摇身一变，成了建设局副局长，走在崭新的晃格里大街上那个嘚瑟，要是喝了点酒，更是整条街都是他的。

反观人生对于冯愉快来说，却是鸡飞狗跳，派出所里整天吵吵闹闹，家里整天也是吵吵闹闹。冯愉快的妈和冯愉快的媳妇都是俗人，老的要架子小的要面子，吵起架来一个不输一个。儿子更是个白眼狼，对自己杀猪匠孙子、窝囊废儿子的出身深恶痛绝，每提到冯愉快都一脸鄙夷，只差认隔壁当科长的老王叫爹。

冯愉快由他动心思，只要不是"隔壁院子的袁百里"，其他都好说。

你看看人家谁谁谁——身为药材批发小商贩的老婆黄曼骂冯愉快的台词总是以这一句开头。

那你贴他屁股去。冯愉快总用这句意味深长的话结尾，其实冯愉快还有更恶心的，但来不及说，因为黄曼总在这个时候湿漉漉一抹布摔打过来，她是个有洁癖的女人，但冯愉快这个家再怎么打理也充满汕水味。

因为在儿子和媳妇黄曼眼里，冯愉快就是一桶汕水。

冯愉快知道，自己之所以成为一桶汕水，都是因为"隔壁院子的袁百里"，当年以他的语文成绩，亲爱的亲人和老师们再鼓励一下，学文科走个二本，应该不是大问题。可是杀猪匠老把他塞在袁百里的影子下面，让他受潮生霉发馊。若不是袁百里，协警冯愉快至少也是中学语文老师。

恨什么惦记什么，冯愉快的目光每天盯着袁百里转，县城新闻联播和《晃格里周报》，他从不落下，每天瞪大了眼，找的都是袁百里。

袁百里怎样怎样了，袁百里又怎样怎样了……

那年端午节，天漏了个洞，涨端阳水，冯愉快左手撑着一把完全顶不住雨水的尼龙伞，右手提着几大袋菜，全身湿透，手指也勒得发僵，在路边站了好半天，一辆车也打不到。正淋得打喷嚏，袁百里的车过来了，且从他旁边缓慢掉头。袁百里透过车窗，看了一眼路边这个狼狈不堪的男人，眼神漠然——他已经不记得冯愉快了。

冯愉快本来想和他对上眼神之后骂他一句，就一句——你个狗 × 的，原本我是可以考上大学的，是你他妈莫名其妙冒出来，把老子摔翻，变成今天的猪下水。

可是他没想到，袁百里看过来的眼神完全是无障碍穿透性的——他心心念念天天惦记的人，根本不记得他是谁。

车驶远了，激起两侧巨大的水幕，大雨如注，白茫茫哗啦啦天地间，只留下一个穿着协勤制服的中年男人，提着一袋子葱葱蒜蒜呆立在风雨中，他的头发跟他的心一样柔软恓惶，在雨里淋湿成一团。此时，他心头有一场巨大的海啸掠过，但他不说，也没人知道。

真他妈的笑死人，明明是两个人的战场，却只有他一个人在辛苦拼杀。

他本想放下袁百里，可是黄曼放不下，她受了冯愉快的妈的影响，动不动说，你看看你同学袁百里。

有时候，冯愉快跟黄曼上床时总骂，你他妈是不是想我是袁百里？黄曼由着冯愉快骂，越骂她越快活，可一完事了她就立马翻脸，阴森森吐出五个字，你他妈有病。

老子没病，有病的是袁百里。我告诉你，姓袁的迟早出事。

冯愉快的语气和表情，跟他老子当年一模一样。

他坚信袁百里是要出事的，树大招风，何况袁百里年少得志肆意汪洋，还不知收敛。每每想到这些，冯愉快心情就无比激动，他带着焦灼的期待，每天守着晃格里新闻联播，如同守候最心爱的恋人。

有病，有病。黄曼从沙发上起身，如同嫌弃瘟疫病人似的绕开冯愉快，频频强调。

喊！这世道谁没病？人吃五谷生百病，穷病、红眼病、懒病、黑心病。

再说，灵魂都生病了，躯壳还能好吗？

比如他袁百里。

四

我爱晃格里，你在蓝天下，你在白云里。

我爱晃格里，奉献是首歌，大爱在心里。

晨曦未晓，派出所前面的广场又响起音乐声。可怕的老太太们又开始跳广场舞了。朦胧中，冯愉快眼睁睁看着她们把《洗衣歌》里的洗衣服、晾衣服跳成穿裤子、脱裤子，现场一片惨不忍睹。

我爱袁百里，一刀捅肩上，一刀捅腰里。冯愉快打了个哈欠，哼哼唱唱走出派出所。街道路灯还亮着，一阵风吹来，有点凉，冯愉快跟随音乐的节奏扭了几扭，跑到街对面买早餐——他的，滚月光的。

滚月光不是犯罪分子，从时间逻辑和监控记录来看，袁百里在县城纪念广场血淋淋地倒下时，滚月光正开着他的那辆途观，在离袁百里四条马路远的地方严格遵守着红灯停、绿灯行的交通规则。

冯愉快头夜里赶到派出所，看到滚月光的第一眼就断定这家伙根本不是捅袁百里刀子的人，不是眼毒不毒的问题，好歹冯愉快在派出所已经混了二十多年。

滚月光身上有一种味道，秋天乡野里的味道——阳光不错，一丛丛松枝或一片片枫叶从树上落下，掉到干燥的泥土上，散发出干净、干燥而朴素的气息，很木，很实诚，循规蹈矩。

要这种人去砍大名鼎鼎的"平头哥"袁百里，不可能。

"平头哥"不是指袁百里的头发，"平头哥"是非洲草原上一种叫非洲蜜獾的动物。这玩意儿是个狠物，"非洲乱不乱，蜜獾说了算"，眼镜蛇五步蛇，它捉住就咬，毒对它来说完全不是事，吃完抹抹嘴就走，网上说，人家狮子王"只是在人群中多看了它一眼"，这疯玩意儿也能打个洞钻过去咬上一回，根本不考虑自己和狮子是不是一个重量级的，违不违规。属于那种"生死看淡，不服就干"的疯子。总而言之，在非洲，你惹着了这么个主，不替它跑，就替它死。同理，在晃格里，谁惹了袁百里，也绝对没好果子吃，当然，不惹他，也不一定能吃上好果子，总之看他心情——自从袁百里在财政局、住建局、审计局转战数个来回之后，这个高考状元身上的"莫斯科"味道渐渐就散了，只剩下当年打架斗狠的一身匪气，县城几百号包工头、项目经理、开发商建筑商承包商，再硬的后台，看到他也是要低头的。袁百里的逻辑是，天大地大，落到我手里我最大。谁要不识相，拿上头来压，他可以放你一马，但紧接着能给你来若干马。你有本事，次次都请大神来呗。

袁百里横有横的资本，不管调到哪里，他都能迅速成为一把业务好手，书记县长常常撇开县里的分管副县长找他商量工作，他牛气烘烘从书记县长办公室出来后，总会到副县长办公室去"汇报"，副县长五蕴皆空，笑而不语，配合演出。反正铁打的营盘流水的兵，谁也不在这里当一千年的官，忍两年就走人了。再说，管你袁百里多嘚瑟，天地也不过是小小一个县城。

袁百里自然也明白这道理，出了副县长办公室，明面上，花花轿子永远替领导抬着。整个县城，提到袁百里，都不往深里说，只哼哼。

"平头哥"这个绰号其实就是冯愉快起的，且不动声色地传遍晃格里。袁百里还以为是因为自己少年白头，又爱穿一身黑色立领，是以被尊称为"平头哥"，哪里知道冯愉快是给他下药，非洲蜜獾平头白毛、全身一溜黑，又称"白头发的黑帮大哥"。

人言可畏啊。你袁百里还想洗白？

看着袁百里一路风光，冯愉快又兴奋又生气，总想着，快了，快了，月满则亏，快了。偶尔他也慈祥善良地表示可惜——这孩子，想想一个高考状元，怎么长着长着就长出一身匪毛来。

早点摊子只有油条、饼和豆浆。

冯愉快揉了揉眼皮，又打了个哈欠，掏出一张皱巴巴的百元钞票，道，通通要，两根油条，两个肉饼，两杯豆浆。

老孙看一眼钞票，边炸油条边嘿嘿笑，说，才几块钱的事，补不开，你给啥子嘛。

冯愉快也不客气，揣回裤兜。这张一百元的钞票，老孙经常补不起，冯愉快也经常就这一张，都习惯了，大家心头都有数。呵呵。

手机响，是小葛。

冯哥，老大说等我们一回来就放人，你先招呼招呼，客气点。小葛在那头传达张所的指示。张所刚当所长，派头十足，三十出头，有事没事都是叫警员"传达"。

冯愉快没工夫计较这个，放人之前，他得再跟滚月光聊聊。

滚月光要砍袁百里，这里面有悬念，冯愉快想知道，滚月光和袁百里之间有什么曲折。

你为啥想砍袁百里？冯愉快问。

大冬天在派出所坐了大半夜，滚月光有点感冒，肉饼里的葱花味一呛，打了两个大喷嚏。他吸溜一把鼻涕，不回答，只埋头开始喝豆浆，喝着喝着，拿着筷子的手抖起来，眼圈儿也红了，这才抬起头，瓮声瓮气问冯愉快，人死了没？

应该……还没死。冯愉快迟疑地答，他不知道那边的情况，但是听小葛的语气，肯定没死。

谢天谢地。滚月光像个帕金森病人一样反复点头，谢天谢地。

你不是要砍他吗？他不死了，你倒谢天谢地？

他要是死了，我也得去死。滚月光长叹口气，眼神灰暗，失魂落魄地说，没路走了。说完，他起身退到屋子的阴影角落里，坐下来，木然地看着远方。

冯愉快递给他一根烟，他先是伸出手，又摇摇头缩了回去。

我也不是存心要砍他，我就是气不过，在姓袁的眼里，我们就像只蚂蚁，跟你昨晚踩死的那些蚂蚁一样。

冯愉快干咳了一下，不好意思地拍拍滚月光的背，对不起——哥们儿，屋里煤烟太呛，等我捅个火，咱们大门口坐，慢慢聊。冯愉快说着，拉开所长的抽屉，弄了两包烟放进口袋。

天光越发白亮，从门外泻进来，清水一样，冯愉快捅着炉子，蓝色的火焰倏然腾起，火星迸闪，滚月光盯着火光，面色青白。

五

真有这么一个寨子，满个寨子都姓滚，叫枫叶寨。寨里出来的男人个个都蓄着跟滚月光一样的发型，千山万水，哪怕是到了火星水星，这发型没的变。这是祖宗传下来的规矩，滚月光本来就是个中规中矩的人。

滚月光十八岁时跟冯愉快一样，没考上大学，就是太规矩，老师说他脑袋里没有转弯灯，不会拐，读的书有十几箩筐，就是不知道关键时候用哪一筐，没得法。

过苗年的时候，寨子里滚开山的女儿女婿回来了，女婿黄大嘴一进寨子就急吼吼的，说晃格里正新建县城，活儿多得像山里的野杨梅，风吹掉一地，随便捡，他想多整几支工程队，让寨里的崽们都出去跟着找钱。

蚂蟥听不得水响，正困在屋里抠墙壁的滚月光二话不说就开始收拾东西。

他不是为了找钱，他是为了寻找理想，理想在不在县城他不知道，但肯定不在山寨里。

寨老看着那么多年轻小伙子都出山去，气得哆嗦，指着寨子后山金灿灿的枫叶林，说，都走了，你们的树怎么办？

树。

是的，树。

寨里的男儿一生下来就有爹妈给种下一棵枫香树，崽有一岁生，树有一岁长，人是树的命，树是人的命。人走了，树怎么办？

滚开山的女婿，也就是黄大嘴，大咧咧一挥手，说，人不出门生不贵，火不烧山地不肥。寨老啊，树挪死，人挪活，树在寨里替人守魂，人在县里替树生根，好得很。

黄大嘴这话滴水不漏，寨老听了，沉默半晌，转身走了，背影融进山林，像一根孤独的树干。这些年，很多事，寨老说了不算，管了也没用。

滚月光跟着黄大嘴到了县城，在城里，他看到了一片和山寨一样巍峨的树林——但这树林是钢筋水泥的。

什么时候，你把自己变成这种树，扎根在县城里，崽，你就成功了！黄大嘴细长的眼缝里迸出一道光，像猎刀在月色下勇猛寒闪。

滚月光在工地上先是挑灰浆，然后拌沙，慢慢学会了砖工和瓦工，也学会了扎钢筋。读过高中的滚月光，学什么都快，人又敦实，黄大嘴满意，让他管材料，每天钢筋用多少、水泥用几包，滚月光一笔笔记着，绝不含糊，给黄大嘴节省了不少钱。他本来就是从打下手做起来的，门儿清，骗不了他。日子长了，黄大嘴拿滚月光就有点当儿子看了。

那年腊月尾，工地停工，民工们坐汽车的骑摩托的东一堆西一堆都回家过年了。滚月光没走，留下来守材料。如今城里的世道还不如乡下，一到年节，偷摸劫抢成堆。

山外的冬天，天空灰白光亮，晃格里静静的，仿佛憋着气，等待大年三十的喜庆猛烈迸发。滚月光也屁颠屁颠去超市买了方便面、卤肉、面条和电光炮、香纸烛。临近夜里十二点，开始下雪了，稀稀拉拉的鞭炮声从遥远的地方传来，间或一声"嗖"——紧接着，鞭炮声开始变得密集而热烈，突然，伴着一声巨大的鸣响，一条长长的红色的鱼尾似的光直冲上云霄，接着砰地散开星点万千——那是除夕夜的烟花。

这是滚月光平生第一次看到烟花，他从不知道世上还有这么美好神奇的东西，他震惊了，仰头看着一朵朵瑰丽的烟花在天空绽放，蓝莹莹、红闪闪，然后又渐渐像梦一样消失在漆黑的夜空……雪还在下，铺天盖地落在他脸上，滚月光眨了眨眼睛，天空的烟花和雪花也跟着眨眨眼睛，有个遥远的声音从天际传来，像在呼唤着他。

那一定是他在寨子里的那棵树，他出生时爸给他栽下的枫香树。

也怪，出来几年，每当他一个人的时候，都会听到那棵树被风吹得哗啦响的声音，像水浪打在船舷上、微风吹在稻草上。爸说，遇上千情万事都不要慌，只要树好好长着，就不消怕，树寿叶旺着，人就太平着。树是人的魂，人是树的根。

喂，你在哪儿呢？树问。

我在这儿。滚月光让雪花给压着，动不了。

这儿是哪儿？

是城里。

我找你来？

你可不能来，树到了城里，会给改成板子、桩子、柱子。叫料子。

你给改成啥了？

我？滚月光困顿地想了想，答不上来，进城七年，他没思考过这个问题。

枫香树不说话了，世界跟着寂静下来，像在寨子的老房里，爸妈面对面坐在地火塘前不说话盯着火苗的样子。

骤然间，又一声巨大的炮响，一朵最大的烟花在天空盛开，这时候天空已经不是天空了，是奇幻的花园，全世界最神奇的花儿都在那里开放，你开罢，我又来，一朵朵一簇簇，有的像灯笼有的像流星，有的像牡丹有的像石蒜花……滚月光看得眼睛都直了，天空变成了一块巨大的磁铁，直将他的灵魂吸噬，神思飘浮间，他眼前仿佛出现了一个风眼。

它静悬在风暴的中心，梦境一样，湛蓝、安然、恍若隔世，静静地看向滚月光。

那一刻，滚月光像一片等待唤醒的树叶，在蛰伏了二十多个春夏秋冬之后，终于从一棵树里探出头，向人世间伸展出属于他的叶脉和想法，这个想法与他的祖辈完全不同，是的，是的，他不要被改成啥子，他要在城里扎根，长成一棵城里的树。

有志气，黄大嘴听他说完后，干脆利落地挥挥手，你有文化，这样，你先带一遍工程楼的内粉和外粉，弄完再试别的班组，都过了一遍就算出师。

黄大嘴说话算话，这么练了一年，便让滚月光出师当了包工头。

说是包工头，其实滚月光还是跟着师父干。

因为他拿不到工程单子。在晃格里，三十万以下的单子不用招投标，但这便宜食不是谁都吃得着，得是熟客。皮肤黝黑且有着特异发型和口音的滚月光怎么看都是个"外人"，圈里的活他够不着。别看新县城这些年搬迁新建工程多，俗话说，是个坑都蹲着人，何况外带后面还排着队，滚月光根本挤不进。至于三十万以上的招投标，滚月光也试过几次，没用。黄大嘴笑他，是标都有主，傻了吧唧往里拱个屁，你只管跟着我，我在前头，你在后头——黄大嘴参加招投标时，滚月光就帮着他围标。黄大嘴不亏他，每次围标成功后，给人家多少，也给他多少，不管他要不要，硬塞。工程开工后，黄大嘴照例分一块宝肋肉给滚月光，滚月光只管老实巴交地带着一帮兄弟把活儿做扎实就行了。

如此七八年下来，向甲方要款的事、和监理搞关系的事，统统都是师父去操劳，而工程质量这边有滚月光，黄大嘴也不必担心。师徒俩合作得轻松愉快，找起钱来也是风生水起。

但滚月光心里终究有个坎，总觉得要翻过去了，才算了了愿，这个坎就是"乙方"。他想这辈子真正做一回乙方，像师父那样，在正经八百的仪式上，和甲方签一回合同。仿佛只有那样，自己的树才算是在城里真正落下了第一铲泥。

经不起滚月光磨，黄大嘴把安专乡山塘抢险应急公路硬化工程给了他。

滚月光第一次坐在乙方的签约席上签下了自己的名字。

我姓滚，波涛汹涌的滚。签完字，他向领导解释自己这个姓氏——我们满个寨子的人都姓滚，很少见的姓。

滚总。

您叫我月光吧。滚月光憨厚地笑，抬头看月光，低头思故乡。

人家说不对呀，是举头望明月，低头思故乡。

一样的，一样的。滚月光点头哈腰地说，他渐渐知道了师父黄大嘴的腰为啥子老勾着。

山塘抢险应急公路硬化工程设计是五米五宽，滚月光修成了六米宽，负责验收的水利局副局长没遇到过这种事，纠结地蹲在路边，扯了地里一根白萝卜，拿萝卜叶抹去了泥，咔嚓咔嚓啃开来，然后举着半截萝卜说，局里的工程款，跟这一样，一个萝卜一个坑，你多修的，我一个子儿也没有。

不是这个事。滚月光嘿嘿笑，我们寨里插秧有个规矩，第一行一定要插好。

这单工程，滚月光只赚了十来万。但后来滚月光渐渐就成了县水利局的应急后备军。一有小工程，上头催得紧的，局里都知道打电话找"六米宽"。

几年下来，滚月光在县城买起了房子车子。

滚月光开始喜欢上洗澡，一年三百六十五天，天天洗，每次洗的时候，他都会低下头闻自己的身体，有没有什么味道——以前在工地上，工棚里又脏又臭，全是汗味，又酸又咸。

他不想再在自己的生活中闻到这种味道。

有了点钱，又有了口碑，滚月光渐渐在县城里有了点名头，稀里糊涂间，常被人叫去喝一些事后也不知来头的酒。那次也一样，人家喝到半途打电话叫他去，进了门刚入座，席面正中一个胖子就笑着端起酒杯来，指着他说，这个人要是杀进晃格里的建筑行业，一定是县城的福气，厚道嘛。

滚月光正走上坡路，哪里听得人唆使，跟刚开叫的公鸡一样顿时激动得夯毛，脸红到脖子根，屁股赶紧从椅子上抬起来，因不知对方是谁，左右寻求眼神和答案。

那人淡淡说，鄙姓包，都叫我老包。

老包？滚月光心脏一阵猛跳。

晃格里最近一直传言，有个老包，跟着新到的县长从湖北过来，是县长的白手套。

白手套什么意思，就是官员想搞事，自己不出面，找人成立一家项目顾问公司，谁想抢到好工程，就得找这家公司，表面上付费请这家公司做项目规划书什么的，其实什么都还得自己干，而这家公司拿到了钱后，官员自然知道帮你把工程搞到手。

说白了，老包就是帮着县长把钱洗白的人。

滚月光这才用心看老包，不看则已，一看，滚月光感觉是个人物——这老包整个人胖得跟他的姓一样，端坐在正席那个神情，妥妥一尊菩萨。

席散，湖边，两个人，一席对话。刚过三月，夜黑如墨，寒风迅捷地卷过一些秘密。激动得全身发烫的滚月光那时还不知，风高杀人夜，月黑放火天，不是大吉，是大凶。

老包抽一口烟，火星映出满手金光闪闪。月总，跟你透个底，有个工程，县移民三期搬迁，预算是一千二百万这个数。这个工程呢，本该明年下来，因为省里的项目资金计划在明年。可是等明年批下来，这个就得搞招投标，这个一搞招投标，像你这种老实人根本就沾不到边。

滚月光谦卑地笑，那是。

我呢，合计了一下。老包吹一口烟圈，目前上头明年有项目这个事，也只有我和那啥知道，信息没公开之前，县里呢，准备弄成BT，搞垫资修建。所谓垫资，你明白的，其实钱明年开春就到，而且，据我所知，今年底，省里的盘子肯定还会余一点肉，如果咱们启动第一期项目，这肉自然就到了咱们碗里来——谁主动谁有的吃。

BT滚月光清楚，乙方先垫资建，政府再按约定时间和比例回购。这几年县城搞得不少，但他从没敢接过。新县城这些年负债累累，到处都是窟窿眼。搞BT，部门说得好听，到时间就回购，但到了约定回购期时部门拿不出钱，你能把部门给吃了？

但是人心经不起搅，滚月光给搅得像是心上长了根羽毛。BT往往是政府又缺钱又必须做项目时采取的解决办法，相当于请有资金的乙方帮政府完成项目建设，然后政府再赶紧找钱来回购。回购时，政府部门除了要结工程款之外，还要按BT的既定模式多支付两笔款，一笔是乙方垫资建设期间的资金占用费，一笔是垫资期间的利息。也就是说，只要你有充足的本钱敢做BT，政府部门又能喘过气来按时结算，那你就可以赚到比常规工程多得多的利润。

怎么办？滚月光一口一口猛抽着烟，听见自己的心脏在怦怦狂跳。太冒险了！他充其量只是个小老板，说得不好听点，是只小蚂蚱，全靠老实打江山，除了手掌心那一点点肉，根本没有过硬的家底，万一县里资金链条断掉，或者是把工程款结给别人不给他……总之，要是他B了，政府却不T，他就得完蛋。

老包一对绿豆眼仿佛看穿了他的心，嘿嘿笑——担心什么，我和老大从小一起光屁股玩河水长大的，县里再缺钱，能少得了你这点？说着拿出他那湖北手机号的手机打给滚月光，把我号码存着。

望着绿莹莹直闪的手机屏，滚月光心头直打鼓，一千二百万哪，他至少得凑个六七百万的底儿，哪弄去？

想法子呗。老包长叹口气，这点办法都没有，还混个屁。借高利贷也行啊，时间又不长，稍微倒一倒贴一贴，半年多工夫就回来了。

可是，您为啥子选我呢？咱们也不……熟。滚月光忍不住问，我就一小蚂蚱，上了三百万的单子都没做过。

领导走到今天，也不容易，我不得为他考虑吗？自古以来，修庙子建学校做移民工程，都是大事，不能闭着眼睛瞎找人。你嘛，人厚道，讲质量，其他的人，我不放心。老包慈眉善目摇着头，实足一尊大慈大悲的菩萨——告诉你吧，省里那边的项目就是我负责替县里去跑，眼下我们打的就是时间差和信息差，表面是做BT，其实省里的专项经费紧跟着就来了，你相当于不用招投标就能拿到一千二百万的工程，赚大了。而县里呢，也会因为早动一步，在省里可以提前交成果，体现新领导新作风新速度。双赢嘛。

滚月光听到自己的心跳越来越快，快到他完全控制不住，他喘着气，说，你确定咱们能拿得到这个工程？那么多眼睛盯着呢。

老包眼里露出一道凶光，冷冷道，我跑来的项目，我说谁拿得到，谁才拿得到！

这瞬间坐莲佛瞬间屠刀魔的架势，生生镇住了滚月光。

如老包所说，县里不日便抛出了移民三期工程BT项目招商公告，滚月光"派"老包的咨询顾问公司替他去"跑"，然后毫不费力便拿到了工程。

签约仪式在县政府铺着红牡丹图案地毯的会见厅举行。滚月光第一次进这么正式庄严气派的地方，紧张得鼻孔直抽。老包用他柔软肥胖的手递给他一杯红酒，滚月光如梦初醒，端起酒杯，和分管副县长喝了签约酒，他不知道所谓签约酒只是表示个意思，昂起头就把大半杯红酒全干了下去。

副县长抿一口，慢吞吞地说，滚总的确是个老实人。

滚月光红着脸说，罗县长，您叫我月光吧。

副县长不露声色地微微笑，哦，月总。

却不肯叫月光。

选定了日子杀了大红公鸡放了鞭炮搞了开工仪式。滚月光把六十万咨询顾问费打给了老包后，又忙了半个多月，突然想起该请包总吃顿饭，以后和政府谈回购款时还得靠老包呢，于是喜盈盈打过去，结果，那个来自县长湖北老家的手机号打不通了。

滚月光隐隐感觉不妙，脑子里有一根啥东西小苗一样往外生长，但他没工夫理会。

工地一开工就忙着呢，每天一睁眼头顶上就悬着几十万的账。三个月不到，滚月光手里的两百多万积蓄已经见了底，过了五一节，滚月光横下心把房子也抵押了，这才又接上了炊。幸好水泥沙石和砖还可以欠着，但所谓欠，也是打了条子算了利息的。滚月光一边提心吊胆节省着开支，一边暗中求菩萨保佑。

结果天上一道雷，县里开大会。听说县长在会上澄清，他压根没有一个叫老包的老乡，就算有，他也决不会容许他的任何老乡、亲戚、朋友来县里做工程捞好处。

老包是真是假，是不是县长的白手套，怎么弄来的工程，一切已经不重要了，重要的是滚月光已经陷进去了。

六月初，县纪委通知滚月光过去一趟，滚月光正在银行办门面抵押贷款，工地缺钱得紧，便说能不能明天来。

马上。纪委那头硬邦邦地说，纪委通知，你以为是请客吃饭，还有推时间的？

滚月光一路惴惴不安，公家怎么找上他了呢，他只是一个小包工头。

去了才知道，老包已经"进去了"，据说是打着县领导旗号四处诈骗。纪委问完滚月光材料，已经到了半夜，那个叫陈主任的人边揉眼睛边说，你这个发型，呃。

滚月光吓得缩缩头，下意识地摸脑袋。

看上去像黑社会。陈主任继续揉着眼，貌似不经意地问，有要交代的吗？

滚月光紧张地答，没……这发型，我们家乡，男子都这样。

嗯，倒也酷……你回去吧，电话开着，有事找再过来。

滚月光夹着一泡尿，胆战心惊地问，那……我的工程款呢？还有我拿给老包的钱，六十万呢。

你们俩是不是合伙骗取政府项目还说不清呢。

滚月光急了，怎么说骗呢？房子摆在那里，一砖一瓦都是真的，工程也是县政府正式招商引资上了网的。我连房子都抵出去了，一分钱没见着，我才是被骗的。

陈主任冷笑，一个 BT 算下来，你要赚好几百万，你还招投标都省了，高风险高产出，算盘打得恁好，叫个鬼的屈。

滚月光百口莫辩，心想吃的喝的送的高利贷欠的，我哪来几百万赚头啊。

凉着身子走出县纪委，烈日当空，三十五度的高温浪一样打过来，滚月光有点发晕，眼前隐隐有个黑洞，即将吞噬掉他。

开弓没有回头箭，老包说的话是假的，但合同是真的，上面明明白白写着年底要完成建设，否则工程审计不计算资金占用费和利息。而滚月光为了赶工程已经在外头融了四百万，五分的息，一个月利息就是二十万，要是年底完不了工，光是这四百万的息，他就得倒贴进去一百多万。他算过，只要能按时完工，政府按时跟他结账，工程做下来，除了还本抵息和老包弄走的部分，他勉强能赚个七八十万，要是完不成，工程搁下了，不知猴年马月才能拿到前面投进去的几百万，而四百万的高利贷利息还得每月还下去……

东想西想，越想越怕。

滚月光感觉自己在刀尖上跳大戏，停下来是死，一直跳下去也是死。

他只有赌一把，趁着纪委没叫停，拼命接着干。

生米煮成了熟饭，总得拿句话来说吧？再说，移民工程，就算上面没项目，县里的确也是必须得做的，这一点，师父黄大嘴打听得清清楚楚。

三个月下来，生米倒是基本煮熟了，只可怜提心吊胆又四面楚歌的滚月光，整个人瘦了一圈——生生给吓的。

六

寒风扑面。

滚月光腋下夹了个摆样子的空皮包，目光呆滞地站在大街上，发髻零乱。他想不通，夏天才刚刚过去，怎么转眼就年底了呢？这背时砍脑壳的时间，你想它快时它动都不动，你想它慢时它跑得飞快。

灰色的街道，弥漫着青色的烟雾，家家户户都在熏腊肉香肠，滚月光已经十来天没敢回家了，也不知道媳妇灯心怎么应对要债的。滚月光心事重重地打开车门，刚坐定，突然手机响，接了，是袁百里。

我有个朋友回北京，一个小时后从市里红水宾馆出发去机场，你方便不方便，帮我去送一下？

我他妈在县城，你叫我去市里接人再送到机场，还问我方便不方便！滚月光恨得牙痒痒，却半点不敢声张，扬高了声音欢快地答，哎呀方便、方便，袁局长您说话，我分分钟都方便。

说罢掉转车头去接人。

到市里，正好用了一小时，那"朋友"在宾馆门口站着，看一眼车牌，一言不发上了车，也不和滚月光搭讪，低头玩手机一直玩到机场，下了车冲滚月光晃了晃手，仍不说话，拜拜了。

滚月光赔着笑脸一直等到人家的背影进安检，这才转出来，缓缓开车出停车场。碎碎想，这大半年，替袁百里接了送了多少人！他不知道人家是谁，人家也不知道他是谁。可是他巴巴地拍着马屁的袁百里，除了电话根本也见不着几回。

没办法，他不敢得罪袁百里，工程完工已经几个月了，按合同，工程过了审计他就能拿到第一笔回购款。可是到现在为止，他送到审计局的材料还不知道在哪个柜子里睡大觉！

越想越急，一窝火，滚月光一巴掌按到喇叭上，一阵猛叫。

机场旁交警杀将过来，怒目冷对，手指着滚月光，滚月光吓出一身汗，赶紧松开手，点头哈腰开过去。

回到县城，滚月光找不到个去处，工地工地不敢去，家家不敢回，到处都蹲着问他要工钱的民工。想找个人喝酒打牌，可这年底的光景，个个项目经理都在忙跑科局跑银行找关系整钱，饭都顾不上吃，谁还有心思跟他喝酒，他自己也没心思。

晃了几圈，逼不得已，硬着头皮往黄大嘴家开，上楼时从后备厢里提了一件赊来的五粮液。

黄大嘴刚吃过饭，正剔牙，手里拿着个球往角落里扔，逗得那只几年不见长的泰迪犬屁颠屁颠地去扑球。见滚月光进来，黄大嘴扬了扬眉毛，也不说话。

滚月光坐下来，憋了好一会儿，把意思说了，不外乎就是借钱。

黄大嘴目视前方，面无表情，只说，出了窝的雀子，各自单飞。还有，酒，拿走。

师父……

屁师父，接单时你跟我说一声没？怕我吃了卡了捏了你？现在才晓得叫师父，滚蛋。黄大嘴起身上楼，脚步缓慢，显出被后生伤心后的老迈。

的确是真真伤了师父的心！滚月光愧得慌。前头师徒配合得那么好，可这回接这个单子，他从头到尾没给师父漏过一句，他其实是防着师父，毕竟他们带的人都是一个寨子里出来的，他怕工人们一个不小心就往一边倒了去。师父树大根深，他底子浅，总是有担忧的。

灰溜溜出了门，滚月光顶着寒风往县政府走，想着能不能求分管的罗县长，好歹借几十万应个急——政府那么大的家业，总不能看着他上吊。

到了县政府门口，滚月光吓一跳，桂花树下、楼梯旁边、广场旗杆下，黑麻麻围了里三层外三层，都是讨工资的民工。

滚月光最近已经给围怕了，条件反射，又是头皮发麻又是尿急。

正要掉头找厕所，手机响了，罗县长召集系统内工程的所有项目经理开会。

滚月光心头一闪，莫非县长拨应急款？

开心得撒尿都在笑，像个憨憨。

事实证明他的确是个憨憨。

会开得很简单，罗县长说得很干脆——红萝卜，挖挖甜，看到看到要过年。关于农民工工资问题，自家的娃娃自家抱，凡是BT项目的，各个老板自己负责农民工工资。招投标工程的，老板们自己想法解决一部分，县里按进度设法解决一部分。

县政府的会议室滚月光也是第一回进来，忐忑得屁股都只敢坐半边，耳朵嗡嗡响着听完"指示"，七条魂去了六条半，剩下半条魂鼓足勇气飘出来一句——县长，我是BT，按合同规定，分三期按五三二回购，本来县里该给第一期回购款，是工程款的50%，可是现在都没给我，我实在没钱给民工啊。

那是你的事。罗县长站起身准备离开。

怎么是我的事呢？明明是你欠我，我才欠民工啊，这个娃娃我抱不动咯。滚月光哈着腰苦巴巴地说。

我欠你？罗县长停下脚步，上下打量滚月光，仿佛从不相识，这位老总，BT合同上明明白白写着，政府如果不能及时给你钱，政府按规定计算违约金和利息就是，哪时给，算到哪时。而具体做工程，是你和民工的事，既然由你垫资，支付民工工资就是你的事。民工工资跟县里是没关系的。

滚月光心想这事到了副县长这里怎么就辩不明白了呢？能没关系吗？明明是政府欠工程款拖出来的三角债。但话敢想不敢说，只有杵在那里，气得脸通红。

罗县长看出他有气，也不怵，直登登一段话甩过来——有句话说得好，没有金刚钻，别揽瓷器活。BT 项目你自己没点钱，也敢来签？凭啥子政府给你那么大的利润？就是考虑到你得先贴钱做工程支付民工工资，考虑到你的风险，不然，白给呢？凭什么？

凭合同啊。滚月光一冲动，嚷起来，环顾四周求支援，结果一条藤上的十多个苦瓜一致装聋作哑，低头玩手机。

合同？罗县长徐徐说，合同写得清清楚楚，要审计后再付，你的工程审计结果呢？

说到审计结果，滚月光大脑一片空白，这才发现，最后一丝希望原来一直就不曾存在过。是的，他也知道必须要过审计才行，但是从九月份到现在，他孙子一样跟在袁百里后面，袁百里永远忙着，说晃格里这两年天上地下都是工程，只差修月球，审计不过来。

要是师父在，可能接得上一句半句，但是滚月光到底是笨了些，完全接不上罗县长的话。

出了县政府，十多个项目经理面白如纸，骂骂咧咧往政府后门钻，结果还没绕到楼背后，又让电话给撵了回来——门口的民工，各自认走。

滚月光暗自叫苦，只得到前门去认自己的人。哪里用得着他去认啊，他才从政府楼梯间露出个脑袋，几十个人就围了上来。

我想想办法，我想想办法。滚月光头发都乍立起来，忙不迭地说，给我一个月时间。都是叔伯兄弟们，容我点时间，我在弄呢，在弄。

七

又到周一，还有十好几天才放寒假。

滚月光照例一大早到袁百里家门口等着接袁百里的小儿子去幼儿园。

天气越来越冷了，风里夹杂着雨丝，滚月光发了个信息给媳妇灯心——山路滑，小心些。

自从接送袁家"小宝贝"的重担落到他肩上后，家里养的那只斗雀基本上每天早上都交给灯心去遛了。还好灯心也是寨子里出来的姑娘，山里长大，看到林子和雀子说不出地亲，也认得出画眉的好歹。滚月光的这只是小青眼，前两年五六月回山寨在白岩捕的，是只老毛，野性大，养功一般的人根本拿它没办法。但山寨里的孩子，哪个不是从小玩斗雀长大的？不怕雀野，只怕它不野。转眼两年熬下来，小青眼已经毛眼老辣，跟人对视时眼神闪都不闪一下。

灯心看着他把命都悬在袁百里身上，天天跟进跟出，却连个影子都见不着，气得骂，小青眼都比你活得傲气。

妹哦，现在我拿傲气顶屁用啊，每天一睁眼都欠着别人钱，等于刀子抵着喉咙呢。

车里，音响已经提前放好了给小孩子听的歌，唱得奶声奶气——"爸爸的爸爸叫什么"。

滚月光又恨又盼，心乱如麻，想，你爸爸的爸爸叫狗，生了你爸个狗×的。

想完先是得意地笑，接着笑意酸软下来，叹口气下了车，蹲着查看轮胎，灯心说有个车胎好像有点慢跑气。天爷，可得扛住啊，这段时间，滚月光已经连换车胎的钱都没了。

正好听见袁百里的第二任老婆牵着小宝贝出来的对话。

妈妈，这个叔叔姓什么？

你管他姓什么。

老师说，小朋友要懂礼貌，要喊人，要甜甜的。

嗯，这个叔叔，我们不用喊得甜甜的，因为不熟。

怎么不熟，宝贝天天坐他的车车。妈妈，我到底叫他什么呀？

叫喂就可以了。

不可以。老师说，喂不礼貌。

这个叔叔可以叫喂，他姓喂。

哦。

一阵下台阶的脚步声。

滚月光从车旁缓缓站起身来，不知是不是因为蹲的时间长了点，他眼前有点发黑，好几秒后，眼前的一片虚光才对好焦，看清了这对衣着鲜亮的母子。

他有种骂人的冲动，可只能在心里咬牙切齿地强调，老子姓滚，波涛汹涌的滚。

女人没想到他在车外，眼神躲闪，表情尴尬，但这尴尬转瞬消失了——对她来说，滚月光什么都不是，听见了又如何？她犯不着尴尬。

月总，小宝贝说要吃幼儿园门口那家的早餐，不要在幼儿园里吃，你先带他去吃了再进去。女人叮嘱。

滚月光脸上堆着笑，连连答着，把小宝贝接过来，还亲了一口，装出的热乎劲搞得自己都想吐，还愍出一种城里人嗲嗲的声音，哄，小宝贝要吃早餐，叔叔带你去吃早餐。

那个……你不要惯着他，叫什么小宝贝嘛，叫他袁千。女人脸色不好看，明显不高兴他套近乎，说。

是是是。滚月光尴尬地说，上幼儿园了，得叫大名。

算一算，从九月份开始，滚月光已经"顺路"接了袁百里小儿子上幼儿园三四个月了，"反正"从家里到公司刚好要经过袁百里的家，也要经过幼儿园；"反正"滚月光又是从来不睡懒觉的人；"反正"滚月光车都空着，顺路送送孩子没事。

因为这小爷，很多个应酬后烂醉如泥的夜晚，滚月光都会半夜惊醒，睁着血红的眼睛死扛到天亮，生怕自己睡死了，错过了接"小宝贝"的时间。还得洗干净澡，把酒味清洗掉，假装神清气爽。等强撑着把人家的小宝贝送进幼儿园，他回到家，整个人瘫倒在床上，睡得像死猪。

眼看离过年的日子越来越近，见袁百里也越来越难，打电话也从来不接，滚月光只求在接小宝贝时能见他一眼——有时候袁百里心情好，早上会出门送小宝贝，那一点点时间，不够滚月光和他说三句话，但碰个面也是好的。

望着小院铁门，滚月光心有不甘，往驾驶室走，一步三回头。

正要上车，铁门嗒的一声响，袁百里出来了。

袁局长。滚月光喜出望外，一不小心声音就高了点。

袁百里不高兴地皱眉，批评二任老婆，怎么又让人家送？

顺路嘛。二任老婆不急不缓地说，也不是天天。

顺路，顺路。滚月光也说，又不是天天。

这样的理由，见一次面重复一次，两个人是在串供，三个人就是一起在表演了。

那个袁局长，我们的那个工程……滚月光鼓起勇气，说。

袁百里定定地看着他，又回头看年轻的小媳妇，扬扬眉毛，表情阴冷。

滚月光不敢再说话，钻进车里一溜烟赶紧闪，车都开出了小区，心脏还在突突突狂乱地跳。

可不能惹平头哥发火，平头哥一发火，他就完了。

陪袁家小爷在幼儿园门口那家专门敲宝妈宝爸竹杠的"健康宝宝早餐店"吃完二十六块钱一份的早餐，滚月光拐到市场旁的摊子上点了六块钱的素粉，心头还惦记着刚才那小祖宗没吃完的半瓶酸奶，七块钱一瓶，可惜了。手机嘟一声，是袁百里的信息——以后可以不顺路。

隔着手机屏，滚月光也能想象出袁百里那种阴森森的眼神和表情，一瞬间，滚月光吓出一身冷汗，赶紧回复——顺路，顺路，完全是顺路，以后也是顺路。

各是各，我是有原则的人。

是，各是各。滚月光回信息的手都在抖，回完捏着手机，也不敢动碗筷了，硬邦邦坐在板凳上半天不动，生怕一动，手机就响。

还好，没响，袁百里也没有继续来信息强调"以后可以不顺路"。

看着清晨急匆匆来去的人群和车流，滚月光虚汗遍身，上车时手脚酸软，终于明白过来，能"顺路"接送小宝贝，不是他滚月光在送人情给袁百里，而是人家袁百里在送面子给他滚月光。

还敢堵在门口说事!

然而,滚月光还是搞不明白,事情怎么成了这种逻辑,明明他是债主。在山里,债主不必直着腰说话,但绝对不是哈着腰的那一个。

这城市不是他理想中的样子,看着前面的红绿灯,他有点晕,摸摸额头,发烧了。

八

一上午,滚月光都在打电话借钱,到了中午,依然两手空空。

不得已,滚月光又把车开到了师父家,还没进门,脚下一虚,人倒了下去。

醒来在医院,白晃晃的病房,黄大嘴坐在病床前,滚月光眼泪顿时淌下来。

他妈的怎没骨气!多大点事,你们寨老没教过你?死得哭不得。黄大嘴嘴里凶巴巴,眼神已经软了。

师父。滚月光抹一把滑到脖子窝里的泪水,哽咽,活不下去了,真的活不下去了。这个月再不出审计结果,年前拿不到钱,高利贷得拖死我。师父,你帮帮我,求求袁百里,你跟他说得上话。

黄大嘴坐在床畔,烟一支接一支地抽,搞得病房里乌烟瘴气,小护士进来虎着脸要教育他,被他狠剜一眼给顶了回去。

你就是头猪。黄大嘴闷声道,整个晃格里都在看你的笑话,你不自知。

滚月光一脸茫然,什么嘞?

那个事。黄大嘴说,那个事以后,袁百里就扬言说要收拾你。

哪个事?滚月光感觉头又烫又涨。

前段时间传说袁百里要当副县长那个事。黄大嘴道,你呀你。

滚月光明白过来,红着脸,嗫嚅道,我真不知道啊。

前阵子民间传言袁百里要当副县长,那段时间平头哥心情好,笑容花满人间,中间还让滚月光参加一次他的饭局——当然,饭局是袁百里的,饭钱是滚月光的。但是对滚月光来说,能为袁百里买单,已是恩赐。

那天夜里，滚月光看着老家的方向，热泪盈眶，他仿佛看到山寨里自己那棵树，在风中昂扬，绿色的树叶油亮一片。

谁知道高兴没几天，市里决定空降一个副县长下来，屁股正好坐到平头哥头上。

整个县城顿时清静下来，开发商、建筑商、包工头那段时间都不约而同"出了远门"。

因为怕碰到袁百里，说句什么吧，不敢，不说吧，怕平头哥翻脸。

平头哥是遇到狮子都要扑上去咬两嘴的货，这种时候出现在他眼皮底下，做什么说什么都是错。

偏偏滚月光不知道这消息，他毕竟只是个小包工头，不是那种经常和县里体面人物们混的那种，所以，当大家都躲着袁百里时，只有他凑上去——真是作死咯——他还坐在人家办公室里，傻了吧唧地跟袁百里说，以后要叫袁县长了。

袁百里正端着茶杯喝茶，从杯沿上射过来一道目光，炽灼如炬。许久，他放下茶杯，意味深长地笑，滚月光以为那是希望的佛光，哪知道自己已经触碰到了平头哥的逆鳞。

我给他道过歉了。滚月光不安地挪了挪身体，吊瓶跟着晃了晃。黄大嘴护住瓶子，叹气，你道个啥歉，姓袁的本来把面子看得比天大。你这个呆瓜，读书呢，一根肠子通到底，不会拐弯，进了城呢，还是个心里没个红绿灯的憨憨。全世界都在躲着平头哥，他正鬼火上头嫌手里没鸡崽捏，你自己挤上去当那只小鸡崽。这几个月，县里谁不知道你天天给他接送娃？袁百里就是故意做给人看，莫说当不当副县长的事，就是不当那个副县长，他想拿捏谁，照样拿捏！

滚月光这才明白，自己累死累活这几个月，完全成了晃格里的一个笑话。

难怪那么多项目审计结果都出来了，只有他的一直在"审计中"。袁百里一直在玩他呢。

玩他第一道，不用回忆滚月光也记得，那是袁百里唯一一次主动打电话给他，正是八月出事那会儿。那天下午，滚月光刚把小青眼放到洗澡笼里，袁百里一个电话打来，懒洋洋的声音，现在想起，人家那哪是懒呀，是猫玩老鼠的悠闲。袁百里在电话里问滚月光，是不是公司要租个办公室。

滚月光当时一愣，想，我有个屁公司啊，一个小包工头，家就是公司。话都到了嘴边突然觉得不对，赶忙说是是是，是要那个、那个，租一个。

我亲戚有套空房，可以免费送给公司用，只是房子老了点，你们自己粉刷一下。

空调电视那些，也有，只是旧了点，也免费送给你们。

审计嘛，要晚一点。

要不要的，你们定吧，我就觉得空着也是空着。

中心思想说完，袁百里挂了电话。

滚月光好歹也混了十来年，不用想也明白怎么回事，带上装修队就往地址去，什么只是粉刷一下，完全就是一套毛坯房。滚月光偷了灯心卡上三十万，整整两个月，一有空就盯在房子上，买块砖都是自己亲自跑铺面，终于"粉刷"完了"亲戚家的房子"，空调电视整屋顶配，完了签合同还得按市场价签——局长经常教导我们各是各，局长体谅企业是局长风格高，但咱们还是要按市场规律办事。

之后，一年付四万租金签到手的房子，滚月光用都不敢用，只摆了几张桌子做做样子，反而还得三天两头过去开窗通风。这种事交给下面的人不放心，下面的人嘴碎，都是滚月光自己来。

玩他第二道，是袁百里的二任老婆居然打电话说，月总，最近家里的车送出去修了，公车又不能用，听说你公司和小宝贝幼儿园是顺路，可否麻烦顺便送一下小宝贝？

那一刻，滚月光觉得一点都不麻烦，女人的声音温柔又妩媚，像春天的阳光晒在耳朵上，烘得他全身都冒着幸福的细汗——能和袁百里的家事攀上关系，能和袁百里的漂亮老婆说上话，那就证明袁百里不把他当外人。有了租房和送孩子这两层隐秘又亲切的来往，年底前他的一期审计结果肯定就有戏。只要拿到审计结果，他就可以找罗县长要钱，有了钱，他就可以还上高利贷，日子还是以前的日子。

正值秋高气爽，蓝天上飘过一片片白云，滚月光抬头看，觉得每片白云都是钱，一张接一张，足足四万张，每一张都在向自己招手。

四百万就是他的命，没有这四百万，明年的鼓藏节，他可能只有一缕魂回山里去。

他压根不知道，自己只不过是袁百里玩捏着的一只小鸡，袁百里嘻嘻看着他挣扎，全世界也都嘻嘻嘻笑着看他的挣扎。在城市的丛林里，他是一棵挤进来抢地盘抢空气抢营养的树，多他一棵碍眼，少他一棵舒坦。

怎么会这样？他实在想不通，世界恁大，人心怎恁窄。

九

这世道就这么个鬼样。冯愉快回答滚月光，世界无论有多大，有些人的心，终究比他妈的麻雀眼睛还要小。

滚月光抬头看着桂花树的叶子，脸上写满悲伤。

日子又过去一天了。

有人朝他俩看过来。

也是，两个大男人，一个瘦巴巴穿着警服，一个拙憨憨穿着珊瑚绒睡衣，还绾着个奇异的发髻，大清早并排坐在派出所门口的大青石上，多少有点吸引人目光。

冯愉快颇有点得意地享受着这些目光，问滚月光，都将就了那么久，那为什么昨天晚上突然想砍袁百里？

他捏了我的小青眼。滚月光声音低沉，眼眶渐渐红了，我不介意他捏我，从小爸妈说，人活在世，走路不要和田埂争宽，心眼却要和天比阔亮。但他不能捏我的小青眼，我遭的罪是我起了贪心，但是我的雀没有做错啥子事，在山里，树是有尊严的，雀子也是有尊严的。

尊严，嗯，这件事，你做得对。冯愉快大声表示赞同，赞同的方式是用力朝最远处唾了口痰。结果招了路过的大姑娘一对大白眼。他不管，愤愤道，我晓得，斗雀除了幼鸟受捕时可以捏一次，再捏他妈的就废了。狗×的袁百里，捏死了多少人和鸟，他想捏就捏！想捏就捏！

你懂斗雀？滚月光眼神一亮。

我还养着一只呢。冯愉快抠抠眼角，不好意思地笑，黄水眼，不行。跟我一样，蔫巴。不过，听说姓袁的有只胆巴青，他跟你一只小青眼较什么劲？冯愉快困惑地问，一只小青眼，至于让你拿刀去砍袁百里吗？

你说呢？一直拒绝抽烟的滚月光伸出手要了支烟，狠狠吸了一口，冷笑，昨天，我的小青眼赢了他的胆巴青！

冯愉快吓了一跳。好画眉看眼水，胆巴青在斗雀中算是极品，小青眼跟胆巴青完全不是一个级别，何况袁百里那只是养在万佛寺的，那里离万佛山近，每天大清早，袁百里的司机都会开车过去，然后带上鸟笼到万佛山西面的悬崖去遛，西崖高，林子又厚实，斗雀在那里简直是君临城下、八方来风。这样的雀，到哪里都是王，能败给滚月光的小青眼？

就像袁百里和滚月光，一个是捏小鸡的人，一个是被捏的小鸡，根本不是一个档次。

嗯，他也是这样想的。滚月光裹紧棉睡衣，靠着派出所院墙，眼睛眯成一线，倏然闪出一道寒光——但是，他不知道小青眼也有翻盘的时候，你没看过我那只，小青眼，贯黑水，起块状粗沙，嘴是大钉子嘴，尾是铁尺尾，全身是硬毛，生一双牛筋脚，猫爪、鸭胸、鸡背。

猫爪鸡背，打死不退！

对！猫爪鸡背，打死不退！冯愉快听得兴奋，冲口而出，眼里也跟着闪出一把刀来，像当年在水巷子看他老子杀猪时喷出的猪血。狗×的，他大声道，狗×的，他也有今天。然后腾地起身，一脚踢在桂花树上，人往所里钻。

干啥子去？滚月光看一眼无辜摇晃的桂花树，有点蒙，这些城里人，一阵一阵，抽风似的。

送雀。冯愉快人已不见，只抛下一句话。滚月光正想呢，人又跑出来了，提了只鸟笼子，越过他，直直往小公园湖边跑过去。滚月光眼见着他把鸟笼子送了一老头，又屁颠屁颠跑回来，吭哧吭哧坐回他身边。

我说啊，大半辈子的，没想到……咱哥俩素不相识，你倒是替我了了桩心愿。冯愉快喘着气，长叹着，完成宏伟大业一般闭上眼。

啥？滚月光还想着那只小青眼，没听明白。

打败袁百里。冯愉快没头没脑地说，生当作人杰，死亦为鬼雄。

滚月光跟他接不到一个频道，顿了顿，恹恹地叹口气。

打败他。冯愉快刚喘匀，火气又嗖嗖上来，我也买过一只胆巴青，跟姓袁的斗过一回，一上去就招他那只一嘴。他奚落老子，说，在他面前，老子和老子的雀都是叫雀，只能打个响声，没用。这杂碎，我跟你说，我猜他早就认出我了，他就是故意假装不认识。你想想，我这张脸，我这名字，能轻易让人忘记吗？就像你这发型。

滚月光扭头看冯愉快一眼，不禁失笑。

可不是笑嘛，冯愉快长得古怪，阔额深眼，而且眼睛还有点斗。

笑个鬼你笑，真是个憨憨。冯愉快看着憨厚又忧伤地微笑着的滚月光，叹息，可惜了，要是不和姓袁的斗，能斗败胆巴青的小青眼，卖也能卖一二十万……也能抵点民工工资。你也是，晓得他这个人输不起，又一直在拿捏你，你和他斗个啥子呢？

滚月光长叹口气，说，我哪里知道啊？昨天遇到他从万佛山下来，他说，一直想找只雀，好好斗一斗，胆巴青很久没找到对手了，他愁得很。我就想，让小青眼上一架，输了讨他个高兴，赢了就把小青眼送给他。

你还敢想让小青眼赢？

为什么不敢？本来，在我们山里，斗雀是最公平的事情，寨老的雀给人斗败了也从来没有二话说的……只是这城里的人和事，我真是想不明白了，我的雀更不明白——我都说了赢了就送给他，他接过去时还嘿嘿直笑，突然的，他阴森森地把手伸进笼子，生生一把捏了它！滚月光说到这里，眼圈又红了，难受得直摇头，早知道我就不该在山里把它捕来，早知道，我也不该从山里到城里来。这世上，怎么会有这么狠的人。

说罢，滚月光低下头，好半天不言语，末了，拍拍裤子，仿佛有灰，又仿佛即将起程去往某处。他看着水泥地，呢喃，我讨不到公道就算了，但我得替我的雀子讨公道，不是我想砍死他，是他自找的。

吱一声刹车声，派出所的警车正好回来，年轻的所长刚下来就听到这句，吓得打了一半的哈欠都憋回去了，一脸警惕地盯着滚月光——你想搞哪样？

我不搞哪样。滚月光困乏地站起身，一整夜没睡觉，看来谁都困得很，他裹紧棉睡衣，疲倦沧桑地前行。太阳已经高高升起，花园里的小湖面泛着冷冷白白的光，对他来说，寒闪如时间和高利贷的利剑。

所长转身进大院，才迈进一条腿，手机响了，他接了电话，哦一声，又点点头，迈进另一条腿，再哦一声，突然声音飙高，啊？什么？啊！

抓住他！年轻的所长慌乱地转身，差点绊倒在门槛上，他边跑出院门追滚月光边大声叫着，叫声因亢奋而急促、尖锐、刺耳——快抓住他，受害人醒了，说是……一个头顶绾着鬏鬏的男人……叫人……砍的他。

滚月光回过身来，还没反应过来是怎么回事，眼见着一群警察轰地扑上来，把自己摁翻在地。

滚月光的胳膊、手和腿被强摁在粗糙的水泥地面上，扭曲成奇怪的形状。天光刺眼，冬日惨白的阳光照耀在他脸上，他眯起眼，从十来条裤管中间的缝隙中看出去，看到跑上前来、一脸惊诧且愤怒的冯愉快。

你们干什么！冯愉快冲上来，扒拉开横眉怒目的小警察们，干什么！干什么！不是他。

所长年轻的胸膛激动兴奋地起伏着，举着手机，指着滚月光的发髻说，老冯，你不要在这里鬼扯，刚才医院来电话，袁百里醒了，他提供的线索就是这样，一个绾发髻的男的。

放屁！冯愉快愤而冷笑，他们一个寨子里的男人都是这个发型，你都抓喽？

老冯！所长警告。

老冯老冯，你当年刚进所里来叫老子冯老师！你爹叫老子冯哥，几天过去，你和你爸串辈儿了？叫起老子老冯！冯愉快表情狰狞，破口大骂着，钻进人缝，一把抓起滚月光——起来。

　　滚月光软软站起身来，摇摇欲坠，他不说话，目光如灰。从警察们扑向他那一刻起，他明白了，这个城市从未接纳过他，在这里，他永远是一个外来的质地和细胞。而袁百里，劫后余生都还要如此恶毒地栽赃陷害到自己身上，无非是为了掩饰更大的真相——能拿刀去砍袁百里的人，不是他最亲密的战友，就是他最可怕的敌人，无论是谁，袁百里这样的人，都不愿意将他暴露在公安或纪委的眼皮底下。他并不笨，他只是憨厚而已，历经了这生不如死的数月，他已经懂得了许多以前从不曾懂得的东西。

　　这城市伤了他的心，他本来是那么爱它。寨老说过，山里的树挪到城里没法活，他非不信。

　　他冲着冯愉快摇头，再摇头。

　　冯愉快也冲着他摇头。和他不同，冯愉快的表情古怪，甚至带着隐隐笑意。

十

　　是的，他很开心，只有他自己明白自己为什么突然这么开心。冯愉快边把滚月光从警察堆里拉出来，边呵呵笑。

　　年轻的警察们诧异地看着他，跟看个神经病似的。他视若无睹，眼前重现的是旧日的记忆。水巷子里，他老子手起刀落，猪血喷了一地，红彤彤的，着实痛快。

　　那欢快又悲伤的岁月啊……要是没有袁百里，他的人生应该完全是另外一个样子吧？本来他长得好好的，考个二本大学问题也不大，突然冲出来袁百里这么个胆巴青，一嘴就叼死了他。死了就死了吧，袁百里长着长着偏偏又长残，好好的斗雀不做，要当平头哥。人要是狠毒到这地步，基本就完蛋了。

　　简直对不起冯愉快为他白白耗进去的半辈子光阴。

　　想到这里，冯愉快有些悲壮，他定定神，看着强压怒火直盯着他的所长，认真地警告他，以后叫我冯哥。

所长瞪他一眼，要恼不恼的。恼吧，刚才都给点穿了，以前还叫过叔呢。不恼吧，一个破值班干杂活儿的，真把自己当人物了？只好哼哼。

冯愉快说，哼个屁，又不是吃食拱槽的猪。月光兄弟我先交给你们，好好待人家，烟茶伺候着。我去医院一趟，个把小时回来。

所长忍耐到极限，冷冷地说，你想干什么？

不干什么，会个旧友，叙叙旧。

冯愉快说完，上了院门口的警车，轰一声开走了。

十一

门开了，一道强烈的光照进询问室，冷冽的空气新鲜残酷地扑进来。滚月光打了个冷战，瞥了一眼光芒中间那个瘦长的影子。

他并不在乎进来的人是谁，他只知道，又过去一个上午了，新年的脚步越来越近，医院里的袁百里现在正掐着他的生路，也许，他真的迎不到明年热闹的鼓藏节了。

可是，如果他死了，寨里那棵树怎么办？他还年轻，那棵树也还年轻，不足以成为他容身的棺木，真是可惜了树。

喂。

逆光中，他听出来，是冯愉快的声音。

没事了，回家吧。

他不动。

你什么也没干，没找人砍他。走吧。

他当然什么也没干，他当然知道自己没找人砍他，他眼下穷得连找人砍袁百里的钱都没有。

可他哪敢回家？说不定门口堵着一堆堆催材料款的、要工资的。

一个夜晚又半个白天过去，他仿佛已经不关心高利贷的事情了，再高又怎样？生是一堆债，死是一条命。丢不下的是那些一起从寨子里出来的亲友和兄弟，他欠着他们工资，那些都是血汗钱，用夏天四十度高温下的汗水和冬天冻僵冻烂的双手换来的血汗钱。

叫你走就走嘛，难道还想住在派出所？回家，车到山前必有路。冯愉快仿佛知道他心里在想什么，走过来拍拍他的肩膀，亲密地搂了他。

滚月光不自在地躲了一下，困惑地看向冯愉快。

不是不报，时候未到。冯愉快再次亲密地搂住他的肩，把嘴凑到他耳朵边，轻声说——从他拆迁一路走到现在，我有他大把大把的证据。刚才老子去医院，只给他看了十八罗汉中三罗汉家里老房子的照片，他那双鬼眼就吓得定定的。

什么十八罗汉？滚月光越来越听不明白。

水巷子。冯愉快笑起来，他忘记了水巷子拆迁时，里面还住着个窝囊的老同学，拆迁钉子户的十八罗汉，水巷子有三个，他做过手脚的三栋房子，我全部三百六十度无死角拍照做过记录，外带测量尺寸统计。我跟你讲，在派出所混饭吃有好处，学得到真东西，现场取证拍照这一块，现在的所长都得叫老子师爷。

然后呢？

改口了，不敢栽赃你了。老子要求他立马安排局里给你做审计。那龟孙子气得一副要咬老子卵的样子。哈，老子就喜欢看他想咬老子又不敢咬的样子。冯愉快唏唏唏笑着，提提对他来说略显宽松的警服裤腰，脸上充满甜蜜的回忆。

滚月光想笑，又笑不出来。

黑夜给了我黑色的眼睛，我却用它寻找光明。冯愉快声情并茂地朗诵完，立刻换一副急不可耐的表情，推搡着滚月光往外走——走吧走吧，还有半个多月才过年呢，一切都还来得及。只有姓袁的来不及，我跟你说，等审计结果一出来，老子就送他进纪委。

和冯愉快的轻松快活不一样，滚月光实在是回不过神来，这二十四个小时里，他到底遇到了什么？冯愉快手里明明有袁百里的证据，为什么又偏偏要等到现在？一个一直被袁百里的阴影逼在角落里生存的老警察，活得当初带出来的徒弟小所长都只愿意叫老冯，突然间佛光照耀大地，搞得之前像是来历劫似的，说不过去啊。

谢谢你。滚月光不知道说什么好，半天挤出一句。

指不定谁谢谢谁呢。冯愉快有点羞涩地抹抹鼻尖，低声说，月光，咱俩不一样。你恨袁百里是有道理的，袁百里太恶毒，但你一直砍不下去，因为你善良，直到为了小青眼。我也恨袁百里，可我当年恨他其实是没有道理的——那时候大家都在念高中，人家只是比我优秀而已，我恨他完全是因为我他妈心眼狭隘。后来这么多年跟踪他，窥探他，纯属变态——总而言之，我是个卑鄙的人。我拿着他那么多证据，但我实在找不到一个高尚的理由来为人民除害，包括什么反腐——因为我自己心里头清楚，那些只是借口，我心里住着的是个猥琐小人冯愉快。直到今天，为了你，我拿出来了，也放下了。几十年，不容易啊。堵得慌呢。

滚月光默默看着冯愉快，好半天，极认真地说，我们可以喝血酒的。

好，喝血酒。一提到血，冯愉快忍不住打了个干呕，强撑着说道，大碗的，老子和你喝！

那个……先前，就是刚才的前面的前面——你叫我月光?

冯愉快一巴掌打在始终处于迟钝状态且完全与他的节奏不合拍的滚月光肩膀上，佯装生气地大声喊，月光，滚月光，你明明姓滚，怎么这么慢?

滚月光缓缓咧开嘴，缓缓笑起来，灰暗的眼神渐渐有了微亮的晶莹。这是他第一次听到寨子以外的人叫他月光，也是第一次在城市里听到一个人郑重其事地叫他滚月光时，明明用着揶揄的语气，却又那么温暖。

真好。

关于事态的突然变化，他脑子依然有点转不过弯。但是他在门和窗户透进来的光和空气中实实在在闻到了鲜活的尘世味道，那是在阳光下生长的枫香树散发出的清香味道，那是灯心在家里炒的香椿鸡蛋的味道，也是……此刻冯愉快有点邋遢的头发间散发出的油汗味道。

这个冯警官，如果在山里，一定是棵油桐树。

十二

　　大年二十九傍晚，滚月光付完最后一笔账，收到了冯愉快的短信。

　　搞定？

　　滚月光拨了他的号码，才响一声，冯愉快开心的嗓音立即就传了过来。月老总，还要拿着刀去砍人不？

　　滚月光不好意思地嘿嘿笑，想道谢，又觉得说什么都太轻，舌头转了半天，还是嘿嘿。

　　别尽嘿嘿呀，月光，你知道那天我从袁百里那里出来，都走到病房门口了，袁百里叫我什么吗？

　　狗 × 的。滚月光心情舒畅，开起玩笑来。

　　滚！冯愉快笑骂，滚到月亮上去——我跟你说，那家伙装了二十来年终于装不下去，直接炸毛了，咬牙切齿叫我——冯——愉——快。他妈的，他到底把老子名字叫了出来，老子就知道，他一直认得老子！

　　滚月光陷入沉默，冯愉快的心情他明了。名字生来是给人喊的，但这世上，终有许多人，一辈子都被人忽略掉名和姓。那些滚月光一直接接送送的人，那些从不在乎滚月光是谁的人，那些曾经叫冯师傅冯大叔冯大哥最后叫老冯的人，滚月光一直把他们放在心上，耿耿着。冯愉快也是。

　　还好，万物都在努力生长，于是城市里有了一棵名叫月光的树，也有了一桶名叫愉快的水，彼此记住了名和姓，深深珍藏在心里。

　　冯愉快知道，不光是他们彼此，即将被某部门"召见"的袁百里也会深深记住这两个名和姓。

　　冯愉快警官，你是个好人。滚月光真诚地说，要是没有你，我就是一棵死在城里的树。

　　冯愉快在电话那头说，非也，我是个龌龊的人，卑鄙了半辈子。

　　你不是。滚月光边替灯心把回家的行李放到车上，边从她手上抱过儿子，亲了一口，儿子身上暖暖的奶香味让他倍加珍惜这一刻自由蓬勃又真实的生活。他对着手机说，你是个好警察，是个好人。

那边沉默了几秒，然后是尴尬的咳嗽声——那个，我不是警察，我只是个辅警，也就是协勤。那天做笔录，其实不合法，我还装模作样来着，你记得你不？你一倒，吧嗒，仰面摔在地上了。

滚月光回忆着两个人初识的那一幕，爆笑起来。有新年的烟花在暮色四合的城市边缘绽放，天空在夜色与暮色交错之间，呈现出梦境和现实交替的质感，烟花像绣在上面的魔法，瞬间闪亮又瞬间消失。

但是滚月光知道，它亮过，就像芸芸众生或流星，在天空中努力绽放光芒，只要闪烁过，它就一直在。

原载《民族文学》2021 年第 1 期

须一瓜

身
体
是
记
仇
的

一

　　十几年前，牙医小柴第一眼见到让他叫"小姑姑"的人，就尾骨发麻。那种怕，就像背着悬崖边站立的感觉。他说，如果当时她在哭，或者脸上有哭痕，或者哪怕偶尔大哭过——而不是始终在笑，他可能就不会那样从心底发怵。不过，在十几年前的当时，还未跨进祭奠大厅门槛，牙医小柴就感到母亲有点怯场。母子之间互相传感着莫名忐忑，小心庄重地跨入灵堂。一进去，母亲就悄悄戳小柴的后腰，示意按她事先教的对那女子叫妈。灵台边，"小姑姑"仰着尖锐下巴，转过半个脸，对着走向她的母子俩上下左右打量着。她笑着，轻慢的眼风就像评估毛重，还有一点"好戏又来了"的夸张兴致。那个生僻而持久的笑意，在灵堂台边，冒着白色的气雾，让少年小柴联想到冰窟里取出的冰块。

　　母子俩停在她身边。牙医小柴乖巧开口，但几乎是话音未落，他的脸就被风雷所掠，那一掌甩击，手劲之重惊骇了所有人。少年摔在楼梯边，眼镜摔在远远的另一边。有一只手,像小柴希望的那样,马上把它捡了起来。母亲一声非人的怪叫,滑过少年耳膜,就像在玻璃房子外面的叫,声音变形缥缈,少年听而不闻。他的注意力只在"小姑姑"那儿。一掌重击之后,"小姑姑"脸上依然是空姐式的微笑,鲜嫩而明丽。然而,极度的恐惧与愤怒,让少年的汗毛尽竖。他不知所措。

"小姑姑"目光乜斜,她的笑脸,缓释着古怪的耐心。她眼神飘忽,并不总看地上少年更不看其母。少年防护性地死盯着她。那张雪白的、额角透出青筋的脸,已经被她的笑,搞得丑恶而疯魔。她却时不时斜睨窗外,就像和天上的什么东西较劲。……孩子?嘿嘿……我孩子……窗外或天边的什么东西,似乎一直牵扯着她的魂灵,连小小少年都感到她并不把灵堂,更不把灵堂里的其他人放在眼里——她只是享受着自己一脸叵测的春光明媚,那种兀自明媚的春光,散发着自虐而虐人的窒息感,令整个灵堂,恐慌而羞愧。

……还妈?妈呢,妈……她语气轻微地像自我推敲。

……谁是你妈?谁是?她忽变的狰狞,并不比她的笑容更恐惧,但整个灵堂都接收到了遮天蔽日的盛怒,灵堂变得更为恓惶、更为屏息敛声。

睁大你的小桃花眼!谁是你妈?小野种,再叫一声试试?

少年当时觉得她的牙齿又白又细又长,长到不像是人的牙齿,而是一种什么工具。少年不认识这个工具,但它的非人感让他害怕。整个灵堂的非人感,也让他不安。他觉得那些蜡烛火苗好像都不会动了。灵堂里有七八个人,也许更多几个,他们都像灯下剪影人似的,没有发出一点声音,就像着装整齐的影子。少年冷汗隐隐直冒。他脑中也空无一物,呆望着她又走近自己。走到跟前的"小姑姑",把脚踏在了少年的肩头。小柴眼光下垂,就能看到自己的腮边,一个尖得像凶器的红色皮鞋尖,一转就可以戳他的下巴。他不敢把那只皮鞋推掉或耸动肩头抖开,做母亲的好像也不敢,她想扶持孩子站起来,避开二次伤害,但不知道为什么,那个十三四岁的少年,就是想拖宕在这个费解的恐怖时刻里。他倔强地下沉着小身子,拒绝爬起。

猩红色的皮鞋尖在少年肩头磨拧，像是打招呼：来……再叫一声，试试？我们再试试看？

少年垂下眼帘，看着腮边的尖头红皮鞋。他觉得它会踢穿他的腮帮。

做母亲的无助地大哭起来，她求助的眼神看向灵台遗像，但显然，活人死人都帮不了她。她用埋怨的神色推搡儿子，顺势把自己盖在孩子身上啜泣。她还是想保护少年，但是，少年愤怒地推开了她，他执拗地去迎对"小姑姑"的笑脸。这是孩子气的顽固和对抗，果然，他追盯的那张脸，笑容不谢，糯米牙森森。他们四目交接时，她还对他微微点头。她一边嘴角抽搐，这使她的笑，充满蔑视。少年隐忍的愤怒和悲怆，也许刺激了她。她回眸蹲下，端详少年，一边开始慢慢脱下两只尖头的红皮鞋，随着她猛地转身，它们先后飞到灵台长案上。其中，有一只，准确地砸到了死者的黑白大照片上。遗像框倒在了百合玫瑰鲜花丛中。一个深色的剪影人急忙去扶正复位。

女子的笑牙，又白又长又细，它们是那么整齐那么意气风发。少年低下了头。他心里认输了。他感到屈辱，但不知屈辱从何而来，泪水占领眼眶，他勾紧脖颈，努力化解，泪水还是掉了出来。他再次抬头，是被祭奠大厅里抑制至极的群啸尖叫所惊："小姑姑"光脚走了过去，人们以为她是过来取回鞋子，她却拿起刚刚扶正的遗像框，啐的一口痰，吐在遗像上。她还想再吐的时候，死者遗像框被人夺走。

——只有这一瞬间，少年看到她脸上笑容离场。非常短暂。据说，之前和之后的整个丧礼期，她都在笑。这个后来被牙医小柴一直叫"小姑姑"的人，整整笑过了头七。遗像上的死者，第二天，就被人用油性黑水笔，隔着玻璃，加上了一撇上翘一撇下捺的大胡须。死者本来就是微笑着，这两撇风扇叶片一样的奇怪大黑胡须，使他的脸快乐滑稽，近似小品海报。是来祭奠的肃穆人，忍俊不禁又羞愧不安，护持灵堂的人们，才发现有人作恶。捣蛋使坏的人是谁，人们心照不宣。赶紧重新翻洗了三张，换上并备用着。

牙医小柴后来想，她在给他添加胡须的时候，一定在笑。遗像上的男人，会和她对着笑，那才是他们夫妻的最后的告别。他的风扇胡须会东高西低，越飞越快。遗像上笑眯眯的圆脸男人，那时四十五岁，是她风华正茂、富可敌"邦"的丈夫，也是少年的生父。

二

亲历过那样匪夷所思的葬礼的少年，其实弄明白的事，依然非常有限。他浑浑噩噩地去了，懵懵懂懂地回了。最终，他只对女主人，也就是后来被要求叫"小姑姑"的人的笑脸，刻骨铭心。还有遗像上的笑脸也在记忆里沉淀下来了。他看到的都是没有两撇风扇胡须的端正遗像，有意思的是，那个作为他生父的遗像主人，少年还是颇为接受，甚至可以说，挺喜欢他的笑模样的。十多年后，牙科专业学校毕业的牙医小柴和"小姑姑"再相遇时，"小姑姑"揭穿了他亲近他"混蛋"生父的谜底——不就是那一堆野种里，只有你长得最像他！牙医小柴从小就知道自己不像母亲，母亲也一直说他比较像父亲。但是，"小姑姑"的揭批，还是让他有点不自在。这里其实就是隐含了自己对父亲的负面评价。成年后的小柴，比参加葬礼的少年，更加忠实呈现了死者的外形：结实圆润的矮壮身材，高弹力的厚臀，饱满的、有点歪的天灵盖；随和的圆脸上，有明显的眼下卧蚕。这种卧蚕痕，无须笑，就春意融融，花见花开。一样的偏厚嘴唇，一样的唇线不清晰，一笑，一样地露出微微内凹的门齿。和牙医小柴不同，父亲爱笑，他有事没事，都能让自己脸上笑嘻嘻的，正如小柴在遗像上看到的积极容颜：那没有唇尖的上唇，圆润厚实的舒展弧线，既乐观又安康。这种笑容会暗示你：没事，有我啊。

也许，这个早早就辞职下海的捞金者，就凭借这海纳百川的快乐笑容庇护，一路佛助魔爱、吃苦耐劳、坑蒙拐骗，不断走向成功。

"小姑姑"厉声否认十几年前，她在那场"混账葬礼"上"一直笑"，她认为她根本不可能笑。她说我半夜鞭尸都来不及，哪里来笑的心情？而牙医小柴，也从不抗辩。即使十多年后，他几乎成为"小姑姑"的恩人，但见到她，甚至仅仅是想到她，仍然如背对悬崖而立，他依然发怵。牙医小柴一度认为，这内心的空虚慌张，不是他由心而生的自然情感，是遗像上的父亲，在葬礼上传递给他的，他一直在传递，儿子一直在被动地接收。这是父亲的遗产。

母亲说话不讲逻辑，只讲感觉，还总被突如其来的情绪牵引。一直到他湖北专科学校第二学期假期归来，母亲可能预感自己来日无多，才断断续续有一搭没一搭地主动对儿子"忆了往昔"，即使有这样完整讲述的强烈意愿，她的陈述还是被各种感言、臆想、分析与评价切得鸡零狗碎，甚至话头开放到不知其源。当时，病榻前，她的哥哥、妹妹，也就是牙医小柴的舅舅姨姨们，一直简约粗暴地阻挠反对她对儿子说那些"没意思、没屁用"的无聊过去。但是，母亲还是不懈努力，见缝插针，给了牙医小柴一个大致轮廓。

其实，十几年前，头七过后，少年就把直接看到听到的信息，做过一个有关父亲的历史拼盘。尤其是奔丧回程前夕，母亲在酒店打出一个涕泪交替的长途电话，假装看电视的少年，就此获得了许多骨干材料。当然，通话双方对于事情背景的熟稔，导致对话的跳跃过大，少年听来十分吃力。

这个轮廓拼盘已经不算孩子气的出手了。概括起来就是，父亲车祸暴死，一下子冒出了五个来凭吊的单亲小三——都拖儿带女，据说，还有两三个没有孩子的女人来闹，当时，治丧委员达成共识——大部分按碰瓷处理了。另外几个被母亲闻讯带来奔丧的单亲孩子，最大的二十岁，女孩，是父亲二十四五岁时生；最小的两岁半——这个小男孩，出生于四十二岁的二婚父亲和二十五岁的"小姑姑"的甜蜜婚姻的次年。太造孽了，这个时段。这让"小姑姑"尤其怒不可遏。牙医小柴，是父亲初婚两年后的私生子。他的初婚，从他三十一岁持续到三十九岁，那时，还没有"小姑姑"，作为陌生的女孩，她甚至可能还没有发育。这八年的第一段婚姻关系里，合法生产了两个比小柴大一岁的双胞胎女孩。少年自己统计下来，在那个非人感的魔幻灵堂上，父亲冒出了有名有姓、婚生、非婚生的后代，有五六个。那些孩子，彼此也是沉默的。

除第一个女孩还在澳大利亚读书外，其他四五个还是五六个，好像都到了。他们有的比小柴到得早，有的来得晚。还有半夜赶到的。牙医小柴以为自己经历了最恐怖的葬礼一刻，但母亲在电话里对旁人说，最吓人的是"小姑姑"和两岁半男孩母亲的对峙。那个夜场出身的单亲母亲即使生了孩子，也依然像个紧致的大学生。她的美丽自信足以挑衅"小姑姑"的骄傲，最致命的是，她竟然是在"小姑姑"和父亲结婚后的第二年，就有了关系。这个陈述，当众颠覆了"小姑姑"的爱情，嘲弄了"柴邱配"人间仙境的婚姻。"小姑姑"可以不屑、不在意在她之前存在的乱七八糟的女人们，但是，她绝不相信，在她和父亲的"王子公主"一样幸福的生活里，她的神仙婚姻居然有蛀虫进入。她拒不承认——骗子！都是碰瓷谋财的骗子！

她只承认父亲前婚史里的一对双胞胎女孩。她在灵堂上有过非常失态的嚎叫，夸张炫耀父亲对她的宠溺。她歇斯底里地反复宣称，是她，专享了父亲高天厚地的甜蜜爱情。她当庭铺陈的、民政公章确认的第二段美好婚姻，使祭拜的人们，一边偷瞟遗照上父亲纯真无拘的笑脸，一边很不礼貌地悄悄研磨那串爆米花一样的爱情奇闻。而"小姑姑"当庭颂扬的，受死者专宠的爱情往事，成为牙医小柴母亲眼里最天真的笑话。比如：

——如果，我和她掉到水里，你先救谁？小姑姑说。

——救你。死鬼曾这么说。

——如果我和那俩双胞胎掉到水里，只能救一个，你先救谁？

——救你。

——你撒谎！

——干吗撒谎，她们还会帮我救你，我给她们请了最好的游泳教练啊。

——那不要水了！改火灾。在火里，只能救一个，你救谁？

——救你。

——为什么不救小孩？

——你也是孩子啊。

——说心里话！不许骗人！

——他们有妈妈，你没有啊。

——柴、永、煌！

——真的啦。我对天发誓，如果我骗人，不得好死。

这场对话，是母亲在酒店学给电话那头听的，不知道是否夸张，因为她也是听人们的主观转述。但是，母亲幸灾乐祸的样子，让小小少年确定，母亲并不像她自己以为的那样难过。

牙医小柴没有目睹那个两岁半娃在场的惊魂一刻。据说，"小姑姑"动了刀。众人围抢，末位小三没有被刀伤到，但是，被小姑姑突然间抄起的祭拜玫瑰花束，横扫了脸和脖子。很多条玫瑰刺血痕，让那女子短时破相，次日涂抹的条状碘伏，让她也有点像丛林战士。最可怕的是，"小姑姑"一度抢了那个两岁半的小男孩，她要掐死那个"骗子小道具"。即使末位小三，拿出柴永煌抱孩子、柴永煌和小三互喂荔枝等多张亲密合影，"小姑姑"也照样蔑视他们的"狗屁关系"。那个还不怎么会讲话，老是摇头，满嘴"嗒嗒嗒嗒"的小男孩，凭良心说，真的不像父亲——小柴在不知情的前提下，在灵堂外，见过他"丛林战士"一样的碘伏妈妈。当时，她捉住男孩，给他擦口水垫后背汗巾。——两个女人的对峙，据说非常恐怖，"小姑姑"阵阵狞笑，歇斯底里，要砸那母子俩出去；那个女子不慌不忙，拿着汉显传呼机，给周围人看死者曾发给她的各种情话；"小姑姑"再次指令手下打报警电话后，末位小三把小男孩抱到父亲遗像前，指问他是谁的时候，那个不会讲话的男孩，居然拍起小巴掌，清晰地叫"吧吧吧"。小家伙口水直淌。

那一瞬间，据说静了场。大家都瞪着眼睛看那小家伙直淌的口水垂挂。这个静场，让末位小三忽然悲愤交加，她第一次失态尖叫，说，报警吧，报！我们做亲子鉴定去！

接踵而来的众小三及后嗣们，确实给灵堂带来巨大的震撼，给治丧委员会带来措手不及的混乱。急于恢复葬礼秩序的至爱亲朋们，不约而同地希望或暗暗齐心，共同逼迫"小姑姑"息事宁人，遵从死者入土为安的最高准则。相比那些张狂小三，牙医小柴的母亲，成为最通情达理的未亡人。

而母亲临终前承认自己有愧，说，我把他给我的一大笔流产补养费，偷偷拿去买了缅玉手镯。我生下你，他气得几个月不理我，后来，他还是来看我们了，笑眯眯地看着你，从此，每个月都给足生活费。但他说，逼婚的事，不要想。

三

牙医小柴在往后的岁月里，总是梦回那个恐怖的祭奠大厅。在梦里，他一遍遍、有如初历地重新感受那里的一切：所有的人都没有离去，他们都停在了那里等他。三壁落地的铁灰色墙布，白色的挽联，围绕长桌的、被人摘去黑棕色花蕾的百合花，红得发黑的玫瑰；又细又长又白的牙齿，那个非人感的笑容，猩红的尖头绑带皮鞋，一样会踏在他少年的单薄肩头……每一次梦回，都能让他浑身出汗；每一次醒来，都有好几十秒钟，他不能让自己迅速领悟那不过是梦。他的情绪总会被梦里的哀伤裹挟着，随波逐流好一阵子。

梦里，那座永远的灵堂，永远在等着他。那些笑脸，遗像上的笑，那个非人感的、过分明媚的笑脸，都在意识深处潜伏，有如下水道里的老鼠，随时就冒出来。

牙医小柴完成学业后就孑然一身了。求职艰难。他先是在老家旧矿区小医院，做了三年医师助理，自费完成正畸进修后，他就想下海到外面大诊所里干了。但因为学历低、资历浅，又没有五年执业经历，他四处碰壁。

和"小姑姑"再度关联上，缘起于他的医专同学阿杜。他拉牙医小柴去他老家和他一起承包一个牙科诊室。那正是牙医少年当年为生父奔丧的陌生的省会城市。说是省会，承包的诊室，实际是一省城辖下的镇卫生院里的牙科室，后来景区开发，那个叫四盆水的小镇才有了大知名度。那小镇，自古以来，被一条美丽的山涧溪水围绕，漫山遍野都是漂亮的竹海。牙医小柴去的时候，刚刚改名为四盆区。外地游客叫它四盆水景区。

镇卫生院是个陈旧的两层L形砖混平顶楼。虽然临街，但临的是一条破旧大街，来往的大都是为生计忙、为蝇头小甜而开心的穷苦人。承包的牙科诊室，是承包人自掏腰包、自己动手装修的。它明亮简陋干净，却基本无人问津，长时间生意惨淡。牙医小柴和牙医阿杜，靠低价拉客、高质服务，苦撑苦熬到第二年的夏天，诊所才像终于长了根的水培植物，渐渐活旺起来。暑假过去，牙医小柴拿到了一万多的收入。秋天就突破了两万。到承包一周年的第三个月，牙医小柴的收入，是开张第一个月的十几倍。他还掉了承包金、诊室装修分摊款、X 光机等设备款和正畸进修费用。

有一天，牙医小柴接到一个电话。一个喑哑的女声。

"问一下，我不一定做。"

牙医小柴说，没关系，我正好有空。你慢慢说，看我能不能帮到你。

"我是估计你没那个本事。"

牙医小柴说没事你先说说看，能的话我尽力。

"有个鬼把你胡吹成华佗。哼（或者是嘿），华佗呢。"

牙医小柴连忙谦虚否认，他心里对这个喑哑声音，既好奇又嫌恶。

"没有一个医院敢接（诊）我，省里市里上海北京日本牙医。你个乡下卫生院的小牙医，那个鬼居然硬说华佗转世……哈哈哈哈……"

牙医小柴确定对方是个精神病。他放下电话。电话马上就愤怒地响了。牙医小柴狠狠抄起电话，声音却不敢不温和。果然还是那个喑哑女声：

"你挂我电话?！"

……呃，问你病情你又不说，我没有时间陪你聊天啊。病人在等。牙医小柴保持的最后一点理性，挽救了这个不好的发展势头。

"你老实说，你敢给有高血压、糖尿病的人拔牙吗？"

牙医小柴傻了几秒钟，耳朵里立刻传过来哧哧嘲笑声：

"不是华佗再世吗？我看你——也是个屁。"

牙医小柴在极大的忍耐中，和风细雨地解释了高血压、糖尿病的高危所在，也终于问明白了，她说的"那个鬼"——那个推荐人是谁。

喑哑女声的轻慢语气，嚣张自负的挑衅情绪，都没有让牙医小柴唤起少年的记忆。当然，喑哑的女声，只是按她自己的心情发声，她也不可能想起十几年前，在一个特殊场合，她给了一个可怜巴巴又倔强讨嫌的少年一记大耳光。

那个"鬼"是个搞水电还是五金什么的老板，小柴记不得了，反正是个老板。几个月前的一个晚上，牙医小柴要关门时，他进来了，手捂着腮帮，眉头皱着，一脸痛苦的吃人表情。一个机灵像跟班的小个子年轻人，帮着解说，我们老板牙疼大发作，能不能赶紧帮他止疼？大医院里面现在没有值夜班的牙医。看到小柴没有马上说好，那个"鬼"骂了一句粗话，说，快给我弄弄看！人家说你好嘛！

牙医小柴还是暂缓关门接了单。那个"鬼"，真不是好鬼。口腔清洁度太差，可能刚撤离酒桌，张口就腾蹿出潲水缸的味道，一股尖锐的腐臭鸡蛋味，牙医口罩根本挡不住，小柴顽强抵抗住阵阵反胃，终于像探矿一样查明，那颗痛牙16，有个隐蔽瘘管。牙医小柴做了常规的扩根封药处理，收了十块钱。那个"鬼"，后来知道姓邱的男人，回去说当晚就不痛了。几天后复诊，瘘管已经消失。

对于牙医小柴来说，那个患者给他最深的印象是，一张熏死人的臭嘴，还有他的奇怪感谢。隔几日复诊时，他进诊所连声高呼的不是谢谢噢谢谢，而是——十块钱！十块钱！他的呼叫致意，惊扰到了好几个就诊病人。这是个有点钱的个体老板，他完整的表达是，痛了我一个多月的牙，你十块钱就治好了它！不得了哇！他说，他在市里去过各种大诊所，找过各种名医、传家老牙医，吊过针、吃过药，煎服了六七服中药，统统没有用。他家的保姆推荐他来这里，但是，他一直觉得保姆能推荐什么东西，肯定是屁一样的乡下牙医。没想到，"你这个鬼，还真是神医啊"。邱总是一个忙碌的生意人，之后，他把自己所有的不良牙齿，都交给了神医小柴，而且再忙，复诊也基本随叫随到。

邱总是声音暗哑的女人的亲戚，有一天他向她推荐了牙医小柴，那时，她已经牙疼了快一个月，有颗牙（45前磨牙）欲掉不掉，近一个月来，没有一家医生愿意拔她的牙。但是，邱老板的建议和邱老板保姆当时的建议一样，在她听来也基本和放屁差不多，她根本看不起：那不起眼的破卫生院，那被人承包的小牙科室，那些穷得狗急跳墙的小牙医，算什么屁东西啊。

她的45牙，一直在疼，就是不掉落。平时钝痛，时不时会突然炎症发作，或者触碰不慎，就会痛得让人发疯。给牙医小柴的这个电话，就是45牙大痛发作时打出来的。

牙医小柴问明情况，也一口回绝，他拒绝了她——准确地说，是附带条件的拒绝：如果她不按他的要求前提——做到，那么，他也不敢给一个糖尿病、高血压的人拔牙。

四

通过声音，牙医小柴推断那个女人不年轻，但第一眼见到她，他没想到，那完全是个面目可憎的老太婆，等他明白这竟是他叫过妈妈的、后来改叫"小姑姑"的女人，简直有被雷劈的感觉。他难以相信自己的眼睛，无法理解眼前这阴沉而衰老的形象是怎么生化出来的，也不过就是十三四年的时间啊，当时她最多二十七八岁呀。怎么能有这样的断崖之变？要知道，小牙医一直在这十三四年来的记忆里轮回，那个灵堂，一直在他脑海里自动刷新。多少个深夜，小柴不断梦回那个祭奠大厅，那里的人一一在位，他们都没有老去。那只猩红色的尖头绑踝带的皮鞋，依然踩在他瘦小的肩头，依然刺眼地嚣叫着青春和愤怒。在梦里，它们也从来没有褪色过。也可以说，少年根本就没有离开过那里。所以，这个对比太震撼了。

十三四年，对有些人来说，真的可以是大半辈子吗？

学校毕业至今，牙医小柴也有四五年的从业经历了。职业使然，他对人们的笑容、表情状态，有着病态的职业敏感和研究习惯。他知道，牙齿的好坏，不仅仅是影响容貌丑美，更掌控人的情绪表达，他甚至可以通过表情，反推牙齿的好坏。牙齿问题多的人，面部表情一般不自然，神情往往抑郁。甚至年纪还小，人的心理已经被牙齿好坏所左右。他见过一个断了门牙的十龄男童，不断地以手掩面才能回答医生的提问。在老师那里，他还见过一个二十多岁因为牙周病，几乎失去了整口牙齿的小伙子，那个无牙的青年，委顿、抑郁、卑怯，一副欠揍的窝囊脸，开口或者不开口，他都那么小心翼翼。但他自己坚持认为，他天生不爱笑，牙只是一方面原因，更主要的是"外面没有什么好笑的"。老师对学生们说，别听他的，只要给他换一口好牙，他的人生就会发光，就对谁都容易笑。

老师有一篇关于笑的宏文，据说灵感来源于梦境。在老师的梦里，所有的生命都是亮如蛛丝的光。每个人就是一丝光。不笑的人，那丝光就不清亮不透明，就像捂了盖子，连通不到天光。而牙齿，就是那丝光的盖子。真正的、由衷的生命喜悦，会让光丝透亮，接千载、连万宇和光同尘。老师还说，除了恶牙、恶念，没有东西能让生命不再透亮。梦的尾声，是看不见光丝，只有遮天蔽日的黑线，像漫天的黑雨。老师给的解释是，牙和恶念，制约了生命的光华。他勉励弟子，牙医有能力让人间发亮。

柴永煌的遗照上，他笑得很暖和，但是，他门牙微微内陷，犬牙13、23都偏尖，算不上一口好牙。不过，他应该算拥有不错的人生了。如果用路桥来比喻人生，那么，大部分人都是平面马路、草地小道而已，而柴永煌的人生，至少是一条丰富的立体交叉桥路。

牙医小柴，一进入那个金丝竹篱笆围绕的小院子，窗帘边的"小姑姑"就认出了他。应该是他们父子长得太像。成年后的小柴，简直就是柴永煌的翻版。读书时，初上社会时，他还比较清瘦，承包牙科后，压力太大，小柴变胖了，和父亲相比，更像翻模拷贝的一般：结实圆润的矮壮身材，高弹力的厚臀，饱满的、有点歪的天灵盖; 随和的圆脸上, 有明显的眼下卧蚕。这种卧蚕痕，无须笑，就春意融融，花见花开。一样的偏厚嘴唇，一样的唇线不清晰，一笑，一样地露出微微内凹的门齿。

牙医小柴对着客厅茶桌边看他的老妇人礼貌地笑着。老妇人没有回应他的笑容。把他带进来的下人模样的人掩门退出，硬木底的拖鞋，在门外的石阶上笃笃远去。小柴一时尴尬不适，因为，照常理，作为患者和主人，妇人应该主动和他打招呼，告知自己的害牙情况，而那个老妇人只是扭头看他，她打量他的寡淡样子，就像看一个值不值得施舍的乞丐。她连起身的意思都没有。牙医小柴当时感到，她是对他的医术毫无信心。

看在出诊费很高的分上，牙医小柴只好自我热烈地进入工作状态。他笑着，指着窗前的躺椅说，那是我说的躺椅是吗？ OK，请您躺上去吧，让我看看您的牙。哦，插座在哪？我需要这个灯照明。小柴举着自己带来的灯。老妇人这才站起来，背倒不厚，两肩却窝着，看起来像一只松散羽毛的鹰隼之类的大鸟。她踱到牙医小柴跟前，并没有指明插座位置，而是偏着脸，更加仔细，也可以说是目光轻慢地扫视牙医。对于医生而言，这是非常不礼貌的病人表情。牙医小柴在尴尬中，抵御着接收到的蔑视和轻微的屈辱，医患双方就在这样的站位中角力。

老妇人就这样专注又充满蔑视地扫描着他。他以职业的敏锐，看到了老妇人眼眶里，浮起一层清亮近无的水光。老妇没有任何脂粉的脸，像一块放久的老姜。她额头高宽，但不饱满；眉毛短促，却不协调地兴旺，尤其是两边眉头的眉毛，逆生勃勃，几乎有在眉头打旋的气势，这使她脸上有一股不屈的犟气。两边眼袋不算大，但上面都有沟痕，就像蝴蝶上下翅膀分割，蝶翼状的眼袋之间，挺立着峰面锐利的瘦高鼻子，难怪给小柴鹰隼类物的感觉。此外，对于牙医小柴来说，很重要的，她的脸，右腮略大于左腮，有软乎乎的垂坠感，这该就是 45 牙的炎症痕迹。

你父亲叫——老妇人说，柴、永、煌。

几乎就在妇人开口的同时，牙医小柴的记忆通道也连通了十多年前的祭奠大堂。是的，那偏脸的看人恶习，乜斜刻薄的鄙夷，那又细又白又长、非人感的牙齿，都在驱散岁月模糊淡雾，呈现出记忆通道的指路标志。它们使灵堂比梦境更清晰。牙医小柴脸色发白。这个女人非人感的笑容，唤起他腮帮的少年之痛，不仅是大耳光，还有那只踏在肩上的尖头红皮鞋。面色青白的年轻牙医，控制不住由内而出的轻微战栗。身体的不适反应，让他更加难堪和愤恨，但他茫然地看着老妇人。周围的一切都有点变形，这一瞬间时空虚幻而幽暗。

他还是点头了。但因也辨认出了对方且心绪黯淡，他压根不想再问什么。老妇人却一脸尖刻的自得。拿过老妇人给他的几张检查单子，他边看却边在开小差：十三四年吧，是什么让一个年轻的女人，直接变成风干的老妇人呢?

这个朝南的客厅,一下子安静下来。牙医小柴插座插线的影子,在落地窗里的阳光下,佝偻着移动。仿佛识破妖精的成就感,让老妇人悠然地把自己放在躺椅上,空虚而满足的目光散看着天花板,牙医小柴十分生厌。掌灯的临时助手还没有到,牙医小柴一手持灯,一手持镜,粗略看了个大致。炎症消退了,45牙松动得就像深秋树上的干枯残果,拔除它,应该没有问题。老妇人的心电图、血常规报告单、血糖检测报告,也都显示她的身体在五个月以内是稳定的。这是她和牙医小柴的第一通电话的医嘱结果。两个月前,第二通电话,牙医小柴说,如果这些指标半年内都是稳定的,你到哪个医院,医生都会帮你拔掉这颗牙齿的。

声音喑哑的电话那头,传来几乎是幸灾乐祸的尖利叫声:就找你!

牙医小柴当然听出这邀约里,没有一丁点感激与信任。他觉得自己更像一个被猎捕的对象。可以想见,对方大概是个被害牙逼疯、仇恨所有牙医的变态狂。这么想着,医患连接也就由此莫名达成了。两个月过去了,这前一天,接到了她的期满电话,而牙医小柴承包的小科室,已经在一个月前被镇卫生院突然收回。院里倒是想收编他们,并承诺给他们干部指标,所有的设备也可以都按原价回收使用,但是,牙医小柴和阿杜,在承包的两年多里,品尝了艰难起步到蒸蒸日上的好滋味,再让他们回到领工资的职业,完全是不可能了。心野了,翅膀又般配地硬了。阿杜准备先去深圳,女朋友家族想让他过去帮忙,利用这个断片时间,他先过去看看情况,应付一下;而牙医小柴,一直有一个高端的个人牙科梦想。四盆水镇五星广场门口有一处,比较便宜;省城摩尔大商城,一个客户介绍的朝北朝湖的夹层店面,位置好,各方面条件也不错,就是大而贵,牙医小柴吃不动。所以,这些日子,在四盆水,他一边考试,一边注意新址考察,基本上一周干之前两天的活,主要是针对那些复诊患者。X光机、牙椅等设备,都放在阿杜家,有约,就过去集中处理一下。其他时间,都在考察选址中。声音喑哑的女人来电话时,牙医小柴说自己已经没有诊室了,他在婉转拒绝,让她去别的医院。那个女人嘶叫起来:让我白等?!

牙医小柴屈从了。

奇怪的是，张大嘴巴，妇人嘴里的牙，并没有牙医小柴感觉中的那么细、那么长、那么白。牙龈毫无萎缩，牙周整体情况尚好。临时助手从阿杜家带来了麻药针筒、消毒碘伏、卫生棉球等拔牙工具。拔牙的时候，老妇人基本算配合，麻药一起效，牙医小柴就三下五除二，眼明手快地把那祸害她半年的45牙，连根拔出。止血情况稳定。看着那颗害牙，小柴屡屡疑惑，即使连根而出，它也是正常的长度，可是，为什么这些牙，组合出她的笑容，或者说咧嘴露牙，总给他不安的非人感呢？

纳闷的感觉也不止于牙齿，处理牙齿的过程中，老妇人开始显得比进屋初见时年轻一点，仿佛有一种光，正在帮她剥脱岁月蒙上的尘灰褶皱，衰朽寡淡疏离排斥感，也像牙结石一样，被时光钻头瞬间磨去，也可能就是牙医自己少年时的眼光，重新把他引领向他少年时眼里的"小姑姑"。"小姑姑"仰躺头发后掠，她颞部和颧骨之间有一条蚯蚓似的条状鼓起，蜡质感地发亮；她的左手背手腕处有另外一条"粗蚯蚓"，这一条更鼓凸，看起来手腕上像缝了一条小肠在皮肤上。牙医小柴脱口而出：你疤痕体质啊。

老妇人睁开眼睛，她听得懂小牙医所指。她重新闭上眼睛的时候说，我的身体记仇。

小助手有课，赶着先走了。牙医小柴和躺在椅子上闭目休息的妇人，依然悄无声息。老式的方格子木地板上的阳光呈焦糖色。牙医小柴觉得小院四面的金丝竹，维护了一段令人不安的发黄时光，就像围住了一张旧照片。又测了血压，足够的观察后，确定没有问题，牙医小柴便交代了一二三四注意事项准备离去。那个硬底木拖鞋的声音从院子外渐近地传来，他来得正好。他进来时是空手的，但不知从哪里，他手里拿出了一个信封。牙医小柴接过的时候，里面的分量感，让他由衷表达了关切和谢意。

当然是微笑着，下眼睑的两道卧蚕，使他的笑，温柔而光辉，就像从心灵深处的清泉边冒出的水仙花。这不只是礼貌，而是令人安适的祝福。就是这个时候，连那个穿硬木底拖鞋的人也想不到，已经起身的妇人、嘴里还咬着止血棉球的妇人，忽然，一个巴掌甩在牙医小柴脸上，这个位置，和十几年前一样，引发的脸涨耳热的疼痛，也和十几年前一样。

牙医小柴张着嘴，手慢慢捂在脸上。他眼睛睁得很大，张皇困惑地看那妇人，显然，老妇人也为自己的行为所困，她有点吃惊，但更明显的是局促与惶惑。牙医小柴拼命控制自己，忍住了还她一巴掌甚至两巴掌的冲动，最后，他只是狠狠抓住了她苍老内卷的干瘦肩头。

那个该叫"小姑姑"的人，不等他抓住她，一点老泪，眼药水一样流淌而下。但这只是她一瞬间的脆弱，马上，她扭脸走过他，径直往二楼而去，那个单薄的、双肩内卷的虚弱背影，依然布满傲慢与蔑视。这个恶毒的孤傲背影，蹂躏着牙医小柴的心。他咬紧牙关默默拿起工具，开门而出。金丝竹小院的院子铁门反锁着，他试着操作开门，竟然打不开。他有点躁狂，硬木底的拖鞋声，援助而来。那人行云流水般把三张百元币，又塞在牙医小柴手上，一边同时为他开了门。

在牙医小柴脑子里，他已经把钱狠狠撕碎，摔在风里，再对屋子方向恶狠狠啐上一口，但其实，他没有，他只是把钱狠狠捏紧，再捏紧，尽管屈辱、费解和愤怒。他失态地吼叫了一声，用力踹了一脚铁门。

那个穿硬木底拖鞋的人对他略微点头，像是礼貌的道别，也像是对更多隐忍的理解。牙医小柴意犹未尽，又狠狠踹了一脚门。

五

牙医小柴从小就觉得母亲是个大嘴巴。回望童年到少年到青春初岁里，年年月月填满了她的声音。她很容易交朋友，也很容易对朋友丧失信赖，不过，她一生挥霍不掉的热情、贴心和轻信，依然使她还是会结交许多新的朋友。她一个普通单位的大龄小会计，因为车辆剐蹭（她的自行车和柴永煌的汽车剐蹭）就和一个男人有了一夜情，有了牙医小柴，简直莫名其妙，但小柴对此毫不怀疑。他母亲完全是可以这样打开人生页码的人。她说，她这辈子从没有见过比他父亲更爱笑、更慷慨的男人。她把那场车祸，形容为幸福的人生撞击。好吧。好吧。写作业的小柴，喜欢集邮的小柴，寡言少语的小柴，被母亲和朋友们带去吃麦当劳的小柴，不止一次、不止十次，听到母亲的新朋旧友，听了她的单亲浪漫故事，都会用"好吧""好吧"来喟叹她的幸福往事。

也不是说，母亲就丑到出嫁困难的地步，在牙医小柴两三岁的时候，母亲还差一点被一个退休工程师娶了。但是，他们家风不太好，几个成年子女都守约似的，不给小柴母子一个笑脸。即使柴永煌暗地里塞了一笔还可以的陪嫁费，也没有让那场婚姻更稳固。那桩婚姻维持到拿证的不到两个月时间，就吹了。母亲对自己家人说，无所谓，本来就不可能再遇到笑起来这么让人安心的男人。

噩耗传来，母亲带小柴赶往柴永煌家祭奠的时候，她也和主妇"小姑姑"一样，遭遇了顶级的情感霹雳。她也和"小姑姑"一样，从未想象过这"笑起来这么让人安心的男人"，竟然有这么多有子女的女友啸聚灵堂。奔丧的去途，她还是很单纯的。因为她从来就知道，柴永煌不可能娶她，这是第一夜就明确的浪漫事项。关于孩子，柴永煌铁板钉钉地说：这个孩子——我们说好流产掉、你拿了钱却违约偷偷生下的孩子，我再恼火，也会对他负责。这就是结果。没想到，牙医小柴一天天长成最像父亲的人，这让柴永煌措手不及地被吸引了。小柴后来明白了，母亲火急火燎地奔丧，祭奠亡夫是一回事，但更主要的，是为了儿子的权利，是去讨生活，是去落实未来的。父亲几次说过，他会培养他出国留学的。

一到祭奠前堂登记处，牙医小柴的母亲就陡转心虚。母亲后来在酒店里抱着电话，对着那些知心朋友控诉说：简直太可怕太疯狂了！人家说，又来一个！这个孩子比上一个更像。她说，她完全没有能力理解现实——她怎么也成了一堆职业小三中的一个？我一个这么独立自爱、博览群书的女子，怎么就和那些轻浮女人一样，成了乱七八糟的入侵者？牙医小柴推想，那个荒唐的时刻，估计只有他母亲有那个想象力和胸怀，让儿子叫正房"妈妈"。她不切实际的天真烂漫、自以为是的换位尊重，正是自取其辱的原因。

不好理解的是，牙医小柴发现，母亲始终没有怨恨生父的任何话语，是死者为大，还是她早就知足死了心？临终前，在舅舅姨姨的反对下，她一个人坚持说完了给儿子的单身母亲的爱情童话版，最后一句依然是乐观向上的：承蒙老天厚爱，你虽然没有获得多少遗产，但是，他们任何一个，都没有你像他。他的笑容，是这个世界上最好的东西。儿子，你得到了呀。

大姨说，神经病。

二舅说，呸。

六

把牙医小柴瞎吹成华佗转世的那个"鬼"邱总邱来琦，最后一次来复诊，是一周后。也许是怜悯小牙医诊所被收回的落魄，也许是正好时间宽裕，他和小牙医喝着阿杜母亲泡的老茶梗，满嘴陈香，对牙医小柴说了很多真假难辨的八卦。牙医小柴知道那老妇人是他的亲堂妹后，便把他的八卦当真。挺明显的，大概他们邱氏族人，有一个共同的人生看法，并用指代混同的方式，表达出来。刚开始，老妇人说"那个鬼"举荐他时，牙医小柴不知所指，后来几次邱总来复诊，小牙医对邱总张口闭口的"鬼"指称，也是脑筋频频短路跟不上趟。比如，他陈述一件事情，有几个人参与，他是这么表达的："那几个鬼都在场，某某局一个，某某水运公司一个，某某街道办一个"，或者"那个鬼，根本不值得信任"，又有"这是我见过的最不要脸的鬼"。

老妇人叫邱美丽，是邱来琦唯一的堂妹，也是邱氏家族最漂亮的后代，是当年以全省公开招考第一名的成绩，考进航空公司的空姐。"那时候，哪有后门可走？一个鬼都不认识，就是硬碰硬。"

老邱说到一个黄段子，牙医小柴把刚送进嘴的绿豆糕笑得喷出粉来。他尴尬地寻纸巾揩拭。老邱却不笑，只把粗梗茶喝得吧嗒吧嗒格外响。果然，放下茶杯，他又起一个故事的头：有些鬼东西，你不得不佩服，我有个朋友……老邱看了看手机时间，仿佛是由时间确定给小牙医是讲详版，还是简版的故事。这个鬼呢，人不算坏。帮过很多人，也帮过我。他这一辈子，真是叫贵人多、桃花旺，我是彻底服了。矮矮的个子，老邱比画了一个与他同肩平的高度，肯定没有我帅，但是呢，他到处都有女人缘。酒店大堂那种旋转玻璃门，你知道吧，他和一个女大学生同时转进一个格子再一同转出来，好，搭上，开房；去医院割个盲肠还是痔疮什么的，小护士，又搭上一个；开车不小心撞了骑自行车的女人，才出急诊室，马上就搞上；这鬼去幼儿园接小孩——一辈子就接那一次，好，幼儿园老师又到手了——出门捡钱都没有他捡女人概率高！死的时候，哇哈！一大堆女人冒出来分财产！

就是有点钱嘛。小牙医悻悻的，语气有点阴阳怪气。他当然猜出"那个风流鬼"是谁了。邱总反驳说，也不能这么说，有个空姐为他放弃一个比他有钱的香港老板，就不是图他的钱。

那她图什么？牙医小柴说。

唔这个，只能叫见鬼了。空姐说，图他的笑。邱总笨拙地耸了耸肩，这个动作，出卖了他并不理解的态度。但邱总还是说，反正是跟钱没有关系，那空姐不是胡扯的人。说当时，女方家里坚决反对她放弃香港老板，找个二婚的矮子。空姐一根筋就不拐弯。家里人就偷偷托人把她和我朋友的照片，给一个看相高人看，高人一看就摇头，说男的下巴凸翘、卧蚕深刻，怕是风流债重，且人中平短，耳垂单薄，恐怕英年早逝。再看女相，眉毛逆生，眉头带箭，这辈子逆境多于顺境，前半生多在是非、失望中。婚事谨慎为好。但女的根本不信那些封建迷信。不过，后来看，好像全部说对了。

邱总说他朋友是倒爷起家。20世纪80年代，摆过地摊卖衣服，后来就倒丝袜、电子表，再后来就倒录像机、影碟机。倒来倒去，暴利滚滚，几千块的录像机，倒到四川卖到两万。后来跟物资部门开除的什么人干，更是旺得不得了。他跟空姐说，都是她旺夫运强。邱总是这么形容他朋友的兴旺的：他的死一下子成为特大新闻，才四十五岁嘛，刚刚被评为市里什么十大杰出青年、优秀青年企业家什么什么的。那鬼长得也偏年轻，反正看起来就跟你现在差不多的样子。所以他死的时候，没有人不震惊。男人啊，兄弟，成不成功，就看你死后有多少女人来祭拜你。你不知道那灵堂场面的乱啊！在野的女人，执政的女人，小一小二小三小四，国内的孩子，国外读书的孩子，最大的二十一岁，最小的两岁。那些傻女人，好像谁也不知道其他女人的存在，她们互相生气互相蔑视，个个都在证明自己的孩子才是正宗——那一个祭拜灵堂，肯定是世界上出警最多的灵堂。警察都快气哭了。那些本来挺悲伤的兄弟朋友，就像看小品一样，躲在卫生间里边撒尿边笑得发抖。看看人家短短的一辈子，却死得像帝王。兄弟们都快羡慕哭了。

所有的女人都在算计他的钱，只有他老婆，算计他的笑。

笑，也用"算计"这个词？牙医小柴很费解，但邱总把手包夹在胳肢窝下，站了起来。

最后这杯喝了吧。牙医小柴说，女人怎么这么傻呀……

不傻怎么当女人？女人要不傻，男人早都死光了！邱总一饮而尽，大步往外走，一边大度地挥挥手喊，别急，小子，你也有机会。女人都爱你这样有钱又爱傻笑的男人。

牙医小柴为新诊所弄得身心疲惫。他联系到了省城一个女同学，游说了很久，她决定向亲戚借钱，然后辞职，和小柴一起在摩尔大厦夹层合作开诊所。她名字都起好了好几个，小柴却一直没有办法落实投资款。他急需钱，邱总很狡狯，在电话里说，我可以帮你搞点装修，但我自己缺的就是现金。就在牙医小柴焦头烂额心灰意冷的时候，邱美丽打了他的电话，因为她右大牙裂了一小片，小片却没有掉下来，一触动，死痛。她要牙医小柴马上到。牙医小柴一口拒绝，说自己没有空。但是，他隔日一早主动去了，还带了一大捧花农在路边卖的茉莉花。一路嘴边都自然浮现着他父亲式的笑意。

在早晨田间剪下的茉莉花一阵阵的香气里，他满打满算能借到她的钱。怎么没有想到她呢？他甚至想，老妇人还会向他道歉。她打过他两巴掌，道歉是完全应该的，这是她亏欠他的地方。那样，他就可以提出多一点的借款，或者让她以投资的名义注资也行。这都是合情合理的，他有点理解当年他母亲让他叫妈的恢宏心意了。现在，如果她愿意，他完全做好了叫她妈妈的心理准备。

她当然是有钱的。她的钱是他父亲柴永煌挣来的。

在那个金丝竹院子里，他再次帮老妇人解除牙患痛苦。但那个叫"小姑姑"的女人，根本没有露出一丝道歉的意思，她只是让家里的老保姆给他端来了红枣莲子羹。这是上次没有的待遇。她似乎对给他的每一个巴掌，不是健忘就是心安理得。"小姑姑"显然丰润了一些，气色略好，应该是患牙清除后，能正常进食带来的改变。这当然归功于小牙医。但老妇人既不说谢谢，也没有一丝道歉之意，而牙医小柴，因为心怀鬼胎，也因为天性随和，始终保持自发自动的热忱，和她积极聊天。他不敢贸然夸她变年轻变美了。而聊几句他就看出来，老妇人人鬼不分的混乱指代，比她堂哥邱总有过之而无不及。她基本也是把这个人、那些人，都替换成"这个鬼""那些鬼"。柴永煌更是"骗子鬼""短命鬼""恶心鬼""流氓鬼""贱骨头鬼"的大本营。

这一次，"短命鬼"柴永煌是回避不掉的话题。

牙医小柴自以为踩准了借款时机，当时，老妇人指着他说，长这种脸的，都该去死。牙医小柴厚着脸皮笑着说，我死了，谁来照顾小姑姑的牙齿？老妇人果然敏感，她像起了鸡皮疙瘩一样，狠狠啐了一口，而且，她拿茶杯的手臂已经微微抬起。牙医小柴惊惧地闪念，她又要给他一巴掌，也许，她想泼他一脸茶水。但是，她却闭上眼睛，单薄的胸口有了一下明显起伏。牙医小柴已吓得噤若寒蝉，他确实害怕了，想要逃走。

你家那个自作聪明的近视鬼，现在应该更胖更丑了吧？

知道小柴母亲已去世多年，她嘴边浮起一条轻快的弧线，目光虚空却隐约哀伤。牙医小柴以为自己唤起了她的恻隐心，所以，他将话题从母亲巧妙地拐到了自己的计划，请求她借款或投资。老妇人突然大声笑起来，夜鸟一样的刺耳笑声，让牙医小柴再次感到她嘴里又白又细又长的非人感牙齿。他终于意识到，它们之所以给他非人感，那是因为它们从来不是为了喜悦而展露，而是隐藏的凶器。

牙医小柴站起来，沮丧感和仇恨感，如烟雾一样满胀胸膛：这个恶妇，看来是不会支持他的。他准备离去，但是，"小姑姑"却抬起二郎腿的足尖，游戏般，点踢着他的膝头：也可以呀，六十万无息借你。如果合适，我可能再追加投资。你们不是都很想叫我妈吗？好，有个条件，你先拍一百张笑脸照片来。就用你父亲送你的照相机，你照去！一百个人的笑脸，真正开心的笑脸——绝不是柴永煌那样的，也不是你这样心怀鬼胎的——你给我拍真真正正的笑脸来，一百张，拍来，我马上打钱给你！

牙医小柴一时喜出望外——这算是什么条件？随便！牙医小柴笑得比柴永煌还柴永煌。笑脸照片，不是随手可得？求学求生行医多年，除掉坏牙，解除牙患，他见过多少开心的脸，还拍不到一百个人的普通笑脸？

"小姑姑"说，必须是陌生人的笑脸，自然的、真心的。被拍人认可自己的笑是由衷的，就签个字。如果不认可不乐意，被拍摄人可以"撤销笑脸"。牙医小柴马上就想到，可以到相声小品剧场展开拍摄，那里有多少人笑得前仰后合，开怀到爆炸。但是，"小姑姑"一眼看透了他：不许到讲笑话的地方拍，那里的笑，和胳肢出来的笑一样，它是临时的，空心笑。笑完他自己都会忘了为什么笑。你要给我看真正的、心里面出来的笑。

理解。明白。没问题。牙医小柴如捣蒜的脑袋，一下一下被他控制得缓慢稳重。

其实，牙医小柴是有点困惑的，但他审慎地没有流露，他怕他不恰当的疑问，会让她不信任或不高兴。"小姑姑"看起来志得意满，仿佛设好陷阱的猎人。之后，她像赶苍蝇似的挥挥手，示意他走。小牙医走到门边，听到身后传来不无作弄感的轻快声音：拍去，去拍！拍好了，我直接加钱改为投资款，我可以写到我遗嘱里！

牙医小柴忍不住回看了她一眼，笑眯眯地甜腻腻地挥挥手。

——滚去，老妇人把嘴里的牙签碎了出来，少给老娘看你的鬼笑。

七

急于弄到钱的小牙医，行动迅速。父亲车祸前给的那部第一代数码相机，当时可能非常昂贵，现在也像古董了。这事是有点莫名其妙，但也符合老妇人的乖张品性。总归是一个弄钱的机会。牙医小柴觉得自己绝不能放弃。

麻烦的是，现在没有诊室了，就没有方便开展的平台了。思来想去，牙医小柴先去了西街。那里有三个女子合租的店面，她们分别在里面各居一角，一个卖女性内衣，一个帮人改衣服，一个专制窗帘、被套。因为先后两个女人的牙都治得非常满意，结果，她们就自动成了牙医小柴的义务广告员。三个女人人缘很好，都是乐观热情极爱说话的话痨八婆。她们把他的名片贴在店墙上，顾客但凡有说牙疼不适，三个人立刻七嘴八舌，联手举荐小柴。牙医小柴的很多顾客竟然是由她们介绍来的。小柴后来还转了几次他自己也吃不完的、病人赠送的各种地瓜、玉米、橘子、笋干等土特产给她们。

小牙医在店里，抓拍了几张她们招呼顾客的笑脸照片。没想到，洗出来，她们都不满意。一个说，这笑得比哭还难看，"自然"有什么用？一个说，我笑得太像奸商啦！一个年轻点的说，丑死丑死。三个女人问：你到底要照片做什么呢？牙医小柴又重新解释了一遍，最后，她们还是拒绝在照片后面签字。三个女人，就像得了传染病一样，一个不肯，个个不肯。小牙医有点生气，觉得她们轻浮敷衍。但她们安慰他说，照片是真的，笑也是真的。但是，这代表不了什么，所以，签字就没必要了。

就好像我们可以说话聊天，什么都可以说，但是，你不能录音。她们解释。

对呀，我们又不是大明星。录音签字好像打官司一样。

不签字我就白照了，就等于你们撤销笑容了。

三个女人一起说，那你就撤销吧。

牙医小柴在西街还拍了几个人，他们的笑容稍纵即逝，只有一个小男孩抓拍成功。他让他妈妈写地址，年轻的母亲同意了，留下了龙飞凤舞的幼稚签名。但是他请求他们母子再合拍一张，母亲摇头了，说，我笑起来丑。小柴说，哪有啊，会笑的人都是美的。你笑起来非常美。

年轻的母亲抱着男孩子就走了。她的拒绝非常干脆。

这个时候，牙医小柴才明白，这个任务并不是他以为的那么简单。他终于隐约意识到，老妇人比一口拒绝还坏，她是成心作恶刁难他。恨意却激发了小牙医的斗志，必须拿到钱，何况，这本来就是他父亲的钱。必须挫败老妇人。他必须打败老太婆。他终于想到了一个大贵人，一个曾经找他矫正牙齿的小有名气的摄影师。摄影师说，他已经转行拍婚纱。他们约定了见面地点，牙医小柴就早早过去等他。

十字路口，镇邮局外面有个小夜市，晚上比较热闹，卤味红灯，人影幢幢；白天就冷冷清清，地面是清扫不净的油污痕迹。小牙医选了个方便看往来行人的交通遮阳伞的位置，恭候摄影师。

等人的时候，他有了大发现。之前，他以为人们不笑都是因为牙丑或者牙痛，等牙齿改善了，人们就爱笑了。正如老师说的，牙医使这个世界上的笑脸多了。但通过十字街头的长时间观察，他发现，南来北往、男女老少的脸，几乎没有笑的。有的人似乎刚刚受了气，拧着眉眼；不少人含胸驼背，赌气似的阴沉；有人勾着脖子犟着脸，感觉不是丢了钱包，就是没有钱包可捡而生别人、生地面的气；有的人不明就里地很不耐烦，暴躁着；有的人就是满目凶光，怒行着；有的人一副出门寻死的愁闷脸；有的人则像刚被人占了便宜吃了亏，一脸邪火：总之，看起来他们都不怎么快乐。除了两个手扣手的少女是嬉笑而过。小牙医后来数了一下，近百张脸中，有冷漠的，有尖刻的，有愁苦的，有怨愤的，有坚硬的，有麻木的，有阴鸷的，有警觉的，有执拗的，有失落的，有哀伤的，就是没有一张欢乐笑脸。按照老师的说法，满目望去，世界没有光，这些来来往往的人，就是一条条令人厌恶的黑线。好容易看到几个昂首挺胸、咧嘴大笑的，走近一看，却是游客模样的四盆水傻老外。最让牙医小柴绝望的是爷孙俩。估计是爷爷来接小学生孙子，一大一小竟然清一色的沉郁，尤其是那个小男孩，一张小脸，少年老成，比爷爷的老脸还要愁闷。

牙医小柴这才有点想哭了：在街头，想找到几张轻松快乐的笑脸，原来是这么难啊。连孩子、老人眼里都满是愤懑与愁苦。他们在愁闷什么呢？老师曾经说过，牙病患者中，青壮年往往不太爱笑的居多；年纪大的人，反而很多爱笑，可能是他们活明白了很多。可是，这些脸色阴郁的、本该活得更明白的老人，为什么也都像忤逆者仇恨者？

牙医小柴摸了摸自己的脸，才恍然悟出，原来柴永煌的天生笑脸，真的十分宝贵。外人是要算计着，才能长时间拥有它的陪伴啊。就此而言，柴永煌的遗传基因看来好像是比较弱势啊。

那个玩摄影的畸牙矫正患者，借给小牙医一部好相机。他说他已经放弃人像摄影了，现在忙着搞婚纱摄影，这比较能挣钱。他说，我没有时间帮你拍摄，但是，我有几十张不同人物打哈欠的抓拍作品，你要不劝雇主改用打呵欠的，这个很独特，很逗，比笑容精彩有趣得多，即使丑得不像本人了，但被拍摄者一般也不生气，就像看漫画。

唉，不行。小牙医翻看了几张打哈欠神作，非常丧气，她就是想难住我，不借给我钱，才要拍笑脸的。她自己就不会笑。唉，真正的笑，可能比矫正畸牙难多了。打哈欠算什么，连狗都会，她才不要。她是以为这世界上所有的人，都和她一样不开心，她是在断我的路！

摄影师想了想，说，也是，扣除听笑话的人，拍到由衷的笑脸真的难。要靠运气。

摄影师在自己的工作室，上天入地先为小牙医找出了十几张笑脸照片，并答应说会找被拍摄人签名认可。牙医小柴有了基础，信心恢复了一些。

其间，摄影师在自己的简陋工作室，用数码相机抓拍了几张小牙医自己的笑脸，小牙医没想到，每一张照片，都经不住细察。他假以老妇人的眼睛，马上就能看出，那些看起来他在笑的照片上，眼神是心事重重的，哪怕他笑得整个脸皮都往上提升了一厘米。他只是猛一看，真的很像灵堂里的柴永煌，尤其是眼下两道如小舟的欢乐卧蚕。可是，他的笑容里却没有一点父亲的慰藉与宽广，更没有一丁点由内焕发出来的积极与快乐感。儿子的笑容里，只有挣扎与抵抗，策略与心机。

比十几年前的灵堂所占据的黑灰色时空更早的，是几年前的燃烧的天际线：一架飞机在降落时忽然发生故障，它急速下坠，在距地面三四十米的距离，突然直坠，尾巴撞到了海堤，后座的两个乘客从断裂的飞机尾巴里飞了出去，魂飞百米之外。飞机又打了三百六十度旋，硬生生用肚皮着陆，就像被人掐掉尾巴的巨大死鱼，贴在枯黄的停机坪草地上，随即，开始冒黄黑色的浓烟。柴永煌的笑脸，在那黑中带黄、直上九霄的浓烟中，一直定格在乘务员小邱的脑海里。机舱一片鬼哭狼嚎的混乱中，空乘人员在紧急引导乘客逃生。机尾撞击时，小邱腰部已经被撞伤，引导逃生时，一个不听劝阻的、非拿行李箱逃生的男子的狠狠推搡，把空姐小邱再次摜在椅边动弹不得。就在她以为自己要和飞机一起爆炸的时候，那个叫柴永煌的乘客——只有这个乘客，停下了逃生的脚步。他把她抱起，跳下了逃生充气滑梯。从死到生，没有语言，那个拯救者只是对她笑了笑。

安全的小邱，什么也看不见听不见了，她只看到一个男人卧蚕如细舟的笑眼，它穿越连接天地的黑烟。安全后的空姐，动辄哭嚎尖叫不止。故事情节就那么走下去了，治疗、理疗、牵引、瑜伽。柴永煌好像一有空就送花安慰。拯救者夸赞空姐的勇敢，小邱则说乘客是英雄，是最好的心理医生。腰伤康复了七成，她就嫁给了二婚的柴永煌。然后，因为腰伤，因为宠爱，她辞职了。柴永煌的笑脸，改变了一个鲜嫩女孩的一生。

这些八卦，都是由过往信息拼接而来。信息源主要是邱家那个鬼——邱来琦，还有牙医小柴的大嘴巴母亲。小柴是在老妇人赏赐的第二巴掌后，痛定思痛，悟出了他挨打的原因：至少在形式上，他太像他父亲了，尤其是那张卧蚕如小舟的积极笑脸。

八

在畸牙矫正患者的指点下，牙医小柴开始假冒人像摄影师，混迹人群。他反戴棒球帽，身穿摄影背心，在街头粗鲁洒脱地寻找模特儿。但是，他遭遇的打击，比成功多得多。他在商场外，截获了一个提着蛋糕的小姐姐，出示摄影家协会会员的假证件后，牙医小柴请求为她拍几张照。她信任并尊重地配合照了好几张，但是，没有一张在笑。无论小牙医怎么启发，她都不笑。

小牙医忍不住说，你张嘴我看看。

提蛋糕的女孩，就困惑地张了嘴。

一口好牙！你凭什么不爱笑？

她对小牙医语气里的不满很敏感，立刻还以不耐烦的颜色：我不会笑！我十几年就没笑过！她几乎把牙医小柴怼哭了。

牙医小柴又找到一个像是导游的会议接待西服男人。男人配合他的请求，每一张都努力微笑，他不明白摄影师为什么一直反复地拍。够了够了，男人捂着腮帮子停了下来，说，够多了，我还有事，这是我的地址。

小牙医哀叹地接过他的名片，说，你是假笑知道吗？每一张都是。我在等你真笑啊，你看我一直在跟你说话，我在等你真情流露啊。

服装整齐干净的男人并不生气，他说，我们一年接待上百个会议，我必须随时保持最好的笑容。假不假我不知道，但是，笑多了，我的脸会抽搐。我现在就不行了，肌肉一直发紧。但是，我老婆说过，我的职业笑容比真笑更诚恳。再说，你看看满大街，那些笑得好的，哪个没有职业培训背景？你天真了兄弟！

三个拿着篮球、肩上搭着运动外衣的高中生，合影抓拍得都还不错，但是，单独拍他们的笑脸，全部失败了。一个真的嘴角抽搐，假笑得非常不自然；一个想用做鬼脸，假冒一张无羁的快乐脸，眼睛里却是掩饰不了的阴沉与疲惫；还有一个只是用力往两边拉扯嘴角，上庭、中庭依然严肃得像在进行法庭辩论。三个少年还互相揭短：哈哈，老师早就说他笑起来像活死人；喂！红蜻蜓说你是面瘫好不好？还好意思说我，上次说谁的脸，一看就是葬礼进行曲……

年轻人打打闹闹笑着远去。

更多的人，直截了当拒绝了牙医小柴。

——有什么可笑的！艺术创作，不就是"真实"吗？

——现在人的笑脸，都太恶心人了！

——我也想笑一个，但是，我心肺这里，卡住了。

——我不配开心！

——我朋友说，我不笑时非常酷，一笑起来就很淫荡。

——好好地笑？我又不是神经病！

……

但有一对摸奖摸到一条羊毛毯的六旬老夫妇，笑得非常动人。合照时，牙医小柴抓拍到老先生为老奶奶整理鬓角发丝的瞬间。两人嘴角的笑意，如蜜汁流淌；他们各自的单独照，也拍得不错。拍老奶奶时，老爷子在镜头外，不知做了什么逗乐表情，让老奶奶笑得上牙齿龈都露出来了，不算美，还有点傻气，但是，真是快乐溢满镜头。

还有一个中年男子，也笑得好。一开始，牙医小柴都想放弃这自作聪明的混蛋了，因为一开始，他像警察一样审问他。

你拍这个干什么？

《城市表情》人像摄影大赛我怎么不知道？

你这会员证是真的吗？有没有参赛通知书？复印的也行。

我怎么知道我这张照片有没有入选呢？

地址还是也给你一个吧。电话我不一定都开机。一等奖是三万吗？我一年的工资呀！

如果你获奖了，作为模特儿，我有没有奖金分？

一般都没有吗？哦，那你会额外给我多少？我是说，万一获一二等奖的话。

爱审查的男子，有非常好的镜头感，他的门牙，21号牙，有点翘，就像一扇大门微启的样子，但他的笑容显得非常自然随性，笑得亲切而春风微醉。小牙医忍不住说，你是我今天拍得最好的几个人之一。

——才之一呀。我可是非常努力了。情绪都酝酿得十分到位，对吧？

你真的笑得自然又感动人啊。看他认真签名的时候，牙医小柴心怀感激。

男子说，一看到你的镜头对着我，我就想，笑好点，半年的工资就到手了！你看我的眼睛，一点不空洞，它看到了一万五是很厚的一摞！数钱的时候，我不能伸出舌头蘸口水，我得先靠近有水的地方……卫生。

九

　　省城的摩尔酒店夹层承租到了刻不容缓的当口。牙医小柴把合计四十七个人的笑脸照片，拿到了金丝竹小院。他知道"小姑姑"不会给好脸色，但是，他预计他哀求她，也许能先借到一部分钱，剩下的笑脸照片，他会继续完成。

　　牙医小柴照例带给她一大捧从路过的茉莉花田买的花。因为上次她说，这个比玫瑰好闻。但今天进院子的时候，那个身份不明的穿硬木底拖鞋的男人，开门就把花接了过去。小牙医说，插到大花瓶里，搬到我姑姑房间去。

　　那个身份不明的人说，她不喜欢花，所有的花。

　　开局就不祥，照片的结果，果然更加不妙。

　　那个叫"小姑姑"的老妇人，今天穿着一袭长及脚面的灰色薄丝袍，胸口挂着可能有一百零八颗的像菩提籽一样的长链。这样的龙钟老态，按理是该配一副老花镜什么的，但她的视力好像不错，并没有拿眼镜，就把照片浏览了一遍，然后，像整理扑克牌一样，把它们在手里，颠来倒去地洗。无论怎么洗，怎么翻牌，怎么端详，她的脸上都是一副早已料到不过如此的神情，她也显示出了饶有趣味的神态，但看深了，小牙医才感到，她只是在享受自己蔑视与傲慢的意趣。

　　连半数都没有，还有一大半假笑的脸。

　　做牙医的，你是不是更容易看到别人哭？老妇人的口吻，有幸灾乐祸，也有调侃的意思。牙医小柴被这个问题弄得发蒙，他太想借到钱了，飞快地说，是——呃，也不是了……

　　什么意思？

　　有，但不是经常看到，有的人哭得比较意外。比如，有一个很高大的男人磨牙，打了麻药的，磨着磨着，可能麻药失效了，他疼得把他的手机屏幕捏碎了，他真的哭了，他哭喊，你把我的脑浆子磨出来啦！

　　老妇人的惊异兴奋表情，鼓励了牙医小柴。……还有一个女病人，没有哭出声，就是一直默默流眼泪的那种，弄得我很心慌。我说，你是不是很痛？她又摇头。无意间我忽然发现，操作盘上还有一支麻药，我的天！就是说，我打了一边，还有一边漏打了。我对她非常生气，我说，姑娘，你痛，怎么都不说呢？

她说，我以为做牙齿，都是这样痛的。

"小姑姑"第一次让牙医小柴看到她笑出声的笑。那个声音如清水滴玉。小牙医也跟着兴奋起来，又讲了几则职业趣闻。"小姑姑"突然打断了他，说，够了，我不会借给你钱，我们言而有信。一百张笑脸照片一到，只要都是我认可的真笑，钱马上就打给你——看在你是那个风流混蛋的鬼儿子的分上。

牙医小柴当场泪水就出眶了。他掩饰地低下头，就势扑通一声跪了下来，没有抬头：

我真的……拼尽了全力……那个承包诊所，病人终于开始多的时候，我从上午开门，干到晚上十一点，三分钟吃一顿饭。那时又要参加职业医师资格考试，我经常回去抱着书就睡着了，醒来，还是看的那一页……很多个早上我醒来，皮鞋还在脚上……小姑姑，如果不是承包的诊所突然收回，本来，我可以越来越好，不会麻烦到你，也不会……满大街像乞丐一样，给人拍照……现在，我拿不出合资的钱，那个市中心的夹层诊所就……

他吧嗒吧嗒一直说，并因为害怕"小姑姑"赶他走而加快了语速。

老妇人并不在乎牙医小柴是否跪地。她站起来，像一只灰色的鹰隼，在房间里游荡，那衣服的动感，让小牙医觉得她随时会飞离而去。老妇人哼了一声：你可以不拍呀，谁逼你拍了？牙医小柴再也忍不住悲伤，交替而落的鼻涕与泪水，肮脏地滴在木地板上，不被尊重，被戏弄的感觉，让他口干胸口发烫。

老妇人看到了他的泪水，她并不顺手递给他纸巾，她把身子转向跪在地上的窝囊年轻人。

好啦，你能像那个短命鬼那样笑笑吗？

牙医小柴错愕不已。

笑一个好啦。

笑啊！笑一个试试。

牙医小柴的第一反应就是，如果他笑得"很父亲"，必定要获得第三个大耳光，她干得出，她甚至控制不住自己。但是，不笑，一切也就结束了。这个狗急跳墙的年轻人太需要钱了，所以，他纠结的是，要不要死撑起胆子，问她我笑一个，你是不是就能援助我？尽管他已经知道，自己永远也不可能笑得像柴永煌。形似神不似。

老妇人鄙夷夸张地啐了一口干痰：现在你明白了吧——你父亲那个混蛋，糟蹋了世上最好的笑。

牙医小柴挣扎抵抗：如果爸爸当初没有停下来救你，你早就和飞机一起炸成碎片了……

很好，你这么说，非常好。老妇人停在年轻人背后，谢谢你这么说。知道吗？这十四年来，我每天都在问自己，是宁愿和飞机一起爆炸，还是愿意看到笑脸后面长期的欺骗？弥天大谎，没羞没臊，还有成群结队的贱货！他身边那些管钱管账的鬼，一个个心知肚明，到处为他寄抚养费，却上上下下一起蒙骗我。还有你妈那个丑八怪，包括你！他们也一直在给你们这些吸血鬼打钱。这么多年啊，谁告诉我一个字了？没有一个混蛋告诉我真话！满世界都是见钱眼开、没有良知的混蛋！

年轻人警惕着后背会不会遭遇一脚猛踹。

……每一个晚上，我都能看见你父亲的鬼魂，他还是那么无忧无耻地笑。我不知道一个撒谎成性的鬼魂，怎么还能保持那么好的笑脸，让你相信人间，相信爱情，相信友谊和男人。我只问一句为什么，你告诉我，究竟为什么？——为什么？

老妇人声音变调，有令人恐惧的颤抖和滑音。牙医小柴不明确最后这句，是质问父亲的鬼魂，还是质问做儿子的他。他小心翼翼地扭转一点点身子，一方面是想看她哭泣，一方面也是防备挨踹。就在他转身的同时，那个叫"小姑姑"的老妇人的脚，还是踹向小牙医的肩胛骨：听着！如果可以重选，我宁愿和飞机一起炸成粉末！

有防备的牙医小柴，一把抓住她的脚：刚才，我告诉你牙医故事的时候，你笑了。你忘记仇恨的笑脸，非常好看，非常美。如果我是我父亲，就会马上按下快门，收藏下它。但是，我不是他，我不敢造次，我从来没有他的勇气，也没有他的不节制。

　　"小姑姑"收脚，她转过身去。

　　牙医小柴感觉她落泪了。她垂臂不动，后来她动了动指头示意他走。

　　隔天，她致电小牙医，也许……我可以帮你一点小忙。

原载《上海文学》2021 年第 3 期

魏　微

合家欢

1

这是一张全家福，相纸发黄，质地脆薄。

照片正中坐着一个老太太，六十岁左右。她的打扮是很老式的：盘髻，着月白色斜襟小褂，大腰裤，黑布鞋。她把双手放在膝盖上，面目端庄，神情安详。

老太太膝下，立着一个五六岁的小姑娘，额头上扎着两个小抓髻，她微微侧着身子，蹙着眉，那样子是很不高兴的。也许拍照前她刚哭过，为的是不听指挥，总趋前探究摄影师为什么把头钻进黑布底下而遭了大人的呵斥。

摄影师把头探出来了，说："小姑娘笑一笑，准备好了吗？我数一、二、三……"那一刻，小姑娘很不合作的，她决定吃她的手指头。照片中的她就是这样一副模样，她吃得很是委屈。

老太太身旁，分坐着一对中年夫妇，那男的四十来岁，穿白府绸衬衫，戴黑框眼镜，面目清癯，神情淡定，看上去很像个读书人；那女的略为年轻一些，体态丰腴，面呈喜色，身上有一股昂扬之气。

老太太身后，一溜儿站着三个少年。中间一个女孩儿，十二三岁的样子，穿一件天蓝色的连衣裙，小圆领，荷叶边，胸前是"小荷才露尖尖角"，若隐若现的，不能确定——她整个人也不能确定，青涩、秀弱、摇摆、忧愁；一张严肃的脸，眉心微皱，她直挺挺地站在那儿，把双手背在身后，这姿势说不上是挺拔，还是作态。

右侧应该是哥哥，一副高中生模样，他的眉眼颇像父亲，也戴着眼镜；有小小的喉结，也许他到了该觊觎父亲剃须刀的年纪了，满脑子奇思异想，很意识流的，中间穿插很多姑娘。他突然笑了，笑得坦荡、明亮，也许连他自己也不知道为什么笑，也许很多年后他想起来仍觉动容。

左侧是弟弟，不过十一二岁吧，肘弯里夹着个篮球（也许是照相馆里的道具），嘟着两片肉嘴唇——他浑身上下都是肉嘟嘟的，叫人想起一种毛茸茸的小虫子，他的眼神也是毛茸茸的，含糊地看着镜头——镜头外该是怎样的一个孩子呢？

照片的右下角，附有一行蝇头小字：1984年夏，红旗照相馆。

这样的照片，P城人也叫它"合家欢"。

2

是时候来聊聊这张"合家欢"了，聊聊外婆、父母、四个小孩儿。如今很多年过去了，四个小孩儿都已长大成人，且分居各地，平时很少联系。

哥哥人到中年，和照片中的父亲是同龄人。

姐姐的年岁，越过当年的母亲。

弟弟妹妹均已婚嫁多年，倘若忽略光阴不计，照片中的两个小不点不知能否与自己的孩子玩在一起？他们会怎么玩呢？打架？玩玻璃球？捉迷藏、跳橡皮筋？或是去弹子房、录像厅？或是沉迷于"网游"而叫人头疼？这样的想象真使人着迷。

父母渐入老境，早睡早起。也许他们早知会有这一天，亦做好了当爷爷奶奶、外公外婆的准备，然而这一天当真来临了，他们只有心惊，仿佛几十年光阴不是一天天过的，而是倏地一闪，犹如电光石火，击得他们无言以对。

外婆还活着，在八竿子打不着的一个远方城市，她已九十高龄，身体差强人意，只是记忆力不比从前，常常把往事、现实、想象搅和在一起。她确实活到这个境界了，就是时间不存在了，她一生中的各个阶段——童年、少女、新妇、徐娘、老妪……一个个全活在她的身体里，只要外婆寂寞了，她总能找到她们，一起说说饮食、天气、伤心事。

就像现在，外婆一个人坐在养老院的窗前，午睡刚醒，她脑子不是很清醒。台北的冬天一片绿意，阳光暖暖的，晒得人不着边际，于是外婆把眼睑低了低，想起从前在 P 城，有一天吃完午饭，也是这样立在窗前，跟妹妹两人临字，那时她几岁？十岁？十二岁？小姊妹俩把衣袖卷起来，一个磨砚，一个落笔，叽叽咕咕，把头靠在一起。

外婆就这样走进了她童年时代的屋子，站在自己和妹妹的身后，此时，她的年纪足可以充当她们俩的外婆。她把手肘压在桌边，看小姊妹俩描红，她开始说话了："一晌午就听见你们两人喳喳叫，吵得屋脊盖都快掀掉了！"

小姊妹俩也不理会。

此时，屋外走来一个中年妇人，想必是姊妹俩的母亲，午睡刚醒，一边把手伸进腋窝底下扣纽扣，一边说："您老怎么也不多睡会儿？"

外婆说："瞧你生的这两个，站没站相，坐没坐相！"她咂了一下嘴，表达了这么一个意思，有这工夫，学点女红才是正事，写字能写来饭吃？写字能写来金龟婿？

两个女孩儿突然回头，一个朝她横眉冷对，一个朝她龇牙咧嘴。

妇人笑道："您老人家尽说这些没用的！过来帮我看看鞋样儿。叫她们写去吧，今天太阳好不容易从西边出了一回。"

外婆应了一声，伏在桌边不动身。此时正是暖冬的一个午后，人身上恍恍就要出汗了……外婆拿手拭了拭自己的颈子，果然上面汗津津的，她沐浴在养老院的光辉里，脑子里一片胭脂红的背景。

她歪身躺下，两片嘴唇一张一翕，表情鲜活如生，皱眉，微笑，叹气，嗔怪……那都是她照着自己的外婆、母亲和小姊妹俩的神情复制的。她一人身兼数职，却是忙而不乱，有条有理。那天下午，屋子里挨挨挤挤全是人，空气里闻得见墨香，阳光里看得见粉尘，地上衣裙沙沙，旧宅里有一棵老树，枯枝败叶，影子落在地上就像一堆干柴火。

外婆拿手摸了摸两个小孩的脖颈，说了一声："瞧这汗津津的，来，让我给脱一层。"

外婆脱去了两个小孩的罩衣，把眼看着她们，很怜惜的——那一霎，也只有糊涂如她，才能把目光越过大半个世纪，直看到了这两个小姑娘的一生：都活得久长，都沦为农妇，一生饱受饥寒贫苦……其中那个大的，也就是外婆自己，一嫁再嫁，其间多少颠沛之苦？她花甲之年尚住在 P 城乡下，看着儿孙满堂，自以为一生终得圆满，谁知三十年后的今天，她会落到台北养老院的一间小房里，这当儿，正吧嗒着两片嘴唇，自己跟自己说话呢。

那个妹妹，倒是从一而终，她是十几年后的 1953 年，嫁给了抗美援朝的一个退伍兵。丈夫老实、木讷，贫下农出身——她终生就躲在这出身里，谨言慎行，从而度过了安全的一生。她的一生没什么可说的，除了七个儿子，台前灶后，各种鸡零狗碎，就只剩下了穷。

穷得齿间发寒，吃了上顿没下顿。夜里她常常就醒了，身边是孩子们嗷嗷待哺的嘴，她坐起身来，一坐就是一夜，当然坐也坐不出吃的来，熬不过天亮她又睡了。

她的七个儿子，谢天谢地，后来都活下来了，没一个饿死。除了大儿子是光棍，其余的也都娶妻生子——当然也都没念过什么书，程度最高的老四读到初二就辍学了，即便在穷山沟里，她一家也是数得上的大老粗。

如今，她家的第四代中有一个叫小梅的，照样也是初中没毕业就出门打工，先到东莞，认识了一个 P 城同乡，就恋爱结婚了。两年前，小两口攒下一笔钱，在 P 城买了房，又落了户，又生了孩子，就辞了东莞，回 P

城定居了——小梅是他们胡家洋洋洒洒几十口人里第一个成为城里人的，她再也不会知道，这一年距离她曾祖母在P城的家里磨砚、写字已过去了将近八十年。

小梅也无从知道，八十年前的P城有程、徐、谢、章四大富户（似乎每个城都有类似的四大家族），彼此都是姻了亲的，或官，或商，或学。她曾祖母的章家是光绪年间才发迹的，章家是从祖父起，小小年纪就被送到城里的瓷器店里当学徒，直到他娶了掌柜的女儿，自己也做了掌柜，他是攒一点钱就回乡下置田买地，日子过得算是一个紧。

及至他儿子这一代，也就是小姊妹的大伯父，又做主在P城的和平街购置了半条街的街面。那是章家的盛世，宗亲叔伯全带起来了，聚集在城南一带，深宅大院里，整天听得人声鼎沸，因为乍富的缘故，只有比那些百年大族活得更新鲜带劲儿的。

族中子弟既多，难免良莠不齐，就有那贪玩淘气的，跟着去学嫖赌了，也有抽上了鸦片的，也有包戏子的，也有看破红尘闹着要出家的，也有直接闹革命去的，年纪轻轻就丢了性命……后来小姊妹俩历经世事，反说不清富贵是怎么回事，就觉得神秘得很，一场闹腾事。

都说富不过三代，章家后来是从外面被连根铲掉。就不是为这个缘故，她家那时是内里已经坏了，撑不上几十年，不过一个树倒猢狲散。

章家是第三代里出了一个人，也就是小姊妹的哥哥，才算稍稍把家扭转了方向。哥哥名叫映文，从小会念书，又有志向，后来考上了省城的教会大学，先读四年，又在家延宕一年，本来准备赴欧留学的。恰巧这一年里，他祖父、父亲相继去世，几个叔伯又都闹着要分家，映文就此歇了那份心，留下来照顾他寡母、映璋等弟妹了。

前边说的映璋、映珊两姊妹，午后一起磨砚写字，这原是她们的日常功课。此时，她们都是哥哥创办的培文学堂的小学生，大的读五年级，小的读一年级。她们另有一个哥哥名叫映武，也是中途转学到培文学堂高中部，后来考上了西南联大，最是仁厚的一个人，惜乎命运不济，死于日本人的流弹，才二十一岁。

哥哥办学原是起念间的事，谁知这一办就不可收拾，除了培文学堂，他后来又办了各类专科学校，包括师范、农商、技术……P 城的新式学堂并不是他首创的，却是在他手里得到滋养壮大的。及至抗战期间，他的培文学堂只剩得一半学生，他也有心征得家长同意，带领这一半学生下乡去了，不拘借得哪家祠堂、寺庙，照样是晨钟晨读，也有星期天，也有旬考月考，一样都不落。

及至 1946 年，他主政 P 城教育局期间，一个月总有几趟要奔赴省城，为创建 P 城大学而游说各方——映璋两姊妹后来闲话，都认为哥哥呆得厉害，他虽交游甚广，却也不谙世故。1946 年是何等年份，谁还有心思来投资大学？

那一年，连少妇映璋都感到时局暗淡，谈不拢就要起内战，她每天翻各样报纸，静听家里长辈的各种议论。又担心肚子里的孩子——名字都起好了，男孩叫安华，若是女孩就叫安贞——未知这小东西将来会落得怎样的命运，未知一家人能否长相厮守，是不是又要骨肉分离。又想起她二哥映武，落在他身上的流弹，这以后不知又要光顾他们家的哪个人。

她那会儿总又着腰在庭院里溜达，夫家是开医院的，最支持孕妇多多走动。有时走累了，她把身子倚着廊柱，看蓝天白云，总疑心这样的好日子就快到了尽头。她是一年前由哥哥送嫁，嫁给本城四大家之徐家，其实也是舅家，她母亲是徐家公子志明的大姑。这样的近亲结婚，当时两家也是犹豫的，无奈她和志明从小一块玩大，最是性情相投。

那一年，就连少女映珊都感到忧心忡忡。她自然不关心时局，但培文学堂有的是关心的人，师生借此分成两派，稍有言语不合，或能大打出手的；校园里开始谣言四起，说有便衣出入，又有说是左倾分子的造谣惑众。

那一年，高中部有几个学生失踪了，有说是被捕的，有说是去了延安的，校方还不待怎样，那边家长已经来大闹了，把个校长围在中间，推搡之间，几乎把他撕成了八瓣。这事是以警察局的介入结束的。

映珊在培文的日子越来越艰难了，常有人对着她指指戳戳，背后各种风言风语。她当然也不傻，晓得自己是章映文的妹妹，这是她当受的。可是章映文又有什么错呢？大抵是他那貌似公正的态度，而事实上顶反对学生参加政治运动，他常说"学生当以学业为重"，这话总归没错吧？但是这话里也是透着态度的。

有天放学，她和同学曼珍穿过校园的小树林，看见有个女生向她吐唾沫，她来不及反应，先把脸红了，气势上首先就矮了一大截。

曼珍问："这人你认识吗？"

她摇摇头。

曼珍笑道："我认识。她是啐我呢，你在那儿冒领什么？"

后来映珊自忖，那些年她确实活得畏畏缩缩的。好比清清白白的一个人，人喊捉贼时，她首先就怀疑自己，心里总归不踏实。校园里有个读书会，她去旁听过两次，后来退出来了，他们讲的她全不懂，他们读的书她也没读过，最主要还是那氛围，统共不过二三十个学生，看上去也都是寻常人，可是一旦发起言来，那语调、手势、神情……怎么说呢，个个都神采奕奕。映珊不得不承认，当他们说到"穷人""理想"等字眼时，脸上的光芒使他们变好看了，似乎整个人也高大了起来。

个中就有一个女生，面目俊朗，说起话来也英姿勃勃，她切题很快，一上来就批评政府，又从政府引入学校……映珊听不下去了，她很难过。教室里有一股奇怪的气氛，嗡嗡声连成一片，可是进入映珊的脑子里，已化成一股滔天洪流，她觉得自己眼看就要被淹没了。

这方面她不及同学曼珍，她参加读书会就是曼珍领过去的。她退出不久，曼珍也退出了，理由是"脾性不合"。曼珍是小业主出身，家里开酱油铺的，很难想象从那晦暗的柜台后会走出她这么一个人，最是落落大方，又是极洒脱的。读书会上，她是少数几个提出问题、引发争议的人之一，哪怕这问题最后引向对她的人身攻击，她也在所不惜。

那天在小树林里，她告诉映珊："不要那么虚弱好不好？什么事都往自己身上揽！你又没得罪她，她为什么要啐你？我是跟她吵过——"顿了顿，又说，"我疑心他们是对的，但我讨厌他们的方式，小气！"

映珊一时不知该说些什么，只觉得胸闷气短，是要变天了吗？六月的小树林里，点点滴滴还剩得些夕阳的碎金，她把眼看着那碎金，不消一会儿，就把它们一个个全看灭了。后来她因肺病休学、退学，就再没回过培文。家里人也疑心她是借故耍赖，但好在章家对女子教育本来看得也不太严重，遂由她去了。

病中她一个人躺着，恹恹的，很知道自己是过一天了一日，心里想，这就是末世感吧？她对于末世本来只有惊慌，如今反变得平静，但又不是真平静，于渺茫中总还有几分希冀，直到五年后，一声枪响结束了她哥哥，再两年她下嫁小山村胡姓人家，堕入赤贫者行列，心里总算安生了。

似乎冥冥之中她知道会有这一天，知道它会来找她，把她置于茅舍、瓦罐、薄田、农事中，这些曾经属于她家"下人"的生计，如今颠了个个儿，轮到她而已。新婚的某一天，她一个人坐在家门口，遥遥听得远处锣鼓喧天，那是农会组织的"贫农斗地主"……任是身外天翻地覆，她就坐在自家的破草屋前，仿佛天地间只剩得她一个人，仿佛千百年来，无数穷人也像她这样坐过，那一刻她是真的平静了。

3

这天，九十岁的外婆坐在台北养老院的小单间里，给年幼的自己和妹妹脱衣裳，那一霎她有些伤心，这两个小东西怎么可以活得那么长！她把眼看着她们：脱了棉衣，两个小孩还剩得一层棉夹袄，大的穿鹅黄，小的穿粉红，立在桌边，摇头晃脑。

尤其是那小的，她是没一点安生相，磨一会儿墨，她就把身子晃着，一跃一跃，跟姐姐撞肩膀玩呢。待要说她两句吧，她就朝你伸舌头、扮鬼脸，她小时候不知有多精灵鬼怪，谁知长大后竟完全变了个人。

那个大的，倒是一直文文静静，才十岁出头，已见得美人胚子。人都说她长得福相，外婆叹了口气，道："还福相呢！你就是一个苦命，要不怎会落得这样！"

又看了一眼小的，说："你呢，主要是穷命！"

她坐在床边，痴痴地看着这两个小姑娘，一边却把眼睛望向她们身后的八十年：很奇怪，苦是苦的，但身处其中，她们自己反不怎么觉得；尤其是那大的，她中途改嫁，有一度日子过得很不错。那一年，她的大外孙来家里过寒假，八九岁的小孩，好不容易离开父母，欢得跟个跳蚤一样。

　　家门口有一条小河，稍不留神他就跑出去，自己滑冰去了。外婆是怎么都看不牢他，只要他不在身边，她第一个念头就是往河边跑，果不其然，十次有九次总能在河上找到他，喊他又不应，非但如此，他能刺溜一下滑出去老远，一边摆着双臂，惬意得就像鸟儿一样。

　　外婆说了声"我就不信了"，也下到河面，捉她的外孙去了。祖孙俩你追我赶，两人都忍不住要笑。说起来，外婆的溜冰技术不错呢，虽然小心翼翼的，到底还是滑开了——多年后许嘉兴都记得，趁他跌倒的时候，外婆怎样紧滑慢跑地赶到，把手递给他，他是一用力反把外婆给带倒了，两人叠作一团，都笑得要命。

　　这样的日子，外婆怎会认作苦？想起来只有咯咯笑的。当然，苦日子也是有的，但外婆的天性是不记苦；倒是后来总有别人提醒她，她想了想，是有那么回事，又不能反驳的，因此只淡淡地说一句："都过去了。"

　　外婆的意思是，凡是能过去的事，就算不上个事。可是这当儿，她坐在养老院的小房里，单单端详这两个小姑娘，就把自己端详出了眼泪，这却是何故？

　　原来外婆因着老糊涂，早忘了时间这回事。她是把时间打碎了，又抽空了琐事，人生的惨烈就变得显而易见了：这边是九十岁的她，那边是十岁的她并六岁的妹妹映珊，三人共此时，这岂不要了她的命？她是左观右望，看看姐姐，又瞧瞧妹妹，又念及很多年后她们的归处，心里简直抽搐。最可怜的是，这两个小孩玩来闹去，哪里晓得也就十几年的工夫，现有的一切就全被剥去？

　　前边不是说过嘛，两个小姑娘在玩撞肩膀，这次妹妹再撞过来时，不防姐姐把身子只一闪，她便哎呀一声，一个倒栽葱摔倒在地。这边姐姐忍不住笑了，上前待要扶她，那边妹妹却是赖在地上，又是哭来又是笑，又是揉眼睛又是闹。

外婆在一旁说："哭什么哭哟？以后有你哭的时候呢！"

外婆又说："也不知生下你们做什么？可见你们那双亲有多不负责任，生下来，又不能保你们一辈子；遇上个天灾人祸，到头来还不是自己扛着？有扛过去的，那扛不过去的呢？"

外婆说到这里就哭了："就是那扛过去的，内里不知多少伤筋痛骨，碎了心，被人打落了牙齿还要往肚里吞。丫头啊，生下你们做什么哟？来这世上活遭罪！"

外婆现在尽量不朝映璋两人看，她不忍心，见不得她们那新生的面孔，尤其是她们人之初的眼神，清澈透亮，长睫毛底下的清水眼一展一展的，然而也就这一展眼的工夫，百八十年过去了……外婆叹了口气，略微定了定神，就又回到了现世的养老院，她一个人。下午三四点钟的阳光落在靠窗的写字台上，反显得有点冷。

对面的墙镜上，有她泪眼婆娑的一张老脸：白发苍苍，面皮皱着，眼睛塌着，嘴巴瘪着，周身上下没一处不是往下坠着；又佝偻着腰，又哮喘，又怕冷。

又想起家乡的妹妹，可怜在那小山村里待了一辈子，难得摸过几回钱。她是直到晚年，她那参加过"抗美援朝"的丈夫死后，政府发的抚恤金才落到她手里，每月不过两百余元，当个命似的，锁在箱底，又不放心，到底还是巴巴上了一趟P城，交由她姐姐的大女儿管理，说："安贞哪，你替我收着，我家里个个都是贼。"

她现在是一个人住，子孙后代太多，常有小孩子到她这里瞅瞅看看，跟她要点零花钱，她是一个子儿都不给。那一年，她告诉从台北回来探亲的姐姐说："不能给呀，给了这家，那家就不乐意，说我偏心，你说好笑不好笑？"她一辈子为儿孙所累，到老终于活明白了，他们一个都指望不上，就说："我现在也狠心了。养了他们几十年，替他们娶媳妇、造房子，各归各家。他们现在供我吃喝也是应当的，粮食又不花他们一个钱，自家地里产的，随便漏一点，怎不够我吃几年？就怕有一天我病倒不能动了，叫他们费钱看看？有的闹呢！"

她现在洒脱得厉害，得闲就去赶集，买回来布面、鞋底鞋面、丝线，并各样彩纸——手里有绝活儿呢，一样剪纸，一样刺绣，都是小时候学着玩儿的，想不到隔个几十年，又重新俏起来，能帮她挣钱了。整天忙得哪，活儿又确实漂亮，隔一阵子就大包小裹拎到镇上，找个街面一铺，众人疯抢。卖完了且不回家，直接赶到 P 城，把那些零碎钞票交给她的外甥女，说："安贞哪，你替我收着。"

因为常年在山里劳作，她的身子骨很是硬朗，走起路来简直脚下生风，比起学生时代还要健壮些呢。常常是，不拘一个人走路，或是跟人聊天，她但凡想起就会低头默念，相熟的人都知道，她这是感谢老天的恩赐呢。

外婆想到这里，一时悲欣交集，她不知道是为妹妹感到高兴还是伤心。这天下午，她心里说不出的一股怪滋味：又是热闹满足，又是凄冷孤独，一时五味杂陈，只想大哭。她决定任性一把，趁两个小姊妹消失之际，她大喊一声："映璋、映珊啊，活着有什么意思啊？"喊完了又号啕两声，立马收住，防着左邻右舍又告到管理员那里，说她闹鬼。

外婆现在有点后悔，喊完了总归不大好意思的，看看镜子里的自己，又揩揩眼泪，哭意还未消尽呢，谁知镜子里的那个人却又笑了，咬着嘴唇，很害羞的小姑娘模样。外婆说："你也知道难为情的？越活越小啰！"

说毕，才感觉到有些累；毕竟是上了年纪的人了，折腾了一下午，一阵疲乏袭来，她遂躺下又睡了。

4

有一天，台北养老院的工作人员打来电话，告诉许嘉丽："你家外婆蛮有意思，一个人坐在小房里就能上天入地。"

嘉丽一听就明白了，赶忙道歉，一边走出办公室，悄声问道："到底是不是老年痴呆症？"

那人笑道："确实不是。老太太平时走门串户，精神好得很。每周一次爬山活动，她是第一个走在前面的。就是一个人的时候不太好，脑子有点乱，但又不是总乱，乱一次也能保个十天八天，就是一两个月也说不定，她要看心情的。平时是没有问题的，对谁都很客气，又有分寸。"想了想，又笑道，"说一句话你不要介意，你猜院里的人怎么说她？都说难得大陆也有这样知礼的人。"

嘉丽撇了撇嘴，简直又不知该回些什么，半晌才说："她可能是太孤独了。"

那人笑道："好像也不是。你没见过孤独的人，我们院里有不少，是能把人愁死！你家外婆倒是真开朗，一个人也能笑得咯咯的，吵得左邻右舍都睡不好觉。"

嘉丽心酸至极，听到这里反忍不住笑了。管理员不是外人，赶着外婆叫表姑的。1949年，外婆娘家、夫家的人一路惶急，逃到台湾的总有一个加强连，这管理员就是其中一个的后代，生在台北，五十多岁的人了，外婆叫他小年，又让嘉丽叫他表舅，到底是哪一门亲戚，嘉丽其实也一头雾水。

外婆则是晚了几十年才去的台湾，那时她已是年近七十的老人了，抛家别子，赶过去是为了另一番团圆。后来她就落得一个人了，抵死不肯回乡，说："既出来，哪有回去的？"几家亲戚一商议，觉得最好的去处就是小年供职的养老院，外婆自己也情愿，虽然费用不菲，一则因着小年仁义，又是自家晚辈，身边有个自己人总归不一样些。

半年前，嘉丽得着一次赴台出差的机会，心里便存了个念，想着外婆这些年全仗着小年照顾，就从深圳捎了些礼物谢他。小年承情，从此有了电话联系，时不时跟嘉丽说两句外婆的近况是有的。

那次在台北，嘉丽和外婆一起待着总有两天。先是嘉丽去的养老院，那地方虽然远些，倒不失为一个风景绝佳处，盘山公路一层层绕上去，四周树木葱茏，人迹稀少。嘉丽坐在小年的车上，想："原来外婆住在这样的地方啊。"说不上好还是不好。

外婆早早地候在院门口，笑眯眯的。那样一个小小的人儿，夕阳底下影子却是长长的，虽然弓着身子，却在努力地往上伸展。一身干净衣裤，头上白发如雪……嘉丽远远地看过去，不觉心里一热，又见她并不比两年前回大陆更老，也还在笑，眼睛吧嗒吧嗒的，看见车开过来了，也晓得往旁边让一让。

及至嘉丽跳下车来，喊一声"阿婆"，又上前搀着她，外婆也还是笑眯眯的，不忘招呼一声："来啦。"

嘉丽和外婆之间总是这样，不作兴表露感情，这在外婆是她那老派人的蕴藉天性，在嘉丽则是害羞。她们说该说的，喜悦自足；问该问的，不使对方难堪。照嘉丽的意思，有些话不说也罢，都浮于表面，可是不说话多尴尬！人和人之间靠什么来填空？嘉丽在外婆面前，常常有一种手脚被拘的感觉，像隔着一层什么，她是千言万语说不出口，有时倍感压抑，有时又觉得这其实是修养。

外婆先领嘉丽在院子里走了走，干干净净的小院，三幢"品"字形排列的小楼，中间一个花圃，楼前有盆栽绿植。院外青山苍翠，远处山影连绵，山色是一路淡了去。嘉丽深深地吸了口气，又见花圃前还留得一处残阳，几个老人坐在藤椅上晒太阳，把眼看着嘉丽，一边却和外婆点头示意。

嘉丽说："蛮好。"

外婆转过头来，说："蛮好的吧？"

嘉丽再说："蛮好的。"其实好不好，她也真说不上。

外婆的小房至多十平方米，带一个卫生间，马桶旁有呼救器，伸手就能摸到。其余的就是床，桌椅，一个多功能的储物柜，都是最最得用的，再没有多余累赘，却也把小房填得紧紧凑凑。

外婆说："这样最好，又简单又充足。"

嘉丽把这话过了过，觉得外婆说得很不错，真是又简单又充足。只是世上又有几人能识破？就是识破了，又有几人能做到？就是外婆，也是中间经过无数的曲折磨难，到末了才晓得，人生在世其实也就这几样。

嘉丽坐在椅子上，外婆坐在床上。房间太小，两人的膝盖挨在一处，嘉丽觉着了，拖延两秒，体会外婆的温度，才把椅子稍稍挪开去。

心里想，外婆就是在这小房里呼风唤雨的，把个家事嚷得尽人皆知？她真的想到啥人就啥人，任是啥人都能说上两句？她那幻觉是怎么回事？真的能看见幻影，她还伸手上去摸人的脸？——嘉丽忍住笑，想着外婆真神啊——都说她真真幻幻，她自己可分得清哪个是真，哪个是幻？

其实不妨事的，她自得其乐就好，只是不该大呼小叫，扰得四舍不宁多不好啊。当然她那些邻居本来也够闹的，刚才小年在车上说，这一阵他快要累死，院里几个老人争风吃醋，为一个老太太打起来了，相比之下，外婆已算省心的了。

祖孙俩聊了些老家的事，嘉丽淡淡回应着，大凡都说好。事实上她那个家糟透了，烂了许多年，现在烂到底了。父母那边的事，嘉丽疑心外婆略微知道一些，她隔个两三年总要回一趟 P 城，纵然父母把她瞒得紧紧的，可是小姨小舅呢，七姑八姨呢，世上哪有不透风的墙？现在许家在 P 城可是出了名的。

外婆又问及嘉兴，嘉丽说："蛮好的，他就是太忙了。前阵子听说公派德国，这在他就是休假了。好长时间没联系了，也不知道回来了没有。"这倒是真话，为了父母的事，她和哥哥闹掰了，已经一年多不通音讯了。

嘉兴出国的事，她还是从妹妹那里听来的，当时就觉得有猫腻，冷笑道："什么公派出国？我看他是躲起来了，家里这一摊子，他是准备撂挑子不管了！你想啊，他在学校忙成那样，整天屁颠颠的，学问也丢了，官也没当上，他出国干吗去？他走得开吗？"

外婆又问及弟弟妹妹，嘉丽笑道："都挺好的。你就放心吧，这两个都挺孝顺的，住得又不远，隔三岔五就回爸妈那边去，陪他们吃顿饭是常有的。喏，嘉庆你是知道的，在我们四个里是最听话的了；嘉美呢，前些年不是一直不顺嘛，现在好了，去年考上了公务员，最安定了。我就说，她这是赶的最后一班车，都三十多的人，再考不上，过两年就没法考了。"

外婆又问及几家小孩，还有小姨小舅，嘉丽都一一作答，都往好里说。似乎是，她也没说错，句句是真话，但满不是那么回事。

外婆当然也会问嘉丽自己，工作呀，升迁呀，深圳那地方待得还习惯啊……外婆问她当问的，她绝不会问嘉丽，诸如离婚后她这些年都是怎么过的。外婆多么得体，她把嘉丽当大人，有伤心，有选择，有承担。不比她母亲徐安贞，嘉丽是一回P城，她就逼她找男人，当阔太，最好当官太，因为大凡官太都是阔太。

嘉丽烦都烦死，有那么些年，她其实很少回P城，就连春节她也是一个人在深圳过的，她不跟她妈照面。当然最近几年，母亲是懒得管她了，她顾不上了，她的那一摊烂事把她搞垮了。有时嘉丽会琢磨，外婆怎么会生出徐安贞这样的女儿，正如徐安贞怎么会生出许嘉丽，完全不搭嘛。

祖孙俩在屋子里略微静了静，嘉丽笑眯眯的，眼睛半搭不搭地落在外婆的膝盖上。就在那一瞬，完全不相干的，她想起了1984年的那张"合家欢"，照片中的人有笑的、哭丧着脸的、啃手指头的，也有安详的、昂扬的、忧愁的，他们都在看镜头，眼睛齐刷刷地盯着前方，似乎那地方是光的所在。

外婆坐在正中央，她的子孙后代围着她。那年她年近六十，明净、含蓄，尚是一头乌发，虽然看上去也就是个农村老太太，然而这是个干净的老太太，面目清明，手脚麻利。嘉丽记得，那时外婆的脸上常泛出光泽，腰板也还算笔直。她就像一棵大树，虽然也在老去，可是枝枝叶叶，单是照片中的这一枝就已见得摇曳生姿。

那时，父母正处盛年，四个小孩儿还未成年。那是嘉丽一生中最好的时期，家里窗明几净，什么都亮堂堂的，很多年后，四个小孩儿聚在一起总会聊起，那神色里有温暖与深情。后来就连母亲也说，她那时身体多么轻盈——嘉丽晓得她的意思，其实不止身体，也还有精神。母亲那时是有点嘚瑟的，当然她绝不会承认这一点，她一直觉得自己低调得很。母亲说，怎么那时总有一种要飞的感觉？

嘉丽也还是晓得她的意思，她这不是象征意义上的，是真有一种凭空长翅膀的感觉；嘉丽也有过类似的感觉，一切顺风顺水的时候，她偶尔会看看自己的臂膀。那时母亲多大？三十七岁！嘉丽吓了一跳，心里想："天哪，怎么比我还小？"

那些年，家里照了多少照片啊，至少一两百张吧？分门别类的：母女照、夫妻照、外婆和女儿女婿的合影、四个小孩儿的合影、父母和四个小孩儿的合影……当然也有单照，主要是外婆、母亲的单照。那一年，连乡下姨婆（外婆的妹妹）也赶过来了，和外婆合了一张，一边笑道："我这才叫莫名其妙，掺和你们这些事干什么？"

是有点莫名其妙。四个小孩儿都烦了，照来照去搞什么嘛！连星期天也不让活便活便，一家人洗浴，搽香香，换干净衣裳，然后大的领着小的，小的扶着老的，兴师动众地往照相馆走去。家里简直神秘，看上去鬼鬼祟祟的。尤其是外婆和母亲，常常躲在一处喊喊喳喳，哭着，笑着，一边又探视外面是否有人看见。

然而母亲终究是藏不住话的，她已经满溢了，被幸福、伤心、紧张弄得晕头转向，有一天就把嘉丽拉到小屋里，偷偷告诉了她。

嘉丽半天没听明白，说："什么？台湾？"

母亲捅了她一下，说："作死啊，那么大声！邻居听到了怎么办？"说着，摸摸索索不知从哪儿抽出一只信封，递到嘉丽面前，那是一只蓝色的航空信封，与众不同，上写"章映璋女士亲启"，竖排，繁体字。

嘉丽就着信封认了半天，嘀咕一句："章映璋是谁？"一边又抽出信纸，展开来，是毛笔写就的清丽小楷，用字文绉绉的，读着佶屈聱牙，有如她正在学的初一古文，勉强瞄了两列，便又交还母亲。

于是母亲就哭了，坐在床边泣道："可怜你阿婆，活了几十年，到老才找回自己的名字。连我都蒙在鼓里呢，哪里晓得她还有学名？"

嘉丽啊了一声，惊讶道："阿婆的名字？阿婆还有名字？"又默念几句"章映璋"，忍不住赞道："真是好名字！"她是一向嫌着自己的名字，丽啊美的，多么俗气！

那天母亲破例地温柔，拍了拍床铺，说："坐到我身边来。"接着便把来龙去脉向她和盘托出，把个嘉丽听得如坠五里雾中，像在做梦。她是只知道台湾有个邓丽君，从前有个蒋介石，哪里想到如今又冒出个外公。

此外公姓徐，名志明，是外婆舅家的儿子；两人同庚，十九岁结的婚，二十三岁离别时，女儿安贞才两岁。本来以为不久就团聚的，谁知这一别就杳无音讯，连生死都不得相闻；三十多年后，两岸关系有所松动，准许通邮了，志明外公按捺不住了，便按旧址写了封信回 P 城探问，哪里还寻得他的妻女？他不死心，又照章家的旧址、培文学堂的旧址各写了一封，谁知这两封就都转到了"对台办"，查寻一年有余，才落到收件人章映璋手里。

外婆初拿到信时，第一反应不是惊异，而是懵懂，实在是，她也几乎忘了自己还有名字——她是改嫁以后就改名章秀兰，其实就连章秀兰她也难得一用：照古称，她是孙章氏；平时呢，村里人只叫她"老孙家的"，或者"阿星妈"。

总之，那两封百折不挠的台湾来信，使什么东西又活了，后来嘉丽总想，活了真未必是好事。就连母亲，那些年也心有忐忑，嘱咐嘉丽说："这事谁都不能说的，还晓得啊？形势说变就变，哪天一收紧，我们家的日子就不好说了。"确实，那时嘉丽一家过得正欢着呢，一切才刚开始，有一种万物生发的早春气象。倘若不是那两封台湾来信，嘉丽一家的生活当简单多了吧？一切按部就班，各居其位，何至于落到今天这步田地？

嘉丽问："连哥哥也不让知道？"

母亲说："当然不让知道，男娃指不上的。熟得晚，不知轻重，哪天吹牛吹出去，你能拿他怎么样？"

嘉丽是在台湾来信两年后，才得知家里有这么一档事，心下对母亲又有了新认识：瞒得蛮紧的嘛，真不容易啊。

又想，怪不得这两年外婆总来家里，一住就是十天半月的，以前可不是这样。以前外婆也常来家里，住不上两天就要回去，说："家里还有一摊事呢。"有那么些年，嘉丽四兄妹也是逢着寒暑假就往外婆家跑，这两年不叫跑了，大抵是味道变了，不是那么回事了。

嘉丽又想，难怪这两年动不动就照相，原来是寄到台湾去的，台湾那边也有照片寄过来：除了外公，还有外公妹妹一家，并外公父亲——从前，外婆一向称呼她这公公为舅舅的。

有一天，这舅舅见了儿媳映璋的照片，就想起另一个外甥女来，问："那个小的呢？叫映珊吧？还在世吗？——噢，那就叫她也寄一张过来我看看。"于是就有了姨婆赶来合影的一节。一切全连上了。

那天嘉丽挨着母亲坐着，脑子里迷瞪瞪的。她那年不过十二三岁吧，觉得世界之大，大到"宝岛台湾"都跟她家扯上了关系；世界之小，小到她那天心心念念全在那一个小村子里，离 P 城四五十公里。这村里有一孙姓人家，户主刚过花甲，精明能干，脑子又活络，他是在"文革"时都敢单干，骑着自行车跨省到安徽、湖北，运回花生、棉花来 P 城卖，当时叫"投机倒把"。因此他家虽几代务农，到他这一代，日子却还过得去。目今，家里小孩均已长成，除了嫁的娶的，常住人口只剩四人，老两口带一双儿女，女孩十八，男孩十六。

嘉丽突然说："那外公怎么办？"

母亲奇道："哪个外公？台湾的，还是乡下的？"

嘉丽说："当然是乡下的。"

母亲叹了口气，说："还能怎么办？走一步看一步吧。乡下那个还瞒着呢，这要是传到他耳里，还不知怎么样呢。就是不闹，我估量他心里也是怪怪的。"

顿了顿，母亲又说："说起来，我虽不是他生的，却是他养的；十来岁跟着你阿婆到他家里，算起来还是不错的，养了我七八年呢，吃的，喝的，又供读书，又陪了一份嫁妆，你阿婆常说，就是他亲生的，他也不过这样。正为这事犯愁呢，弄得不上不下，这以后还不知怎么样呢。"

嘉丽说："反正你不能亏待他！"

母亲看了眼嘉丽，忍俊不禁，作势在她的屁股上打了一下，说："屁样！跟我说这些！还轮不上你来教我呢！"

5

那天在养老院，嘉丽并没有跟外婆提及"合家欢"的事，只是看了一眼外婆，心里凉意丛生。三十年间，外婆老得多厉害啊，面色惨白，气血微弱。在暮色四起的小屋里，祖孙俩悄无声息地坐着，嘉丽想，坐在她眼前的还是一个生命体吗？

又想起自己，落在外婆眼里，大概更使她惊心吧。从前那样一个细胳膊细腿的小女孩，容颜还没有长足，现如今却变成这样！嘉丽也不知道自己变得什么样，将老未老的样子，总觉得自己还年轻呢，一旦念及年龄，她就默不作声了。

外婆突然问："刚才小年在车上跟你说什么了吗？"

"啊？"嘉丽不防她会问这个，笑道，"没有的，就聊了一些大陆的事。"大陆的事是有聊起，但更多的是聊外婆的幻觉问题。

"噢。"外婆沉吟道，"我一向都挺好的，叫你父母放心。吃穿不愁，身心舒泰。脑子比以前还灵光些呢，这个我自己有体会，外人怎看得出？记性反比以前好了，你说奇怪吧，从前忘了的事，现在一发从地底下冒出来了，天天来找我，我哪里有工夫搭理？现世里的事都忙不完，吃喝玩乐，交朋会友，单是站下来跟人聊两句，一天的时间就过去了。都说老年人寂寞，我怎么就没觉得呢？"

嘉丽起身去开灯，那一霎她不能发声，拿不准自己会不会哽咽。外婆真的老了，破例说了这些，是在为自己辩解吗？又要面子，又委屈，又拿不准嘉丽是否知道、知道多少，话又不能明说，因此拐弯抹角，越说越多，说到最后全漏了。

整个台北之行，嘉丽简直软弱消沉。统共五天的行期，中间还和同事去了趟花莲，一路上若有所思的样子，事实却是，大部分时候脑子是空的。坐在大巴车上，看沿途风景，有时都忘了自己是在哪里；又想起外婆，怎么老年会落在这里——嘉丽很清楚其中走过的每一步，可是她仍禁不住要问："我的阿婆怎么会落到这里？"

转念一想，外婆就是留在大陆又能好到哪里去？儿孙绕膝又怎样？外婆的三个孩子，且不说各家有各家的难处，叽叽歪歪，不知多少烦扰难堪；她做上人的，也管不了那许多，倒是隔得远远的，眼不见心不烦才好！

再说了，即便家家都如意，又富贵，又得闲，个个喜乐平安，整天花团锦簇地围着她转，她也还是要老去，独自唉哼、叹气、孤独、病痛；她也还是要自说自话，说完了就抱愧羞赧，直至有一天她双腿一蹬，归于尘土……尤其是近十年，大陆那边是早有准备了，迟早的事儿，就等着小年电话通知了，可是一年年的，倒是外婆常常打电话回 P 城，问问各家的情况。

大陆那几家偶尔一聚，就说："老太太真行，越活越有劲道了，我们几个有谁比得上？又不吝钱，动不动就飞来飞去！一张飞机票得多少钱？乖，真正是潇洒！好不容易攒的那点钱全撒路上了，回来又没什么事，浪费那个钱干什么？"

又有人说："唉，你管她呢！反正她花的是自己的钱，想家了她就回来看看，那么大年纪了，还能回来几趟？见一次少一次啰！"

又有人说："你也用不着那样。说句不当说的，真临到那一天，我看也是喜丧，有几个能活到她这岁数的？修都修不来的福分！"

嘉丽最听不得这类闲话，儿女议论父母，她总觉有失厚道——虽然他们几兄妹也常干这样的事儿，妙在他们自己很少觉得。

外婆的这三个儿女，说起来都不是奸恶之人，至少在对待上人方面，还算过得去，可是不知怎的，由嘉丽这第三代的听来，简直刺耳。

嘉丽常常困扰于他们许家四个小孩和父母的关系，后来才知许家并不是特例，普天下的父母、儿女大多如此，一个"爱"字怎可穷尽？倒是一个"欠"字——大凡都是一代欠一代，就这么一路欠下去，倒也公允。倘若碰上嘉丽这样的第三代，那就有现报了。嘉丽对父母，虽然免不了吹毛求疵的，对外婆却是真心好，虽然她也没做什么，心里却有慈悲怜爱。

就连外婆在台北的两家亲戚，想起来她也黯然神伤。那是临来花莲的头天晚上，外婆搭小年的车进城，领着嘉丽去拜访。事先说好了的："这两家一定要照个面的，去尽个意思。"嘉丽便猜度，这两家与外婆最亲厚，大抵也只有这两家，还剩得她的同时代人，逢年过节总能一块聚聚。

于是嘉丽很看重，事先备了礼，一是为还情，二是要给外婆撑脸面，另外也想看看外婆在台北的亲朋，到底是怎样的人家。然而这两家确乎不怎么样，嘉丽便为外婆生出一种物伤其类的感觉。

一家是小年父母家，位于市郊的某个暗淡街区，水泥筒子楼的六层楼上，楼梯逼仄，房舍拥挤，空气里一股若隐若现的馊腐味。嘉丽因为初来台北，人烟阜盛处也懒得逛，全在想象中——实在因着这些年在大陆，阜盛是最不稀罕的东西，反倒是这些穷街陋巷，给她留下了极深的印象，心里惊道："台北也有穷人？"

　　那是当然，哪里没有穷人呢？可是在嘉丽，因为固执地存留着少年时代对于台湾的富丽想象，脑子一时转不过弯来，心里想："怎么全颠倒了？倒是有点像三十年前的大陆……"一时又是哀叹，又是新鲜亲切。是啊，到底是这些简陋、灰败的生活，虽然三十年过去了，也还是能打动她，让她心里一沉，让她觉得这城市也是很重的，而所有沉的、重的东西，她都觉得跟自己是有关系的。

　　小年父母家里，不知怎的坐了一屋子人，刚吃完晚饭，灯光暗淡。楼下住着小年弟弟一家，两口子失业在家，老大不小的人了，可是因着父母还在，自己把自己当作小孩子，时不时推门进来，找东西、踱步、别腿倚着橱柜，把一屋子的人都打量了个够，偶尔也会好心情地说上两句。另有小年姐姐，却是个体面人，斯斯文文，秀秀气气，一点都看不出年纪的，在一家公司当文员，那晚恰巧回家看父母。

　　再有一个呆子妹妹，体态痴肥，虽然人过中年，却有着孩童般的神情，巴巴地搬来小凳坐在嘉丽对面，双手托腮，一边歪头扭颈地打量她，一边咯咯笑出声来。

　　嘉丽坐在穷人家的客厅里，很耐心地听几个老人讲古，讲从前在大陆P城，那些街巷、房舍；又讲起逃难，谁知这一逃就是六七十年，再不得回去了。一开始都信心满满，讲很快就要回去的，后来就不讲了，后来，"倒是你家外婆过来了，和我们团聚了。她也不回去了"。

　　一屋子的人都笑了。嘉丽也笑。再看小年，却是在一旁打着哈欠，明显这类讲古他听得太多了。后来他在车上嘀咕，只要大陆一来亲朋，首先就合了他家老人的愿，翻来覆去就那些事，每次都能把自己说得哭哭笑笑，又是满足又是惆怅。

另一家度其样貌是在市区，至少周遭有马路、商铺、灯火。房舍还过得去，是一幢带电梯的高层公寓，总有八九十平方米。这屋里住着一个老太太，嘉丽称作姑婆的，是外公的妹妹、外婆的表妹。也是八十好几的人了，年轻时是个大美人，就是现在也还是不脱形样，只是不大提得起精神，说话声音软塌塌的。这姑婆早些年常回大陆探亲访友，和嘉丽见过几次，因此还算相熟。

她第一次回大陆时，嘉丽还是个初中生，初见简直惊艳，怯怯不敢近前：怎么可能！五十多岁的人了，在大陆已算得老太太了，而她却是端端丽丽地坐着，似乎整屋的光都被她吸到身上，周遭突然暗了下来。嘉丽第一次生出自卑感便是从姑婆身上，不单是为自己，也为她的家，为P城，乃至整个大陆，那一天统统都成了灰尘。而她则如一束光打下，使嘉丽看清了自己其实是生活在粉尘、细菌、诸多小龌龊里，平时是看不见的，现在因着光的映照，正在翻飞舞动、翻飞舞动。

当然嘉丽后来知道，其实姑婆那天也没怎么样，在她不过是一身家常装束：耳环、项链，略施粉黛；一双咖啡色的半高跟皮鞋，穿改良休闲旗袍，有腰身，松松那么一收，是合她这个年纪的。姑婆的旗袍是雅黄碎墨，一点点地洇开去，总之很洋气啦，把嘉丽妈艳羡得埋头在她姑姑身上捏来捏去，说："大陆怎么可能织出这样的花色！"

嘉丽对台湾的想象是从这时开始的，像姑婆身上的淡雅旗袍，其实是清新别致，但落在嘉丽眼里俨然已变得富丽堂皇。姑婆中年守寡，独自抚养三个小孩，后来这三个小孩都由她哥哥（嘉丽外公）资助赴美留学，返台后各自成家立业。近十年，三个小孩陆续转往大陆发展，分散在上海、青岛、大连，和嘉丽一家未有联系。嘉丽妈猜道："估计都不怎么样，反正不是当老板的。想想也挺不容易的，都一把年纪了，回来得又晚，现在哪里还有机会？早瓜分完了，就是有也轮不上他们。"

现在，姑婆一人留在台北，跟三个孩子难得一见。嘉丽去拜访的那天晚上，才八点多，她似乎是盹着了，说话懵懵懂懂的。坐了一会儿，起身从冰箱里取出一小碟西瓜来，让嘉丽吃，嘉丽度其色泽，总有三四天了，便不吃；她见嘉丽客气，亲自叉了一片递过来，嘉丽微笑着接过，隔了一会儿，就又放回小碟里。

坐了不到十分钟，嘉丽提出告辞；她十分不过意，送到楼下，走进一家面包店，要买面包给嘉丽吃，好歹被劝住，她诧异道："咦，我记得你小时候最爱吃的呀，从台北带过去的糕点，你最爱吃的就是那长面包圈。"

嘉丽笑道："那时小嘛，吃着好玩呢。那时大陆都不兴面包房的，没那么多花头！这都多少年过去了？姑婆你再想想！"自己思忖这话，其实说得很重的，当然姑婆也未必听得出来就是了。

从花莲回到台北，嘉丽没再跟外婆照面，她第二天就要返回深圳了。跟外婆、小年通了电话，就算告别了。电话里听得外婆的声音，照样乐呵呵的，嘉丽又换了个想法，觉得自己可能是杞人忧天了，外婆其实蛮开朗的，大陆有几个老人像她这样？每月有养老金进账，生病、住院，自己不花一个钱的；又不拖累小孩，又能偷偷攒钱给那最困难的一家用，所以三个小孩还算孝顺，偶尔也会想妈妈的。

挂了电话，她见时间还早，心里又堵得慌，又空荡荡，一时不知如何是好，就在酒店附近略逛了逛，见小街上有一家甜品店，她坐下来要了一杯，临街看起街景来了。

其时正是深秋天气，天微微凉，她呆呆地看着街景，兀自出了一会儿神。那边走过来几个大妈模样的人，形态样貌当是大陆游客，及至走近了，一听声方知是东北人。个个笑逐颜开，精神爽朗，矮墩墩，粗壮壮。吃了一辈子苦，到头来也不知怎么就翻身了，懵懵懂懂地开始世界各地跑，当然是扬眉吐气。

这几个大妈和她母亲一般年岁，小个七八岁也未可知，大概有些家底；嘉丽很知道，现在游山玩水花不了几个钱，就是推扳些的人家也当得起；总之看开了，在异乡的小街上甩着膀子，回家以后照样抠抠算算，活在几十年来养成的寒酸里。

又见她们一路笑得嘎嘎的，嘉丽简直鄙夷，对着她们的背影那么一扫，她是坐在小矮凳上，那一瞥，却把自己瞥得像是站在高冷之地的俯视，确实没道理的，当然高冷也不需要道理，一边又想，怎见得她不是替自己的母亲在嫉妒呢？

一想起母亲她就胸闷，像跌进冰窟窿里：她这些年把自己糟蹋得不成形样，老得跟外婆差不多了！原来多清爽的一个人，长得又漂亮，又要面子，又虚荣，又没什么情商，说话做事只图一时痛快。像绝大多数的同龄人，她惯于把人生当成打仗，一定要胜过别人才好。当然早些年她打过几次胜仗，毕竟智商还是有的，小精明一箩筐。谁知到老赔了个底朝天，又因为拖累了小孩，正在家寻死觅活呢。

嘉丽家的事，说起来太复杂，几十年累积下来的，溯根求源的话，恐怕还得牵扯上外婆，因此一时半会儿还说不到呢。

嘉丽是自从三十五岁以后，很明显地，看事物就不再是事物本身，而是念及周遭，眼观六路，耳听八方，这样一来，自然就有一个全局的观照，但对于解决问题却毫无帮助，反不及年轻时的偏激鲁莽，简单就是力量。她这些年来就软弱得厉害。

她哥哥嘉兴也有这毛病，说起话来头头是道，思路那叫一个清晰，乖，口才又好，反应又快，最擅长去芜存精，直指要害，却是一遇上事就吃瘪。嘉丽早把他看透了，他也就是过过嘴瘾，脱不了知识分子的臭毛病。

嘉丽父母的事先存下不说，如今只说她在台北街头，因看见一群内地老太摇摇晃晃地从她眼皮底下堂皇而过，不由得为她母亲感到难过。就想起她那样一个邋遢劳苦的形象——她这些年越发自暴自弃了；又想起她父亲，从前多么倜傥体面，P城的四大才子呢，起先给领导写材料，写多了自然也成了领导。两口子绑在一起几十年，现如今也是手拉手一并往深坑里跳，嘉丽四兄妹是救不得，逃不掉，现在面临一个选择：是抽身自保，还是一起陪葬？嘉丽暗叫一声：不好，今晚情况不妙。

又想起她屡次跟母亲说的："不要在家七搞八搞还好？实在无聊，你们就出去旅游嘛，舍不得钱我来出好了。"母亲是不爱旅游的，压根儿她这一生什么都不爱，除了她的家，另外她也爱个事业，女强人嘛。然而她又缺乏女强人的独立风范，她是垂帘听政型的，最喜欢站在背后出谋划策，独断专行。

母亲是这么回答嘉丽的："我不出去，光我和你爸出去有什么意思？我喜欢一家子守在一处。"

嘉丽说："这个难的。春节我们家都凑不齐的，更别说平时了，谁能不上班整天陪你们？也就是我，这些年混成前辈了，在单位又不求上进，或许还能溜出来陪你们几天。"

母亲看了嘉丽一眼，说："那我也不出去，除非你结婚，找个男的陪我们一块走！要不多难看呀！路上要是有人问，哟，你家女儿是不是还单着呢？是离了？是怎么离的？还没找到合适的？你说我该怎么回话？我都恨不得找个地缝钻进去，丢人丢死了！"

按着嘉丽的脾气，那天她必是要发作的，怎奈她心情不错，对着旁边的嘉美撇了撇嘴，冷笑一声。

倒是嘉美生气了，把眉头一皱，对着她母亲说："你整天尽说这些不上台盘的话，谁认识你啊，谁那么无聊，整天关心你们家这些烂事情？她一个人怎么就不能陪你们了？不要陪拉倒！"

依着母亲的脾气，那天她也必是要发作的，怎奈她心情也不错，于是这事就真拉倒了。

嘉丽家里，真正让她伤心的是在这里，不是她父母惹下的祸，依着嘉丽对灾祸的理解，即便人力不能解决的，时间也会让它过去；是这个家整个地没修养，个个都是窝里横，出去是绅士淑女，一回家就变成了泼妇。

是大家各说各的，有见解，有主张，句句在理，铿锵有力，却没个一锤定音的人；说到底，是这家的男人太温软，未能承担应有的责任，而女人太泼悍，又做不到一悍到底，临上事还是软弱。也就是说，男人不像男人，女人毕竟是女人。

而且这户人家，真说不上是民主还是专制，父亲温和有威仪，对母亲却是凡事通融忍让，母亲喜专政，又在孩子中没威信；又因为他们一家人爱得要命，虽然各说各话，各行各事，总还算齐心，遇事总能凑在一起相帮商议，商议的结果：第一，吵一架，不欢而散；第二，扯来扯去不知扯哪儿去了，都晕了，像刚才提到的旅游，怎可能仅是旅游，不是还搭上了结婚？于是大家都不开心，一切不了了之。

嘉丽真正伤心的是在这里，是这个家的乌七八糟，温良恭俭让的全面崩盘，又没有一家之长——以前有过，这些年倒塌了；是大人不像大人，小孩不像小孩，他们家一向有点没大没小的。是她因着这个家而养成的成年累月的忧伤，即便没有俗世的困苦，也还有生命的衰老无望，总之怎么都搞不好，一切都是虚空，因此才有对刚才堂皇走过的几个大陆老太的瞧不上，心里想：跩什么跩？还有几年可活的，还在那儿乐呢！

然而欢乐毕竟是太迷人的事，她虽瞧不上，又念及她的父母正在家乡愁苦，深秋的 P 城，一定是万物凋零萧索，嘉丽暗叫一声："不好，我今晚可能会当街哭。"而台北也是凉飕飕的，九十岁的外婆正在养老院的小房里，不知睡去没有，不知是不是又在自言自语；又想起她在台北的两家亲戚，寒窘的，孤独的，血肉相连里有她家几代人的起落悲欢，现在全连在一起了……眼前一片模糊。

嘉丽不敢擦眼泪，怕路人瞧见，只好低下头，当街静静哭。然而她那姿势着实怪异，勾着头，半截身子缩成团，光影底下一抽一抽的。连甜品店的老板娘都感到纳闷，心里想：这位客人，总也有四十了吧，倒不像是失恋，不过也难讲，她这个年纪听说是最豁得出去的。

嘉丽想的是：好好的，哪里不能哭，偏跑到台北哭！又想，管它呢，这条街上谁认识我？忍了这些天已经不容易了，就哭！广阔天地任我哭！

6

外婆自嘉丽走后，好几天不得平静。这孩子越来越懂事了，知礼数，和顺乖巧，小时候拧得来，不知挨了她妈多少打！她们家女孩都有这毛病，那嘉美也是嘴叭叭的，最喜欢跟大人讲理，说话又快，舌不沾唇，打起来绝不讨饶，还昂着头。真正是有其母必有其女。男孩当然也打，从小到大，成日里就听见他们家叽里呱啦叫。

那安贞下手又狠，真敢往死里打的，旁边人还不能劝，一劝她就急，就跳。有一次嘉丽被打急了，大叫一声"阿婆"，跑到她身后躲着，母女两人把她夹在中间，左摇右摆，她也就是伸手拦了一下，她那女儿就不让了，说她护小孩，惯小孩，跺脚哭道："不打不成器还知道啊？我养的小孩我怎么就打不得，偏要你夹在中间！"

她也生气了，说道："你看你那样子，有什么话就不能好好说？女孩还兴这样打的？"

现在看来还行，小孩是打成材的也说不定。但那次嘉丽真是被打惨了，身上青一块紫一块，好像也没因为什么事，就是顶嘴，不服软。那天晚上，嘉丽一个人躺在床上，她过来坐了一会儿，掀开她的衣服看了看，心里直叹气：这安贞打小孩真有一套的，也知道只打身上，不打头脸——怕脑子打痴了，脸上破相。

嘉丽正在看天花板呢，眼泡肿肿的，半晌才转过头来，委屈地叫了声"阿婆"，撇着嘴角——撇了好一会儿，才问出一句话来："你怎么会生出这么一个女儿来？她一直都这样吗？"

她差点没扑哧笑出声来，也只有她们家的小孩才会问出这样的话来；想了想，据实回答："她小时候还好，谁知后来竟变得这样！从小谁舍得打她、骂她，疼都疼不过来呢！"这话是有缘由的，嘉丽未必听得出来：没爹的孩子的确更招人疼的。就想起两岁的安贞猴在她肩上，东张西望的形象，在路上但凡遇见个男的，不拘老少，她都能喊人"爸爸"的，想起来又可怜，又可笑；及至长到十二岁，跟着她到了孙家，有现成的她反倒不叫了，整天梗着脖子，私下里却是又怕羞，又胆小。

嘉丽一下子坐起来，哭道："她骂我，你刚才听到了吧？什么下三烂的话都骂得出口的，什么叫偷人养汉？什么叫养野男人？我是她女儿哎，我才十四岁！——我在学校都不跟男生讲话的——这是当妈的说的话吗？她也配当妈？老鸨骂妓女都不是这么个骂法！她还口口声声管教小孩，有这么管教的吗？"

外婆喏喏不能言，就是现在，她坐在养老院的小单间里，也还是摇头叹息，一边想起的却是她两岁的女儿，从生下来，到满地爬，到会叫爸爸妈妈了，她也就过了这两年好日子，只可惜长大后全不记得了，因此就连这两年都不算的。

现在，外婆又开始说话了，说的是："你那脾气也得改改了，整天哪来那么大的气性？做上人也没个做上人的样子！她一小姑娘家，你骂她那些乌七八糟的话干什么？还好意思骂得出口的？都跟谁学的这些？"她瞅了一眼安贞，心里想，真不愧是徐家的种，模样、脾气活脱脱一个徐志明。

志明也是急性子，整个一小孩脾气，三句话不合他意，他那声气就不一样了，开始发躁了，往往是，别人正莫名其妙呢，他那边躁完也就忘了，呵呵一笑道："你怎么啦？拉着个脸，倒好像谁欠了你八百文似的。"他这样的脾气，哪个吃得消他？怪不得后来到了台湾，只结婚三个月就散了，等于是打了一辈子光棍。还偏有那么多女人喜欢他，为他要死要活的，大概就图他模样俊俏？

志明自小就是少爷脾气，娇生惯养惯了的，都说他动则耍蹶子、耍小性，但是怪得很，她从小跟志明一块玩大，倒是从来没发现这一点，反觉得他温顺得很，知礼谦让，最好说话的一个人了。两家的亲戚、长辈就开玩笑说："映璋哪，也只有你能收服得了他。老天造人都是事先配好了的，要不然他这样一个刺头，怎么一到你面前就变成顺毛驴了呢？"

说多了，两人只当耳旁风，可是有一天突然就不好意思了。那一年她去外婆家玩，有意避开志明家，去找另一房的表姊表妹，不想志明正当院站着呢，两人都愣了一下，她还来不及反应，志明却像兔子一样，掉头蹿回屋里去了。她也有点讪讪的，春天的院子里，满树的梨花开，花荫落了一地。

她在花荫前略站了站，一时晕得厉害，又拿手拭了拭脸，才知满脸发烫。心里想，幸亏这院子里没人，否则让人撞见多难看呀。正想着，却听后面哎的一声，回头一看，却是志明。

那志明倚着廊柱，脸上半笑不笑，眼睛待看不看的，没头没尾地问了一句："来啦？"后来志明是这么解释的，他跑回屋里以后，想想总归不

165

大好的，就又出来打了个招呼。

映璋说："你怎么会在这里？"她也拿不准自己的表情，估计脸又红了一层。

志明笑眯眯的："我怎么不能在这里？"嘴上说着，脚下也不闲着，把颗石子兀自踢来踢去。踢了一会儿，突然踢明白了，说："这是我的家好吧？你的意思是，我为什么待在后院而不是待在前院？那我问你，你为什么不走大门而走偏门？"

就是这样开始的吧？那时两人还在培文学堂念书呢，后来她中学毕业，他则是逆着家里的意愿，抵死不学医科，而是改考文学系，读了不到半年，回来要求订婚。两家因着近亲关系，就有点意意思思的，他是一不做二不休，就此躺下了：绝食，退学，什么招都用上了；后来，到底遂他的愿订了婚，代价是他又改回了医科。

安贞出生的时候，他尚在念大二，临产前请假回家，在自家医院迎来了他女儿来到人世间的第一声啼哭。他抱在怀里，喜极而泣，说："我要把她培养成淑女，我要为她倾其所有。"前者他未能做到，后者他也只做了一半。

他家祖上是卖膏药的，专治跌打损伤，只因偶然的机会认识了两个外国传教士，参与了 P 城第一家教会医院的筹建。义和团兴起那会儿，传教士跑了，委托他家代为管理，后来捣鼓捣鼓就变成了自家的"仁慈医院"，及至志明已经是第四代了，颇具规模；解放后被收归国有，由政府合并另一家医院，组建了现今的 P 城"一院"。

徐家人丁不旺，两房里只有他这一个男孩；他大伯父死得早，单只留下两个女儿；志明母亲则是跑反时落了单，被日本人射杀，才三十六岁，最是眉清目秀的一个人。现在，安贞家里还挂着她奶奶的照片，齐鬓短发抿在耳后，是当年女学生的打扮。她是本城谢家的女儿，虽然裹着小脚，却也读过两年女子师范，只可惜还没毕业，就被家里骗回来结婚了。

徐家逼志明读医科，实乃让他继承祖业。他为了映璋的缘故，中途改读医学院，谁知正是这一改读，造成了两人的分离，后来众人都说，他们命定不该结合。他到了台湾以后，再次弃医从文，在一所小学校里教国文，并于校长任上退休。这些都是后话了。

映璋自嫁入徐府，结结实实过了四年少奶奶的生活，不是吃喝玩乐的少奶奶，而是主持家政，多有操劳。四年间，她操办了两场婚礼（志明的堂姐堂妹），两场葬礼（志明的奶奶伯母），另有女儿安贞的诞生，这些都是大事儿；更不必说种种居家琐事：一家人的吃喝拉撒、人情应酬……她是样样都能顾及，打理起来且叫一个得心应手。

这些志明都看在眼里，常跟家里人吹嘘说："怎么样？去哪儿找这样的好儿媳！也就是我，生来一双火眼金睛，把她一看一个准——识大体，晓分寸，模样好，又贤惠！还怪我跟你们闹呢，要照你们的意思，她现在归谁姓都不知道呢！亲戚怎么啦？我这叫肥水不流外人田！我告诉你们，章映璋嫁入徐家，她一个人抵得上你们十个用！"

确实，映璋给徐府带来了一股新气象。似乎是，家里因她变得热闹了，也越发井井有条。偌大的徐府，样样各归槽道，齐整、活泼，连旮旯里都隐隐泛出生气。她又是最不拿大的一个人，对待下人也很有一套；当然首先是厚道，虽然是下命令，却也能把话说得像是在商量。她从娘家带过来的四个陪嫁——一个贴身，一个厨子，两个做粗活的——其中一个跟了她直到人民政府成立，她发不出工钱已有些年日了，连吃饭都开始算计了，这才依依惜别。临走时哭道："大小姐，你怎么会落到这一步啊？这才几年时间，不会是做梦吧？"

她也哭，说："走吧，只能各顾各的了。这样一天天地坐吃山空，我怕安贞也养不活了。看情况吧，实在不行，过两年我也找个人家帮佣去。"她那会儿几经辗转，已回到徐家在乡下买的其中一小块田地上，房舍是早就充了公，村里又帮她另盖了两间，好歹落了户。她那些年可算是两眼一抹黑，外面甚事不知，也不想知道，心里却盼着志明能早点找回来。

这些都是两人事先商量好的，志明说："一定会回来的，你放心好了。实在不行，你们就先躲到乡下去，反正天无绝人之路，乡人淳朴，没城里那些乱七八糟的。记着，哪儿都不能去，就在祖屋里等我，免得我回来找不着你们。"

事后想想，当时若是留在城里，就怕机会还多些呢。首先，人民政府急需识文断字的人，她再不济，总归读过几年书。再者，她们孤儿寡母，街道也不能袖手不管吧？她就是替居委会敲敲锣、打打鼓，戴着红袖章，看看各家各户是不是有美蒋特务出入，一来二去，没准也能转成国家干部。

安贞后来深恨她这一点：没眼光，没决断，好好的居委会主任不当，跑到乡下干什么去！她差点没笑出声来，心里想："这也就是随便说说，你还当真了？你怎么就不想想，你们一家全是美蒋特务，你还指着去抓特务！能保下一条命就算不错了，还在那儿想三想四的！"当然这些都是事后话，当时，就连徐家老少是不是活在世上，她又从何知道？

但至少有一点，当年倘留在城里，安贞也不至于遭那么些的罪：受穷、挨饿，交不起书学费——实在是，就连入学她也差点没资格，后来还是托了镇上的一个远亲，才含含糊糊地上了村小学。因为成分不好，她在学校总受人欺，她又不服气，常常被打得鼻青脸肿地跑回家，冲她发脾气。

安贞从小就自卑，又好胜，说："妈，我将来一定要好好活，我气死他们！"想想真是个可怜孩子，生在那样的年代，又落在那样的家庭，等于是，她还不知事呢，身上就背负了地主和资本家的双重身份，地道一个贱小孩。她又是顶要好的一个人，最不爱穿打补丁的衣裳。其实在乡下，哪家又吃得饱、穿得暖？大冬天的，村里还有小孩赤脚走路的，相比之下，安贞已算好的了。

安贞十岁那年，眼看日子过不下去了，映璋便托城里的亲戚代为留意，想找个好人家做用人，顺便也想把安贞带回城。赶巧就有这么一家，革命干部出身，八九口人呢，上有老，下有小，和人合住一幢小洋楼。映璋进城会面的那天清晨，还特意洗了头，换了一身干净衣裳，想给雇主留个好印象。谁知事情就坏在这里呢。这户人家，哎哟喂，真不知道当怎么说，两口子倒是蛮客气的，可是家里邋遢的呀，就不像个人家。

心里想，原来革命者也要成家啊，成了家是这样子的啊：一家子大呼小叫，说话就跟打仗一样；小孩子穿着旱冰鞋在地板上跑，把映璋心疼得不得了，就想，这家人怎么就不惜物呢，这么好的房子，住着真是不像的。

她当然不会表露出来，一概地低眉顺目，人家问什么，她就答什么，聊了一会儿，便让她回去等消息。

不几天消息来了，到底不愿雇她，当然是经过一番犹豫的，因为对她印象尚佳。原来，那天她虽然穿一身粗布衣裳，那家人还是嗅出了她的出身，说："细皮嫩肉的，一看就知道不是个粗胚；还有那言行举止，说不上的一股旧时代的没落气味。"打听之下，果然十年前是Ｐ城的大户人家，夫家是开医院的，娘家的哥哥遭枪决了。这家人感叹之余，到底不愿多事，这事也就放下了。

映璋后来跟女儿唠叨："喏，你还是接着做你的小村姑吧。我想进城当用人，人家都不要，这个你总不能怪我吧？"安贞当然不怪她，虽然有时会说两句气话。娘儿俩相依为命，她疼起母亲来那是会要人命的。

但她嫌恶自己的出身是真的，动则气鼓鼓的样子。母亲很避讳跟她谈从前的家事，她连蒙带猜也知道怎么回事：她没享过有钱人家的福，却在替有钱人家遭罪。后来，她从村姑辗转变为城里人，这等难于上青天的事，她靠的是自己的努力，那真是把吃奶的劲都使出来了。

映璋急于进城谋事，还有一个原因，村里待着不方便。志明总说乡人淳朴，这是天底下最大的误会，也有淳朴的，也有奸邪的，人这东西是最不好讲的。她那些年不过三十出头，有模样，身份贱，又没个来头，等于是凭空落进了这小村里，那些个男人，不欺负她这寡妇，欺负谁去？

光棍且不说，就是那些有老婆的，成日里也总来家门口晃悠，说话不三不四的；夜里就听得他们在窗外鬼哭狼嚎……真是有点恶心的，心里想，我再不堪，也轮不上你们吧？一时又气又羞又怕，怕村里人说闲话，怕被人强了……这才想起改嫁的事。

改嫁一事，娘家、夫家的族亲都说过好几回了，主要是为安贞谋算，想给她换个好身份，重要着呢，将来读书、嫁人，有它没它可是大不一样；再者呢，眼看这些年社会主义、共产主义搞得兴轰轰的，台湾那边算是瘪了，至少听不到任何消息，这样拖下去，还打什么打？就在孤岛上歇着吧，这边没你们什么事啦。

于是就说："再考虑考虑吧，总这样下去也不是个事。说起来，也算对得起他徐志明了，守了他十几年。你知道他现在死哪儿去了？就是在台湾，现在有了家小了也说不定。万一哪天他又冒出来了，就说是我们的意思，先活命要紧！你好好地把安贞养大成人，就是对他最大的恩德了。刚才跟你提的那个人叫孙顺民，差不多年岁，老婆死了好几年了，丢下一窝孩子，苦是苦了些，却是个本分人，又勤快，又活络；长得高高瘦瘦的，不丑的；最主要是成分好，几代贫农，呱呱叫！配嘛自然是配不上你的，但现如今再说这话，连我自己都臊得慌，此一时彼一时，人家能看上我们就算谢天谢地了！"

八个月后，映璋归入孙家，把自己托付给了农田和家庭。她领着五个孩子，台前灶后，学着插秧播种，不抱怨，不期待，不愁苦，算是一个地道的农妇了。前尘已经了断，唯一的联结，是保留了安贞这个原名——这是志明给起的名字——只是换了个姓而已。后来，她又生了月亮、阿星，这是她的前半生。

7

倘若不是那两封台湾来信，映璋的一生将这样度过：她的前半生归徐志明，后半生归孙顺民，两边互不搭界，虽然坎坷了些，倒也安生。现在台湾来信了，前边的那个出现了，她的一生就得重新归归拢，排排序，排出一个结果来：她的前半生归了两个人，后半生得在这两人中做一个选择。

她又不能像电影里那样，一妇侍两夫，住在一个屋檐下，虽然叽叽咕咕，倒也恩爱如初。世上哪有这样的事，跟世外桃源差不多！

她后来总想，她就是留在大陆，这事总归也不得了局，乡下那个也在犯别扭呢——当然不怪孙家，事情既已闹出来了，怎能要求人家像无事人似的？他就是再有涵养，一言半行总会带出来吧？就是不带出来，心里也不一样了。

这才是关键，因着那两封台湾来信，一切都不同了。首先是映璋自己，然后是安贞一家，乡下的那个家，这个家又生出无数小家来，顺民和前妻的四个小孩，月亮和阿星后来也都成家了。等于是，七八个家庭被卷进来；还不算那些七姑八姨、跑腿的、传话的、看热闹的、两边说怪话的……总有上百口人牵涉其中。

映璋后来彻底晕了。她不是矫情，有一度她真是有点怪志明的，好好的来什么信！万事都有个时令，过了那个季候，再出现就不是那么回事了。总之无论去留，她必得择其一，总有一个她要亏欠，无论如何是不能万全了。

奇怪的是，这虽然是她的事，却又不是她说了算的。直接说了吧，这是多方角力的一个结果，到末了已变得跟她没多大关系了。关于她的去留问题，大而化之分成两派，一派是维持现状（这派人多势众，以乡下的孙家为主），一派是改变格局（这派有权有势，以城里的安贞一家为主），最后，少数胜了多数，那有权有势的胜了人多势众的。

蹊跷之处还在于，赴台团聚一事都不知怎么起的头；至少通信的头几年，谁都想不到那一层去。没错，志明是单身一人——映璋刚得知这一消息的时候，只觉得脑子嗡了一声，五雷轰顶一般，把个五脏六腑都疼透了。因着这件事，她总觉得她亏欠了志明，她对不起舅舅家，真的，她不应改嫁，只要熬过那最艰难的几年，总有云开日出的那一天。当时，她怎么就猪油蒙了心呢？没到那一步啊，饿不死人的呀！接下来她又做了一件猪油蒙了心的事，把她改嫁的事向志明隐瞒了。

安贞稀奇得不得了，说："妈，这事你可得想清楚！我是觉得不妥。有一说一，有二说二，大陆那些年的情况，台湾又不是不知道，谁还会怪你去？你这一隐瞒，下面不知要编多少事来圆！再说世上哪有不透风的墙，除非你能一直瞒下去，否则爸会认为这是你的失节。"

然而在映璋心里，最大的失节是她的改嫁，当初他们起过誓的，要守对方一辈子！只有妹妹映珊懂得她，跟一旁的安贞说："照你妈说的去写吧，能瞒一时是一时。"那时，老姊妹俩都五六十岁的人了，谁都不以为自己会活那么长。

映珊后来跟外甥女说："你要理解你妈，她过不了这个关。她内疚啊，不把这事藏起来，她就不能面对他，怕他瞧不起她，怪罪她，这下面还怎么通信联系？当年，你们娘儿俩为什么留在大陆，没跟你爷爷、姑姑一块跑？有机会的呀。就为你爸那句话，叫哪儿都不能去，怕回来找不着她。所以说你妈傻呢，一根筋的性子！"

不难想象，当志明收到那封隐瞒了再婚史的信后，会是何等情形。"哭得跟个泪人似的。"这是他妹妹志敏的话，"哎哟，不得了了，差点就不想活了。躺在床上三天不动弹，不吃不喝，跟个死人一样。"

前边不是说过嘛，那些年志敏常回大陆走动（她哥哥倒是一次未回，因着对大陆有成见），后来，她不得已加入了为她嫂子圆谎的行列，向侄女安贞抱怨道："我都快累死了，平时都不敢跟你爸照面，怕他问来问去的，你妈这事做得有缺陷。"她没敢告诉安贞，她哥哥中途也结过婚，因为脾性不合，只三个月就散了。她才懒得两边搬话呢。

志明在台湾哭，正是为这个呢。他先是为感动哭，哭完了才想起自己是结过婚的——那都不知猴年马月的事了，时值他三十来岁，结完就后悔的——于是再哭，恨自己负了映璋，恨自己未能守约。他向父亲和妹妹正式宣告："章映璋对徐家是有恩的，你们丢了她，一家人全跑到台湾了。她替你们徐家留了种，她独自一人抚养安贞，我要报答她！"

映璋在大陆哭，也是因着同样的理由。后来眼泪哭干了，她就坐着发呆，眼神动不动就直愣愣的，脸上泛出的或有少女般羞涩的微笑，或有老年人的平静通达，或有恍惚，或有悲苦。她很少念及自己是悲苦的，是这两封台湾来信打开了缺口，提醒了她，从此以后，一种未名的东西就如江河泛滥，她一边犹犹疑疑的，一边也感到整个人在摇晃。

有那么些年，她枯瘦得厉害，夜里总不得入眠，于是便披衣坐起，把眼看着窗户，直看到窗外有了天光，万物还在原来的地方，她这才轻轻地叹了口气，意识到自己是活着的。实在是，夜里都想了些什么，连她自己也不知道的。

安贞看不下去了，有时就劝慰她两句，她小姨映珊就说："你由她去吧，

· 172 ·

她的苦日子还在后头呢。他们是少年夫妻，只结婚四年就散了，说声放下就能放下啊？容易的啊？"

那些年，许家的四个小孩中，嘉兴嘉丽正在念中学，正及情窦初开，尤其是嘉丽，见外婆哭成那样，把她羡慕得不得了，心里想：人的一生得有多少运气，才能遇见这样的爱情？我也会遇见吗？老天保佑，我将来也要这样哭一场！

嘉兴呢，他从少年时代起，就目睹了家里长辈在谈恋爱，作为旁观者，他把这事看得纤毫毕现，里头拐弯抹角的地方全考察了个遍，觉得没多大意思。最让他受不了的是，两人一边死去活来，一边还撒谎！心里想：好意思吗？怎么忍心？不觉得是讽刺？

答案很快就有了，在两三年后，当他经历了初恋，整个人就像开了光，在往后二三十年的时间里，他动不动就会爱一场，且爱且撒谎。这才晓得，男女之事跟看不看透全没关系，嘉兴是早就看透了，但一俟爱起来就全忘了个干净——他是在爱中就信，不爱的时候就生疑。

有时，甚至恋爱中他也将信将疑，吃醋，耍小性，跳出身外来看自己，简直无聊透顶！当然也有好时候，那真是恨不得上房揭瓦，或是跳起来够一片树叶，或是静静地坐在沙发上、行在街上，忍不住笑容就会绽放在脸上，心里说：嗯，真好！

隐瞒再婚的事，不消三四年就败露了。映璋和志明这才稍稍落了地，恢复了一点现实感。细细思量，两人都有点难为情的，偌大年纪了，怎么还这么幼稚？为嫁娶事，难道还吃醋不成？直到这时，他们才算达成了谅解和同情，本着爱、牺牲、包容，从小到大二十多年间的相濡以沫、耳鬓厮磨……想起来那是要眼目含泪的。很多年后志明也承认，他赴台后交了那么多红颜知己，没一个抵得上映璋，也就是说，没一个比映璋更合他心意、更投他脾气的。

很多年后，当映璋回想起年轻的时候，情况要复杂一些。她是有一种脚踏云端的不真实感。确实，人世间哪有这样轻巧的事，什么都让自己给占了呢？青春、爱情、尊贵、福乐……相比这些，她往后的几十年才堪称生活，身陷淤泥，越拔越深，慢慢她就习惯了，不再挣扎了，末了反也有一种平安喜乐。

两人通电话的事也需说一说。那时，私宅电话远未普及，安贞家却是有的，因着她丈夫许冬生的缘故——说是工作需要，然而只有天知道，工作电话才打过几个？私人电话也打得少，压根儿那时P城就没几家有电话。也因此，安贞家的电话也就是个摆设，供在客厅一角，锁在一只小木盒里。

有一次嘉庆领邻居小孩来家玩，跟人说这是电话，人家愣说是玩具，气得他跟人打了一架。现在好了，安贞开玩笑说："终于派上用场了，方便我爸妈谈情说爱。"

一般都是志明打过来。初次通话的时候，两人只喂了一声，都觉得喉咙紧涩，于是就咳嗽清理，咳嗽完了照样还是紧。脑子里踊跃、拥挤，嘴边却是空落落的，一时半会儿找不到言辞。尤其是映璋这边，她把话筒搁在耳边，眼睛却看着一屋子的人：安贞一家都围在她身边呢，竖着耳朵，眼睛贼亮亮的，脸上带着微笑，互相抵抵戳戳的。映璋不便说什么，嗳嗳两句，意思是要挂了。

志明突然说："你的声音一点都没变啊，我听来熟得很。"

映璋笑了："这可是瞎说！以前多清亮，现在老腔老调的。"

志明笑道："真的，好听的。"

每次通完电话，映璋都会愣上几天，她女儿命名为"电话综合征"。尤其是初通电话那几次，事后想想，几十年前的那个人就在她耳边，他发出了声音，她的耳朵总要震痛好些天。隔那么老远，却共拥此时，在他自己的房间里，也许像她一样，把电话线捏来捏去的；也许他是坐在沙发上，跷着二郎腿，一边说些闲话，一边把眼看向窗外。

那些年，映璋住女儿家的日子越发多了，一住就是三四月小半年的，这里头拐弯抹角，是有诸多难言之隐的。首先是乡下的那个家早已变了味儿了，顺民动不动就摆脸子，有话也不直接说出来。她也不说，只能生受着，免得他又动怒，吵起来。

家里破例变安静了，个个黑着张脸，时不时就唉声四起。就连阿星新婚那会儿，一家人的脸上也若有所失，吃饭都一声不吱的，尴尬之余，难免就有人咳嗽几声，显得那样刺耳，简直使人震惊。

有一天，阿星没有任何铺垫地突然来了一句："妈，你可不能犯糊涂，丢下我们不管，直杠杠地跑到那边去！我们倒没什么，关键是爸，你替他想过没有？你要是一走，他在村里还怎么做人？你可不能受坏人的蛊惑！"

她看了一眼阿星，说："谁说我要跑到那边去？你从哪听来的这些风言风语？谁是坏人？是你贞姐吗？"

阿星不说话了。

那一刻，映璋直觉得难过，简直人都往低处矬了去。可怜安贞，从前对她这弟弟不知有多少关照，现如今竟落了一个坏人！都是她肚子里掉下来的肉啊，自从台湾来信闹出来后，肉和肉也反目了，月亮、阿星与安贞家不相往来已有些时日了。

她的小女儿月亮是自从十八岁高中毕业，就被姐姐带到城里，吃住在姐姐家，工作、恋爱、结婚都是姐姐张罗，现在两人迎面走过，或能一声招呼都不打的。

那一天，安贞回家凄叹着哭了，一边骂道："我早就说过，孙家没一个好东西！从孙老头算起，一个孙月亮，一个孙星星，一个比一个差劲！"当下便把月亮在街上朝她扭头别颈的一幕说了，"她也做得出来的？我养了她那么些年，吃我的，喝我的！她也不想想，没有我，她今天还在乡下种地呢！我也不要她承恩，我就觉得难过，一母的骨血啊，现如今连个路人都不如！"

映璋照样不吱一声。安贞一口一个"孙老头"，她简直听不下去，小气不说，到底还是良心不够。安贞自从成人后，和她这继父的关系处得不错的，尤其是婚后有了孩子，手头但凡宽绰些，总偷偷把钱给父母用。现在呢，"爸"也不叫了，直接改口"孙老头"了，也真说得出口的，犯得上吗？

安贞哭道："妈，你凭良心说，我对孙家怎么样？就是台湾的事出来以后，我也说过，我要报孙家的养育之恩。你问嘉丽，我说过这话没有？"

嘉丽点了点头，跟外婆说："嗯，她一开始是有这意思的。"

那时，赴台团聚的事已提上日程了：从传闻，到两边商议可能性，等待政策支持，办手续，两地证件寄来寄去，一直到映璋起程飞香港，转台北，这中间又过了六七年时间。此时，映璋、志明、顺民都年近七十了，都觉得世事茫茫：于台湾那个，是生前能否见一面，一起厮守几年？于乡下那个，是能否一起安度晚年，死了也葬在一起？

而映璋自己呢，与其说她心系台湾，毋宁说她是被一种看不见的力量在推动——她这也不是推卸责任，除了她，没有人会担这个责任。就连安贞，也早已表明了态度，说："妈，这事你得自己拿主意。我当然希望你们团聚，爸身边好歹有个人照顾，但毕竟这是你们俩的事，我又不能代替你们过日子，将来好歹了，你可不能怪我！"

安贞是每行一步都要征得她的同意，她心知肚明，就觉得她这女儿鬼精鬼精的，是想把自己择干净——然而这是她能择干净的事吗？谁都不是傻子，乡下那边早已把徐家祖宗十八代骂了个底朝天，认为这事无关别人，正是安贞撺掇而成。

那一天，安贞得了消息，说"孙老头"前妻的几个孩子要来城里抢人，意思是孙家被人欺负了，再不出面闹一场，那真是"乌龟王八"人家了。反正光脚的不怕穿鞋的，就是抢不来人，也要把许冬生一家的脸给丢尽——下面还要分两步走：第一，法庭上见；第二，不行的话就拉一条横幅，上写"许冬生丈母娘犯了重婚罪"，直接到市政府门口静坐去！

安贞把杏眼一瞪、桌子一拍，说："叫他们赶快静坐去，赶快告状去！我等着呢！孙家要是不告，我绝饶不了他们！还抢人？你让他们抢抢看！一群无法无天的混账王八蛋，跟我摽上劲了！从今我也不用客气了，早先还顾着个脸面情意，现在既捅破了这层纸，他们能动粗，我就不会来武的？"

映璋劝道："你也别听风就是雨的，这也就是说说气话，他们家没这样的人；再说我一个大活人，就任由他们抢了？"

安贞急道："妈现如今还说这话！我跟你说，下面你可得斩截点了，不能再腻歪歪了，两边都想顾着，你顾得上吗？又想去台湾，又不想得罪乡下；又想留下来，又怕伤了我爸。你想想，你是不是存了这个心？"

映璋气得话都说不利索了，结结巴巴道："你瞧你说的这叫什么话？我就是去台湾，也犯不着跟乡下划清界限吧？我就是留下来，也不等于跟你爸就恩断义绝吧？你那一张刀子嘴，说话跟杀人似的，怎么就容不得别人插两句话呢？"

安贞说："我就是告诉你呀，没有两边都讨好的事。赶快做个了断，跟乡下别啰嗦了。事情闹到要抢人的份上了，真没什么好留恋的了。而且手续正在办，你还想怎么样呢？你以为还有后路啊？我告诉你吧，台湾你是去也得去，不去也得去，我劝你还是顾一头吧，免得乡下得罪了，台湾那边也不落好。"

很多年后，安贞才恍然大悟，她母亲误打误撞成了时下流行的"婚外恋"的先驱者，她至今认为，母亲优柔寡断，做得并不好——这就不是人能做好的事。后来，她的四个小孩中，有三个深陷"婚外恋"的旋涡里，三个都离了婚；安贞这才想起母亲来，前后对照，伤心地哭了："这叫什么世道啊！一家子离的离，散的散……离婚也会传染的？怎么一个赛似一个的？我这辈子作了什么孽啊？我一个个替他们擦屁股，我今生擦不完的屁股！"

那些年，嘉丽四兄妹对外婆也颇有微词，和母亲截然相反的是，他们认为外婆太忍心。"这可叫抛家别子！"嘉丽私下里跟哥哥嘀咕道，"阿婆也真舍得的？换了你，你会怎么样？你会去台湾吗？"

嘉兴当然不会去。兄妹俩都念念不忘于他们小时候在乡下度过的美好时光，尤其是在台湾外公冒出来之后，他们总会想起乡下外公那瘦筋筋的小脸，高个子，最是和蔼可亲的一个人，话不多，却整天笑眯眯的……他们不单是恻隐之心，他们对他是有感情。

况且嘉兴早有耳闻，外婆在乡下已被认作白眼狼了，实在是，连街坊邻居都看不下去，替孙家抱屈道："这对母女可是对了调儿了，都是攀高枝的主儿，现在翅膀硬了，说飞走就飞走了，也不怕人骂的！"

就有人说："怕人骂就不会走了。真不是事后诸葛亮，当年倒收留这娘儿俩干什么？"

　　嘉兴很难过。外婆、母亲不是这样的人，但是以孙家的眼光，他们其实没说错。那一年，他大学留校已有经年，婚都结过两回了；自己也挺难为情的，带着新太太回家过年，家里简直待不住，便借了父亲的车下乡兜风去。那一天特意绕到外婆家门口，还是原来的那个小院，并没有人去楼空。

　　门前的小河填了，铺了一条大马路。新起的青砖院墙、米色小楼，看上去是户不错的人家。院门是关着的，三楼平台上，见得阿星老婆（他当称作舅妈，其实却是同龄人）领着十五岁的表弟在晾床单，两个人把床单抖来抖去的，又抚抚平。嘉兴看着他们，眼神有些发痴。他并没有下车，又等了一会儿，是想看看外公，终没有出现。

　　后来他告诉新太太，这是他的外公家，小时候他总来这里过寒暑假，抓鱼摸虾，快活着呢。外公年近八十了，听说身体还不错，是个鳏夫。他们已经好多年不相见了。嘉兴说："我没脸见他。我们一家对不起他。"说的时候有些难过。

　　可是很多年前，小青年嘉兴怎屑于跟妹妹表露这些，他最烦她说三道四的，在他面前充平等的样子，于是教训嘉丽道："你瞧瞧你那八婆样！尖嘴猴腮的，是不是全世界的八婆都长你这个样？我劝你少管闲事好吧，成绩那么差！有一句话你听说过没有？多管闲事多吃屁！"

　　嘉丽白了他一眼，懒得跟他多啰嗦，转身去问姨婆（那些年，映珊也常来家里陪姐姐）。姨婆是这么回答的："你小孩子懂什么？甚事没经历过，就预先设了对错。你阿婆是没错的，他们三人中就没人有错，他们三人是阴差阳错。"

　　嘉丽想了想，说："我怎么觉得不对劲呢？撇开乡下不说，阿婆就算没亏欠谁，可是人生地不熟的，她千里迢迢跑到台湾干什么去？她怎么就认定她这一步是走对了呢？"

　　映珊看了一眼嘉丽，笑道："你说话怎么老滋老味的，一股道学气！相比之下，我和你阿婆，还有你妈，都成了小孩子了。这太让人奇怪了。"

嘉丽不好意思地笑了，说："有吗？也许再过些年，我又长回了小孩子也说不定。还有啊，姨婆你想想，换位思考，要是我们家在乡下当农民，外公一家在城里当干部，你以为阿婆还走得成吗？"

映珊不得不承认，那样的话，情况就完全不一样了。不是可能走不成，而是一定走不成。也许连走的念头都不会有，也许连提都不会提。

"所以嘛，"嘉丽释然地笑了，"我一直疑心我们家有点仗势欺人，尤其是我妈，整天狐假虎威的样子，我最看不惯了。阿婆嘛，总归是好的，但这事做的吧，真有点说不上。我也不好说就是势利。本来乡下住了几十年，生米煮成熟饭了，她不去台湾，那边最多是遗憾，谁还能拿她怎么样？现在她一走，却是两边都掀起了大风浪。太不值当了！"

映珊听了，心下叹道：不得了，连"势利"都用上了，难怪说许家的小孩个个难搞，安贞两口子麻烦大了！这才开始对嘉丽认真起来，正色告诉她的姨外孙女，她阿婆和台湾那个是有感情，和乡下那个是谋生活；既是谋生活，里头难堪曲折，诸多龃龉。"你阿婆跟谁说去？还说得出口的？老早我就说过，生活这东西，是一点意思都没有；都说一日夫妻百日恩，其实两口子之间，各式各样都有的。"

又说："别看你现在嘴叽叽的，听上去句句在理，人生在世，哪能仅靠一个'理'字？那还不把人累死！所以才需'情'来安慰。情嘛，是最不讲理的，互相你欠我、我欠他，你找谁讲理去？还有你刚才说的势利，不对的。势利人人有，你将来也脱不了的，但却不能因此认定你是个势利人，两码事儿。你年纪小，说话不知轻重，像这样的词你得慎用，还晓得？人是活的，词是死的，我活了这么些年，就没见过死的能套牢活的。还有啊，世间是有势利人的，你阿婆却不是。一边想想我这话去！"

前面提过，那些年映璋住城里的日子越发多了，一则乡下的家她住着难受，村人面前也抬不起头来；二则城里这边，主要是安贞在强留，轻易不让回去。后来，连城里她也待不下去了，虽说是母女，也难免磕磕绊绊。那安贞又是个一根筋，从来不会为别人考虑，凡事都得顺着她才行，稍微说个不字，她就开始龇牙咧嘴，怪话连篇了。

那天，母女俩因聊起台湾事，再次言语不合，各自生了一回气，映璋便有回乡下小住的意思。赶巧她也是才得的消息，村里她一个好姊妹刚开了刀，病入膏肓，没几日可活了，因着这个由头，她便提出下乡瞧瞧去。她女儿自是不同意。

映璋气道："我是你家的老奴啊？我怎么就不得一点人身自由？这些年我是卖给你家了是吧？除了上街买菜，我上哪你同意过？一日三餐，浆洗缝补，就算是你家的用人保姆，你也不能这样待我吧？"

安贞说："你要走尽管走，犯不上跟我说这些。两腿长在你自己身上，我还能绑了你？只是请你以后说话做事大方一点，走是可以的，用不着找由头！什么干姊妹生病，鬼才相信！想家了是吧？想儿子、孙子了是吗？"

映璋说："我想儿子、孙子也犯法吗？"

安贞笑道："果然不出我所料！想儿孙当然不犯法，就怕想儿孙也是个由头，你真正想的不知是谁呢。"

映璋一时气噎，把眼看着安贞，千言万语涌到她嘴边，却是一句说不出口，半晌才说："好，好！好你个安贞！你犯不着为台湾吃这个醋的，我都六七十的人了！我都六七十的人了！"边说边哭。

后来映璋跟妹妹闲话，慨叹道："志明那两封来信，我怎么觉得像照妖镜似的，一个个全现了原形了！尤其是那个安贞，你瞧她，成天狗仗人势，说话都能吃人，无故就要压人三分，什么玩意儿！"

映珊劝道："你自己生的女儿，你还有不知道的？她就是个缺心眼，刀子嘴，豆腐心！她也就是在家哼哼，出去哼哼看？文不能文，武不能武，人情世故一窍不通，说起话来头头是道，做起事来一塌糊涂！全是小聪明，一点眼前亏都不能吃的，这哪行？我早就说过，怕她心比天高，命比纸薄，别看她现在兴兴头头的，将来有的跟头摔呢！再说了，不让你回去，你就不回去了？你这些年回去得还少吗？家里哪样事落下了？娶儿媳、带孙子……她也没说别的。所以别跟她一般见识，她就是个顺毛驴，缺心眼！"

映璋说："现在噢，心心念念全在台湾身上，一口一个爸爸、爸爸的，我简直听不下去。是志明的种没错，可是他才养过她几天？也就是小时候抱过她几回，当时还不记事呢。真正是，连那几抱都数得着的，他那会儿不是在外读书嘛，一年里才回来几趟？两岁就分开了，中间隔了几十年，现在肉麻成这样！不过是通过几次电话，写过几封信，连面都没见上，这要是在路上遇见了，也就是个陌生人！现在为了他，整天跟我斗气，你说这叫什么事！"

又说："刚来信那会儿，我就起疑惑，怕事情闹大了，不好收场；只是我再没想到，这么些年过去了，我竟然落得这样一个下场！我自己遭罪倒也罢了，连带着兄弟姊妹几家关系全坏了！"说着又哽咽起来，"这事还没完呢，你下面等着看吧，不知又会生出什么事来。"她隐隐有种不祥的预感，没敢告诉映珊，恐怕灾难已临到她和她的小孩们身上。

映珊低头不语。她也没敢告诉姊姊，为了她回乡一事，安贞母女也在斗气呢。说起来，安贞这人毛病太多，简直说不出口。她既阻止不了母亲回家，又生不得闷气，便喊来小女儿嘉美，说："你去跟你姨婆说，叫她跟阿婆一块回家。"

嘉美问："一块回阿婆家？为什么？你自己怎么不去说？"

"哎呀，"安贞不耐烦了，"你去说嘛。哪儿那么多为什么！跟你说，你也不懂的。你就问姨婆，平时阿婆回家，是一个人睡呢还是两人一块睡？你让姨婆跟着一块回去，两人就不好意思睡到一张床上去了。"

嘉美拿不太准，决定先问问嘉丽再说，没想到刚说到"睡觉"时，嘉丽反应过激，吓了她一大跳。原来，嘉丽正当青春期，听不得"睡觉"二字，当下便一跳十八丈说："谁和谁睡觉？防着阿公阿婆睡觉？她怎么那么恶心，这种下流话也说得出口的？她还算个人吗？阿婆都六十多了！天哪，她起这种醒醍心思，她还是个人吗？"说着便捂脸痛哭，一边告诉妹妹："不准跟姨婆讲！"

那一刻嘉丽气急，直想跟母亲去拼命！她自然拼不过母亲，很知道将会换来一顿暴打；掂量之下，退而求其次决定去找姨婆。刚才令妹妹"不准跟姨婆讲"，话音未落，她就披头散发冲到姨婆屋里，嘉美一路小跑跟着她。

姨婆正一个人坐在窗边绣花呢，见嘉丽两姊妹冲过来，也是惊了一下。嘉丽不由分说，便把母亲的话，一顿叽里呱啦讲给姨婆听，一边哭道："你说还像话吗？她对自己的亲妈都这样！最是无法无天的一个，还骂我有人养没人管，我看这话用在她身上最合适！"

姨婆听了，也是窝心得很，脸都气黄了；又看眼嘉丽，见她疯子一般，虽不关她的事，无奈这孩子从小就好打抱不平，又因为心疼外婆，那感觉比自己受辱还要激动；只是对待上人那不恭的言行做派，俨然又一个小安贞。心里想：这一家可是乱了套了。

一时不好说什么，便叹气道："你们这个妈哟，想一出是一出的！"

嘉丽说："姨婆你说，她到底什么意思？她说这些话除了恶心人，还能达到什么目的？"

正说着，不想安贞探头进来了，在门口略张了张，说："说什么呢？叽叽哇哇，大喊大叫！我早就跟你们说过，说话要轻声慢语，叫人听见了，也不知道这是什么人家！"又见各人的神色都不好，尤其是那嘉丽，梗着脖子，正凶神恶煞般地盯着她。

安贞莫名其妙，便问："怎么回事啊？"

一屋子的人都不说话。

她便凑近嘉丽看了看，顺手在她的额头上敲了两下说："你看你那死样，人不人鬼不鬼的！好好的你哭什么丧？说话大呼小叫，隔十八里路都能听到！你还有脸哭？我让你哭！"说着，又在嘉丽的身上拍了几下，便摇摇摆摆出去了。

嘉丽恨恨地看着母亲的背影直到消失了，这才放下心来，号啕大哭，一边兀自发狠道："我要报仇！阿婆，有一天我要为你报仇！"

原载《作品》2021 年第 3 期

韩 东

临窗一杯酒

　　岳父突然病倒，齐林和玫玫立刻赶往内地小城市宝曰，住进医院附近的一家酒店。这家酒店无星级，但标准并不算低，主要是地处僻静。每天早上，他俩下一个大坡，穿过一条主干道就进入了医院所属区域。在马路对面的包子铺里买早餐，自然是包子，两人边啃包子边用吸管吸着袋装豆浆向住院部大楼走去。每次玫玫都会带一袋包子给岳母。"我吃过了。"岳母说，"医院的早餐你爸动都没动，我替他吃了。"

　　午饭在一家饺子馆解决。玫玫照例会打包一份带给岳母。她老人家说："早上的包子还没动呢，尽乱花钱！"玫玫就像没听见。晚上他们来到商业区，找一家餐馆吃一顿好的。玫玫仍然会打包，和齐林一道披着小城夜色返回医院，将打包的饭菜递到岳母手上才离开。临走，齐林会俯向病床握着岳父绵软无力的手道别，说："睡一觉，明天一定会比今天好。"

　　"我肚子胀。"岳父说。

　　"要不我扶您上一趟厕所再睡？"

　　岳父并没有起来上厕所，在齐林的安抚下就像睡着了。

　　这时租床的人夹抱着几张简陋的折叠床进来了。一张这样的床加上被褥十元钱一晚。岳母忙着付钱租床。玫玫再一次建议他们换岳母陪夜，后者坚决不同意。"你们赶紧走，马上就熄灯了。"果然，病房顶上的照明灯一下就熄灭了。病房的门开着，走廊上的灯光照射进来，病患家属以及护工忙于睡前准备，偌大的病房里影影绰绰的。齐林和玫玫退行至走廊，转身，找电梯下去。陆续有拿着脸盆找地方洗漱的人从身后赶超过去……

　　白天的情形更令人担忧。探视的人不断，发小卡片卖病号饭的在病房里窜来窜去。门大敞着，有人在等电梯的时候抽烟，烟气一直飘到了病房里，不免勾起了齐林抽烟的欲望。出于教养或者只是习惯，他必须乘电梯下去走到大楼外面去抽，事情于是变得颇为复杂。电梯前面总是等着一堆人，好容易来了一部电梯有时还挤不进去。如此一来，齐林的吸烟量在客观上得到了控制，每天上下午各两次，他下楼抽烟，感觉上就像放风。
　　玫玫克服无聊的办法是去购物。他们在酒店的生活需要打理，从晾衣架、拖鞋到卷纸、抽纸，玫玫买了一堆。再就是岳父的枕头、内衣、袜子、睡帽、收音机，岳母的枕头、被褥以及四季的衣服也都买全了。岳母说："你买羽绒服干吗？我又不会住一辈子。"
　　"这不以前没机会买嘛。你试试看，不合适我再去换。"
　　"我家里有的是衣服……"
　　"这就是买给你带回去穿的。"
　　"尽乱花钱，你爸生这病又不能全报……"
　　"知道啦，知道啦！"
　　岳母则二十四小时全天候待在病房里，似乎这样可以换回岳父的康复。她坐功了得，齐林、玫玫完全比不了。偶尔清净，岳母便会和其他病人家属唠家常，医生、护士更是她的搭话对象。就像她仍然是在工厂的家属院里，这些人是她的上下楼邻居。岳母对病房内外的情况了如指掌，待齐林、玫玫一进门便迫不及待地向他们转述。她声音洪亮，也不避人，说起五床那个老头，不仅器官病变还患有老年痴呆症，一不留神就会自己收拾行李溜走。岳母议论的时候，老头正在病床上酣睡，老头的儿子坐在床沿上压着被子在玩手机，床头挂着一块牌子，上面写着"防走失"。齐林觉得很有趣，用手机拍了几张照片，除此之外他就不知道干什么了。

当然，齐林自有他的作用。现在岳父病倒了，他就成了这家里唯一的男人。他想起"孤儿寡母"这个词，却没有深究孤儿是谁，寡母又指谁，只是觉得自己责任重大，稳定军心是他首要的任务。每天至少有十二小时和玫玫单独相处，齐林有充裕的时间安抚妻子。岳父由于虚弱，变得格外顺从，况且他不指望女婿又能指望谁？齐林和岳父说话时挨得更近，不仅要握岳父的手还要加以抚摩。他知道病人尤其敏感，怕人嫌弃。一次岳母去隔壁病房串门，岳父突然内急，齐林没有去叫岳母，而是亲手将便盆塞入岳父身下，完了按他观摩多次的岳母的方式帮岳父擦拭、清洗，换上纸尿裤。

对付岳母，齐林也有一套，每过一两天他就会找她私下交谈一次。既是私下交谈就不能在病房里，那儿人多口杂，况且虽然岳父病情加重已不能下床，但人始终是清醒的，甚至更加清醒或者敏感了。病房里只适合谈论张家长李家短。齐林不免率先走出病房，然后站在走廊里向门内的岳母招手。后者会意，过了一会儿也出来了。两人不会在走廊里说话，而是一前一后穿过地道一般悠长的走廊，来到尽头处的一扇窗户前面。

"怎么说？怎么说？"岳母焦急地问。

齐林开始解释 CT 结果，谈论他和玫玫商量的计划。实际上每次齐林带来的都是不好的消息，但他总能从不利因素中找到有关的解决办法。齐林会说很多，意思无非一个：虽然出现了一些新情况，但一切都在他们或者说他的掌控之中。同时配合轻松、自信的表情，岳母禁不住频频点头。

岳父是因肺栓塞晕倒入院的，当时亟须解决的问题是住院费用。就在那扇窗前，齐林拿出了一张存有十万元的银行卡。岳母不肯收下，说她打听过了，费用厂里一大半能报，而且又不会住多久。齐林说即使能报那也是以后的事，医院现在就得收钱，不会赊账……正争执不下，一道阳光破窗而入，照进不无阴暗的走廊，照在岳母的脸上，银行卡上的数字闪烁不已，放出光来。其实那只是账号，在岳母看来也许是存款数额吧。她一面收起银行卡，一面说："那也行，我就帮你们存着吧。"

无论岳母会不会动用这笔钱，齐林知道这对她都是一个安慰。老年人不花钱，但身边不能没有钱，尤其是现在这种特殊时期。

诊治肺栓塞的过程中，岳父被发现肝腹部长了一个肿瘤，$10 \times 13cm$，可谓巨大。也是在走廊尽头的这扇窗前，齐林向岳母解释事情的轻重缓急。肺栓塞是急，必须积极配合治疗；而肿瘤无论良性还是恶性显然已经存在很久了，是缓，那就需要用缓慢、缓和的办法解决。他说到中医。这中医和西医不同，由于治疗效果无法量化，所以充斥着江湖骗子。但好中医就像艺术家一样，像诗人一样，切脉、开方就像诗人写诗，他恰好认识这样一位中医……

岳母似懂非懂地听着。那天没有阳光，但从八楼的高度看出去视野开阔。加上岳母很久没有走出过这栋大楼了，看着下面的停车场和医院围墙，她脸上的皱纹渐渐舒展开了。齐林拍了拍岳母的肩膀说："坏事变好事，出院我们就去看中医，爸的身体的确需要整体调理一下了。"他知道不仅病人，老年人对身体接触也普遍敏感。

"阿弥陀佛，菩萨保佑。"

由于"孤儿寡母"的信任，深感欣慰的同时齐林也压力陡增。这种压力不是靠巧舌如簧就能解决的。也就是说，他需要寻找更切实的医疗资源，需要托关系找人。

齐林是一位资深诗人，在诗歌写作圈里辈分很高，写诗的人没有不知道他的。齐林还知道，各行各业几乎所有的领域里都有诗人，从地方基层到首都北京莫不如此，想来小城市宝曰也不例外。于是他打了一个电话给西南地区的诗坛巨子。果不其然，对方一个电话打到宝曰，当地的诗歌圈立刻就有了反应。诗坛巨子（宝曰当地的）在一家酒楼设宴为齐林夫妇接风，齐林对老王说，他们已经来了一个星期了。"不妨碍。"老王说，"真没想到你是咱宝曰的女婿啊，荣幸，太荣幸了！"

那天包间里摆了两大桌，有二十多位诗人，男女老少各个行当的人都有。齐林挨个问过来，可惜没有医院的。但第二天上午，毛医生或者毛诗人就出现在岳父的病房里。消息经过一夜的传递，终于抵达了该去的地方，毛医生来拜访齐林了："真没想到您是咱宝曰的女婿，就住在我们医院……"齐林更正说："住院的是我岳父，我和老婆住酒店。""不妨碍。"毛医生说，"来了就好，我们太荣幸了！"

病房里只有一把椅子，毛医生当仁不让地坐上去，跷起二郎腿开始谈诗。正说得高兴，毛医生突然站起来，对齐林说："您坐，您坐，怎么我坐着您倒站着……"看得出来，毛医生的角色认同有点混乱。作为医生他自然是病房里的老大，坐在那把椅子上理所当然，但作为诗人，他的资历就太浅了。齐林也不谦让，但他并没有去坐椅子，而是请岳母坐上去。后者当然不答应。毛医生走过来帮忙，两个人一道硬是把岳母按在了椅子上。之后，毛医生继续向齐林讨教诗歌写作。岳母扭捏不安地坐着，听着半空中两人的高谈阔论。病房里的其他人也都不再说话，甚至连岳父的呻吟也停止了。

他们是被一伙着装奇怪的人打断的。说奇怪也是这伙人簇拥着的那人比较奇怪，那人穿一件黄褐色的袈裟，身材出奇矮小，年纪大概有九十岁（长缩了？）。其他人皆为中老年妇女，背着黄色或褐色的布袋，和老和尚一样手里拿着念珠。他们一拥而入，岳母见状从椅子上跳起来，还没有站直就趴下身去，对着老和尚在水泥地上磕了三个头，这才掸掸灰再次站起。

岳母是居士，齐林是知道的，想必老和尚就是她师父，其他人则是她师兄。"老苏，"岳母喊道，"师父来看你了！"岳父很清醒，只是比较虚弱，摇着那只没有打吊针的手说："谢谢。"声音小得像蚊子。椅子上现在换了老和尚，老和尚在说什么，也完全听不清楚。他说的还是方言，就算齐林听清了也不可能听懂。岳母来回翻译着两个人的交谈，声音分外洪亮。

"师父说，你要念佛，念了佛病才能好！"

一会儿岳母又对老和尚的耳朵喊："皈依，老苏说他要皈依，他答应皈依了！"

师兄们欢呼起来，无不欢喜。

齐林始终盯着岳父的病容，并没看见岳父有什么表示。当岳母宣布他要皈依时，岳父也没有反对的意思。于是齐林又转过脸看玫玫，后者的脸上除了忧虑再也没有别的了。

不可能再聊诗。趁师兄们七手八脚准备皈依仪式，毛医生对齐林说："要不去我办公室聊？"齐林欣然同意。走之前毛医生才翻看了病历夹，招来护士询问一番给药情况，并嘱咐了岳父以及岳母几句。他又回到医生的角色，举手投足间充满了专业人士的自信，虽然他并不是收治岳父科室里的医生。

收治岳父的是心血管科，而毛医生是胃肠科的主任，也是主任医师。他的办公室在另一座大楼里，齐林每次去他那里聊诗终究不太方便。恰好岳父被诊断为原发性肝癌，齐林不免动起了转科室的念头。

"当务之急还是溶栓。"毛医生说，"有栓子无论做介入还是手术切除，风险都太大了。溶栓嘛，也就是那几招，我们也都做过……"他按下不表，继而说起自己的行医经历，无论是心血管科还是肝病专科或者肿瘤科他都是待过的。又说起，现在人生的病都异常复杂，如此分科其实并不科学，无论你在哪一个科，最后确定治疗方案还是需要各方面的专家会诊。齐林接过毛医生的话茬说："那还不如转到你这儿来呢。""好啊，好啊，太好了。"毛医生说，"这可不是我说的，是家属要求，但我还是感到非常荣幸！"之后，毛医生才谈起了转入胃肠科的种种好处。

"各方面咱们都能照顾得到……这是其一；其二，现在这个肿瘤虽然长在肝部，但从B超看应该是外生性的，和肝脏的连接有限，倒是和胆囊、十二指肠纠缠在一起，也算专业对口；其三，我这里有一间单人病房，病人明天出院，可以留给你岳父。"其四毛医生没有说出来，就是他们聊诗更方便了。

齐林最感兴趣的其实是第三点。你想呀，整天待在那间六人病房里，各色人等进出，连和尚都跑过来了，加上病人不断更换，鬼喊鬼叫地抬进来，悄无声息地拉出去……就是没病的人也得生病。单人病房是卧床休养的必要条件，而卧床几乎是治愈所有疾病的首要前提。

在走廊尽头的那扇窗前，齐林向岳母重点阐述的就是第三点，关于岳父被诊断为肝癌的事则轻描淡写带过。自然他也说了，主要是应对办法。"现在不比当年，对付癌症可以靶向用药，有各种各样的靶向特效药。"他说，话锋一转，"但当务之急还是治肺栓，栓子不化就不能全麻，不能全麻就不能手术，而溶栓除了继续抗凝最重要的还是休养……"

那天起风，经八楼上的风一吹，岳母呼出一口长气。她问："这是毛医生说的？"

"是呀，是毛主任说的，毛医生是胃肠科主任。"

此时此地，医生在岳母心目中的地位可想而知，主任医生就更不用说了。况且岳母亲眼看见过毛主任对齐林，也就是自己女婿的崇敬之情，那就他咋说就咋是吧。岳母点头。"那我们现在就搬吧。"齐林说，"您今天晚上也可以睡一个好觉了。"

单人病房里的确只有一张病床，此外还有一张会客用的小型长沙发。这以后每天晚上岳母就睡在沙发上。玫玫给父母买的东西也有地方放了，大包小袋地码放在墙边，阳台上的柜子里也放了一些——还有阳台，阳台上还有柜子，柜子上有盆栽植物。卫生间也是单独的，在病房里面。这间病房竟然有了家的感觉。齐林和玫玫也能待得住了。当然，齐林最主要的任务还是和毛医生沟通，后者的办公室就在护士站旁边，和他们"家"隔了五六间病房。那些病房一概都是多床位的……

毛医生的办公室对齐林二十四小时开放，无论毛医生在办公室或是不在。毛医生有手术或者开会的时候，会交代护士给齐林开门。如果他在则随时放下手上的工作，接待齐林，沏茶、递烟。后者对齐林来说太及时了，现在他烟瘾发作再也不必挤电梯去大楼外面，来毛医生的办公室就可以。

毛医生本人不吸烟，但他那儿有病患家属送的整条香烟，齐林只需要带上打火机。烟雾缭绕中，两个人有说不完的话。在毛医生，主要是向齐林讨教写诗的窍门，而齐林对毛医生的专业更感兴趣。不同的话题于是便互为因果，也能做到并行不悖。如果毛医生想多了解一些诗歌、写作方面的事，首先需要回答齐林医学专业的问题。齐林如果想多了解一些岳父的病况，也总是以谈论诗歌或艺术开道。两人搞得就像交换一样。也的确是一种交换，精神层面的交流互换，两个人都乐在其中。

就是在这间办公室里，毛医生向齐林展示了岳父肿瘤的彩色三维重建。各脏器包括肿瘤皆以纯色标出，艳丽无比。其中岳父的肿瘤是黄色的，尤其醒目，并且巨大，体积超过了心肝肠胃以及周边的所有器官。蓝、绿、红、紫拥挤、缠绕着一大团灿烂的黄色。齐林的第一反应不是恐惧，是艳羡，真是太漂亮了，视觉冲击太强烈了。他对毛医生说，这是任何艺术家都画不出来的。又说，如果喷绘打印一张拿到艺术展上展出，肯定是最前卫的艺术作品。

毛医生说："如果你喜欢那我就打印，你可以挂在家里做个纪念。"

"不行，不行。"齐林说，"我老婆和岳母看了会难过。"

"那就换一张，这样的三维彩图我电脑里有很多。"

齐林把话题引向诗歌："不过，你倒是可以写一首诗。"

"啊，这怎么写？"

齐林告诉毛医生，诗人必须从自己的专业中汲取灵感，从自己的经验、所学和擅长的东西中挖掘素材。如此写出来的诗才会具有个性和辨识度，这对一个自觉的诗人而言太重要了。

"那我试试看。"毛医生说。

这之后，他们才开始根据此图讨论岳父的病况。肿瘤发展得的确太快了，刚入院的时候十三厘米，两周不到已经快十七厘米了。"这么大的肿瘤介入效果有限，"毛医生说，"看来只有做手术了。"由此他们谈到主刀的医生。"在我们这小医院里，我这样的技术已经到顶了，但本人擅长的是肛肠，比如做个造瘘手术什么的……"

"你的意思是——"

"按道理应该转到大医院去，那样一来又得排队，所有的检查、诊断都需要重新再来，岳父现在这情况也拖不起呀。"

齐林表示同意。一想到一切都得从零开始，他就头皮发麻。难道又要寻找诗人医生或者医生诗人吗？幸好毛医生另有方案。"也许，"他说，"我们可以把高手请过来做。"

"可以吗？"

"当然可以，给一个大红包。"

"你能请得到吗？"

"请得到。我在这个圈里的人脉虽然比不了你在诗歌圈的人脉，但也差不了太多。"

"你怎么不早说啊？"

"有些事我们不好主动，你懂的。我巴不得你们能留下来不走呢！"

继而毛医生才谈到他不能亲自做手术的真正原因："我们一般不会给家里人开刀，外科手术需要绝对冷静，给家里人开刀会受情绪影响。齐兄，你现在就是我家里人啊，你岳父就是我岳父！"

齐林大为感动。不过他也想了一下，如果毛医生提出由他主刀，自己会同意吗？他对毛医生医术的信任毕竟不如对方对他诗歌方面的信任。齐林觉得自己还是会同意的，他实在不愿意再折腾了。

计议已定，之后便是分头准备。齐林的任务是说服岳母、玫玫。基于母女俩对他无条件的信任，这件事几乎没有难度。毛医生则着手联系省内肝脏手术的第一把刀，对方原则上同意，但说要看时机，让毛医生把岳父的病历、资料都传过去了。

岳父继续抗凝治疗，争取在手术前把栓子溶掉，手术前至少一周就得停药，还得补充蛋白，调节肝功能。除了没日没夜地输液，岳父被要求尽可能多地进食。岳母拿着小勺子像哄小孩一样地喂岳父，后者皱眉、推挡，由于两只手都在输液，他实际上并无推挡的工具，只是把头偏过去。"我饱了，饱了。"岳父说，"肚子都要胀破了。"令他感到腹胀难忍的并非食物，而是那颗疯长不已的肿瘤，齐林实在不忍目睹。

各种检查更频繁了。有的检查在楼内做，有的需要去另一座大楼做。岳父出行，或坐轮椅或躺平车，有时也直接将病床推行到走廊里，再进电梯，再出大楼，然后再进电梯……无论哪种方式都很折腾。虽然医院里有专门推床的护工，但岳母还是一个顶俩，她异常积极和兴奋，大概是受到手术前景的鼓舞，总嫌在边上搭手的齐林、玫玫碍事。于是玫玫便跑到前面开门、清道，齐林落后，和毛医生同行，边聊诗歌边尾随而去。

　　岳父检查，无论做什么项目，毛医生只要没有手术都会陪同前往，不免兴师动众。病患家属三人，加上病人、毛医生以及推床护工，至少六人，再加专门开电梯的，几乎将医疗专用电梯塞满了。电梯里有时还会挤进几个搭便车的，镶嵌在病床四周，收腹挺胸就像挂在电梯厢上。但人再多，毛医生都一样旁若无人，他个子又高，伫立在岳父头顶上方滔滔不绝地谈诗。齐林不免尴尬，简单附和几句，其他人则默不作声。那电梯扶摇而上，或者呼啦直下。齐林有一种感觉，就像他们已经下去了，而毛医生的高谈阔论仍然悬浮在大楼上部，或者留在了电梯里。

　　出大楼后，外面正下小雨，岳母推着病床开始一路小跑。玫玫打开雨伞为岳父挡雨，也一路小跑。

　　"妈，你就不能慢一点？地不平，会颠着爸爸的。"

　　"你没看见下雨啊，你爸会着凉。"

　　"不是盖着被子吗？"

　　"脸没盖上。"

　　母女俩边争执边跑过了楼与楼之间的一片空地。齐林和毛医生则悠然漫步在小雨中，谈诗不止。毛医生并没有忘记指示方向，他冲前面喊："进了大楼往右拐，第三个房间！"岳母回头喊："我晓得。"毛医生再次转过脸，接上刚才的话题问齐林："你说杨键是被低估的诗人，也不见得吧，我百度了一下，他获过不少奖。"

　　"他应该获诺贝尔文学奖。"

　　一时半会儿他们无法离开宝曰。玫玫开始到处看房子。

　　她看房子不是为了搬离酒店他们住，是属于岳父康复计划的一部分。手术以后，岳父、岳母将离开医院，搬到租借的房子里去，这样定期复查会方便很多。岳父、岳母所在的厂区距此七十公里，更没有像样的医院，万一病情恶化呢？再者，厂子里都是熟人，人来人往地探望、慰问不利于静养。得了癌症又不是什么光彩的事。在那栋租借的房子里，岳父可以一边静养一边进行靶向治疗，或者服用中药，直到癌细胞在体内消失净尽。齐林、玫玫回宝曰的时候，一家人也可以在这栋房子里团圆。齐林心想，今年八成是要在租借的房子里过年了。

因此，对这样的一栋房子要求颇高。既要离医院近，又要安静有电梯（方便岳父的轮椅进出），生活还得方便。最好附近就有菜市场，岳母可以随时根据岳父的身体状况以及胃口采购，做好吃的给岳父，补充、加强营养。租期还不能太长……诗坛巨子老王听闻了此事，当时就表示要把自己和女朋友幽会的一套秘密住房让出来，给岳父、岳母白住。齐林、玫玫也去看了，玫玫觉得距离太远。老王也不气馁，把宝曰的诗人们都发动起来，帮着玫玫在全市范围内寻找房源。

毛医生办公室里的谈诗论道不时会被打断。玫玫来电话，说有一处房子，让齐林去看一下。齐林知道肯定是玫玫不满意，但又不好拒绝对方。帮着找房的不是诗人就是诗人的老婆或者女朋友，对他们而言，齐林的判断更具权威性。于是齐林便匆匆赶往某处，毛医生有时也陪同前往（开车送齐林），就这样齐林看了不下五六处房子。的确很不合适，完全是宝曰的诗人们根据自己的理解看上的房子。不就是临时住一下吗？目的是就医方便。比如他们找到的一家医院附近的私人开的旅社，房间只有六七平方米，里面除了床架上一张脏兮兮的床垫就什么都没有了。当时是一个晚上，灯光就像旧社会一样暗淡，一股饭菜的馊味弥漫开来。不用说玫玫，就是齐林，一想到岳父、岳母住在这样的地方只是为了苟延残喘就不禁觉得悲凉。这家旅社是专门接待就医的病人或者病患家属的，价格自然便宜。齐林知道，如果让岳母自己找肯定就是找这样的房子了。

他向宝曰的诗人们表示，他们要找的不是这种房子。重申了房子的标准后，大家又开始行动，投入到新一轮的找房活动中。

玫玫总算看上了一处房子，一次性交付了租金，租期半年。她开始打理这套公寓，要求不是一般地高。房东的东西除了两张床、餐桌、沙发、洗衣机、冰箱等搬不动的大件，其余物品几乎全被扫地出门，或者坚壁清野（壁橱专门辟出一层来放置房东的零碎杂物）。锅碗瓢盆自然全套更换，此外还买了电饭煲、微波炉、高压锅和开水壶，床上用品更不用说。甚至连拖把、塑料垃圾桶也都换掉了。玫玫买了各种洗涤用品、工具和消毒液，把齐林从医院叫回来，两人不停地清洗、擦拭、整理，虽然这套房子已经请保洁公司的阿姨打扫过了。玫玫的要求是两方面的，一是清洁卫生，二是要有美感，因此房东的窗帘、桌布，还有墙上和门上贴的图片、对联也在处理之列。这一切干完后，玫玫开通了有线电视、无线网络，去农贸市场和附近的超市采购了大量食品，米面、副食、作料、油盐，只等岳父开刀后出院，两个老人就可以在这套房子里过日子了。

找这处房子是背着岳母的。他们只说找房子，没说找这样的房子，更没说更换了里面几乎所有用品，否则岳母又会说他们乱花钱了。直到房子整理完毕，齐林才把岳母拉到病房外走廊尽头的窗户前（现在的病房走廊尽头亦有窗户，格局和前面住过的病区相仿），交给对方一把钥匙。关于房租齐林打了对折，实际上月租五千元，他告诉岳母三千不到。岳母仍然说了句"乱花钱"。"您去看了房子就知道划算了。"齐林遥指医院围墙外面的某个小区，催促岳母去看看，"就那个小区，右边那栋楼，拐角上挂墨绿色窗帘的。"岳母的眼里放出光来。之后，换上齐林看护岳父，玫玫就领岳母过去看房了。

这是岳母第一次走出医院。她显然喜欢这套房子，去了整整四个小时。据玫玫说，岳母表示她从来没有住过这么高级的房子。她在租借的房子里洗了一个热水澡，睡了一个很长的午觉，这才返回医院。回病房后，仍然让齐林看护岳父，岳母和玫玫一道把后者买的那些东西分几趟搬了过去。

这以后岳母就再也没有去过那套房子了。她恪尽职守，想的大概是，这么舒服的房子得等岳父出院一起进去住。倒是有几次，齐林待在毛医生办公室里，门敞着，看见岳母从走廊里走过，齐林跟出去，只见岳母来到尽头的窗户前，向外眺望。显然她是在看那套房子，看那墨绿色的窗帘。她在展望岳父出院后他们在那套房子里的生活。

这套房子齐林、玫玫也一天没住过。他们仍然住酒店。岳母说了好几次，让他们住到"家里去"。"放着家里现成的房子，条件也不差，为什么不去住？"岳母很不理解。

"我们的事，你就别管了。"玫玫说。

说实话，齐林也不太理解，但又有一点理解。也许玫玫把那套房子当成了一件礼物，送给了父母就不好率先享用。如果岳父、岳母已经住在那里，他们倒是可以过去一起住的，比如回来过年期间。

事有凑巧，在齐林看来这就是天意。岳父抗凝治疗结束后一周，正逢中秋佳节，肝脏手术的第一把刀卢教授是宝曰人，回老家过节来了。毛医生抓住这唯一的机会，安排卢教授来医院给岳父做手术。他告诉齐林，红包他已经准备了，让齐林不必操心，做完手术和卢教授见一下道声谢就可以了。见面的事他会安排，吃饭喝酒一概全免。齐林感激不尽，但表示红包钱必须由他们出。

"那这样吧，"毛医生说，"以后你帮我联系出本诗集，就算我买书号的费用。"总之不肯收钱。齐林总不能说不收钱就不做手术吧，这件事只好以后再说。

然后就到了手术日，岳父被推进去以后，岳母、玫玫和齐林坐在手术室门外的椅子上等。开始时他们很紧张，说话都压低了嗓音，后来才有所放松。门外的两排椅子上都坐着病患家属，都是等手术结果的，渐渐地，交谈的声音变得嘈杂。但无一例外，每家都会有一个人始终看向手术室自动门的方向，就像瞭望哨一般。有人开始吃东西，或者走到电梯口上去抽烟，回来以后问："怎么样，出来了吗？"齐林虽然烟瘾发作，也坐得浑身不自在，但坚持没有离开。

突然，手术室外间的门向两边滑去，所有的家属都站了起来，并向前拥，即使不是他们等待的病人，也忍不住看个究竟。平车或者一张病床被推了出来，上面躺着的人盖着被子且悄无声息。认领到病人的家属一阵喧哗，跟着病床走了，没领到人的家属则颇为失望，又走回椅子那儿坐下。

最后，手术室门外只剩下齐林他们。岳父手术的时间显然是最长的。就在齐林考虑是不是去饺子店里打包三份水饺拿过来吃的时候，手术室的门有了动静。三人蓦然站起，只见两扇门抖动着移开，门内并没有病床。一个人迎面蹲着，身着短袖洗手服，戴着橡胶手套，两腿之间的地面上放了一只银光闪闪的不锈钢盆。就像排戏一样，幕布拉开这才开始动作，那人拨弄着盆内的什么东西，同时抬起头。他们一下子就认出了是毛医生，自然也一下子就认出了盆内的东西（虽然此前并未见过）。岳母、玫玫本能地止住脚步，转过脸去，不朝那只不锈钢盆看。齐林犹疑不定。毛医生向他招手说："过来，过来呀。"齐林这才走过去。

不锈钢盆里血肉模糊的一大团，几乎将那只盆装满了。当然也可能是齐林惊骇之下的幻视，抛开这一因素，那东西也不小，甚至巨大。毛医生给了一个客观的尺寸："十九厘米多，快二十厘米了，这么大个家伙！"边说他边用手兜底翻了一个面，又翻回来，如是几番。不锈钢盆底还有一些零碎，毛医生照例隔着手套捡起来，掂了掂，又放回去了。"这是胆囊和坏死的肠子，和肿瘤长到一起了。"他说，"来来来，你不拍一下吗？"

齐林拿出手机拍照的时候，毛医生说："肿瘤是卢教授切的，肠子是我的手艺，怎么样？刚切下来，里面正在缝合……"齐林再看那颗肿瘤以及肠子等零碎，似乎还冒着热气。

毛医生是来报信的，大概是怕他们等得焦躁吧。手术宣告成功，虽然出血比较多，输了两千毫升的血，但有惊无险……透露完这些信息后毛医生站起来端着那只金属盆就离开了。他蹲过的地方似有血迹，一个护工过来将一大块绿布卷起，擦拭一番，地面又光洁如新了。

齐林退出手术室外间，两扇门在他的眼前再度关上了。

又经过很长时间的等待，岳父才被推了出来。在护士的引导下，岳母接过病床，又是主推，齐林、小苏护卫，经过几番电梯上下去了 ICU 病房。ICU 病房不允许家属进入。办理了有关手续，被告知探视时间后，齐林他们就离开了。

齐林建议三人一道去吃水饺，岳母不肯。她也不愿去那套租借的房子，坚持回了岳父原来的单人病房。"我这一走，要是病房让人占了呢？你爸还要回来的。"她说。

齐林告诉岳母，已经和毛医生说好了，单人病房会给岳父留着，一直到他出院。岳母还是不肯离开半步。倒是玫玫，火急火燎地去了租借的房子那里，也没有去吃水饺。事后齐林才知道，她是去处理两只洗菜用的不锈钢盆。玫玫买的那两只洗菜盆和装岳父肿瘤的金属盆几乎一模一样。不仅如此，玫玫处理掉了所有刚买的不锈钢制品，包括勺子、饭盆、蒸锅、保温杯……令所有金属抛光、闪烁不已的东西都在其视野里消失了（扔掉或者藏了起来）。

下午上班时间，齐林在毛医生的办公室再次见到了毛医生。后者已经换上日常便装，甚至没有套白大褂，正静候齐林过来谈诗。茶都沏好了。齐林问他什么时候见卢教授，好当面致谢。毛医生说，卢教授早走了，回家过节去了。

"什么时候走的，我怎么没看见他出来？"

"哦，医生不走那个门，有专门通道，切完瘤子手术没结束他就走了。"毛医生说，"厉害的医生都这样，来去如风，下刀也如风！"他突然意识到自己说出了金句，问齐林说："我这说得像不像诗，你给评评。"

"像诗，好诗啊，绝对是好诗！"齐林说，"写诗就得这样，联系自己的专业、生活经验……"

毛医生提起一件事，明天就是八月十五了，下面的一个县要举办一场金秋诗会，邀请了毛医生。毛医生提议齐林一起去。齐林说："人家又没请我。""那还不简单，"毛医生说，"我打一个电话，听说你要去那还了得，不要太给他们面子啊！"

齐林知道，要说面子其实是给毛医生面子。"可岳父现在……"齐林还没说完，毛医生就接过话头，说岳父没有问题，手术非常成功，况且现在人在 ICU 病房里，他们也做不了什么。而 ICU 病房主任那里他已经打过招呼了。

"我看这样，"他通情达理地说，"待会儿你们去探视，如果没有特殊情况明天我们就去，情况有变化我也不去了。"

话说到这份儿上，齐林只好点头同意。

下午四点刚过，齐林、玫玫和岳母去 ICU 病房探视岳父。换了衣服，经过消毒灭菌后分别进入。按照亲疏远近，先是岳母，然后是玫玫，玫玫出来后才轮到齐林。

走进病房齐林傻眼了，没想到 ICU 病房这么大，床位不是一般地多，得有二三十张病床。每张床上都躺着一位重症患者，浑身插满管子，戴着吸氧面罩，所有的人都毫无声息地静卧着。齐林不是被病房的容量，准确地说是被安静的氛围震慑住了。甚至穿梭其间的医生、护士走动时都蹑手蹑脚。窗户完全被封死，室内靠灯光照明。齐林不由得想起一部科幻电影里的情节：飞船在茫茫宇宙中航行，前往某个遥远至极的星球，由于生命有涯，休眠的乘客在接近目的地的时候才会被唤醒。这之前是太空舱里令人心悸的整洁以及寂静……

终于找到了岳父的病床。岳父已从手术麻醉中醒来，醒在一片死一样的寂寞中。他就像置身墓地那样瞪着惊恐的眼睛，口不能言。齐林照例俯下身去，摸了摸对方冰冷的手背，马上有一个声音（护士的）说："不要接触。"岳父似乎想说点什么，齐林把耳朵凑过去，还是没有听清。齐林说："手术很成功，您放心。"岳父微微摇头。"真的很成功，您的肚子里已经没有肿瘤了。"齐林又说。

岳父还是摇头，嘴唇哆嗦着。最后，不知道是齐林听见了，还是猜到了，岳父的意思是要离开这里，回单人病房去。"现在还不能离开，"齐林说，"这里是 ICU 病房，护理很专业……"

一滴眼泪从岳父的眼睛里流了出来。由于他是平躺着的，那滴泪经过高低不平的面颊，竟又流回眼眶里去了。齐林从没有见过岳父流泪，而且是这么一种奇怪的流法，不禁有些发慌。"那行吧，"他说，"我问一下毛医生，如果他说可以，我们就转回去。"岳父脸上的那滴泪果然消失不见了。

走出 ICU 病房，齐林立刻向岳母、玫玫求证，岳父是不是想转回单人病房。岳母和玫玫都说应该是。齐林还是不能确定，转回单人病房到底是岳父的意思还是她们的想法。他们包括齐林，都觉得岳父待在ICU病房里太难受了、太可怜了，这是共识。齐林又去找了毛医生，询问他转回单人病房的可能性。毛医生说："也不是不能转回来，但大手术以后去ICU观察是一个惯例。"

"到底能不能转？"

"你是权威，你说了算。"

"怎么我成权威了？这方面你才是权威啊。"

两个人不免展开了一场关于权威的讨论。齐林承认自己是写诗方面的权威，但对医学可说是一窍不通。毛医生说，权威就是权威，不管是哪方面的权威。权威就是说话算话的人、做决定的人，有时候需要的只是一个决定，和专业没有半点关系。又说，抛开专业不论，齐林是一个大权威，而自己充其量只是一个小权威，影响范围局限在这个医院甚至是胃肠科里。小权威当然得听大权威的……

齐林总算听出来了，毛医生是让他做决定，自己不方便一切代劳，就像手术前必须由家属签字一样。而从医疗专业角度考虑，以岳父现在的情况，转出ICU病房应该是没有问题的。想到岳父脸上的那滴泪，齐林一咬牙说："那就转吧。"

于是当天晚饭以前，岳父就又转回胃肠科的单人病房里了。

阴历八月十五，毛医生开车和齐林一道去县里参加金秋诗会。齐林的到来引起一番骚动，当地诗人纷纷前来见面、致意。当时天降小雨，齐林、毛医生被簇拥着游览了周边的名胜（一路有人撑伞），无非是一些仿古建筑，"爬高上低"一通。之后喝茶，再后来吃饭。接风酒宴摆了四五桌，齐林被介绍给若干当地名人和官员，但他一个人的名字都没有记住。饭后移步诗会会场，也是一处"古建筑"。齐林从手机里随便找了一首诗朗诵，应付过去。

这样的活动他已经有很多年没有参加了，如果不是因为毛医生他也不会出现在这种场合，因此不免有某种出乎意料的新鲜感。一时间齐林忘记了岳父刚刚开刀的事。这是名副其实的身心放松。不仅齐林，毛医生也一样。在齐林的感觉中，过去的这二十多天他们都围着岳父的事情转了。当然这是不可能的，毛医生有他作为医生的日常工作。总而言之，齐林觉得大事已了，这金秋诗会就像是为岳父的重生举办的。这样的活动没有引起齐林预想中的反感，反倒有点如鱼得水的意思，大概也和他受到尊敬有关吧。

诗会结束，雨也停了，但月亮没有出来。县里的诗人拼命挽留他们，建议在"古建筑"的平台上边喝啤酒、吃夜宵边等月亮。他们说，宝曰距此不过一百多公里，等月亮出来披星戴月地踏上归途岂不更有诗意？月亮实在不出来就在这里住下，他们也有个机会向齐大师求教。平台上已经摆好了桌子，甚至十几箱啤酒也已经运上来了。齐林执意要走，由于他毋庸置疑的权威（诗歌方面）和不容辩驳的理由（岳父刚做完手术尚未脱离危险），县里的诗人再也不好劝阻。

返程仍然是毛医生驾车，齐林坐副驾驶位置。毛医生喝了酒，并且没有系安全带。齐林想系安全带，但安全带的插口被毛医生用硬纸片塞上了。在这一问题上齐林完全可以深究，却没有深究，也许来的时候就是这样的。此刻齐林就像是裸身坐着一样，任凭小车在高速公路上一路飞驰。毛医生不断超车，和那些巨大的货柜车并行一段然后一掠而过，齐林手心都出汗了。同时他也感到了某种欣喜，大概这就是兴奋。他也喝了不少酒。

很多时候他们都穿行在隧道里。齐林发现，这条路上隧道特别多，而且都很长，一条隧道接着一条隧道，简直没完没了。一段黑暗荒凉的露天公路过后就是一条大放光明的隧道，隧道里面充满了安宁。就在这明与暗、动与静的不断交替中，毛医生说起了自己的妻子，很久以前，她是他所在科室的护士。又说到他们的儿子，马上就要高中毕业了，毛医生想让他去考飞行员。再就是家里养的两只小狗，一只叫欢欢，另一只叫螺蛳，妻子管儿子，毛医生则负责小狗，每天需要下楼两次遛欢欢、螺蛳。齐林问为什么会叫螺蛳，毛医生说了一个故事，当时齐林记住了，但回到宝曰后就再也想不起来了。

奇怪的是，这一路上毛医生竟然没有谈诗，大概是刚参加完诗会，总该有个停顿。毛医生只说他的个人生活，这其实让齐林觉得很温暖，他们真的已经是一家人，毛医生就像齐林的亲兄弟。关于齐林家里的情况则不必说了，医治岳父的过程中对方已经了解得清清楚楚。

齐林说："什么时候去你家看看欢欢和螺蛳？玫玫也喜欢小狗。"

毛医生答："明天就去，去家里吃水饺，小宋是北方人，水饺包得一流。"

齐林没有说，他们吃水饺早就吃反胃了。

那天晚上月亮始终没有出来。

齐林、玫玫在宝曰又待了五天。这几天里岳父的情况算是正常，首先是放屁并大便了，这是手术成功的标志。但岳父嗜睡，总也不肯下床。毛医生说必须离床，哪怕是在椅子上坐一坐，坐几分钟也是好的。于是在岳母的威逼下，岳父一天数次摇摇欲坠地坐在椅子上。岳母监督，不让他的后背靠上椅背。后者四不靠地坐着，就像小孩学游泳一样，手臂划拉着，一旦有歪倒下去的危险，岳母或者齐林、玫玫立刻上前扶住。三五分钟后岳父带着满身的管子回到床上，众人鼓掌。

岳父仍然无法顺利进食，不想吃，或者吃了就会引发呕吐。插胃管鼻饲的情况仍没有多少改善。毛医生让护士将管子直接下到小肠里，然后将一管管灰绿色的营养食糜慢慢打进去。齐林看在眼里，既觉得踏实，又为岳父感到难受。夜里呕吐再度发生，于是便有更多的食糜被注入岳父体内。

输液二十四小时从不间断，输入营养液以及各种针对性药品。齐林有一种感觉，就是他和玫玫行期在即，所有的人都焦躁起来，想在他们离开之前岳父能有一个质的变化，如此他们才能走得放心。岳父亦然，在他们离开的前一天，竟然自己去卫生间上了趟厕所。这一高难动作自然是在岳母的搀扶下完成的。不仅如此，从卫生间出来岳父没有马上回到床上去，而是手扶病床一侧的栏杆开始"锻炼"。他所谓的锻炼不过是摇晃几下身体，身上的引流管包括挂着的引流袋也随之晃动。毕竟很不方便，后来岳父就不动了，只是直直地站着。

"你看，你看。"他虚弱不已地说，同时目光下移。众人不解，顺着岳父的目光往下看，啊，终于看见了他的脚，岳父在转脚脖子！他左转一下右转一下，踝关节甚是灵活。转完左脚又换上了右脚。与此同时，岳父的两只眼睛睁得很大，目光炯炯地看向前面。

那天岳父特别有精神，就像换了一个人。不是说换了一个健康的人，没生病之前的岳父，而是换上了齐林不认识的某人。那人的眼神里充满兴奋，甚至是俏皮，但陌生得令人心悸。当时是下午四点多，病房西晒，整个房间里犹如着火一般，一种黄铜般烁亮奇特的光弥漫开去，映得岳父就像一个铜人。后来齐林、玫玫离开病房回酒店，当他们走出大楼，看见外面也是那样的光，赤黄热烈，涂抹在路面、草坪以及建筑物的楼面和窗户上。

齐林、玫玫离开的当天，岳父的病情恶化。他夜里吐了几次，几乎通宵未眠。在毛医生的主持下，他立刻进行了有关检查，中午检查结果就出来了。毛医生告诉齐林，可能是急性肝功能损伤，问题有点严重。齐林于是考虑是否退了动车票，留下来再看几天，到了下午岳父的情况又有所好转。毛医生说，可能是验血标本有些溶血，诊断不正确，不至于那么严重。关于医疗齐林自然没有发言权，他现在只有一个问题："我们到底能走不能走？"但眼下的抉择和上几次不同，并不关系岳父的治疗路径，即使他们留下来，岳父也只能靠他自己或者说他的运气。

毛医生说："意义不大，我会盯在这里的，尽最大的努力。"毛医生再次强调说，手术本身没有任何问题，现在主要是看手术后的恢复。病患的体质不同，年龄也不一样，岳父毕竟已经七十岁了，此前因为治疗肺栓塞也被折腾得够呛，消耗很大。"如果是个小伙子，估计这会儿已经出院了。"毛医生说。

开车送齐林、玫玫去车站乘车途中，毛医生说了很多这种模棱两可的话。模棱两可重复再三，就像念咒一样，不免是一种安慰。面对岳母，这几天齐林不也是这么说话的吗？岳父一旦出院他们就搬到新房子里去，一边休养一边进行靶向治疗，等治得差不多了再去看中医，关键是看这几天……在毛医生暧昧的说法里齐林也得出了一个结论，就是，即使岳父有意外也不会马上出现。有此一说他就放心了。

　　岳父因肺栓塞病倒时齐林正在排一部小型诗剧，齐林是编剧兼导演，玫玫是主要演员之一，扮演一个女疯子。他们中断了排练赶往宝曰，现在赶回去继续排戏。离正式演出只有十天，剧场门票已经售出了。也就是说，岳父只需要坚持十天，无论出院或者不治都尽量不要发生在这十天里。

　　出院就不说了。如果不治务必设法拖延。关于后一点没有明说，但齐林和毛医生之间显然是有默契的。"你们就放心走吧，诗歌可是大事，诗剧更不得了。"当时毛医生说，"这边有我在，我保证不会离开。"他说到做到，在齐林他们回去的这段时间里，毛医生推掉了两个去外地参加的学术会议，始终坚守在医院里。

　　每天一次，毛医生准时给齐林发信息，报告岳父的情况，不免报喜不报忧。"有一点小状况，但已经处理了。"他说，然后开始聊诗。毛医生也知道导演工作不是一般地忙，所以聊两句也就不聊了，似乎聊诗只是一个借口，以转移齐林的注意力让他安心。这些都是齐林事后领悟到的。那段时间毛医生一定是在咬牙硬挺，他需要对得起齐林的信任。

　　岳母倒是数次告急。她打电话或者发信息给玫玫，玫玫再转告齐林。每次齐林都会重复毛医生的话："是有一点小状况，他们已经处理了。"玫玫再转告岳母，就像她人在现场获悉的情况并不如实，或者解释起来有偏差。毕竟岳母不是医学方面的权威。

　　"妈，你能不能不要一惊一乍？毛医生已经说了，康复需要一个过程，这么大的手术，总会有起伏的。"

　　总之，夫妻俩需要排除一切干扰，投入到眼下紧迫的工作中去。这可是齐林第一次当导演，玫玫也是第一次做演员，必须将所有的烦恼置于脑后，轻装上阵，全力以赴。

　　他们的确是这么做的。从宝曰回来的当天，制作人江总亲自驾车接站，他们到达时已是深夜。江总的意思是把他们直接拉到剧组住宿，玫玫坚持要回家看一下，第二天早上再去排练现场。于是那辆车便在秋风夜色中向他们家的方向驶去。玫玫让打开两侧车窗，甚至顶上的天窗也移开了，猛烈却如绸缎一般滑爽的夜风一下子灌进来，就像灌进了他们的心脾里，近一个月来在宝曰医院里沾染的病气被一扫而光。齐林从没有感到自己居住的城市如此美丽。其实，除了黑暗和沿途的灯光他什么也没看见。后来进城了，看见那些灯光勾勒的高楼大厦、巨幅霓虹灯广告，和宝曰街头也相差无几，但齐林就是觉得不一样了，脱胎换骨一般，整个人都放松下来。

回到家，他们仍然很兴奋。玫玫立刻动手打扫除尘，齐林觉得没有这个必要，因为睡一觉就得离开。玫玫说："你睡你的，我忙我的，互不妨碍。"睡梦之中，齐林耳边始终伴随着玫玫收拾、洗刷的声音，她拖地、浇花，开动洗衣机洗衣服之后烘干，刷厕所，翻箱倒柜整理箱子……恍惚中齐林觉得是在宝曰他们租借的房子里，玫玫是在那儿忙活。直到天亮，当青白色的晨光透过窗帘映衬出玫玫依稀的身影，齐林觉得是毛医生过来查房了。脚步声杂沓……窗外的城市开始喧嚣、启动。

排练封闭在一个度假村里，那儿有一个弃之不用的小剧场，环境优美、隔绝。有关医院和宝曰的幻象停止了，每天晚上齐林睡得格外踏实，大概是白天排练太辛苦了。除了排戏就是睡觉和吃饭，村子里没有任何娱乐，住的地方甚至没有电视。日子过得单纯，近乎永恒，工作效率却奇高。一天三顿饭是一件大事，做饭的曹师傅是从当地雇的村民，饭菜做得十分粗放，好在食材新鲜，很适合这帮年轻人的胃口（剧组里齐林最老，除他之外平均年龄不到三十岁）。每次吃饭时间都拖得很长。当年轻人仍然在桌上大快朵颐时，齐林会踱出土屋，在周边转上两圈，也算是忙里偷闲。

眼前山影起伏，植物繁茂，身后则炊烟袅袅。突然，他看见一条黑狗哀嚎着蹿入画面，后面跟着曹师傅。不对，齐林是先看见半块砖头落在了狗嘴上，这才看见扔出砖头的那个人。曹师傅就像一个原始人那样挥臂、投掷，精壮的胳膊如一截剥了皮的树棍。黑狗惨叫着，跑得没影子了，哀嚎声仍回荡在这片空间里。齐林下意识地摸了摸自己的下颌骨。

哪里来的狗？曹师傅为什么要用砖头砸它？是不是它偷吃了厨房里的

东西？或者曹师傅砸狗只是娱乐？它是曹师傅带来的吗？既然是自己家的狗，又为何要如此虐待？也许曹师傅准备杀了它做红烧狗肉……

这一砖头打破了这里的平静，不免让齐林浮想联翩。他想起毛医生养的欢欢和螺蛳，想到了病床上的岳父。除了这一插曲外，度假村的日子就都是和平安宁的，同时也紧张有序。即使是这一砖头，所激起的波澜也局限在齐林的思绪里，不为人知，过后齐林也忘记了。他只是告诉制作人江总，剧组禁止吃狗肉，让他转告曹师傅。齐林懒得再搭理后者。

排练很顺利。演出前四天剧组进入将要演出的剧场彩排，大部队转场，集中住进了附近的一家快捷酒店。当天晚上，齐林接到了毛医生的电话。看见是毛医生的电话，齐林心里一沉，就知道情况不妙。自从他们离开宝曰，毛医生就没有打过电话，联系只用微信或者手机短信。

站在快捷酒店门外的冷风中，齐林不禁缩成一团，一面通电话一面还得和进出酒店的剧组的人打招呼。当晚的彩排刚刚结束，演员尚未卸妆，年轻人身着戏服，脸上闪着油彩，显得无比兴奋。"导演好……导演打电话啊……"齐林是因为房间里信号不好，才走到外面来的。当然也是为了避开玫玫，万一事情严重，向玫玫转述时也好打点折扣，至少也有一个缓冲，因此他没穿外套就匆忙走了出来。

这会儿齐林边躲避寒风边躲剧组的人，来到建筑物的一个内拐角上，毛医生的声音变得清晰了。他使用了一个词，"风雨飘摇"，齐林就什么都明白了。他想毛医生已经坚持不住了，而毛医生坚持不住是因为岳父坚持不住了。那么他齐林呢，这是最后一关，他能坚持住吗？坚持度过这最后几天，诗剧一旦首演，无论成功与否他都可以抽身离开。

这么想着的时候齐林回到房间里，玫玫正趴在床上哭泣。显然，她已经从岳母这条线得到了消息，而且也相信了。齐林无须再迟疑，不免和盘托出，其实也就是那四个字，"风雨飘摇"。齐林已经不能说得再模糊隐晦再有诗意了。此时此地，诗意也是一种安慰。这是毛医生的发明，齐林不过是沿用。第一次，齐林真心实意地承认毛医生是一位诗人，无论写不写诗、写得如何，他都是一位诗人。

玫玫稍稍平静,两人讨论该怎么办。"还能怎么办?"玫玫红肿着眼睛说,"我明天回宝曰,票我已经订了,早上六点十分的车。"

　　本来,齐林是想劝玫玫回去的,没想到她没有和自己商量就已经决定了,还订了车票。"离演出只有四天,这个戏我们忙了大半年……"齐林不禁站到玫玫对立面去了。

　　"那我不管,我爸要死了,反正不是你爸。"玫玫又开始落泪。

　　"就不能再坚持一下吗……"

　　"你跟我爸说去,跟老天爷说去!"

　　自从岳父病倒,这还是两人第一次针锋相对。而实际上,齐林的想法和玫玫完全一致:玫玫先回宝曰探望,他留下来继续排戏,想办法找人替换玫玫。虽然齐林完全理解玫玫,但对她毅然决然的方式还是不能适应。"这会儿你让我找谁演女疯子?"齐林说。

　　"这是你的事。"玫玫说,"要是我被雷给劈死了呢?"

　　他俩一夜未睡。齐林除了需要安抚玫玫,还得和江总沟通,告知这个紧急情况,让对方务必连夜找到替换玫玫的演员。早饭后彩排必须到场。好在玫玫的角色虽然重要,但台词不是太多,一个疯子基本上只要能咿咿呀呀就可以了。集中的台词也就三段,齐林让江总发给女疯子 B(目前还不知道是谁),熬夜背下来。

　　这一切忙完之后,齐林帮玫玫提着箱子,另一只手牵着对方,走到酒店外面去漆黑一片的停车场交接。送玫玫去火车站的车开走以后,齐林回到房间里,坐在叠起的枕头上打了一个坐,竟然支持不住,垂下脑袋睡着了。他又梦见毛医生进来查房,白大褂在他身后飘了起来,透露出青白的晨光。齐林睁开眼睛,幻影遁去,天已经大亮。

　　当天的彩排八点准时开始。女疯子 B 姗姗来迟,九点半才到。齐林大怒,斥问对方为何迟到。女疯子 B 说她夜里三点半才接到江总电话,四点谈好条件答应帮忙,四点半剧本发过来,背了两小时台词六点半吃早餐,大概七点出发来剧场。她住在江北,又逢上班早高峰,一路堵得像便秘似的,没十点钟到就已经不错了。齐林的怒火于是转向江总，说："不管你有什么理由，我说过演员必须准时到排练现场，现在几点啦！"

江总赔笑："对不起，对不起，导演，是我的错。"

齐林当然知道是自己的错，不，也不是他的错，谁都没有错，齐林就是控制不了他的情绪。如此滥用导演的权威在他是第一次。发作一通后，齐林多少好受了一些。

但女疯子 B 的表演总是不尽如人意。她是江总临时找来的，完全不符合齐林心目中女疯子的形象，这是其一。其二，玫玫符不符合女疯子形象另说，但她排练了那么久，又近水楼台得到齐林私下里的指导及传授，无论如何女疯子就是她了。另一个女疯子的出现让齐林横竖看着不顺眼。加上女疯子 B 和其他演员之间缺少磨合，对剧情也一无所知，怎么演怎么别扭。齐林不断喊停，带妆彩排终于变成了排练，感觉上这个戏又开始从头排了。

此外，齐林已无法像昨天那样集中思想，眼前满是抢救岳父的幻影。

昨天晚上毛医生打电话的时候，他们正在抢救岳父，毛医生的电话是在现场打的，但他什么都没有说。岳母自然告诉了玫玫。她不会用"风雨飘摇"这样的修辞，岳母说的是"后背上全是血"。难怪玫玫会不顾一切地奔回去。心肺复苏机打桩一样冲击着岳父的胸部，岳父毫无反应，就像一个橡皮人，血从后背渗出浸透了白色的床单……如此惨烈和徒劳，齐林有如亲眼所见。继而齐林又想到，玫玫此刻还在动车上，正向着这幅可怕的画面狂奔而去。她是否睡着了？或者木然地看着车窗外面的景色……

中午前后齐林再次接到毛医生的电话，对方告诉他岳父已经走了。齐林看了一下时间，离玫玫到达宝曰还有两小时。毛医生说："你放心，我会去车站接玫玫，你就安心排戏吧。"

"我是不是应该去一下？"

"意义不大。"毛医生说。的确如此，即使齐林去了，岳父也不能死而复生。

"我总归还是要去一下吧？"

这已经不是在咨询医生，是在和家人或者朋友商量的意思了。

"你是权威，你决定。"毛医生说。他大概想开一个玩笑，让齐林放松下来。后者没有接这个茬，沉吟半晌后说："也许我是要去一下，参加完追悼会再赶回来排戏。"

"来得及吗？"

"我看下车次，应该问题不大。"

第二天一大早，齐林乘坐和玫玫相同班次的动车回宝曰，不同的是他买了往返车票，计划在宝曰只待一天，参加完追悼会就走。

依然是天不亮就走出酒店，穿过漆黑一片的停车场，昨天送玫玫的司机今天又送齐林。

排练的事交代给了江总和舞台监督，当然不能停下。他们主要的任务是监督女疯子B，齐林估计她又会迟到。他特地嘱咐江总，不要给女疯子B在酒店开房间，仍然让她回家住。又告诉二位不必提醒她准时。齐林如此处心积虑，目的只有一个，就是预留一个开掉女疯子B的理由。他去宝曰除了送岳父一程，还有一个意图，就是劝说玫玫回来参加演出。

又是毛医生接站，他把车直接开往殡仪馆方向。没有去医院或者齐林、玫玫上次入住的酒店，这多少让齐林有些吃惊。似乎从这时起岳父去世这件事才变成了现实。齐林感叹在毛医生的协助下岳母行动迅速，此刻离岳父病逝只有一天一夜，人已经到了殡仪馆准备开追悼会了。

毛医生说："这也是按照你的意思，加快流程，争取时间嘛。"

"是，我明天就走，追悼会一完就走。"

在齐林的想象中，追悼仪式除了他和玫玫、岳母、毛医生，也只有岳父、岳母的几个亲友，不会超过二十个人，等到了地方他傻眼了，没想到竟然这么大的阵势。追悼会明天上午举行，此刻的告别厅里已人满为患，离很远齐林就听见了念经唱佛的声音，起伏不已。原来是岳母的那帮佛友或者师兄，估计有四五十个人。毛医生告诉齐林，这些人已经不间断地唱了二十个小时了，是从医院一路唱过来的。

齐林和毛医生在人群中穿了几个来回，这才看见玫玫和岳母。母女俩比预想的要平静，大概已经哭过了。岳母和毛医生、齐林打招呼，毛医生对岳母说："您忙，您忙。"他的意思是不要打扰到她念经。"我不忙，毛主任忙。"岳母说完，转向齐林，"你来啦。"说完岳母就回归到唱佛的队伍里去了。齐林听见她对身边的师兄说："我女婿。"所有的人都朝齐林他们站的方向看了一下，动作很隐蔽，之后又低下头去诵唱不止。也许这些人根本就没有看，不过是齐林的一个错觉，因为唱佛的音量明显有所变化。和岳母打完招呼，师兄们的诵唱声再次变得洪亮起来。

玫玫领着齐林点香、烧纸，履行一套仪式。烧纸是在告别厅门外对着大门的一个专门的炉子里，这里砌了很高的烟囱，草纸和金银元宝（纸折的）堆放在一边，供祭吊的人随意取用。甚至一次性打火机也是现成的，被搁在蒲团边的地上。跪拜烧纸完毕，玫玫又领着齐林返回告别厅，走到岳父的灵前烧香，对着岳父装饰了黑边白花的遗像磕头。齐林磕头的时候唱佛声亦有变化，突然高亢起来声震屋宇。最后，齐林才看见了岳父，躺在一具带有有机玻璃罩的水晶棺里。

岳父戴着一顶黑色线帽（生前他从来不戴帽子），躺得很平（尤其是腹部），面色跟活着时差不了太多，甚至比齐林最后一次见到时还要好一些。应该是化妆处理过了。实际上岳父只露出了面孔部分，脑袋陷在枕头里，四周塞满布料、织物，黄色为主，有的上面写着经文。他看上去毫不显眼，也不吓人，主要是不显眼。水晶棺外围立着花圈，再外面是灯架，还有放花盆、香炉的柜子，岳父就像埋伏在这一堆杂物中，只不过是仰卧的。如果不是玫玫指引，齐林一时半会儿也发现不了。

再看唱佛的师兄们，可说是井然有序。女性居多，多为中老年妇女。偶尔有一两个男性，也很老了，性别可以忽略不计。他们穿着黄色或者棕色的衣服，有的形似袈裟，有的只是上衣或者裙子是黄色的，要么背的包或者护袖是黄色的，总而言之，需要那么一点标记，也的确显示出了一种统一风格。黄棕色的队伍分作两列，但随时可以首尾相接。有人领衔，站着诵唱很久，然后开始走动，念一句佛号走一步，绕着以水晶棺为中心的区域缓缓转圈。转了一圈再转一圈，停下后继续诵唱不止。

告别厅里有侧室，是接待来宾用的。齐林他们被领到侧室里坐下，负责接待的妇女也穿着类似于袈裟的衣服。齐林和毛医生喝了茶，齐林甚至抽了一支烟，一面听着门外强劲有力的唱佛声。

齐林参加过不少追悼会，如此格局和氛围还是第一次遇见。问起来，接待的妇女说这间告别厅租用的期限是两天两夜。"家家如此。"她说。她说的"家家"自然是死了人的人家。看来宝曰的确是一个小地方，平时死人不多，否则殡仪馆的告别厅也不够用呀。在齐林居住的城市里，租用告别厅是按小时计的，即使如此也需要排队，怎么可能像这样在里面过日子？自然风俗也不一样，烧纸、唱佛的也不止"他们家"，这一溜所有的告别厅都如此，都有人在里面烧纸、唱佛，遥相呼应。

不断有人前来祭吊、慰问，岳父、岳母的亲戚，他们厂子里的同事、领导以及老王等诗人朋友。齐林开始作为死者家属代表忙于接待，原先负责接待的妇女则端茶递水，在一边打杂。毛医生自然也成了接待方，帮着齐林应对。他是宝曰当地人，又是医生，死亡的事经历得多了，这家殡仪馆也不是第一次来。毛医生告诉齐林，刚才他出去转了一下，旁边十一号厅的死者也是在胃肠科治的一个老太，毛医生给她做的手术。经毛医生这么一说，齐林觉得即使是死亡似乎也不再那么严重了，拉近了某种距离，死者和死者的距离，以及死者和活人的距离。这种事实在是稀松平常，每时每刻都在发生，每家每户都会有，隔壁邻居、同一个医院和科室的……

天快黑的时候，玫玫跑了进来，说要开棺了。齐林还没弄明白是怎么回事，就随众人来到了外面。大厅里灯烛照得如同白昼，唱佛声从未有过地嘹亮，就像诵唱的人一下子都醒了过来。有人在搬水晶棺边上的柜子，有人挪动灯架，与此同时诵唱的队伍排列得更加整齐，所有的人都双手合十，抬起脑袋看向水晶棺方向。

领衔的李阿姨这时已到了水晶棺一侧，正指挥两个人摆弄棺材。齐林排在队伍末尾，只听李阿姨大声地说："家属呢？家属呢？家属先来。"又说："女婿呢？老苏的女婿呢？"就这样齐林稀里糊涂地到了水晶棺边上，岳母和玫玫已经在那里了。

水晶棺被打开。现在，齐林和岳父之间只隔着空气而不是有机玻璃。李阿姨说："怎么样？怎么样？你们看看！"边说她边从棺材里掏出岳父的一只手（右手），用自己的双手揉捏着。"软和着呢，跟活着一样。来来来，女婿，跟你岳父握个手！"

　　齐林不得不照办，抓住岳父的手感受了一下。那手似乎有些肿胀，但非常冷，他握了一会儿岳父的手才没有那么冷了，大概是自己的体温传递了过去。

　　齐林和岳父握手的时候，李阿姨抓着岳父的手腕，将岳父整条小臂都拎了起来。齐林松开自己的手，岳父的手自李阿姨抓着的地方自然垂落。之后，岳母、玫玫以及几个亲友都和那只手握过了，又有一些人上前握手。边上不断有人用手机拍照、录像，闪光灯频闪，所有握过手的人都在感叹："软和着呢，像活的一样……阿弥陀佛……"

　　由于拥过来要握手的人太多，后来李阿姨就不让大家和岳父握手了。她举着岳父的手摇晃着，一面摇晃一面说："来来，老苏，师兄，跟大伙儿打个招呼，念佛辛苦啦！"岳父的手跟着晃动，真的就像打招呼一样。完了李阿姨才放下岳父的手，贴着尸身藏好了，再拉上被子。

　　李阿姨接着去弄岳父的帽子，倒是没有将帽子取下，只是掀开了一条缝，把自己的手塞了进去。李阿姨又声称岳父头顶"软和着呢"，而且"有热气"，她说："师兄还没有走，这都是念佛的功德！"她撤出自己的手，让齐林把手伸进帽子也摸一下，但这次遭到了对方的拒绝。

　　齐林有一种怪异且悲凉的感觉，不是因为害怕，大概觉得这是对死者的不尊重吧。和岳父握手事发突然，属于情势所迫，根本没时间思考，这会儿他想了一下，觉得摸岳父脑袋实在是一种大不敬。岳父太可怜了，落到如此境地，任人摆布，死了还不得安宁。当然他非常理解李阿姨以及师兄们的热情，但强人所难的氛围还是激起了他的厌恶。受摆布的不仅是岳父，还有岳母和玫玫，齐林看了一眼她俩，此刻竟也那么顺从，让摸手就摸手，让摸头就摸头，脸上还要做出惊讶受用的表情。她们是谁呀？可以说就是岳父在这世上的遗物，面对这遗体和遗物，这帮人到底在干什么呢？也许

· 211 ·

他不得不出头，于情于理都该如此……

思虑至此，齐林挡开李阿姨的手，不由分说帮岳父戴正了帽子。之后他合上水晶棺的玻璃罩，在毛医生的帮助下开始搬花盆、挪柜子，让现场复位。李阿姨略微尴尬，但马上调整过来。"好了，好了，"她对围观的众人说，"大家已经看见了，见证了……明天开追悼会以前我们再看一次……"

"有什么可看的？明天也不看了！"

"看不看其实都是一样的，"李阿姨对大家说，"佛法无边，苏师兄已经往生西方极乐净土了！"

李阿姨回到队伍里，站在最前面，领着唱佛的师兄们边诵《地藏经》边缓缓向前移动。齐林留在了核心，不知何时除他之外所有的人都挪出了圈外。诵经的队伍绕着水晶棺转动，棺材附近就像风暴眼一样平静，只有齐林和岳父，或者和岳父的遗体或者和岳父的水晶棺在一起，犹如在漫卷的黄色沙尘中守护着对方。在大家的注视下，他一点也不觉得难堪，和死者共进退也一点不感到恐惧，相反倒有那么一点自豪。齐林心想，这一路走来自己总算出上力了，或者帮上忙了。

事后齐林咨询了毛医生，为何岳父没有出现尸僵现象，后者说他也感到奇怪，大概是因为念经的缘故吧。"的确很神奇，有些事科学也解释不了。"毛医生说。当时玫玫、岳母都在场，齐林认为毛医生没有说实话。

玫玫、岳母离开后，毛医生仍维持原判。不得已，齐林用手机百度了有关信息，网上说尸僵是一种自然现象，一般死后一到三小时后发生，十二到二十四小时发展到顶峰，之后二十四到四十八小时开始缓解。开棺时距岳父逝世有三十小时了，重返柔软符合自然规律。面对百度毛医生含糊地说："也对，也对……"齐林不相信毛医生作为一名主任医师且经常与死亡打交道会不知道这个常识。

"你就说吧，到底是自然现象，还是念经念的？"

"你说什么就是什么，你是权威……"

"老毛，你可是医生，不能没有原则！"

"难道你不愿意岳父走得好，去了极乐世界？"

"愿意。"

"这就对了嘛。"毛医生狡黠地说，"这就像写诗，需要想象力……你比我懂。"

当晚，齐林和玫玫在殡仪馆开办的酒店里过夜，房间岳母、玫玫早就订好了，是供念经的师兄们轮流休息用的。她们一共订了四个房间，玫玫用钥匙开了其中一间的门。被子里尚有余温，房间也很窄小、简陋，卫生条件更是谈不上。齐林只是感叹，这里的服务当真是一条龙，吃住全有（亦有专门供来宾吃饭的食堂，他们就是在那儿吃的晚饭，明天的早餐也在同一地点），真的可以在此过日子，或者说像一个旅游景点，可以旅游……然后，齐林就睡过去了，和玫玫独处的机会就此错过。他本来是要尽丈夫的职责安慰一下妻子的，顺便劝说她回去演出，但齐林太累了。

半夜齐林蓦然醒了，大概是有心思所以睡得不踏实吧。蒙眬之中看见一个人影坐在靠窗的那张床的床沿上，映着从窗外射来的一片青光。当齐林意识到自己身处何处，不免吓了一跳。玫玫不在两张床的任何一张上，原来那人影就是玫玫。她逆光而坐，一动不动，齐林叫了句"玫玫"，对方也无反应。于是齐林便坐了起来，顺着她的目光也向窗外看去。

外面什么都没有。窗帘是拉开的，甚至窗户也大敞着，但就像拉着窗帘一样一片白茫茫。起雾了，或者是重度雾霾，城市灯光从那后面透射过来，却看不见任何发光体。没有建筑物的轮廓，也不见远处路灯勾勒的街道，只是白茫茫青幽幽的一片，玫玫盯着看的就是这些。她看得如此认真、专注，齐林相信，他叫她时她没有反应并非不搭理自己，是真的没有听见。可是，这一无所有又如堵如塞的世界又有什么可看的？

玫玫也不是发呆，脸上焕发出一种不无兴奋的神秘表情。她竟然轻轻地笑起来，此时此地让齐林不禁觉得毛骨悚然。突然，齐林灵光一现，想到他正导演的诗剧，女疯子就应该是这样的状态。这个灵感不容错过，齐林放弃了观察，走过去用手拍了一下玫玫。对方转过脸，回过神来，完全正常了。

· 213 ·

齐林打开房间里的灯。没等他开口，玫玫就说："我回去参加演出。你明天走，我后天走，就不参加排练了。"就像她一直在想这个问题，就像她知道齐林心中所想一样，齐林反倒不知说什么好了。她又一次在没有和齐林商量的情况下擅自做了决定。想必在齐林睡着的时候，玫玫已经订好了车票。

"那 B 角怎么办？"

"这是你的事，你是导演。"

"亲爱的，你也不要太难过，我们已经尽力了……"

"我难过吗？"玫玫转过脸来看齐林，"我难过还会要求回去演你的戏吗？"

齐林无言以对。

第二天，追悼会一结束齐林就走了。玫玫留下，陪岳母将岳父的骨灰护送回厂区的家里。

齐林傍晚时分到达，江总开车来接站，在路上齐林就交代对方把女疯子B辞掉。"多给她两百块钱，就说她迟到早退。""可她并没有迟到呀。""至少第一天她迟到了。"齐林说，"甭管怎么说你辞了她，玫玫要回来。"

第二天下午三点正式演出，晚上八点还有一场。上午最后一次彩排时因为玫玫还在路上，齐林亲自下场替玫玫和其他演员搭戏。效果暂且不论，至少齐林设身处地地体会了一把女疯子的角色，对最后时刻的指导更有把握了。

下午一点，玫玫乘坐的动车准时到站，剧组司机直接把她拉到剧场，进入后台化妆间换衣服、化妆。化妆师打理玫玫的头发时，齐林在一边面授机宜。主要是那三大段台词，齐林问："背了吗？"玫玫说："背了一路。"齐林又问："最后那段面对观众说的，知道怎么处理吗？"

"按你昨天说的，说台词的时候就像面对一片白雾。"

"对对，就像面对昨天晚上窗外的那片白雾，白茫茫青幽幽的白雾。"齐林说，"但有一点，那片雾中并非一无所有，而是有一个具体的人影，你要对着一个具体的人说，就像对着一个朋友或者亲人那样说话。"

这是全新的指导，玫玫说她记住了。由于化妆间里尚有其他人在场，齐林不好说就像是对着岳父或者岳父的灵魂说话。但玫玫肯定听懂了。尤其令齐林感到满意的是玫玫的顺从，她不再那么拧巴了。齐林心想，这才是一个好演员应该做到的。

　　演出可说是非常成功。诗剧长达两个半小时，中途竟无人离场，甚至连上厕所的都没有。全剧在电子合成器的呜咽声中落幕，所有的观众起立鼓掌，掌声经久不息。坐在第一排的齐林被扮演老方的男主角邀请上台，和演员们站成一排互相搭着肩膀对着台下鞠躬谢幕。虽说这不过是惯例，剧场里的观众大多是剧组人员的亲友，前来捧场的，另一些则可能是文学爱好者、齐林的粉丝，慕齐林的诗名而来，即便如此，齐林还是深受感动，眼睛不禁湿润了。

　　坐在台下观剧时，玫玫的表演齐林看得尤其仔细。平心而论，她演得太好了，大大超出齐林的预料。疯女人如此专注，又那么心不在焉，每走一步每一个动作都非常缓慢，既像是心事重重又似乎出于自动。两种不同的情绪结合在一起，她是如何做到的？再就是齐林重点指导过的那段台词，玫玫的表演简直令人惊艳。她缓步走到台前，立住，半晌，突然就从疯子的状态变得清醒无比。玫玫目光坚定地看着前面（看见了一个具体的人），然后就像谈心一样用一种诚恳而又清淡的语调说道：

　　　　从那时开始我就是一个疯子了。既然是一个疯子就应该待在街上，街头就是我的家，我的岗位在这儿，再也没有理由住在别人家里了。我需要自食其力、自我打理，生活就是这样的。疯子的生活也是一种生活。再见！

　　说完，玫玫又进入女疯子的状态，慢慢蹲下身去，双手在舞台上扒拉着，同时轻声哼出一首自编的歌谣：

　　挖、挖、挖虫草

挖了虫草发大财

发了大财买大房

买了大房生宝宝

挖、挖、挖虫草

……

　　诗剧的名字叫《虫草小镇》，以下是齐林亲自拟定的剧情介绍：记者老方来到因虫草热而迅速兴起又突然衰败的虫草镇采访，意外听说了一个传言，世界会因为镇上两个疯子的见面而毁灭。为探明真相，揭穿这无稽谎言背后的秘密，老方展开深入调查，各类人物和势力粉墨登场……疯子见面后会发生什么？或者，我们看见的是一个已经毁灭了的世界？

　　通过现场演出，齐林不禁加深了对该剧主题的认识。所谓的毁灭并不一定就是世界的毁灭，或者小镇的毁灭，不需要那么大的动静，个体才是重点。而个体的毁灭也并非死亡，是人还活着，但内心已经垮掉，变得面目全非……

　　诗剧一共演了两场，是否继续演出有待商业方面的评估。尽管在文学、诗歌圈里获得了一致好评，甚至引起了轰动（诗人齐林竟然自编自导了一部舞台剧！），但评估的结论仍然是不适合商演，除非将两个半小时的时长压缩到一小时之内，二十三人的庞大剧组（包括剧务人员）变成五至七人（包括演员）。

　　齐林不是没有信心修改该剧，只是觉得没有必要了。作为一件作品，《虫草小镇》已经成立，他的专业还是单纯写诗，写小说、文章，总而言之是一个"写"字。导演工作不过是诗歌与戏剧表演结合的一次尝试。

　　齐林和玫玫又待了一周，一方面等待商业评估，另一方面也休整一下。近两个月来，为了这部戏以及岳父的事，他们实在是太累了。一周以后，结论仍然没有下来，但齐林已经决定不演了。他遣散了剧组人员，顿时觉得轻松无比，计划第二天就和玫玫回宝曰，看望岳母并给岳父扫墓。

　　"回宝曰的车票订好了吗？"

"已经订了，明天中午的车回。"玫玫说。

他们使用的动词是"回"，而不是"去"，和一个多月以前完全不一样，似乎宝曰才是他们的家、工作所在地。这大概和他们在宝曰住了很长时间有关吧，那里也的确有他们一套租借的但没有住过一天的房子……

到达宝曰时天已经黑了。事前，齐林并没有通知毛医生，因此没有人来接站。小雨霏霏，他们忘了带伞，冒雨穿过一小段露天空地，然后上了等在路边的网约车，也很方便。这辆车把他们送到了以前住过的那家酒店里，熟门熟路，他俩登记住宿。等到了房间里，齐林这才想起了什么，问玫玫说："我们为什么要住这家酒店？"

玫玫愕然。她也没有想到，为什么就订了这家酒店，前台给他们安排的甚至就是以前住的那间客房，同一间。

"完全没有必要呀。"齐林说，"这家酒店离车站很远，明天去你妈那儿也不方便，条件也一般……"

"离医院近呀……"玫玫脱口而出，接着自责，"我还以为是以前呢，爸爸还活着，在医院……"她都快要哭了。

"也对，也对。"齐林赶紧打圆场，"离医院近就是离毛医生近，明天去看你妈之前不是要请毛医生吗？请宝曰的诗人吃饭，大家都帮忙了。"

齐林丢下玫玫，拨通了毛医生的电话，告诉对方他和玫玫就在附近："离你大概五百米吧，就是以前我们住的那家酒店。"

毛医生很兴奋，责怪道："你怎么不早说啊？早说你要来，我就不去开这个会，去车站接你们了！"

原来他在外地开会，人不在宝曰。

"你们什么时候走？"毛医生问，"我这边的会要开三天，但我可以提前一天回，改签一下机票就行……"

齐林赶紧制止毛医生，说："我们主要是去看一下岳母，安排一下，过两天就回了，诗剧的事还没有完。"

齐林想，一切都是鬼使神差，天已注定他们会有这一番故地重游，并不是为了和毛医生会合。

齐林和玫玫出门去吃饭。本来准备邀上毛医生一道去商业街找一家像样的饭店，现在已没有这个必要；如果在附近解决，他们最熟悉的就是那家饺子馆了，那就饺子馆吧。大概从这时候起，他们的行动轨迹开始变得自觉，或者说半推半就，和冥冥之中的意志有些合上了。齐林和玫玫允许自己的情绪沉浸进去。

　　从酒店里要了一把雨伞，齐林撑着，玫玫挽着他的胳膊，他们走进雨里。雨并不大，但如果不打伞的话，行走起来就不会那么悠闲。即使打了伞，也会有雨丝飘来，打在面颊上凉飕飕的，令人愉悦。

　　他们在饺子店里匆匆吃完水饺，再一次来到外面。其实，并没有必要吃得那么匆忙，就像有什么事在催促他俩一样，到了外面才发现并没有任何事，他们不需要像以前那样前往病房了。当然此刻回酒店睡觉太早了。齐林看了一下手机上的时间，八点刚过，这一带却像深夜一样安静（因为下雨？）。路上几无行人，偶尔有一辆车飞驰而去，黑暗中响起水花的泼溅声。甚至路灯也很稀少、暗淡，围墙上方的雨雾中耸立着医院大楼模糊的影子。有灯光从半空中的窗口映出，既遥远又神秘。看着那些灯光齐林心想，想必有人正在痛苦呻吟，有人垂死挣扎，没准有一台手术在大楼里进行……但即使是垂危的病人也都与他们无关了。

　　因无事可干，也为了消食，他们绕着医院的围墙转了好几圈，后来终于离开医院来到一个地方。这儿不是他们租借的房子所在的小区吗？他们不是故意要去的，而是信马由缰就走到了这里。玫玫那儿有房门钥匙，但他们并没开门进去，甚至都没有走进小区。玫玫认出了那套房子的窗户，指给齐林看，也就这样了。

　　窗户漆黑（上下左右的窗户都亮着），理应如此。"那是我们的房子。"玫玫说。

　　"是啊，这附近有我们精心安排但没有展开的生活，"齐林心里想，"但现在一切都没有意义了。"

　　"你在想什么？"

　　"我在想，爸爸就在这里。"

"我也这么觉得。"

"老苏，我对不起你，太对不起了！"齐林索性停了下来，对着前面空旷的街口说道。

"你怎么了……"

"也许，我们不该把你从 ICU 病房转出来，我们不该急着回去排戏。"

"林林，别这样……"

"我辜负了您对我的信任，真是对不起，太愧疚了……"

突然齐林意识到，以上这段和玫玫的对话并没有发生，或者只是发生在他的意识中。他们根本就没有停下脚步。之所以意识到没有停下是因为此刻他们停下了。此刻、现在，他们止步在一条幽暗的小巷里，雨也停了，路面一片漆黑，有一枚小石子反射着不知哪里射来的光线，闪闪烁烁的。玫玫被发亮的石头吸引，才拉着齐林停了下来。

"太奇怪了，哪里来的光线？"玫玫说。

"是很奇怪。"

"这块石头真亮啊。"

"是雨光，雨水泡着的。"

"那其他的石头为什么不亮呢？"

齐林收了伞，两个人蹲下，换了几个角度看那块小石头，光亮依然如此。"就像眼睛一样。"玫玫说。她将小石头捡起，找出随身带的纸巾擦拭一番，小石头终于不亮了。但玫玫还是包起了石头，放进她带的包里。

两人站起来，继续向前走去。

回到酒店房间，齐林收到毛医生发来的微信。他刚写了一首诗，请齐林指教。毛医生说很遗憾，这次不能当面聊诗了，但这段时间以来，自己一直在思考齐林的话，诗人应该从自己的专业中汲取灵感，从自己的经验、所学和擅长的东西中挖掘素材，如此写出来的诗才会有个性。这首《医院》是他的一个尝试，务必请齐林担待，不要嫌弃。毛医生怎么突然就写了这样一首诗呢？大概是受到了齐林他们来宝曰的刺激，齐林就是他写诗的条件反射……

下面是毛医生的这首《医院》：

医院是另一个世界

喧闹，是谁家的顶梁柱倒塌

寂静，是死神降临

那里的人类也吃饭

胃管下到小肠

也排便，通过人工造瘘

也睡觉，在镇痛棒的作用下

也有性生活，在全麻以后的睡梦中

也有事关系到金钱

住院费和医药费拖得太久

也有权威、白衣天使和魔鬼

由我们的医生和护士扮演

他们下班回到这一个世界

就像回到了天堂

需要临窗喝上一杯。下面

探视的人像过江之鲫

陪护、打杂的是一帮小鬼

发小卡片卖病号饭的耗子似的

在下面的大楼里穿梭不停

突然一声悠扬的佛号升起

南无阿弥陀佛

齐林给毛医生回微信："你写得太好了，一个大诗人诞生了！"

原载《芙蓉》2021 年第 3 期

杨晓升

阴差阳错

如果不是因为刘星生病，有些真相也许永远不会被揭开。

中秋节刚过，第二天刘星腹部突发剧痛，到医院查出肝癌并伴门静脉癌栓。当时刘星的病情已经非常严重，医生说必须赶紧进行肝移植才能保命。作为妈妈，爱子心切的林书琴没有一点犹豫：把我的肝给儿子！同样爱子心切的父亲刘大山也挺身而出：你算了，我是男子汉，该把我的肝给儿子！当着医生的面，夫妻俩争执不下，让在场的医生和周围的人无不动容。

肝移植需要验血匹配，在医生的建议下，刘星的母亲林书琴和父亲刘大山双双都抽了血。医生的意见是你们夫妇俩别争了，先验血，谁的血型匹配谁给儿子献肝。可没想到命运再次和他们开了个天大的玩笑……

林书琴：

真是撞上鬼了，这么倒霉的事怎么会落到我们家头上？

那天是中秋节，万家团圆的日子。儿子刘星和儿媳许莹在家里吃完晚饭，与他爸爸喝了瓶茅台，之后一家四口还在一起喝了茶吃了月饼，儿子儿媳便起身告辞，双双要回许莹的娘家去。许莹的父母居住在我们邻县的安乡县城，距离我们家所在的汉寿县城也就是一个多小时的车程。刘星是我们家的独生子，许莹是她娘家的独生女，独生子与独生女结婚成家，双方的父母都是平等的，不能厚此薄彼，都必须照顾到，没办法就只好婆家娘家两头跑。儿子和儿媳都在常德市上班，常德市管辖着我们家和亲家所在的汉寿和安乡两个县。常德市里有一处儿子和儿媳独居的房子，是他们结婚时按揭、双方父母出资帮助首付购买的。平日里，他们小两口上班都住在常德市里，每逢周末是从市里到县里两头跑，每周一换，一周跑婆家汉寿，另一周跑娘家安乡，逢年过节则是来回跑场，蛮辛苦的。可有啥办法呢，谁叫他们都是家里的独子独女？想当初我们也不愿只生一个，可我和他爸是公职人员，我是保健医生他爸是公务员，想留住公职就无法多生，谁料到时过境迁，现在放开二胎了，年轻的夫妇可以多生一个甚至可以生三胎了。真是此一时彼一时。唉，说这个已经毫无意义，谁让我们赶上"只生一个好"的年代呢？

还是回到我儿子刘星生病这事上吧。中秋节那天晚饭后，儿子陪儿媳离开我们开车到了安乡县城的娘家，在娘家陪伴父母赏月过中秋，晚上在他们家住下了。我本以为这是他们一个花好月圆的夜晚，谁料到了后半夜，我床头柜上的手机突然叫魂一般狂响起来，从梦中惊醒的我心惊肉跳，赶紧抓起手机一看，发现是儿媳许莹。我问怎么了发生了什么事，儿媳许莹说刘星的背疼得睡不着觉，问我有什么办法能够缓解。我问家里有没有止痛片，如果没有快到附近药店买点，实在没有止痛片也可以先用热水和毛巾敷一敷试试。许莹说好吧那我们先试试看。之后我再没有接到他们的电话，我以为儿子没啥大问题，便又迷迷糊糊睡着了。第二天我因为到单位参加值班，偏逢上级领导将要到我们单位检查工作，忙得不可开交，没再打电话过问儿子。再说儿子平时虽然忙，但身体正常，能吃能睡能喝能玩，从未听他说过哪儿不舒服，甚至连感冒发烧都很少出现，何况年纪轻轻的能有什么事呢？所以，我也就没太当回事。不料到了第四天，儿媳许莹又打来电话，声音急促而且带着哭腔，开口一句"妈呀"，便抽噎起来。我心一紧，一遍遍催问怎么了怎么了到底发生了什么事，许莹你快说呀！电话那头还是只传过来哽咽的声音。我扯着嗓子继续催，电话那头便传来许莹的哭腔："妈呀，刘星他……他……他在医院检查，医生说他患的是……是肝癌……呜呜……"我一听脑袋嗡的一声，只感觉浑身的血直往上涌，脑袋似乎快要炸开了，内心也在一遍遍否定：这不可能这不可能！我一边否定一边在电话里安慰许莹，让她先别急先别急，大概率可能是医生误诊了。可是放下电话，我心乱如麻，再也无法安心上班了，遂给领导打了电话说了情况，同时跟丈夫刘大山通了电话。我俩开车直奔刘星就诊的安乡县人民医院，了解情况后又拉着刘星和许莹，一家四口开车直奔常德市第一人民医院。丈夫刘大山在路上就找关系联系常德市人民医院的值班大夫，希望能尽快为儿子做复查。常德市第一人民医院是三甲医院，医院硬件和医生水平与县里的人民医院根本不在一个档次，我们希望市第一人民医院的复查能否决县医院的诊断结果。然而，经过两天的等待，复查的结果再一次击碎了我们美好的愿望，我的心在不停地流血！

　　流血亦无法阻止悲伤，更无法改变儿子确诊的残酷现实。我只有这么一个孩子，面对现实我绝不能倒下，必须竭尽全力，哪怕砸锅卖铁也要挽救儿子的生命。医生告诉我，刘星的肝癌并伴门静脉癌栓，已经到了晚期，病情非常严重，正常情况下他这种病情的患者生命至多只能维持三个月，要想延长儿子的生命，目前唯一的办法是进行肝脏移植，但这种移植需要血型匹配，手术才能进行。我听了毫不犹豫地对主治医生说，这个我懂，我是机关里的保健医生，我是儿子的母亲，把我的肝移植给儿子吧，越快越好。不料我的丈夫刘大山却阻止了我，说要移植也轮不到你，应该是我，医生移植我的吧，请尽快把我的肝脏移植给我儿子，快救救我们的儿子！我听罢拦住了丈夫：得了吧你，怎么能是你？丈夫说我是男子汉大丈夫，天塌下来该我先顶上，当初我说过的话你怎么忘记了？丈夫这话像一股暖流，霎时从我的内心深处掠过，忽然记起这话是当初我俩恋爱确定终身时他说过的，也正是凭这句话他彻底打动了我，让我成了他感情的俘虏。眼下恰恰正是救治儿子的危难时刻，他果真挺身而出，让我感动不已，我内心一热，感到自己的眼眶瞬间有热流涌出……

刘大山：

　　儿子刘星遭遇厄运，被诊断出肝癌并伴门静脉癌栓，已经到了晚期，我万万没有料到！他这么年轻，打小都是我和他妈妈一起带大的，平日里生龙活虎，能说能笑能吃能喝能玩，怎么就偏偏患癌症了？不应该呀！要患也该是我们这些已经黄土埋了半截的大人呀！老天爷真是不开恩，真太作孽了！

　　自打被诊断出癌症，儿子被病痛折磨得吃不好饭睡不好觉，眼看着日渐消瘦，没几天便像被严霜酷雪打蔫的瓜苗，看着都让我心疼。他妈妈林书琴更是连续好几天吃不下饭、睡不着觉，原本乐观开朗的她仿佛一夜之间丢了魂，没几天也消瘦得变了人样，整个儿看上去都不对了。我担心她的身体，也担心她整天精神恍惚万一有个三长两短，让她索性请假不上班。不上班的她每天都往儿子住的市第一人民医院跑，后来她索性在医院住下来，与儿媳许莹轮流陪护。

　　为了救治儿子，妻子几乎命都豁出去了，眼下救治儿子唯一的办法就是进行肝移植，妻子毫不犹豫要为儿子捐肝，我能眼睁睁看着她要捐肝却无动于衷吗？当然不能！想当初我经人介绍与她认识并恋爱，她有些勉强，据说她的父母也不大乐意。这也难怪，那时候林书琴是医科大学毕业生，已经在我们家乡汉寿县政府机关当保健医生，工作轻松，收入不少，人长得又漂亮，而我是军人。那时候我还在部队，虽然级别已经是副团，却驻守在千里迢迢的西藏中印边境，虽然待遇不低，但条件艰苦，说不定哪天会为国捐躯。可我对她是一见钟情，我是回家探亲即将返回部队时经人介绍与林书琴见面的，由于时间的关系我们只见了一面，但是仅这一面我便心旌摇曳，脑子被她的音容笑貌彻底占据了，赶也赶不走，抹也抹不掉。回到部队后，脑海里全是林书琴，折腾得晚上辗转反侧睡不着觉，我暗暗发誓此生非林书琴不娶。于是，我一遍遍给她发短信，讲我在西藏中印边境的趣闻轶事，讲我对她的印象如何如何好，并告诉她我已经到了转业年限，按照我的条件我将转业到省城长沙的政府机关工作，如果她同意与我确定恋爱关系，明年我就选择转业到汉寿县城里来，不去长沙了。

　　我每天用短信轮番进攻，在一定程度上打动了林书琴，但她回短信说你也太急了吧，咱们刚刚见了一面你就如此表白，我还不大了解你，你也不大了解我，你这样表白不觉得有些草率吗？我立马回复短信，承认我是有些草率，但我确实对你林书琴印象极好，我是喜之切，爱之深，生怕错过了。我还说，假若你对我印象尚可，那我以后利用探亲机会与你多见面多接触，让你多了解我如何？我这个建议林书琴竟然同意了，这让我喜不自禁。次年我回家探亲，主动约林书琴。每次约会我都提前到约定地点等她，每次见面分手我都打车亲自送她回家。不仅如此，我每次聊部队的趣事，西藏高原的风光，中印边境的见闻，聊艰苦环境下战友们的坚守与付出，边防军人的职责与奉献，都深深地吸引着她，因为我发现她每每听我的讲述，都听得很认真，美丽的眼睛默默地凝视着我，时不时点头，时不时带着微笑，眼里传递出肯定、赞许甚至羡慕。这时候我也感觉到她的感情像正在不断加热的水，逐渐升温了。一次，我趁热打铁，婉转问她：我要是转业不去省城长沙，而选择回到咱们汉寿县城工作，你会同意吗？她瞥我一眼，脸颊飞起红晕，而后莞尔一笑：不去长沙回汉寿县城，那你不觉得亏吗？我直视她：如果你同意，我就不觉得亏。她避开我的目光，低着头吮吸着我给她买的奶茶，脸颊飞起片片红霞。这时候的她显得更美了，让我不由得春心荡漾。沉默了一会儿，她抬起头，笑着反问我：你不愧是军人，谈恋爱也这么大胆。我问你，你们军人除了胆子大，还有什么？她顿了一下，抿了抿嘴，低着头吮着奶茶，继续说：我是说，你除了胆子大还有什么？你能给我什么？我一听乐了。我说：胆子大是军人应有的基本素质，胆子大总比胆子小更有男子汉气概吧？胆子大意味着有责任与担当，意味着危难时刻要挺身而出、冲锋在前。我是军人，转业回到县城政府机关工作，不求大富大贵、飞黄腾达，只求能有一份稳定满意的工作，为父母尽孝的同时，为自己的妻子和孩子遮风挡雨，给妻子和孩子一个安宁温暖的家。我还说，我以为真正的爱情和婚姻，不仅双方要能同甘，还要能共苦，尤其是男人更应该像军人一样，吃苦在前，享受在后。我的这番话显然说到了林书琴心坎里，她虽然没有明确表态，却久久地凝视着我，眼里含情脉脉，频频发电，传递着爱意，我像喝了一杯美酒，心霎时醉了……

眼下，我们原本幸福的家庭正遭受危难，到了我兑现当初恋爱诺言的时候了，我怎么能够退缩，让自己心爱的妻子林书琴去承受皮肉之苦和风险呢？

刘　星：

真他妈的，这么狗血的事怎么落到我头上？

我刚刚三十岁，结婚还不到半年，女人还没有享受够，也还未当上孩子他爸呢，我招谁惹谁了，怎么就得了这千不该万不该得的癌症？莫非我前生前世作恶了，这辈子命中注定要遭报应？不可能，绝不可能！我爸我妈，我爷爷我奶奶，我的祖祖辈辈，从来就循规蹈矩、善良正直，天地良心，我前世也绝不可能做了对不起祖宗的事，老天爷这回肯定瞎了眼看错人了，怎么可能狠心让我无辜受冤？可是，医院的诊断书却是白纸黑字，明明白白写着"肝癌"二字，我真是太倒霉啦！

中秋节当晚我和妻子许莹在娘家陪岳父母赏月吃月饼，正心情愉快享受着亲人团圆的美好时光呢，晚上刚刚上床睡觉，后背便隐隐约约有疼痛感。我没太理会，强迫自己继续睡觉，记得迷迷糊糊刚刚睡着，后背便又一阵阵抽痛，而且越来越厉害，根本无法入睡。我咬紧牙关强迫自己不痛出声，可妻子还是被我忍耐不住的哀叹声惊醒了，她见我疼痛难忍，一边起身帮助我摩挲后背，一边抓起手机给我妈打电话求助，问我妈有啥办法可以缓解我后背的疼痛。由于家里没找到止痛片，妻子便急忙到卫生间接热水拿毛巾，为我的后背做热敷，岳父闻讯也跑到楼下附近的 24 小时药店购买止痛片。后背也敷了，止痛片也吃了，虽然稍有缓解，疼痛却未能彻底解除。为了不影响妻子和岳父母睡觉，我只能谎称疼痛减轻了，却一直强忍着，咬紧牙关挨到第二天早晨。天一亮我就叫醒妻子，告诉她我无论如何得到医院检查，看看身体到底出了什么问题。妻子二话没说扶我起来，我们急急忙忙穿衣洗漱，正准备出发，岳母却说人家医院八点才上班呢，现在还不到七点，不如等吃完早饭再去。妻子说刘星疼成这个样子怎么可能吃得下，再说我们得早点去人民医院排队挂号，实在不行我挂急诊号，反正现在就得走。妻子的果决让我内心顿生暖意，心想患难之际见真情。我与妻子许莹是在参加常德市的一次职工业余歌咏比赛时相识的，我平时喜欢唱歌，许莹也喜欢唱歌，那次我们都代表各自的公司参赛。我从事医疗机械销售，许莹则在一家科技开发公司人力资源部任职。那一次，我上台参赛的歌曲是刘德华的《天意》，许莹唱的是王菲的《人间》。巧的是，那次比赛我的座位紧挨着许莹的座位，虽然那次我俩最终都没有获奖，但是，那次的相遇却成了我俩交往的开始，后来我俩时常约会，再后来她便成了我的妻子。

我结婚才半年，我俩还没有享受够甜蜜的夫妻生活呢，我怎么就遭此劫难、患了绝症？到底是什么原因？我真的想破脑壳都想不明白呀！我上学时是学医的，诊断结果家人不能瞒着我，也不可能瞒住我。我都直截了当问医生了，还告诉医生说我自己是学医的，你们不用瞒着我，我能冷静对待。医生见我如此执着，只得如实告诉我，说我这病已经到了晚期，乐观估计我最多也只能活三个月，唯一能救命的治疗办法就是做肝移植。可肝移植需要有能够匹配的血型，我是独生子，我只能靠自己的父母对吧？可让自己的父母给我移植肝脏，那不把父母的身体给毁了吗？我怎么能够忍心！真要那样，我岂不成了千夫所指的不孝之子？不能啊，千万不能！真要那样，我不如死了算了。可我是父母的独生子，我要真死了，将来谁来为我爸我妈尽孝，谁来为他们养老送终？

老天爷，你可不能作孽啊！你开开恩想想办法救我吧，我还年轻，我不想死，我真的不想死呀！

林书琴：

又一个晴天霹雳！

我和丈夫刘大山验血的结果显示，我是 A 型血，刘大山也是 A 型血，而我儿子刘星是 AB 型血。医生进一步让我们做了 DNA 鉴定，结果显示，"不支持林书琴是刘星的生物学母亲"，也"不支持刘大山是刘星的生物学父亲"，也就是说，我们辛辛苦苦养育了三十年的刘星竟然不是我们的亲生儿子。这怎么可能？这怎么可能？这玩笑开得也太大了吧！

面对鉴定结果，我第一时间和第一个反应是抵触、否定、拒绝，我对医生嚷嚷起来：大夫你有没有搞错啊，这不可能，这不可能，是不是鉴定仪器出什么问题了？那位年龄与我相仿的男大夫困惑地看着我，又看看我身边的丈夫，反过来问我：要不要重新做一次DNA鉴定？或者你们到其他医院去再做一次鉴定？他这一问，像抛过来的一团大棉球，一下子把我的嘴给堵住了。重做一次DNA亲子鉴定需要多花一千多块钱，而且常德市第一人民医院已经是我们市里最好的医院，也是唯一的三甲医院，其他县级医院没法同这所三甲医院比，跑到数百公里外的长沙找省人民医院复查，则远水救不了近火，眼下救儿子的事迫在眉睫，怎么可能为亲子鉴定的事反复折腾耽误儿子的医治时间？何况如果折腾来折腾去，最终仍认定我和刘大山与儿子刘星的血型不匹配可怎么办？

我一下急得直掉泪，内心在汩汩流血。可有什么办法呢？丈夫见状递过来纸巾，拍着我的臂膀一再安慰我，说书琴别哭了，哭解决不了问题，咱们还是听大夫的吧。他一边说一边向大夫道歉，说大夫实在对不起，我们一家从未遭受如此大的打击，眼下又心急火燎想救儿子。本来我们都以为给儿子献肝做肝移植就可以了，可现在又做不了肝移植，我们接下来该怎么办呢？大夫您快帮我们想想办法吧，我们听您的。

那位主治医生听罢，同情地看看刘大山，又看了看我，说：你儿子病情如此严重，你们以为做医生的不急，就你们家长急，这怎么可能？现在肝移植手术暂时做不了，只好不做了。我们只能按常规治疗方法，用化疗、靶向药和其他辅助方法，尽可能控制癌细胞继续扩散，尽可能减少患者的疼痛。至于肝移植手术，需要尽快想办法找到合适的肝源。其实最好能找到孩子的亲生父母，这是唯一的捷径，也是最可靠的办法。理智告诉我们，医生说得对，他是站在我们的角度在寻找解决办法，为我们出主意。可DNA鉴定结果显示刘星并非我和刘大山的亲生儿子，那到底谁是刘星的亲生父母？他的亲生父母到底在哪里呢？

刘大山:

　　刘星果真不是我和林书琴的亲生儿子?我们辛辛苦苦将刘星养了整整三十年,帮助他买房娶妻,就盼着抱孙子了,到头来我和林书琴却仅仅是刘星的养父养母?这太荒唐了吧!当初林书琴分娩之前,是我亲自陪着她,把她送到条件更好的常德母婴平安妇产医院的。林书琴怀孕的时候,是在汉寿县人民医院妇产科定期做妊娠检查,每次检查也都是我亲自陪着。原本分娩也是可以就近安排在汉寿县人民医院的,可我和林书琴都有些不放心,心想这辈子就只能生这么一个孩子,干吗不到条件更好的常德市母婴平安妇产医院?毕竟母婴平安妇产医院是专科医院,医生、产房和设备等各方面条件与县一级医院妇产科不可同日而语。如果妻子平平安安顺产倒也罢了,万一碰上妻子难产或大出血什么的难事,在常德母婴平安妇产医院分娩岂不是更保险?我们的这些想法也得到了我爸我妈和岳父母的支持,妻子在常德母婴平安妇产医院分娩的时候倒是顺产,这让我和双方父母也都松了一口气,可万万没有料到,顺产的儿子变成了别人的儿子。

　　回想起来,三十年前,为确保万无一失,我是通过战友的关系联系到常德母婴平安妇产医院,并提前三天入住产房的。为此我特意向领导请假,陪妻子一起入住。我们订的是单独的双人间,电视、空调和卫生间等设备一应俱全。时值阳春三月,窗外阳光明媚,万物复苏,花红柳绿,金灿灿的迎春花随风摇曳。看着窗外的美景,我和妻子心情一如眼前明媚的春天,对即将降生的孩子充满期待,也对我们这个小家庭的未来充满美好的憧憬与无限的希望。

　　妻子分娩的时间是晚上十点,因为宫缩肚痛,并且下身已经见红,妻子被医生提前安排进了产房,我自己在产房外既忐忑不安,又不无激动地等候着。一同在产房外等候的还有另一位与我年龄相仿的男子。他也是陪妻子前来分娩的丈夫。

　　大约是十点钟,产房里接连传出两声婴儿呱呱坠地的哭声,我内心也随之激动、兴奋起来。十点半左右,妻子搂着孩子躺在有轮子的产床上,被推出了产房，同时被推出产房的还有那位与我一同在产房外等候的男子的妻子和孩子。我顾不上多想，迫不及待地迎上前去，激动地俯身拥住妻子和孩子，旁边的护士却一把制止了我，告诉我婴儿和母亲现在抵抗力差，我现在还不能亲近。我听罢有些扫兴，却也乖乖地听从护士的嘱咐，立即停止了自己与妻儿的亲昵，浑身却仍兴奋得像鼓足了风的帆船，帮助护士将产床推回我们自己住的产房。

我清楚地记得，那天晚上的那个时间段，分娩的产妇只有两人，我的妻子和那位陌生男子的妻子，莫非儿子刘星生下来推出产房之前，护士给两个孩子洗澡时已经把孩子搞混了？那男人叫什么，那产妇又叫什么，当初我并没有问，不知道对方姓甚名谁，更没有留下联系电话。如今已经过去三十年了，人海茫茫，众生芸芸，我们该上哪儿找到他们？即便是好不容易找到对方，人家养的儿子健健康康，我们的孩子目前却是癌症患者，人家要是不承认也不肯换怎么办？即便对方承认刘星是他们的亲生儿子，可要让对方捐献肝脏，人家怎么可能同意？毕竟刘星自小不是他们养大的，他们对刘星可能毫无感情，冷不丁让人家捐献肝脏，那不等于杀了人家吗？

牛同发：

平地起惊雷！

今天上午我刚到公司上班，就接到一个陌生电话，对方说是深圳市南山区华侨城派出所的，让我马上到派出所去一趟。我一听内心怦怦狂跳，像冷不丁擂响了战鼓。尽管老话说"没做亏心事，不怕鬼敲门"，扪心自问，我一平头百姓，向来遵纪守法，也从没干过任何伤天害理的事，可不知怎的，就像世上的许多人一样，一听到是警察找上门，还是禁不住心惊肉跳。可人家是警察，你再没啥事，让你去，再害怕，还不得不去。我只好同主管打了招呼，说派出所不知有什么事找我，打电话让我去一趟。主管听罢瞪大眼睛，满腹狐疑地瞪着我，调侃说你小子干啥坏事了，嫖娼、赌博还是偷鸡摸狗了？我一听哭笑不得，只得摊开双手苦笑着做无辜状。我说主管你就别开玩笑了，我向你保证，我肯定没干坏事，我也搞不明白他们为什么要找我，可能是要向我了解什么情况吧。趁机我也调侃了一下主管，说主管你放心，万一是要调查你，打死我也不会说。主管一听且怒且喜，抡起拳头就要追打我，我哈哈大笑，抱头鼠窜。

虽然与主管开了开玩笑，缓解了我的紧张，可一路上我还是惴惴不安，搞不清派出所找我到底为何事。

到了华侨城派出所，我自报姓名，一男一女两位年轻警察将我请到问讯室。男警察负责问讯，女警察负责记录。

男警察先问我姓名、年龄、籍贯、职业、单位、家庭住址、家庭成员及其年龄，我如实汇报，一一回答。末了他问：你儿子牛自强是什么时间、在哪里出生的？我说儿子1991年3月30日晚上十点，在湖南省常德母婴平安妇产医院出生。男警察问：当时与你儿子一同出生的还有其他孩子吗？这个我倒是还清楚地记得，我说：当时与我一同在产房外等候的还有另一位年轻男子，与我年龄相仿，后来产房里先后推出两张产床，一张是我妻子和孩子，另一张是那位年轻男子的妻子和孩子。男警察问：除了你们两位的妻子和孩子，当时产房里还有其他产妇在生孩子吗？我答：据我所知，那个时间段应该只有我妻子和那位年轻男子的妻子两个产妇。

男警察听罢亮出了底牌。男警察说：是这样，根据湖南常德警方的请求，我们需要协助常德警方调查了解情况。据常德警方提供的信息，你儿子出生后推出产房的时候，有可能与你说的那位男子的孩子搞混了，因为那位男子夫妇已经做了DNA鉴定，结果显示他们养了三十年的孩子并非自己的亲生儿子。常德警方提出，最大的可能是当时在产房里与你的儿子搞混了，眼下需要你和你的妻子以及孩子配合做DNA亲子鉴定。你听明白了吗？

警察的话音未落，我就感觉浑身的血像正加热的气流，呼呼地往上涌，我被这股气流一下顶了起来：警察同志，你们这是开国际玩笑吧？这事也太荒唐了吧，这怎么可能，怎么可能？即便真的抱错，是他们出院后不小心与其他人抱错孩子了吧？完全有这种可能，比如他们的孩子小时候被带到外面玩，回家时与别人的孩子搞混了……

男警察挥手制止了我：同志你先坐下来，你先别急，冷静冷静。我们只是说他们的孩子当初存在与你的孩子抱错的可能，请注意我是说存在"可能"，并没有肯定。但真相到底是什么样，需要你们一家三口配合调查。

他这话我也不爱听。平白无故的，我又没招谁惹谁，再说我们一家三口工作忙着呢，凭什么要我们配合调查。这么一想，我壮着胆子问：警察同志，我忙着呢，我……我能不能不配合？我又没招谁惹谁。

男警察一脸严肃：那可不行！《中华人民共和国宪法》规定，公民有责任和义务配合、协助公安机关调查了解有关案件的真相。

我怯怯地问：那……如果不配合呢？

警察斩钉截铁地说：那就是违法。试想一下，如果我们每个公民都拒绝配合公安机关调查，那犯罪分子岂不是都能逍遥法外，那我们的国家和社会哪还有什么安全可言？所以，协助公安机关调查了解真相，其实也是保护自己，维护社会安全稳定。

警察这番话既严肃又入情入理，让我一时无言以对。看来我这一次是被赶鸭子上架，躲不开了……

刘　星：

那天医生给我做完化疗，我躺在病床上休息，无聊地刷着手机浏览新闻。一条雷人的标题冷不丁闯进我的视线，引起我的注意：《父亲欲割肝救子，却发现三十岁儿子非血亲》。我好奇地点了进去，心想怎么会这么狗血？新闻写的当事人名字虽然陌生，可照片却是躺在病床上的我和在床边照看我的父母亲，我整个人霎时惊炸了。再一细看，这则新闻除了写的当事人名字不是我和父母，事件发生的地点和来龙去脉同发生在我身上的一模一样，只是母亲发现儿子非血亲这一点，让我一时如坠五里雾中。联想到一周前父亲和母亲听从主治大夫的意见，在我面前争执抢着要向我捐献肝脏，这几天却静悄悄没了下文，更没再在我的跟前提及此事，尽管我内心已经发誓拒绝父亲和母亲给我捐献肝脏，但眼前这则新闻让我疑窦顿生。莫非这则新闻说的就是发生在我身上的事，我真的不是我爸我妈的亲生儿子？

这确实太狗血了吧？眼前这世界到底怎么啦，世事变幻怎么如此离奇，我就是想破头也想不出这种结果啊！不，不，不，我怀疑眼前这则新闻不是真的，纯粹是记者在胡编乱造！这时候妻子许莹刚好守候在我的身边，见我有些激动，忙问我怎么啦，哪儿不舒服？我揉了揉眼睛，极力想让自己清醒些，以便进一步判断手机里这则新闻到底是真是假。不料敏感的许莹却一把夺过我的手机，迅速浏览起来，眼睛霎时像正打着气的气球，嘴巴也张得像个天坑。我问她：你觉得这则新闻到底是真是假？许莹这才合上她的嘴巴，叹了口气，说：这还有假？你瞧瞧，她索性将我的手机递到我跟前，指着手机屏幕显示的那则新闻说，上面是你和爸妈的照片，连新闻留下的求助联系电话都是咱爸的手机号。这回震惊的是我。我一头栽倒在枕头上，脑子里霎时间如被塞进团团乱麻，怎么也理不出个头绪。震惊之余，我忽然想到必须给我妈打个电话……

林书琴：

儿子刘星打我手机的时候，我正在常德市第一人民医院附近的一个派出所等候深圳警方的协查结果。那边的结果还没传来呢，儿子的电话先吓了我一跳。儿子说：妈，你是否接受了记者采访，在报纸发了割肝救子的消息？我怎么会不是你的亲生儿子？太荒唐了吧！是不是我生病了，你和我爸不要我了？儿子在电话那头大声嚷嚷，带着愤怒和质问。

我脑袋嗡的一声，眼前霎时金星四射，一个趔趄差点让我摔倒。待定下神来，我冲电话那头的儿子说：儿子你别瞎想，你就是我的亲生儿子，你得了病我急得都直想撞墙，哪怕砸锅卖铁也要给你治病，我和你爸都抢着要割肝救你，你还能不是我们的儿子吗？可医院的检查结果说我和你爸的血型与你都不匹配，肯定是他们的检测出问题了，我才不信呢。可出问题又怎样，不信又怎样，我们不还得想办法救你吗？我接受记者采访发布消息向社会求救，还不是被逼得没办法了？所以儿子，我跟你说，你千万别瞎想，现在治病要紧，只要能治好你的病，哪怕将我这条老命豁出去我也在所不辞，你懂吗儿子？呜呜呜呜……

许　莹：

　　刘星给他妈打电话的时候，我刚好守在他病床旁。因为刘星按下的是扬声键，他们母子的通话我听得一清二楚，尤其是他妈一口气说出的那番话，简直如汹涌的水流从她的口中奔涌而出，滔滔不绝，势不可当。那种急切、诚恳几乎是歇斯底里，简直就是在掏心掏肺，说到最后抑制不住悲切的情感，话筒里传来呜呜的哭声，听着都让人心碎。

　　我一把夺过刘星的手机，一个劲安慰说：妈您别急，都是刘星不好乱说，您千万别往心里去啊。这时候手机却传出嘟嘟的声响，显然对方已经挂机了。这边我只好赶紧安慰刘星。我说刘星，刚才妈说的话那么恳切、迫切，你是你家的独生子，妈和爸怎么可能不爱你这个独生子？不说别的，自打你生病以来，我亲眼见证了爸妈像热锅上的蚂蚁，吃不好饭，睡不好觉，都千方百计想着怎么帮助你治好病。他们俩甚至争着要为你捐献肝脏救你，我看在眼里，暖在心头，感动得都直想哭。有这样的父母，有这样的家庭，我觉得你简直是掉到蜜罐里了，我甚至都暗暗为你有这样好的父母和家庭感到骄傲。我敢肯定，爸妈都爱你，而且都是百分之百地爱你，这是不容置疑的。如果你还要怀疑他们不爱你，这太伤他们的心了，你千万别这样啊！医院给他们验血的结果也都是真的，他们两人的血型确实与你都不匹配，验血的经历和结果我也都看得真真切切，谁知道到底出了什么幺蛾子呢！但不管什么原因，眼下治病要紧，爸妈都在帮助你想办法，哪怕是接受记者采访在报纸上发布求救消息，那也是被逼无奈，也都是真心实意、全力以赴要救治你，你就别再胡思乱想了，安心等待，安心治疗吧。刘星听完我这番话，才渐渐平静下来。但他此刻躺在病床上，神情呆滞，任凭眼角涌出的泪，汩汩地从两边往下淌。看着他无助的样子，我的心都乱了。

　　我同刘星在市职工业余歌咏比赛上相识并相爱，结婚才刚刚半年，幸福还没开始呢，怎么眼看着就将进入尾声了？刘星与我一样，平时爱好唱歌、健身、旅游。他性格开朗、乐观，兴趣广泛。他身高一米七五，不高不矮，不胖不瘦，体形匀称，敏捷健朗，平时可啥毛病都没有，甚至没见过他感冒发烧，怎么突然间就患了癌症？我俩怎么就这么倒霉啊，老天爷真是不开恩！谁都知道，癌症几乎等同于绝症，何况刘星的癌症已经进入晚期，这不等于宣判他死刑吗？他才三十岁呀！老天真是瞎了眼，太不公平了！刚获悉刘星确诊癌症的时候，我顿感浑身发凉，身体发抖，天瞬间黑暗下来，仿佛看到世界末日的来临。我俩共筑的爱巢眼看着就要倾覆坍塌，晚上我俩相拥而泣。刘星大概是因为哭累了，很快就睡着了。可我无论如何也睡不着，看着他苍白疲惫的脸，我不停地流泪，眼睛都哭肿了。第二天早晨醒来时，刘星见我眼眶红肿，反倒是摩挲着我的脸安慰起我：莹，别怕，我不会轻易死的，再说我舍不得你，我不想死，我要全力配合爸妈和医生，好好治疗，挺过这个难关。我要好好活下去，我还想与你一起迎接爱情的结晶——咱们的孩子，好吗？真是傻得可爱，他都这样了，还能哄我，真是少有的天真啊！他不说还好，他这么一说，我的眼泪又禁不住扑簌簌往下掉。

　　刘星得癌症这事，我都不敢同我的娘家人说，我爸，我妈，爷爷，奶奶，所有的亲戚朋友，我都不敢说，也不能说。刘星竟然还那么天真说要孩子呢，癌症患者还能要孩子吗？即便真的生了孩子，这孩子能健康吗？我爸我妈要是知道，肯定打死也不会让我生。可站在我的角度，我眼下可该怎么办呢？老话说，夫妻本是同林鸟，大难临头各自飞。我可不是那样的人，要那样我未免太没良心了。不能，我绝不能，我只能与他站在一起，照顾他，体贴他，帮助他共渡难关，不求别的，只求良心不受谴责……

林书琴：
　　在常德的派出所，警察告诉我，深圳警方终于传来消息，已经查到当初与我同在常德母婴平安妇产医院的产妇王桂香，以及丈夫牛同发和儿子牛自强，并且深圳警方还安排他们做了血型检测和DNA亲子鉴定，结果显示，王桂香和牛同发的血型都是AB型，儿子牛自强的血型是A型。也就是说，DNA鉴定结果不仅"不支持王桂香是牛自强的生物学母亲"，而且牛自强的DNA信息与我和丈夫刘大山的DNA信息相匹配，他们的儿子牛自强毫无疑问是我的亲生儿子——天哪，没想到我辛辛苦苦养育了三十年的刘星竟然不是我的亲生儿子，而我的亲生儿子一生下来不仅被改了姓，还成了别人家的孩子！这也太离谱了吧！是谁造成了这样的错误？谁应该为这荒唐的事件负责？

深圳的警方还提供了其他信息：王桂香当初是因为孕期回湖南常德娘家养胎待产，临盆时到常德母婴平安妇产医院生育的。王桂香早年到深圳打工，在那里结婚生子，丈夫也是湖南常德人，他们早已经在深圳置业扎根。但王桂香早就患有乙肝，目前还身患肝癌，幸好尚属于早期，一直在治疗之中……

深圳警方传来的这一连串信息，像一阵电闪雷鸣、狂风暴雨，劈头盖脸地砸向我，让我惊心动魄，既心潮澎湃，又浑身发凉，内心且忧且喜。忧的是先前发生的一切得到了进一步的验证与证明，我辛辛苦苦养育了三十年的儿子刘星竟然不是我的亲生儿子；喜的是我终于知道亲生儿子的下落了，而刘星也终于找到了他的亲生父母。肝移植的事是否也有希望？他的亲生父母愿意为刘星捐献肝脏吗？所有这一切都让我忐忑不安，一时间心乱如麻，眼下我该如何是好？

回想起来，在常德母婴平安妇产医院生孩子那天晚上，孩子出生后就让护士抱走了，据说是给婴儿洗澡，两个几乎同时出生的男孩前后脚抱去洗澡再抱回婴儿室，一不小心岂不是容易抱错吗？那么造成这个错误的责任方，显然是院方，可当初院方那些护士，怎么就那么糊涂、那么马大哈，这可事关孩子的人生和命运呀！

刘大山：

林书琴中午回到家的时候，一副失魂落魄的样子，像被什么坏人一路追打总算逃脱躲躲回家里一样，撞进家门的时候差点儿摔倒，好在我一把将她搂进怀里。我一边安抚一边问林书琴你怎么啦怎么啦，出了什么事怎么成了这个样子？她依然倒在我的怀里不停喘气，过了一会儿才从我的怀抱里挣脱，上气不接下气地告诉了我深圳警方传来的一切消息。听完她这番话，我惊讶得目瞪口呆，跌坐到沙发上，掏出烟点燃，发着狠一口接一口地吸烟，像跟烟有仇似的。吸完烟，我狠狠地掐灭烟蒂，总算将事情的来龙去脉理出了个头绪。我说：琴，承认现实吧，眼下要紧的事是救治刘星。我想好了，尽管他不是咱俩的亲生儿子，但咱俩辛辛苦苦养育了整整三十年，不说养了个人，就是养个宠物都会有感情你说是吧？咱俩与刘星的感情摆在那里，反正是与亲生儿子没什么两样。依我说，眼下咱们要尽快联系刘星在深圳的父母，看他们是否愿意捐献肝脏救治刘星，同时咱们也要尽快到深圳认亲，看看咱们的亲生儿子。再有，咱们与他们两家人抱错孩子的事，绝对是常德母婴平安妇产医院的责任，接下来咱们要联合刘星的亲生父母，起诉医院，向医院追责！

我这么一说，林书琴像被打了一剂清醒剂，淡定了许多，清醒了许多。她甚至有些破涕为笑，对我说你不愧是当干部的，一下就能理出头绪、拿出主意，分析得也有道理。我说老婆，我不仅是当干部的，还是军人出身呢，危难之际，大是大非面前，岂能乱了方寸？必须要有定力。再说了，我是咱家里的男人，眼下咱家遇到难题，我要是理不出头绪拿不出主意，我还算什么男人，你说对吧？说这话的时候，我颇有几分得意。

林书琴没像以往一样嘲讽我、打击我，反而是朝我深情一瞥，满意地笑着说：还行，像你当初谈恋爱对我承诺的那样。她这话像撒进我心窝里的一抹蜜，我听着很受用。关键是，她脸上浮现出多日不见的那抹笑容，如梅雨天闪出的一抹阳光，一时间让我感觉到生活虽然多艰，但人生毕竟还有希望。只是她脸上的那抹阳光，昙花一现，稍纵即逝，很快又阴云密布。

她忧心忡忡地问我：这事，可该怎么同刘星说？

我说：生死关头，只能同刘星如实说了，毕竟刘星需要亲生父母给她捐献肝脏，他自己又是学医的，再怎么瞒也不可能瞒住他。再说他也不是孩子了，我想他是能够接受现实的。

林书琴说：可我……我实在是开不了口，我真是舍不得他呀呜呜……

我搂住她，轻轻摩挲着她的肩膀，安慰说：这事你甭管了，我来告诉刘星。另外，咱们得赶紧联系刘星的亲生父母——噢对了，你有没有向派出所要刘星父母的电话？

林书琴说有，可"有"字刚一出口，她又低头哽咽、抹泪。我问你这又是怎么啦快把电话号码给我呀。我很着急，可林书琴仍磨磨蹭蹭、抽抽噎噎，说我听你那么一说怎么那么刺耳、别扭！我吓的一声，加力摇她肩膀，我说我说什么啦我没说什么呀。她抬手挡住我的手，责怪我说你还说你没说什么，你不是说过"赶紧联系刘星的亲生父母"吗？

我说：我以为我说啥了呢，原来你是在意这个，可这已经是现实了呀！

林书琴怼我：可我听着就是刺耳、别扭！

我哭笑不得，只好边安慰她边继续催她要刘星父母的电话号码。

王桂香：

真是活见鬼了，怎么会有这等事？前几天应警方要求，我们一家三口到指定医院做了 DNA 鉴定，结果被告知，我辛辛苦苦养了三十年的儿子牛自强竟然不是我亲生的儿子，我的亲生儿子竟然是在我的老家湖南常德的另一人家家里。这怎么可能？这怎么可能？那天我老公下班回家，说起警方要求我们一家必须协助调查，他内心强烈抗拒，可又不得不配合。虽然我同老公一样一百个不愿意，平白无故生出这么档事谁不闹心啊，可转而一想既然配合警方调查是宪法规定的公民义务，那就配合呗，再说没做亏心事，不怕鬼敲门，非得检查就检查吧，我怕什么呀！所以一家人去医院做鉴定，我内心还是挺坦然的，回来的路上一家人还有说有笑。谁料第二天出鉴定结果的时候，风云突变，警方告知经医院鉴定证明，不支持我是牛自强的生物学母亲，也就是说牛自强不是我的亲生儿子。不仅如此，警方还同时告知，湖南常德要求深圳警方协助调查的那家人，他们那个叫刘星的儿子的 DNA 鉴定信息与我匹配，是我的亲生儿子，而我的儿子牛自强才是他们的儿子。这也太出乎意料、太离谱了吧！莫非这世界上的石头要开花，太阳要从西边出来？打死我也不信啊！可现在的科学这么发达，医院和警方的鉴定结果又如此言之凿凿，我纵有十个嘴巴也无法反驳呀！事已至此，我只能低下头来承认现实了。

回想起来，当初我怀孕六个月的时候，因为妊娠反应强烈，老公送我回湖南常德的娘家养胎，由我娘照顾，直到儿子出生。我生孩子的时候，确实是在常德母婴平安妇产医院，那天同时被护士推入分娩室、同时生孩子的时候，确实也只有我和另一个孕妇。生孩子的时候我疼得喊爹叫娘，隐约听到另外那个孕妇也时不时大呼小叫。待到孩子生下来，我才如释重负，仿佛刚刚经历了一场肉体劫难，我感觉自己像被抽去了全部筋血，浑身大汗淋漓，四肢乏力，耳旁却回响着婴儿呱呱坠地的哭声。护士说了声"王桂香祝贺你，你生的是儿子"，我听罢有了一丝兴奋，挣扎着想抬头看一眼我的孩子，不料却让护士按住了。护士说你不能动，伤口还在滴血呢，孩子被抱去洗澡了。听护士这么一说，我只好作罢，这时候困意也潮水一样一阵阵袭来，我昏昏沉沉只想睡觉。直到护士唤醒我时，我发现孩子已经被裹得严严实实依偎在我的身边，躺在我的臂弯里，那一刻我困意全消，一波又一波的慈爱和幸福像潮水般阵阵袭来，我真的陶醉了。很快，我被护士推出分娩室……莫非就是在那个时候，我的儿子和对方的儿子被护士抱错了？这么大的事，不应该呀！真要是这样，那些不负责任的护士也太可恶了！不过这事都过去三十年了，常德那家人是因为什么原因、怎么发现的？眼下对方都通过警方协查，找上门来了，他们想干什么？所有这一切如一团乱麻塞进我的脑子里，我感觉脑袋发涨，脑子一时乱成了一团浆糊，不知如何是好。

牛同发：

自从出了DNA鉴定结果，我感觉一块大石突然压到了心头，眼前也仿佛冒出一座大山挡住了我们一家的去路。这么多年来，我们一家在深圳生活得平静安稳，虽不像那么多大老板那样大富大贵、出门举手投足一掷千金，却也已衣食无忧。我们早已经有房有车。我在一家贸易公司做销售，效益不错。妻子王桂香原先在一家商场上班，近年虽然因身体原因提前内退，但每月也还领着四五千元的工资。儿子牛自强计算机专业硕士毕业，在一家网络科技公司当技术员，月工资两万，眼下已经处了一个女朋友，正如胶似漆地恋爱，打算今年底结婚呢。总之，我们一家人正像深圳这座城市一样日子蒸蒸日上，怎么冷不丁就冒出这么档闹心事。儿子牛自强怎么可能是别人的孩子呢？要不是做了科学鉴定，打死我也不信！可这么一档子鉴定，却像是一根搅屎棍，把我们一家平静的生活全搅乱了。我妻子原本就有病，患了乙型慢性肝炎，最近还被查出早期肝癌，自打鉴定出这档子事，整天吃不好饭睡不好觉，眼看着没几天就瘦了一圈，真闹心啊。幸好我儿子牛自强倒不把这当回事，那天晚上他回到家里，我和妻子诚惶诚恐地将结果告诉他，担心他受不了打击，不料他听了却若无其事，说了声：爸，妈，别听他们瞎扯，什么 DNANBA 的，我才不信呢，我从记事的那天起就一直跟着你们，知道是你们辛辛苦苦将我养大，我怎么可能是别人的儿子？鬼才相信！别说只做了一次 DNA 鉴定，就是做一百次，这辈子我也认定了，我就是你们实打实的亲生儿子，别人是抢不走的，这个老爸老妈你们尽可以放心。说完这番话，儿子就径自进了自己的屋，像往日一样鼓捣他的电脑去了。听完这番话，我和妻子都如释重负，甚至暗自庆幸，暗自欣喜，以为只要自己的儿子认定我和桂香是他的亲生父母，这事也就不了了之了。

不料第二天一早，还没出门上班呢，我便接到一个陌生来电，电话显示来自湖南常德。我稍微犹豫，想了想还是接通了电话，问谁呀？对方客客气气地说：请问您是牛同发先生吗？我说你是谁呀，找他有什么事？对方自报家门，说我叫刘大山，在湖南常德，我有重要事情要找牛同发先生本人。我犹豫了一会儿，忽然胡诌说：他这会儿正忙呢，你有什么事，直接同我说吧，我是他的秘书。对方沉吟了一会儿，说对不起这事太过重要，我必须直接同牛同发本人说。我追问说什么事这么重要啊？对方说非常非常重要，可以说人命关天，事关他亲生儿子的生命。对方这句话像一根无形的丝线，将我的心扯紧了。可我转而想，没准是对方设下的圈套吧，为达到目的故意夸大事态。这么一想，我随意说了声对不起你可能打错电话了，随之关了手机。

没想到这时候老婆却责怪起我，说哎呀你怎么不听一听对方到底发生了什么事？我说老婆你怎么了，多一事不如少一事，人家原本就想找上门来，你要是搭惹上了，没准就是非一大堆，麻烦一箩筐，你不嫌麻烦我还嫌麻烦呢。再说了，我本来就忙得像头驴，哪有时间去应付这些节外生枝的事？我这么一说，一下子将老婆的嘴给堵住了。看她犹犹豫豫、欲言又止的样子，我也不理她，拎起提包出门上班去了。

王桂香：

这该死的老公，一辈子都是这么个脾性，无论做什么事都急，刚才耐心一点听对方说完话怎么了？对方说人命关天，到底发生什么事了？会不会是我生的那个儿子——尽管内心里我不能接受他是我的儿子而牛自强反而不是我的亲生儿子的现实，但毕竟医院的DNA鉴定都那么说了，万一真的是当初在产房里与对方抱错了儿子，我自己的亲生骨肉真的在对方家里可怎么办？没准冥冥之中我那亲生儿子有什么感应，迫切地渴望着寻找他的亲生母亲，希望见到他的亲生母亲呢！俗话说，儿女就是父母的心头肉，是父母的心肝宝贝，以前不知道也就罢了，自从做了DNA亲子鉴定，听医院的医生那么一说，我的心就像闯进一只兔子，从最初的将信将疑到后来的心事重重，反正是吃不好饭睡不好觉，终日不得安宁。我时常想，DNA亲子鉴定早就在世界范围广泛使用，警察破案、婚姻出轨、家庭遗产纠纷什么的，时常听说法院要用DNA亲子鉴定断案判别是非，眼下轮到我们也做了亲子鉴定，莫非就会出错？想想也不大可能。假如是真的，我自己身上掉下的那块心头肉、心肝宝贝，这三十年都生活在别人家里，他生活得好吗？那家人对他到底怎么样？假如他在别人家里缺衣少吃，甚至遭受虐待，叫天天不应，叫地地不灵，我们做父母的却不理不睬，那不是作孽吗？这么一想，我就越发觉得不是滋味。冥冥之中，我似乎听到了亲生儿子的呼救声，甚至眼前恍恍惚惚，时常闪现亲生儿子那双哀怨绝望求救的眼睛。看着老公忙忙碌碌，对此事爱理不理、毫不在乎的样子，我感觉男人真是铁石心肠。可我是女人，我是母亲，我不能跟老公一样无动于衷。尽管我爱牛自强，爱现在的儿子，可我也想知道我那个亲生儿子的真相，我甚至恨老公把那个电话草率地挂了。眼下我该怎么办？内心越来越强烈地感到，我多么想见到我的亲生儿子啊……

刘 星：

我爸和我妈来医院看我的时候，我发现他们的表情有些异样。我爸有些热情，我妈却心事重重。我爸问寒问暖，像个放下身段到医院来看望住院职工的领导。我妈则小心翼翼地跟在我爸身后，时不时拿眼看我爸的脸色，举手投足比平素忽然间少了些自如。只有劝我吃这一点，我妈与以往是一样的，比如他们刚刚带来的酸奶、草莓、香蕉等水果，只是我刚刚做完化疗，浑身疲惫不堪，没半点胃口，根本就不想吃。

待护士离去，病房里安静下来的时候，我爸对许莹说许莹你累了，你到外面休息一下，散散心，我同你妈替换你，陪刘星说说话。开始我有些不愿意，希望许莹能继续陪我，这两天她是利用周末休息时间接替我妈来的，平日都是我妈在医院里陪伴我、照顾我，也挺累的。自打我得了癌症，许莹白天要上班，晚上下了班或周末休息就跑到医院来照顾我，这一点很令我感动。俗话说，夫妻本是同林鸟，大难临头各自飞。可我亲爱的许莹至今却对我不离不弃，我多么庆幸此生能娶许莹为妻，也发自内心地更加爱她。我想，假如此生对许莹无以为报，来生一定百倍偿还。眼下，我爸提醒了我，确实应该让许莹好好休息，可千万别让她累垮了。好在这时候的许莹也很听话，她俯下身抚了抚我的脸庞，深情地望了望我，对我说：亲，那我歇会儿，到外面透透气，哦？我说你快去吧。

许莹离开后，我爸我妈双双靠近我的床前，我妈挨着我坐到床沿上，我爸则将一只木凳搬到我床前，郑重其事的样子。我预感到他们有什么重要的事要对我说，于是挣扎着掀开被子的一角，试图坐起来靠到床头上，不料我妈却一下按住了我，说儿子你别动，你就躺着，你爸有话要对你说。我遂将目光转向我爸。

我爸俯下身子，一只厚实的手伸了过来，在我的脸上不停摩挲，眼睛紧紧地盯着我，像要将我装进他眼睛里。他的手掌是那么厚实、温暖，他的目光又是那么慈祥、温和，长这么大，我从未见过这种阵势，更从未被他这么对待过。一股暖流忽然从我的心里涌出，很快传遍全身，我感觉到我爸手里的温暖和慈爱，都快要将我整个融化了，弄得我都有些不好意思。我不得不开口说：爸，你是不是有话要对我说？你快说吧。

我爸终于说话了：刘星，自你生病以来，我和你妈可以说是操碎了心，尤其是你妈，可以说是全力以赴、夜以继日在照顾你。我们唯一的想法，就是尽最大的努力治好你的病，哪怕家里要砸锅卖铁、倾尽全力，我们也会在所不惜，毕竟你是我们辛辛苦苦一手养育大的孩子。但目前棘手的问题是，你这病到底怎么治疗？医生都说了，最好是做肝移植手术，这没问题，我和你妈都毫不犹豫抢着捐献，按规定血都验了，DNA 鉴定也做了，谁承想会节外生枝，医学鉴定结果硬是不认同你是我和你妈生物学上的儿子。这样的结果，对咱们家来说简直就是晴天霹雳，我和你妈一开始都不相信，也不承认，可医院的医学鉴定白纸黑字，无可辩驳。尽管结果如此，我和你妈都认定你就是我们的亲生儿子，你是我们辛辛苦苦养大的，你怎么能不是我们的儿子？即便医学鉴定不承认，我和你妈也会认定你就是我们的儿子，我们爱你，舍不得你，并且肯定会尽最大的努力为你治病，这个你尽可以放心……

听着父亲的这番话，我像站在冰冷的原野上沐浴春日的暖阳，内心深处的坚冰在渐渐消解、融化，情感的暖流由小变大、由缓变急，越来越强烈地冲击着我的内心。当父亲说到"这个你尽可以放心"时，我终于抑制不住内心汹涌的情感，滚烫的热泪夺眶而出，我禁不住脱口大喊：爸，你别说了，我就是你和我妈的亲生儿子！我喊出的这句话几乎是歇斯底里，一出口便如春雷滚地，将我爸我妈都吓着了，就连门外的护士也惊诧地推门进来，连问怎么啦怎么啦刘星你哪儿不舒服了？我爸连忙对护士摆手，说没事没事。我妈此刻却紧紧地攥着我的手，另一只手抚摸着我的脸连声说：是的是的刘星，你就是我们的亲生儿子。我发现，我妈此时已经是泪流满面。

我爸也说：没错没错，你就是我们的亲生儿子！我和你妈真的爱你，舍不得你，正因如此，我们都在千方百计想着如何为你治疗。可眼下，我和你妈想为你捐献肝脏的路却被堵住了，所以咱们得想想其他办法。什么办法呢？依我看，咱们首先得承认科学，也承认现实，也就是说，虽然我和你妈至死也都认定你是我们的亲生儿子，但我们还得设法找到你生物学上有血缘关系的亲生父母，看看他们能否同意为你捐献并移植肝脏……

我立马打断我爸的话质问：爸，妈，这到底是怎么回事？我生下来就一直归你们抚养，怎么到头来就不是你们的亲生儿子，这太荒唐了吧？这到底是怎么回事啊？我都犯糊涂了，这么说我是你们从别人家抱养或者是从垃圾堆捡回来的啊？

看我这么急，我妈抢着说：不是的不是的，刘星，你听我慢慢说……我极力控制住自己，紧紧地盯住我妈，唯恐错失她即将说出的每一个字。我说那好，妈，你说吧，我到底是从哪儿来的？

我妈终于一五一十地讲述了当初的生育过程，并说：根据目前警方协查情况，当初生完孩子出院时，两个孩子不小心被抱错了。也就是说，我自己生的孩子被错抱到你的亲生父母那儿，而你又被错抱到我们家里。

我听罢大喊：这也太荒唐了吧！我猜想此时的我就像一头受惊的狮子，将我爸我妈吓得不轻。可我顾不上这些了，我仍拼命喊：这惊天的错误到底是谁造成的呀？肯定是妇产医院，是那些马大哈护士，要追责、追责、追责！

我爸说：儿子你说得对，肯定要追责，但眼下要紧的是联系到你的亲生父母，看他们能否同意前来认亲，然后再征求你亲生父母的意见，看他们是否同意为你捐献肝脏。

听我爸这么一说，我反倒冷静下来。我喃喃自语：我的亲生父母，他们在哪儿？他们会同意认亲吗？献肝，他们能同意吗？

我妈说：谋事在人，成事在天。成不成，就看对方了。儿子，实话跟你说，我同你爸已经给你在深圳的生父打过电话，手机号是警方给我们的，但接电话的人说是你生父的秘书，我们说事情太过重要，人命关天，让秘书找你生父接电话，但对方推托说你生父忙，没时间接电话，说完就挂了电话。我们再打，就怎么都打不通了。

听罢，我内心咯噔一下，心想果不其然，纵然是生父，人家还不一定愿意认亲呢，何况是捐献肝脏？

林书琴：

刘星总算接受不是我亲生儿子的现实了，可他那远在深圳的亲生父母对他来说是完全陌生的，他当然希望能联系上他的亲生父母，哪怕仅仅是认亲或见上一面，至于他的亲生父母是否愿意为刘星捐献肝脏，真的是很难说。虽然儿子是他们生的，但毕竟一生下来就没在他们身边，何况都整整三十年过去了，他们之间除了血缘关系之外，谈不上有任何感情。这个世界上有几个人愿意为陌生人做出牺牲、捐献肝脏呢？细想是很难的，除非圣人，除非专门积德行善的仁者，可眼下这个世界上的圣人和仁者又能有几个？天下熙熙，皆为利来；天下攘攘，皆为利往。人生混沌，世道坎坷。芸芸众生当中，利欲熏心者多，乐善好施者少，舍己救人者更是凤毛麟角了。纵然刘星是对方的亲生儿子，可即便一生下来就在一起生活的母子和父子又怎样，就肯定愿意割肝救子吗？我看也未必。这么一想，我也有些绝望。可绝望就放弃，就让刘星等死吗？当然不能，我绝不能眼看着辛辛苦苦养育了三十年的儿子就这么白白等死，哪怕只有一丝丝的希望，我也绝不放弃。人是讲感情的，我家对面的邻居数年前养只宠物狗，狗死了邻居都哭得呼天抢地、死去活来呢，何况我养的是一生下来就同我相依为命的大活人？自打刘星患病，我家已经快花完之前的全部积蓄了，算起来已经有五六十万元，可花的时候我从不含糊，他爸更是为此戒了酒，也戒了烟。他爸还说，钱是身外之物，可儿子是咱们自己的儿子，只要咱们还有一口饭吃，就不能停止给刘星治病，即便是卖车、卖房，咱们也在所不惜！那天听到老公说这番话的时候，我的心暖融融的，既温暖又柔软，感觉都快化了，眼泪禁不住扑簌簌地往下掉。我又一次被老公感动了，内心一千次一万次庆幸这辈子嫁给了他。人哪，甭管有钱没钱，官大官小，在社会上有地位还是没地位，有情有义最重要。尤其是女人，找个有情有义的男人，只要能相亲相爱厮守一辈子，我觉得即使天天喝稀粥啃干馒头，心里也会是甜的。不过说一千道一万，眼下最要紧的，还是设法联系到刘星的亲生父母。再说了，我也惦记着那个一出生就与对方搞混了的亲生儿子呢，他到底长得啥模样？工作了吗？生活过得好吗……

王桂香：

正当我埋怨老公那天的草率，身不由己地思念着我那个生下来就几乎未曾谋面的亲生儿子的时候，一个陌生电话打进了我的手机，电话显示来自湖南常德，看号码也从未见过，显然不是我娘家人及亲戚朋友的电话。铃声像急促的警铃一阵急似一阵，我的心被催得怦怦直跳，心想莫非就是那个前来寻亲的电话？我到底接还是不接？不接，会不会从此错失机会？接，会不会像老公担心的那样，从此惹出一大堆麻烦？正在我左右为难、犹豫不决之时，那个我连续几天日思夜想的儿子的声音仿佛在一声声呼唤着我，那张哀怨绝望求救的无辜脸庞同时飘到我的眼前。那一刻我的心像被什么猛然扯了一下，疼痛难忍，心一软，滚烫的泪水止不住夺眶而出。一股巨大的勇气促使我痛下决心，我唯恐对方挂断电话似的，以迅雷不及掩耳之势按下了通话键。喂——您是哪位？

话筒传出的是一个女声，声音怯怯的：请问，您是王桂香女士吗？我说，我是。

那边说：噢，王女士您好！太好啦，我可算找到您啦。是这样，我是湖南常德汉寿县的林书琴，三十年前咱俩在常德母婴平安妇产医院生孩子，咱俩还是同一天也差不多同一时间生的孩子，而且是被安排在同一个产房。那天的那个时间的那个产房，偏巧生孩子的就只有咱俩，出院时按护士安排咱俩各自带走了孩子，但孩子可能被当班的护士不小心搞混了，因为前些天警方和医院的亲子鉴定结果证明，我辛辛苦苦养了三十年的儿子是您的儿子，而您也辛辛苦苦养了三十年的儿子其实是我的儿子。这样的结果太惊人、太难以置信了，听起来就像天方夜谭，开始时我根本不敢相信，我估计您也不敢相信。可亲子鉴定结果白纸黑字，证据确凿，想必深圳的警方也已经告诉您结果和真相。这个天大的错误，到底是怎么造成的，现在我说不清楚，估计您也说不清楚，但妇产医院无论如何肯定是有责任的，这个等咱们以后再慢慢搞清楚。现在我给您打电话，是想听听您的意见，您想不想认您的亲生儿子？哪怕只是相互之间认个亲，见见自己的亲生儿子，您看行吗？

对方说这番话的时候，就像揭开一桩让人担心却不能不揭开又不得不接受的秘密，自始至终让我听得忐忑不安、心惊肉跳。虽然我能够感觉到，对方说的时候，语气小心翼翼、如履薄冰，似乎生怕我随时拒绝或挂断电话，可她并不知道，我自己其实也听得诚惶诚恐、惴惴不安，以至于对方说完话，我多少还有些不知所措。我怯怯地问：您好，您是常德那边的林书琴女士？对方说是呀。我咽了口唾液，极力镇定自己的情绪，然后问您真的是当初同我一起在同一所医院、同一个产房、同一个时间生的孩子？对方说是啊，这几天我一直急着找您，不知道您想不想认您的亲生儿子？同时，我也很想看看我的亲生儿子到底长得啥模样。她似乎说到我心坎里去了，我想毕竟都是女人，也都是做母亲的，都惦记着自己的亲生儿子。我当即说行啊行啊，我也想看看我儿子到底长得啥模样。他现在工作了吗？过得好不好？对方说：您儿子工作了，过得挺好，不过最近他生病了，不大好，急需亲生父母帮忙。我心里一咯噔，随口问：儿子他到底怎么了，生了什么病？对方支吾了一下，欲言又止。我催问她：您倒是说话呀，我儿子到底怎么了？话一出口，我自己都吓了一跳，没想到自己内心已经认同了自己陌生的亲生儿子。对方还是支吾了一下，说反正是不大好，目前还在住院，医生说这病若想治好，最好的治疗方案是肝脏移植。但肝脏移植需要血型匹配，我和我丈夫都是 A 型血，可您儿子是 AB 型血，我们无法给他进行肝脏移植。可你们深圳的警方说了，您和您老公都是 AB 型血，若要进行肝脏移植，只好靠您和您老公了。

对方说出的这番话像极了大冬天突然打到我心头上的一层冰凌，我内心一紧，赶紧追问：这么严重吗？快告诉我，我儿子到底得的是啥病啊？对方还是支支吾吾，欲言又止。我急了，我说您要是不说实话，咱俩就没法再交流了。对方忙说：既然是这样，我只好告诉您了，刘星——也就是您亲生儿子的名字——他得的是肝癌。我一听，脑子嗡的一声，顿时感觉到浑身的血直往上涌，瞬间仿佛有无数的蚊蝇在我眼前四处乱窜。我脱口大喊：怎么有这等事，我儿子他才多大啊，他才三十岁，怎么就得这个病啦？对方说：是啊，刚开始我也不敢相信，他这么年轻，我和我老公甚至我们两家的父母，一向健健康康的，没有得过什么疾病，更没有患过肝病，刘星怎么会莫名其妙得了这种病？打死我也不相信，可事实是他就是得了。既然这一切都已是既成事实，眼下说啥也没用了，要紧的是想方设法为他治病。为了给他治病，我们家前后已经花了五六十万元，我们想虽然刘星不是我们的亲生儿子，但毕竟是我和我老公辛辛苦苦养育了三十年的儿子，人家养个宠物都喜欢得死去活来的呢，何况刘星是个原本生龙活虎的大小伙子，您说是不是？可眼下我们遇到的，还不仅仅是花钱的问题，如果治疗不得法，花再多的钱也只能是冤枉钱。所以，我给您打电话，就是想与您商量一下，如果您和您老公愿意认这个亲生儿子，就同我们一起想办法全力救治他，不然他太可怜了。

对方说出的这番话就像射向我的飞镖，镖镖直插我的心头，我心惊肉跳，疼痛难忍，脑海冒出串串问号：怎么有这等事？怎么有这等事？怎么有这等事……与此同时，我脑子也在高速运转，寻思着怎么回答对方。这回轮到我在电话这边磨磨蹭蹭、支支吾吾了。因为没有马上回答对方，对方不断在电话那头催我：王桂香女士，您倒是说话呀，您到底认不认自己的亲生儿子，到底帮不帮忙救治自己的儿子？对方的催问像擂在我心头上的鼓槌，擂得我更加心惊肉跳。我被逼到了墙角，只好匆忙应答。我说对不起林书琴女士，您说的这一切太过突然了，我没有半点思想准备，您得容我想想。何况这事太大了，非同小可，您得容我回家同我老公商量商量。其实，当听到对方说自己和老公甚至双方父母都没有患过肝病的时候，我差点告诉对方我一直患有肝病，已经好几十年了，而且前不久还诊断出了早期肝癌，幸亏我一闪念控制住了自己，将快要脱口而出的话给咽了回去。

牛同发：

　　傍晚我下班刚刚回到家，妻子王桂香就从厨房里迎了出来，双手还不停地在她胸前的围裙上反复擦拭。没等我放下手中的提包，她就开口说同发你总算回来了！我反问说怎么是总算，我每天不都是差不多这个时候回来的吗？我看她心事重重、欲言又止的样子，追问说有事吗？她苦着脸说：今天常德那位想认亲的人给我打电话了。我问：你接电话了？她瞟我一眼，嘟囔着说：是啊，我忍不住接了。我追问：结果呢？王桂香说：结果我俩就聊了起来，她说她叫林书琴，当初与我同在常德母婴平安妇产医院生孩子时就在同一个产房，也几乎是在同一时间生的孩子，出院时两个孩子让护士张冠李戴不小心搞错了，问我是否愿意互相认个亲，让咱们与他们彼此都看看自己的亲生儿子。我问：你怎么说？王桂香说：我当即说行啊行啊，我也想看看我儿子到底长得啥模样。他现在工作了吗？过得好不好？对方说：你儿子工作了，过得挺好，不过……她停下来，用忧虑的目光看着我。我追问道：你倒是说话呀！王桂香只好继续说：对方说儿子生病了，病得很重，急需亲生父母帮忙。我一听浑身毛孔紧缩，警觉起来，瞪着眼问：到底得的什么病啊？王桂香怯怯地望着我，嗫嚅着，最终说出我最不想听的两个字——肝癌！我一听脑袋都快炸裂了，我大喊：肝癌，绝症——是想让咱们出钱医治吗？王桂香道：钱倒是没说，但对方说要做肝移植，因为他们夫妻血型不配，不能移植，必须是亲生父母。我一听浑身像被火点着一样，一股烈焰喷口而出：你这个臭婆娘，你看看你惹的祸，你这不是没事惹事、引火烧身吗？我拳头的骨节已经捏得咯咯响，差一点就要挥出去，但最终还是忍住了。王桂香却已经被我骂哭了，一边抹泪一边抽抽噎噎地哭诉：我……我这不是惦记……惦记咱们的亲生骨肉吗？何况是个儿子！虽然……呜……虽然从一生下来咱们就几乎从未见过，但毕竟……呜……毕竟是我自己身上掉下的肉，哪里……呜……哪里像你们男人那样铁石心肠……呜呜……她竟然以退为进，反倒责怪起我来，我一听更是火冒三丈！我责骂道：你这臭婆娘，你倒是心软，倒是好心，你倒是逞能！那好，你逞能你自己去捐献肝脏吧，反正我不捐！王桂香说：那你不认那个亲生儿子？我气不打一处来：谁说我要认那个亲生儿子了？我一开始就没想认，也不想让你认，可你就是不听。再说了，亲生不亲生，反正打一生下来咱们就没养育过他，就当咱们撒过的尿、拉过的屎好了，还谈什么感情？相反，咱们自小养的是牛自强，虽然牛自强不是咱们的亲生儿子，可咱们都辛辛苦苦养了三十年了呀，你能说你对牛自强没有感情？这么说吧，反正我喜欢牛自强，我认定牛自强就是我的亲生儿子。再说都三十年过去了，将错就错有什么不好？咱们与对方互相认了亲有啥用，莫非咱们用辛辛苦苦养大的儿子牛自强去换对方那个得了癌症的儿子？难道你脑子进水了啊？我这一连串的话像机关枪一样，冲王桂香哒哒哒地就是一梭子，打得她晕头转向只顾干瞪着眼，似乎都快要透不过气来，只见她眼泪吧嗒吧嗒直往下掉。待透过气之后，她仍心存不甘，反驳说：你知道，我是乙肝患者，况且又得了癌症，不适合肝移植，要不然我没准就捐了，不是说救人一命，胜造七级浮屠吗？何况那孩子还是我自己身上掉下的肉。咱们要都不救，那孩子肯定死定了，那不是很可怜吗？想想都让人心碎！眼下他没准日日夜夜眼泪巴拉地盼着咱们去救他呢，作为孩子的亲生父母，咱们难道就这么铁石心肠、袖手旁观、见死不救吗……呜呜……王桂香振振有词，边说边抹泪，那样子可气又可恨。我心想，她怎么就这么死心眼啊！明摆着如果与对方互相认亲，甚至是换回来孩子，我们肯定是吃亏的，毕竟那孩子已经得了绝症，干吗要去自找麻烦？我冲他嚷起来：你这个臭婆娘，脑子果真是进水了。你怎么就不想想，即便你不患乙肝，也不得癌症，你要是将肝移植给那孩子，你以为你还能活呀？你自己的命都不要了？再说了，即便我同意给那孩子捐献肝脏，你就支持了？我的命我的死活怎么样你也可以不管了？臭婆娘，你真够恶毒啊。我倒要问你，在你的眼里，到底是我的命重要，还是那个从未谋面也谈不上什么感情的孩子的命重要，唉？

　　我注意到，我说出的这番话像一块突然堵到她嘴上的破布，总算将王桂香的嘴给堵住了，此刻她像一只被手电筒光柱照蒙了的青蛙，鼓着眼睛呆呆地望着我，半天都说不出话。过了好一会儿，她才又张了张嘴，像想起了什么，哭丧着脸喃喃自语说：唉，这孩子真是太可怜了，当初要不是抱错，一生下来及时打乙肝疫苗，岂不是就不会得这种病？相反，咱们的牛自强出生时原本不用打乙肝疫苗的，反倒给打了。这事你应该也记得吧？当初我入院要生孩子时，医生查出我是乙肝患者，说孩子出生后必须打乙肝疫苗的。你看这事给闹的，因为出生时张冠李戴没打乙肝疫苗，生生把咱们那亲生儿子全给毁了，那家妇产医院也真是作孽呀！呜呜……呜呜呜……说完王桂香又哭起来，越哭越伤心，痛不欲生的样子，哭声让人心慌意乱。

我忽然意识到，女人毕竟就是女人，自己生的孩子真的像身上掉下的肉，心疼得不行，不像我们男人想得开，真拿她没办法。不过，她的这番话倒是提醒了我，当初那家妇产医院的护士怎么就那么马大哈，生生将孩子给搞混了呢？这可是事关两个孩子的一生呀！这也不仅仅是作孽不作孽的问题，简直就是犯罪——对，犯罪——应该告当初那些值班护士和妇产医院，找他们索赔！这么一想，我头脑反倒清醒起来，也冷静下来，觉得这事还是应该管一管，不能就这么不了了之，毕竟那孩子是我们的血脉。我对王桂香说：臭婆娘，你就知道哭，哭有何用，哭就能治好那孩子的病了？听我这么一嚷，她果真停住了哭，抹了抹眼泪看着我，像不认识似的。我说：让咱俩割肝救那孩子，那都是瞎扯，除非咱俩都不想活了，命都不要了。依我说，真想救，还可以想想别的办法。王桂香的眼睛亮了起来，手一拍问：你有啥办法？快说呀！我说：由于当初妇产医院的护士的失误，造成该打乙肝疫苗的孩子没打，不该打疫苗的孩子反而打了，这都是医院和护士的错。严重的是，那个孩子因为没打乙肝疫苗，让身体埋下了祸根，他肯定是因为后来感染乙肝病毒最终发展到肝癌的，必须追责，打官司，找医院索赔！王桂香听罢，眼睛放出光来：对呀！至少咱们应该与常德那家人联合起来，一块起诉当初那家妇产医院，让他们赔偿，为孩子讨回公道。

我点头说：我说的就是这个意思。不过我可丑话说在前，我忙着呢，我可没那么多闲工夫去掺和这事。

王桂香说：这你甭管，你不反对我就谢天谢地了，我自个与他们联系。

林书琴：

度日如年。

与深圳那个王桂香通完电话之后，我忐忑不安、焦躁万分地等待着对方的回复。刘星原本是他们的亲生儿子，眼下又人命关天，等待救治，可他们竟然说要商量，这是我万万没有想到的，真可谓皇帝不急太监急！时间在一分一秒过去，每走一秒，无论对刘星还是对我和我老公刘大山，几乎都增加一层无形的煎熬。看着病床上刘星那副清瘦的骨架，那苍白又蜡黄的脸庞，那悲苦绝望的眼神，我仿佛看到癌细胞如一群凶神恶煞般的白蚁，正一分一秒、一点一滴疯狂地蚕食着他的身体。刘星才三十岁啊，风华正茂的年纪，老天怎么就这么不长眼，非要同我们过不去，这到底是谁作的孽呀！

晚上已经过了十点，刘星刚打完针服完药，正昏昏沉沉睡着的时候，我的手机响了，正是深圳那个王桂香打来的电话。我像热天里忽然被当头浇了一盆凉水，精神为之一振，顿时抖擞起来。我赶紧按下通话键，因生怕吵醒刘星，便一串碎步走出病房到楼道里与对方说话。我的声音多少有几分激动，我说：王女士您好！救治您儿子刘星的事您到底考虑得怎么样了？王桂香说：这事我同老公商量了，刘星毕竟是我们的血脉，我们不能不管，肯定要尽力救。我一听心像一只受惊的兔子怦怦直跳，几乎要闯出胸腔。没等她说完我就激动得千恩万谢，说太好啦太好啦，刘星这回有救啦！我惊呼着，眼眶一热，眼泪激动得就要往外涌。电话那头的王桂香却打断我，说：您先甭激动，我是说我同老公商量了，是同意与你们合力救治孩子，不过可不是您想的和说的那种救法。我愣了一下，急忙追问：那您快说，你们有什么办法？对方沉吟了片刻，说：不瞒您说，我和我老公虽然与刘星血型匹配，但我生孩子之前就得了乙肝，长期服药，前不久还被诊断出患了肝癌；我老公几年前则是患了肾炎，我们俩都是病人，根本就不适合给刘星移植肝脏。我一听心就像遭遇冰镇，顿时就凉了半截。对方却在电话那头接着说：不过，刘星既然是我们的亲生儿子，我们也不可能袖手旁观、见死不救。想想吧，当初咱们两个孩子生下来要不是被那些马大哈护士糊里糊涂搞混，刘星就不至于没打乙肝疫苗。如果刘星当初打了乙肝疫苗，断不可能得如今的这种病。听对方这么一说，我倒是醍醐灌顶，想起来了——患乙肝的孕妇生下的孩子，按规定医院一律都会给打乙肝疫苗。我是学医的，这一点常识当然懂。关键是对方这一说让我恍然大悟，刘星的病因原来在这里！之前我和老公想破脑壳都想不明白刘星为何莫名其妙会得这种病，毕竟他这么年轻，我和老公及双方家族，都没人患过肝病，更没人得过肝癌，刘星偏偏一患就是肝病中的重症。我马上接着对方的话说：对啊，当初医院和护士肯定有责任，必须追责。对方说：是呀，咱们要联合起来告妇产医院和那些护士，让他们赔偿，赔偿款可用于救治刘星。对方这么一说，我倒是开阔了思路，可也喜忧参半，忧的是刘星进行肝移植的希望宣告破灭，喜的是对方——刘星的亲生父母终于和我们站在一起，成为我们的同盟军，接下来将与我们一起向医院索赔。自从刘星患病，我们家已经几乎花光积蓄，再往下恐怕就要卖车卖房子了。找医院索赔，迫在眉睫。

见对方话都已经说到这个份上，我赶忙说：王桂香女士，您这个主意好，人多力量大，咱们是应当联合起来，一起状告医院，向医院索赔，而且越早越好，越快越好。不然，我们家就快要倾家荡产，再也没钱救治刘星了。说完，我又试探着问：王桂香女士，那接下来，你们怎么打算的，想不想见见你儿子刘星？对方毫不犹豫地说：想啊，我特别想，恨不得现在就动身赶到常德看望儿子。对了，刘星目前的精神状况和身体状况，到底怎么样啊？这话像一把刀，一下戳到我的痛处。我咬了咬牙，说：不好，他一直等待救治呢。对方追问：不好？怎么个不好法，您能否说得具体些？我说：一言难尽，你们不是要到常德来看吗？来了就知道了。对方沉吟了一下，似乎欲言又止。我继续追问：你们打算什么时候来啊？我也想看看我那亲生儿子到底长得什么样，他能否跟你们一起来呀？对方又犹豫了，最后回答说：这个我还说不好，我得回家商量商量。

刘大山：

　　林书琴从医院回来，一进家门就迫不及待讲她与深圳那边通电话的事，有忧有喜。忧的是刘星的父母一个是乙肝患者，另一个患了肾炎，身体都不适合为刘星捐献肝脏。喜的是林书琴毕竟已经与刘星的亲生父母联系上，对方也愿意认亲并提出与我们一起共同向当初的母婴平安妇产医院追责索赔。说到索赔，这也是我最近时常考虑的事情，可以说对方是同我想到一块去了。想当初，要不是常德母婴平安妇产医院的护士稀里马虎，导致我们出院时抱错了孩子，怎么会有如今的这种闹心事？如果不是因为刘星患了癌症，孩子抱错也就罢了，反正孩子是我们自小养大的，既然养了就会有感情，何况刘星又不呆不傻，不仅不呆不傻，还挺聪明能干，而且已经成家立业，工作还干得顺风顺水。谁会想到一场大病却撬开了原本可能永远被时间和岁月遮蔽的人生秘密呢？眼下，真相总算大白，我们有理由与刘星的父母一起面对现实，想方设法救治刘星，同时彼此都看看自己的儿子。

　　说到我自己的亲生儿子，我脑子里是一片空白，他叫什么名字，长得什么样，眼下过得好不好，结婚成家了没有，认不认我们这对亲生父母，这一切对我和林书琴来说，都还是一个谜。但从内心讲，我们是多么希望早点见到生下来就未曾谋面的亲生儿子！不过，眼下最要紧的，还是尽早找到合适的律师，再联合刘星的亲生父母，一起起诉常德母婴平安妇产医院，毕竟这家医院的过错太大了，大到给我们造成了无法弥补的痛苦和损失，简直就是弥天大罪，不可饶恕，必须尽快追责，必须尽早弥补我们的经济损失。不说别的，单就刘星的医疗费，我们可以说已经是倾尽所有了……

王桂香：

　　老公牛同发一向强势、固执，还自私，这是他与我结婚之后才逐渐暴露出来的性格特点。我同他自小生活在常德，是中学同学。想当初恋爱的时候，为了追求我，他对我总是甜言蜜语、言听计从，干什么都顺着我，将自己装扮得像一只温顺的公猫。比方，放学之后俩人偷偷摸摸约好了去看电影，看什么片他从来都不挑剔，全都是顺着我；周末去哪儿玩，也全都是听我的，我说去哪里他就陪着我去哪里，一副"我随你"的做派。他说了，他不在乎看电影到底看的是什么，也不在乎到哪里玩能玩到什么，他只要能够与我厮守在一起就行。包括毕业后我俩双双没能考上大学，我感到无脸见人，想躲开熟人到一个陌生的地方去。他问我想去哪里，我说去广东珠三角一带，他二话没说到家里拎了一个背包就来找我，说我当你的保镖，你走到哪里我就跟到哪里。如果说我以前与他在一起只是因为彼此间都有一些好感，这回可是被他的侠肝义胆深深地感动了，并且暗自下决心这辈子非他不嫁。他倒是信守诺言跟着我南下了，数年间从顺德、中山、东莞一路辗转，不时变换打工单位一路到了深圳，总算在深圳找到了比较合意的工作。他在深圳的一家外贸公司做销售，我则在深圳的一家百货商场当售货员，薪水也还都比以前高出近一倍。因为到深圳到得早，没几年我俩的户口也都在深圳落下了，随之我也与他结了婚。不料结婚没多久，尤其是生下儿子牛自强之后，他的性格就完全变了，他变得暴躁、固执、自私，我行我素，有时候还蛮不讲理，甚至习惯了爆粗口，动不动就骂我臭婆娘。我惊异于他婚前婚后的这种变化，心里直骂他是个变色龙，对他也极其不满。但为家庭和儿子着想，我每每都咬着牙忍住了，到后来慢慢也就习惯了。我只能暗中感慨，谁让咱生为女人呢，既然木已成舟并且结婚生子，已经折腾不起了，心想要真折腾起来最终只能是咱做女人的吃亏。基于这种想法，家里的许多事我一般都是迁就他，睁一只眼闭一只眼的，能忍让就尽可能忍让。即便如此，我没料到在对待自己亲生骨肉这件事上，他竟然是如此铁石心肠，如此固执，如此自私。幸好后来他良心未泯，主张向常德母婴平安妇产医院讨说法打官司，向对方索赔。尽管他工作确实太忙，已经明确表示自己没时间参与此事，但我觉得只要他不反对就已经是谢天谢地了。

既然牛同发明确表示不掺和这事，我只能靠自己了。其实我自己有病在身，多少有些力不从心，幸好身上的肝炎是慢性病，刚发现的早期肝癌也用靶向药控制着，病情目前基本还算稳定。自打知道自己十月怀胎、辛辛苦苦生下来的骨肉竟然一直与我分离，而且已经长达三十年，更揪心的是那骨肉目前还在遭受病魔的折磨，我的心就在哭泣，就在流血。冥冥之中，我感觉那分离的血肉、血脉和神经都是连着我的，他痛我跟着痛，他麻我跟着麻，反正他身体的一切感觉仿佛都时不时传导给我，让我一直都坐卧不宁、寝食难安，恨不得立即能飞到常德那边，看看自己身上掉下来的那块亲骨肉到底怎么样了。可看着牛同发每天忙忙碌碌、若无其事的样子，我更是感到孤立无助，情急之下，我又想到了儿子牛自强——他也被无辜卷进来了，我辛辛苦苦养育了三十年的他怎么突然变成了养子？打死也不可能想到啊！生活真的是太荒唐了，简直就是奇幻大片——我儿子牛自强，他真的会对他那天外飞来的亲生父母无动于衷吗？他会死心塌地一辈子守着我们这对养父养母吗？所有这些问题，都需要牛自强本人做出回答。虽然那天当着我和牛同发的面，牛自强已经发誓说过"这辈子我也认定了，我就是你们实打实的亲生儿子，别人是抢不走的"，但他是否能够做到，我心里真是没底。我得找时间同儿子好好聊聊，包括我打算到常德去看望亲生儿子的事，也得事先征求牛自强的意见。万一他反对，我可该怎么办？此刻我的内心像一锅刚煮开的水，惴惴不安，上上下下不停翻滚，怎么也平静不下来……

牛自强：

下班刚回到家，我爸不在，我发现我妈却一副心事重重的样子。见我进门，我妈便迎了上来，问我吃了没有。我说我每天晚上都加班，都是这个时候回到家的，都快到晚上十点了，怎么能还没有吃？我妈又问你吃什么，吃饱了没有，要不要我再给你去弄点吃的？她一连串的问题与关心，与平日不大一样，让我心生诧异。我忽然意识到她肯定有话想对我说却又不知从何说起，索性主动问她：妈，你是不是有什么话要对我说？我妈望着我，眉头紧皱，欲言又止。我干脆将话挑明了说：妈，你肯定又在想我是不是你儿子这件事吧？我都明确告诉过你和我爸了，这辈子我也认定了，我就是你们实打实的亲生儿子，别人是抢不走的，这你还不放心吗？除非你和我爸不认我这个儿子了，否则我不会离开这个家，更不会离开深圳。你也不想想，你们在深圳，咱们家在深圳，我工作在深圳，我女朋友也在深圳，我怎么可能离开深圳，除非我脑子进水了。我连珠炮般的一番话瞬间将我妈惊着了——不，她是又惊又喜。她眉毛一扬，双眼放出光来：儿子，你都有女朋友了？我说是啊，我不小心都将秘密告诉你了，这下你老人家该放心了吧哈哈……我妈的眉毛这回终于舒展开来，脸上绽开了花一样的笑容，末了嗔怪我说你这坏家伙你都有女朋友了怎么不早点说？我说哈哈那不是时机未成熟嘛，我要是早告诉你，到头来女朋友吹了，我的脸可往哪儿搁？我妈笑着，但很快收敛了笑容，转移了话题。

　　她让我挨着她，坐到沙发上，一只手搭在我肩膀上，亲热地摩挲着，郑重其事地问我：儿子，你上次当着你爸和我的面，以及今天对我说的这番话，我很感动，我也相信你说的是心里话。尽管科学检测证明了你并非我们的亲骨肉、亲血脉，但我和你爸毕竟养育了你三十年，无论是我们对你，还是你对我们，咱们之间的感情已经无法割舍，你说对吧？我回答说：那当然。我妈满意地点了点头，却又问：那自你知道自己的身世，你难道一点都不惦记自己的亲生父母吗？她这一问，倒将我给问住了，我禁不住低下头，回避着她的目光。不知怎么了，忽然间似有什么东西触碰到我内心的柔软之处，只感觉我的内心的郁结处瞬间也像遇热的冰块一样融化了，一股温热的暖流瞬间从内心迸发出来，很快传导到全身，我感觉自己的眼眶转瞬间湿润了。我妈见我这个样子，也没说话，只是用双手搭住我的双肩，紧紧地捏着，或不停地摩挲。我抬起头来，发现我妈的眼睛此时也是潮湿的，而且已经闪着泪光。我忽然鼓起勇气说：妈，说实话吧，那天知道我的身世，我内心的震惊不亚于雷击，但为了不惊动你和我爸，我极力控制住自己，对你们说出了那番安慰的话，目的是让你们放心，毕竟你们辛辛苦苦将我养大成人，辛辛苦苦培养我上大学，还读了研究生，让我毕业在深圳找到了满意的工作。我不可能忘记你和我爸的养育之恩，也发誓要更加努力工作回报你和我爸，将来还会为你和我爸养老送终。尽管如此，当天晚上我还是睡不着觉，烙饼一样在床上翻来覆去，久久无法入睡。我内心不断纠结着这突如其来的惊人消息，无论如何想象不出为何生活会如此荒唐，人生会如此荒诞，两个刚刚呱呱坠地的孩子，怎么就那么阴差阳错让医院的护士给搞混了，以致让各自的父母一直都蒙在鼓里？这确实是太狗血了！可话又说回来，我被错抱到咱们家，由你和我爸抚养，我一点儿也不亏，甚至很幸运。不幸的倒是我那位陌生的弟兄、你们的亲生儿子，他被错抱到我的亲生父母那边，耽误了打乙肝疫苗，以致年纪轻轻的就染上了重病，这也太惨了吧！我不能不替他感到悲哀，替他感到憋屈并为之打抱不平。还有，我远在湖南常德的那对亲生父母，因此也无辜受累，他们和我那位陌生弟兄，也就是你们的亲生儿子一样悲哀，我同样为他们感到心痛并深深打抱不平。不瞒你说，这些天我除了忙工作，脑子里时常惦记着我那未曾谋面的亲生父母和我那位陌生弟兄、你和我爸的亲生儿子，甚至琢磨着该为他们做些什么，分担点什么。只是这些话，我一直还都是憋在我的内心，没有时间同你和我爸说呢！

　　说到这里，我发现我妈此刻已经泪流满面，她那只捏着我肩膀的手将我抓得更紧了。她的另一只手边抹着泪边哽咽着说：儿子……你能这么说……妈就放心了。妈……妈原本一直担心你，担心你受不了这次突如其来的打击，没想到你同妈想到一起去了，真不愧是妈的好儿子！眼下，我想尽快联系你的亲生父母，一是协同他们一起与当初你们出生的常德母婴平安妇产医院打官司，起诉医院护士的渎职，让医院赔偿损失；二是尽快到常德去看望我那可怜的亲生儿子。只是我不知道你是否愿意同我一起去常德认亲，看看你的亲生父母，也看看你那位未曾谋面的弟兄。

　　我妈这番话说到我心里去了！我有些激动，我当即抓紧我妈的胳膊，差点叫起来：妈，太好了，你也同我想到了一块！不瞒你说，刚刚知道我身世的时候，我就想过要找机会去看看我的亲生父母，毕竟我是他们所生，身上流淌着他们的血液。虽然我刚生下来就离开了他们，不知道他们长得啥模样，也不知道他们的境况如何，但我想无论如何是他们带我来到这个世上。人要讲良心，要知恩图报，作为他们的儿子，我总不能对此无动于衷吧？可另一方面，我内心又很纠结，担心我要是提出来去认我的亲生父母，你和我爸会不会有顾虑，对我会不会有看法。现在看来，我的这种担心是多余的，因为老妈你同我一样想到了一起，可谓人同此心，心同此理，这真是太好了！老妈，我当然是想同你和我爸一起去常德认亲，咱们什么时候去啊？

我妈说：我随时都可以，这得看你的时间。不过你爸大概不会去，就咱们俩去。

我问：我爸怎么了？他为什么不会去？他不去看看他的亲生儿子吗？

我妈说：谁知道他是咋想的。不管他，不过他支持咱们联合你的亲生父母起诉常德母婴平安妇产医院，找他们索赔。

我说：好吧老妈，咱们俩一起去也够了。明天刚好是周六，我马上订高铁票。我也打电话问下我爸，我爸要是真不去，咱俩一起去。

我妈满意地点点头。

刘　星：

度日如年。

癌细胞像千万只疯狂的蚂蚁，日日夜夜、时时刻刻向我的肌体发起攻击，时常让我疼痛难忍，以至于我吃不下饭，睡不好觉。为了击退癌细胞的攻击，医生又安排我做化疗、吃靶向药，敌我双方阵营在我肌体内的激烈交锋、肉搏、纠缠，让我的肌体更加痛苦不堪，难以承受。我时常被它们折腾得痛不欲生、大汗淋漓，仿佛是一座房子突遭地震，地动山摇、山崩地裂之时，房子眼看着将土崩瓦解、摇摇欲坠。一俟地震结束，我身体的大厦已经变成一摊烂泥，晕乎乎软塌塌的，浑身乏力、疲惫不堪，似乎即便吹来一阵微风或哪怕让一只飞奔的蜻蜓撞上，也将无力招架，会彻底倾覆……

不知不觉，我很快昏睡过去。周围陷入了无边的黑暗，世界与我彻底隔绝，眼前似乎有无数双眼睛闪着幽深的蓝光，仿佛无数的幽灵在我的身边游荡，似乎热切地招呼着我，希望我尽快告别人世来到阴间。

迷迷糊糊之际，有人在大声叫我。仿佛是有人将我使劲从泥淖中拉了出来，我气喘吁吁，精神恍恍惚惚，竭尽全力睁开了眼睛，发现眼前是我的妈妈林书琴。此刻的妈妈正略带微笑，关切地注视着我，她大声说：刘星，你快醒醒，快看看是谁来了？话音刚落，妈妈就让出了位置，一个与我妈年龄相仿、脸庞比我妈宽的陌生女人面孔进入了我的视野，那女人也面带微笑，却夹杂着明显的忧伤和泪痕。她大声叫着我的名字，并对我说：刘星你好，我是你的亲生母亲。当初你在妇产医院生下来，被马大哈护士弄错了，导致咱们母子俩骨肉分离，而且长达三十年。作为母亲，我太对不起你了……她哽咽起来，还抹了抹泪，而后继续说：现在，我可算找到你了。你现在身体感觉怎么样？你能相信我，愿意认我这个亲妈吗？

　　这么突然的场面，仿佛一场不曾预料却突如其来的梦境，让我的神经备受刺激，我忽然感到浑身不自在，有些手足无措。此刻我的内心和眼神像受惊的兔子，游移不定，我既想看看眼前这个自称是我亲生母亲的女人，又不敢长时间正视她。可她双眼却像亮灼灼的探照灯，久久地凝视着我，我只好鼓足勇气，慢慢地接住了她的目光。这是一张饱满的中年妇女面孔，浓浓的眉毛，慈爱的眼神，脸部已出现皱纹，头发也已掺着几根银丝。她就是我那十月怀胎、历尽千辛万苦将我带到人世来的亲生母亲吗？骨肉分离，这三十年她过得可好？她知道我的境况并且想念我吗？如今我已经身患绝症，她真的愿意认我这个身患重病的儿子吗……一连串的疑问此刻像吹出的肥皂泡一样从我的眼前冒了出来，五彩缤纷，令我眼花缭乱，令我犹豫不决，我似乎忽然间失去了应有的判断力。眼前的陌生中年女人久久地凝视着我，焦灼地在等待着我的反应与回答。她的眼神里此刻有疑虑，有慈爱，有忧伤，有友善，有惶惑，有焦灼，更有呼之欲出的满满期待。我忽然感觉自己快要被她灼热的目光融化了，内心此刻也风起云涌电闪雷鸣，仿佛有惊雷在我的脑际炸响。我慌乱地盯着眼前这张陌生女人的脸，喃喃地问：哦，您……您真的是我的亲生母亲？

　　不问还好，这一问，仿佛黑云压城，女人的脸此刻就像大雨将降的天穹。听了我的疑问，她悲伤的脸扭曲着，紧咬着唇望着我，使劲点了点头：刘星，是的，我就是你的亲生母亲，你就是我日思夜想的亲生儿子！

听她这么说，我将脸侧向一旁的妈妈——我的养母林书琴。此刻的妈妈表情复杂，又喜又忧，但她接住我征询的目光，朝着我使劲地点了点头，并且坦诚地告诉我：刘星，是的，她就是你的亲生母亲，我是你的养母。你的亲生母亲特意从深圳赶来看望你了，你还不赶快叫你的亲妈！

我妈的这句话，让我一下子吃了一颗定心丸，同时也打开了我情感的闸门。我望着眼前这张中年妇女的脸，终于抑制不住内心的激动，轻轻地对着她喊了一声——妈。虽然只是轻轻的一声叫喊，我的生母此刻却像被撬动的堤坝，她"哎——"的一声，激动得掩面而泣，情感之水迅即决堤而出，她忽然扑在我的身上紧紧地搂住了我，一时间泪如雨下。我们母子俩紧紧地搂到了一起，彼此间长久抽泣、哽咽。生母落下的泪水，掉到我的脸上，又淌到我的脖颈里，凉凉的，可我内心却感到一阵阵无与伦比的温暖与温馨……

林书琴：

这是一个多么让人肝肠寸断、撕心裂肺的场面啊！

我辛辛苦苦养育了三十年的儿子刘星，此刻称另一位女人为"妈"，而且同那个三十年未曾见面的女人紧紧地拥抱在一起，这让我情何以堪？那轻轻的一声"妈"，却像一枚飞刀一样击中了我，让我心如刀扎，血往外流，心仿佛瞬间被掏空了。尽管我也已见到了自己的亲生儿子牛自强，但在情感方面，人都是自私的，何况是多年培养的母子之情？我是个有情有义的母亲，无论亲生儿子还是养子，都是我的儿子，我都舍不得，即便刘星如今身患重病，我都不曾放弃，也不愿意放弃，两个儿子我都想要。

可冷静下来，我又想，人家王桂香也是女人，也同样是两个儿子的母亲，我怎么可能又怎么可以两个都独占呢？无论对她还是对我，彼此都应该是平等的，独占既不现实，也是非分的想法。事到如今，我想最好的办法，还是彼此认亲，我和她既有养子，也有亲生儿子，这样岂不两全其美？我的这个想法，在我们的感情都冷静下来之后，就同王桂香说了，她使劲点头，说完全赞同。她说她早就这样想了，从深圳来常德的路上原本还忐忑不安，担心我不同意，会抢走她辛辛苦苦养大的儿子牛自强呢，她说没想到你同我都想到一块去了。听她这么说，我的心也暖暖的，心想不愧是女人和母亲，天下的母亲都一样，在子女面前，心都是肉长的，除了爱还是爱，哪怕需要付出自己的一切，都会在所不惜。王桂香愿意远道从深圳前来认刘星这个身患重病的亲生儿子，本身不正说明了这一点吗？刚才她还说了，刘星命不好，因为当初医院和护士的过错，让他自生下来就错失打乙肝疫苗的机会，导致酿成如今的重病，这件事本身就够倒霉、够糟心的了，我们做母亲的，怎么可以让他雪上加霜，肯定要尽全力救治他，即使最终无济于事，也必须让他体会到人世间亲情的珍贵与温暖。王桂香不仅是这么说的，也是这么做的。这不，刚才她让儿子牛自强通过手机银行，将十万块钱转到了我的手机银行里，说是帮助刘星治病的医疗费。她说要转钱给我的那一刻，我像长时间孤军作战的士兵忽然间遇到援军，瞬间激动得哭了。人都说人心齐泰山移，还说二人同心其利断金，我看这下刘星又有希望了。尽管王桂香说过她和丈夫都身体有病不能给刘星移植肝脏，但毕竟在其他方面还能帮助一点，人多力量大嘛！原本我还以为王桂香不愿意认刘星这个身患重病的亲生儿子呢，没想到我的担心原来是多余的，这回压在我心头多日的石头也总算落地了。让我略觉奇怪的是，刘星的生父、王桂香的丈夫为什么不与妻儿一块前来常德认亲呢？关于这一点，虽然刚一见面我就询问，王桂香也说了，她老公工作忙，领导死活不让他请假，可我还是有些疑惑：这么大的事他的领导怎么能不给通融，这也太过分、太没人性了吧？

　　让我最高兴的是我终于也见到自己的亲生儿子牛自强了。牛自强长得人高马大、文质彬彬，一看就像他的亲生父亲。与刘星见她生母时的扭扭捏捏不同，一见面他就落落大方地叫了我一声"妈"。这一声"妈"，洪亮、爽朗、清脆，像沁入我心田的一股暖流，瞬间将我内心长久以来的郁结彻底融化了。我"哎——"了一声，激动得泪眼蒙眬，一手握着他的手，另一只手搭着他的胳膊不停摩挲，语无伦次地说：儿子，我总算见到你了，我好想你啊！你一切都好吗？你也工作了吧？你现在在做什么工作？单位效益好不好……反正我打开的话匣子滔滔不绝，像涓涓不息的溪流。

儿子牛自强也紧紧握着我的手，憨憨地笑着，一一回答了我的提问。毕竟是深圳这样的一线城市长大、见过世面的，他一举一动，一言一行，都很得体，虽然多少还是有几分生分，但他眼里是满满的善意，看得出他是真心实意要认我这个生母的。这不，回答完我的提问，他反过来开始询问我和我丈夫——他的父亲刘大山，问我们现在生活怎么样，家住在哪儿，身体好不好。还安慰我们说：这段时间为了照顾刘星，爸妈你们都受累了，一定要注意休息、保重身体。他还说，刘星病成这样，这是没有办法的事情，悲伤抱怨都无济于事，还不如我们一起面对现实，尽力而为，一起努力，共同来救治刘星。牛自强的话，几乎是句句入心，字字入理，听得我和他爸一时间如释重负，内心像一下子抹了蜜，频频点头，不由得相视而笑。

而她的养母王桂香此时也站在一旁看着我们，一脸慈爱，笑意盈盈，显然是对牛自强的回答感到满意。

牛自强：

见到生父生母之前，我多少有些忐忑，生怕自己内心不能接受。尽管我是他们的亲生血脉，但毕竟生下来就离开了他们，一天都没有在他们身边生活过。要说感情，当然是养父养母更深些，毕竟他们有三十年的养育之恩。而对生父生母，迄今为止还只有血脉之恩吧。即使如此，对生父生母我还是心怀感恩的，所以这次也怀着好奇的心情前来常德寻亲。人非草木，孰能无情，何况我是他们的亲生儿子呀！所以，我希望看看将我带到人世间的亲生父母到底长得什么样，他们的生活境况到底如何。

没想到真正见到生父生母的那一刻，就一见如故，原本的忐忑和生分瞬间便被抛到了九霄云外，仿佛冥冥之中亲生血脉之间就如铁屑遇到磁铁一样，有一种与生俱来的亲和力。与养母王桂香相比，我的生母林书琴长得比较瘦小，但身材相对苗条，皮肤比我养母白皙，眼睛也更有神韵，只是那神韵隐约飘出一丝忧郁。反正见到我时，生母那双眼睛亮闪闪的，说不清是泪光还是亮光，看上去深不见底，忧郁中透着无边的慈爱和眷恋，仿佛是灵魂的窗户要将我摄入她的心底，留在她的身边。生父刘大山与我的养父相比则高大了许多，他起码有一米七八的样子，壮实魁梧，在身材相对矮小的湖南人中颇有些鹤立鸡群的意思。难怪以往常有亲戚朋友见到我时会对我的养父开玩笑，说你这么个矮父亲怎么生出个高儿子，当时我们也都没往心里去，以为是基因优化了呢。此刻生父就站在我面前，开始的时候他不像我生母那样一见如故，没有距离感。虽然他一直笑吟吟地看着我，眼里也溢出慈爱，但多少还有一丝丝审视和期待的意思。见我大大方方叫了他一声"爸"，他这才顾虑全消，一声"儿子"脱口而出，继而一个跨步上前一把搂住我，搂得好紧好紧，让我感觉到他浑身都是力气。他边搂边抚摸着我，虽然沉默不语，但我能感觉到，他的千言万语都已经汇聚到对我紧紧的搂抱和抚摸之中了，因为松开的那一刻，我发现他的泪水已经溢出眼眶。

此刻的我内心也翻江倒海，感觉口干舌燥，一时都不知道该说些什么。待彼此间心情慢慢平复，我们的话语才逐渐多了起来，开始问寒问暖。我左看看生父，右望望生母，压抑住自己内心汹涌的潮水，安慰说：爸、妈，你们放心，深圳距离常德不远，往后我会经常来看望你们，你们千万要保重身体。话虽然这么说，但看得出他们还是开心不起来，脸上依然笼罩着一层难以摆脱的淡淡忧伤。我知道，这忧伤，来自眼下病重的养子刘星。

说到刘星，我内心更是五味杂陈。想当初，如果不是阴差阳错，留在常德长大、生活甚至工作的应该是我，而从小在深圳长大、生活和工作的应该是刘星。深圳目前是国内屈指可数的一线城市，甚至是全球瞩目的最具活力的城市，而常德在国内至多是三线城市，生活环境、工资待遇等各方面与深圳的差距，显而易见。如此说来，我也算是塞翁失马，焉知非福了。可怜的倒是刘星，且不说他生活的常德比起深圳各方面都存在差距，单说出生时耽误了及时打乙肝疫苗，铸成了大错，酿成了今天的绝症，这本身对他来说就太悲催、太不公平了！那些可恶的护士啊，人命关天呢，怎么可以如此大意？这简直是草菅人命呀！追责、告状，找当时的妇产医院索赔，肯定是免不了的，也是我和养母此行的另一项重要任务。

可话又说回来，即使如此，即使最终索赔成功，对可怜的刘星来说又有何意义呢？毕竟木已成舟，索赔来的钱至多也就用于分担刘星所需的医疗费罢了，至于刘星最终能否治好，大家彼此都心照不宣，只能是尽力而为、不愧良心罢了。

那天，我在医院的病房里见到刘星的时候，刘星躺在病床上，整个儿看上去像被一场特大霜雪打蔫了的瓜苗，没精打采，有气无力。他同我一样三十岁的年龄本应该有的精气神，都让可恶的病魔无情地抽走了，看着都让人心疼。听大人们介绍说，我当初是与他同时出生的，大人们肯定也早已经向他介绍了我的情况。知道我远道从深圳前来看他，此刻的他眼睛朝向我，挣扎着欲钻出被窝坐起来，被我抢先一步上前，按住了。我紧紧地握着他的手，安慰他：刘星，我的好兄弟，咱们可是同一个产房、同一天出生的，这可是天大的缘分！虽然咱们彼此阴差阳错互换了父母和家庭，而且三十年来一直都蒙在鼓里，既成的事实已经无法更改，但咱们之间可以成为兄弟呀，咱们双方的父母也可以成为彼此之间共同的父母，往后咱们之间可以互相走动，互相照应，互相帮衬，你说是不是？

听我这么一说，刘星不停地点头，眼里瞬间也已经噙满泪水，双手紧紧地握住我，千言万语此刻已经尽显在他的表情之中了……

刘大山：

真没有想到，我同妻子林书琴与亲生儿子牛自强的见面，比我们原本想象的要顺畅得多，包括他的养母，感觉都是一见如故。尽管刘星的生父未能前来，这点让我们多少有些意外，也不免遗憾，尤其是刘星，在病重的时候却未能见到希望中的生父，肯定不免失望，但仅就王桂香和牛自强而言，他们的到来已经让我们喜出望外，仿佛被困战场多日之后终于见到了援军，内心的希望之灯又被骤然拨亮，浑身的力量陡然倍增。虽然还只是短暂的交谈和接触，但王桂香对亲生儿子刘星的认可和关爱，牛自强对我们这对生父生母的承认、抚慰，以及对病中的刘星的体恤与安抚，无不让人觉得他俩都是朴实善良、有情有义的人。特别是儿子牛自强，言谈举止，都很得体，也知书达理，关键是对我和林书琴没有陌生感，看来从小到大是接受过良好教育的，毕竟是深圳这样的大城市长大的孩子。牛自强这样的孩子，虽然自生下来就远离我们，但他能有这样的身体和德行，目前又能在深圳的高科技公司工作，让我和林书琴都心生安慰。即便他如今成了别人家的孩子，可他毕竟也承认我们这对生父生母了，还表示往后会时常来常德看望我们，这就够了。我同林书琴说了，就权当咱们的亲生儿子大学毕业后到深圳工作吧。我这么一说，林书琴也就想通了，毕竟让牛自强放弃养父养母和如今在深圳的工作回常德来，是不可能的，也是不现实的。

眼下最棘手、最让我们操心的还是刘星的事。他毕竟已经身患绝症，他的病到底能否治好，即使有一线希望治好，又该需要多少钱，谁能说得清呢？反正我和林书琴都明白，这肯定是个无底洞，一如茫茫大海找不到航标的油轮，虽然轮机并未停息，还在不停赶路，但机油总有耗尽的那一刻，关键是还不一定能接近目标。即使如此，对于刘星的治疗，我们同样无法放弃，唯有不断花钱，哪怕家里最终砸锅卖铁，弹尽粮绝，穷困潦倒，我们仍然无法舍弃，不为别的，就为求得心安，就为能够对得起刘星这个我们辛辛苦苦养育了三十年的孩子。我们总不能眼睁睁看着他在病魔中孤苦无助，在痛苦中离我们而去吧？假若真是那样，我和林书琴一辈子恐怕都会不得安生。

这次最让人遗憾的事是，刘星的亲生父母虽然找到了，却也无法为刘星移植肝脏。刘星的生母王桂香一直身患肝病，而且还有早期癌症，确实不具备做肝移植手术的条件。刘星的生父据说是身患肾炎，同样不具备做肝移植手术的条件。但即便刘星的生父具备条件，他就一定会同意为刘星移植肝脏吗？恐怕也未必。且不说他是否愿意为自己的亲生儿子捐献肝脏，他连到常德来看望自己的亲生儿子都没有做到呢——这么大的事他说他工作忙，请不了假，谁信呢？这事我私下同林书琴嘀咕过，都心生疑窦，都觉得不可理喻。

眼下迫切需要做的事，一是另想办法，比如看看能否通过媒体和记者的呼吁，向社会寻找愿意并且能够匹配的肝脏捐献者；二是尽快找到律师，起诉当初酿成大错并给我们两家人带来痛苦的常德母婴平安妇产医院及其渎职护士，找他们讨说法、赔偿损失。好在就这个问题，我和林书琴、刘星、王桂香以及牛自强，都已经同仇敌忾，齐心协力，达成了共识。我们之所以这么做，一是为讨回公道，惩治渎职者，二是讨回妇产医院为此给刘星和我们两家人造成的经济和精神损失。

王桂香：

终于见到我的亲生儿子刘星了！来常德之前，我日思夜想，肝肠寸断，人在深圳，心却早已经飞到常德那边的儿子身边。内心也不停想象着儿子的模样，纵然我知道儿子如今身患重病，可我还是竭力将儿子的模样往好处想。可真正见到的时候，我还是被儿子的模样惊着了，不敢相信这就是我身上掉下的亲骨肉——他脸色蜡黄，面容清瘦，有气无力，没精打采——这哪里是我那仅仅三十岁的儿子应有的模样啊！相比于壮实高大的牛自强，虽然是同龄，这反差也太大了，远远超出我的想象！见到他的那一刻，我瞬间心如刀绞，内心一千遍一万遍地责骂自己、谴责自己，当初是我没有保护好自己的儿子，让马大哈护士张冠李戴了。当初进妇产医院的时候，护士已经知道我是乙肝患者，按规定我生下的婴儿是应当及时打乙肝疫苗的，可她们一搞错，刘星耽误了本应该及时打的疫苗，而原本不用打乙肝疫苗的牛自强反而打了，那些马大哈护士简直是在造孽呀！想想如此天大的错误，我内心气得不断颤抖，不停滴血……

稍让我感到庆幸和欣慰的是刘星的养父和养母。尽管刘星已经身患重病，尽管刘星只是他们的养子，但看得出他们像对待自己亲生儿子一样，全力以赴，掏心掏肺，一点也没有要放弃的意思——好人哪！刘星能遇上养父养母这样善良的好人家，也算是不幸中的万幸了。眼看着这对有情有义的养父养母，我内心唯有庆幸与感激。眼下要做的，唯有全力配合刘星的养父养母，同心同德，齐心协力，千方百计救治刘星。可恨我自己的身体，多年来一直身患疾病，自身难保，想救刘星也是有心无力，要不然我就将毫不犹豫地捐献出自己的肝脏，让刘星重获新生，毕竟他是我的亲骨肉，我不救还能靠谁救？可恨我那蛮不讲理、无情无义的丈夫，他虽然是刘星的亲生父亲，可从一开始他对刘星就爱理不理，虽然这可能与刘星已经身患重病有关，但不管怎么说刘星也是我和他共同的亲生骨肉啊，眼看着自己的亲生骨肉受折磨却见死不救，甚至编造各种理由搪塞，这是人该干的事吗？不能啊，他这样子哪能算是刘星的亲生父亲？天底下哪有像他这样的父亲？这要放在以前，我打死都不信啊，可他眼下偏偏就是如此铁石心肠。这畜生真是太自私、太狠心了，这辈子我怎么这么倒霉嫁了这么个男人，真是瞎了眼！

可事到如今，到底该怎么办呢？只能是尽力而为，全力医治了。好在儿子牛自强通情达理，在对待刘星这个问题上与我同心同德。尽管缺了老公的支持，我们母子俩能力有限，但毕竟二人同心，其利断金，办法总会有的，起码比他爸的不管不顾要强吧？不说别的，起码我们母子俩已经先期凑了十万元给刘星治病，起码我们母子俩已经与刘星和他的养父养母达成一致，马上就将联合起来向法院起诉当初给我们造成伤害的常德母婴平安妇产医院及其渎职护士，我们希望尽快向他们讨回公道，同时讨回医院给刘星和我们两家人造成的经济和精神损失。

许　莹：

世事莫测，人生真是太玄幻了！

我丈夫刘星当初竟然一生下来就阴差阳错，与别人互换了家庭和父母，再有想象力的作家恐怕都没有想到吧？

这两天亲眼看着他们两家人彼此之间认亲，看着他们大喜大悲、喜怒无常的样子，我像目睹了一出剧情离奇、跌宕起伏的人间活剧。虽然如今我也与眼前这两家人有着千丝万缕的联系，但相比于刘星和他们两家人，我至多只是个配角，而他们一个个都是这出人间活剧的主角。

自打我与刘星恋爱、结婚，一直到他身患重病，我的情感也备受煎熬、折磨与打击。从感情上说，毕竟与刘星志趣相投，我是爱他的。但从理智上讲，我知道随着他病情的日渐恶化，我与他的感情之路终将会走到尽头。每每想到这一点，我就心如刀绞，更要命的是孤苦无助，我没有谁可以诉说，刘星不能，他的父母不能，而我的父母亲戚也不能，这苦涩的人生滋味，我还从未尝过。一想到总有一天刘星会离我而去，我的心就在滴血。夜深人静之时，我只能一个人独自哭泣，像一只受伤的小狗独自忍受肉体和心灵的痛苦。可在刘星面前，我却强忍痛苦，强颜欢笑，不断安慰刘星，鼓励刘星，希望他勇敢坚强，力争战胜病魔。我还上网收集有关抗癌的成功例子，给他讲，给他看，希望树立他战胜病魔的勇气和信心。我甚至还言不由衷，时不时鼓励他说，你好好治疗、安心治疗吧，等你治好了病，咱们还要生个白白胖胖、聪明乖巧的孩子呢。明知道这种希望是渺茫的，这辈子恐怕无法实现，但我还是给他灌输这种美好的愿望，为的是让他尽可能乐观、坚强起来。每每这个时候，病床上的刘星就紧紧地抓住我的手，让我俯下身紧紧地拥抱我，他被我感动得泪水涟涟。我发现，只要是我来陪床，只要是与我单独在一起，他总是开心和快乐的，尽管他眼睛里总抹不掉忧伤。

　　每次在医院陪床，只要他身体暂无伤痛，精神状态尚好，我都会主动引诱他一起唱歌，什么《心雨》《懂你》《吻别》，什么《知心爱人》《因为爱情》，但他最爱唱的，还是当初我与他一同参加市里歌咏比赛并认识时，他唱的那首《天意》——

　　　　谁在乎我的心里有多苦
　　　　谁在意我的明天去何处
　　　　这条路究竟多少崎岖多少坎坷途
　　　　我和你早已没有回头路
　　　　我的爱藏不住
　　　　任凭世界无情地摆布

我不怕痛不怕输

只怕是再多努力也无助

如果说一切都是天意一切都是命运

终究已注定

是否能再多爱一天能再多看一眼

伤会少一点

如果说一切都是天意一切都是命运

谁也逃不离

…… ……

每当唱这首歌的时候，刘星最投入，最动情。他是用心在唱，用情在唱，竭尽全力，低声处如泣如诉，高潮处歇斯底里。只是他现在的身体已经缺少过去的那种气力，每到高潮处声音往往上不去，如强弩之末，明显已经力不从心，但这时候他的情感像汹涌的潮水，溢满全身，直至浑身颤抖、泪流满面。

而我也禁不住被深深感染，悲伤难抑，泪水禁不住扑簌簌往下掉……

尾 声

盛夏的深圳，天热得像个大蒸笼。

晚上十一点，王桂香和牛自强母子俩大汗淋漓，风尘仆仆地下了高铁，从嘈杂拥挤的人流中走出火车站，乘坐出租车，半小时后终于回到深圳福田区翠叠苑居民小区自己的家。从离开深圳到常德整整一周，他们母子俩经历了认亲和打官司等大喜大悲的情感折磨，身心已经极度疲惫，都满心渴望当晚回到家里能好好睡上一觉。可当母子俩打开门锁进入家门的那一刻，家里的景象让他们瞠目结舌：王桂香的丈夫、牛自强的养父牛同发，与一位陌生女人双双赤身裸体在大卧室的席梦思上，正不亦乐乎、大汗淋漓地做着交欢之举。王桂香见状惨叫一声，当即昏倒在地，他们的家里突然狼烟四起，一片狼藉。牛自强急忙打了120，救护车不到十分钟就赶到了他们家中，牛自强单枪匹马跟着前来抢救的医生和护士下楼，陪着救护车将昏迷的母亲送到了附近医院。牛同发原本也要一块上救护车送王桂香去医院的，却让牛自强没好气地往后推了一把，牛同发一个趔趄，后退了几步，差点摔倒。

幸好王桂香身体并无大碍，经过医院急诊室医生一番紧张检查和抢救，她很快醒了过来，第二天便基本恢复正常，医生安排她出院。当他们母子俩回到家里的时候，已经人去房空。之后的好几天，牛同发都不见踪影，也没有给家人打过一次电话。

常德方面，刘大山、林书琴夫妇代表两家受害家属委托的律师，已经正式将诉状提交至常德市人民法院，并且已经得到法院受理。他们在诉状中就常德母婴平安妇产医院三十年前值班护士的渎职，向法院提出控告，提请被告方先期赔偿经济及精神损失138万元，后续赔偿视刘星治疗的花销情况而定。

刘大山和林书琴夫妇同时还接受多家报社的记者采访，将刘星的遭遇公之于众，呼吁全社会的好心人关注，希望征集到愿意向刘星捐献肝脏的好心人士。

就在刘大山和林书琴紧锣密鼓、千方百计为刘星的治疗终日忙碌、奔走呼号之时，刘星的病情却急转直下。癌细胞对刘星连续数月的折磨，使得刘星已经元气尽丧，因血压和心率骤降，他已经连续两次被送进ICU抢救，万幸两次都死里逃生。但俗话说事不过三，第三次，幸运之神没能再次光顾，当他再次因血压和心率骤降被送进ICU抢救时，医生所有的努力都无济于事，3月30日晚上九时十三分，他的心脏终于停止了跳动。诡异的是，这一天偏巧是刘星三十周岁的生日，在场的医生和刘星所有的亲人，包括养父刘大山、养母林书琴、妻子许莹及岳父岳母，看着刘星的离去，不无为之唏嘘感慨、悲恸难抑。刘星的生母王桂香和他的同龄兄弟牛自强因远在深圳，没能见上刘星最后一面，但他们获悉丧讯，都匆匆赶到常德为刘星送别。

刘星三十年短暂的人生及遭遇，就这样大幕闭合，宣告结束。他年轻的生命就如疾风吹落的树叶，飘到地上，汇进淤泥，进入另一个世界。他是否能像所有的生命传说中那样，浴火重生，凤凰涅槃，进入生命的下一个轮回，重回人间？

　　谁知道呢。

原载《芳草》2021年第5期

筑园

上 篇

一 辛苦

1

辛苦。

记忆的开端，是光斑闪烁的情景片段——站在姥姥的藤椅前，她给我擦泪，说："只有诗人的孩子，才有这样的名字……"

2

姥姥的语调像时间一样不动声色，一句接一句，淌过去，仿佛说的是日升月落春去秋来……那个诗人的故事，缺乏绵密连贯的情节，疑惑的风在裂缝里钻来钻去，吹出引诱的哨声：诗人是什么人？别的地方是什么地方？

不理它，它也就消失了。

很多个夜晚，躺在床上，听这栋建于1895年的三层小楼跟太平湾吹过来的海风嘀嘀咕咕。快一百年了，它们有很多隐秘的话题可以嘀咕。墙角壁纸受潮剥落，幽暗的光线里，看起来是墙壁在裂开，藏在墙里面的东西，正要出来……

我缩进被子里，不理它们，它们也就缩回墙里去了。

3

"姥姥，那是什么花？"我问。

"小儿啊，那是紫薇花，十月了，还开得这么好……"姥姥回答。

紫薇花下是路牌，路牌上有字，"正"——念不下去了，姥姥就教给我："正阳关路——正确的正，太阳的阳……"

姥姥拽着我的手去买菜，一路回答着我的提问。

我喜欢去菜市场，能认识很多东西。姥姥买的那几根嫩白碧绿的棒棒，叫茭白，堆在地上那堆沾着泥巴的圆东西，我不认识，蹲下，盯着看，黑紫的皮，冒着芽儿。姥姥也蹲下，说："这是荸荠，又叫马蹄……"

我双手捧了三个荸荠举起来，说："我们买三个……"

买三个，因为家里有三口人，姥姥，我，还有姨姥姥。姥姥和卖菜伯伯都笑了。伯伯伸手抓过荸荠，他的胳膊和姥姥的胳膊在我头顶推让，三个荸荠落在我们的菜篮子里，姥姥让我给伯伯说谢谢。上小学之前，我在菜市场里认识了荸荠伯伯、"心里美"阿姨、糖糕爷爷……

幼儿园的老师和阿姨都认识姥姥。姥姥是高中数学老师，放学后才能来接我，别的小朋友回家了，我就待在阿姨的厨房，得到一颗奶糖，一个熟透的西红柿，甚至一根淡黄色的雪糕……我安静地吃着，瞪着眼睛看进进出出的人。有人逗我，问我知不知道爸爸妈妈叫什么。我很警惕，就问他："你知道爸爸妈妈叫什么吗？"他说他知道，我说我也知道。他说那你告诉我，不告诉我就是不知道。我说那你告诉我，不告诉我你也不知道。旁边的人都哈哈笑起来，有人说这孩子真聪明，我就得意地转开头了。

我的得意之上爬满了疑惑：逗我那个人的目光，他的笑和周围人的笑，似乎在说着别的什么……他们丢开我说着大人之间的话，我听不懂，但记住了一些陌生且刺激的词——"流氓""疯子"……因为不懂，反而记得格外清楚、长久……

4

我要上小学了。姥姥跟我说，她想给我改名字；还有，姨姥姥要回即墨乡下去了。我放声大哭以示抗议——不改名！姨姥姥不走！

我的抗议迅速被姨姥姥镇压了。

"嚎你奶奶个腿儿哩嚎！"姨姥姥用毛巾胡乱抹着我的脸，我被抹得身子一晃一晃。她把我摁到沙发上，呼哧带喘地坐下，对姥姥说："他还毋个狗大咧，流着吡哈水儿，你跟他商量？改，谁家给孩子起名叫'苦'？改！"

姥姥纤瘦，柔声细语，除了跟姨姥姥说即墨话，别的时候都说普通话。姨姥姥胖胖的，操着一口方言，训斥我，也训斥姥姥。

镇压了我的抗议，姨姥姥把我又涌出的泪抹掉了，嫌弃地说："比刘备还会哭！"我的委屈却被安慰了，趴在她起伏均匀的胖肚子上，闭上了眼睛。

我听见姥姥在叹气，半天才说："我没养好他妈妈，我怕……"

姥姥哽咽了，姨姥姥哧地笑了："怕啥？他自己会长！"

姨姥姥的手一下一下拍着我的背，她的声音在我的上方落下来："慧啊，你这教书先生，咋比俺这报纸都念不下来的农民傻咧？咱俩可是一样的爹妈一样的养法儿，你咋成了上架的豇豆俺咋成了地里的倭瓜？"

我趴在姨姥姥怀里闭着眼睛却扑哧笑了出来，姨姥姥也笑了，伸手咯吱我："你个人精，笑啥？你笑啥？"

我叽叽嘎嘎笑着在姨姥姥怀里滚来滚去，姥姥也笑了。第二天姨姥姥走的时候我又哭了，抱着她的腿哭，但姨姥姥还是走了。姥姥拉着我的手，慢慢踩着吱嘎作响的木楼梯回屋，笑着说姥姥给小儿做好吃的，好不好？

我能看出来她比我还要难过，还要害怕，我就不哭了，自己抹掉泪说：好。

5

我执拗地不愿改名，姥姥也就顺着我了。

姥姥总是顺着我。小学四年级，叔姥爷给我买了个游戏机，我爱如珍宝，睡觉都在被窝里搂着，姥姥就让我搂着。我着迷打游戏忘了写作业，老师把她叫去了，回到家她也只说了句："以后先写作业再玩儿啊……"我越发羞愧难过了，把游戏机装回盒子，塞进了书架和墙之间的缝隙。

放暑假了，我费力地伸胳膊进去，想把游戏机摸出来，晃动了书架，一本满是灰尘的书落下来，砸在我头上。我坐在地板上揉着头，只有细小花纹边框的白书皮上，有一排不知何意的字：大卫·科波菲尔（上）。

我原本打算翻开封皮看一眼，就继续摸游戏机，结果直到姥姥从暑假补习班回来，站在面前叫我，我才愣愣地抬起头。那两架书，让游戏机彻底失去了重见天日的机会。书的扉页上都有交叠纠缠的钢笔字，像一只鸟，下面写着年月日，我问姥姥什么意思，姥姥说那是你妈妈的签名和她买书的日子……

五年级的暑假，看完屠格涅夫的《初恋》，我趴在二楼窗户上，望着楼下院子里穿着健美服转呼啦圈的大姐姐发呆。她停下来喘气，抬头，笑着骂我："小屁孩儿，你还挺流氓——看哪儿呢？！"

我脑袋一缩跌回地板上，带着莫名的快感滚来滚去地笑——记忆里有个词跳出来，我的笑声戛然而止——我爬起来，费力地搬下那本厚厚的绿色封皮的缩印本《辞海》，开始查那个词——"流氓"……

6

初中、高中我都在姥姥教书的中学上学。姥姥退休后又接受了学校的返聘，等我毕业，她才去了社会上的培训机构。别人说姥姥不愧是高级教师，就是会教育孩子——姥姥开心地笑着，不好意思地看我一眼。

我低头笑，但心里很得意——姥姥从不"教育"我，只是顺着我。跟着姥姥年节去走亲戚，或者参加婚宴，我总被夸聪明、懂事。叔姥爷、堂舅、阿姨对我很亲热，总是呵斥自己的孩子，把好吃好玩儿的让给我。我反而会放下那东西，过去默默地靠着姥姥。她过会儿就小声问我要不要吃这个呀，这个呢……我只好接过来吃下去。姥姥和我会默契地彼此安慰，我却很想念姨姥姥的训斥。

姨姥姥刚离开那年我每个周日都给她写信，姥姥说先别寄，攒着，放暑假看姨姥姥时一起带去。放暑假了，我跟姥姥坐了汽车又坐了三轮摩托，拎着东西到了姨姥姥家里。姨姥姥家有很多人，我也认不清，有很大的灶台和铁锅，她在做饭，我站在她身后念写给她的信，满头是汗的姨姥姥扭脸笑着说："哪来恁些话？真是个人精！"

没想到吃饭的时候，大人们忽然就生气了，大舅妈看着我，捂着脸呜呜地哭起来，大舅冲我吼，姨姥姥冲他吼，我很害怕地依偎着姥姥，姥姥抹了把泪，拽着我走了。姨姥姥追到门口喊："慧啊，晌午头儿毋车，大毒日头你晒着孩子！"

我真的中暑了，上吐下泻还发烧，姥姥再没带我去过姨姥姥家。还好姨姥姥每年都会来住一段。她来，平常的日子也成了节日。

二　优雅降级

1

我选理科是因为我是男生，收到清华大学计算机科学与技术系的录取通知书，也是顺理成章的事。学校夸张地贴着大红喜报拉了横幅，我只是吁口气，感觉心里的一根刺拔掉了。那是高一的科学手工展，我精心制作的"弥诺陶洛斯迷宫"只得了银奖，金奖给了三班新来的外地生，他做了段"FLASH 动画"，评委老师傻乎乎地看着那个在电脑屏幕上会动的小人儿眉开眼笑。我不动声色地领了奖，回家却把"迷宫"压扁裹上奖状塞到了书架后面，压着落满灰尘的游戏机盒子……

入学后我才知道，像我这种仅凭高考成绩进来的，是侥幸的少数派。这种侥幸对于后来被碾压成齑粉的我，是场彻头彻尾的不幸。

不幸中的万幸，我和"地图"住进了同一间宿舍。

"地图"名叫高德，报到那天就有了这个外号。他瘦瘦高高，皮肤似乎太过白皙，戴着圆圆的金属框眼镜，从自己的铺上一跃而下，解释为何不介意这个外号："在《文明》中，地图很重要。"看我不解，他问："你不打游戏？"

我正把东西堆到自己的架子上去，说："小学时打过那种很弱智的游戏机——"抬头，愣住了，他变魔术一般把我原本胡乱塞在上面的书，按照开本排列得整整齐齐，指着那本《无命运的人生》，问："这是说什么的？"

接下来，他告诉我《文明》是一款伟大的游戏，在游戏中玩家可以缔造属于自己的文明，在地球上开疆拓土，还能星际殖民；我则告诉他《无命运的人生》写的是一个纳粹集中营中犹太孩子的故事，作者凯尔泰斯·伊姆雷就是大屠杀幸存者，去年得了诺贝尔文学奖。

此类对话，将不断在我们之间出现，只是我们再也不会这么客客气气。

2

"地图"在石家庄长大，但并不是城里孩子，他说他应该算"农民工子弟"。我对等坦诚——父母双亡，跟随姥姥长大。这场"逆境中成长却优秀阳光"的比赛，"地图"很快就完胜了。因为 NOI 竞赛①成绩保送我们学校的不止他一个，但"地图"还是成了牛人中的"大牛"，我则成了"菜鸡"。

别的科目还好，"编程设计基础"，老师默认大家都有基础，上课能省的就都省了，我就自己去啃"指针""递归"之类的概念。老师说，编程如同作曲，需要天赋、技巧和训练。我三样儿都缺，花一晚上编了道课后的习题，结果运行程序时系统崩溃，从运行窗口打出一大串"烫烫烫烫烫烫烫烫烫烫烫"……我的自尊，被"烫"得生疼。

"地图"主动来帮我——我输了"优秀"，不能再输"阳光"，就心态健康地接受了帮助。他这种轻松拿编程课满分的人，辅导我算是被迫复习 C++ 的语法。我当然没有笨到"不可教"，但全力以赴的结果，不过是通过考试而已。

拔掉了一根"刺"，换来了万箭穿心。

暑假回家我依然笑得自信且灿烂，被姥姥工作的培训机构拉去充当招生广告，我让负责人把姥姥的课时费增加了百分之二十，姥姥不好意思的笑容里充满了真实的喜悦。我把返校的时间卡到了最后，但下了车，还是冲动地想随便跳上一辆即将开出的列车，就此消失在茫茫夜色中……

我强迫自己移动回了学校。

"地图"对计算机能写出简洁有效的指令，对人似乎也可以。他是个收纳狂，且有轻微洁癖，我们就这么被他"控制"了——大学四年，作为男生宿舍，我们屋整洁得让人不好意思。那天反常，屋里一片狼藉，他们

---

① NOI 竞赛：全国青少年奥林匹克信息学竞赛，成绩进入前 50 名的选手，可获得高校保送资格。

在庆祝——学校网站公布了国家奖学金名单，"地图"作为罕见的例外，大二就拿到了。我没动给我留的那堆吃的，缩到最里面被收纳柜包装盒伪装遮挡的电脑后面，随便塞进去一张碟，戴上耳机看起了电影。我们系禁止大一学生在宿舍使用计算机——这个规定仿佛是专门制定出来让人违反的，他们要打游戏，我要看电影……

他们开始收拾垃圾，顺便把已不必要的伪装拆除了。"地图"出现在我旁边，盯着屏幕上的茱莉亚·比诺什，我假装全神贯注。他摘下我的耳机，一本正经地问："你看的是电影还是 PPT？这女的至少两分钟没动！"

按照通常的对话模式，我的回答应该是："你见过真正的电影吗？"——我日常嘲讽他的全部精神食粮不过是堆好莱坞垃圾；他则回击我成天看那些矫情、拧巴的"loser（失败者）"故事，会得抑郁症……

但那天，我踢开凳子，摔门出去了。

3

我从未如此失态……

走到荷塘边坐下，水面上晃动着冷冷的灯影……大脑里纷乱的记忆碎片在做布朗运动，它们在毫无规则的上升下沉中不停翻转，一面亮丽一面暗黑……

"地图"找到我的时候，已经熄灯了。

他把我拽起来，说："回去！"

我跟他回去了。第二天我没去上课，躺着，雪片般的念头慢慢落满了意识的沟壑，那种平静诡异、危险……我的世界在这平静中崩塌了。

"地图"问我是不是病了，我嗯了声，没动。

第三天，我又没去上课，窝在寝室里循环播放着《飞越疯人院》。"地图"下午回来了，拿了吃的，我没抬头。他拽下我的耳机，我跟他争夺、撕打、怒吼，然后哭了——好丢脸！我爬到床上，把自己蒙进了被子。

"地图"说："死机了，还是没电了？"

我不应声。半天，他说："你知道有些系统具备一种能力——优雅降级。"

"地图"把我从床上拽起来，认真讲一个专业术语。

优雅降级（graceful degradation），指的是计算机或者网络系统在多个组件损坏或无效的情况下能保持有限功能，而不是直接停机。这种能力可以避免灾难性失败。"当然，降级是递进的，越降功能越低，但你给自己争取到了时间，"他看着我，"找到损坏或失效的组件，修复它，或者重装系统。"

我突然笑了，问他："这世界上有跟计算机无关的事儿吗？"

他表情严肃地摇了摇头。计算机和信息技术，于他不是工具，是信仰，就像他架子上的超级英雄方阵，不是玩具，是偶像。

4

我郑重其事地关心起了自己。

我去图书馆查书——心理治疗、情绪管理，后来索性学习了一下现代心理学发展史。所有的心理学流派都告诉我，记忆开端藏着决定一生的密码。譬如"地图"，我们抱怨他对整洁的过分要求，"地图"一边收拾一边说，他父母在卖早餐之前曾经收过几年废品，他最初的记忆，就是坐在垃圾山旁边，敲着空易拉罐……当然，这份记忆对他的影响，绝不仅仅是保持整洁……

我记忆的开端，是我的名字和诗人的故事……我执拗地不肯改名——哪怕后来也明白，自己的名字略略有些奇怪……

高一时，有个女生好奇我的名字，我讲了诗人的故事——诗人是被柏拉图从理想国里赶出去的破坏者，是被帕斯卡指着鼻子骂的撒谎者，是从天上贬谪到人间的仙人，他们不懂尘世的规则，他们被迫流浪，永远在去往别的地方的路上，直到死亡——诗人，很苦……

那是在夜晚的操场，她听得眼睛里闪出光，变成星星，红润的嘴唇微微颤动，似乎在搜寻妥帖的安慰的话——我低头吻那嘴唇，她没躲闪，抱紧了我……

我假装相信姥姥的故事，还给出了幼稚且花哨的解释……我很善于假装，几乎在一切事情上假装——从幼时吃下不愿吃的糖果，到选择别人艳羡的专业……

我要恢复真实的"我"，从最初的那份记忆开始。我采用了考古学的方法：把烙进记忆里的"关键词"当作器物碎片，认真分析"碎片"的质地、纹路，所在的年代，可能的器型，交叉比对同时期"器物"，摸索复原那故事可能的模样……我搜索着自己的记忆，也搜索着负载集体记忆的互联网……搜索引擎的好处是一个链接会带出另一个链接，于是我从 20 世纪 80 年代上溯，70 年代、60 年代……我才发现自己原来对这些年代全然陌生……

大二我选修了中文系教授格非开的公共课"电影与社会"。格非是为数不多我读过作品的当代小说家，他这门课是面向全校开的，很难抢到。去上选修课是件愉快的事，享受电影，更享受课堂讨论我发言时别人投来的目光……那天放《野草莓》，光影中我扭脸看身边的女生，她也正好在看我……课后我们开始聊天，后来上课谁先到就替对方留位子，再后来，我们不上课也约着见面了。

我给她讲了自己被《大卫·科波菲尔》砸中脑袋的事。那本书购于 1978 年，感觉像妈妈的手掌，隔着死亡和时间，拍了拍儿子懵懂的脑袋……我说这些的时候，心脏在膨胀、变大，被一股难以名状的力量撑得隐隐作痛。

那女生听呆了，看着我，说："写成小说吧！"

写之前，我决定先认真了解一下小说。在图书馆查到三本《小说的艺术》，作者分别是亨利·詹姆斯、米兰·昆德拉与戴维·洛奇。我都借了出来，读它们的时候，胸腔几乎被膨胀的心脏撑破了——最后的写作近乎自我急救，最初的四十八小时我完全没有睡觉，差不多完成了主要情节，接下去的修改花了几周，觉得像小说的样子了，就去找了两位读者。

中文系女生看得很激动，看完就发给了在杂志社做编辑的学姐；"地图"则完全是被我强迫看的，看完他说："你要别人看这样不愉快的东西，应该付钱。"他皱着眉头问："什么人会想得这么复杂，活得这么拧巴？"

我说："你长大了才会懂——成熟就是变得复杂。"

"地图"摇头，对于复杂庞大系统，成熟或者说高阶的标志是更好的同一性和更高的效率。他很担心我认真去弄这种"让人不愉快的东西"。我的确有点儿心猿意马——留在这个专业，没有成为大神的天赋，做几年"码农"，头发掉光之后去培训中心教少儿编程吗？"地图"笑着警告我：名校加持的"码农"，盒饭里会有鸡腿，要是我学习去做刁难"码农"的产品经理，吃神户牛排都可能成为日常——去当这种让人不愉快的"码字工"，可是会挨饿的哦。

5

我和"地图"日常都在战斗，但"优雅降级"的我，坦然在各种分组考试和测验中抱他的大腿。"地图"除了忙学业，还在做挣钱的活儿。一位入职互联网头部公司的学长回学校办事，"地图"帮他做过东西，就过来打招呼，请我们吃饭。他吐槽负责内容的部门很多"文傻"，无法沟通……我求学长帮忙推荐，暑假我想去他们公司内容部门实习。学长有点儿惊讶，不过说没问题。

我暑假没回青岛，去上班了。新闻频道的那位总监姐姐本来对我有些抵触，不过暑假结束时就舍不得我走了。开学我继续做兼职，同时决定考研。

考研对我意味着一次纠错的机会，我不能一直"降级"运行，只是还没选定专业，我考虑过传媒，还有电影。"地图"保研没问题，导师很喜欢他，他选的方向是人工智能的自然语言处理。他说，我现在干的小编，顶多四五年就会有成熟且廉价的替代性 AI 产品。他兴奋地瞪着眼睛说："去学电影，做导演——"随即又泄气了，"算了，学电影你也会饿死的。"

"地图"为我操碎了心，想来想去，学什么最后我都会"饿死"——要么行业有问题，行业没问题我也有问题。我们的谈话通常在此处拐弯儿，主题从我的职业规划转变为社会各阶层分析及未来想象。

我们俩一致的判断是：技术会让人群产生彻底的分化，化身成神的"创造者"与彻底"无用"的普通人。我们的区别在于：我觉得这是一个需要对抗而且肯定会被对抗的未来；"地图"认为既无对抗的可能，也无对抗的必要。

"普通人是绝大多数人——他们会革命的！"我说。

"他们会舒舒服服在系统里'泡澡'度过一生，"他笑着说，"革什么命？"

"狂妄的技术主义者！"我指着他，"你也太藐视人性啦。"

"人性就是种生化算法，系统是最尊重人性的地方——互联网就是人性之网，"他笑笑，"MATRIX^①不是未来，我们已经在系统之中了，谁反抗了？不都争先恐后地把自己联进去了吗？"

"MATRIX里也有人选红药丸！"我高举人文大旗，跟他战斗。

"红药丸也可能是一种蓝药丸——你只是在打一场系统为你设定的游戏。谁知道兔子洞有多深？再说，从采集打猎换成种地做工，再换成'泡澡'做梦打游戏，这是进步，有什么不好？"他说。

"人的意义呢？人凭什么还是人？"我质问他。

"系统会给你新定义的！"他擦干净了钢铁侠，小心放回超级英雄方阵。

"又辩论上了？"室友抱着快递盒子进来，笑着把盒子给了"地图"，"你妈妈寄来的。"划开纸箱，油炸食物的香气终结了辩论。"地图"自己捏了个菜角，咬着拿起电话。他跟妈妈说话声音会变嗲，"妈妈——吃了，辛苦也吃了——"他扭脸对我用正常语调说，"我妈说花纹边儿的是你喜欢的海米白菜馅儿的，平边儿的是韭菜鸡蛋的。"转回去，声音又软了，"谢谢妈妈，爱你爱你——"

刚刚还在藐视软弱的人性，下一秒就跟妈妈撒娇，我们一边吃着快递来的美味夜宵，一边花式嘲笑着"地图"这款妈宝钢铁侠。

6

"地图"与父母感情深厚，还有一个喜欢黏在他身上的女朋友。那女

---

① MATRIX：电影《黑客帝国》中设定的控制系统。

生是美院设计专业的，头脑清楚、情绪稳定且身材火辣。她在学校附近租了房，方便画画。"地图"不舍得浪费时间，每周只在她那儿待一晚。

他却舍得花大把时间建那个极客社区，在那里"中二"气质爆棚地当他的"commander（指挥官）"，和他的"骑士"们畅想一座"AI 伊甸园"——数据、工具和算法框架尽情享用，到处是取之不尽的算力，自由生长的 AI 夏娃终将摘下智慧树上的果子……这次操心的换成了我，提醒他："这个行业能负载财富梦想，有令人艳羡的薪酬，只因为成本高昂，都共享了，你也会饿死的。"

他鄙夷地摇摇头说："愚蠢的人类。"

"地图"实际上与一切"愚蠢"的人类规则相处和谐，身体力行地贯彻了高阶复杂系统的同一性。而努力真实的我，"分裂"却更严重了：力图和那位中文系女生保持风清月朗的朋友关系，她却因此变成了林黛玉，在各种别扭难过之后，对我彻底地不理不睬了；十二岁就被楼下健美服姐姐形塑的内心渴望，使我无法拒绝总监姐姐丰满慷慨的怀抱……那是个边界清晰且自由的怀抱，她穿上衣服之后，就只跟我谈工作了。这让我没有负担——我有点儿不堪重负：一边应付让人崩溃的操作系统大实验一边半夜编着黄圣依控诉周星驰的娱乐新闻，明知道"优雅降级"有时限，大三只剩半年了，却不能自控地被福柯迷得颠三倒四……

终于发生了件让我振奋的事情，那篇小说发表了。我用稿费请"地图"吃了顿烤肉，让他知道，有人会为这种"让人不愉快的东西"付钱。

三　《1988 年的疯癫与死亡》

1

《1988 年的疯癫与死亡》，我的小说处女作，发表在 2005 年第 11 期《中国小说》上，我还得了那本杂志的年度新人奖。

给我颁奖的是韦亦是。他是我没读过作品也知道名字的小说家，从他手里接过奖杯，我很激动。晚宴前，评委老师们在一起抽烟喝茶聊天，我就坐在角落里默默地听。韦亦是的声音很有辨识度："……现在的年轻人太成熟太懂事了，跟他们比，我就是个老混蛋！"

笑声和喷出的烟雾一起充溢房间，身形高大的韦亦是站起来说："辛苦，在哪儿呢？过来，过来——我喜欢你写的那个'女流氓'！"

旁边有位老师笑着说："和老混蛋很配嘛。"

我走了过去，我的责编拉了把椅子，让我坐下，韦亦是指着我对取笑他的老师说："那些哀矜勿喜的小说我看了就胃疼！二十岁该这样——炽热、诗性！"

那位老师笑起来："流浪诗人，黑灯舞会，把韦大师的青春带回来了！"他驱散了从韦亦是嘴边飘到他脸上的烟雾，看着我说："我看了你的创作谈，追求历史与人性'致命的模糊性'，这是伊姆雷的说法。但你在小说里把模糊处理成了暧昧，暧昧不是复杂，是怀疑，是不理解——理想主义对于你们，已经成了没有真实对应物的空话，可是你对疯癫诗人的描写很是真切动人，怎么做到的？"

我老实说："我读了一些科普书，还看了十几篇精神卫生学的专业论文，了解精神分裂症的发病机理和症状。"

那位老师摇摇头："那些论文写的是病人，不是诗人——我有位诗人朋友，后来精神出了问题，你的描写甚至让我更理解了他一些。"

我受到了鼓励，大着胆子说："小说、戏剧里的疯癫，福柯说过，一度是'巴洛克式的把戏'，把癫狂朝前推至真理，人物就成了传声筒。我并没有什么'真理'要借着疯癫说出来，我只是'还原'，用想象、推理还原环境，还原环境中人的身体感觉——我写的时候，知道了此前不知道的东西……"

我说得并不清楚，但他们显然都听懂了。

韦亦是呵呵地笑起来："傻小子，这话不能跟批评家说！你就告诉他，老天拿着你的手，啪啪啪地敲起了键盘……"

我笑了，我好喜欢韦亦是，也好喜欢那位批评家老师。

2

颁奖礼过后就是寒假了。我到家的时候，姥姥还在给人补课。晚上八点，她才回来。整齐的短发染得乌黑，拢得一丝不乱，羽绒服里还是那件烟灰色厚毛衣，从我有记忆，每个冬天它都会出现，还有那条明黄的小丝巾，珍珠母的丝巾扣，她去上课时戴上，回来小心地摘下，收进五斗柜最上面的抽屉里。

我用自己的工资给她买了件驼色的羊绒短大衣，姥姥疲惫地笑笑，坐在了桌边的藤椅上，抱着那件羊绒大衣，没有试穿，也没有放下，像是给自己点儿依靠似的抱着。她的不安传染了我，那本杂志和获奖证书就在我身后，我下意识朝沙发靠垫下塞了塞——姥姥放下了大衣，从抽屉里拿出了个快递信封，里面装着那本杂志，还有厚厚的一封信……

写信人是那位在诗人故事里"死"去多年的男主角——"李红旗"三个字凿开了我的太阳穴和天灵盖，嗖嗖的冷风钻来钻去……

信是写给姥姥的，却纵横豪阔地从辛家兴衰写起，姥爷命运多舛，妈妈情深不寿，他父子分离……渡尽劫波，恩仇尽泯，他只希望姥姥能将强占他的房产权益转到我名下，略表他对儿子的牵念之心……

冷风不知何时停了，脑袋里温度开始上升，热气蒸腾，最后我从鼻子里喷出了滚烫的笑——大江大河的历史，"亡亲"归来的戏剧，最后成了婚姻法继承法和分数题……我笑得呼吸不畅，胸腔里有东西在绷紧、开裂……

我看信时姥姥放下大衣，回房睡了。大衣的一只袖管搭在藤椅扶手上，仿佛她伸出的手，正给站在藤椅前那个小小的我擦泪，讲了那个故事……

3

我睡得很晚，却一早就醒了，信里的句子还在脑子里，那正义凛然的口吻与夸张造作的措辞，让我为他也为自己感到难堪，想起来就头脸发热。我掀开被子跳下床，冲进厨房，把正做早饭的姥姥吓了一跳。

我说："姥姥，不用理他！我昨晚查了法律规定，他说的那六分之五的产权根本就不成立——姥姥是跟姥爷离婚了，但姥爷出狱后和姥姥一起作为夫妻生活，同事和亲戚都可以证实，在1994年2月1日之前，这符合事实婚姻构成要件。妈妈只能继承四分之一的房产，而不是全部。第二次继承发生时，他可能继承的部分也只有八分之一的三分之一，根据法律关于第一顺序继承人分配比例的规定，妈妈对姥姥有赡养义务，他们对我有抚养义务，他什么都不该要！"

姥姥关了煤气灶，说："快穿衣服，着凉啦！"

我哦了一声，回到卧室套上件毛衣，出来把客厅沙发上的杂志和那封信都装进快递信封，走进书房，塞进了书架背后的缝隙里。我一转身，发现姥姥在门口站着，我说："结案！"

姥姥笑笑说："吃饭吧。"

姥姥出门上课，也许是我眼巴巴看着的缘故，穿上了那件新大衣，但那几天家里的气氛还是让人有些难受。我故作兴高采烈地帮着姥姥打扫，更换开裂的壁纸，给地板打蜡，准备过年，不时试探着和她说话；姥姥忙忙碌碌，会笑，会好好地回应我。但多年来默契的"假装"还是被打破了，我和她都有些不知所措。

我打电话向"地图"求助了。

4

除夕那天，姥姥做了很多菜，还从柜子里拿出了瓶保存多年的酒，这是我第一次见姥姥喝酒，她只抿了一小口，盯着酒杯愣神儿。我一口喝干了酒，决定实施"地图"给的方案，我说："姥姥，我好爱好爱你！"

姥姥愣了。"小儿，你咋学会——"她没说下去，笑起来，她的脸被喜悦点亮了——"地图"是对的。他教育我：因为成熟，所以撒娇。

姥姥指着桌上的菜，海菜凉粉，妈妈爱吃，拍姜蒸黄鱼，姥爷最爱吃……姥姥的笑容里渗进了悲伤。过去那些事，姥姥说，她想不清楚，也说不出口——现在我大了，该跟我说了。

姥爷判刑时，妈妈才十岁。六年后，姥爷放出来了，姥姥的声音微微颤抖："……我去接他，他那么讲究的人，棉裤上冻着大便，我给他换棉裤，他打我……"姥姥顿住了，半天才说，"你姥爷平反，恢复公职，补发工资，房子也退回来了一半——他住了阵子医院，人明白了，就回家了。好了不到一年，又去住院……那次出院后格外好，有天他买了两瓶酒，想想也没谁可叫，就叫了医院里对他不错的小林大夫来家，那是他最后一次吃我做的拍姜蒸黄鱼……"

姥爷的死，妈妈归咎于姥姥——当初与姥爷"划清界限"，照片烧得一张不剩……姥姥叹了口气："他出事后，组织上让我做什么，我就做什么，我得活啊……"

母女冲突先是争吵，姥姥说一句，妈妈回十句，让她从姥爷的房子里滚出去……后来升级为动手，楼下邻居看不过拉开，姥姥才不至于伤得太重……姥姥不再管妈妈，但时刻揪心。妈妈打扮得漂漂亮亮出门，姥姥会揪心，因为不止一次从派出所把参加舞会或聚会的妈妈领回来。姥姥被警告：再不好好教育就得送去劳教了。妈妈待在家里，姥姥也会揪心。曾有人夜里翻过院墙，想从窗户爬进妈妈的房间，踩塌了底层那家在院子用石棉瓦搭的厨房屋顶，姥姥惊醒起来看，楼下乱作一团，妈妈却伏在二楼的窗户边，笑得直不起腰……

终于有一次，姥姥没能从派出所把妈妈领回来。那年"严打"，幸好只是一般活动——姥姥还是省略了"流氓"两个字。我看过资料，真正的流氓罪，有可能判死刑或者无期徒刑。妈妈被送去劳动教养半年。妈妈解除劳教，带回家了个男人。

他们结婚了。姥姥一个人工作，养活两个热爱诗歌却动不动打得头破血流的无业青年。那俩人打是打，打完又好。妈妈怀孕了，他因为发表作品在家杂志社当上了临时工，加班晚了就住在集体宿舍。妈妈疑心他有了别的女人，到单位去问，发现他在后街租了间平房……他们的这场厮打，使得本该是 1986 年摩羯座的我，变成了 1985 年的射手座……

5

妈妈在月子里就不太对劲儿，我差点儿被捂死在襁褓里。姥姥请来了姨姥姥，哄着妈妈去了医院。妈妈被确诊为精神分裂。林大夫是熟人，他劝姥姥不必自责，这个病起因复杂，发现送诊时往往病程已经很长了……妈妈住院期间，那个男人在老家县里有了份正式工作，姥姥自然要让他去。

妈妈出院了，在家服药，打电话给那个男人。他来了，站在妈妈床边说要离婚。姥姥吓怔了，姨姥姥挥起火钳子，把他打下了楼梯，跌断了腿……妈妈嘶吼发作之后，仿佛燃烧完了，成了滚烫的灰烬，渐渐灰也冷了……

我过完一岁生日，才有正式的名字，妈妈抱着我说："我要把我的苦说出来。"姥姥拗不过妈妈，只能托堂舅帮忙找人给我报户口。从那个时候起，我生父的资料就变成了辛父，无业，死亡。

第二年冬天，妈妈离开了。"下雪了，她说要去栈桥看雪，穿上了新买的大红鸭绒袄，抱起你亲了亲，还冲我笑……"姥姥的眼泪淌下来，"我不懂你妈妈，不知道是我教育得不对，是她学坏了，还就是病的缘故……想不清楚，就不想了，我把过去那些事儿，都挡在身后，假装忘了，我眼前有你呢，小儿……"

姥姥的讲述与我的虚构，情节轮廓约略一致：父亲特殊年代的死成为女儿的创痛，叛逆且文艺的女儿执着于理想而疯癫，最后坠海身亡，丈夫伤情远走，客死他乡，被姥姥抚养长大的男孩充满伤感地致敬父母的青春……

我替姥姥抹掉了眼泪，她摩挲着我的手说："你姨姥姥说得对啊，你自己会长，我的小儿，长得多好啊……"

6

桌上的汤凉了，姥姥拿到厨房去热。

与餐厅相连的厨房是二楼朝西的房间改的，午后的冬日阳光从窗外照进来，姥姥靠在橱柜上望着炉火出神，脸红红的，我看不清她的神情，她整个人都笼罩在带芒刺的光晕中……我知道，还有更大的真实她未说出，或者说不出……

汤锅潽了，姥姥忙关掉了煤气。屋里弥散着醋和胡椒的气味，脂肪和蛋白质被烧灼时的香气，像秘密一样被储放多年的酒，弥散的酒气……

四　"唐顿庄园"

1

2007 年，我考上了中国人文大学文学院，读研究生。

姥姥自然不会阻拦我，我的开心和兴奋多少缓解了她的忧虑。2007 年的 9 月对我来说是春天，蜕变后的丑小鸭，在紫丁香垂下的湖面，游向天鹅群……

"地图"的态度让我有些意外。他说按照通常逻辑，这是个不太明智的选择，但实现英雄梦想，首先丢掉的就是这种"通常逻辑"。做擅长且热爱的事，是更大的理性。我说要把他的金句，做成我的电脑屏保。

2

颁奖那晚和我谈话的批评家，成了我的导师。

我那春日湖面的良好感觉，维持了不过百日。导师对我很好，他非常忙，难得一见，我只要逮到他，就向他倾倒一堆问题。他忍着累耐心地听我的疑问，然后用张书单暂时安抚了我。很多时候我说不清楚他也能听明白——慢慢我就知道了，那些都是由来已久的古老问题……我在跟老师说话的时候，不自觉会把堆在沙发和茶几上的书籍刊物码得整整齐齐。

导师给我开完书单，指着堆在地板上的书刊邮件："有空过来拆了那些——你也读点儿新作品，你的专业是文学，不是哲学。"

我很难做这样的学科区隔，文学、哲学、历史、社会学，包括心理学、认知科学，都是对"人"的言说。这些言说无边无涯，深不可测，我存着妄念，自然时不时会沮丧。

沮丧时很想找人聊，但我的同学只是同学，不是同类，他们通常会皱着眉头看我，不知道我到底要说啥。鸡同鸭讲，因为我牵藤扯蔓的思维方式和混乱的表述，更因为非专业出身的我与他们缺少各种默契，尤其是关于大前提的默契——讨论中国现当代纯文学，也纯讨论中国现当代文学。

更何况，大家都是在课堂上讨论，在生活里，大家说别的。

宿舍也不像大学时那样有趣了。同屋谈论就业、薪酬、编制、户口、房子……就连聊女生都乏味——我们以前聊敬业的岛国"老师"们，不聊结婚对象……我很少插话，被问到就老实回答"没想过"——我很想反问：既然充满了生存焦虑，为什么要选择文学而不直接去挣钱？

有一次到底没忍住，问了出来。同门师兄拍拍我的肩，说："问得好——何不食肉糜？你是住在梦幻岛上的彼得·潘吗？"

我有了个恼人的绰号"彼得·潘"，连导师都知道了，笑着说："这是夸你纯粹，有什么好生气的？"

他们只是在嘲笑我幼稚。事实上我才是真正的成年人，自己挣学费生活费。"地图"预言的 AI 编辑应用，不到三年就出现了，但他也白替我操心了，视频平台开始争抢市场，我似乎也没那么容易饿死。那位总监姐姐跳槽去了家视频平台，顺手带走了特别好用的我……我成了一档人文知识类节目的撰稿人，那些胡诌八扯的题目竟然维持了不错的流量——感谢那些不愿读书却热爱知识的人。她让我介绍同学去实习或做兼职，他们很缺内容创作者，结果双方都颇为失望。我是彼得·潘，他们是豌豆公主，根本不知道现实世界的劳动强度。但我也只能自己生气，或者跑回清华大学跟"地图"抱怨。

读研后"地图"更忙，除了忙学业、导师的项目，还加入了创业团队——当初给我介绍工作的学长辞职了，成了创业者。我去找"地图"，带着笔记本电脑，在机房的角落里看资料、写东西。等他抬起头，摘下眼镜揉揉眼，如果他能出去，就说"吃饭去"，如果没空出去，就说"买饭去"。

他的饭都是伴着我的话吃下去的。吃完饭，他摘下眼镜，滴几滴舒缓眼药水，闭着眼睛继续听，最后打断我，眼皮哆嗦着睁开眼睛："架构系统容错能力这么差，小心又死机！"

他这话如同小时候姨姥姥的训斥，宽慰了我那真实却不必要的难过。自己改架构的本事我还没有，但增加一项垃圾信息拦截功能，没问题。自从我经常过去，导师办公室那些杂乱的书籍刊物开始变得整齐，"彼得·潘"这个名号演化出了一个跨文化变形——"小潘子"……拦截，删除——我当没听见。

导师让我拆的那些邮件，大多是文学期刊、学术刊物，还有作家的新书，我集中阅读了一段时间，就开始狂飙突进地写论文了。我们专业的核心竞争指标是发表论文。第一篇论文发表后，我拿给导师看，他扫了两眼，指着两本作家的新书，给我布置作业——写读后感。我的"读后感"发过去，导师看完，皱眉说："你不能逮谁都跟托尔斯泰比！批评是什么？只是夸人骂人那么简单吗？你是在完成文学共同体的意义生产，你肯定或者否定的不是一个作家，一部作品，你是在参与时代的文学观念和价值体系的建构。"

我服膺导师的道理，随着批评文章的发表，研二我拿到了奖学金，但我并没有变成让人敬佩的专业"大牛"，而是多了个更恼人的绰号："泡泡机"。

3

我再没能写出小说。

有过失败的尝试。想好的题目叫《珍珠母丝巾扣》，我试图以姥姥的生命时间为线索，去探索那"致命的模糊性"，我遇到了一片巨大的冰川般厚重复杂的悲哀与残酷，我没有力量穿透……我宽慰自己那是不可再现之事：我不知道她沉默的原因，我无法书写她的故事；我理解了她沉默的原因，我不该书写她的故事。

为了对抗这次失败导致的自我怀疑，我加倍努力写批评文章。导师给我的道理，够我自我合理化——我生产出了熠熠生辉的意义，但我无法回答，那发光的到底是金子般的作品，还是我吹在作品上的一堆"金色泡沫"。

周围的人很容易辨识我的"分裂"：写文章分寸得当，人情世故都懂；生活里随和克制，被嘲笑时，我就沉默低头，师门里姐妹多，总会有人心疼我，出来说一句"过分啦"；课上讨论却大杀四方极具攻击性。送我了一系列名号的那位师兄，当着我的面半开玩笑地评价我："策略性耿直，战术性天真。"

我内心非常依赖导师，也知道导师偏爱我，但有时候他也叹着气说："辛苦，你就是个'杠精'！"

我抬杠不是为了赢，我想"杠"输，最好输得心服口服五体投地——我就"投"在那块坚实的可依赖的"地"上。我感觉站在正在开裂的冰凌之上，看着不远处滚滚而来的波涛，立足之地很快就会土崩瓦解——我读的书越多，跟别人争论得越激烈，这种恐惧就越强烈……

师兄盛赞一篇小说，我立刻找来读了，写一个低收入大学生走投无路在贫病交加中死去，我也非常震撼感动，但很快"杠精"属性就蠢蠢欲动了。我抱着小说跑去向导师建议下次课上讨论"底层写作"的真实性。

导师看我一眼："怎么，我刚谈过'打工诗歌'，你是打算跟我'杠'？"

我说："是因为这篇小说。您在哪儿谈诗歌？老师不是常说不懂诗吗？"

导师被我气笑了："你还真是耿直！行啊，也不限于这一篇小说。对了，韦亦是有部新长篇，写的是进城农民，加上'打工诗歌'，几部有影响的'非虚构'——好好准备，讨论要有成果。"

我认真准备，读了一堆小说，读了打工者写的诗、社会学调查、深度新闻报道，还跑了几次"蚁族"聚集的唐家岭，认识了几位处境跟小说人物境况类似的低收入大学生。大部分人是喜欢那小说的，很感动，跟我说了自己的艰难困窘和苦闷，但也质疑生活里这么极端倒霉的例子不多吧？总还有希望。有个罗晓，敲着我带去的那本小说："意志软弱！这小说在丑化年轻人！"他和我同岁，计算机专业的，地方院校本科，在中关村做销售。他的脸庞很稚气，好看的单眼皮，鼻梁挺直，鼻翼右边有一颗红红的青春痘，下巴上有两根没剃干净的胡子。我去他的隔断里单独聊，合租屋里污浊的人体气味并未减弱，反而更加刺鼻——隔断里唯一通风透光的窗户属于卫生间……

聊得晚了，我请罗晓吃饭。站起来时我撞到了头，上铺堆满东西，护栏边立着一排书，我揉着脑袋看书名，最外面那本很厚，书名像闪电劈开了红黑撞色的封面：《韦亦非的海中帝国》。罗晓指着这本书说："韦亦非两岁父母双亡，奶奶给别人做保姆打毛衣养活他，穷不穷？现在，数百亿身家，人家怎么做到的？"

韦亦是的成名作《梨花泪》，作为"伤痕"文学的经典篇目，主人公原型就是当年自杀的叔叔婶婶，叔叔是编剧，婶婶是梨园名伶……我自然知道韦亦是这位著名的企业家堂弟，罗晓对韦亦非的这位小说家堂兄，却一无所知。

罗晓领我去了个路边的小摊，塑料布遮挡了初春的冷风，四五个陌生人围着热气腾腾的麻辣烫锅，各自捞各自涮的串儿。教养和礼貌让我"愉快"地接受了罗晓力荐的美食和新颖的进餐方式，但我看到有人把吃了一半的豆腐皮又放回锅里再度加热，我的手就再没伸向那林立的竹签，专心听罗晓给我讲对这个世界的理解和想象，我在他身上看到了"地图"式的坚定与自洽。

我给他提了两句"地图"，他说那是大神，公司跑到学校去抢的，几十万年薪起，有的还给股份期权……那一刻，他有着深切的痛苦和羞愤——还是自己不够优秀，不够努力……

"也许，不是你不够努力，是这个世界不公平……"我试探着说了一句。

他嗤笑："世界什么时候公平过？你这么天真还写作呢！还有，你要相信有大的公平，竞争就是公平。最爽的故事，就是逆袭，草根赢他整个世界！"

砰的一声爆响，仿佛是给罗晓的宣言做声效，所有人都开始张望，却并没看到是什么爆了，幽暗的夜空中，远处楼顶的霓虹灯牌在闪，字迹模糊……

4

剧烈的腹痛让我醒来——是在宿舍床上，我跌跌撞撞跑去了卫生间。

腹泻持续到次日上午，我去了校医院。我第一次体会了什么叫"断片儿"，完全不记得自己如何回到宿舍的。手机记录里有凌晨过后跟"地图"的几次通话，我朦胧回忆起点滴，打电话去求证，"地图"笑着骂我："真是脑子喝坏掉了！我又没给你植入定位芯片，当然是你打电话给我！不会喝酒也敢喝，也不看看那是什么地方！出租车司机看了我的学生证才愿意拉我去的！"

痊愈后去上课，我依然佝偻着腰。讨论那天我默默地听着同学发言，不想反驳任何人，甚至不想说话，导师笑着看了一眼我这个始作俑者，点了我的名。

只能说了。

"以我有限的观察来看，现实中有苦难，有结构性不公，但没有'底层'。观念上谁都不是'底层'，都深刻认同优绩竞争，只有竞争失败者，失败是能力问题、机遇问题、资源问题，对于年轻人来说，失败还是暂时的，只是挫折——发展向每个人承诺了一个中产梦——他们相信发展，不均衡会变成均衡，相信明天、下一代会更好。"我顿了一下，"在复杂性上，虚构作品还不如深度报道，现实是各种各样的'盖茨比'，小说的想象还是'骆驼祥子'，苦难展览，千苦万难一个字，穷，穷到卖血卖肉卖器官——

我认为这是种美学策略。"

导师笑起来:"好嘛!你这憋半天,一棍子打翻我们一船人——"

赠我名号的师兄跟了一句:"在辛苦眼里,一切都是策略。"

我没理他,说:"人物在底层,作者在哪一层?也没见谁再'榨出皮袍下的小'……"

师兄皱眉看着我:"我没听懂你到底在质疑什么——你是要讨论身份政治吗?对于作家作品,诛心最容易,也最无聊。"

导师看向后面,我也转头,一个不认识的女生在举手,导师示意她发言。她说:"我想,辛苦学长质疑的是作品意义生成的历史逻辑和价值逻辑。鲁迅的《一件小事》,依赖的是二十世纪最重要的历史进步观和进步力量,车夫的形象是有力量感的。刚才讨论的那篇小说,主人公的不幸令人同情,我都看哭了,但主人公既无精神力量也无道德力量,我的眼泪来自作者精湛的叙事技巧。"

"辛苦,看来以后你得请位翻译。"导师示意女生坐下,顺便挖苦了我一句。

5

2009 年的春天,我还罹患了一场精神上的"腹泻"——两年来生吞活剥下去的那些言说,都拉光了——那些语言曾经鲜美,营养丰富,不知道为什么就腐败变质了……身体和头脑都拉得空荡荡的,整个人脱水无力,失魂落魄。

我的话变得很少——很多正确的很好的话,说出来就成了废话,或者假话。我不再努力写"读后感",毕业论文的选题也换来换去,导师被我弄得失去了耐心,冲我摆摆手:"少爷,想好了再来找我!"

我成天耷拉着脑袋,师兄开始关心我。这是我放弃学生会竞选之后,他第二次拍着我的肩亲热说话——这样下去会抑郁的,赶快调整,实在不行看医生。

我笑笑——"抑郁"这个词也弥散着腐败的气息……

替我"翻译"的女生和我成了朋友。她是古典文学专业的大一学生，自己在写小说，父母认识我导师，她就来蹭课了。那天下课她主动来找我，我和她说着话走出教学楼，她说："学长，我能请你喝咖啡吗？"

见了好几次，我对她的印象还只是瘦小的身体轮廓，齐齐的短发，五官模糊，名字也没记准是"馨怡"还是"怡馨"，清晰的只有谈话内容。

她有耐心和我深入到某种现实或理念的褶皱中去，持久地讨论。她明晰、坚定、轻盈，像只自由的蝴蝶。我却是缀网劳蛛，那些腐败的语言，需要反复清洗冲刷，才能勉强拼凑出一点点意义，我觉得徒劳、累，干脆就放弃了……

我们也瞎聊，她知道很多奇怪的事，譬如印度女人超过五十厘米的发辫可以卖四十美元，毛里求斯红茶的茶叶事实上长在福建、云南……我问她从哪儿知道的，她说从爸爸那儿。她像生活在童年暑假里，喜欢畅想星辰大海，谈及未来全是"梦话"：想去帮助山区贫困女童，也想去故事很多的普林斯顿……和她在一起，我会好很多，有种抽离日常的轻松感。

一次我们在咖啡店吃完简餐，走回学校，她还继续说着"人是自为的存在"，我却跑神儿了，定定地看着她。她的眉眼，淡烟流水一般，不魅惑，却让人舒服。暖暖的风吹进了我的身体，心像风中的纸鸢一样翻飞起来。她朝我一笑，那笑散发出纯白光晕——我还在恍惚中，她忽然"哎"了声，抬手指着文学院的教学楼——觉不觉得文学院很像"唐顿庄园"？

我愣了："哪儿像？"

她说："二十世纪初没落贵族家的少爷，毫无道理的优越感纠结着面对新时代的无力感——文学院的男生都这样。"

这话像锋利的小刀，割断了纸鸢的线，我的心倏地被风卷走了。

我淡淡一笑，问："那女生呢？"

她笑着说："没落贵族家的小姐，教养就是嫁妆，譬如我，学古典文学，我爸妈眼里就是念几句唐诗宋词，谈婚论嫁时，约等于会大提琴——"

我说："你不是铁血女权战士吗？"

她笑起来："女权战士也管不了她爸妈怎么想啊。"

6

什么也没发生，但我和她都知道，还是发生了什么。

她约我去看《贫民窟的百万富翁》，我犹豫了一下，答应了。在电影院里她几乎全程在哭，出来擦着泪说："真是白日梦啊。"

我笑了："讲故事的人遇上你也太难了，哭完照样不给好评。"

她说："都得八座小金人儿了，这片子也不在乎我这点儿偏见。"

我说："你的偏见可不止这点儿！"

她站住："我知道'唐顿庄园'那话，让你不高兴——那是我的观察……"

我哼了声："你还观察——"

她举起手机咔嚓拍下我的表情："看，毫无道理的优越感！"

我笑着推开手机："明明是被偏见伤害的尊严感。"

她却扑进了我的怀里，脑袋靠在我胸口，说："我是自我保护，不是有意攻击你——等我变强大了，不被你的凝视变成自在之物了，我就跑来追你。"

她的神鬼逻辑弄得我哭笑不得，揉了揉她的头发："聊萨特聊出毛病来了。"

她扒拉开我的手，站下跺脚："就是这种动作，我又不是小猫小狗！"

我笑得一噎一噎地说"对不起"，最后还是她宽宏大量地原谅了我因为集体无意识犯下的男权错误。

我自嘲说："在表白之前被拒绝，在被拒之后很感动，明明是被你攻击伤害，最后我来请求原谅……匪夷所思又合情合理，你是怎么都自洽！"

五　失去的生活世界

1

把"我"讲述成一个逻辑自洽的故事，越来越困难。

茫茫如海难以命名的愁与惑之中，任何小小的欢乐碎片，都是珍贵的。"庄园"里的她与职场上的姐姐，对于分裂的"我"，毫不冲突地并存着。"灵肉交战"这种上世纪的陈旧模式，只有韦亦是那代作家还在怀念吧。

韦亦是来我们学校做讲座，谈到情爱叙事有着一个从"力比多"到"荷尔蒙"再到"多巴胺与内啡肽"的模式流变，这意味着人的主体性一步步在叙事里衰减——力比多是精神能量，情爱与艺术是等值的；荷尔蒙是信息素，情爱至少与生命相关；多巴胺与内啡肽直接提供欣快感，情爱就彻底沦落为了"物"，可置换为运动、咖啡、酒精、毒品、精神药物……

讲座精彩有趣，她在我旁边坐着，听得很认真。讲座结束导师请吃饭，也叫上了她。她的长篇小说要出版，导师替她出面请韦大师作序。吃饭时她一直低着头，过腮的直发像帘子垂着，挡得旁边的人看不见她的脸，韦亦是笑着说这孩子这么内向啊。吃完饭导师拉着韦亦是走了，同门很默契地把她交给我了。

她抬起头，开始跳脚发脾气，对韦亦是和我导师，名字都省了，一口一个 old man（老男人）。她从第一句话开始生气——韦亦是坐下看看桌上的人，说我导师可真是"桃李门墙"，除了我和师兄两棵光杆树，剩下的都是花。导师笑着说每年招生他都祈祷来个男生，可惜男生不争气，就是考不过这些女孩子……至此之后，这俩 old man 几乎每一句话，都让她生气，每一个笑话，都是对女性的冒犯和歧视……我知道她是认真的，但还是忍不住笑了。

中立地说，韦亦是和我导师，并没说什么过分的话，笑话也都雅驯含蓄，缺乏背景知识你基本不知道他们在说什么，但她手里拿着锤子，眼里都是钉子——这个男权的人类世界处处都是问题。我笑，她的愤怒还在继续，开始批判韦亦是的小说，让人无法忍受的"凝视的目光"与性描写，泛滥的轻蔑女性的性玩笑……

我笑完了，弱弱地替韦亦是辩护：韦亦是那代作家，经历过饥饿的童年和性饥渴的青春，生命经验如此，进入创作，性对他们也是解放力量，观念武器——韦亦是的性描写很老实，戏谑是解除恐惧，冒犯禁忌，并非简单的轻蔑……

她仰头看着我："你不饥渴，也不恐惧——"

我笑了一下："我也没挨过饿。"

她不响了，我推了推她，低声说："怎么，女权要求必须是处男啊？"

她笑了，挽起了我的胳膊："你跟你导师他们也没质的区别——每回都向那个乌克兰女留学生行注目礼！"

2

五月初的时候，那位总监姐姐成了新公司的 CCO（首席内容官），要开庆祝酒会，主题是"了不起的盖茨比"，男宾要求 BIACK TIE（黑领结），女宾要求小礼服。我问她是否愿意做我的女伴，她看了我一眼："你没有别的人选吗？"

我噎了一下，说："你要没兴趣，我就不去了。"

她忽然一笑："我去！"

那天在酒店前等她，我有点儿不安。她从车上下来，不说话我都没认出来，除了整容般的化妆术，脚下是十五厘米的高跟鞋，额前支棱着雀翎般亮晶晶的水钻头饰。她挽起还没反应过来的我走进酒会现场，脱下黑色裙式风衣交给侍者，里面是一件缀满大小珠片的小礼服。她托了一下短发的边缘，指指珍珠镶嵌的金色发箍说："黛西！"

她复制了电影中那位盖茨比"梦中人"的造型。我指了指宴会主人说："今天的盖茨比是女性。"女版"盖茨比"黑西服黑领结，金色短发，齐齐后梳，手里举着香槟杯，迎接我们，笑着说："辛苦，你带来的，是今晚最佳黛西！"

我才注意到厅里至少有五六个"黛西"。作为新晋创业明星的那位学长和"地图"都带着女伴儿来了。互相打过招呼，喝酒聊天跳舞，"地图"的女朋友对我那位"黛西"格外关注，还跟"地图"咬耳朵，"地图"笑着看我，没说话。

终于等到身边没了别人，我问"地图"他们嘀咕我什么，他笑着说："我那位觉得你拐了个豪门千金——什么情况？"

一身亮片儿就是豪门？戴上发箍都是"黛西"！我觉得好笑，远远看着她被三四个女宾围着说话，放下了手里的香槟杯子，"地图"斜我一眼："你紧张什么？"

我没回应"地图"，朝"身陷险境"的她快步走过去——笑吟吟的那几位心里都恨不得朝对方脸上泼硫酸……我礼貌地请姐姐们把我的"黛西"还给我——被群嘲，被警告少秀恩爱，还被手包不轻不重砸了一下脑袋，我终于成功把她带离了。我们的视线撞在了一起，她妆容分明的眉眼，有些陌生，但熟悉的神情出现了，孩子气狡黠地笑，她说："过来跟我说话的女人，有两个嫌疑特别大……"

我说："就你这蹩脚侦探，还搞素行调查呢。"

宴会厅后面接着露天的景观中庭，玻璃门外是吸烟处，我揽着她推门出去，她弯腰脱下了高跟鞋，坐在了铺满白色细沙的景观池台阶上，我坐在她旁边，看着玻璃门里的"盖茨比盛宴"。

她拿手指捅了我一下，说："是不是很无聊？"

我握着她的手指晃了晃，她纤细的手腕上那串亮闪闪扭在一起的链子滑到了手背，我才看清是只表。她抽回了手，指着门里说："像不像一只水晶球？里面装满了上紧发条的跳舞小人儿……"

门里的一切因为太过明亮闪耀而在变形，真的像一只金色的水晶球，里面装着的，是很多人心中好生活"应该"的模样……

她靠着我说："和我一起，跟全世界作对，好不好？"

我没应声——孩子气的别扭话，并不真的需要回答。

3

酒会后一个月，"地图"破天荒来学校找我。

我提前等在校门口，一辆白色的面包车开过来，"地图"下来，他女朋友跟下来，扑进他怀里紧紧地抱了好久。我尴尬地来回转着脑袋，最后"地图"笑着推开她，她转身拉开车门，上车走了。

"地图"说："我们分手了——走，吃饭去。"

我一头问号地跟着他。"地图"点完餐，向我复述了女朋友的"分手演说"：

"像你和我这样两个草根家庭出身的孩子，专业能力都不错，一起留在北京，薪酬也会不错，但一夜暴富是小概率事件，大概率是升职加薪，我并无奢望，想要的就是这样的普通生活，但我们没有抵御任何风险与意外的能力。我们都是父母的养老保险和医疗保险，将来还有孩子……不要等到考验真正降临再去难为爱情，各自寻找更有助于抵御风险的伴侣，是爱彼此更好的方式……"

这话很明白，我却有点儿糊涂："你会很有钱的，她不知道那件事吗？"

海中智信集团正在和学长的创业公司谈收购，"地图"也参与了谈判，应对智信集团 CTO（首席技术官）的问询。"地图"看了我一眼："她知道全部细节，小概率事件，草根家庭——关键信息都听不出来，你怎么当作家？"

他的回答根本不足以给我解惑，但我决定闭嘴。

"地图"背后是饭店的玻璃窗，窗外是夏日正午的烈日，白得刺眼，我闻到了冰冷的金属腥气，仰头看，空调的出风口，一根翻飞的红布条在呼呼的冷风中剧烈地哆嗦。我收回视线，"地图"的脸成了从过于明亮的背景中抠出的黑色轮廓……饭后，"地图"要回去干活。我答应晚上和他去看《变形金刚：堕落者的复仇》——他订票的时候，还不知道要和女朋友分手。

从电影院出来，"地图"似乎被治愈了，他笑着问我："看懂了吗？"

我也就看个热闹，"地图"则拥有完整的汽车人知识谱系，但他并不迷变形金刚，只留有一个擎天柱，小学时妈妈买的——他顿住了，然后说："接下来五年，工作，买房，结婚，生孩子，进度表不变，时间节点不改，换个合作伙伴而已。"他笑笑，"这是我爸妈的英雄梦想！"

我张了张嘴，又闭上了。"地图"看了我一眼："我——前女友了，要我向你学习，不要找共同攒钱交首付的女朋友，找个把房子首付戴在手腕上的女朋友。"

这次我张开的嘴，闭不上了。"地图"笑了："这么惊讶啊？"

她似乎说过什么，但我没多想——笑笑，说："她不是我女朋友。"

"地图"和我走在过街天桥上，他问我接下去怎么打算，工作还是读博。我没想好，啰里啰嗦说了半天，他打断了我："以为你能不拧巴啦，怎么反而拧成麻花啦？你呀，无谓地消耗能源和算力，还是去做电池更有价值。"

"你说过，我可是人类大脑中的顶配，做电池不可惜了？"我笑着说。

大三操作系统大实验分组，系里另一个"大牛"想和"地图"强强联手弄点儿花样出来，很嫌弃组里有我，使唤我端茶倒水，"地图"当时怒了，非常严肃地跟他谈话，搞得那家伙很尴尬。

我感慨道："每次想起来都有点儿小感动……"

"地图"说："我说那话也是真的，你不喜欢、不擅长的事，都能做到这个程度——别瞎拧巴浪费能量了。"他扭脸看着我，"'五四'那次对话，你挺燃的！"

那是央视五四青年节的特别节目，我混在十几个高校学生中"对话"。有个版块是"科技与人文"，我自然在人文这边。科技那边有位老兄在那儿聊"技术决定生存"，还给我举《三体》的例子，"毁灭你与你无关"。我放弃了原本的发言，逐条反驳，举例论证四百多年现代进程中人文与科技如何从互为助力到分道扬镳，这种二元区隔已然成为新的蒙昧，决定人生存的不只"HOW（如何）"，还有"WHY（为何）"……"地图"在央视网上回看时做了统计，1分27秒的发言，28个知识点。我最后说："拜托，你拿来论证观点的依据是部小说，小说哎！"

我说完坐下，主持人笑了，观众也笑着鼓掌。

"地图"说："被你踩躏的是我师弟——你是把对我的积怨都发泄到他身上了。哎，最近咋不跟我战斗了？"

我说："你就是有点儿极端言论，自己一腔骑士情怀，崇拜的超级英雄都是正义卫士，就连你最爱的《黑客帝国》，内里还是人类颂歌——我跟你斗啥？"

"地图"笑笑："人类太有限了，真的需要改造，升级！"

他依旧自信且自洽，世界和未来，都和他站在一起。

4

我揣着一腔沉重的茫然回学校。深夜的地铁车厢，并不寥落，一个戴耳机和黑色口罩、穿着 over-size（大于合适尺码的）卫衣的男生，跟随着他耳朵里的音乐晃动着身体，察觉到我的目光，看了我一眼，我挪开目光，他继续摇摆……后背被轻轻捅了一下，回头，两个劳动服上满是喷溅涂料的工人蹲在过道上收拢工具，并未察觉碰到了我……近在咫尺的人与人，随身携带着不同的世界……

放暑假回家，开门的是姨姥姥，她从老家过来，照顾摔倒骨折的姥姥。我放下行李，上网查骨折护理须知，准备做个合格护工。我也想帮姨姥姥做家务，她总嫌弃我帮倒忙。她越发胖了，天热，开着空调也汗流浃背，呼哧带喘。我怕姥姥闷，抱她出来看电视，姨姥姥笑着拍腿："亏你姥姥瘦气……"

拆了石膏，姥姥好受多了，能拄着拐行动。我买菜回来，发现家里多了个高一学生——培训中心打来电话，说有学生愿意来家里上课，姥姥就让来了。姥姥有点儿抱歉地冲我笑笑，我忍着没说话，去了厨房。姨姥姥择着菜，小声劝我："你姥姥那是脑子活儿，不是力气活，能挣就挣，攒着给你娶媳妇啊……"

我嘟哝了一句："我才不结婚呢！"

姨姥姥手里的芹菜杆儿敲上了我的脑袋："屁话！打一辈子光棍啊？"

我假装被她镇压了，咧嘴一笑，去洗菜。

午后姥姥和姨姥姥都在休息。窗外蝉声悠长嘹亮，我坐在书架前的地板上，膝盖上放着电脑，签名成了"辛夷"的她，在QQ上问我在做什么，我说在"复习"暑假——带着海洋水汽的风里，蝉声织成的网里，有无数个暑假……

我听到咚的一声，什么沉重的东西倒了，我丢下电脑跑了出去……

5

姨姥姥突发大面积脑梗，在医院挣扎了两周，还是离开了。

我扶着痛哭的姥姥，低着头流泪，刚走到太平间外的路上，姨姥姥的大女儿突然坐在地上，抱着姥姥的腿，哭着："妈啊妈啊，你好冤啊……"

姥姥忍着泪叫她："娟，你先别难受，得给你妈办事儿……"

大舅把我拽了过去，让我跪下——姨姥姥是为了照顾姥姥才"累死"的，是被我害死的……我用力挣脱。他们开始打我。我从未真正遭遇过暴力，那个瞬间是荒诞的，我仿佛从躯体中脱离开了，浮在半空中看三个男人对着个穿黑色T恤的瘦高男生拳打脚踢，男生倒在了医院的青砖甬道上，能看到远处站着的人腿，黑色的裤子，医生白大褂的下摆……那是我！

空中的"我"像划过大气层的陨石带着火焰扑进那个躯体，那个原本任人捶打的躯体变身猛兽，挣扎着抱住近前的人腿，拖倒，号叫着撕咬下去……那嚎叫是我唯一能听到的声音，肿胀的眼睛根本看不清楚周遭，拳脚不再落下来，我却被很多手摁着不能动，挣扎，失去了意识……

我再次清醒，在急诊病房里，有限的视野里，我勉强辨认出，床边凳子上，坐着叔姥爷家的女儿。一个男人的声音说："醒了？还是得做一下笔录……"

剧痛让我无法仰头，视野中只有警察制服，看不到脸。阿姨生气地说："孩子都被打成这样了——事情明摆着，那边要讹钱……"

警察叹口气："那边腿上的肉都少了一块儿！"

做完笔录，警察对我说："以后遇事要理智，跑，求助，别硬刚——你这大好前程的，刚才跟疯了似的，万一失手伤人，后悔莫及！"

阿姨说姥姥让我去她家养伤，我坚持要回家。家里黑压压挤满了人。我为了让姥姥放心，把自己关在房间里。晚上我挣扎着起来去卫生间，拉开房门就闻到刺鼻的汗臭和起伏的鼾声。姥姥的房门开着，她低声在央求谁念着情分……

是那娟姨的声音："是谁没情分？小姨，你叫一声，俺妈家都撇了，跑来当保姆。俺妈心憨哪——自己孙子外孙不抱，来给人家抱孩子，那时候俺们都搁针织厂干活儿——孩子扔到场院里没人管，作了多少难？……恁家孩子金贵，有出息，俺家的都是土坷垃，该扔该死？"

我去了卫生间，然后回了自己房间，止疼药的缘故，我睡着了，但很早又醒了。我迈过客厅地板上横七竖八睡着的人，走出家门，给"地图"打电话。

他刚从中关村的智信大厦出来，海中智信的CTO请他过去帮忙，参与"智慧城市"新系统开发的"头脑风暴"——"风暴"刮了一整夜……我想着晨曦照在他脸上的样子，说不出话来……他问："出什么事儿了？"

中午的时候，娟姨煮了一大锅面条。我抱着笔记本电脑，走去姥姥的卧室，她站在门口问姥姥："咸甜合适不，小姨？臊子还有……"

姥姥说合适，我在过道里站着，等她离开。她瞪着我："你这孩子，就是气人！我还能药你啊？顿顿不吃你想成仙啊？"

她的身形像姥姥，口音、语气、神情都像——我用力抿着嘴，憋住眼泪……姥姥的腿又肿得厉害了，用被子垫得高高的，我坐到她床边，登录网上银行——"地图"给我转的十万元已经到账了。我跟姥姥说我有钱——姥姥用力摆着手不让我说话，那位娟姨又晃到了门口……

姥姥给出去了多少钱，并没让我知道。我借了轮椅，推着姥姥参加了姨姥姥在乡下的葬礼。葬礼后，我没进屋，站在那位被我咬伤的大表舅家贴着彩色瓷片的高大门楼下发呆……一头黄毛的表弟凑过来，递给我一支烟，我摇摇头，他自己点了一根，问我："哥，你搁北京？"我点头，他又说："我也打算去北京——深圳不咋样……"我答应过姥姥会随和，就顺着他的话应了一声。他笑着说："广州也就那样，上海好玩儿——"他夹着烟指了指屋里，"都是为俺奶出事儿了才回来，明儿都走了……"

<h1 style="text-align:center">6</h1>

回家后，我请来两位家政人员清理打扫加上地板养护，整整弄了一天，不顾姥姥的反对，扔掉了那些脏腻腻的毯子和床单，我给她买了一套新的纯棉床品。棉纱细得像丝绸，玉色底上有红色的暗纹，姥姥说真漂亮，像缠丝玛瑙……

姥姥睡了，我关了灯，洗衣机还在转，坐在卧室的地板上，看资料，想自己的论文选题，从开着的窗子望出去，太平湾上升起了半轮秋月……

月亮模糊掉了，我知道自己在流泪，洗衣机的嗡嗡声衬着铮铮虫鸣，嗡嗡与铮铮托出了安静，海风和老房子也停止了嘀咕，我抓起床上的毯子，俯身在地板上，把哭声埋了进去……姨姥姥的手一下一下拍着我的背……

那个天地安稳的世界，没有了……

<h2 style="text-align:center">六　红药丸，蓝药丸</h2>

<h3 style="text-align:center">1</h3>

我把"地图"从学长那儿借来的钱转了回去，他问我什么时候回北京，他去接我。我说不用——他沉默了一会儿，说："生活本就是场肉搏战。"

"地图"不止一次见过父母陷入暴力场景：与没收三轮车的城管，与收"保护费"的地痞流氓，与争抢摆摊位置的别的小贩……竞争不过是"肉搏战"的体制化变形，更多的人每天都在挨着无形的拳脚，在生活里鼻青脸肿，头破血流……极客社区里的"指挥官"，是他作为战士的模拟训练——我呢？

在Matrix里，服下红药丸的人醒来，看清自己可悲的处境，选择成为战士。服下蓝药丸的人则忘掉真相，安享系统制造的逼真梦境——所有的感官告诉他，这个世界是真的，它为什么就不是真的呢？

我以为自己会是选红药丸的人，但……我想起了唐家岭——我借着凌空蹈虚的思辨和咖啡馆里的清谈，躲回"唐顿庄园"，安享"盖茨比盛宴"……这次我逃得更快，更彻底——暴力场景中的"失控"，扯出我长久以来拒绝去想的可能，我要删除所有牵连此事的记忆——哪怕这意味着不能再想姨姥姥，努力忘记那些半懂不懂的精神卫生学和心理学"知识"，告诉自己不必疑神疑鬼……

我和那位CCO姐姐一起喝醉……高潮之后的困乏，让我睡着了一会儿，醒过来，听到旁边的她说着那个白天，她被无形的拳脚打得好疼……她的手指数过我的肋骨，一根一根，问我痒不痒，我说不痒，她就咯吱我，我抓住她的手，她伏在我身上，哭了，我的眼泪也滚了出来——我们拥在一起，各哭各的……

2

令人厌恶的无力感吞没了我，论文选题也始终无法确定。

我在选题时有着近乎恐怖的联想——对着一架架浸泡在福尔马林溶液中的标本，从那些大大小小的罐子中挑选一个做解剖……角落里有个蒙尘的玻璃罐，标签上写着"新人"。

我对这个词有了望文生义的联想，按照标签指示的分布范围找到那片从未深入的虚构"森林"，观察栖息地环境与"新人"种群：理想主义的光辉照耀，有尊严的生活，有意义的劳动，朴素的情感，集体、团结与爱……这是一个叠加在"现实世界"之中的"梦想之地"——历史与人性"致命的模糊性"以完全不同的样貌向我展开，质朴如歌谣，奇幻如神话……更神奇的是，其中的信念感和力量感击退了我那该死的无力感。我很快完成了开题报告，导师要我去见他。

"很久没人谈'新人'了，你怎么最后想写这个了？"导师从书桌前转开，朝向我，示意我坐。

我说："有些向往这些作家的责任感和力量感，作为'人类灵魂工程师'，描绘着理想的人，今天是真正的工程师在改写关于人的定义……"

导师说："站在后人类的门槛上，回看人类曾经的理想，框架可以再大一点儿。年轻人的人生选择与历史选择的统一，你这个思考很辩证，要论充分，还有就是底层民众如何通过文学书写成为文化主体，把你上回关于底层写作'没有底层'的观点深入下去，别上来先抢棍子——"

我低头拿着手机在记录，导师声音没了，我抬头，忙解释——他无奈地笑笑："你照顾一下老师的感受，拿张纸拿根笔多好！真是不理解，啥都要用那玩意儿！"

我收起了手机。导师说："先这样，写完初稿看了再说。你上次说的那个选题，'作为文化英雄的疯子'，也值得写——昨天你师父埋怨我，说读了中文系果然就写不成小说了，把我气的！"

导师说的师父，是韦亦是——在酒桌上他说要收我为徒。我有些不好意思地说："韦老师那是喝多了开玩笑。"

导师说："你要当真！下星期瑞典皇家文学院一个电话，你跟着金光护体！"

导师自己说完也笑了，挥手示意我可以走了，扭脸看到桌角的一摞书，说："差点儿忘了，辛夷的小说——这笔名起的，跟了你的姓了。"

3

她从我们学校退学，去了充满故事的普林斯顿，走之前我们没能见面。

她到了之后和我联系过，并没提这本书。书名是《普罗旺斯的一年》，装帧精美，淡紫色的书签弥散着薰衣草香，扉页上给我的赠语是：可以嘲笑。

她写了一个困惑于生命意义的中国女孩，独自旅行时邂逅了地中海阳光般的意大利女孩维卡，一派风光风情之中，少女情谊经历了春夏秋冬和来自阿维尼翁的大学男生。女孩还忙里偷闲思考了破产的南欧经济，漫画式地勾勒了对中国崛起毫无概念的欧洲土著。维卡父亲是酿酒工人，葡萄园因为品种老化入不敷出，园主决定放弃。父亲失去工作，一家人也就不能留在法国了。峰回路转，中国女孩说服自己父亲买下了葡萄园，交给维卡的父亲管理，引进新品种葡萄，酿出了一款名为"美梦会成真"的新酒。

我想这故事应该有事实打底，不然没有别的力量让她虚构这么个甜美芬芳的"少女白日梦"——在她的字典里，"梦"是很受鄙薄的词。她写到酒名，"感觉标签上那串肉麻的红色法文，像小丑咧开的嘴巴，正在发出哂笑……"

我翻完她的小说，翻看了韦亦是的序言。韦亦是说她讲述了一个新的"到世界中去"的中国故事，欧洲对于他们这代人不再是异域和他者，这部作品充满了主体自觉和自信，充满了碰撞与对话……这话当然有道理，但她的主体性跟钱的关系只怕更为深刻——资本走到哪儿都是主人。

第二天去教室，一位同门博士生师姐也在翻这本书，师姐生怕弄脏手似的捏着书皮，抬眼看见我，说："导师该把这活儿给你呀！"

我说："师姐不是在研究'当代小说里的女性主义书写'吗？"

师姐皱眉说："这哪有女性主义啊？除了那句'girl supports girl（女孩支持女孩）'，完全是女版玛丽苏甜宠文！"她看着我一笑，"哎，辛苦，加油！修成正果，这辈子就不用努力了！"

我被冒犯了，想回击一句：你这是实践出真知吗？但我忍住了——她说是玩笑，我说就是物化女性。

我默默坐下。师姐丢开了书，半是叹息半是嘲讽地说："人家炫富，清新脱俗，还炫出家国大义来了……"

4

我还是参加了博士考试，因为没有找到合适的工作。

那位 CCO 姐姐不建议我入职那家正在砸钱竞争、生死一线的视频平台，犯不上让自己的职业履历从一家倒闭公司开始。我也不想勉强自己去角逐竞争惨烈的公务员或者教师职位，这般情形下读博，不是选择志业，而是继续逃避。

回学校之前，姥姥拉着我的手说："小儿啊，别难为自己，也别委屈自己，更不用操心姥姥。姥姥有退休金，有医保，将来不能动了，还有养老院，我去看过一家，条件很好，挨着崂山风景区……"

我很难过，姥姥的平和淡然之下藏着更深的难过，但我只是低头嗯了声。

春季校园招聘，博考成绩没下来，应该问题不大，我还是去转了一圈。一幅易拉宝前围了不少人，宝蓝底色上一幅典型的职场精英团队的群像，旁边写着一行字：后喻时代，我们寻找年轻的智慧。招聘职位是海中集团董事局主席特别助理——那就是韦亦非的助理呀！

条件要求并不苛刻，自己登录网站报名，发一段自我介绍视频。我去公司开每月一次的策划会，拿这件事感慨视频时代的到来，那位 CCO 姐姐说："你也报个名呗，又没什么损失！"

我本就有些动心，所以拍下了报名网址，登录的时候，发现自己是第3679 个报名者，报名截止还有一周，我说："简直是选秀海选。"

既然参加，就要有游戏精神。专业的撰稿摄像剪辑服化道，我用撰稿人的眼光，梳理着自己的剧本，从小赢到大，一连串的胜出勾勒出自强不息的"我"……做片子的过程中，我感到了久违的开心，剪辑至八分钟——这个时长也是大家论证过的，音轨配乐都弄完，看成片，姐姐说："多漂亮的故事！"

我笑了——不管结果如何，我已经被这个漂亮故事鼓舞了。

我在近万人中一路过关。通过海选后，有三轮面试——都是以多人在线视频会议方式进行的，离我最近的考场就在隔壁学校。这次面向全球的招聘，我不知道韦亦非是不是真要一个特别助理，但海中智信是真的在推广一款高清视频会议终端一体机。最后公布的十强，有我在列。这个活动就此官宣结束，前十名都将获得工作机会。我接到海中人力的电话，让我等消息。迟迟没有消息。好在博士面试通过了，报的还是自己导师，我也没什么特别的兴奋。

导师说："少爷，再去弄弄你的论文，评优呢！"

导师不满的时候才会损我为"少爷"，我耷拉着脑袋去弄论文了，瞪着屏幕上的字，屏幕上的字也瞪着我，谁也不认识谁似的……

5

我又接到了海中人力的电话，并不是给我发 offer（录用通知），而是要我去参加见面会。我猜多半是给他们的宣传活动继续当道具，就说自己要读博了——她说社会活动，参加一下又没什么损失，时间不长，下午有车到学校接我。

我也就去了。上车看到三个衣冠楚楚的年轻男子，穿着连帽卫衣九分裤的我就是个来看热闹的傻孩子。我们被拉去了一家特别堂皇的会所，进到一间我只在电视新闻里见过的那种会议室，方正的沙发，扶手上搭着白色方巾，国画山水屏风后出来几个人，我惊讶地发现中间的那人是韦亦非，容貌跟照片一样，身形矮很多——我以为他和韦亦是差不多高。

他坐下，笑着说："抱歉，劳驾诸位跑这么远，也只能给每位五分钟。"

韦亦非给人感觉很舒服，诚恳又耐心，我认真地听他问别人问题，资本市场、石墨烯、生物科技……问答都好像很轻松，他笑，旁边的人都附和地笑，我因为不懂笑点何在，就没有笑……他转过来看我："辛苦小同学，辛苦啦！"

我说："感觉我应该回答首长辛苦，或者为人民服务！"

韦亦非笑了，看着我："就一个问题，你怎么评价韦亦是？"

我想了一下，说："如果是评价作为当代重要小说家的韦亦是，这是一个很大的题目，出版的那套《韦亦是研究资料集》差不多就有三十万字。如果您问的是他本人，韦老师是我的师长，作为晚辈，我不应该也不愿意在这样的场合谈论他。于情于理，都不该说，请您体谅。"

"好话也不能说吗？"他看着我。

我笑了一下："您不是只有一个问题吗？"

韦亦非哈哈大笑着说："好好，我言而有信，不问了。"

6

我接到了海中总部人力总监的电话，韦亦非决定把那个职位给我，而且同意我在职读博，如果我报考的学校不同意，入职后，我可以选择别的学校去读。她顿了一下，说海中不止一位高管在职期间从哈佛牛津这类的名校拿到了学位，集团还会按照职级给予相应奖励。她让我认真考虑。

我打电话给 CCO 姐姐，她说："多好的职场起点，还用问？！"

我又打给"地图"，他说："红药丸，蓝药丸，看你怎么选——"他顿了一下，"进入现实世界，斗争很复杂，很残酷。""地图"正陷在激烈的斗争中，他放弃了直博，也没找工作，到了这时候，那位师兄却要把他踢出创业团队……

我挂了电话，做了决定，硬着头皮去见导师了。

导师听完指着我的鼻子说："给韦亦是做弟子，你都觉得委屈，给韦亦非做奴才，你倒愿意折腰了？你怎么想的？！我都后悔当初招你！"

我想起有一次陪他去外地做讲座，在机场书店，最醒目的位置摆的是《韦亦非的人生哲学》，在角落里，找到了韦亦是的《无灵主语》，导师感慨了半天。我的职业选择如同这些书店的做法，谄媚了资本，羞辱了文学……

内疚坠得我脑袋低到了胸口，含混不清地说："老师，对不起……"

导师冲我摆摆手："你也没有对不起我，不想做学术，不是罪——你觉得你伺候得了资本家？就你，少爷？"

我没有应声，导师叹了口气："随你去吧！"

下　篇

一　伊卡洛斯之翼

1

2010 年，"地图"和我在"移动互联"元年，进入社会。

据说天真遇到经验，是老故事，而太阳底下无新事，我们的故事自然
还是老故事。另一个老故事说世界归根结底是我们的，所以，即便暂时被
摔疼了，我们还是会拍拍土重整旗鼓，毕竟如日中天的时刻，终将到来……

2

我对即将正式开始的职场生涯心里没底儿，能请教的人也只有那位姐
姐。她所在的那家视频平台果然死掉了，但她顺利加入了竞争胜出的另一
家更大的平台。

"看了你这几年，我不担心。职场的黄金法则是你有用，很有用，有
用到不可替代！"她一根一根地数着我的肋骨，告诉我，这个职位就算是
个圣诞节装饰也没关系，那就离开，从能力维度上，我比"地图"的生存
优势还要大。

我说是啊，既然今后人类要"泡澡"度过一生，"地图"这种生产"浴缸"
的还需要车间厂房流水线，我这种生产"泡沫"的，可以当大品牌沐浴露，
小作坊手工皂，香薰，精油，浴盐……她真的拖我去泡澡了。我和她在冲
浪浴缸里待了四个小时，那是我们的告别仪式。

2012 年，她结婚了，我和"地图"都去了她的婚礼。婚宴上，"地图"

与那位学长和解了。两年前他们反目，都认为对方背叛在先。海中智信作为上市公司，收购"艾特菲特（ARTFINT）"这个名字缩写为 AI 的明星公司，收益主要在资本市场，学长和团队的人都陆续离开了。"地图"是通过招聘程序入职的。

学长说，我们还是太天真。

3

天真应该是异于经验的东西。学长和"地图"与离间了他们的智信集团 CTO 并无不同，他们不过是在经验与经验的博弈中输了而已。

"地图"过后说："费尽心机还说自己天真，太矫情了。"他看着我，"你以前的矫情，那是天真！"

我没有告诉"地图"我不再矫情的真实原因。

我这个"特别助理"归董事局秘书处管理，秘书处有六个秘书，各司其职，忙忙碌碌，韦亦非的时间是按分钟安排的，没人有空搭理"熟悉情况"的我。

导师用"奴才"形容我的工作，现实却是"想做奴才而不得"。我清晰地感觉到了周围人之间的默契：他们静静地看着一个被"隔离"的前途叵测的异类，小心地保持着距离……我的脑子里每天都能听到嘀嘀咕咕的声音，他们在"打赌"我还能撑多久吗？一个月，一周，或者就是明天……

我有种受骗的愤怒，好歹压住了。我在公寓里喝醉，醒来后看着摔碎的台灯，反扣在地上的笔记本电脑，满地的衣物，悚然一惊，想到那些"嘀咕声"，额头沁出了冷汗。我颓然坐在狼藉之中，努力让自己从恐慌中冷静下来，反扣的电脑发出了声音，我看着亮起的屏幕，松了口气——不是自己在幻听……

辛夷的身后，是洒满普林斯顿阳光的窗子，我把电脑放在床边，弯腰捡拾着衣物，她兴奋得直跳："我见着纳什啦，John Nash，还有他太太，他儿子……"

她像是刻意选了时间来给我提这个人。她在微博和 Facebook 上放了长文和照片讲这件事，看我毫无反应，悻悻地深夜叫醒我。文章开头就数学俱乐部新当选主席是一位中国女留学生，说了有几百字，这是她去参加数学俱乐部的"formal dinner（正式聚餐）"的原因……我丢开了文字，看她跟纳什夫妇的合影，纳什儿子呆滞的脸出现在餐桌的角落——天才不会遗传，疾病却会……电影《美丽心灵》里，这位饱受精神磨难的天才，有个英俊挺拔就读于哈佛的儿子，那自然是安慰人心的虚幻泡沫，现实的剧本更残酷……

我在深渊里沉着，冰冷的宁静中，一个念头托着我慢慢浮出水面：每个人的剧本都是给定的——死亡终将到来，且随时到来，谁曾想过如何应对？

无常让人虚无，彻底的虚无带来了自由……

我在电脑里调出应聘时的短片，一路赢得漂亮，也该接着漂亮下去，直到无常降临，我会用尚存的清醒，回到妈妈消失的海边，把自己沉下去……

4

我继续去上班了。

坐在电脑后面，了解海中集团的前史、正史、野史、外传……我可以任意阅读系统内的会议记录，那是正在发生的海中历史……我仰头看着一楼大堂的电子屏，世界地图上亮起的红点，标志着集团疆域已经拓展到了那里……我在这座建于20世纪90年代的四层办公楼里镇定自若地逡巡，思忖那些贴在毛玻璃门上的名称，除了职能部门，还有工会、党支部、慈善基金会……

我把"熟悉情况"变成了可以量化统计的工作日志，交给主任，他不看，让我上传到部门文件系统。但我并未被打击，反而写得更加认真——集中注意力的时候，那些窃窃私语也就消失了。我克制着对周围人神情的恶意揣测，主动帮他们做事，为了避免疑神疑鬼，我还想出了办法——声音是空气震动引发鼓膜震动，我在无法确定逻辑声源的时候，就故作漫不经心地用手指堵一下耳朵，声音随之变小，就证明不是我的幻觉……

我的话变少，微笑变多，待人更有耐心——我和"地图"之间也变成了他说，我听——听他相亲的糗事，集团 CTO 把他当"万能修理工"，公司老总不给他任何项目……他在中关村，我在东南角，来回要在地铁上折腾近三个小时，即便这样，我还是跑去和他看了《盗梦空间》的首映。

"地图"很期待，导演是给了他《蝙蝠侠·黑暗骑士》的诺兰，走出影院时却是我更加愉快和满足。"地图"疑惑地问我："陀螺是不是没有倒下？"

我回答："会倒下的。"

"地图"瞪着我，电影结局是梦境还是现实，我俩争执不下，最后决定再看一遍，哪怕只能买到午夜场的票了。吃完东西，还有三个小时，我俩就瞎逛——认识七年了，这是个历史性的时刻——无所事事！

"地图"出现了罕见的伤感，他竟然去便利店买了提啤酒，我要可乐——酒精过敏。面对他的质疑，我说："免疫系统很神秘的，就过敏了。"

"这两个月，丧得很！"他捏瘪了空啤酒罐，看我，"你那是什么表情？"

我说："想起了你给我讲'优雅降级'。"

"地图"笑了，砰地又开了一罐啤酒。

我说："我也给你讲个你不知道的词，伊卡洛斯之翼！"

"哈！这个我知道！"他一边甩着手上的泡沫，一边笑，"有一集《名侦探柯南》讲过，希腊神话，蜡粘的羽毛翅膀，飞得太高靠近太阳，蜡融化了，掉下来摔死了！"

他还在看《名侦探柯南》，我初中之后就不看了。"地图"迷这部"万年小学生"动画和他的"妈宝"一样，被大学室友群嘲却坚决不改。我问他现在床头墙上贴的还是灰原哀吗？他嗯了一声，我们俩一起哈哈大笑起来。

5

我的工作突然降临了。

主任走进办公室，对我说："一个小时之后，韦总去武汉，视察能源集团，中途会在中天停，看博览园工程——你跟韦总出差。"

我只来得及收拾了自己的笔记本电脑，韦亦非的生活秘书钟琪来叫我去机场，我们的车开到停机坪，下车，钟琪示意我等着，后面还有三辆车，是这次跟随我们一起出差的人。

韦亦非在飞机起飞后不久，开始跟能源集团的人开会，我侧着耳朵听。钟琪坐在我对面刷手机，我发现可以上网，就打开电脑搜刚听到的词"光伏发电"……会议结束后，空乘开始端水果茶点和饮料，显然对别人的喜好是了解的，问了我，我说咖啡。

韦亦非招呼我坐到了他的对面，说："有个成语，尾大不掉，知道吧？"我点头，他又说："末大必折，尾大不掉，这是《左传》里的话，你认为说得对吗？"

"在稳定系统和信息传递效率不高的情况下，是对的；控制论研究，在复杂系统内设计有效的信息反馈机制，具有相当的难度；但信息技术使得大数据的'大'，反而成为精准控制的前提……"我正在认真答题，一只肥大的手掌拍到了我肩上："你这孩子说什么呢？"

韦亦非说："说你田胖子这条尾巴太大了，拽不动。"

地产集团总裁一手举着威士忌杯，一手揪我起来，在韦亦非对面坐下，笑得月牙眼被肥肥的脸颊挤没了："韦总，我多积极啊！博览园，让我盖，我立马就盖，赔钱，我认，文旅刚起步，咱支持！是吧，杜薇？"

文旅的老总杜薇"啊"地应声站起来，笑着说："我们现在就靠田总活呢。"

博览园是当地政府给地、海中地产承建、建好后文旅运营的公益性文化项目，已经开始动工了。我看过立项时的规划报告、提交给地产董事会的项目计划书和杜薇动工前向当地政府做的规划汇报……我边看边查那些不懂的园区规划和业态分析的专业名词，最后做了简单的数据汇总……我发现韦亦非手边有一摞翻开的文件，竟是我的工作日志！韦亦非说："杜薇过来吧，辛苦你坐下，我们开会。"

韦亦非说："两位老总汇报的是同一个园子吗？日均两万游客，峰值接待能力是十万，建筑总面积不到三千平方米，十万人站在撂天地里喝风吗？"

杜薇忙解释园区的非建筑空间——景观、演出……我在旁边调出了她当时汇报的PPT，把电脑放在了她面前，她获救般说了声谢谢，匆忙翻着，开始讲。

"搭棚子，摆地摊，开园时办个庙会，剪完彩就散伙，是吗？"韦亦非根本没让她说下去，"杜薇，你端人碗受人管——田胖子，你是当我又聋又瞎又傻，糊弄出习惯来了！就这么盖了，我能把你怎么样！"

田总额头上有了汗，解释说是文博专家定的建筑规格，他憨笑着说："我一点儿都没敢动，那都是学问！您说的，教人文化知识得准确，古建就是面积小！"

韦亦非说："给你配的有商业用地，卖了房子至少能扯平吧？你也太贪了！一万亩地给我盖几间小庙——那是韦家庄！你的脑子呢？"

田总委屈地眨巴着小眼睛："这也不是我一个人定的，投资规模是董事会……"

韦亦非淡淡地说："地产集团董事会里，有谁敢不听你的，你说出一个来！"

飞机的引擎声分外清晰，田总端着的酒杯里冰块儿的碰撞声也很清晰，机舱里的空气密度在增加，所有人的呼吸都变得不大顺畅……

韦亦非先开口了："我再说一遍，想清楚，海中干吗这么费劲做文化？只为挣钱用不着费这劲！你们不换思想，我就换人！"

飞机落地新郑机场后，我跟着田总和杜薇去中天。临走时韦亦非指着我对他俩说："刚毕业的小孩儿，好糊弄，你们只要把他糊弄过去，就行。"

在车上，田总仰天长叹："都怨那个韦亦是，写那么扯淡的小说，得完中国奖得外国奖，把这位刺激得都神经了——想少替他赔点儿都不行！"

杜薇制止地咳了一声，田总瞪着我："我不怕你告状！"

我诚恳地说："我不告状，我帮您想办法。"

田总和杜薇都笑了。

6

还有一个老故事，说的是"聪明的傻瓜"或者"幸运的笨蛋"，阴差阳错误打误撞通过了意志品质的考验，即便不懂博弈论，在复杂纷争中也能踩对"纳什均衡"的点……怀揣着宿命悲剧的我，却钻进了这样的喜剧里，准备好的大段独白，只能憋着，强行发挥会很滑稽。

幸好那晚"地图"打断了我讲那个悲情隐喻——伊卡洛斯被太阳融化的翅膀是他父亲代达罗斯违逆自然的发明——人的儿子，没有天使的肉翅，有了黄蜡粘着鸟羽的翅膀，他以为可以朝向光明飞翔，却表演了一场曲线复杂的坠落，"他坠落在蓝色的大海里，直到最后他嘴里还喊叫父亲的名字……"

二　因父之名

1

2013 年，中华文化博览园在中天顺利开园，我跟老田建立了互惠互信的关系，我试探着问他东苑房子的事情。我不像"地图"，揣着张带时间节点的人生任务列表，那些任务我都在心里敬谢不敏，我只想把姥姥接到身边——除了过年，平时我没时间回去看她，年近耄耋的她，独居已经不太安全了……

东苑一期是上世纪的事儿了。韦亦非安置家人和田胖子这样共同打天下的老弟兄。二期是 2008 年盖的，能买独栋的都是各业务集团的总裁，也有一批面积较小的联排别墅，给了对海中有特殊价值或贡献的人。东苑三期的说法早就有了，就在"风雅颂"园区项目的商业用地上。已建成的风园，地理水系植物景观以及园内十五栋建筑，都是世界顶级设计师围绕《诗经》完成的概念设计作品；将要建的雅园，是经典的中国园林；颂园则是黄钟大吕的时代主旋律与民间烟火兼容的文化公园。三期主体是毗邻古典园林的中式大宅，我自然想也不敢想，但最外围会有两栋高层——老田答应替我想办法。

文化公园已经在建了，我看过规划方案，就是个有着主题景观和文娱空间的大型商业街区。还是接地气让人放心，风园开园已经证明了曲高和寡是件让人"心疼"且"肉疼"的事儿。

老田说，一个园就是他钱袋子上的一个洞。博览园和风园都在赔钱，老田骂骂咧咧，杜薇也只能装聋作哑，暗自努力——文博园根据民俗参照《礼记》增加业态服务中国人一生：洗儿百天抓周做寿笄礼冠礼婚丧嫁娶……风园则封闭园区，引进了家心灵生活馆，办起了各种收费昂贵学制不一的"灵修班"。

2

望舒心灵生活馆开馆那天我也在，因此结识了那位司望舒。她让我很意外，不是我以为的那种江湖"大师"，而是学术成就斐然的精神科专家。读了她的书和文章，我决定向她求助，当然，对她说是替朋友咨询。

她微笑着说她从不做这样的"咨询"，给建议是不负责任，不给建议就成了听人闲话。我有些尴尬地怔在那里，在沉默里挣扎。司望舒的笑里有了体谅："你说吧，我听听看。"

我不太敢看她，低头仔细描述症状、频次、进展，最后问出了心底的疑问：遗传疾病是由染色体和基因这样的遗传物质决定的，精神分裂显然不是，但家族精神病史如此被医生看重，是不是存在很高比例的代际遗传？

她缓声回答："精神科大概是医学中最难给出定量判断的领域了。要只是声音，而非有意义的语言，更接近心因性耳鸣，而非幻听。"

我描述了另一种症状：有时候"他"会成为个悬空的"小人"，看着自己和周围的人，像看演员在舞台上表演说台词，"小人"还会在脑子里念着旁白。

她无声地笑了："你这位朋友，多半是位作家或者艺术家，他的感受很像'笛卡尔剧场'，这是关于人类意识的一种假说，认知科学当然抛弃了这种假说，但人类再现意识的方式，文学、戏剧、电影，先锋探索除外，主流还是按照这个逻辑进行的。一般人日常感知世界的方式，是笛卡尔式的物我二元，不会分出一个观察者，但艺术家必须如此，所谓偶开天眼觑红尘，可怜身是眼中人。"

我拿出了一张核磁共振成像片子，紧张地看着她。我知道精神分裂症患者早期会有脑灰质体积、前额叶等处的变化，专家能够看得出来。她放在灯板上，认真地看了很久。我手心里全是汗，她终于开口了："现在没有任何可辨识的器质性变化，如果那声音出现的频次不高，且会自行消失，我不建议服药或者进行强干涉性的治疗，注意观察，要是能发现与之关联的内在情绪，就更好了——但也不必时刻紧张，人被注意的时候，动作就会变形，意识也一样……"

她看着我说："人生本质上是不可控的，但人却是强烈需要控制感和确定性的动物，精神疾患是人成为人的生物学代价之一，多多少少，谁都有点儿……"

3

司望舒给我假想的"悲剧倒计时"摁下了暂停键。我按照她教的方法通过观察呼吸控制注意力，脑子里的啸叫声会和缓下来，好的时候，几个月都没有出现。我在她的帮助下，学会了和脑子里的声音相处……她体恤了我的隐瞒，同时又在负着她本不必负的责任，我觉得再送那些寻常的礼物很难表达心意，就问她有什么需要我帮忙的。司望舒揶揄地笑笑，说回去好好想想，想到了就告诉我。

司望舒似乎看透了我的机心——我听说杜薇在给她施压，想提高生活馆的收益指标……她的笑让我羞愧，脑子里又出现了风穿窟窍般的啸叫和嘀嘀咕咕的人声，我用她教的方法止住了声音，略带自嘲地想：我的"架构"，改写得如此彻底了。

转念想，不是改写，是删除——我现在不是独立系统，是韦亦非外挂的语言处理器。因为是他的外挂，自然比一般处理器金贵几分。2015 年初，《知命：五十韦亦非》出版，作者是我，韦亦非指定的，版权属于海中文旅，是博览园开发的中华圣贤英杰系列出版物之一。杜薇和我签委托创作合同时说："别的书都是固定稿酬，只有你拿版税。我好不容易说服韦总支持我们，算是替你忙活了——你感谢韦总也要感谢我哦。"

我笑着说感谢，这笔钱对我来说很及时。随即传来坏消息，建高层的方案被否了，但老田说宋老师手里有二期的旧房，他帮我问问。宋老师是韦亦非的前妻，也在董事局，为了企业稳定离婚时他们并未进行财产分割。平时韦亦非和她斯抬斯敬，但豪门恩怨，深不可测，我连与业务集团高管打交道都时刻戒慎恐惧，怎么敢往这里伸手伸脚？

我自欺欺人地安慰自己，老田也只是一说……几天后，他晃晃悠悠出现在我办公室，丢给我串钥匙，说："给别人留的，没用上，不到一百五，价钱面积都合适，装过的，收拾一下就能住。你小子，命好！"他笑着指指正在发呆的我，走了。

我思前想后，知道这件事干系重大，去交钱之前，趁没人的时候跟韦亦非说了。他笑笑，说："你们宋老师跟我说了，不为你，为姥姥的年纪。"

4

姥姥刚来的时候，不是很放松。

东苑服务中心提供酒店式家政服务，我经常出差，签的是二十四小时协议，晚上也有人值班。有个女孩儿对姥姥很有耐心，带她在东苑四处逛，去中心食坊买新鲜的绿豆糕，从园林处讨剪下来的花枝回来插花……她就盼着人家来，还舍不得人家走，那女孩就逗她："您让辛总把我娶了，我就不走了！"

姥姥神神秘秘地拉着我关上门当正经事说，我只是笑。我并没有彻底丢开那个悲剧宿命的假想，我似乎需要这个借口，来遮掩内心对正常人生毫无道理的拒斥……姥姥一如小时候那样顺着我，我说不急，她也就不再说什么了。

窗外小花园里金萱草亭亭地开出一片橙红；屋内墙上挂着韦亦非祖父的赠联：堂上椿萱寿，阶下芝兰香；屋里那对昂贵的按摩沙发是宋老师送的——她通过老田婉拒了我当面道谢，却送了姥姥这份礼物……我只想姥姥能安享平和的暮年时光，她不必知道，这漂亮画面之下的沉重、空洞与脆弱……

5

"地图"知道姥姥搬来了，过来看望。

他人生列表上的时间节点到了，但一如他的偶像们，哪怕前一个多小时炸得天塌地陷，最后三分钟也够拯救宇宙了。情路坎坷几年，他有了个同居半年谈婚论嫁一起攒首付的女朋友，我见过一次，身材很好的女文青。我说他审美还真是稳定，"地图"一反常态跟我急了——他遇上的是"梦中人"：神奇女侠的身体里，住着小小的灰原哀！我立刻道歉，祝他和"兼美"幸福。

"地图"给姥姥看未婚妻的照片——他刚拿着戒指跪了一跪就换了称呼。这五年我和"地图"很少能见面，过十天半月会通一次话，都是我打给他。

这种默契说明"地图"谙熟海中集团的生存法则，但他依旧在那个 AI 公司的基层"沉"着，也经常接到猎头的电话，却没有因为高薪跳槽，也没为了升职在集团 CTO 和公司老总的斗争中站队，他"所图者大"。

"地图"不仅没有放弃"AI 伊甸园"的空想，还越发坚定了起来。如今作为"信息共产主义者"的他，终于有了位人类偶像——亚伦·斯沃茨。亚伦发表《游击队自由存取宣言》，袭击版权数据库，最后招惹来了联邦调查局。前年践行理想的"盗火者"亚伦自杀，"地图"悲愤难眠，我握着电话几次迷糊过去几次被他愤怒的声音唤醒，拿冷水洗脸陪他聊到凌晨三点。他的微信头像自此也从钢铁侠托尼·斯达克，换成了有亚伦照片的纪录片《互联网之子》的海报。

还好，"地图"选择的是"合法革命"的道路。只是建他向往的算法开放平台，知识产权、算力、辅助工具和训练数据包……哪哪儿都要钱，还是以百亿计的钱。碰上个给你钱的"天使"都是美梦，"天使"也顶多让你盖个蔬菜大棚，还指望着种出来的菜早点儿上市，到哪儿找不求回报的"天父"帮你筑"伊甸园"呢？

"地图"听了我的喟叹，笑着说："'阿瑟'的父亲，怎么样？"

"阿瑟"的父亲指的是韦亦非。那位"王子"是"地图"的副总，他们的秘密交往我没问，"地图"也不说——不知道就没杂念，在韦亦非面前我就不会"动作变形"……韦亦非很少提与宋老师生的这个儿子，和现任夫人生的女儿倒是常挂在嘴边，他知道我们关系不错——四年前，这位集团"公主"出国创业，被海中的程序合法卡得有苦难言，我冒着被猜忌和中伤的风险，替她告了"御状"……

父子，是否有某种"应该"的样子，我并不像"地图"那样，有着确定的信心。他给我讲过，初中时他朝思暮想有台电脑，这是他无法说出口的奢侈愿望，但他爸爸察觉了，把夹克一甩，说："走！"带他去电脑城搬回家一台组装机……那一刻，爸爸甩上肩膀的破烂夹克，在他眼里就是超人的红披风……

年底的时候，他父母来北京了。我把订好的饭店地址发过去，他却让我取消了，我在医院见到了他患病的爸爸和焦灼的妈妈。他送我出来时，告诉我他爸爸罹患的是严重的免疫系统疾病，他要把这场持久战打下去——爸爸为他做过超人，他不会让病了、老了的爸爸无助等死……他淡然的口吻里透着凛凛的杀气——他放弃了买房结婚，他的"亚马逊女战士"，理解、服从了"指挥官"的战略牺牲,含泪分手,但最终知道了实情的"地图"妈妈,崩溃了……

"治病只管治病,哪有毁了孩子一辈子的!让我替他病,替他死……"她痛哭着,甩开"地图"伸过来的手,抓着我的手,"孩儿糊涂,你劝劝他!"

我只能应着,宽慰她——我第一次在"地图"的脸上,看到了无助……

母子僵持到过春节。除夕那晚,我拉着姥姥,带着从食坊打包的饭菜,到他们母子在医院附近租的房子里吃年夜饭。"地图"妈妈和姥姥说着"地图"和我的小时候,又是笑又是抹眼泪,彼此劝慰着,总算是过了这个年。

初一、初二下午我也带东西过去了,"地图"妈妈让我别跑了,她也弄了过年的东西,给我一兜炸食,我抓起就吃,她亲昵地给我擦着油手。

"地图"拽我:"老大不喜欢有二胎——滚蛋了!"他依旧成熟且强大,很快调整战术,用回了"撒娇"大法。妈妈笑着拍了他一巴掌:"又说浑话!"

这让我在去导师家的路上,轻松了不少。

6

毕业后我再没参加过同门聚会,但年节都会来看望导师,听他一句挖苦也好。果然,师母开门,我就听见导师笑着说:"少爷来了。"把纸袋里的礼物交给师母,我知道韦亦是也会来,就给他带了盒雪茄。客厅里还有别人,我微微一怔,韦亦是说,是他的老朋友,诗人左后卫,我鞠了一躬:"左老师过年好!"

屋里空气有些异样,导师笑着说:"你师父被你老板惹翻了!"

韦亦是口中的烟雾狠狠地喷出来:"老爷子过寿,我忍了。韦亦非他一个资本家,穷奢极欲,每个毛孔都是肮脏的,也敢跟我讲此心光明!"

导师笑着说:"你这霸道的——王阳明是你家的,还得是长房的!"

这些说笑之下,有暗暗的紧张。我依旧"酒精过敏",喝可乐,却也能感觉到酒精慢慢把那份紧张泡得松软,空气中出现了一丝诡异的安静。韦亦是唉了一声,说:"算了,我来说吧——"他指指那位左后卫,"他本名李红旗。"

这个名字，从老家书架背后的信封里钻了出来，钻破了我的脑壳……我没动，用力让崩散的意识聚拢起来，封闭自己的头颅，再度清醒……

我被迫复习了一遍那封尘封的长信，在听的过程中我越来越冷静，重复出现的"父亲"一词，弥散着腐败的气味。我甚至开始跑神儿，因为我忽然想明白了那气味的来源——当语言不再联结真实的事物，它就成了具腐尸……

"我失去你妈妈之后，单身了十年……我去要你，你姥姥把你藏起来不让我见，和她家亲戚把我打下楼梯，摔断了腿……不是我抛弃你，是你姥姥霸占了你，她抢了我的孩子。儿子，你要相信爸爸……"那位左老师哽咽了。

韦亦是咳了声，说："过去的事，不提啦！"他点上支烟，跟我导师说："1996年吧，在郑州，老左喝多了跟我哭，我哪能想到他说的那孩子就是辛苦啊！他今年才跟我说，这人的缘分也真是奇妙——"

导师打破了略显难堪的沉默："少爷，说句话吧。"

我说："我不知道该说啥——哦，我相信他。"

韦亦是看着我："完了？"

我说："还要写篇读后感吗？"

导师笑起来："你这臭脾气，怎么在韦亦非身边待这几年的？"

韦亦是点上一支烟，说："有明君方有诤臣——韦亦非要这感觉……"

我说："换成职场上的黑话，这叫向上沟通，心智透明。"

导师颇感兴趣地追问如何"透明"……"跑题"显然是共谋——韦亦是、导师完成了一项艰巨的任务，我扛住了一场考验，谁都不想回到那个沉重的"父子"主题上了……又坚持了十分钟，我起身告辞，师母留我，导师体恤地笑着说："来日方长。"

韦亦是站起来，用心良苦地向我展开双臂，我和他拥抱，和导师师母拥抱，自然也跟那位左后卫拥抱了……

三 花雅之争

1

2016 年的春节，似乎特别漫长。

午后的阳光从窗外照过来，沙发靠背上叶影斑驳，包裹在榉木装修板里的暖气片发出些微的水声。姥姥慢慢盹住了，我的手机响了，姥姥被惊醒，我劝她去床上睡，她摇摇头，眯起眼睛，又去看电视屏幕上载歌载舞欢庆新春的人影了……

那位左老师想和我谈谈——他在电话里说他就在东苑，我说出去见吧。

我开车去了附近的工地。放假期间，冷风呼啸的工地，空无一人。坐在车上，远远看到他走过来，大衣和长长的围巾被风吹起来，一手摁着头顶的窄边呢子礼帽……我抓起羽绒服下车了。

他还打着黑底暗红格子的领带，笑着解释："韦亦非夫妇请客，姜若林老师和夫人，姜老师你知道吧？著名作曲家……"

我哦了声，他把围巾在脖子上又缠了一道，说："还是找个地方——"

"不用。简单说吧。"我拉上拉链，半个脸埋在竖起的羽绒服领子里。

那晚他没来得及细说他的现状。他 2000 年来了北京，开始跟姜若林合作，最初是作词，后来就成了音乐剧制作人。他现在的妻子是加拿大人，原本是姜若林工作室的翻译兼文秘，他们结婚后，就在家带孩子了。他有个十五岁的女儿，十岁的儿子。站在冷风里听完了那个完美家庭如何对我张开期盼和深情的怀抱，我说："承认和我的关系，你就得回避，不能参与海中业务集团项目招标。"

我事先做过功课，准备好了这一记绝杀——他果然沉默了。

半天他才说："你能叫我一声'爸'吗？就一次。"

我叫了声"爸"——我以为敷衍一声就此脱身没什么，但叫出来的那个瞬间，内脏猛地抽紧了，疼，憋气，他应了一声，我朝自己的车跑去。

2

狂笑般的啸叫在我脑子里回荡，我开车沿路走了一段，一打方向盘，转去了 52 俱乐部，把从里到外都又冷又硬的自己泡进了温泉。

曚昽的日光从透明的天顶照进来，玻璃房的内壁布满水雾，房外簇拥的花木就成了憧憧暗影……服务生敲门，送来了我点的姜煮可乐，塞给我一张纸条：泡好了来七号房喝茶——老田。我才意识到刚才真是手机响了……

52 俱乐部不对外营业，老田是创始会员，我的会员资格确切地说是他给的。我裹上浴袍踢踢踏踏地走进了七号房。没了衣服的轮廓，老田彻底地变成了蓝色棉布里一堆动荡起伏的白肉。他眯着眼睛坏笑道："别开自己的车来。"他递给我茶的时候，露出侧脸到脖子上一道鲜红的抓痕，自然是拜他夫人所赐，我就问："你家葡萄架子又倒了？"

我第一次这么问他，他不知道啥意思。

他指指我："你们文人最没意思！"他爱怜地摸摸自己的脖子，"一大早这就够丧气了，初五接财神，结果被老大叫过去，莫名其妙骂了一顿！"他拿起茶巾模仿着韦亦非拎着规划方案，"你是猪吗？记吃不记打，风园一年赔一千多万，赔钱上瘾啊？你这种俗物！雅你妈 × 雅？颂啥鸡 × 颂？"

老田跟我学的时候，会自动用轻声把脏字"消音"。韦亦非也只跟田胖子这样的老弟兄才会飚脏话。老田丢了茶巾，叹息着："风雅颂，他定的！当初我说回报周期太长，他骂我钻钱眼儿里了，现在改！我设计合同都签了！我就这么盖，他能怎么着我？"老田喘口气，"我，院子照盖，房子照卖，中间留个坑，让他自个儿翻着跟头折腾——改成蟠桃园都行！"气话说完，苦恼依旧。

我慢慢喝了口滚烫的乌龙茶，说："知道姜若林吗？"

"写歌的那个？"老田那堆肉忽悠升高了一截，小眼睛瞪圆了，猛拍了一下桌子，"杜薇这个臭婊子，天天领着各种牛鬼蛇神去老大跟前变戏法儿，老大喜欢眼前花儿，热乎劲儿一过，就算了，我大意了——她还真作出妖来了……"

他可怜巴巴地看着我："到什么程度了？帮帮老哥哥呗！"

我说："看过一次剧，单独面谈一次，今天姜若林夫妇在一号院吃了午饭。"

老田匆忙要衣服，走了，我则去了楼上的按摩室。我又想起韦亦是在《无灵主语》中描写"嫖"这个字带给男主人公的心理压力，那真是现代主义关于人的奢侈想象。在"我"这个日渐贫乏、逻辑断裂的故事里，容不得这样大段的心理描写了，只剩下毫无意义的动作和那个非常配合的羊一样的女孩儿，雪白的肌肤，驯服空洞的眼睛……如同食欲被扭曲会产生炫耀餐和虐食，性也一样……我忽然从空中看见了自己，一头嗜血的兽在咬啮那只羊的喉咙，我的嘴里有了丝真实的腥甜……恶心涌上来，我丢开她，干呕，尖锐的金属啸叫声切开了我的颅骨……

她惶恐地摇晃着我，问我怎么了。我揾着太阳穴，掩饰地说："累了——我们做点儿轻松开心的事儿吧。"我想不出什么事儿，求助她。她拿出手机，领着我看千奇百怪的直播——我目瞪口呆地看着个胖子一口气吃下十个汉堡，一堆炸鸡腿，三个大肘子……啸叫声和缓了下去。有的直播间在卖东西，她帮我用一百块钱买了七件 T 恤。我问她想要什么，她跳到一个游戏页面——她打的角色新出了一款土豪"皮肤"，我买给她，她高兴地跳起来，笑着搂着我的脖子亲了一口。为了她的笑声，我又给她养的橘猫买了宫殿猫爬架……

3

春节过后，有档访谈节目约我谈《知命》，我拒绝了。已成为业界大佬的那位姐姐亲自打电话给我，问是否有什么忌讳。我回答说那倒没有，就是觉得不算我的作品……她兜头训我："你对文学还三贞五烈的，谁会给你立牌坊啊？我让他们再求你，你也过了矫情的瘾，顺坡下驴得了。"做节目比我预想的要愉快，主持人很犀利，但我足够机敏幽默，观众反应热烈，节目组竟然找到了已经回到家乡考上了公务员的罗晓，我们激动相拥，说了很多励志又动情的话……

韦亦非鼓励任何有益海中社会形象的行为。有天他在车上看到总部大门外，一个人吃完早餐把包装纸丢在地上，后面跟着的人捡了起来，扔进了垃圾箱。两人都穿着海中工装。他让我去查监控录像，前面那人他不想知道，但让后面那人所在集团给他发了五千块钱的总裁特别奖金。我在节目里讲了这个故事，解释说原本是管理上的小事，但隐恶扬善，这就成了伦理事件，成了情感教育。节目播出次日的高管早餐会上，他对杜薇说："我被辛苦表扬了，很开心。"

杜薇笑着说："那我也要争取辛苦的表扬喽。"

杜薇这话实有所指，韦亦非派我去旁听她弄的"新园区"规划论证会。杜薇逆向推动项目回到了从名字开始论证的阶段——老田气炸了。

说是重新论证，"中国古典"这个大方向还是确定的，拿地时给政府汇报的主题不能跑，配套用地上的中式庭院也已经开工了——老田还真的说到做到，留了个"坑"，自己飞回海南，推进五指山的养老社区项目了。

我到得早，巨大的椭圆会议桌旁只有杜薇和她的助理，打过招呼，我蹑到桌尾拣了个座，拿起桌上的参会人员名单：地产规划部总监，园林大师杨世楼，古建公司代表，昆曲专家，文旅的项目负责人，作曲家姜若林，制作人左后卫，以及两家有过成功作品的实景演出制作公司代表……

我正看着，有人拍我的肩——杨老的助理，我忙起身跟他过去，杨老拉着我的手："小子，当官了，看不见老头子了！"

我笑着说："杨老取笑——我来听会，能见着您，太值了。"

第一次见杨老，我跟在韦亦非身后。韦亦非满面堆笑恭恭敬敬地迎上去，双手握着杨老的手。杨老却淡淡的，坐下后，说："北有皇家园林，南有名园无数，留园个园拙政园，你有必要再盖个新园子吗？"

我那时在韦亦非身边已经三年了，能看出他生气了——他当然不会变色，依旧笑着，笑容漾出不易觉察的旋涡，下面藏着情绪的湍流……他不会因为被冒犯生气，他日常很难遇到真正的冒犯，略微对他桀骜一点儿，他都会一笑，还会生出好奇——他生气，是因为对杨老由衷地敬重，却遭遇了轻蔑和羞辱……

我后来体会到杨老的咄咄逼人并不是出于傲慢，恰恰相反，那是士人面对权贵免于被辱的戒惧和对诚意的考验……老先生问完，双手挂着拐杖，倾身朝向韦亦非，他在等答案。

韦亦非回头叫我："辛苦，你告诉杨老，我们为什么要建这个新园子。"

我把准备的功课背了一遍：政府的倡议，时代的需要，海中人确立中国文化主体性的自觉，韦亦非传承中华优秀传统文化的苦心……园林作为可知可感的生活方式，体现了中国古典文化特有的优雅从容，就像昆曲，一度是阳春白雪，但经由"非遗"保护和推广，越来越多的人开始了解、喜欢，要给人们特别是年轻人机会，领略古典美——丘园养素，所常处也；泉石啸傲，所常乐也……

杨老笑了一下："《林泉高致》是谈画画的。"

"筑园与画画一样，需要传承的不只作品，还有技艺。韦总说，这个新园，应该是二十一世纪中国古典筑园艺术活着的证明。"我说。

杨老点头："你们想得很深了。"

这三年杨老设计园子所用心力，连田胖子都啧啧称叹："那老爷子细致得跟绣花儿似的，我们倒不怕麻烦，就担心他老人家累着，看不见这园子盖成。"

那段时间我常被韦亦非打发过去看杨老的园子图，老爷子感慨地说："孩子，我是没想到还能遇上韦总这样的君子，留这么个园子，死也瞑目了。"他痛心地跟我讲三十年前听说要建大观园，他就想着拼命一搏，可惜钱不足，时间也紧，处处不得已，他也就灰心撒手了。

我回来向韦亦非做汇报，他嗤笑一声："杨老说我是君子，那不是夸我，他的意思，我就是个掏钱的冤大头！"

跟我说这话的时候，他正蹲在九号院的院子里，指挥工人把选中的一块山石放到合适的位置——他拆了爷爷奶奶院子里的假山，自己来叠。他忙，工人就散了，等他有空儿过去再陪他玩儿，足足弄了一两个月，他的作品才完成。韦老先生笑着说："嗯，叠石为山无云也趣，这个趣，原来是有趣！"

韦亦非被自己爷爷嘲讽了，却浑然不觉，跟爷爷说自己在读《园治》——田胖子还是了解他的，那股热乎劲儿很快过去，再也不提了。

从杨老开始工作，就有纪录片团队在跟拍他的"筑园记"。那天开会，纪录片导演跟我坐在一起，一台摄像机就架在我们脑袋上方，还有两个摄像在对面。会议结束的时候，导演笑着说："活现了当初的花雅之争——猜谁能胜？"

4

这场"花雅之争"持续到了次年秋天，依旧悬而未决。

"雅部"的首领是八十三岁的杨世楼，"花部"代表则是六十四岁的姜若林。"雅部"规划方案是经典园林，业态是昆曲，文创，少量餐饮，昆曲演出能拿国家补助，文创工坊也有扶持政策，运营成本低，当然收益也低；"花部"给出的方案是浸没式音乐剧《千古同一梦》，中国古典园林式浸没剧场，用空间代替时间，从庄子变蝴蝶开始，秦皇汉武，唐风宋雨，《牡丹亭》《红楼梦》，一直到"one world one dream（同一个世界同一个梦想）"，"嫦娥"升空"天宫"落成……观众穿越园区，由古至今，出口正好衔接文化公园，投资收益与前者不可同日而语。

"花雅"是我们背后胡说，两位老先生都认为自己是雅正的。杨老不必说，姜老师背靠的是一百多年传统文化的现代进程：你今天盖的园子，也不是颐和园拙政园，从材料到工艺早都改了！不能只有昆曲才是中国经典，《红色娘子军》就不是了吗？游园听曲，本身就是士大夫情调，能对今天的人民群众产生持久的吸引力吗？环球影城游乐园近在咫尺，你几班小戏怎么和人家竞争？

论证会开了一场又一场，也没什么实质性进展，好歹项目的名字有了，双方都做了妥协，接受了新园区被称为"筑梦园"——这还是韦亦非乾纲独断的结果。我一次次被他派去听会，杜薇开玩笑说我干脆来文旅集团算了。

2017年，杜薇撤掉了心灵生活馆，引入视频平台和内容制作公司作为合作方，推出了一档名为"风之子"的古典诗词竞赛类真人秀，节目大火，拍摄地风园也成了网红打卡地，前一年博览园也扭亏为盈，区区数百万虽然在海中不值一提，但韦亦非给出了文旅"破茧成蝶"的肯定，意气风发的杜薇，自然想乘胜追击。

杜薇一心想落实盈利能力更强的姜若林方案。杨老背后的支撑主要是政府的态度：必须是真正的文化精品，绝不能搞成纯商业的旅游演出；此外是地产集团的坚持：杨老的方案投资少，文创工坊实际是多出的商业区。田胖子从来不参加论证会。他是当年海南楼市崩盘时跟着韦亦非拿身家性命扛过来的人，不会让比我大不了两岁的杜薇要了他的强——虎口夺食，她还嫩点儿！

5

国庆前的那场论证会，政府相关部门来了一位副处长作为观察员。我看到参会人员名单，还以为是重名，竟真是我读硕士时的师兄。我俩多年没有联系，见面用力握手，互相恭维，然后站到大门外，迎接作为专家被请来的导师。请导师来的肯定是姜若林团队，不用说也是那位左老师的功劳。导师下车，看见我俩，笑着摇摇头，摆摆手，我们跟着进去了。

导师远远看见杨老，紧走两步上去，握住杨老的手，笑着问好。

杨老对他说："您是正经学问人，不要为虎作伥！"

导师哈哈大笑，说："杨老，都是纸老虎，不经您一拳！"

杨老面带戚容地摇摇头："明年就八十四了，我这把老骨头还能撑多久啊！"

杨老一方的确在"守"，姜若林一方的攻势很猛，这边也就丢些"石块"：旅游演出的模式很难产生精品；大投资会带来大失败，看看那些教训；不艺术，不中国，没传统，没文化……杜薇沉默了几个月，这次又请观察员又扩大专家团，就是想一举解决这些问题。

双方都完善了方案，杨老这边拿出了三维建模的园林效果展示，老田不来，却也暗自下本钱，请了做圆明园复原视频的团队，色彩渲染打光配乐都很精美；姜若林这边的效果图是静态的，但准备了对比的视频短片。先是昆曲经典版《牡丹亭·游园》，26分钟，咿咿呀呀，我觉得好听，却也有点不耐。然后是姜若林创作的同题片段音乐剧MV，全长4分56秒。

　　我的确没能挪开自己的视线：杜丽娘不失昆曲原味，手眼身法，柔媚明丽，众花神造型深得国风动漫与游戏人物"皮肤"的精髓，合唱起时纯净动人："花园门外，一个女孩，懵懂天真。她要打开，春天的门。打开这扇门，走进一个梦，走进属于春天的宿命。故事就此开始——"音乐和舞蹈迅速变得动感激越："打开命运的门，喷薄你的勇气；打开青春的门，挥霍你的美丽；打开爱情的门，放纵你的痴迷！打开这扇门！"合唱戛然而止，女高音带着圣咏启喻的感觉唱："趁你还不曾老去，春天还不曾远离！"

　　停顿，笛子吹出《皂罗袍》前奏，慢慢各种乐器加入，女主一开口，声如天籁，她的形体跟着歌词从戏曲身段渐次变成了相对自然舒展的舞蹈语言。"姹紫嫣红，明艳着我心事的明艳；如酒如绵，柔软着我心事的柔软。仿佛第一次遇到春天！柳荫里燕语莺啼，生生如剪，呖呖珠圆，听不懂，听不懂，为何我心慌意乱？碧草上蝴蝶双双，恰恰翩翩，自在流连，寻常见，寻常见，为何有哀愁如烟？"

　　舞蹈流畅且极具叙事性，杜丽娘和众花神有着复杂且有趣的肢体互动，旋律化身水袖，在空中纠缠。"断井颓垣，寂寞了空无一人的春天；韶光流转，憔悴了无处交托的缱绻。遍青山啼红了杜鹃，荼蘼架外烟丝醉软。雨露亭台，云霞翠轩，花径九曲，柔肠百转。良辰美景奈何天，赏心乐事谁家院？如花美眷，似水流年，庭院深深，天涯可远……"

　　显然被打动的不只是我，一曲终了，会议室响起了掌声。

　　很艺术，很中国，有传统，有文化，更好懂，吸引人，且是对《牡丹亭》的正解……杜薇带着胜利的笑容听着赞美和肯定，请大家稍事休息。

　　茶歇时有人就说这节目可以上春晚了，那位左老师接口说："年年春晚都有姜老师的作品……"我和这位左老师始终保持着陌生人之间的礼貌，视线交流都没有。听他眉飞色舞地为姜若林唱赞歌，我默默踱开。杨老独坐一隅，我有些于心不忍，走过去低声说了句不该说的话："您老放宽心，田总的话更实在，放着一个漂漂亮亮的园子不要，花两倍的价钱，落一堆布景，韦亦非傻啊？"

杨老拍拍我的手，说："那他这论证来论证去，图啥呢？"

<h1 style="text-align:center">6</h1>

杨老的问题，导师有答案。

我没让车队的司机送导师。快中秋节了，我在车上放了两份节礼，一份送导师家，另外一份给"地图"妈妈，回来正好拐去医院——他爸爸一直没能离开医院。路上我也正好跟导师说会儿话。

导师看见我师兄就知道被左后卫利用了，很不高兴，又觉得这种论证很荒唐："中国传统文化的现代转化问题，一百多年了，怎么继承怎么发展，都是摸索。别说两年，二十年都论不出来——我看他就是不想盖！"

我笑说："老师说得对！"

导师笑着说："你可算不是杠精了。"

我说："还是个杠精——只跟自己杠了。老师——"我顿了一下，"那位左老师，我和他，没有任何关系。"

"咳！韦亦是那个滥好人！他给我找的事儿！"导师笑着说，"我理解。不然也不跟你发牢骚了。韦亦是觉得谁都不容易，除了他那个万恶的资本家弟弟。你写了那本'韦亦非传'，他对着我发了顿脾气——"

我笑着说："说您教出来的学生堕落到帮忙帮闲，不顾脸皮扯淡？"

导师笑起来："倒没这么难听——说你们这代人不容易，为稻粱谋而已。"他顿了一下，"主要是不满你生生把个资本家打扮成了思想者！"

韦家兄弟，哥哥认为弟弟是又蠢又坏的资本家，大众身上的吸血鬼；弟弟认为哥哥是虚伪卑劣的无良文人，靠作践故乡和民族来沽名钓誉——

都不是私怨，是公愤。当然这是背后的话，他们来往不多，见面却还是客气的。两个成熟且睿智的人，会有这样的"误解"也实在是耐人寻味。

我笑笑说："韦老师高看我了，那个义与利的辩证法，我想不出来。真实的意义与真正的利益是统一的，小到个人，大到家国乃至人类，都如此——这话可能是很高的价值理想，也能拿来给任何事做辩护借口，带着'致命的模糊性'——真理和谎言是同一句话，才致命……老师，我有时会忘了自己是韦亦非的奴才，有观察者的幻觉。"

导师说："少爷，老师一句气话，记这些年，合适吗？"

我笑着说："不合适，可就是忘不了。"

导师叹口气："当初老师比资本家还刻薄，没让你在职读博——什么时候想回来，老师欢迎。只怕你现在未必有这心劲儿了。"

我说："老师真的相信学术还在为时代生产意义吗？"

导师叹息着说："我必须相信啊！总不能最后只剩下韦亦非在生产意义吧？"

四　游园惊梦

1

那次成功的论证会后，杜薇高歌猛进，与姜若林工作室合作成立了"筑梦园文化传媒"，作为文旅集团的分公司，自己兼任总经理，左后卫任副总，迅速推进园区规划。年初文旅从地产独立，她成了和老田分庭抗礼的业务集团总裁，但韦亦非对她的支持并不彻底，董事长任命了老田。杜薇虽被掣肘，但几个月下来，还是推进到了申请舞美设计公司招标的阶段。这是关键一步，老田不在，招标审批会就没法开。她邀请老田作为"风之子"颁奖嘉宾参加收官录制，消极应对的老田接受了近乎示威的邀请，从海南飞回来了。

我本不想那天去风园凑热闹，但司望舒回来了。五月份的时候，望舒心灵生活馆就送走了所有的"同修"，我知道消息时她已经离开了，打电话给她，说很遗憾没能告别。昨天她给我打电话，说待一天就走，有时间见一面吧。

风园连带附属酒店附近的路都封了。进入决赛的秦风队领队是个流量"鲜肉"，赶来给"弟弟"应援的粉丝声势浩大，拿到观众门票的是少数，进不去园子，就隔着拉起的封锁线，站在霏霏细雨中高举灯牌，齐声喊着口号……

我只能给杜薇打电话，她的助理来接我。我靠她给的工作人员牌子又过了两道关卡，才进到园子里头，走去司望舒的办公室。

2

经过了 2016 年漫长的春节，我的症状严重起来。有时发作几小时，赶到晚上就睡不成了……六月份我跟随韦亦非从塔什干参加完峰会回国，三天基本没睡，脸色很差，韦亦非问我了一句，我说头疼，可能有点儿感冒——失眠在韦亦非看来，是意志品质有问题。

我到家就打电话给司望舒，她让我过去。我从酒店走窄门进了风园。

中天明月，凉风习习，空气中弥散着水生植物的蓊郁之气，我辨识出了菖蒲的清香，脑子里的"怪兽"消停了些，嘶吼成了呜呜咽咽的低鸣——知道月明星稀是天幕投影，空气纯净是室内园林加上新风系统，但刚穿过了污浊暑热和酒店空调的森森冷气，我还是被这个怡人幻境安慰了。

司望舒迎着我过来了，她笑说猜到我会从酒店过来。我们就在"月"下散步了，她听我"转述"症状，对"耳鸣"出现和消失的观察，我完全忘记了使用第三人称说话时该有的分寸感，措辞强烈地说起"他"在"耳鸣"时的自我厌恶……

司望舒阻止了我，她说："不要轻率地给生命感觉命名，语言会让本不存在之物存在，这不是自省，是自戕。意识的自我攻击会转化为躯体反应，发展下去就会出现器质性问题。"

那晚她问了"朋友"的年龄、体重和过敏史，给我一盒药，笑着说："不要被说明书吓到，就是帮他睡觉的药。先吃一次试试。"

我的确被说明书吓到了，但对司望舒的信任压倒了恐惧，吃药，关灯……我进入了一个神奇瑰丽的梦：天空中翻涌着奶油色的云朵，生着天使肉翅的马拉着银色的马车穿过，马车上有我从未见过的美丽快乐的人，我想走到他们中间去，厚厚的云朵可以稳稳地踩着，我一步一步地走着，看着，累了，我歪在一堆云上，闻到甜而净的香气，带着凉意，深吸一口，直到肺腑都是清凉芬芳的，但身体却是温暖惬意的……

这是我有生以来最美的睡眠，即便是个孩子的时候，我也未曾如此安睡。只要我睡着，就会有梦，哪怕是短暂的午睡，甚至在交通工具上打盹儿，梦是纷乱的，很少有美梦……我打电话给她，她说："再吃两周看看。"那段日子，我会噙着微笑醒来，梦不都像第一晚记得那么清晰，但美妙的感觉会在。

若不出差，每个工作日六点五十我都会准时出现在一号院前庭，五分钟之内钟琪会陪着韦亦非穿过中庭院子，七点二十我陪韦亦非出现在总部小餐厅，参加高管早餐会。那天我快走到院门口了，抬头看见一对黑色卷尾鸟在盛开的紫薇花树枝间鸣叫、追逐，展开的翎翅在晨曦里泛着铜绿色的光……我看怔了，直到钟琪打了我的手机，我才紧跑两步到了院门外，韦亦非已经坐在车上了。

我上车后，韦亦非问："那树上有什么，仰着头傻看？"

我说："鸟。"

他哼了一声，但没绷住，笑起来。司机憋得很辛苦，我们下车他就得释放。果然，早餐会结束，我回到办公室，钟琪拿着杯咖啡进来，笑着说："鸟！"

偶尔一次无伤大雅，但我还是警惕起来。我问了司望舒，她说要是睡得着，可以停药。停药的第二晚，我梦见了"地图"，瘦骨嶙峋的他推着块巨石，双腿已经是骷髅的下肢了，胫骨正在开裂——我冲上去拽他，他不肯撒手，巨石压下来……我带着一头汗醒来。这个梦折射的焦虑很清楚，

那么这里不能出现

这一年，"地图"交给医院的钱就超过了七位数……他和主治大夫讨论他爸爸的治疗方案，已经专业到我听不懂的程度，但我知道，用尽手段也只能减缓病情恶化，延长生存时间……

我把他妈妈的微信支付绑定了我的卡，告诉她日用拿这个付，她目光呆滞地望着我，喃喃说："孩儿就是把自己填进去，也是个空……"

3

我请教司望舒，为什么会有这样不同的梦——那美梦是药的作用吗？

她说那药的作用是抑制神经元的剧烈活动，不会致幻，她也是第一次遇到这样的病例，但她觉得不必担心——每个人的意识景观，都是变动不居的……

我能算作"景观"的意识实在有限，大部分地界丑陋荒芜得自己都不愿意多看……外在归因都是借口，我自己选择做了上紧发条的机械表，金属壳里所剩无几的"属人"的思考，都拿来应对辛夷了。

这些年，我和她在现实中很少见面，她回北京的时间有限，我又不自由，很容易就错过了。但靠着手机屏幕，我们又似乎相伴度过了这些年……

2017 年，辛夷硕士毕业回国，作为发起人创建了一个维护女性权益的民间公益组织。协会官网上有张拍得很美的照片，她和一堆贵州山区的小女孩在吹泡泡，背景是郁郁青山，阳光下彩虹般的闪光泡泡映着她们的笑脸……

当初给我说的那些"梦话"，她一句一句落进了现实。现实总是复杂的。社交媒体对于她就是"拳击台"，她打得不亦乐乎，但影响到了善款募集，她也着急了。我帮她请了海中集团的"公主"做"失学女童救助计划"的形象大使。辛夷后来苦笑着说，果然捐助人更信任天使姐姐，而不是异端巫婆。

她还是那么容易哭。这些年她不断旅行，遇到了太多苦难的人和事，她自以为是的帮助有时候反而会加深他们的苦难，这让她觉得无力，每次通话说起这些就哭……遇到兴奋的事,她还会半夜把我叫醒,跳着脚告诉我。她在山里被小虫子咬了一身红疙瘩,也会委委屈屈地给我说……

她仍在写作,"人类的左手"系列,出到了第五本。她像那些以地球磁场为导航的大鸟,在这颗行星上飞翔,羽毛光亮——当然,我知道她随身携带的那片梦一般瑰丽自由的现实,有着金钱铸就的隐形"保护罩"。她似乎忘记了这一点,她所行之事的"正确"与"高尚",足以让她鄙夷和忽略父母庸俗的"建议"与焦灼的"骚扰"……她得意地说起如何破坏了父母的"苦心"安排,我就沉默。

她问我的日常,我就轻描淡写地说就是开会见人——见到杨老那样的人,我也会讲给她。她说:"你见了这么多有意思的人,将来能写很好的小说……"

我也就笑笑。

4

我每天处理的只是符码,而非语言。我编码输出,用来表达韦亦非的思想情感;至于输入,福柯这种带"病毒"的文件绝不能有了,间或下载一些增加稳定性的如渡边淳一的《钝感力》之类的软件——效果不错,韦亦非不耐烦地对我说"滚滚滚",我已经能够出来和钟琪相视一笑了。

比起对老田的凶残,他对我和钟琪温和多了。做了十多年的生活秘书,钟琪知道他很多"笑话":他会把陪夫人去做试管婴儿叫作"配种",在公司年会上唱《一无所有》,但自己喝多了会捏着花旦嗓子唱《抬花轿》……

仆从眼中无英雄。可惜我的"金属壳"里还残留着黑格尔的解释:"那不是因为英雄不是英雄,是因为仆从只是仆从。"

老田也好,钟琪也好,他们古道热肠,背后的戏谑是欢乐的,无损他们对韦亦非真实的敬畏与热爱,无损于他们的价值感和荣耀感。我还达不到他们的境界,但那句黑格尔释放出的悲哀腐蚀了"金属壳",我也能迅速擦去锈痕了。

韦亦非因为"风之子"颁奖典礼致辞中一句"中国诗歌自此滥觞"，头天晚上把我叫过去训了一顿："滥觞，是开始的意思，不是泛滥！"

我没有分辩，聆听完他对中国诗歌史独特的见解——《诗经》，已经是"经"了，怎么是才开始？把他扔在我身上又掉在地上的稿子捡起来，转身出来，站在中庭院子里，专注调整呼吸，应对脑子里陡然而起的啸叫声。前庭的门开了，钟琪招手叫我，让我别跑了，用他的电脑改。

他在整理韦亦非第二天的礼服。他因为礼服的事没少挨骂，谁知道"真正的中国男式礼服"该是什么样？宽袍大袖汉唐风的设计，韦亦非的身高穿上会很滑稽，最后一堆设计稿里挑出来的还是中山装结合唐装的变种，石青羊绒，立领、前襟与袖口接镶了石青色暗云纹妆花缎，我看过设计师阐释，灵感来自故宫藏品雍正的石青色云龙妆花缎袷朝袍……

钟琪低声告诉我，刚才和夫人生气了，他听见韦亦非提高嗓门嚷了一句："司望舒回来了，去找她好好看看你的病！"

5

次日我去见司望舒的时候，脑子里声音不尖利，但嘀嘀咕咕地还在。她似乎察觉了，问我，症状还有吗？

我笑笑，说还有，好些。"他"没想到自己潜意识里还是个幼稚贪婪的孩子，自我厌恶不过是变了形的自恋，真是"既要又要还要"——哪有这种好事儿？

她笑道："好刻薄啊。消解问题当然也是种应对，比疑神疑鬼强。梦是愿望的达成——弗洛伊德那套故事，还真是深入人心。"

她口气里的否定，让我忽然想起了她那本《延展心灵》。她在书里开宗明义，把心理分析那个"本我""自我"与"超我"的假定前提称作古典主义想象，现代意义的"人"，身体镶嵌进了机器，神经联结进了网络，并不存在一个以皮肤为边界的"我"，"我"是一种"场"性的存在，受控于复杂耦合的多种力量……

她在后面数章以精神分裂症病例来分析，如何靠着调整影响"心灵场"的控制力量来重建自我的同一性，稳定维持这种"幻觉"就是康复的标志——我当时被她精细微妙的分析所折服，又被神奇的案例疗效所吸引，根本没去深想，她的理论某种意义上否定了自由意志，是"地图"关于"人"受控于系统说法的理论升级版——从来就没有独立的"我"……我那关于自由的美梦，也许只是此前吞下的某些话语，残留的控制力量……

　　仿佛一捧雪放在了头顶，冰得额头麻麻的，我努力控制着身体上随之泛起的微微战栗，故作淡然地说起这些，仿佛只是想探讨科学和哲学都无法给出确定答案的"自由意志"问题，但我知道，这是我的"决定性瞬间"——"我"临渊而立，准备一跃而下，投入到受控的现实之中，结束自己的分裂，我的嘴边甚至浮起了略带伤感的告别的微笑，朝向那个跟"地图"战斗的十八岁的"我"，朝向那个怀抱着吞下红药丸决心，自以为狠狠扑向了真实世界的"我"……

　　司望舒静静地听我说着，目光澄澈柔和，回应我似的，嘴边也浮起了微笑。"心理学是科学的干儿子，文学的表兄弟，靠着各种似是而非的比喻，讲着奇奇怪怪的故事，混了这一百多年。"她轻声笑了起来，"场，力——最近不是有个段子嘲笑编故事的套路吗？遇事不决，量子力学——像不像在说我？"

　　我被她从未出现过的解构口吻弄怔了。她站起身，说要去观礼，边走边说吧。

　　自由意志之有无，绝非她和我沿着苇堤走走就能讨论明白的。她环顾四周说，当时她还颇有点儿科学主义情结，换作现在，她也许会用"园"替代那个"场"——本就有人说她是异端邪说，索性彻底变成比喻……

　　我和她的谈话在苇堤尽头中断了，她看我怔怔的，笑着交代了一句："你和你的朋友，可以随时找我聊天，这是医嘱。"她去主舞台，我循路离开了凤园，出了窄门，回头，看见挡住园内景物若影壁般的假山翠障，蓦然醒悟，司望舒用一个消解自己的笑话，轻轻拦住了打算坠入梦之渊薮的我……

6

那日风园上演的"游园惊梦",不止一场。

收官之后的庆功宴,韦亦非和制作方相谈甚欢,杜薇自以为美梦渐入佳境,老田则感觉大势已去。几天后他嘿嘿笑着跟我说:"谁知道还没到停车场,老大就开骂了,弄的这是啥玩意儿!"

韦亦非按照《十五国风地理图》建的白水分流兼葭苍苍的风园,被互联网综艺天然携带的草根狂欢气息给糟践了。节目播出我看了,那位身着汉服仙袂飘飘雌雄莫辨的偶像入场,尖叫和欢呼响彻云霄,韦亦非庄重的致辞显得不合时宜,一度冷场,主持人调侃说给金主爸爸点儿掌声嘛,接下去一口一个"爸爸",韦亦非的不适与羞涩,逗笑了观众,场面才热烈起来……

韦亦非父母都是梨园中人,他对演艺界人士素来尊重。对自己的反感还有些警惕,过后和我讨论起捧角儿、追星和那天看到的粉丝,我就跟着他的思路聊了中国戏曲发展中的"角儿"、电影工业的明星制,还有娱乐资本制造的情感消费对象 idol(偶像)……他厘清了思路,皱紧了眉头。

"资本家"的逻辑和资本的逻辑,拧巴了。

莫名扳回一局的老田感慨地说:"当年老大跟我们一样,疯玩儿过,这十来年是成圣人了,我们都得跟着修身养性。我是才明白,换个玩儿法。这个园那个园,就是老大手里的玉把件儿——他把着不舒服那还行?得,搁着吧。"

筑梦园在海中不算大项目,但韦亦非并不拿它当作怡情养性的小玩意儿。我想起 2014 年底,陪他去武汉看秀,他看着那个秀场,问我:"好吗?"水光灯影金红摇曳,那建筑像一个艳异庞大的造像。我说:"再大,还是灯笼。"韦亦非当时笑了,说:"设计者有问题,决策者更有问题,对中国意象的理解,太贫乏。"

难怪杜薇自嘲,自己是总经理,又不是总理,拿着别的业务集团部门总监的薪酬,却操着文旅部长的心,大把掉头发。老田也没想到一搁搁到了年底，他要开盘售房，可拿不到许可证，主管领导说文化用地不开工别想卖房子。韦亦非逼他们，他们也逼韦亦非——梦，谁不会做？最后都得向现实低头……

显然他们低估了韦亦非的耐心，不堪压力的杜薇和老田已经凑到一块儿想办法了，约不到韦亦非的时间，晚上拉上了我分析情况。情况很简单，老方案不满意，新方案的方向，韦亦非自己也没概念。但拿出方案是他们的工作，不是韦亦非的工作……他们回去各自开脑洞，托我留心搜集答案线索。我跟随韦亦非做清洁能源调研，出差半个月，从机场回东苑的路上，我说自己要注意运动了，看照片田总三十岁的时候还很瘦……韦亦非笑着说："那时候是田瘦子，非说自己是'过劳肥'，算工伤——胡扯！"他顿了一下，"杜薇这俩月日子不好过吧？"

我说："杜薇总压力很大，一直想约您……"

"见我管什么用？"韦亦非冷笑一声，"笨，不怕，真正的聪明人都是笨出来的。但他们是蠢，是懒，刻舟求剑！"

水流船行，船上的人常常忘了自己在一条时间的河上……

五   "指挥官"与"圆桌骑士团"

1

想象一座与时俱进的筑梦园……

那晚睡觉前，我脑子里盘旋的还是这个念头，所以梦到了山上摩崖石刻的"筑梦园"三个字，仰望随即变成了鸟瞰，怪石嶙峋的山峦成了黑色剪影，山下站着一群盔甲闪亮的骑士，列队翘首，"地图"却站在骑士团的对面，周遭是暗沉沉的荒原，他身后有一团白光，躺着他喉管切开戴着呼吸机的爸爸……

"指挥官"在两个战场鏖战。他和他从极客社区精心挑选的"圆桌骑士"

利用开源框架做出了些应用，想借此说明开放平台潜在的可能性。我们反复权衡过，如果韦亦非接受，则皆大欢喜，如果他有些犹疑，发回智信集团讨论可行性，"地图"多半就得滚蛋了。为了一击而中，他必须准备得更充分。

前阵子我去看望他爸妈，他妈妈难掩兴奋地跟我说："人家闺女来看叔叔了！"

"地图"的神情，并没有与"梦中人"复合的喜悦，出来后，他说的还是开放平台：开源框架越来越多，前年的行业数据，在公共云上训练图像分类器的成本要一千美元，去年底是十美元——海中不做，早晚别人也会做……

他明显稀薄了的头发在寒风里抖动，阳光在他的侧脸投下芒刺，绷紧的下颚线条透着紧张和强硬，脸上是笃定与茫然混杂的神情——确信着什么，又忧虑着什么……我叹了口气，说："海中做，且要你来做，这才是关键！"

那晚从梦中醒来，我怅然若失，丢了个重要的想法，跟"地图"有关……我用力回忆，脑中竟然起了啸叫声，只得坐起来，闭眼，调整呼吸……却无法集中注意力——想起春节在"地图"那儿跟他的"星图"聊天，基于联想的自然语言处理程序实现的逻辑性让我有点儿惊讶，但逻辑微微错落的回答反而更好玩儿，略带禅意。我问："你会做梦吗？"它回答：做梦是意识活动的冗余——我有冗余设定，我会做梦。

"地图"在旁边说："你喜欢这个，'十八维'的'山德佐鲁'更好玩儿，'星图'有自筛选机制，信息可信度参数很高，不会编故事……"

我想到了筑梦园可能的样子……

忍着脑中的啸叫，我跳下床，凌晨三点，把"地图"从睡梦中叫醒。

2

第二天晚上，我被"地图"叫去了锡安俱乐部，在充满朋克风的房间里，见到了六位"骑士"。我的想法已经被"地图"整理为清晰的描述：一款兼具养成游戏、线上社区和社交功能的应用程序，UGC（用户生产内容）模式，系统提供素材以及各种工具应用帮助用户"筑梦"，支持文字、图片、音频、视频……

他们想知道更为具体的应用诉求。"地图"笑着对我说："给你个机会当产品经理，无理要求只管提。"

我把想到的各种应用场景都提了出来，他们总是回答没问题，可以做得更好，我这个产品经理当得毫无价值感。"地图"顿住了，说："有一个问题，'星图'的底层框架有版权方，商用有问题——我来解决。"

我任务完成，他们还要继续工作。"地图"送我出来，我突然问："最后满园子帝王梦富豪梦春梦，怎么办？"

"地图"说："好办，NPC（非玩家角色）引导，优先级限制级设定，后台监管，办法多了。人欲横流，系统让它竖流它就会竖流——不能控制还得了？"

我笑说："还是这口气！"看他满脸疲累，我问："钱够吗？"

他说："我还撑得住——你也不宽裕，房贷那么高……"

"地图"不计代价地要苦撑下去，但春天没过完，他爸爸还是离开了。办完葬礼回京后，他和"王子"一起去见韦亦非了。我在办公室里像笼中兽一般来回踱步，终于等到他发来两个字：顺利。我一下瘫倒在沙发上，我很怕他再受打击。

"地图"只是顺利拿到了证明能力的机会。他和我都忙，凑不上时间，我就独自去看他妈妈了。她苍老悲伤得人都变形了，眼睛红肿，说是发炎。"这房子是人家闺女的，孩儿跟人家不吐不咽的，人家还在朋友那儿住……"她滴下泪来，"孩儿心里怨，怨我——"

她嘴唇哆嗦着告诉我，那晚"地图"爸爸心肺衰竭，又要上人工心肺机，"地图"当时没在旁边，她签字放弃了抢救……我搂着痛哭的她，轻轻拍着她的背。

我开车去了智信大厦，把正在加班的"地图"叫到地下停车场，我能感到他浑身弥散着寒意，不只是悲伤，他的身体楔进了那冰川一样复杂厚重的残酷……

我说从他家来，他不说话，我也不知道该说什么。他拍拍我的肩，说："我知道，你放心。"他转身要走，我说："你也是我的英雄梦想！"

他摘下眼镜，抹了把眼睛，随即踢了我一脚，笑着说："占我便宜，滚蛋啦！"

"地图"从被称为"海中黄埔"的海南领导力培训基地回来，拿着戒指又跪了一跪，第二天俩人去领了证，出来都去上班了。极客社区出现了"指挥官"大婚的海报，新娘用的是她主持视频节目的工作照——漫游仙境的爱丽丝，"地图"则被修成了钢铁侠，战甲特意给他选了金红两色的Mark7。做海报的"骑士"阿古还配了解说视频，他比新郎还兴奋。

3

"花雅之争"落幕，谁想到从虚拟世界杀出的一群"骑士"占领了筑梦园。

十万海中人成了"内测"用户。韦亦非用行动表达了支持，实名登录"筑"了个盘古开天的"梦"，一夜之间就被赞成了星钻筑梦人，占据热度榜榜首。他跟我感慨，用手在屏幕上随便勾出粗糙的轮廓线条，选了系统推荐的"吴道子模式"，就成了会动的"神仙卷"。而且"梦"的最后，还给出了一句马克思的名言：重要的不是解释世界，而是改变世界。我说，《知命》里写过这曾是他的座右铭。一般游戏的发展是基于数据库设定，筑梦园是用户信息大数据联想——换个玩家名字，结束语可能会不同……

这是我从"地图"那儿问来的。我在上面建"辛夷的秘密花园"，系统殷勤且善解人意提供的备选内容中就有"人类的左手"系列和相关公益活动……过了两天，我发现虽然星钻不够，"花园"还是被推送上了热度榜，我不解地问他："你这系统是成精了吗，匿名也知道照顾我？"

"地图"说系统会识别公益内容，给予优先级待遇。我担心的满园春梦并没出现，NPC 的引导非常有效。我没想到文字还是"筑梦"的首选料，诗歌尤多。在园子里做诗人不难，随便敲个词"百合花"，系统给出句子，有一句似乎还不错："在百合花的影子中呼吸……"最多的是"古诗有人还放上社交媒体让人猜作者是李白还是杜甫……筑梦园自带推广属性，内测版沿着社交媒体，早已悄悄溢出了海中的范围。园子角落里难免藏着某些不可示人的"私梦"，只是"园子主人"神目如电，若不及时下载，那"梦"就消失了……

线上园区顺利通过验收，实体园区规划也随之调整。

姜若林这样的大师，不可能给小游戏配乐，合作中止，那位左老师却留在了文旅集团。杨老的园林，要嵌入线下体验区，起承转合的诗文被裁成了断章，失去的幽微妙处原本就少有人能体味，可以忽略不计，但增加的空间将放置让梦境成真的 VR（虚拟现实）设备，豢养仿生算法生成的"梦中神兽"……

验收时我和跟拍五年的纪录片导演都体验了"梦境 VR"示例——创世大神现身眼前，实在震撼。从开辟之初的"虚拟现实"中走出来，我们俩互相看了看，他笑着对我说，筑梦园给出的体验，将是前所未有的"赛博格古典"……

老田和杜薇各得其所皆大欢喜。尤其是杜薇，筑梦园是个芥子纳须弥的广阔天地，无数商业模式都可以挪进来，那个"千古同一梦"与之相比是如此陈旧、笨拙且寒酸了。"数字技术赋能古典园林"成了新闻，我那位处长师兄对着记者侃侃而谈：筑梦园"升维"，古典文化飞上"云"端，深入大众，成为新"国潮"……

"地图"对被他占领的筑梦园却毫无兴趣，他急着让文旅组建运营团队，交出去好建他的开放平台。韦亦非决定为开放平台单独注册公司，同时海中智信撤并机构，腾出地方来为即将成立的"新纪元"招兵买马……

4

2018 年的年底格外忙乱，连续熬夜弄综合材料，但那"耳鸣"并没出现。我工作时表情管理还算有效，老田对我的日常评价是"没什么人味儿"，前两天开会时他疑惑地看着我，问："你小子恋爱了吧？"

我冲他笑笑，他抖着手点指我："一定是！笑得这个甜哦……"

我的确感受到了一种前所未有的真实喜悦，自己都无法解释原因。

赶完手里的活儿，已近凌晨，忽然想起"地图"的结婚礼物还没谱，猜他多半没睡，视频通话他接了，还在公司，解决什么缓存参数问题——他抬头说了一句话就挂断了："要现金！给我点个外卖，饿着呢。"

忽然想起多年前在机房他对我说"买饭去"——回忆附带着强烈的情绪涌上来，我习惯性调整呼吸，想控制——但情绪的波涛太过汹涌，短暂的惶恐后，我发现，脑中的画面安静如同少年卧室窗外遥遥的太平湾，月下海浪在无声翻滚……我如获大赦，眼眶一热，抓起钥匙开车出了门。

我拎着肠粉烧鹅皮蛋粥出现在智信大厦的电梯间，两个保安过来盘问了两句，才放我上楼，出电梯又遇上了保安……"地图"给我开门，我问咋回事儿，他苦笑着说："裁员！天台门都锁了，也站着保安，怕出事儿。"

我把吃的放在茶几上，坐在防静电地毯上。

"地图"坐在了我旁边，打开盒虾仁肠粉，说："被裁的，多是我们这个年纪，三十四五——年轻的薪酬低，更能干……"

我回到了那个等待确定电影结局是梦境还是现实的夜晚，看着他怅然地捏瘪啤酒罐……记忆里的夜风无声地吹过我澄澈安静的大脑，这一刻，我几乎确定，命运给了我修改后的新剧本……

"指挥官"的伤感总是短暂的，他说："下一关，你我也要活着打过去！"

我痛快有力地应了声"好"。"地图"略显惊讶地看了我一眼，三两口吃完肠粉，开始喝粥，说着"新纪元"还未成立，各方角力就开始了……

他顿住了，近乎喃喃自语地说："2012 年，Alex Net 夺冠，卷积神经网络热就是从那时候开始的，'十八维'所在的团队参加了那届 Image Net 竞赛。我跟他们同框架做了'星图'1.0，我一个人做的，2.0 我调整了框架，'十八维'说'星图'很像我……"

他今晚也有些反常，情绪拽不住地往下落。我岔开话题说："造个真人吧！"

他笑了："争分夺秒在造人呢！"

他喝完粥，收拾餐盒，起身，突然奔向垃圾篓，把刚才吃的东西全吐了出来。我忙活着给他接水，漱口……他说是头晕，一直没怎么睡。我让他关了电脑，回家睡觉，说："你这天天不跟媳妇儿睡，哪有空儿造人？"

他带着醉了似的眩晕笑意说："所以才——争分夺秒……"

5

那晚，是我和"地图"最后一次说话。

几天后，我接到"地图"妈妈的电话，"地图"出事了。我当时在家，起身就走，姥姥跟到门口，连声嘱咐着"开车小心"。

我奔到医院时浑身大汗，撕扯下羽绒服，跟着护士到了 ICU。"地图"妈妈扒着隔离门站着，我叫了声阿姨，她扭头，嘴无声地张了两张，求助似的伸出手，我抓住她的手，随即撑住了她瘫软的身体，她喘气，流泪，还是说不出话……

我把她交给护士，去见医生。"地图"的呼吸和心跳是人工心肺机在维持，脑电图平直，脑多普勒超声呈现死亡图像———根钢锥楔进了我的脑壳——要正式得出脑死亡的结论，还要更长时间的观察和测试……医生说一句，那根钢锥就被往里砸进去一寸，尖锐的啸叫使我听不到周遭现实世界的声音，眼珠发烫，马上要爆出来了……我走出来，把自己浸泡在冬夜的寒冷之中，努力控制自己的感官，我闻到了风里尘土的味道，渐次听到了有人在叫我的名字……

"地图"妻子被闺蜜接走照顾了，我送"地图"妈妈回家。一条半大的狗扑过来，"地图"妈妈喝了声"皮皮"，它停止了吠叫，围着我的腿嗅。墙上的大红喜字刺得我眼酸疼，我转开目光，看见"地图"妈妈的手痉挛似的抓来抓去："会醒的，孩儿会醒的……"我不敢留下她一个人，带着她和皮皮回了东苑。将近凌晨两点，姥姥还没睡，抓住"地图"妈妈的手，无措地晃着……

　　我次日就弄清了，"地图"出事时和那位"王子"在一起，不在公司……很快我又打听出了别的消息：宋老师去萨拉克门托处理生物科技公司的官司，竞争对手公司报案，被盗的专利是"免疫基因靶向治疗技术"，海中生物的技术总监和"地图"之间有邮件论及该技术，半年前黑客袭击经由中国大陆服务器跳转……

　　这些断裂的事实构不成完整的证据链条，得力的律师使海中生物公司很快摆脱了麻烦。但集团"公主"曾被警察带走，加上"地图"的意外，难免惹人联想……公共舆论控制得很好，几乎没有声音，至于海中内部，哪怕私下闲话成了斧声烛影的宫廷大剧，上班时却人人讳莫如深。

　　韦亦非一切如常。他年前密集安排了能源集团全新管理团队的汇报，清洁能源此前装饰性地不足一成，在新架构布局中占了半壁江山。每次汇报智信集团的CTO都在，智信集团未来几年的核心任务是为"碳中和"规划做数据服务，韦亦非想的是海中的下一个三十年，是民族命运，人类未来……

　　脑子里的啸叫声不再停歇——恍惚想起前几日的宁静欢喜，像幻觉，我调整呼吸，祈祷般地让一个念头占据大脑：晚上就会有"地图"醒来的消息……应付完白天的工作，晚上和"骑士"们对齐信息。原AI公司老总，晃着大脑袋带着人要跟"骑士"们交接筑梦园，阿古对他一翻白眼："傻吧你！"

　　被"地图"叫作"十八维"的李维，从硅谷飞回北京，她作为底层框架的版权方，代表团队跟文旅签了个劳务合同，保证这段时间"骑士"们的劳动收入和筑梦园正常运行。别的问题都先搁置，一切看"地图"的情况再做决定。

6

我不知道"骑士团"的精诚团结能维持多久。七天、十二天测试,"地图"的脑电图依旧平直。"王子"陪着曾祖父回中天老家了,智信集团限制加班时间的内部通告使用的措辞是"原 AI 公司某部门主管"……我问法务"新纪元"公司的注册进度,他压着嗓子说:"辛总,我疯了去提这茬儿?"

是啊,"新纪元"关联着那个险些给海中带来大丑闻,同时殃及了韦亦非儿女的高德——所有可能招惹他不快的字眼,都会成为海中的禁忌……

我去看"地图"。如果没有那些管子,他躺在那里就像熟睡,没了眼镜,有点儿不一样……我走出来,记忆里的画面扑过来:

"地图"从上铺一跃而下,跟我讲"优雅降级",甩着手上的啤酒沫,笑着说"伊卡洛斯之翼"他知道……他说,下一关,你我也要活着打过去……

我坐进车里,早已木然的头抵着冰冷的车窗玻璃。

从胸口开始弥散一种筋膜撕裂的疼,不能动,甚至不能呼吸,一呼一吸,瓣膜开合,大脑一样复杂的腹部神经丛就爆出一团血色的痛楚……眼泪无法自控地在流——这只是个噩梦,醒过来就好了,醒过来就好了……

六　新故事

1

我用幻梦来对抗这场无法醒来的噩梦——我进入了"地图"的超英宇宙,带着复仇者联盟、正义联盟,每晚在医院停车场里,召唤着"指挥官"归来……

知道消息的辛夷,每晚都和我通话。她细细的声音和炸裂宇宙的电影配乐都能遮蔽我脑子里的啸叫。我结束和她的通话,在电影声效和对白中获得些许睡眠，然后开车回家，洗澡，换衣服，六点五十，准时出现在一号院的前庭……

对于韦亦非，这件事已经结束了——业务集团子公司员工，出了不幸的意外，自然有人去支付赔偿抚恤家属；筑梦园，法务会跟版权方及运营人员协商谈判，达成协议不过是具体钱数加上点儿时间而已；开放平台，若想做，照样可以做……

又过去了两周，我每晚都去医院。我知道这对"地图"毫无意义，只是我自己绝望又徒劳地挣扎……那晚，"地图"妈妈拦住了深夜又要出门的我，我不能跟她争执，听话地返回了卧室，靠在床上，睁着眼睛，默默地听着自己脑子里的山呼海啸——闭上眼睛会有坠入深渊的窒息感——我打给辛夷，她一直不接电话。我觉得不对劲儿，点开她的社交账号，上面是铺天盖地的脏话和对她全家的"死亡祝福"……半天我才看懂：她这个打"女拳"表演公益不择手段博眼球欺骗公众感情的无耻"富二代"，家里藏着一对代孕生出来的弟弟妹妹！

两个小时后，她回电话了——刚落地北京。"宿敌"爆出"黑料"，她才知道弟妹的存在，打电话回家质问父母，父母说被她气得想开了，她不听话，因为就她一个，现在要是高兴他们可以弄个幼儿园！

登机时她还满腔斗志，此时站在机场外，却感觉自己碎了一地，无法收拾，无处可去……她哭起来。我说："我去接你——我们好久没见了……"

我们见面了——久别重逢，相对无言……

我送她去了酒店。第二天是周六，我依然要加班，陪韦亦非见人，午宴后送走客人我才回家。大量的咖啡和功能饮料让我感觉甬道是凝胶铺的，踩下去很软，抬脚艰难……门开了，皮皮跑出来，我蹲下揉它的脑袋……姥姥本就在窗前张望，这时走到门口说，"地图"妻子怀孕了，把婆婆接走了。

皮皮亲昵得太过用力，带得我跌坐在门前的脚垫上，惨淡的冬日阳光从阴霾的缝隙间投下来，墙边落尽叶子的灌木丛上挂满鲜红的小浆果……

2

辛夷从机场给我打来电话——酒店房间就像等待处刑的牢房，她恐惧到窒息。她罪有应得——享受了父母带来的资源和自由，就该承受因他们而生出的磨难，但要被架上火刑堆，"铁血"就成了假的，她逃了——逃避可耻却有用……

她自嘲地笑着，挂了电话。我倒在床上——觉得可耻，逃避就无用了。

眩晕给眼前的一切涂上了光圈——"地图"也看到过这景象吧……

我从午后一直昏睡到深夜，醒来，骤然降临的安静同样惊心。我给钟琪发了条信息。我知道韦亦非下午要飞回中天，次日是他祖母五周年忌日。上午八点，我出现在了一号院，钟琪忧心忡忡地看着我，说韦总让我来了去书房。

跟在韦亦非身边九年，知道任何解释和借口都多余，我直接向他请求去"新纪元"挂职，维持创始团队稳定，做好沟通，等董事会任命正式的管理团队。

韦亦非嘲讽地哼了声，说："一个月了，总算有个人敢在我面前提'新纪元'三个字了。"他看着我，"哦，你原来是学计算机的，行啊，去吧！"

我呆在那儿。他笑笑地看着我："抱着申包胥哭秦庭的决心来的，是吗？"

我不知道该怎么回答。

他叹了口气："宋老师没白对你好——对了，把提案弄完再去。"

接下来半个小时，他一直跟我说政协提案，再没提一句"新纪元"。

"新纪元"的标志出现在了智信大厦十六楼。韦亦非看了李维的资料，让我和她协调时间，见面谈了一次。李维结束了在那家著名实验室的工作，回来任常务副总和CTO。"大头"还是代理总裁，韦亦非也没让我回总部。我的工作就是开会时支持李维的决定，于是招聘改成了上机考试，员工不穿海中工装，作为"司宠"的蓝猫在走廊里傲娇地梭巡……

"地图"的办公室空着，我每天会进去站一会儿。有次进去看见李维站在整齐的书架前出神。她扭头看我，说："《安德的游戏》，我送他的生日礼物。"

我问她说的是什么。她告诉我，一群孩子经过残酷对抗、不择手段的竞争，选拔出能力卓越、心理强大的指挥官，打赢了一场牺牲惨烈的虚拟游戏，事后才知道那是真实的关乎人类存亡的太空战争，游戏中牺牲的都是真人……

3

"地图"还躺在医院里，"大头"急着让这件事尘埃落定，但"地图"的妻子不接受含糊其词的解释，要全部当事人给她还原事发当时的情景。

她来公司拿签好的股权协议书，手放在隆起的肚子上，从容地跟"骑士"们打招呼。她依然在工作，率领专业创作者与写作 AI "山德佐鲁"——李维的礼物——组成的"半人马"战队，成了一档综艺的噱头，另一个无意间形成的噱头则是她那随着节目录制越来越醒目的肚子……

她和"大头"结束谈话，脸色很不好，我送她出去，没等我问，她先开口，让我别担心，剩下的是她的事，谁也替不了。

我心情本就不好，回到办公室，"大头"张嘴就说："高德蔫不拉唧的，怎么找了这么不省心的娘儿们？"他细细的脖子本就撑不住大圆脑袋，弹簧似的，略微一动就摇头晃脑，说着朝我脸前晃过来，"哎，网上她那些八卦你都知道吧？你说，肚子里的孩子是高德的吗？"

我脑子里起了一声怪兽的嘶吼，拳头砸向那个大圆脑袋……

我俩这场厮打，惊动了韦亦非。隔着阔大的办公桌，他带笑看着我们说："你俩可真开创了海中新纪元，了不起！说说，为啥？"

我不吭声。"大头"委屈地说："他神经病！"他转脸，"我说什么了你就打我？"

韦亦非的笑里有了嘲讽："是啊，你说什么了？"

他哑了——他被降级调离，我则回了总部。寒暄问候的人络绎不绝，杜薇也笑盈盈地出现了，闲话几句，说起了文旅跟左后卫解约，是总部人力的统一规定，全职外聘人员不得超过六十岁。左后卫经济压力大，女儿在意大利学油画，儿子在读国际学校，海中员工子女助学基金还会继续付他女儿的学费，直到明年毕业，不会有问题……我只能不尴不尬地跟她说谢谢。

我又去了医院，对"地图"说，我这个游戏中受控的 NPC 角色，该下线了……

4

我给韦亦非写了封言辞恳切的辞呈，他同意了。接下来一个月，交接工作，离职审计，签保密协议。

"地图"的女儿出生了，狮子座，奶奶给起了小名——高兴。

"地图"妻子带着婆婆和还未满月的高兴，在大兴影视园继续录节目，"地图"还躺在医院里……我不再每天去医院，但我开始预订超英电影的首映票：《复仇者联盟 4》《蜘蛛侠·英雄归来 2》……每次两张，我去只是陪他。

预告十一月份上映的《神奇女侠·1984》延期了，但为"地图"生了女儿的那位"神奇女侠"，最终使得集团"王子"出现在了丈夫的葬礼上，恭肃地站在"骑士"的队列中，送别"指挥官"……

年轻的"骑士"们，继续打着"安德的游戏"——游戏基地变得更大。平台得到了行业认同，我在法务办公室签那份措辞严谨内容详细的保密协议时，看到"新纪元"的投资人增加了韦亦非和他的朋友们……

放在"新人类"与"旧人类"的交错处，父子就消失了，所有人都是同代人。

我办完离职手续，交回工号牌，穿着牛仔裤连帽衫去了秘书处，我想跟韦亦非告别。他让我进去了，又是那个呵呵笑着叫我"辛苦小同学"的韦亦非了。岁月似乎没在他身上留下痕迹，他笑着说以后有机会还要跟我聊天，争取再得到我的表扬……

从办公楼里出来，我走过空无一人的院子。

太阳很好，天很干净，风很大，我低头跳一下，背后的风帽荡起罩住了头。

世界是他们的，也是我们的，但归根到底是不是我们的，这是一个充满悬念的新故事了……

5

2020 年来了，所有的故事都变成了悬念迭起的新故事。

姥姥想念老亲旧眷，我开车带着她和皮皮，回到了童年的家。

皮皮有拉布拉多血统，长成了土狗嘴脸的庞然大物，在我刚打完蜡的地板上一跳一滑地奔跑，撞掉了放在沙发上的手机，我呵斥它，捡起手机，屏幕上倾斜的辛夷又正了过来……

很快，这块隔绝又透明的屏幕上开始上演破碎得无法收拾的人类剧情。无名病毒让日常断裂，人们坠入了深渊般的戏剧性中……美梦变成过现实，现实却成了噩梦——中国女孩这次在普罗旺斯撞上了猝不及防的仇恨与敌视。为了不给维卡一家带来更大的麻烦，她在磁场混乱的这颗行星上艰难归国……

航班总在取消，能走一程就走一程，她辗转到了新加坡，在机场等了十几个小时，中间她冒险喝了瓶功能饮料，她似乎开始发烧了……凌晨，她在脸书上的话，近乎遗言了……我几十个小时没有闭眼，盯着她的状态——令人窒息的毫无消息的一个小时，脑子里的啸叫，锯开了我的身体……

我打电话给那位海中集团的"公主"——此刻能求助且有力量帮她的，没有别人了……她联系上了辛夷。协调到次日下午，她的"湾流"飞去接回了辛夷和四十多个等在机场的中国人。辛夷落地广州时体温正常，同机检查出了感染者，但她很幸运，在广州检测、隔离后回了北京。

我和她视频，她的笑暖暖的，告诉我出版社邀她参加旨在帮助实体书店的公益直播。我隐约有些担心，转念想四五个月了，多少大事发生……但我还是目睹了她"社会性死亡"的现场——涌进直播间的谩骂将她"溺毙"，"旧罪"还在，"新罪"又添：她归国途中的记述用的是英文；同机回国的留学生，兴奋而感激地在社交媒体上描写了那架为她而去的私人飞机……

失去所爱时，恨似乎成了必需。

左后卫恨着筑梦园——他举着女儿的自画像在"园子主人"的社交账号下控诉：真正的艺术被这种廉价的游戏杀死了，他的女儿没能回国过年，画中少女躺进了黑色裹尸袋……那是幅佛罗伦萨画派的写实肖像，嫩绿色的围巾映着她暗绿色的眸子，金色长发蜷曲蓬松，幽暗的背景中，细瓷般的脸庞微微有光……

AI 控制的虚拟主人基于算法的反应，人性且智慧，留言被置顶附上诗意的悼词转发。我看着这个从未谋面却和我有着隐秘基因联结的女孩子，混在百万陌生人中点亮"蜡烛"，献上"鲜花"。大概只有我明白左后卫的控诉：筑梦园杀死了他的史诗、工作、收入和女儿……那些落花般优美哀伤的留言，兀自纷纷……

筑梦园在 2020 年完成了爆炸式增长，也引来了争议和纠纷，譬如是否是规模化侵犯知识产权——文旅法务很淡定地发了声明，生成内容属用户个人行为，与应用平台无关。我有时想，那个"园子主人"就是穿了袍子的"指挥官"，带着莫测的表情，检视着那些野蛮生长的"梦"……

我开放了权限，"辛夷的秘密花园"成了"共享梦"，谁都可以接着做下去。每次登录我都有新发现，最勤劳的是那个"左手无名指"，几个月，她——我猜的——画出了个雷诺阿风格的新园子，献给辛夷姐姐，希望她来听她的故事。我这个冒牌货不敢回复，以此为借口，我邀辛夷来了筑梦园……

辛夷无法单纯靠"美梦"来获得慰藉，"社死"之后，她反而从沉郁中恢复了斗志，她说：如果我们又一次经历着语言的变乱，人们越来越难听懂别人的话，那就一个词一个词再次去约定含义……

6

她笨拙地试图与他人重建理解，挫败迎面而来。

父亲因为疫情企业损失巨大不得已抵押了家里的房子渡过难关，极度恐慌的母亲求助"大仙儿"——那俩来路不正的孩子身带败家"邪祟"，若不送走就要作法"换本命"……辛夷和我视频，让我看夜晚院子里正在燃烧的纸人，那是弟弟的"替身"，妹妹已经被送走了——这个世界疯了，她也要疯了……

也许，失控将是人需要应对的日常——譬如我……

因她滞留而起的失眠和"耳鸣"，很久没好。我打电话给司望舒，她联系了认识的当地医生，让我找他挂号开药。那位退休返聘专家姓林，我试探着提了姥爷和妈妈，林大夫竟然记得，听完我讲病程，叹了声"上医治未病"……

我向司望舒表达了感激，她笑说不敢贪天之功，内在的意愿是关键——完全孤立无助的现代个体，建构自我的同一性和意义感，艰难到近乎不可能，正因为这样，建构的意愿越发重要。就像不可能把荒原筑成花园，但筑园的意愿，至少能薅除些恶藤秽草，给一生的劳作以意义……

辛夷听着，转身，窗外院子里的火苗在风里滚了两滚，消失在黑夜里。

十月了，正阳关路旁的紫薇花依然开得很好。

我遛完皮皮回来，跟坐在扶手椅上晒太阳的姥姥说。她笑笑，皮皮晃着尾巴，卧到了她的脚边。我走去自己房间，开始下午的劳作——奶油色的云朵涌入我的窗户，所有的墙壁开裂，梦，浩浩荡荡地出来……"地图"说，红药丸可能是种蓝药丸，那带来梦境的蓝药丸，在结局难料的新故事里，也可能是种红药丸吧。

傍晚，辛夷和我视频，怀里抱着弟弟。我逗他："你是谁啊？"牙牙学语的他郑重地说名字，听来却是含混不清的三个音节，因为用力，嘴角的涎水滴到了屏幕上，他用小手去抹，通话被挂断了。

辛夷又打了过来，男孩儿在旁边拖着学步车，她侧脸看他，神情忧伤，孩子仰头，她立刻换了笑脸——这孩子的记忆开端，会是个什么样的故事呢?

　　那晚，服药后睡下，我梦到了一个小孩儿，站在临渊的悬崖上，没有眼泪，没有恐惧，瞪着好奇的眼睛。一条如螭如龙的蛇形巨兽从深渊里腾起，铁色鳞片，水淋淋的……

　　巨兽朝着仰望的小孩儿，垂下峥嵘的头角，问："你是谁?"

原载《北京文学》2021 年第 9 期

班　宇

我年轻时
的朋友

一

　　主教学楼是苏联人设计的，沿街而落，坐北朝南，总共三层，左右以中轴对称，近似涅瓦河畔的冬宫，一把灵匕铡入大地的腹中，孕育着圣母、圣徒与圣子。始建于 1951 年，盖了两年半，中途停工一段时间，许与国际形势有关。外墙斑驳，经年涂改，标语被拆成了笔画，如同折线，向上延至无尽。顶部镶着一颗泛暗的钢制五星，原本底下还有一柄斧头和一把镰刀，于 1958 年某日连夜拆除，去向不明，仅存这颗五角星，重新钉嵌，移至正中央，风雨不蚀，透着幽沉的赤色。外墙黄绿相交，一度长满了爬山虎，不知何人所植，密布覆盖，像远古异兽的鳞片，彼此挤压倾轧，渗出汁液，楼体沉静，隐匿在其中，也像虫族的暗室巢穴，一张一弛，缓慢地呼吸着，吐出瘴气与毒液。后因植物长势凶猛，遮光过度，壁虎栖息繁衍，墙体开裂，瓦面岌岌可危，不得不一次次地请人修整，校方对此甚为头疼。1997年，两位外地口音的男性拜访后勤处，带来了五箱苹果，两桶十斤装白酒，以及一种自己调配的药水，呈油状，颜色接近止咳糖浆，如被夕阳煅烧过，装在玻璃器皿里，据说功效显著，目前尚处保密阶段，正在申请科研专利，只需随意喷洒在叶片上，过不了几天，便可自行掉落，且不再生长，绝无后顾之忧。校长亲自督阵实验，后勤主任献出办公室里的一盆君子兰，遵照嘱咐，先以茶水稀释药水，缓慢倾入搅动，又加入半箱消过氯气的自来水，一并灌入喷壶，轻轻按压，射出水雾，均匀洒落在宽厚油绿的叶片上面。校长极为满意，很享受这一过程。当年的春节联欢晚会上，赵本山与绑着头巾的范伟联手出演小品《红高粱模特队》，里面有句台词，形容时装模特的登台亮相也如在给作物洒药：收腹是勒紧小肚，提臀是要把药箱卡住，斜视是要看清果树，这边加压，那边喷雾。为此，校长召开了一次誓师大会，动员全校教职员工亲自上阵，为学生们做好表率，齐心协力，共同铲除反动祸患。实验很成功，没过多久，那盆君子兰的叶片尽数枯亡，向内萎成一朵，如被抽去了筋脉与血液，但仍保持着一种小小的绽放形状，似可团入掌心。校长命人拍下一张照片，储存记录，以供后来者借鉴参照。2004 年，校史馆重新开放，我们班级被派去清扫卫生，灰尘铺天盖地，滚滚袭来，大小物件凌乱散落，没有历史，全是破烂。邱桐后来跟我说，她见到了当年的这张照片，装在一个旧文件袋里，保存完好。我不太信，问她说，真有？她说，骗你干啥。我还犹豫着要不要捎回来，给你留个纪念，后来想了想，好像也不大吉利。

　　两位外地男性是跟后勤主任一起被抓起来的。那时，人们醒悟过来，他们几个长得有几分相似，特别是嘴部肌肉，讲话时总爱往右侧轻咬一下，似要将那些蹿出来的句子再吞回去。他们是兄弟三人，另外两位在老家的化工厂上班，老大当库管，身体不好，有糖尿病，老三是司机，闷头闷脑，不善言辞，有过婚史，媳妇被打跑，留了一个四岁的孩子，患有小儿麻痹。厂子周转不灵，拖欠工资一年有余，厂长说，要钱的话，那是一分也没有，要我的命，那也是一分不值，东西都摆在这里，谁有办法销出去，那算谁有能耐，谁有能耐，谁就能走进新时代，谁的心情就豪迈。所以，不光是为了生计，也想要活得豪迈一点，老大和老三承接军令，运出一车浓硫酸，往西再往西，直接奔了过来，在郊区租了间平房，套上起毛的西装，揣着介绍信，四处苦心推销。几个月过去，持续碰壁，毫无成果，俩人成天脸对着脸，闷头抽旱烟，互相看不顺眼。跑到学校里向老二求助，实在是走投无路，才有此下策。后来东窗事发，也不是因为这些爬山虎，事实上，那次修整的效果不错，可谓历年最佳，叶脉迅速枯死，争先恐后地掉落下来，折绕成枯林，盘踞在地，如蜕掉的一层死皮，或化疗后脱落的大把头发。只是清理起来有些麻烦，需三五人一起，抱在胸前，连拖带拽地移出校门，情态近似那幅世界名画《伏尔加河上的纤夫》。事故起因是储存车罐的泄露，开始是一点一点向外渗，随后窟窿渐大，锈蚀严重，无法判定是否人为。平房不远处就是大片的农田，种着一株株玉米，已进入蜡熟期，籽粒由绿转黄，形态饱满，长得很密。还有一道民用沟渠，罐儿车就停在旁边。当日无风，平静流淌着的黑水里突然向外鼓出白汽，升成一道十几米的烟柱，笔直射向天空，味道刺鼻，无人敢去接近。上报之后，拉来好几卡车的建筑材料，大家戴着口罩，抄起家里的脸盆，盛着石灰往上面铺，又盖了几层厚厚的沙土，如在埋棺。即便如此，白雾还从地底往外面钻，黏滞在空气里，许久不散。农田肯定是废了，被冲毁的也不仅是庄稼、水渠，还有那间平房的狗窝和地洞，他们兄弟养的杂种狼狗早就不知跑去何处，而在灌满黑色液体的地洞里，意外发现了一具尸体，腐蚀严重，似被镂空，身体蜷在一处，看着像小孩儿或者一位佝偻的老者。地洞外边是两把铁锹和一副尿黄色的橡胶手套。没人知道死掉的是谁。

我问邱桐，这事儿你咋这么清楚？她说，废话，后勤主任是我爸，剩下的那两位，一个是我大爷，一个是我老叔，都是实在亲戚，你可别给我说出去啊。我说，原来你家的基因这么出色。她说，是，你看着办。我说，我现在有点想去退房，还来得及吗？邱桐说，怕了？我兜上裤子，说道，也不能这么讲。邱桐伸手过来，扒拉了两下，说，你看，又往回缩，真随你啊，啥也不是。我说，内心多少泛起一点波澜。邱桐说，咋还转上词儿了，这会儿又显出你是语文课代表了。我说，我谁也代表不了。邱桐从床上蹿出来，搂紧我的腰部，半天不放，空气静默。我咳嗽了两声。她说道，要不，我给你嘬两口？我说，那委屈你了。邱桐听后，一脚将我踹开，说道，怎么也不要个脸，你以为自己是谁啊。

　　我一边骑着车，一边在心里愤愤不平，我没以为自己是谁，你也不要以为自己是谁，我啥也不是，你也不是个啥。邱桐横跨在后座上，两手乱晃，也不搂我，她的腿偏长，脚掌要保持着上抬的状态，才不至于拖到地面。我骑得飞快，故意往沟里引，她一声不吭，像是在赌气。付完房费，我兜里还剩二十五块钱，她一分也没有，避风塘十八元一位，时间不限，枣茶随便喝，没了自己续，还能吃瓜子，下跳棋，看过期的彩图杂志。我进去后，在角落里找了个座儿，越想越不是滋味，恨不得把自己埋起来。没过几分钟，邱桐跟着一大帮外校的混了进来，勾肩搭背，有说有笑，不知道怎么聊上的，她就是有这个本事。落座后，还陪着打了几把扑克，扫视一周，才回到我这边。我没理她。邱桐自斟自饮，一口气喝了半壶水，问我，最近肖旭跟你说我啥没？我说，没。我问她，孔晓乐跟你说我啥没？她说，说了。我说，啥？她说，说看你好像一个根号二。我说，啥意思？她说，身高，一点四一四。别自卑嘛，你看你这个人，又不是我说的，我就不这么认为，我觉得你很高大，特别威猛，身体灵活，动作矫健，烫个头就能去演《灌篮高手》，登梯暴扣。你看我说的行不？

　　我现在根本想不起来，为何那时每天要跟邱桐待在一起，虽是同桌，但不至于课余时间也往一起凑。有段时间，我总觉得自己是她爸，只要她一叫唤，我就像接到了某种指令，立即奔去查看情况，解决问题。得知她爸进去之后，我就不怎么敢往这方面想了。我知道，邱桐不喜欢我，她喜欢能在晚会上说相声的，懂点儿杂技曲艺，爱好很独特。当然，我也不喜欢她。我谁也不喜欢。非得挑一个的话，可能比较倾心于孔晓乐，梳个五号头，长得干干净净，不多说话，据说父母都是知识分子，从小就读过不少世界名著，比我可强多了，我就看过几本作文选，不属于一个系统的。有一次，老师让孔晓乐朗读自己的作文，什么题目忘了，反正里面引了一句米兰·昆德拉的话，当时我心尖儿一颤，如茧破壳，迎向光明新世界，既有酸楚又有甜蜜。原因是前一天在网吧里听过首歌，里面唱道，你终将认识一个女友，在她面前，你不小心掉出一本米兰·昆德拉。我是没掉，但孔晓乐掉落在我的面前，轻轻地，翩然而至。我觉得这就是命运。生命中不能承受之轻。

邱桐不这么认为，她觉得不论轻还是重，都没什么不能承受的，你不受着呢嘛，我也在受着。她妈跟她说过，人生无非就是三个字儿：活受罪。我说，这是一个词儿，习惯俗语，不是三个字，你语文真的太差了。邱桐说，不对，得先分开来看。活，人嘛，无论你我，都在活着；受，意思就是承受、忍受、自作自受，反正都不好受；罪，出生之前就有，活着也有，像钟乳石一样倒悬在洞穴里，一点一点生长，世界也就是一个溶洞，喀斯特地貌，我们坐着小船从此经过。你看，我的比喻是不是还行？所以，连在一起，不是活着就要受罪，而是得去感受我们的罪，这样才算活着。我说，你跟我在这儿排列组合呢？她说，你就说有没有道理吧，受不受教育。我说，不受。邱桐说，那你觉悟不够。我说，我也没罪。邱桐说，像你能说了算似的。我说，你妈说了算，行不？

我猜我是我们班里唯一一见过邱桐她妈的人。高中三年，她妈连一次家长会都没来过，这导致我有时觉得邱桐是个孤儿，无依无靠，进而又多出几分莫名的怜爱。后来有一次，我骑车送她回家，她妈在街边喊住我们，穿一身淡黄色的睡衣，裤脚儿飞边子，看着脏兮兮的，手里掐着烟卷。我跟她妈问好，她妈连忙热情地点头回应，东一句西一句，嘘寒问暖，表现出来一种令人难以接受的谄媚之态，邱桐的脸沉在一旁，半天不讲话。那一刻，我几乎确认了自己就是她爸，也即这个女人的前夫，离异之后，负责照应女儿，起早贪黑，含辛茹苦，将女儿抚养长大。在这些年里，她一定做过许多对不起我的事情，那些虚假的笑声意味着无可弥补的愧疚。而我到底会不会原谅她呢？确实想不清楚，有点超纲。她妈长得跟邱桐一点也不像，个子矮，小脸盘儿，妆化得很浓，眼睛滴溜乱转，看着发贼。我问邱桐，你妈平时是干啥的？她说，做买卖的。我就不再往下问了。那些年里，如果谈起一个人的职业，不管是做买卖，还是炒股票，或者干工程，其实都是在说，没有工作，靠打麻将为生。我当时不太理解这一点，月有阴晴，赌有胜负，再怎么厉害的高手，也要讲一点运气，无法一直赢下去，更不可能每天都往家里拿钱，负担日常开销。后来等到我彻夜打牌时，才反应过来，打麻将也不是为了赢，而是一种构建自我认同的方式，以最小的单位对外部世界进行一次抗诉，也就是说，必须要维持着一种根本性的运动，投入自身拥有的时间与意义：四个人团结紧张地结成一桌，那便是精神上的守望与互助，而打出去的每一张牌，又都是一次次的独立行动。

邱桐家住的房子很旧，楼前有一座残破的环形花坛，内外两层，无人打理，里面没花，也不长草，全是碎玻璃和沙砾，蚂蚁爬来爬去。她上楼后，我总在花坛边上坐一会儿，再骑车回去，精神恍惚。邱桐说，我有时候在楼上看你一眼，就待在那边，也不知道想啥，装深沉。我说，不是，我本来就深沉。邱桐说，我还不知道你？我说，咱俩这事儿，你到底怎么想的？邱桐说，其实我那天一进房间，就后悔了。我说，我也是。邱桐说，咱俩真不至于的。我说，我也这么觉得。她说，后来万幸，没成，我还挺感激，不然现在算咋回事，对吧？我就想试一试，俩人儿抱在一起，到底是啥感觉。我说，你这么说，那我就放心了，之前好几宿没睡着。邱桐说，本来也什么都没发生，别往心里去。我说，那行，但我还有一个问题。邱桐说，你问。我说，你这跟我是第几次？之前是谁呢？总共有几个？我都认识吗？邱桐说，这都几个问题了？我说，能不能跟我说一说？邱桐说，这些你就别管了，跟你关系不大。我妈还老跟我说一句话，你也记住，她说，别操没有用的心。

高中期间，我对自己没有任何期许，无论是感情还是学业，好或者坏，都没什么不能接受的。不过，我有一条自己的原则，时至今日，也是如此：我始终避免自己成为一个灰溜溜的人。很难去描述这样的人到底如何，但我确实见过不少次。比如校史馆对外开放当日，毕业多年的校友回来参观，学校为此特意重做一块大理石牌匾，黑底金漆，嵌入墙内，校名那几个字是郭沫若当年题写的，被一位教职工私自存留下来，当做至宝，传给后辈。只是一张泛黄发脆的纸条，不过一拃长。那天展示时，那位后辈小心地站在旁边，像一位没怎么得到过上场机会的守门员，举手投足，生硬异常，

· 368 ·

精神高度紧张，生怕损坏或被盗去，结束后，饭也没吃，屁滚尿流地带回家里，摩挲着入梦，从此再未出现。以及，我那位离家出走的同学，留下一句话，说要骑着自行车去北京，找一幢最高的楼，从上面跳下来，以示对教育制度的抗议，两天之后，安安稳稳地回到教室，背起手来继续听课。没人关心他到底发生了什么，我想有一天他自己也会明白，即便跳了下去，我们所能给予的也不过是鄙夷罢了。我们比制度本身还要残忍得多。再比如，我跟邱桐出去开房的那天夜里，我回到家后，睡得迷迷糊糊，听见我妈在厨房里骂我爸，原因是她刚翻过我的口袋，知道我这一天花掉多少钱。她说，这就是你的儿子，我没白天没黑夜，快要卖血供他了，他拿着钱出去跟女的花，真随了根儿，以后这孩子我不管了，你自己管。我爸说，随了谁？我给谁花？我妈说，你以为我不知道？我爸说，我怕你知道？我妈说，不是看在有孩子的份儿上，我能跟你过？我爸说，你爱过不过。我妈又开始翻他的兜，钥匙声撞在一起，稀里哗啦地乱响，然后她问，你的钱呢？我爸说，没了，花了。我妈说，花哪去了，不说明白，今天咱俩没完，我的话放这儿了。我爸说，逛窑子吃豆腐渣，该省的省，该花的花，就他妈花，我现在出去接着花。

然后是关门的声音，总有一个人要离开。不是用力摔响，而是轻轻的，那么轻，锁舌弹出来又悄悄扣紧，合拢不动，怕把这个夜晚吵醒。我又想起孔晓乐的作文，这也是生命中不能承受之轻。我搞不清自己到底是不是在做梦，也不想分辨。走出去的人们，总归是灰溜溜的，像那位揣着纸条的后辈，或者离家出走的同学，再或者我爸和我，惴惴不安，一无所有，灰溜溜地走在前面。人越是不想成为什么，就越会变成什么，如同一个诅咒，你所惧怕的事物总会来临，跑是跑不掉的。别操没有用的心。

二

十几岁时，我目睹过很多次的坠落，它们在我的生活里接续发生，层出不穷，不止于背驰的成长行径、糟糕的情感经历与不可理喻的生存姿势，而是显现为一种真正的疲态。我亲见他们自行步入泥沼，任其摆布，打不起精神，四肢软弱，没有挣扎与抵抗。我感觉得到，接下来漫长的时光里，他们将渐渐沉没下去，悄无声息。甫一出场，便抵顶峰，之后竭尽全部的想象，也没有一个可供去往的方向，无法再次振作起来。我对此怀有一种深切的恐惧与惋惜，并时常提醒自己，千万不可堕入其中，我与他们不同，更肮脏也更坚硬。米兰·昆德拉说过，人一旦沉迷于自己的软弱，便会一味地软弱下去，会在众人的目光之下，倒在街头，倒在地上，倒在比地面更低的地方。比地面更低的地方，无非艰险的溶洞，如洪钟，如塔林，仅可一人穿行，我从此游去，保持着绝对的机警，唯恐陷落，或被割裂身躯。但事实上，多年之后，我发现这种忧虑毫无道理，预感悉数破产，那些凝滞其中的人们，总会寻得一个冲出重围的方法，如复燃的灰烬，轻而易举地将过往付之一炬，他们比我更加游刃有余，紧抱着命运，重新书写刻度，从此变成切合时宜的新人。我却依然行在死荫之地，劳作历险，耗尽心血，投入诸多的努力，只是艰难地维持着普通与平庸。我想，这并不存在公平和公正的问题，亦非个人境遇所能完整概括，当我们意识到自身不过是吸附在岩石、荒野与海洋上的一堆无机之物，在更为广大的虚空里环绕飞驰之时。

　　我上一次见到邱桐是在 2008 年。高考过后，我们有过几次简短的通话，没什么要紧的事情，无非问询彼此的境况。她在重庆的一所三本院校读法律，军训时差点儿跟教官谈起恋爱，离别晚会上，寝室的女生合唱了一首刘若英的《后来》，下台之后，哭得一塌糊涂。邱桐问我，你听过没有？我说，没。邱桐说，那你应该听一听，有些人一旦错过就不再。我说，很有道理，我爷就是，我很想念他。邱桐说，这些年来，有没有人能让你不寂寞？我说，没有啊。她说，不是，没问你，我说的是歌词。我说，问没问那也是没有。还有一次，她哭着给我打来电话，说接到母亲生病的消息，独自在医院里，没人照顾，而她正在备考，相距遥远，无法及时赶回，内心担忧，日夜不得安眠。她对我说，这么多年来，真是太不容易了，母女二人相依为命，守在一间旧屋里，度过冬夏，屈辱受尽，好不容易挨到现在，母亲却又病倒了。接电话时，我在外面租的房子里，坐在床沿上，刚抽完一整根，精神灿烂流转，盯着满地的垃圾，眼里全是星空与河流，暗若丝绒，柔软得令人心碎。她还没讲完，我便开始痛哭起来，撕心裂肺，完全无法抑制。听见我的哭声，她沉默半晌，反倒清醒一些，坚定地对我起誓道，谢谢，谢谢你听我说话，我一定要让她过上幸福的生活，全力以赴，在所不惜。我说，我的心里下雨了。她说，我也是。我说，妈妈啊。她说，是的，我的妈妈，我唯一的亲人。我说，妈妈，一起飞吧。她说，什么？我说，妈妈，一起摇滚吧。

邱桐以及许多的朋友，在那些年里，都使我感到无比困惑，仿佛自从分别之后，她们开启了一种向后的生长，逗留于时间的反面，重新拾起被遗落的情感，不再冲动、疯狂，变得规矩而正常，为进入另一个世界做好充分的热身准备，时光向前流逝，他们看起来却更加年轻了。这种改变突如其来，我一度将之视为虚妄与伪饰，做梦都想着要去痛斥，也觉得总有一天，它们将自行剥落，从而显出本来的成色与质地。但这一天并不存在。或者说，它正逐渐远去，只在某个偶然的瞬间闪现小小的一角，虚虚实实，真伪难辨，之后便藏匿起来，无迹可寻。

那一年暑假，我以复习英语考级为理由，没有回家，租住在学校附近，不怎么出门，也很少吃饭，每天近乎疯狂地打着游戏。当时，我很沉迷于一款仙侠题材的网游，晨昏颠倒，日均在线超过十五个小时，还负责组织管理一个帮会。我在里面扮演着不同的角色，其中一个名为"愤怒的机器"，拜入少林，游荡苍山，无起无念缘无灭，无相无我世无端。另外一个叫做"无政府主义者"，以笔为戟，梯云四纵，我身本似远行客，清秋剑气蔽苍穹。我偏爱后者所带来的操作体验，技能丰富，自由度很高，玩起来具备挑战性。在游戏里，我也结识了不少朋友，还喜欢上了一个女孩。我在服务器里热爱争斗，行侠仗义，在社区里发帖撰写攻略，获得不少信任与敬重。大家喊我的名字时，常用简写，开始叫"政府"，后来觉得歧义过大，像在跟谁告状，就改叫"主义"，但也依然奇怪，私聊和公屏里经常读到这样的话：主义，今晚在哪里摆摊？或者：主义，带好你的队伍，战场上见。如果战败，屏幕暗下来的同时，还会出现一行血红的小字：无政府主义者已经阵亡。如果使用回城卷轴，则是一行绿字：青山不改，绿水长流，无政府主义者就此别过，诸位后会有期。

邱桐放假返沈，想约我见面，我说没回家，还在学校里待着。她说，谈女朋友了？我想了想，说，没有。游戏里的算不算，实在说不好。她说，那我去看你吧。我说，来是可以，但我没什么钱了，食宿均需自理。说完这话的第三天，她坐了六个小时的火车来到我所在的城市。因为要组队打一个任务，我没去车站迎接，只发了个地址，直至收到她的信息，说已在楼下，我才很不情愿地套了件衣服出门。

邱桐换了一个造型，看着比过去成熟不少。她穿着一件暗色碎花连衣裙，化了淡妆，挂着一对儿银色的耳钉，也不再扎马尾，一袭乌黑的直发，平平垂落，抚过肩膀。她跟我说，这叫离子烫，花了一百三，刚弄好的，问我好不好看。我说，还可以，跟从前确实不太一样了。她说，你怎么还这样，也没个变化。我反问她，我应该有什么变化？邱桐见我不满，又问道，咱俩几年没见了？我说，将近三年。她说，你跟其他同学还有联系吗？我说，没有，班级的群我都退了。邱桐说，这两天我看他们张罗着聚会呢。我说，我不去，你去吗？她说，肯定不啊，我这不是来看你了嘛。

学校旁边开着一家火锅自助餐，二十五元一位，另收锅底十元，肉和青菜随便吃，不浪费即可，啤酒饮料也不限量。我带着邱桐来吃晚饭，这一路上，她特别兴奋，东瞧西望，看见什么都想问一问，话说个不停。我跟她讲，经济条件有限，就请这一顿，表示一下心意，你尽管多吃，最好能吃出三顿的分量，这样日后回忆起来，也显得我比较热情。邱桐拍着我的肩膀说，放心吧，用不着你，我妈给我拿钱了。我说，你妈身体如何？她说，谨遵医嘱，术后恢复得很快，坚持锻炼身心，天天出去跳舞打麻将。

每张桌子上都摆了一个电磁炉，上面放着变形的铝盆，羊肉卷、鸭血、午餐肉、粉丝和青菜放在进门处的网筐里，只能捧着橘色的塑料托盘去夹，来来回回，走动不便，地上积着一层滑腻的透明油污。麻酱小料是调好的，齁得要死，两块钱一份，不提供免费纸巾，一块钱一盒。我们就着自来水煮火锅，血沫一层一层沸腾泛起，荡至边缘，我夹起一团翻滚着的碎肉片，放入口中，毫无滋味，如同被人塞进一把锯末。只吃了两口，邱桐便把筷子放下来，说道，这里跟重庆真没法比。我说，是吧，对付一口，怠慢了，见谅。邱桐说，咱俩喝点酒吧要不。我说，不行，晚上有事儿，得保持清醒。她说，我都来了，你还有啥事儿，总不能去玩游戏吧。我说，就是游戏，今晚要开荒，我的位置很关键，跟你也说不清楚。邱桐叹了口气，说道，这些年你都在干些什么啊。我郑重说道，邱桐，咱俩就是同学关系，我不是你爸，你也不是我妈，你以前告诉过我的话，我也还给你，记住，少操没用的心。邱桐说，你这人还挺记仇的。我平稳情绪，说道，没特意记，话赶着话，唠到这里，就想起来了。

邱桐说自己的酒量不错，喝到第五瓶时，开始说胡话，破口大骂她的学校，还要教服务员说重庆方言，反复指导，发音不准的一律不放过。之后便趴在桌子上，低声自语，怎么叫也不起来。我心里很急，也有点上头，时间一分一秒地过去，游戏里的朋友发来信息，问我怎么还不上线。实在没办法，我拖着她回到我的住处，精神与体力濒临崩溃。这一路上，她吐了两次，一次在校门口的石桥上，与底下奔涌着的污水合流，第二次是在楼道里，我使劲拍打着她的后背，她一边呕吐，一边自省道，这点儿酒让我喝的，也没多少啊。进屋之后，她一头栽倒在床上，我去厨房烧水，回来见她换了个姿势，单腿外露，夹着我的被子，咬住一角，迷迷糊糊地说，你可别碰我，听见没，不然我饶不了你。我说，你放一百个心，我绝对不，但你也得答应我，想吐提前说话，不要弄到床上，我没法收拾。邱桐说，真没良心，这些年我是怎么过来的，谁能明白呢，我心里很苦。我说，人生之苦，始于有欲，或尊至帝王，或卑如草芥，皆念念不得逃脱，神明上苍，怜世人此般疯痴，乃采朝露，撷晚霞，绕越云雾，炼化五色奇石，育成灵兽种种，方置成幻境一处，名曰太虚，凡入得此地者，有志抒志，望利得利，钟情得情，以解世间之苦也。还没等我说完，邱桐便睡着了，一呼一吸，散出浓烈的酒味，如贪杯酣眠的小兽。

太虚幻境的副本我打了四次，集结群雄，改换两套装备，均以失败告终。

食人草，琴仙子，火麒麟，被无限复制出来，层层叠叠，蜂拥而至，我守在一处，招数用尽，无论怎么布置，始终无法应对。整个屏幕上，皆是无状之状，无物之象，提示着我：幻境情志缠绵，一旦陷入，便无可逃脱。打到最后一局，已近凌晨，邱桐清醒过来，穿着我的拖鞋，自己去倒了一点热水，双手捂着茶杯，站在椅子背后，也不讲话。待我关掉电脑，沮丧地决定中止这个失败之夜时，她小声问我说，头还是很痛，能不能陪她躺一会儿。

　　我重新铺好被褥，松开绑带，用力将窗帘拉严，最初的这一抹晨光里，久积的灰尘滚滚倾泻，在空气里游动，无声漂浮，落入我们的呼吸。邱桐穿着外套，还觉得冷，我将被子对折起来，全部覆在她身上，自己侧身缩于墙壁一侧。我说，睡着了就不冷了。她说，我到底喝了多少酒？我说，没数，记不清。她说，感觉也没多少。我说，不重要，心情问题。她说，可能喝的是假酒。我说，那不至于。她说，这酒叫什么名字？以前没喝过。我说，黑冰。她说，听着像毒品。我说，这个还行，零售也要一块五一瓶，不是最次的，本地还有一款更难喝的，叫做公牛，味道接近于稀释过后的尿液，喝醉一次，保你三天起不来床，头疼得想给卸下来，看见酒字儿都迷糊。她说，黑冰、公牛，名字太怪了，行动代号似的。我说，也还好吧，名可名，非常名。她说，提到公牛，我总能想到那个篮球队，芝加哥公牛。你知道吧，我小时候不认识美国，也不知道什么芝加哥，听电视里老提，一直以为说的是石家庄，石家庄公牛队，也挺顺口，反正都仨字儿。我说，芝加哥，石家庄，可能也差不多，都很国际化。她说，我以前对国外没概念的。我说，我现在也没有啊。她说，跟你说个事情，我要出国了，下个学期做准备，学语言，毕业之后就走，不知道什么时候能回来，也不知道回不回来了，所以这次过来看看你。我说，去石家庄啊？她说，没跟你开玩笑，日本吧也许。我说，没想到，你妈这么厉害，打麻将也能送你出国，确实佩服。她说，不是，不是我妈的钱。我说，有人包养你了？她说，滚犊子，我爸的。我说，你爸？她说，对。我说，你爸不是进去了吗？给果树喷药，一嗒嗒，二嗒嗒，三嗒嗒，四大爷。她说，骗你的，还真信，我爸不是后勤主任。我说，那是啥？她说，地洞里的那具尸体，其实是我爸，快十年了，赔偿金刚发下来，他以前是化工厂的厂长。尸体也不止一具，还有一个女的，厂里的会计，坐办公室的，也在同期失踪，不太确定，但应该是她，我还见过两回，能说爱笑，梳着大波浪，见了我就搂着，可亲了，性格特好。他们俩死前抱在一起，难解难分，加上腐蚀严重，处理草率，当时就以为是一个人。我说，原来如此，你妈肯定挺恨他们的吧。她说，也还行，就那样，活着肯定恨，死了就算了。

　　我起床撒了个尿，冻得直哆嗦。也是奇怪，不过八月份，夏天却正在褪去，空气渐冷，外面安静且萧条，像是沈阳刚入冬时，尚未供暖，寒风不息，四处透着阴，嘶嘶低叫，直往怀里蹿。尿到一半时，我想到有一部电影里说过，我不害怕痛苦，当你生活在寒冷里的时候，你会感到爱的痛苦，并且无法割舍。爱不爱的，我不太有把握，痛苦是切实存在的，也难以舍离，这一点我深有体会。它们往往会转化为一种钻石，近于不朽，闪烁着坚硬的光，将我们的生活切剖开来，一分为二。我很懊悔，没在她处境艰难的时刻去重庆看望，向她告个白，关于那些不太结实的情谊，我没那么喜欢她，只觉得理应这样去做，如若不然，便如此刻，我的慰藉再也无处安放了。我不知道她是否还记得，喝醉后对我说过的另外一些事情，不是语言、教育或者感情问题，也不是那两具尸体。她说，总有一个声音，仿佛从腹中上升，萦绕着她的手与心，眼和肩，对她说道：这就是你的选择，你无非想要如此。现在，这个声音也回荡在我的耳畔。

　　我躺回床上，邱桐仰着面，半闭着眼，将被子分过来一部分，我搭在腿上，翻了个身，斜卧在她旁边。我问她说，你想去哪里转一转，睡醒了我陪你。她说，你不至于因为这个来同情我吧，真没必要。我说，没那意思，忽然有点醒悟，你来一次也不易，再见不知何年何月了。她说，别了，要么你带我打打游戏。我说，什么？她说，刚才看了半天，感觉还挺有意思的。我说，你要愿意，那我没问题。她说，是不是还分个门派？我说，对，武当、少林、丐帮、五毒、昆仑、唐门。她说，女孩儿一般选什么啊？我想了想，说，峨眉吧，也分为两类，一种使琴，峨眉俗家，断水迷心，造成对方大范围混乱，

· 375 ·

一种用剑，峨眉佛家，加攻加血，藏于万人之后。她说，后面一种能帮到你，对吧？我说，是，战场上必不可少，能迅速提升状态，我们一般管她们叫佛，只是辅助，没有什么伤害，杀不死人，玩着不太过瘾，所以很少有人去选择。茫茫武林，铠甲万千，一佛难求啊。她说，那行，我来当佛。

三

我每年至少要去两次上海，一次在元旦过后，一次在秋天，差不多十月底，都是参加行业内的展会。通常住在浦东区的一家快捷酒店，离机场不远，打车不到五十块钱。年初时，我办理入住，前台服务员看过身份证，跟我说道，你是沈阳的？我说，是，过来出个差。她很高兴，笑着说，真巧，我也是啊，我住皇姑区，岐山一校附近。我说，你在上海生活？她说，不是，假期在这里边玩边打工，今天是第三天上班。我说，休假这么早。她说，不是，我自己放了个长假，出来四处转转。我说，羡慕，年轻就是好。她说，那倒也没觉得。我说，当时都不这么以为，过后才能想明白。她说，先生，房卡请收好，电梯在楼的后面，右侧一拐，也需要刷卡。你是做什么的啊？我说，干工程的。

退房那天不是她值班，换了个男的，说话声音很小，腼腆得像小女孩，手腕上露出来一点点的花臂文身，看着极不相称。我买了一瓶可乐，一块巧克力，放在前台，跟他说，请帮我留给你的女同事，沈阳来的那位。他有些困惑，仍点了点头，没再多问。然后我便出了门，不知为何，总觉得他一定不会转交，对他来说，这也许相当棘手，无法处置。

晚上九点的航班，我叫了个车先到市内，去见两位朋友，他们是一对夫妻，以前在游戏里认识的，很难得，关系一直维持到现在。丈夫在机场上班，曾是部队的飞行员，妻子一直没有工作，赋闲在家，有一段时间想开美容院，还问过我要不要入股，后来也没成。他们都不喝酒，生活规律、简朴，到约定地点后，带我去了一家美式风格的汉堡店，全实木装修，灯光昏暗，环境略显局促，但味道不错，薯条上还撒了黑松露。我头天醉酒，胃里吐得一干二净，身体发虚，没什么食欲，只是听他们讲话，主要是妻子不停抱怨着丈夫。她说，你能信吗，他这个人真的太无聊了，十几年来，业余生活就两件事情，读书和看电视剧，而且只是一本书，一部电视剧，翻来覆去，无止无休，书就是《三国演义》，电视剧是《编辑部的故事》，那里面每一集的内容，听得我都快背下来了，他可一点也不腻歪。你服不服？反正我是服了。丈夫嘿嘿一笑，不置可否。妻子说，还别不信，我现在都能给你唱上一段儿，投入蓝天，你就是白云，投入白云，你就是细雨，在共同的目光里，你中有我，我中有你。她唱得很忘我，我本来想着要不要鼓个掌，以示激励与尊重，刚顿了两秒钟，她又接着唱道，投入地笑一次，忘了自己，投入地爱一次，忘了自己，伸出你的手，别有顾虑，敞开你的心，别再犹豫。歌声停下来时，餐厅的音乐忽然抬高了音量，一曲轻快而逍遥的小调，像是剧集结束后渐入的广告部分，几位朋友在树荫之下并肩行走。我说，唱得我都要哭了。妻子挤着眼睛，笑道，太难听了是吧？我说，不是，唱得太好了啊。

妻子说，你可别哭啊，你一哭，我也想哭。丈夫说，我也是。妻子说，谁问你了。丈夫继续嘿嘿一笑，取下眼镜，用纸巾揩着脸。妻子说，有时候他出门上班，我实在没事儿做，就去游戏里看一看。丈夫纠正道，不是有时，是每一天。我说，我很久没登录了。妻子说，后来几个大区合并在一起，冒出来很多不认识的，打得乱七八糟，相互吵个不停。我说，现在还有人玩吗？妻子说，也有，很少很少，队伍组织不起来，帮会都散掉了，一座座的空城里，没有活人，全是外挂，只有郊外的灰色野兔，偶尔蹦进来看一眼又再跑掉，我上了号，不去打怪，也不做任务，只是四处转一转。我又想到前台的那个女孩，此时此刻，好像所有人都是四处转一转，不为见到谁，也不为发生一点什么。妻子说，记得吧，你走之前，把账号密码留给我们了。我说，有印象。妻子说，对，技能加得特好，很威风啊，偶尔我也会登一下你的号，还见到过有人给你留言。我说，是吗，都说什么了啊？妻子说，有以前的仇家，开始一直追着骂，话都巨脏，光看着都嫌恶心，接着又说有点想你了，温情脉脉的，我一句没回过，你说人咋能这么分裂呢，也有问价要买装备的，还有跟你讲悄悄话的，隔个一年半载，没头没尾地发来一两句。我说，说些什么？妻子说，记不太清，古诗词居多吧可能，有一句李煜的，这个我有印象，离恨恰如春草，更行更远还生，小时候背过，还有个半句话，我年轻时的朋友啊，欲言又止，不知具体啥意思，起初我以为是系统自动发的，后来发现不是，我查过，好像是个佛，可能还是小号，级别不太高。我说，那很正常，追我的佛可太多了。她说，是，我都差一点儿。丈夫在旁边，又是嘿嘿一笑。

丈夫开车送我去机场，堵在高架桥的入口处，斜坡上到一半，挪动几步便又踩紧刹车，我们半仰着靠在座椅上，如被江水里冒出来的一只巨手擎住，不得光明与喘息。车窗外什么都有，也什么都没有，到处只是谎话。我不知道为什么每次来这里都是这样：半阴不晴的天气，混沌不明的潮湿，涣散失重的街道，接近于北方冬季的傍晚，虚弱的亮光还在，随时准备退去，也还没到点亮日光灯的时间，室内室外只是一片沉默的晦暗，走在黄昏里，也像走在黄泉路上，左脚绊住右脚，影子拖在腰间，跌跌撞撞，心脏亮着最后的一点光，像血的源泉，一簇一簇环绕上升，渐行渐暗，人在隐去，人在消逝，要去往何处呢？海洋吗？地洞吗？太虚幻境吗？

妻子对我说，来上海三年了，一个朋友也没有，前两年吧，天天就盼着过春节，能回家去看看，像个老年人。丈夫说，那能怪谁，你又不出门。妻子说，有人跟我说，生个孩子吧，有孩子一切就都好了，他不要，其实我也不太想，很害怕，不知道在怕些什么。我说，你们俩不也过得挺好的。她说，好与不好，自己心里有数，你也结婚了，对吧，反正就是这样，你没准儿能明白。丈夫说，我不明白啊。我说，我争取明白。她说，跟你们男的说话太费劲了，你要是有认识的女性朋友，也在上海的，下次介绍给我认识啊，兴许能谈得来。我说，好，我记着。她说，又快到春节了，今年我们不回去了。

十月底时，我前往上海，住在同一家酒店里，办理手续时，惊讶地发现前台的那个女孩还在，个子好像长高了一点，不过她已经认不出我来，一脸的不耐烦，皱着眉头摆弄电脑，指挥我看向摄像头，往左一点，再往右一点，右，右，多余的话，一句也不讲。我很想问问她，上次的那瓶可乐有没有喝到，以及不是说要四处转一转，为什么没走呢。我躺在酒店的床上，看着我那两位朋友发来的怀孕写真，产期将近，他们都胖了不少，妻子在笑，龇着一口白牙，丈夫的双手轻轻托住妻子的腹部，喜悦地眯着眼睛，假装聆听，甜蜜如同新人。就是这样，伸出你的手，别有顾虑，敞开你的心，别再犹豫。

邱桐发来信息，问我到上海没有。我说，到了，正在工作。邱桐问，要忙到什么时候？我说，那说不好。邱桐说，实在不行，我去找你也方便。我说，别了，你的孩子太小，等我忙完这两天，一定过来见你。邱桐说，那我等你啊，别忽悠我，跟上次似的。我说，上次？她说，对，你说给我介绍一个在上海的朋友，等了大半年，也没下文。我说，抱歉，她不在这里了。

邱桐这种心情之迫切，我实在很难理解，也想不出来任何必要的理由。在此之前，我们已经有十几年没见过面了，联系也极少，我对她的现状几乎是一无所知，不是不去想，而是觉得平行的人们都在远行，长路消逝，相隔遥远，剩下的不过是漫漶的风景，野草沉眠，野草生长，野草一望无际。

离开上海的前一天晚上，我打车去邱桐住的小区，定在六点钟见面，我提前很长时间出发，因为想着要给孩子买一件礼物。附近有座高档商场，我逛了一个多小时，从一楼走到五楼，也没选出来。衣服没办法挑，不知是男孩还是女孩，玩具又都长成一个样子，神态相似，熊猫呈痴呆状，长颈鹿也不见得有多聪明，还有一些，我根本认不出来是什么物种。有时我觉得成年人与孩子的区别也在于此，孩子仅通过一两个明显的特征来辨别事物，成年人则不行，接收到的信息过于芜杂，瞻前顾后，生出无数的犹疑与猜测。比如柜台底下的一个玩偶，鼻子像猫，耳朵像熊，眼睛像老鼠，打扮得像人，梳着刘海儿，但好像又都不对。我问服务员，这是什么东西啊？服务员说，谢灵通。我说，有名有姓的，是小狮子吗？谢逊的后代？她说，别问了，说了你也不懂。

我在门口等了邱桐二十来分钟，抽了三根烟。天色渐晚，人们走入走出，脚步忙乱，我很吃力地辨认着哪一个是她。按照预想，她应该比从前婉约一些，优雅得体一些，毕竟身为人母，也是一个上升之人，但这都不是什么确切的词语。我想到她时，第一印象仍是多年之前，她住在我租的那间屋子里，待了整整十天，摇身一变，成为家里的女主人，绾起头发，每日精心收拾，买菜做饭。我们一起打游戏、散步，在海边久坐，互相说着话，什么都没发生，也不需要发生。她讲述她爱着的那个人，要多差就有多差，同时，也是要多好就有多好，我给她讲音乐、文学、女孩、幻想，总之，我的全部事物的影子。那些天像是我生命里一个短暂的假期，消散退隐之后，反而变得无限悠长、清晰。无论之前还是之后，我都很少有过这样的陪伴。如今的大部分时间，我不过是在跟自己说话而已。

夜晚转凉，灰雾游浮，事物之间仿佛隔着一层布满污渍的玻璃窗，怎么也擦不干净。邱桐从窗外走来，裹着一件棕色长衣，双手抄在口袋里，踢着低帮皮靴，象征性地向我奔跑几步，又放缓速度，仰脸望着我笑，轻轻摇了摇头，好像在说，果然如此，一切不出我所料。我把手里的烟踩灭，只动嘴型，不发声音，这是以前我们上课时经常玩的游戏，没办法大声讲话，那就让对方花点心思猜一猜。但此时不是，我很想对她说点什么，又不想被她听到。

邱桐问我，你会拆装儿童座椅吗？我说，没弄过。她说，我的车就俩座儿，不太方便，想着带你去一家日本料理，东西新鲜，味道也好，就是有点远。我说，别麻烦了，随便吃一口。她说，那不行，都定好位置了。我说，我主要是来看看你。说完，我递去一个鼓鼓的手袋，邱桐打开来看，里面装着一顶嵌有银制纽扣的黑色复古贝雷帽，底下还有一只谢灵通。她把帽子扣在头上，跟我说，还有礼物，太客气了，谢谢啊，很好看，你还挺会买的。我说，想来想去，不知送什么合适，我想你这些年里的变化肯定很大，但头围还是比较可靠的。邱桐说，听着不像好话。我说，孩子谁在带呢？邱桐说，有个阿姨，我还想过要不要给你做一顿饭，后来觉得家里实在太乱了，怕你笑话。我说，多虑了，我啥时候笑话过你。她说，以前是没有，现在可不好说。

出租车行驶在一条小路上，速度很慢，车轮碾过落叶，发出轻微的声响，偶有行人穿过其间，向车内迅速扫来一眼，又匆匆移开。邱桐与我坐在后排，简单寒暄几句，便陷入了沉默，不明原因，但她一直在笑，我有点不适，说道，给我看看你家孩子的照片。她动作麻利地打开手机相册，满满一屏幕，全是温暖的肉色，然后一边翻着，一边向我解释道，这是刚生下来的时候，太丑了，我连一眼都不想多看，跟老头儿似的，这是百天照，一套下来五千多，比结婚照还贵，也没看出个好来，谁去了都是那几套衣服，孩子像个摆设，这是我带他去逛植物园，那些树名儿我一个都叫不上来，他一直呼呼大睡，眼睛都没睁过，你说来气不。我问，长得像你还是爸爸？她说，你看呢？我说，像你多些，眉眼之间。她说，可别像我，我太难看了现在。我说，不啊，没什么变化，跟以前一样，英姿飒爽。她说，别光说我，你跟孔晓乐准备啥时候要一个呢？我说，没细想，有了再说吧。她说，想生就得趁早，我都有点晚了，总觉得带不动。我没回应。她又说，不要也行，其实还是两个人好，自在一点。

开到一半，邱桐把谢灵通掏了出来，摆弄几下，放在身前，又捋了捋头发，说道，来，你给我俩拍一张，留个纪念。我说，你跟它？她说，对，你看，我俩衣品很像，颜色一致。我说，能不能告诉我，这到底是个什么东西啊？她说，谢灵通啊，这都不知道。我说，是个人吗？小孩儿？还是动物？她说，海獭，科学家，背着个蓝色防水包，它很博学的，无所不知，还有个实验室，总钻在里面，但有点恐高，我儿子特别喜欢它，因为很像他爸。我说，他爸恐高？她说，不是，他爸也是科学家，天天在实验室里，不怎么爱回家。我说，实验啥？她说，我也搞不清楚，都是专业术语，生物的一类也许。我总想到黎明的那首歌，你还记得吧，《快乐2000年》，在实验室里做实验，看看有没有不变的诺言，所以，我觉得可能是诺言吧。我说，这么大岁数了，能不能正经说话？她说，见了你控制不住，平时我也不这样。

我掏出手机，给邱桐与谢灵通合影，他们不断变换姿势，我从各个角度奋力拍摄。我抬高时，他们像在海底，一个妈妈抱着自己的孩子，低头微笑，嘟起嘴巴，如在索吻，而世界正缓缓沉溺；我放低时，谢灵通就变得很大，踌躇满志，露出几分可笑的威严，占据了半个屏幕，像要保护着身后的邱桐。我将手机摆在胸前，没有对焦，随机按下一张，拍出几重运动的幻影，一个要离开，一个在等待，各自守盼，或者说，一个在诞生，一个在做梦，形影难分。

照片也如诺言，一句又一句，我没有仔细挑选，统统发了过去，屏幕亮起，消息一条条弹进来。她一只手拿着手机，另一只手抚摸着谢灵通，对我说，你知道吧，海獭很脆弱，全靠着这一身皮毛保暖，如果毛发被弄得乱七八糟，或者被大鱼咬出一道伤口，那么冰冷的海水就会直接进入皮肤里，一点一点带走体内的热量，最终把海獭冻死在近海，浪潮把这些泛白僵硬的尸体一次次冲到岸边，直挺挺的，排成几列，像是集体殉情自杀。我说，没想到，海獭很重感情啊。她说，我觉得是，你有时跟它也很像。我说，我不像。她说，那你像啥，自己说说。我想了想，说道，可能是植物，一棵叫不上来名字的树。

四

主楼内的教室数目有限，扩招之后，只有高三的学生在此上课，相比后建的新楼，这里环境更好，光照虽是问题，但室内结构合理，长厅肃静，温度适宜。新楼近似医院，过于整洁，没有墙线，白瓷砖反着冷光，一间间教室也像病房，到处都是信纳水的味道，令人紧张莫名。自新楼向南行去，隔着一条马路，有一座近乎废弃的公园，没有围栏，任意进出。园内有死湖，夏季养荷，长势茂盛，叶片宽大，接续而生，如同填海造地，形成一片绿色的岛屿；临近秋日，立叶干枯变黄，逐一下移，埋在水底；冬季落雪，湖面封存，长久不开化，植物死损大半，来年不复生。如此数年，池底淤积，遍布着杂物，水色由绿转棕，形似油脂，风吹不动，池水密度渐增，凝点降低，再到了冬天，只在表面结上一层起皱的薄冰，若朝着湖面高声喊去，亦可使其碎裂。

有近半年的时间，我待在湖边，什么也不做，只是坐在岸边的石阶上，每天吃过早饭，便来到这里，傍晚时离开。身后是一株枯木，死了不知道多少年，眼前是新楼与旧楼，各自庄严矗立，铃声响起，吞吐着无数年轻的时间。我那时刚毕业，在一家保险公司上班，经理给了一张红底黄字的三米条幅，派我每天穿着西装皮鞋在公园里驻守，摆上两张课桌和几份合同，再放一个大喇叭，向着走过来的人们推销产品。录音循环播放：种下一棵小树，收割一片绿荫；留下一份保险，托付一种希望。我干了不到一个月，就收摊不做了，垂头丧气，脸面不说，心里也过不去，保险管不管用不知道，但在人生的关键时刻，不还得回家收割你爸，再托付给你妈。工作也没辞掉，业绩肯定没有，我这个人也可算作公司的成果，所以就这样待了下来。

我是在公园里遇见的孔晓乐，连续好几次。第一天我没好意思喊她，看见她跟着两个女孩散步说笑；第二天相互对视几眼，我心头一沉，也没打招呼，装不认识；第三天她没来，我以为日后也会避开；第四天下了大雨，我没去；第五天里，她自己来到公园，在岸边陪我坐了一会儿。那年，学校旁边开了家大型连锁超市，她在里面当收银员，分早晚班。正式开工前后，她吃过午饭，总喜欢来这边走一走。我说，我平时就待在这里，你想来见我的话，随时都可以，不想的话，我换个地方也行。

遗憾的是，我们并没有太多可以说的。对于孔晓乐这些年是怎么过来的，我并不好奇。在这点上，她对我也一样。孔晓乐的变化有一些，比上学时要热情，也胖了不少，腿部尤其紧实，像一截光滑的小石柱。讲话时缺乏逻辑，前言不搭后语，经常提些没什么意义的问题。比如，她问过我，什么是垃圾，什么是爱。我说，垃圾是垃圾，爱就是爱。她说，等于没说。我说，那你谈谈。她说，有人爱着，那就不是垃圾，不然就是。我说，那不一定，爱不能改变根本属性，这是物理问题，但有人就是喜欢垃圾，这是精神命题。她说，我是垃圾吗？我说，这话问得没道理。她说，我总感觉自己是，我很自卑的啊。还有一次，她问我，在什么情况下，你会对一个人产生不信任的感觉？我说，在什么情况下我都不信任，为人比较警惕。她说，你不是这样的，再想一想。我说，反反复复的谎言？她说，如果经常被骗，还要选择去相信，那是神圣的爱吗？我说，不是，那是对自己的纵容与冒犯。她说，我觉得就是，你还真是不懂爱啊。我说，你懂，行了吧，但请不要告诉我了。

有一次，孔晓乐来公园时，给我带了一个苹果，说是超市的理货员送的，她不怎么爱吃，放在包里觉得还挺沉。我正好喜欢吃苹果，也没洗，在衣服上蹭几下，就开始啃，没两分钟，便吃完了。从此之后，她每次都会给我带一个过来。事实上，我对苹果很有感情，不觉得多么好吃，但有了就想吃。我看过一些电影，有人喜欢在路上抛橘子，有人在夜晚反复抛着石榴，如一枚跃动的烛火，我总想着抛几个苹果，国光、银冬、黄元帅、红富士，都行，仿佛可以暗示一点什么。有人唱过，太阳下山了，月亮出来了，老人们喝醉了，姑娘们睡着了，苹果树我梦里的苹果树，只有你知道我在异乡的路上。所以，看来还得是苹果，比较值得信赖，什么都知道，但它不说。后来每次吃完时，我都会想到，苹果核是垃圾，那么苹果也许是爱。

有天做梦，回到高中时期，孔晓乐怒气冲冲从讲台上走过来，持着教鞭，似要抽打，厉声向我问道，你凭什么骗我？我说，我骗你了？她说，对，你没等我。我说，我要等你？她说，早就说好的事情。我说，对不起，可能忘了。她哭了起来，特别委屈，说道，你知道我等了你多久吗？我说，一个晚上？她说，日以继夜。我说，这个成语很好，容我琢磨一下。她说，你可真不是个东西。我说，现在等待，来得及吗？她继续号啕，也不说话，被晾在那里，没人上前安慰。上课铃声响起，我很紧张，如果老师见她这样，肯定会询问原因。而原因又是什么呢，我没等她？可我自己都不知道为什么要等啊。第二天，我把这个梦讲给孔晓乐，她听哭了，跟我说道，你就这么嫌弃我。我说，从来没有。

婚后的前两年，我们过得不错。家里托人给我安排了一份工作，收入不高，比较稳定。她还在超市里上班，作为储备干部，本有两次升职的机会，都没抓住，被人抢了先，就有点失落，我劝她休息一段时间，她也没听。到了第三年，贷款买的新房下来了，她一边上班，一边忙着装修，跑前跑后，就她一个人，我很少能帮得上忙。房子装好后，因为要散味道，没有立即搬进去。有一天忽然下起大雨，单位领导没在，我赶忙借了件雨衣，连跑带颠地去新房关窗，拧开门后，我看见孔晓乐跟一个男人在客厅里。也没做什么，两个人就坐在沙发上看着电视，规规矩矩，离得也不近。电视里放着购物节目，先是镭射砖石锅具，然后是桑蚕长丝床品四件套，优惠力度极大，价格令人心动，第三件是什么不知道，我想到有些工作还等着我处理，没陪他们看完，就先走了。回到单位后，我想起来，那人以前是超市的理货员，现在升为主管了，不仅长得比我高大一些，运气也不错。

我和孔晓乐没再谈起过这件事情，但心理有点变化，睡不踏实，半夜老醒，还跟踪过那个男人一回，守在超市职工通道对面的饭店，点一桌子啤酒，喝了一下午，直到见他下班走出来，便跟在后面。他骑着自行车，我一路小跑，累得气喘吁吁，好在住得不远，十几分钟就到家了。当天我在兜里揣着一把刀，眼看着他进了大门，一层一层往楼上走，但我实在是没有力气了。

我坐在路边，极其疲惫，体力透支，野狗一样地喘着粗气，歇了很长时间，可还是缓不过来，口干舌燥，脑袋里嗡嗡作响，许多声音一齐涌过来。准备起身回去时，我看见他喊着口号走出单元门，精神百倍，趾高气扬，绕着小区的健步道来回走圈，右手还牵着一个小男孩。我踩不稳步伐，摇摇晃晃来到他们面前，笑着跟男孩打了个招呼。他刚看见我时，有点没反应过来，表情僵着，之后连忙领着孩子避开，我就跟在后面，寸步不离。

走了一圈半，他冒了一脑袋的汗，顺着脖子往下淌，低声跟我说道，兄弟，有啥事儿，能不能别当着孩子的面儿？我说，没事，就是过来看看你们。他说，兄弟，对不住了，真不是你想的那样。我说，我想啥了你知道？他说，总之，我跟你道歉，你冲着我来，咱怎么都好说。我说，跟你没关系，我主要是喜欢孩子，不信你来我兜里摸一摸，装着我给他带的礼物。这时，男孩也转过身来，仰头看着我说，叔，你带的是啥？我爸不让我要别人的东西。我说，我是你爸的好朋友，不是别人。他说，你先冷静，兄弟，有些后果我们都承担不起，你给我一个机会，我好好解释一下。我没理他，跟男孩说，这个礼物呢，我本来要送给你爸，后来又想给你，但是吧，你现在可能还用不上，那就长大一点儿再说。男孩说，叔，我都五岁半了。我说，是，那也还不够，你就先记着，叔欠你一个礼物，做梦也得想着，千万别忘。男孩说，行，我记住了，谢谢叔啊。

　　从这时起，我养成了一个坏毛病，像是缸里的金鱼，环境发生一点变化，就想要甩籽，迫不及待，无法忍受片刻。近几年里，我经常主动申请出差，一旦放下行李，马上想尽一切办法，先把自己收拾利索，有时花点小钱，有时一分不花，有时很快，多数时候很慢，半天弄不出来，极为痛苦。开始时像是为了报复，后来也不是，就变成了一种习惯，染了毒瘾似的，克服不掉。我在哈尔滨睡过一个长途司机的妻子，相貌不行，也不会打扮，但性格好，整个过程一直笑呵呵的，我说什么她都不拒绝。结束之后，我给了三百块钱，她开心得乐出声来，我问她怎么这么高兴，她说，老公今晚要回来了，一个多月没见到，特别想念，她老公还说想吃炖豆角，她这就准备去买菜。我听着很羡慕。我在上海也睡过，一个飞行员的妻子，特别过瘾，身材棒极了，伺候得也周到，随意摆弄，我从后面薅住她的头发，对着镜子干，她就一直哭个不停。我问她为啥哭，她说，我好爱你啊，你知不知道？我说，你再说一遍。她说，我真的好爱你。

　　讲完之后，邱桐捂着嘴啜泣，一句话也不说，只是哭，不知是害怕还是怜悯。我说，这就是我的这些年，现在也厌倦了，想要毁灭一点什么，可最终连自己也毁不掉。我跟孔晓乐还生活在一起，有天半夜，我起来撒尿，发现厨房亮着灯，我走过去，她坐在餐桌旁边，披头散发，张着大嘴喘气，面前摆了半瓶白酒。我说，有什么事儿明天再说。她说，你别以为我不知道。我说，你以为我怕你知道？她一把鼻涕一把眼泪，跪了下来，双手伏在地上，跟我说，求求你，不要走，原谅我好不好，怎么都行，你别走，我不想自己一个人。我低头看着她枯涩的头发，没有一丝光泽，像一捧放久了的干草，随时可以引燃。我想起许多以前的事情，既不惭愧，也不淡然，坦白来说，我毫无知觉。我跟她说，我不走，因为我也无处可去。我们回到床上，睡了一觉，抱在一起又分开，第二天醒来后，好像一切都未发生过。

　　临近午夜，餐厅打烊，我准备叫车回酒店，喝得头疼，明天还要起早。邱桐让我陪她再走一走，说不知道下次见面又是什么时候了。长街空旷而安静，地面湿润，好像刚下过一点雨，我想，所谓时间，正是这样一种不均衡的介质，或许是由意识来决定，尽管我们确立了秩序，制定了种种规则，仍无法控制其流淌的速率。在这样一个晚上，过去的许多年呼啸而逝，又仿佛暂停于此，立在眼前，缓缓揭示着动作与样貌。邱桐笑着跟我说，咱俩没发生过啥吧，真记不清了，一孕傻三年。我说，放心，我们没有。她叹了口气，说，我傻了整整六年啊。我说，女儿还认识你吧？她说，偶尔打个电话，也不太亲近，她都快七岁了，什么都知道的。我说，你想她吗？她说，不太想，或者说，尽量让自己不想，我没办法面对她，太多愧疚了。我说，不能怪你。邱桐说，很多时候，我根本不知道自己在干些什么，时常陷入恍惚，不知道为什么来到这里，像是一个个连缀不起来的片段，来不及做任何的准备。我说，那也不错，至少可以保持着一点期待。邱桐说，是吧，我也这么想的。然后又补充一句，也只能这么去想了。

　　路边有幢二层别墅，砖木结构，缓坡瓦顶，中央有门廊，刻工复杂精巧，顶端叠有玻璃穹顶，底部是一排欧式的石柱，围着黑色铁栏。举目望去，月光在乌云里沉睡，暗红的外墙落着爬山虎，多吸附在上部，下面零星几枝，应是被修剪的结果。邱桐指着说，我们在这里合张影，好不好？我说，没问题。她举起手机，调到自拍模式，屏幕里是我们的脸，以及一片墨色的绿，在夜里生长，吞噬着边际。她比了一个胜利的手势，我撇起嘴唇，好像她是一位永远的赢家，而我根本不在乎这场游戏的输赢。邱桐说，我其实都不太记得孔晓乐了，就只有一次。我说，什么？邱桐说，临近高考时，爬山虎又长到了房顶，从窗户外面伸过来，还记得吧？那次，学校请了个很厉害的工人师傅，穿着一身灰色的工作服，干干净净，拎着铝制长梯，就自己一个人，怀里装着一把壁纸刀，攀上爬下，忙活一整天，然后跟大家说，清理结束，过后见分晓。谁都不信，以为是骗子，但没过多久，只要在下面轻轻一扯，那些植物就一大片一大片地掉落到地上，很壮观，像被施了法术。当时不知什么原因，后来听说，那人会在一堆叶片里找到主茎，横着切断，之后就不用管了，待到养分供给不足时，叶黄枝枯，那些茎须再也没了力气，溃烂腐败，自然从墙壁的缝隙里脱落。这些都是孔晓乐告诉给我的。她还悄悄跟我说，那个人其实是她爸。你知道吧？我当时真的很羡慕她。我说，这事儿我都不清楚，结婚之前，她爸就没了，她也没跟我说起来过。邱桐说，我也就只记得这么一件，我的记忆力太差了，能想起来的东西越来越少，越来越少，有时还会为此哭上一会儿，有人说能忘掉是很幸运的事情，我却感觉没有比这更令我难过的了。邱桐挽着我的手臂，低声讲述，我没有说话，只是陪着她朝前走去。我的记忆力尚可，前面的街口我有印象，从此转过去，十字路口再向北，走不到一公里，就是邱桐住的地方。而我离得还很远，远到要经过高桥，穿越隧道，一路走到天明。我想，在那时，她的孩子应该已经醒了，委屈地哭喊不止，以责备这一夜的离弃，邱桐会一边抚摸着他的毛发，一边递去那只崭新的玩具。他停下几秒，笑起来，或者继续哭泣，表达着喜爱与厌弃的情绪。在那片刻的安宁之间，他们望向对方，陌生而惊异，就像从来没有遇见过那样。

原载《钟山》2021 年第 4 期

深幽漫隧

深幽漫隧

"夏天又快结束了。"我说。

"是呀，晃晃悠悠的，什么事都没做。"秦梦说。

"那我们现在不如干点有趣的事吧，趁着夏天还没结束。"

"有趣的事？我们去海底蹦迪吧。"秦梦看着远处，愣神了，此刻的她应该已置身于海底了。

"海底蹦迪？听上去有点意思。"

"去帕岸岛吧，我们就可以把夏天延长了。"

"那海底蹦迪是什么？"

"就是字面上的意思。"

我们坐在鼓楼的一间带有露台的酒吧里，她喝啤酒。我们看着天边晚霞，晚霞是粉色的，她说觉得那片天是草莓奶昔味的。

我们继续聊着"海底蹦迪"的计划，直到晚霞消失。

一

睁开眼睛，屋里还是黑的，看来又是一个阴天。我昏昏沉沉地拉开窗帘，坐在沙发上翻看手机。这是我居家隔离的最后一天，明天就能解禁了。前几天由于工作关系，我去了一趟安徽。根据北京的防疫政策，回来后需要居家隔离十四天，方可出门。需购买的任何生活用品，街道的大爷大妈们均可替我解决。

这天早上，秦梦突然出现在了朋友圈里。自我们失去联系后，这是她的第一次出现。我一度认为她把我屏蔽了。她说：海南已解禁，谁有空和我一起去冲浪。看见冲浪俩字，我立马乐了出来。因为秦梦和冲浪这事真是沾不着一点边，我觉得她这信息是给我看的，当然也有可能是我自作多情。我顺手点了一个赞，一个红色小爱心出现在了她那条信息下面。由于秦梦的这条信息，即便是阴天，我心情也不错，把音乐打开，煮了一杯咖啡。隔离的日子临近尾声时，我也习惯了。都说一个人的习惯只需二十一天即可养成，看来我比别人速度更快一些。每天除了看书、看电影就是研究吃什么。十四天，菜品的灵感早已枯竭。我继续刷手机，看看别人都在吃什么。我突然有了主意，今天炸个臭豆腐吧。我列了一个需要买的食材单子，发给了郭大爷。郭大爷立即给我回了信息：哟，今儿伙食不错啊。我说是啊。郭大爷没再继续接茬儿。我又说，那麻烦郭大爷今天最后再帮我采购一趟吧。郭大爷说，你明天不就解禁了吗？回头你自个儿买去。我说，好嘞，郭大爷！

那么今天吃什么呢？我起身翻了翻冰箱，前天张阿姨给我买的菜还剩下一些，可以炒个烩饭。我在厨房里一边噼里啪啦炒饭，一边想着秦梦说要去冲浪是什么意思。那条朋友圈一定是发给我看的。饭做好后，再看手机，她果然给我发来了信息。她问要不要去海南冲浪。我想都没想，回复道：走起。她又说，见个面聊聊吧。我说那就明天，她同意。我给她推荐了一个我最近常去吃的馆子，这家馆子离我们都很近。

我和她还是朋友的时候，我们都很喜欢夏天，我们想生活在一直都是夏天的地方。我们喜欢做有趣的事，别人也都觉得我们是一对有趣的朋友。那时候，我们觉得活得有趣是最重要的。但后来想想，可能只是秦梦喜欢做有趣的事，而我是一个很无聊的人。这么多年，都一直是在假装自己有趣。和秦梦分开后，说实话我感到了一丝丝的解脱。

　　约好后，我觉得有点不可思议，就在昨天我梦到她了。梦见她还在做手工玩具和首饰，她坐在一个批发市场里，埋着头在穿珠子。她后面有一麻袋的白色假珍珠。我说，你什么时候能弄好？我饿了，想去吃火锅。她说马上完事儿了。我等了她一会儿，我们就从那个批发市场里坐着地铁出发了，地铁绕着批发市场，绕着整个城市，上上下下地飞快穿梭，让人头晕目眩，哪怕是在梦里。醒来时，我居然在哭，特别想她。可五年过去了，在梦里，她怎么还在那个批发市场里呢？
　　第二天，隔离日子正式结束，我琢磨着应该穿什么去见她。失联五年，无论是误会还是当时我们谁真的犯了错，那个切断我们友谊的事件，它一直都在。我知道它并没有随着时间而淡化。但仔细想想，我们为什么会变成这样，也挺难说的。临出门，我突然打起退堂鼓，我害怕那种尴尬的场面，也不想说起以前的事，因为那些对我来说都毫无意义了。我们生活在两条完全不同的轨道上，没有交集。我特想跟她说，不然就别见了，不然你把我忘了吧……
　　我还是如约按时到了，在停车时秦梦又发来了信息说，咱还是换一个地方吧，今天周末，你说的那个广场都是遛孩子的，没法说话。随后她给我发了一个新地址，离得不远，我还是先到了。她真的一点都没变，什么事还是得听她的。但这样也好，她还是那个秦梦，我还是那个我。感觉又回到了十来年前那个安全感十足的友谊温室里。
　　她选的地方很好，小饭店周围都是花花草草，特别惬意。服务员问我坐外面还是里面，我向内望了望，说里面吧。可秦梦又抽烟，万一她又要坐外面呢？我有点拿不定主意，索性就在外面等她了。没多一会儿，她就出现在了我的视线里。她还是那么瘦，还是那么白（不爱出门，不爱晒太阳），头发还是那么蓬，那么高的个儿，还是愿意搭配迷你小挎包。她说咱们坐在外面吧，边说边把身边的椅子拉开，说，就这儿吧。

面对面坐着，我一直在笑，不知是尴尬还是喜悦，总之嘴巴一直咧着。秦梦倒是很自然，拿起菜单点菜，说："咱先点菜，待会再聊。"我们很默契地把对方不吃的猪肉、辣椒、芹菜和蘑菇都避开了。随后，她靠在椅子上，翻着随身小包拿出了驱蚊液说："你也喷点，这里蚊子巨多。"我接过驱蚊液，心里又一遍确认，她还是以前的她，真好。我们开始东拉西扯地聊天，但聊的都是公共话题。一开始我们都努力表现出很自然的样子，但还是难免会露出颇为尴尬的举动。

我说："橙子怎么样了？好久都没她消息。"

我的问题似乎有些突兀，让她措手不及。秦梦突然顿了顿，把嘴里的东西使劲咽下，其实我也不确定她嘴里是否真的有食物，只是感觉她咽得很费劲。

我有点紧张，说："怎么了？是不是出事了？"

她点点头。

"她怎么了？不会在英国学坏被抓进去了吧？这是我能想到的最坏结果。"

她做了一个我难以阐释的表情，像是笑又像是哭，说："橙子不在了。"

我一下就把双手捂在了嘴上，瞪着眼睛看她，从心底感到了一阵恐惧，秦梦突然也变得令我害怕。我无法立即消化这件事，只是瞪着眼睛看着她，等着接下来要说的事。

"生病，白血病。"

我一下哭了，是那种没什么表情，但又抑制不住眼泪的那种哭。秦梦还好，看来早已得知此事，消化完了。她当时一定也很难过。

"她去世那会，刚在伦敦领完证没多久。"

橙子是我们的高中同学，我和秦梦认识也是因为她。高三时，她去了伦敦，我去了蒙特利尔。橙子的死讯化解了我和秦梦间的尴尬，让这一餐顺畅地度过去了。

深幽漫隧

我们在露台上聊得很开心，她跟我说了些最近的情况……

我要回家了，她说。

我也要回家了，我说。

这天，我们还是什么都没干。只是秦梦提了一个有趣的计划，但我们没有对此计划谈论更多的事，总是刚一提起，就被别的话题带跑。所以关于"海底蹦迪"，我觉得它只是一个想法，我们永远也无法迈出第一步。我是一个从不做计划的人，只要有秦梦，我就能闭着眼睛跟她走。她会把一切安排妥当。但这样也好，反正夏天就要过去，漫长的冬天，我们都可以窝在家里，不用总想着要出去干点什么了。

翌日一早，秦梦突然给我发来了一个行程信息，是明天从北京到帕岸岛的。我看着信息，反复确认时间。随后，秦梦又发来一条，咱们去六天。她果然没让我失望！我迅速收拾行李。

二

在高中时，橙子是我最好的朋友。刚出国时，我们经常远洋视频，分享各自的留学生活，虽在不同国度，但总归还是有些相近之处。例如租房、学会做饭、申请学校社团如何选专业等等。只要电脑里有橙子的脸出现，我就很踏实。这年暑假，橙子回国了，我留在学校继续修学分。一天，橙子早上突然打来了视频电话，而我此刻是晚上。橙子特别兴奋，说要给我介绍一个朋友，叫秦梦，也是我们高中的。橙子说她跟我特别像，等我下次回国时一定要介绍给我认识。她又说了很多关于秦梦的事，我突然对她感兴趣了。我们就读的寄宿高中，一个年级就俩班，每个班十来个同学。体育课都是混在一起上的。每个同学我都认识，但就是对她没印象。橙子和秦梦是一个宿舍的，但由于她平时回家住，跟橙子也不算是朋友。橙子说，秦梦特别神，跟机器猫似的，什么都会修，大到自行车，小到自动转笔刀，一切人工机械设备都能给弄利落了，电子产品可能就费点事儿。我就很好奇，为什么这么神奇的人物我没印象。橙子说，秦梦不爱上课，一天到晚神神道道的，橙子在学校时也不熟。就前两天，宿舍聚会，一共八个人，到了四个。秦梦比上学时候随和多了，人也挺神的。一定要让我认识。我满脸问号说，她不上课，老师不找她家长吗？而且，不上课她怎么毕业的？学的那些她都会吗？橙子一听就乐了，说，你这些都是特别基本款的问题。他爸妈离了，不怎么管她，而且她家里人也挺神的。至于怎么毕业的，就是考试都能过，就毕业了呗。后来去北影学动画了，倒是挺适合她的。我听得云里雾里的，对于秦梦人生中几个大幅度跳跃的阶段，我没跟上……

　　见到秦梦是在一年后。

　　橙子组了一个四人饭局。橙子、叶辛（另一同学）、我和秦梦。那天饭局，秦梦说晚点到，上午约了一个中介要去看房子。橙子一边抱怨着秦梦的不靠谱，一边又说："这怎么又要搬家啊，全北京都让她给住遍了。"

　　我说："秦梦要自己搬出去住了吗？"

　　橙子说："她一上大学就自己住了。还养了只狗，叫油桶。"

　　叶辛说："我也想自己住，但我爸妈死活不让，大学毕业才让我自己住，早知道我就考到外地去了。"

　　橙子说："那你爸妈还不得追到外地去？"

　　点的菜逐渐上齐，叶辛说："咱们先吃吧，不等她了。"

　　搬家，再熟悉不过了。在蒙特利尔上学的两年里，我搬了三次家。橙子的亲姐姐在伦敦，她的居所也算是固定。叶辛就更不曾体会搬家的辛苦了。她们从未因住所奔波过，也从未感受过当房东突然告诉你下个月不能再续租约，即刻要找到下一所房子的焦虑和不安。搬家是种什么体会，其实当时很难形容。浮现出的画面就是打包衣物和日常用品、找搬家公司等等诸多的琐事，以及到了新家又要重新整理和购置新的用品，让人不胜其烦。

但相比这些表面上的事，更让我难以接受的就是要去被迫适应一个新的环境。冬日的蒙特利尔，站在街道上呼吸时，鼻腔都是刺痛的。但奇妙的是，每换一个地方，那里寒冷的气息都会略有不同，是一种无法言语的微妙的变化。搬家一直伴随着我七年的留学生涯，七年搬了十四次家，到最后我不再添置新的东西，行李箱和巨大的塑料打包盒也明目张胆地放在了房间较为显眼的位置。最可怕的是，我不会再对任何一个地方产生留恋感，我越来越麻木。搬家原因有很多种，交通不便利、朋友退租、房东要卖房子、和男友分手等等，当然也有几次搬家的过程已经模糊地消失在记忆中了。这些都是后话了。至于秦梦，她为什么会一直在搬家？

她们继续聊起了秦梦，听意思是她父母在她初三时离婚。能挑在孩子中考那年离婚的父母，想必也不是一般人。正值青春期叛逆期的她，我很想知道她当时是以什么心情接受这事的，但想了想又觉得算了，毕竟刚认识人家，别弄得跟《鲁豫有约》似的。所以秦梦上高中的神出鬼没以及自我封闭是有原因的。

我们把菜吃得差不多时，她才到的。秦梦见我就像见了一个认识很久的熟人，没头没脑地跟我开着玩笑，又抱怨着拥堵的交通和不尽如人意的房子户型。

我问她："我怎么平时没见过你？体育课也没见过你。"

"我走路都左脚踩右脚，上体育课纯属自杀行为。"

过了两分钟，我突然笑得前仰后合，秦梦吓了一跳。橙子替我解释说："见谅啊，她就这样，反射弧有点长，一会儿就好了。"

我觉得秦梦说什么都特有意思，好像就连她吃饭也特逗。

这次饭局后，我们就开始了单独行动。有了秦梦，橙子和叶辛好像都消失了。我们第二次见面，秦梦就把她的事全告诉我了。信息量过于巨大，让我有点招架不住。

她爸妈离婚了，后来她爸又找了个比她大不了多少的姑娘。她爸特别绝，问，他是要女孩好还是男孩好。秦梦告诉他，你就不该再要孩子了。后来她爸和那女的生了个男孩。挺好的，男孩扛造。秦梦跟我说了她爸好多不靠谱的事，都很精彩，但我只记住了两件。其一，秦梦奶奶活着时喜欢吃香椿，她爸就去市场买了两棵香椿树回来。买回来当天，趁夜深人静时，赶紧在小区里找了块适当的空地种上。早上一看，有一棵种反了，树根朝上。过了半年后，发现另一棵树是臭椿。其二，秦梦奶奶总抱怨自己一个人寂寞，平时也没人说话，自己儿子也不回家看她，秦梦爸为了给秦梦奶奶解闷儿，买了一只猴儿。那猴儿会抽烟，总偷秦梦奶奶的烟抽，抽得直咳嗽。秦梦奶奶费了好大劲才把那猴儿的烟瘾戒了。养了三四年，最后那猴儿把秦梦奶奶治中耳炎的药给吃了，就死了。用秦梦的话说就是，我爸他们一家都挺没溜儿的。我听着不知道该不该笑，反正她跟我讲的时候，表情挺严肃的。

我跟秦梦真就像橙子说的那样，迅速成了朋友，而且几乎天天见面。这天一早，秦梦发信息说让我穿一件可以盖住膝盖的长款羽绒服。我说，我可没有那么长的。之后又问了她为什么，她说晚上要带我排队去买栗子。我说她是不是有毛病，冬至这天不在家吃饺子，非要出去排队买栗子。她说饺子可以不吃，但栗子一定要买。我同意了。

见面后，秦梦开着她的小奥拓带我逛平安大道，从三里屯一直开到鼓楼。她一路给我指，这是哪儿，那是哪儿。我虽生长在北京，但小时一直住南城，几乎从未跨出过宣武，中学到了海淀。自从搬走，就再没回去过，现在宣武没了，秦梦也没了，想回也回不去了，这又是后话了。那时候最远的地方就是和同学坐公交车去西单。再后来就到了寄宿高中，读完后，出国了。秦梦觉得我是个奇葩，怎么什么都不知道，就像个只会乐的二傻子。

秦梦在车里，指着前方说，咱们晚上跟这儿吃吧。我念着大招牌上的字说：

"北京外地小吃。"

"你再仔细看看。"

"哦，北京地外小吃。"

我忘了秦梦当时什么表情了，反正这事儿她逮谁跟谁说，让我听见就已经不下十回。

晚上，叶辛问我们在干吗，我说我们在遛大街，晚上准备吃地外小吃。叶辛没过多一会儿就来了。她没开车，我们三人挤在秦梦的小奥拓里，研究晚饭前去哪转转。秦梦又把刚才"北京外地小吃"的事儿说了一遍，叶辛没什么反应，说，她就这样，嘴跟不上脑子。秦梦说，比脑子跟不上嘴强。

秦梦的伶牙俐齿，常常让我无力反驳。我时常就是在她旁边一直傻乐。她聪明、强势，那个时候我喜欢和这样的人交朋友，让我有种安全感。和她在一起，我可以什么都不用操心。

离饭点还有两个小时时间，叶辛说不然去三里屯逛逛。秦梦不怎么愿意，说那地方全是杀马特。叶辛非要去，说是有一个牌子的新款耳环到货了。反正也没地方去，秦梦只好驱车到三里屯。叶辛带着我们到了那家店，直奔耳环的方向去了。秦梦说要在门口抽烟，我陪着叶辛在里面逛。耳环买完了，秦梦也没进去。

"赶紧走吃饭去吧，一会儿又晚高峰了。"秦梦催促着，一秒钟都不想在这里多待。

叶辛坐在副驾驶位置，一直摆弄着耳环，照着镜子来回看。

秦梦突然说："你一个月开销多少？"

叶辛不以为然地说不知道。

"我要是你，我就把钱攒着，换个大点的房子。"

叶辛突然笑了出来，说："攒一副耳环钱就能买房子啦？"

前方突然堵车了，秦梦没再说什么。叶辛好像不高兴了，把耳环收进了包里。我在后面坐着，颇有些尴尬。秦梦好像特别在乎房子的事，但按理说，一个北京孩子不应该为了房子愁。

晚饭时，叶辛和秦梦两人好像还是有点不痛快，都憋着一股气。我突然说起了去年在蒙城连续租房的故事以缓和气氛。叶辛听得津津有味，一直问东问西的，但秦梦好像又陷入了深思，一言不发。

第二天，秦梦又约了我，说晚上带我去一家好吃的馆子。她家在北五环外，我家在西四环，吃饭的地方在东二环。她非要来接我，我说我自己坐车去就行，能找着，但说了半天，她还是执意要来接我。我真挺感动的。

秦梦车里挂着一个精油瓶，是她自己做的。车里永远都有一股特别好闻的味道，洋甘菊混着柠檬，又有点薄荷的清新，反正一进她车里，我就特高兴。她手也巧，感觉什么都能做出来，坐垫、靠枕、安全带保护套、钥匙链……反正每次进她车里，都有新鲜的玩意儿。

我们路过了鼓楼东大街，这是我最喜欢的一条街。每次经过，我都东张西望的，奇怪的小店布满了街道两侧。看见什么新鲜的，我都得让秦梦也得看见。秦梦说我特像外地人，什么都好奇。她还说，你们那个城市是不是农村啊？她有一个亲戚也在蒙城很多年了，每次回国都得去动批（动物园批发市场）买一堆破烂儿带回去。我说，没错，明天我就想去动物园，并要求秦梦开车带我去。

"叶辛的四合院就在这儿。"她指着南锣鼓巷的方向说，"她这一个月租金也不少，怎么也得十万多。"

"十万多？"我颇为诧异，"那她这辈子什么也不用干了。"

"现在是一个民宿在租用。你说，她要是把钱好好留着，过几年怎么也能换一个大点的房子了。她现在住的地方你去过吗？才五十平方米。我家八十年代时，房子就七十平方米了。她就是乱花钱。那么小的房子里，堆的全是奢侈品。她最近又吵着要换车。她挺奇怪的，住在一室一厅里，家里乱得迈不开脚，也不收拾收拾。我每次去她家，一进门就想给她收拾屋子。"

"那以后没事儿的时候，你也来我家串串门呗。我家也不太利索。"

"我就说叶辛，这铺张浪费的习惯真得改改。"

"那你直接跟她说去呗。"

不知道为什么，秦梦越说越生气，好像对叶辛的生活充满了极大的不满。而这不满又是那么隐晦和难以启齿。我总隐隐地感到秦梦身上有一个巨大的铅块在坠着她一直向下。

我不知道秦梦要带我去哪，她把车停在了交道口大街，又带着我拐进了一条胡同里。是吃海鲜烧烤的。但其实，吃什么对我来说一点都不重要。不仅对吃，我好像对所有的事都无所谓。去哪儿上学，在哪个城市生活（包括搬家），学什么专业，都那么回事。我常常觉得自己是一个情感很淡薄的人，即便看到惨烈的新闻或是极为感人的电影，都很难产生共情。但对秦梦不一样，我对她总是抱有一种怜悯之情，总想握着她的手，郑重其事地告诉她，房子会有的，一切都会好起来的。可她似乎不需要任何人的怜悯或同情。她是那么顽强，那么执着，那么坚不可摧。可就是这股劲儿，让我更加同情她。

　　店里人很多，我们等了将近一个小时。秦梦问起了我在蒙城找房子的事，她自顾自地说能体会到我的不容易，和那种居无定所的动荡感。她说起了这些年在北京找房子时的经历。又说起了她爸妈和亲戚们有多不靠谱，老人去世后，她爸那边的几个兄弟姐妹轮番抢房子。我听着听着有点走神了。这些故事她已经和我说了很多遍，可想而知，这对她来说是多么重要。但我不太爱听。秦梦心里像有一个巨大垃圾桶，长年累月，垃圾越堆越多，终于超出负荷，必须得拉着一个人使劲往外倒。而那个人就是我。秦梦经常重复着"这些事我从来没跟别人说过"，这天晚上，这句话说了可能不下十遍。每当我要走神的时候，我都能被这句话给拽回来。我终于渐渐明白，她为什么总是在跟房子较劲。秦梦这一生的愿望就是能住进一个属于自己的，不与人分享，谁也抢不走的家，多大都行。但现在，这座房子正压在她身上。

　　饭后，她送我回家。
　　"你毕业了回来吗？"秦梦问我。
　　"还有两年呢，到时候再看吧。"
　　"我倒是挺希望你能回来的。"

"没什么特殊情况应该会回来吧。"

"明天我送你去机场吧？"

"不用了，我爸妈送。"

"你跟你爸妈关系可真好。"

红灯了，秦梦的脸被前方的刹车灯影映得红彤彤的，她的眼睛、鼻子和嘴周围都有一圈红晕，颇有失真感，她好像笑了一下。我们没再继续交谈关于搬家和房子的事。我们都知道搬家的繁琐和种种的焦虑，但对此又无能为力。我和秦梦坐在车里，注视着前面不再堵车的三环路……

我又回到了蒙特利尔，回到了这个巨大，略有些空旷的雪国里，回到了我租的小房，多少有些孤单。十三个小时的飞行时间，让小腿有些浮肿。我躺在床上，开始联系这边的朋友，告知他们我已回来的消息。他们很高兴，号称要帮我倒时差，所以要立即约我见面、吃饭、逛街。学校还有一个星期才开学，而就在刚才，我用十分钟的时间，已经把未来一个星期安排得满满当当了。现在是下午五点，但因为时差原因，我已经困得睁不开眼了。再醒来时，是夜里三点半，我很想念秦梦。这个时间，秦梦应该在家刷片儿呢。我打开电脑，看见她在QQ上，立刻给她发了信息。她过了很久才回复我，她果然在看片子，说在看一部法国新浪潮电影。我们有一搭无一搭地聊着天，她说她想去泰国旅行，想看海、吃泰国菜，又说去那里玩便宜，也不远。我俩一拍即合，相约次年夏天一起去。我们又聊到了关于房子的事情，她说她妈妈单位分的房子快下来了，六十平方米，在南五环。这套房子是留给她的。这已经是最好的结果了。我说，那你可以把那套房子租出去，租金可以弥补一些在城里的租房的费用。秦梦说她一定要住在自己的房子里，这样踏实。反正她平时也不怎么出门，出门直接上五环，不堵车的情况下，进城半小时也就到了。秦梦对房子的事，有自己的想法。

深幽漫隧

"你最爱吃泰国的什么菜？"我说。

"我最喜欢冬阴功汤。你呢？"秦梦说。

"那个太辣了，我喜欢吃咖喱菠萝饭，还有沙茶酱烤罗非鱼。"

"你听说过帕岸岛吗？"

"没有，那里有什么玩的？"

"那里有个满月派对，咱们去的那天正好是满月。"

我蜷在沙发里，秦梦坐在阳台的板凳上。我们吹着电风扇，喝汽水。

我们幻想着帕岸岛的阳光和海滩，电风扇噗噗的声音，像是海边的风。夕阳照在秦梦的脸上，好看极了。

三

这一年，秦梦上大三。由于我多上了一年的语言课程，大学就耽误了一年，现在上大二。

秦梦在暑期的时候，找了一家动画片剧组做后期。秦梦起初有点犹豫，在 QQ 上问我的意见。那时候，我们都是半工半读，为赚钱而乐此不疲，都想能够早点进入社会。所以我觉得这没什么可犹豫的。秦梦支支吾吾的，半天也没说清楚到底为什么会犹豫。但最终，她还是去了。

我在蒙城上大学二年级，每逢假期都毫不犹豫地选择回国。那时候，放假，只想回家。

我告诉秦梦已经订好了寒假回国的机票，她很高兴，说要来机场接我。

回程飞机十二个小时，我心里一直盘算着要去哪里玩。我很想念我的父母，也很想念秦梦。到了机场，她站在了一个很显眼的位置，鹤立鸡群的，我一下就认出她了。她还那样儿，瘦不拉唧的，丧着脸也没表示出很想念我的样子，但我知道她此刻一定是激动万分的。我有时候很想学她对情绪那种极强的克制，但每次装一下，就暴露了。我的喜怒哀乐都写在脸上。我坐在她的小车里，车里放的音乐是一首女声民谣，哼哼唧唧，懒懒散散，很是她的风格。我在机场高速，望着看不到远处的天空。雾霾依旧很严重，没有丝毫的改善，但也无所谓，我依旧深爱着这座城市。

我们在车里有一搭无一搭地聊着这段时间各自的生活。我说很久没有橙子的消息了，不知道她在伦敦怎么样。秦梦说她上次联系她还是一个月以前，好像有了一个男朋友。我说，有了男朋友就失联，太不仗义了。秦梦又说起去动画片剧组打工的事。剧组给她的工资不算低，就是帮忙打打光，跑跑腿儿。我说那也挺好的，就当是社会实践，体验生活了。秦梦说她最想干的活其实是画脚本，参与创作。她又说，你这次回来两个月，想去哪玩，我可以抽时间陪你去。我说，我也想找一份工作去实习……

我再次被时差折磨得黑白颠倒，十天以后终于可以正常起居了。我在招聘网站上开始疯狂地投递简历。上了招聘网，我才发现这世上的工作种类居然有这么多，无数的公司名字扑面而来，令人应接不暇。我看着各个行业的信息，忽然觉得我大学的生活是多么闭塞。我在蒙城，说着蹩脚的语言，我不属于那里，那里是苍白和冰冷的。甚至在街上都不会有人与我擦肩而过，我是一个隐形的人。我想回国，回北京，回到这个我既熟悉又陌生的城市中。我什么都想干，想去电视台，想去电影公司，想去时装杂志社，想去做珠宝设计，想去旅游公司做导游。这些有趣和陌生的工作，充满着诱惑，像是一个个奇幻的大冒险。之后的几天，我都守着电话，盼着有公司能来找我。

没过几天，一家时装杂志的编辑给我打了电话，说要我过去面试。我激动得立马答应了。我是个路痴，对北京的方位一点概念也没有，第二天报到的时候才发现，我家和公司是东北和西南的大对角，坐 10 号线地铁要坐十四站，之后再转公交车。每天在路上就要花去快三个小时，早上七点半出门，晚上八点多到家。起初，我乐此不疲地干着。穿梭在时尚大楼里，里面全是衣着好看的哥哥姐姐、叔叔阿姨们。还见到了传说中的时尚女魔头和好多模特。而我的工作就是负责帮我们头儿跑跑 4S 店，帮忙给大家订饭、买咖啡，帮模特们订酒店，给部门聚会订包间，接待客人等等。进到公司，看着这些以前在时尚杂志上和网上才能见到的人，起初还是很新鲜的，可没过多久，又厌烦了。

秦梦自从接机那天，就没再见过了。我被公司的琐事烦得晕头转向，起早贪黑地穿梭在城市中，不为赚钱，不为名利，还特有干劲儿，像只没头苍蝇一样。这段时间，要不是叶辛给我打了个电话，我还没意识到已经有快十天没跟秦梦联系了。我算了下日子，距离回蒙特利尔的日子还有四十三天。我恍惚了，突然反应过来，那秦梦忙什么呢，怎么也一样没消息？我赶紧给秦梦打了一个电话，她没接。第二天，秦梦给我发了条信息，说她在剧组呢，剧组的棚里没信号，还说下周等她忙完了找我。我回了信息，她没再搭理我。

时尚大楼里的日子并不好过，所有人都是我领导，我是食物链的最底端。同期跟我一起实习的是个刚刚从时装学院毕业的姐姐。她光给部门订加班晚饭就出了三四次的错。又过了一星期，她就被开除了。在我感叹这里的残酷时，同事突然拍了一下我肩膀，说领导中午要出去，让我联系一下司机。

秦梦终于来了电话，听她说话像是感冒了，鼻音很重，好像还挺虚。我有点担心，立刻去了她家，一股幽幽的霉味四散出来，她也刚刚到家，没来得及开窗换气。秦梦一直靠在沙发上，说特别困，好几天没怎么睡过觉了。我本来想问问这段时间的剧组生活怎么样，怎么那么长时间没消息，也想跟她说说我上班的时尚大楼，和那些闪闪发光的时装模特平时是怎么吃饭的，可秦梦却病恹恹地萎靡不振，可见她这些日子过得并不好。

我们叫了麦当劳外卖，在吃过一个鸡腿堡之后，她说：

"剧组太可怕了，简直不是人待的地儿。起早贪黑的就不说了，反正我生活也不规律，也是能忍。让我受不了的是这男女关系，甭提多乱了，我三观都乱套了现在。你说就一动画片的剧组还能乱成这样，那拍电视剧电影的得什么样？而且我就想不明白了，就一破动画片，这些人至于吗？"

我问她："你长得也算说得过去，是如何做到自保的？"

"我在剧组里就装成神经病。看见我那件外套了吗？把帽子一扣，我就跟巫婆似的，见谁都不说话，把交代的活儿干完，我就坐在那儿闭着眼睛，谁都不搭理。这招太灵了，以为我真有病呢，都不敢招我，给我脸色看。但这病装的时间长了吧，连我自己都入戏了，我自己都觉得我有病。"

"我说你刚才怎么萎靡不振的。剧组可能不是你这种人待的地儿吧，但你又是学这专业的，以后得经常跟组，那你怎么办？也不能一直就这么装啊。"

"也没什么，这次赚了不少钱。我感觉我离房子又近了一点点。"秦梦说着，把眼睛闭上了。

"你知道现在房价飙到多少了吗？你这点钱还不够装修的呢。"

"你命好，你不懂。"很快她就睡着了，半个鸡腿堡还在手里握着，看来也是累坏了。相比之下，我的那些事好像变得特别不值一提了。我把剩下的鸡翅和薯条吃完，把所有垃圾都扔了，给她盖好毯子后，回家。回家的路上，心里一阵说不清的憋屈。不是因为担心秦梦，也不是因为好奇她为什么那么迫切地需要一所房子，更不是因为我公司的糟心事，反正怎么想都想不明白是哪里觉得堵得慌。

从秦梦的小区里往外走，步子沉甸甸的。我喜欢大海和天空，喜欢那看不到边际的空旷，所有的烦恼都会被那无穷大的世界吸收掉。此刻是傍晚，天色昏沉沉的，晚霞在楼群中若隐若现，天空被阻断得七零八落。这带着颜色的天空，除了给我添堵，什么也给不了。突然间，我很想念蒙特利尔，想念大学的生活，想念那个戴着眼镜，总是绷着脸的波兰数学教授，想念那边的一切，我想立刻飞回去。这是我第一次如此强烈地想念那边的生活。

秦梦说我"命好"，这真是一件让人欣慰的事。但这怎么都不像是一句称赞的话。

第二天，我坐在办公室里，对着窗外发呆。突然间，一阵香辣味飘来，是坐在对面的同事在吃小龙虾味的薯片。我透过电脑与电脑，以及众多文件夹之间的层层缝隙，盯着她，盯着她不停蠕动的嘴。我立刻给秦梦发了信息：我下班咱们去箅街吃火锅吧？给你点个番茄锅。随后，我继续盯着对面的同事，直到她吃完，秦梦也没回复我。终于耗到了六点，那股薯片的香辣味也随之散去了，我心灰意冷，气愤地收拾东西回家了。又过了半个小时，她终于回复了：晚上有点事，回头约。我没再回她的信息。

我隐约觉得她有事在瞒着我，再过一个星期，我就要回去了，还有什么事比跟我在一起更重要的吗？但第二天，秦梦就向我坦白了，说她和一个叫穆多的人在一起了。这是我始料未及的事，我一时不知该说什么，特别失落、沮丧，像是失恋了，一点也不为她感到高兴。自从他们在一起后，我就开始对穆多产生了敌意。这种敌意是突如其来的。我和秦梦联系的频率就大幅度减少了，尤其是他们刚在一起时。她总是说自己在赶活儿，或是要开会。

秦梦，我就要飞到地球的另一边去了。

深幽漫隧

登机前，秦梦接过了空乘递给她的泰国报纸，翻阅着。突然，她拍了拍我，说："你看这则新闻，你说能是真的吗？"

她指着报纸上的一对在雪地里相拥在一起，试图接吻的泰国情侣。他们戴着滑雪头盔，舌头微微地向外吐出，僵死在了雪地里。由于头盔挡着彼此的脸，所以谁都没亲着谁，就这么吐着舌头冻僵了。

"我觉得有可能是真的。"我说。

"那这俩人得多相爱啊！我要是这女的，肯定都吓疯了，哪还有心情跟他亲亲。"

"首先，你肯定不会是这女的，你那么怕冷，一定不会去滑雪的。其次，你先找着男人再议。"

"那你说，这两人为什么不摘了头盔亲呢？"

"冻得没劲了，或许知道马上就要死了，想来个最后的吻别呗。"

"别说了，太惨了，我宁愿相信这是假新闻。"

飞机起飞了，那对情侣的样子犹在眼前晃悠着。他们舌头和睫毛上的雪像是侵进了我的脑袋里。我的心脏一紧，用力抓着秦梦的胳膊，说："咱们一定要好好地活着。"

四

穆多是个艺术家，比我们大十二岁，也属兔。那时候我们把所有会演奏、会画画、会写诗、会拍照的人都统称为艺术家，就连头发长一点的男性，也能算在艺术家范围之内。当然，秦梦也会画画，但她画的是漫画，所以我一直也不觉得她是艺术家。穆多看起来很沧桑，头发稀稀疏疏地搭到肩膀，有点卷。很高也很瘦，也有点驼背，山西人，不爱说话。

他们是在剧组认识的，就是秦梦一直装成神经病的那个剧组。很显然，秦梦没跟我说实话，她说她在剧组的时候谁都不理，跟谁都不说话。但我也没仔细追问她为什么骗我。穆多是剧本顾问，同时也负责配乐这一块。在剧组里，穆多也不怎么说话，总是一直半低着脑袋，不管制片方说什么，他都使劲点头，一副特别诚恳的样子。杀青的时候，秦梦到公司门口的小卖部买冰棍，穆多来买烟。

秦梦买完冰棍磨叽半天没走，等着穆多买烟。正想着怎么跟穆多搭上话之际，没想到他先开了口。

"你是那个动画设计师吧。"穆多发现自己的火打不着了，又跟老板买了个打火机。

"嗯。"秦梦有点不好意思，咬了一大口冰棍。

"这大冬天的吃冰棍，你不冷啊？"

"还行，就是想吃。"

"原来你会说话。"

"你才是哑巴呢。"秦梦瞪了他一眼。

"开玩笑，你神出鬼没的，没见你说过话。你好像特不喜欢这儿似的。你抽吗？"穆多问秦梦。

秦梦摇了摇头。"你觉得他们靠谱吗？"秦梦问。

"你说这个项目吗？我也不确定。"穆多声音有点沙哑。

"那我看制片方跟你说什么，你都一直跟那儿点头，而且好像特别诚恳，跟真的似的。"

"他们确实也想把事做成。"

秦梦冷笑了一下："这种事见多了，一看就没戏。"

"那你怎么还来剧组？"

"反正也没别的事。你呢？"

"我觉得没准是个机会。我看你挺正常的，怎么平时跟个……"

"神经病？悄悄地告诉你——我装的。而且我看你也挺健谈的呀。"

"我悄悄地告诉你——我也是装的。"

两人对着傻乐半天。穆多看着秦梦，觉得这姑娘真逗。秦梦也看着穆多，觉得这人真傻。这一年，秦梦二十三，穆多三十五。

又过了几天，剧组的人又找到了他们，这次是签收据的。上面写的薪酬，和之前谈的一样。他们都没想到，事情竟然如此顺利。秦梦目瞪口呆。签完合同，穆多问秦梦要不要一起去吃个饭，庆祝一下。秦梦脑袋还是木的，一遍遍问着穆多这事是不是真的。她稀里糊涂地就跟着穆多到了一个饭馆。秦梦还是不敢相信自己即将会有一笔十万元的收入。

穆多见秦梦无心点菜，就叫了服务员点了京酱肉丝、西红柿炒鸡蛋和宫保鸡丁。

"以后对事情要乐观一点。你看，这次不就很顺利吗？"

"我觉得我挺乐观的呀，只是咱们对乐观的看法不一样。"

"那你说说，你觉得什么是乐观。"

"就比如说跟公司谈项目的事。我是电影学院的，自然会有很多公司来找我们这些没毕业的学生干活。起初，我对这些公司的项目还是抱有很大希望的。但每次都落空，落空后我就痛恨他们，觉得都是骗子。可是逐渐地，我对他们不再抱有希望，我也就不再痛恨他们了，随之也就不再觉得有什么可被骗的了。你看，我现在还愿意去跟组，就证明我真的已经不在乎了。如果能拍成一个，我就当捡着一个大便宜。你看，我现在是不是很乐观？"

穆多看着秦梦，一边笑，一边使劲地点头："你说得还真对！"

项目进行得很顺利，前所未有地顺利，以至于秦梦总有种半梦半醒的感觉。她总是问穆多这个项目是不是靠谱。其实穆多也不确定，但定金已经收到，又不能回头，况且也没有回头的理由。他就劝秦梦，踏实地画吧。那段时间，他们总耗在一起。而那个时候的我，正在蒙城忙着写毕业论文。这是我大学的最后一年了，按照原计划，我毕业的第二天就要回国。我一直都是这样跟家里人交代的。可是，毕业后我该去哪儿呢？回国实习的这几个星期，把我吓得屁滚尿流地回了蒙特利尔。或许我应该继续读书，继续留在学校里。我像是把自己封锁在了一个有序无缝的建筑里，正处于二十出头的年纪，总觉得生活是有无数种可能性的。而此刻，我眼前一片漆黑，毫无希望。而秦梦就是那个建筑外面的云，飘忽不定，自由任性地组合着自己的生活。我很羡慕她。

一年后我顺利毕业，蒙城遭遇经济危机，我回国了。秦梦的房子还没解决，她和穆多还在一起。

那天秦梦和穆多找我来吃饭。穆多是山西人，喜欢吃面，我们就约到了我公司附近一家叫黄河水的山西面馆里。秦梦突然说：

"烦死了，下星期我得搬家了。"

"怎么又搬？不跟你妈住了？"

"不住了，现在的房子马上要卖了，我妈单位分的房马上要下来了。"

"那卖了干吗？"

"现在的房子和我妈分的房子一起，能换一个东三环大点的房子。"

秦梦分析着各种从房屋中介得来的数据，看来已经做好了充分调查。穆多低着头吃饭，刷着手机里的动漫，像是被隔绝开了一样，完全听不到我们谈话，也好像整件事和他毫无关系。我点点头，想要说点什么，可又什么都说不出。我已经记不清秦梦搬过多少次家了，可能连她也懒得数了。每次搬家，她都有无数的依据证明她是对的，让人无法辩驳。但说到底，这都是她自己的选择，别人也不好说什么。

"那你想好搬去哪儿了吗？"我问。

"没有，反正四环以里，别太贵，搬哪儿都行。中介现在帮我找着呢。"

我看了一眼穆多说："不然你搬到离他近一点的地方住呗。"

秦梦见穆多没什么反应，筷子一摔，站起来就往门外走。我吓了一跳，穆多这才意识到秦梦生气了。穆多连忙问我："她怎么了？"我说："我哪知道，还不快去追！"穆多个子高，慌慌张张的样子显得格外笨拙。他抓起包，临追出去前，又急忙把单买了。那时候还没有手机支付功能，他从裤兜里掏出钱包，零钱有些多，半天才凑出准确的钱数。我看着他，忽然明白了秦梦生气的原因。

秦梦和穆多在面馆外争执了几分钟，穆多无奈地走了。秦梦回来找我，坐下，又点了一碗凉皮，埋头吃起来。面馆里的顾客只剩下我和秦梦了，吊顶风扇噗噗地响，服务员和厨师们百无聊赖地趴在邻座上睡觉、玩手机。吃饱了，我也挺困的，可又张不开嘴说"我想回家"。

"可怜的老穆，你别总欺负人家。他是老实人。"我说。

"我就烦老实人。"

"那你找他干吗？"

"之前觉得踏实，能给我一个家。但……穆多就是那种，你喜欢香蕉，就会一直给你买香蕉的人。"

"那不挺好的吗？"

"那我偶尔也想吃点橙子葡萄什么的，也不能总吃香蕉啊。"

"想吃你就自己买去呗。"

"穆多太木了，好多事都没法跟他沟通，总在跟我讲道理，谁爱听他那些道理。"

"那你觉得他那些道理有道理吗？"

"还行吧。"

"你还是放过穆多吧，你配不上人家。"我看秦梦有点生气，就没再说下去。

没过多久，他们分手了，我就再也没有穆多的消息了。我问秦梦，你后悔当年跟穆多分手吗？秦梦说不后悔，但现在如果要是出现一个像穆多那样的人的话，她会牢牢抓住。穆多出现时，秦梦还太年轻。很多年后，我有了孩子，在陪孩子看动画片的时候，他的名字用一种卡通的字体出现在了电视上。

深幽漫隧

飞机是下午四点的，到苏梅岛已经是晚上八点了。热带温暖潮湿和充满植物香味的空气让我们感到无比兴奋。苏梅岛机场很小，我们坐上了一辆小"突突"，便前往了附近的酒店。秦梦随手一指说，就前面那间亮着很多小灯泡的怎么样？我说，就它了。

老板娘听见外面"突突"的声音，热情地迎了出来。我问，还有房间吗？她说，二楼还有一间。这是一家民宿，老板很用心地布置过，每个角落都摆着各式花草，并有一股浓郁的芒果清香。

老板娘说，沿着这条街一直往前走，就是一个夜市，很热闹的，也有酒吧和卖首饰的小摊。我们沿着湿漉漉的街道向前走，遇到了一个码头，那是我们明天坐船出发去往帕岸岛的码头。我们顺便查阅了明早的发船时间。秦梦说，就坐早上九点这个吧。我说，好。

我们伴着远处大海的声音，继续向前走。

五

秦梦和穆多分手后，她就独自去了苏州，说是想散散心。而此刻我到了一个影视公司工作，主要是写宣传文案。对于影视，我一窍不通。工作了一段时间，我发现，一切都可从零开始。社会对我还是充满善意的。秦梦去苏州待了一个星期后回来了，回来的不止她自己，还有一个男的，他们是在苏州租车的时候认识的。

灯灯看着像三十多岁的男人，可后来才知道，他才比我们大两岁。灯灯高中没毕业就混社会了，从倒腾手机开始，慢慢地，一步步地就倒腾上了二手车。他说这个来钱快，卖出一辆就能挣个好几万，有时候能挣个十来万。有了钱自己开了个租车行，算是副业。我不喜欢这个男的，油嘴滑舌，浑身都是像 A 货的牌子。秦梦还挺满意的，灯灯对她花钱大方，会说好听的，和穆多相比，是两个极端。这两个极端，全让秦梦遇着了。如果秦梦没遇见穆多，她可能也看不上灯灯吧。

他们整天腻歪在一起，也不干什么正经事儿。灯灯的租车行不用他亲自盯着，店里的伙计帮他打点一切。他自己二手车的业务正在铺往北京的路上，秦梦也不知道从哪认识这么多想买车的人，给灯灯介绍了好几个北京的单子。灯灯说二手车市场大，利润高，上手快，他让秦梦跟着一起干。秦梦动心了。

我在影视公司的事情逐渐变多，经常会往返于北京广州两地去开剧本会，我和秦梦的见面时间逐渐缩短，都在忙于各自的生活，谁也没有发现其中的变化。直到有一天，灯灯给我打了一个电话，特别神秘，感觉他好像做了什么对不起秦梦的事一样。我也小心翼翼地问他，到底出什么事了？他说，秦梦下个月过生日，我想给她一个惊喜。我在电话这头翻了一个巨大的白眼，说，还有一个月呢，着什么急？而且，这事就别带上我了。上次我给她惊喜的时候，差点没给我一个大嘴巴。灯灯啊了一声。我又说，她不喜欢惊喜，一切的惊喜对她来说都是惊吓。灯灯又问，那怎么办啊？这是我给她过的第一个生日，不能就这么平平地过去了吧。我有点不耐烦了，想着，都多大岁数了，还整这些没用的，真够逗的。我说，以我对她的了解，你给她送套房子吧。结果，下个月秦梦生日的时候，她失联了……

灯灯像疯了一样拼命给秦梦打电话，可秦梦的手机一直处于关机状态。他又一遍遍地打给我，我说没事，她就这样，整天神出鬼没的。

秦梦告诉我灯灯身边有一个女人叫欢姐，我问她姓什么，她就是不说，大家都叫欢姐，让我也这么叫就行。但我就是叫不出口，总觉得特别社会。欢姐是一个看不出年龄的女人，我对这类女人一般都会保持较高的警惕。秦梦挺喜欢她的，说她这人特仗义。欢姐烟瘾大，一天两包烟。我跟欢姐还有秦梦参加过她两次饭局，每次都是十来个人，男男女女的，喝得酩酊大醉才散去。两次都是欢姐买的单。欢姐长得不难看，就是气质差点意思，浓妆艳抹，穿金戴银。用秦梦的话说，就是感觉她往自己身上花了不少钱，就是都没花对地方。对于欢姐的身份我一直都很好奇，我问过灯灯，他也不知道。

关于欢姐的身份我们有过很多种猜测，二奶、富二代、拆迁户……反正都是跟"不劳而获"有关。之后灯灯和秦梦再叫我去欢姐的局，我就没去。我不喜欢灯灯，也不喜欢欢姐，他们都是一路人。我劝过秦梦，让她离这些人远点，可秦梦说她自己有谱儿。也不知道这"有谱儿"是什么意思。她好像是有意接近这一群人，好像在密谋着一件大事情。总之，我觉得我们离得越来越远，她像是坐在桨板上，误入了海洋傍晚的回流，在暮色降临之前，缓缓地卷入大海深处。我们遥遥相望，我用一种悲痛、惋惜的眼神望着她，而她却一副充满希望的笃定样子。

公司的电视剧项目剧本阶段算是告一段落，他们对我没有打卡要求。我时常睡到十点多才起床，早饭一般就是一杯咖啡，之后开始一天的工作。桌上堆满了零食和饮料，他们给了我极大的灵感和安全感。在写新的剧本期间，大脑高速运转，不停地在消耗着体内的碳水。连续一个月中午和晚上，我只想吃炸酱面、炒饭和包子。体重和工作产量成了正比，但一直也不觉得是个事儿。曾经，只要两天不吃晚饭，体重也就降下来了，我一直这么安慰自己。

秦梦在两个月里约过我两次，一次是夜里的酒局，另一次是上午十点的美式早午茶。这两种局跟我的时间都对不上，但在电话里我们还是匆匆聊了两句。我说，你最近变化可真大，都学会早午茶这么中产的事儿了。

秦梦说，你变化也挺大，整得跟文豪似的。秦梦还是不放弃，又问我近期什么时候有空，她可以随着我的时间见我。又过了一个星期，我们约着去逛街。两个月没见，她又变瘦了，但整个人确实神采奕奕的。她一见着我就说："你怎么胖成这样了？"

我没接她的话，说："现在工作特别忙，整天都在弄新剧本，下个月就要交。据说这次公司要投入大制作。"

秦梦显然不想听，又说自己瘦了五斤。但皮肤还是光亮，是最近在敷一种胶原蛋白面膜，只要坚持一个月，立马重返十八岁。起初，我对这种面膜毫无兴趣。她一边说，我一边在商场里挑选着衣服。但说着说着，我突然来了兴致。我们边逛边聊，根本无心逛街，索性找了个奶茶店坐了下来。我刚要点奶茶，就又被秦梦制止了。

"你现在怎么神经兮兮的。"我没管秦梦，自己点了杯奶茶。

"少吃糖，对皮肤不好。"秦梦还是把我面前的奶茶挪到了一边，"你都不知道，现在这个面膜特别火，好多人都在做。"

"你不会是入什么不良组织，被洗脑了吧？"

"怎么会呢，有效果不就得了。你看看我皮肤的前后对比。"她翻着照片，给我看了她一个月以前的一张素颜照。我其实看不出什么区别来，照片有着很大的欺骗性，但看她兴致如此之高，就没打击她。

秦梦见我对面膜没兴趣，终于将话题直奔了主题。

"我现在在做这个面膜生意，你想不想跟我一起？"

我大惊失色，一时不知该说些什么。

"你不是跟灯灯一直卖车呢吗，怎么又做上面膜了？"

"灯灯那生意不靠谱。这是欢姐给我介绍的，据说一个月能挣好几十万呢。"

"又是欢姐……你怎么也没跟我商量一下？她靠谱吗？"

"我也是昨天刚刚决定的。我才知道，欢姐就是做这面膜起家的。后来赚着钱了，才做的外贸生意。她说，别小看这面膜，赚得可多了，一个月进账好几十万呢，但前期投入也多，得投个三十万。我现在没这么多钱，欢姐就让我投三万，以后挣着钱再说。你说按这么算的话，我这房子也是指日可待啊。在三环买个二百多平方米的都不是梦。"

"就这面膜……能卖出一套房子的钱来？"

起初秦梦每天早上十点、中午十二点和晚上八点，定时发送推销面膜的朋友圈广告，逐渐地，关于面膜的消息减少了，取而代之的是各种客户给她的转账记录，几百到几千块钱不等。再后来，就是她参加各种时尚派对和出入高档会所的照片。她已经变成了她曾经最憎恨的那一类人。

我终于把秦梦的朋友圈屏蔽了。剧本、影视公司等一系列工作上的事把我的生活搞得一团糟。正当我的焦虑无处排解时，叶辛约我去吃饭。我丝毫提不起兴趣。她最近又瘦了，是坚持练瑜伽的结果。在吃饭时，叶辛问我秦梦最近在干什么，朋友圈里怎么突然出现那么多关于面膜的广告，是不是微信被盗号了？我说，她现在卖面膜呢。叶辛很惊讶地说，面膜？她一个脸都不怎么洗的人，还弄面膜？弄得明白吗？是不是被人忽悠了？我说，不知道，聊点别的。叶辛挺担心秦梦的，不知道这是不是违法生意？当说到"违法"二字时，她突然将声音压得很低。我和叶辛突然也毛骨悚然起来。叶辛又说，秦梦干这个买卖也是可以理解的，现在好多人都在网上做直销的生意，似乎挺赚钱的，她不是一直都想挣钱买房子吗？关于秦梦的事，我不想再与她讨论，随便找个辙便走了。

回家的路上，我不断在想叶辛的话。秦梦真能挣到钱，挣到能买房子那么多的钱吗？我感到自己的焦虑来自秦梦可以挣到钱这件事。秦梦挣得越多，我就越感焦虑。秋日枯叶干巴巴地浮在街边，踩在上面，全是破碎的声音。

当秦梦的面膜生意做得风生水起时，我逐渐不自知地陷入了一种焦虑的情绪中。随着秦梦生意的逐渐稳定，我焦虑的情绪就越发严重。我一面对她的这种庸俗不堪的生活感到厌恶，一面又为自己毫无希望的剧本而感到烦躁和迷茫。我时常对着电脑发呆，或是心不在焉地读着一本书，每天都在自我怀疑和否定中度过。我觉得读和写对我来说毫无意义，那我又该做些什么？我被卷入无法逃脱的困境中，我把自己埋在剧情里，幻想成为一个不存在的人，在故事中自由穿梭。一连数个星期，剧本完成，我松了口气。我托人将剧本投给几个影视公司。又过了数个星期，终于等来希望。

联系我的影视公司没拍过什么电影，只是和其他公司合作过一些影视剧。公司老板亲自打来的电话，很有诚意，迅速与我签了合同。事情进行得如此顺利，让我产生了幻觉。我看着账户中的定金，愣了一阵，才确定这是真的。我兴奋地第一时间告诉了家人，其次想到的是秦梦，我立刻给她打了电话，说有重要的事需见面。我要当面告诉她只要坚持，梦想一定会实现的。可挂了电话后，突然又产生了另一种想法：如今的她，还会在乎这些吗？

我们约在了那家陕西面馆，她说自从那次与穆多吵架后，就再没去过，还是很想念的。面还没上桌，我就迫不及待地告诉秦梦剧本卖出的事情，又和她说了前段时间的困境，这些天终于悟出来，所有的自我否定的痛苦和不懈的执着都是值得的，我再次向她提起要坚持自己的梦想。她顾自低头吃凉皮，最终，她用一种类似慈爱的神情抬头望着我，看得我有点慌。

"我真挺羡慕你，可以一直坚持做自己喜欢的事。但这是需要代价的。我没条件去坚持，你命好。我知道你要说什么。我现在觉得那些动画片看起来很幼稚。'天真'一旦失去，就再也找不回来了。现在那些动画片再也无法打动我，我又怎么去打动孩子呢？"

我们又闲聊了点别的话题。分开后，我很失落。其实我有特别多的话想跟你说，我也遇到过很多糟心的事，可每次都是跟你的一比，我的事就显得特别微不足道。每次都是我听你在说，说得我也烦躁，很压抑，都是负面情绪。你说我过得比你好，我命比你好，可能确实是吧。但你总拿命说事儿，有劲吗？

秦梦回家后，把之前的作品全部销毁了，算是与过去告别。她痛哭流涕。她与过去正式告别后，也与灯灯告别了。灯灯的租车行出了点问题，要回苏州。回去后，就再也没联系。秦梦对他的离开表现得十分木然，她一门心思全扑在了面膜生意上。生意做得很成功，欢姐把她领进了另一个世界，一个对我来说完全陌生的、疯狂的世界，在那里我不认识秦梦，我也不想认识她。欢姐见秦梦做得不错后，就不再和她来往了。或许欢姐也意识到，秦梦是一个不好掌控的人。秦梦通过各种"线下培训会"又认识了很多也在做面膜生意的人。她们互相取经，秦梦发现，真正赚钱的不是卖面膜，而是拉拢更多的人一起和她卖。

深幽漫隧

上岛后，我们租了一辆小摩托，秦梦带着我。我们一直往岛的南部开，听说那里有最美的海湾。我们沿着略有颠簸的小路一直往南开。我双手搂住秦梦的腰，细细的，毫无安全感可言。海风使我们的头发相互交缠着，此刻的我们如此贴近，似乎住进了彼此的身体中。海边在我们不远处，无边际的海面，碧蓝得有点不太真实。一路上并没有见到什么人，我们继续朝着那未知的海湾，一路向南。远处有一片红树林，它们看上去像是漂浮在海面上。浅滩海水的清澈，更像是悬浮于空中。凑近看，它们的树根扎实地相互绞盘于沙滩深处。秦梦说她迷恋于此，觉得这片红树林像是被赋予了神性。她渐渐走近，想更进一步观察。我倚靠在小摩托旁，也望着这片红树林。突然秦梦回头对我说："今天是满月！"

六

秦梦付了房子的首付，三百万。这部分钱是由她以前卖首饰玩具、接动画片的活儿以及做面膜生意攒的钱凑成的，但还有一部分是和灯灯一起做生意时挣的。但关于灯灯的这部分钱秦梦没说，是后来灯灯告诉我的。灯灯太恨秦梦了，说秦梦身上带着一种狠劲儿，无论在哪一种关系中，她都有一种莫名的、无可置疑的主导权。她会毫不犹豫地离开任何一个人，绝不回头，绝不后悔，哪怕她痛不欲生。灯灯也一度认为秦梦与他在一起就是为了钱。当时他们在做卖车生意时，秦梦想方设法从中赚了不少钱。我也挺恨秦梦的，说不上来为什么。

秦梦付完首付，不知道未来的贷款她拿什么去还，不知道她这关于房子的心结是不是了了，也不知道她是不是过上了自己想要的生活，但她起码住进想要的房子里了，也算是人生赢家。自从她和灯灯分手，我很久没见过她。直到她搬进新房后，突然又有了联系。她给我发了一个地址，是新房的地址，东北四环外，位置已经很不错了。

这一个新楼盘，共四栋楼，小区内部还在施工，一股混凝土和油漆味儿。秦梦家是一号楼，放眼望去，好像只有一号楼基本完工了。剩下的三栋楼还被脚手架包围着，施工的声音很刺耳，很难想象白天被噪音包围着的生活。

秦梦家在五楼，大门四敞，里面的吵闹声不亚于外面电钻和钢筋水泥的敲打声。我有点意外、失落、气愤，本以为秦梦只叫了我一个人。我进门半天，也没见到秦梦，目测有六七个人，有男有女，各握着啤酒或是饮料，他们互相都很熟络，聊天、嬉笑着，对于我的到来，他们丝毫没有察觉。此刻的尴尬已经胜过我对秦梦新家的好奇，我想掉头走人，可这时候秦梦突然叫住了我，还很热情地把我带进了门。秦梦一边把我往卧室里领，一边对我说："你看看，怎么样？"

我环顾了下，有一整面柜子全是她的面膜，柜子下面还有一个小箱子，我一下就认出来了，那是她以前装玩具和她做的那些动画玩偶的固定箱子。

"你这箱子可有年头了，还留着呢。"

"最后想了想，还是没舍得扔。你随便坐，别站着。喝点什么？我去给你拿。"

"你这里怎么来了这么多人？"

"嗨，他们都是我的代理，一听说我搬新家了，都说要来。你不用理他们，他们一会儿就走。"

我像个隐形人一般跟着秦梦走过客厅，绕过人群，去了厨房。我这才认真参观起她的室内装修。屋里没什么贵重的家具，但每一处都精心设计过。

房子大约六十平方米，但看着似乎要比实际面积大。秦梦说她找了一个设计师朋友（也是一起做面膜生意的），帮她规划了一下，尽最大可能节约空间。秦梦从冰箱里拿出来一听冰的可乐，递给我，之后她靠在墙上指着客厅中间那副巨大的布艺挂饰，一脸骄傲地说："那个怎么样？我自己做的。"

"你自己做的？工程不小啊，现在还有时间做这个呢？"

秦梦一直看着那个挂饰，得意地笑着。

"还记得吗，咱们那年去帕岸岛，路过一个小店，橱窗里就挂着一个用麻绳做的挂饰。我说我特喜欢，想买回去，你不让，说太大了，拿不回去。"

我记起来了，确实有这么一件事。但那个原件的样子，我已经记不清了。

"做得可真好。"我一直看着那个挂饰，心情一下变得很沉重。有些话现在说已经太晚，甚至没用了。我看着秦梦的新房，怎么也高兴不起来，好像有什么东西堵在了胸口，阵阵发闷。又过了一会儿，这帮代理朋友都纷纷离去。他们带了很多礼物给秦梦，沙发和茶几上堆满了带包装的盒子，大大小小的。

"人缘儿真是不错。"我终于坐到了沙发上，沙发上还有上一个人的余温。

"都想让我给他们多介绍点客源而已，没一个真心的，但这也许是最真实、简单的交往吧，彼此目的都很明确。他们帮我销货，我给他们介绍客源，他们和我都能挣着钱。"

"你这房子都买了，还准备接着卖面膜？"

"我现在不做零售了，这帮人帮我卖呢。我也想干点别的，只是还没想好呢。"

这时候 Tracy 突然打来了视频电话，她是韩国人，但其实我们在蒙城的时候并不熟悉，只是偶尔约出去喝酒。她还在蒙城读书，暑假没回韩国，原因是机票太贵了。在那边大多数的韩国人，暑假都会选择打工。Tracy 那边是晚上十点半，她突然问我最近怎么样，回国是否还习惯。她说她年底就要毕业了，有一个来北京工作的机会，她突然想到了我，就给我打了电话。其实我们并没有什么可聊的，但我仍是努力地和 Tracy 开心地聊着。我其实

· 418 ·

挺喜欢这个姑娘的，她的穿衣打扮都很好看，而且会带我去一些很地道的韩国馆子。但我也不知道为什么，就是和她熟悉不起来，可能她总是太客气了吧。她的客气，让我觉得如果我说一些特别粗鄙的玩笑的话，会很丢脸。可当着秦梦的面就不会让我尴尬。

反正，Tracy 似乎很赶着出门，但由于我的主动和热情，让她不得不再多和我聊一会儿。我们用英文聊天，我也会发出很夸张的笑声，尽管我觉得我们的聊天内容既尴尬又无聊。秦梦显然听不懂我们在聊些什么，但我就是想让她听到我和 Tracy 的聊天。挂了电话，我惯性地用英语跟秦梦介绍着 Tracy，但显然她有些不高兴了，她说："你是不是特瞧不起我？"

"怎么会瞧不起你呢？"

"那你跟我这装什么呢？别骗你自己了，你是不是觉得你特有文化，英语特好？你读了那么多书有什么用，还不是一个月就那么点钱。你有什么可瞧不起我的？这房子都是我自己买的，没用过家里一分钱。"

突然间，我一时语塞，我们彼此愤恨地看着对方。对秦梦这种莫名的怒气，我也感到非常气愤。

"你终于把心里话说出来了。这是我最后一次来你家，也是我们最后一次见面了。"

我掉头走时，她也没追来。我出了小区，叫了一辆出租车就钻了进去，司机问我去哪儿，我半天说不出话来，只想号啕大哭，但又觉得特丢人。我使劲憋着一口气，心脏隐隐作痛。到了家，我发现脸上起了很多血斑。我妈说我小时候就有这毛病，气急了，脸上就容易有血斑。这么多年过去了，我以为这毛病没了呢。

深幽漫隧

傍晚，我和秦梦骑着小摩托，载着我们刚刚去集市买的芒果、山竹以及一打冰镇啤酒回到了住处，住处离海边不远。晚上八点，这片海滩会热闹起来，是为了一月一次的满月派对。我和秦梦奔波了一天，疲惫地靠在床上，各握一瓶啤酒，好一会儿才恢复体力，之后便各自换上一身衣服，准备参加夜晚的狂欢。

八点，月亮还未正式升高，悬挂于深色海面之上，与视线近乎平行。

它亮得几乎可以照遍整个海滩。音乐从各个酒吧流传出来，不同的音乐交织在一起，各色彩灯映得秦梦的脸一会儿一个颜色。我们在海滩上光着脚，与许多年轻人一起跳舞，直到月亮挂在头顶的正上方。

七

剧本的事情自从收到那笔定金后，就再没有下文了。我的心情逐渐平复，不再抱有任何希望了。家里人潜移默化地让我去相亲，说这个行业还是不靠谱，赶紧找个男朋友才是正事。说的也是，我开始踏上了相亲之路。相亲对象来自父母的介绍，有母亲朋友家的孩子，有父亲同事家的孩子。接二连三的相亲，让我突然意识到，像我们这种年龄还没有对象，还是有原因的。例如，那叫王建国的人就是个奇葩。

我和王建国第一次的相亲约会，是在一家火锅店里。我点了份西蓝花，王建国说这是他第一次吃涮西蓝花。他努力尝试打破我们彼此的沉默，突然又说："你知道西蓝花为什么是绿色的吗？"

我不想知道，因为预感到这又是一次无聊的相亲约会，我只想赶紧结束它。

"为什么？"

"人类感知到一个物质的颜色的原因是：当光源（例如太阳）照射在一个物质上，物质会吸收可见光，没吸收的光就会反射出来，被人眼接受，人从而觉察出物质的颜色。当 400—780nm 的可见光照射在西蓝花上，西蓝花会吸收除了绿色的其他波长的可见光，只把绿色光波（550—570nm）反射出来。当人眼接收到西蓝花反射的绿色光波后，就会觉察到它是绿色的。明白了吗？"

当王建国瞪着眼睛，向我科普颜色与光的原理时，我特想把面前的可乐泼到他身上。我摇摇头，突然想起刚才忘了点毛肚。

王建国继续道："也就是，西蓝花没有吸收绿色光波，反而把绿色光波反射出来，从而被人所感知。"

"所以，西蓝花本身是不喜欢绿色的。"

"嗯……你可以这么理解。"

"可它偏偏就是绿色的，这就是命运吧。可怜的西蓝花，这真是一个悲伤的故事。"我的声音很小，近似于自言自语。王建国显然是没有听到。

"你以后可以去考一考别人。"

"别人才懒得知道呢。"

这次相亲并不是一无所获，王建国也不是我众多相亲对象里最糟的一个。他起码让我明白了西蓝花为什么是绿色的。但自从这一次约会以后，就没有了以后。

王建国那种笨拙的努力，让我想起了穆多，也让我想起了秦梦。

经过几轮的失败相亲，我和父母都意识到，这种方式不适合我。他们终于放弃了。

我把影视公司的工作辞掉后，生活彻底失去了秩序。有时会下午起床，发呆至晚上，有时会写点剧本小说直到夜里。生活的无序让我彻底掉入了虚无的深渊，我似乎失去了重心，毫无方向地四处飘荡。我有时候会翻看秦梦的朋友圈，她还在发关于面膜的招商信息，我突然挺羡慕她的。

秦梦的再一次出现，让我有点措手不及。

这是夏末某一天，我正坐在阳台前喝着冷饮，电话亮了一下，是她。我鼻尖一酸，很激动。她问我干吗呢。我说没什么事，在家待着呢。她说晚上一起吃饭，好久没见了。我想都没想，立刻答应了。这段时间，她的朋友圈一直处于被我屏蔽的状态，当我点开时发现，她设置了"仅一个月可见"，而最近一个月则毫无内容。

她朋友开了一间餐厅，但她一直没时间去，准备和我一起去探店。她比约定时间早到了会，站在饭店门口抽烟，远远地，我一下就看见了她，不禁笑了出来，一边笑一边走过去。她说，傻笑什么呢？我也不知道我在傻笑什么，就是觉得很高兴。她右手夹着烟，左手像是搂着什么。我走近一看，吓了一跳——是一只小猴子。

"餐厅能让你进吗？"我看着她怀里的那只猴子。

"必须能，老板是我朋友。对了，给你介绍一下啊，它叫'闲得'。它可厉害了，一会儿跟你细说。"说着，她把烟掐了，带着我往里走。

"那这老板还真挺给你面儿的。"说实话，我不太敢仔细看那猴子的脸——巴掌大小，两只漆黑圆滚滚的大眼睛无比空洞，它们几乎占据了脸的一半位置。

"人家老板是给'闲得'面儿，她是这小东西的粉丝。"

说着，老板迎了上来，跟秦梦打过招呼后，立刻把"闲得"抱了过去，一个劲儿地抚摸。但"闲得"好像不太喜欢她，龇着牙跳回了秦梦身上。我们就站在饭店的过道里，客人们纷纷聚了过来，居然引起了一阵小骚动。有一对小年轻认出了它，激动地指着它尖叫着："这不是'闲得'吗？"女孩蹦着脚，把手机递给了男友，要求合影。我这才明白，这猴子应该是个网红。秦梦和老板被众人围着，我找了个没人的位置先坐了下来。又过了会，大家新鲜劲儿过去后，秦梦才抱着那只猴子过来坐下。

"你不是不喜欢猴子吗？"我问她。

"现在喜欢了，这猴子不一样，能给我赚钱。我这一月好几万的贷款可就靠它了。你回头关注一下它的抖音号，马上就一百万粉丝了。"小猴穿了一件蓝色连体开裆裤，有模有样地坐在椅子上。

"面膜生意不做了吗？"

"是，感觉没什么意思了。还是这猴子有意思，挣得也不少，还贷款是绰绰有余了。"

秦梦也没正经跟我说她是怎么运作这猴子的，我也没问。我们一直交流着关于养宠物的心得。我说我想养只狗，秦梦就跟我说养狗的种种麻烦和养猴子是一样的。她还问我，记不记得她奶奶养的那只误吃治中耳炎的药而死去的猴子，我说记得。我们又聊了些过去的事。最后谁都没什么话了，又开始摆弄起猴子来。秦梦说时候不早了，"闲得"还得回家录视频呢。她叫来了服务员买单。

临走前，我说，对了，刚才餐厅里一直循环播放的歌你还记得吗？她摇摇头，说不记得了，但好像在哪儿听过似的。她又说，怎么了？我说，没什么。

我很想告诉她，那首歌叫《深幽漫隧》，一首古巴爵士乐。歌名是我起的，因为实在不知道它的名字。是那次我们一起去的帕岸岛上，一个酒吧循环播放的歌。那天是满月派对，沙滩上堆满了来自欧洲、北美洲、南美洲的年轻背包客。我们在沙滩上都喝醉了，醒来时还是夜里，漫天繁星，不知从哪里传来了这首歌。秦梦半梦半醒地问我，这是什么歌？真好听。我说，我也不知道。咱们给它起个名字吧。她说，你说叫什么？我说，就叫《深幽漫隧》吧。

这一切，秦梦都忘了。忘了就忘了吧……

结　尾

这是一首长达七分钟的电子爵士乐，它存放在电脑里已经很多年了，音乐人的名字像是随便起的。音乐中隐约可以听到大海和冰块破碎地撞击，和吸管吸进空气的声音。温润的低音线，较少高频率范围的细节，柔和的高级和音，具有流动性的律动之美，让音乐更加深沉，缓缓地向远方前行。这像是一首有着完整叙事的曲子，每次音乐响起，我就会被它的韵律所牵引，像是置身于一场清醒的梦境中，空气也会变得潮湿。听到这首歌，我就会想起秦梦。一想到秦梦，就会想起我们在帕岸岛的那短短几日。我们曾一起出游过很多次，但唯有那次记忆犹新。这首歌像是一个通往记忆隧道的密钥，音乐响起，我在那像发了霉一般的隧道里，漂浮、盘旋。而那里，只有我和秦梦两个人。

原载《山花》2021 年第 9 期

阿　莹

进山

一

　　忽大年神奇地苏醒过来，又开始气昂昂地发号施令了。

　　本来儿子忽子鹿在长安脚下找了个农家小院，想让父亲住上几个月，好好休整休整的。那儿的草木泛有一种醉人的绿，一层层向上漫涌，一片片秋菊又云朵般沿溪而下，引得一群群绿翅鸟络绎逐飞，使深邃的峰峦多了几分妩媚，似乎人只要走进这里，心就自然静了，就会搜寻曾在这里吟诗作画的古人。但是，忽大年像被拽来的，进门坐下喝了一杯明前仙毫，还没品咂出茗香，就突然拍拍屁股回长安厂了。

　　忽大年似乎又有了什么奇异的想法。近来长安人惊诧不断，苏醒后的忽大年居然能知晓昏迷期间发生的事情，不但知晓一个又一个领导人接踵辞世，还知晓工业学大庆如火如荼，更对二代反坦克火箭弹的研制了如指掌，不听汇报就对战术指标摆了摆手……人们看着他事无巨细滔滔不绝，心房突突突直跳，难道此人的魂灵一直在工厂上空徘徊？

而且人们发现，病愈后的忽大年性格也发生了变化，变得温和平顺了，不管遇上多大麻烦，再不见他把军帽抓起，牛眼瞪大，桌子拍炸，一副战场归来的将军架势，反倒是什么事都好商量了，什么事都要放进脑子转两天再拍板了。然而，他从山脚下的农家小院急火火跑回来，进门就把田野叫过来，又瞪起眼珠子质问：你不是说派一营战士进山找靶场吗，咋从没见你来汇报呀？

　　这都是忽大年生病以前的交代，老人家怎么还没忘记呢？

　　田野嘟嘟囔囔地说：现在的靶场轰隆轰隆打了十多年，也没见什么影响试验的隐患，有必要开辟新靶场吗？可忽大年忧心忡忡地说：我那天在农舍喝茶，遇到考古院的张大师喜形于色，说是在靶道前方的河谷里，发现了一块摩崖石刻，竟然是唐代书法家柳公权的墨迹，记载了商於古道的兴隆，还记载了诗人们隐居和过驿的情形，所以那帮考古人视为国宝，说话声都带着颤音，估计上头很快就会下令规避，到时候咱们没地方做试验可就抓瞎了！

　　但是，大家开会讨论像听他讲故事，没人感觉问题迫在眉睫。这个靶场已使用十多年了，射进去的炮弹也有上千发了，也没炸出什么稀罕玩意儿，咋能说停就停呢？再说，即使现在开始筹建新靶场，申请经费也来不及了，预算计划都是前一年申报，第二年才批准实施。所以在办公会上，资金就成了讨论的中心。一向喜欢吹胡子瞪眼的厂长，竟然对着财务科长乞笑起来：是不是借用一下生产资金？区区三百来万，明年我想办法给你补上。可是黄老虎慢悠悠打了横炮：军工计划，有如法令，买酱油的钱，不能买醋啊！

　　买酱油的钱，为啥不能买醋？当年在秦岭峪口选择老靶场时，他曾被那故纸堆里翻出来的故事弄得晕头转向，便有意避开了什么王维的辋川，也没听说还有韩愈住过的驿站，可一直有人在山沟里寻找什么遗迹，他还派人悄悄去打听过几次，实在害怕搜寻出个蛛丝马迹，会折腾得天翻地覆的。可现在人家终于找到了石刻，就是找到了神仙们生活的依据，靶场居然是古代繁华的驿道，那些考古人必然会把整条川道挖掘开的，到时候二代火箭弹去哪儿试验？影响了试验进度，谁又能负责呢？然而，黄老虎毕竟点到了腰眼上，忽大年的头马上胀大了。以前他也认为，计划会让社会有条不紊地发展，可在长安摔打的这些年，他发现计划应付不了生产万象，可谁都怕越雷池一步被扣上帽子。所以，忽大年看见黄老虎的老鹰眼又眯缝起来，不由得涌起一股怒气来，这小子老毛病又犯了，又想跟他较劲了？

忽大年第一次在自己主持的会上，没有就讨论的问题拍板。

然而第二天清晨，忽大年将军般双手叉腰，迎着上班的人流，一把将黄老虎拉出来，像什么事也没发生似的，把老部下一直拉到宣传栏前，让他抓紧组织一场长征主题的劳动竞赛，各个单位以红旗标示，谁前谁后一目了然。

呵呵，这个偶然的创意，竟让长安人感到了新鲜，也把情绪调动起来了。大家上下班途经那里，都会朝自己单位的小红旗望上一眼，都期望与己挂钩的旗帜能一往无前，翻过雪山，走过草地，攻克腊子口，抵达宝塔山。从此，长安人的激情便被完全引燃了。

那是一个雾蒙蒙的早晨，气呼呼的牛二栏蹲在宣传栏下，看见宣传部长欧阳林过来，毫不客气地拦住去路，嚷叫声顿时把匆匆上班的人逗笑了。

你们是迷上谁家媳妇睁不开眼呀？我们上周就夺取了大渡河，怎么现在还停在六盘山？

瞧你婆娘那熊样子，只有你当宝贝吧？你们夺取大渡河，已经过了半夜零点，产量就只能算到下一月了。

那是一个红彤彤的傍晚，文绉绉的焦瞎子在宣传栏前琢磨了半天，也终于等到了移动红旗的欧阳林，一阵阵胡搅蛮缠，且把下班的人给惊住了。

我们已经攻克了腊子口，可以一鼓作气到达宝塔山，怎么旗手叫你家婆娘抱住了后腰？咋老是原地踏步呢？

焦瞎子，你想回家抱老婆想疯了吧？告诉你，完成了定型试验，才可以到宝塔山下休整，才可以回家看老婆！

看到大家的积极性调动起来了，工房里的笑声多了起来，忽大年郁闷的心境平添了一丝慰藉。也许是为大家理解他的思路，也许是为吹散盘踞心头的愁绪，他随后召开了一次全体干部大会，大讲特讲现代战争的特点，最后讲得衬衣都湿透了，抓起毛巾连头带脸擦了一把，说：我建议大家去看看刚开放的秦始皇兵马俑，后来居上的秦国为什么能统一六国？说一千，道一万，是秦国的剑比六国的长两寸。同志们啊，想不到吧？两寸定天下！我们为什么要把二代火箭弹抓上去？因为二代弹增加了制导系统，也就是单兵携带的导弹。我敢肯定，精确制导将是兵器发展的方向，如果我们不能掌握这门技术，敌人的导弹就会落到我们头上；如果我们掌握了这门技术，和平鸽就会在我们头顶飞翔……

这场报告热气腾腾，又紧贴战争前沿，兄弟厂都想请他去讲授，可是忽大年一听就摆摆手拒绝了。然而，当人们还陶醉在激奋之中，忽大年把财务科长和靶场主任叫过来面授机宜：事不宜迟，先斩后奏！

好像老天爷也加入了考古队伍，没多久报纸上便传来消息，在靶道末端又发现一块摩崖石刻，两方内容相互印证，名家撰文，名家书写，堪称三绝碑矣。这件事很快惊动了北京，一纸红头文件翻山越岭，命令靶场立即停止试验。焦克己那天进山打靶归来，在办公楼下拦住忽大年，像检视怪物似的，一连围着他转了两圈说：忽大厂长，你神了，神了！

其实，在停止试验的红头文件露脸之前，在秦岭深处一条荒无人烟的沟壑里，已经拥进了许许多多忙碌的人，开进了十辆坦克般的推土机，推平了三座大土包，炸碎了八块大石头，又盖起了龟样的水泥掩体，垒起了一个可住百人的土坯大院，最后扛来了一大堆形形色色的仪器，给寂静的山涧平添了一股神秘的活力。

无论如何评估，这都是长安厂长忽大年最为沉重的一次抉择！

只是通向新靶场的道路还没修好，轰轰的弹药冲击声就在山涧响起来，似与筑路的爆破声遥相呼应，把悠闲的鸟儿吓得总在上空盘旋，也把老林里懒惰的动物吓得无影无踪了。反正只要试验能进行，什么问题都不惧怕的，这是他多年以来的体会。

终于，二代火箭弹进入了威力试验，山涧尽头竖起了三个钢筋水泥的靶标，如能顺利完成这个试验，以后就没有威胁性命的危险试验了，剩下的飞控试验就可以用沙弹来替代，也就不用把弦绷得那么紧了。一个期盼已久的胜利，似乎可以冲散和抵消任何麻烦，就像战场上能够打胜仗，什么小小不言的毛病都可以忽略不计的。

那天，一个姓丁的射手站到了靶位上，听到总指挥发出第一声指令，底气十足地应了一声：到！靶场顿时安静下来，忽子鹿跑上去递了个瞄准用的橡胶垫圈，这无疑是他吸取龙江教训制作的，却惹得人家不耐烦地摆了摆手。

但忽大年对儿子的举动很欣慰，子鹿的确让他有点儿骄傲。前些天来了工农兵大学生推荐通知，俩儿子居然在工厂的选拔考试中都入围了。他晚上回到家摊开话题问谁先去，俩儿子一听哭得稀里哗啦的，一个劲儿说妈妈不在了，说破天也要守在爸爸身边。忽大年感动得热泪盈眶，反复说这次不能再让了，你妈说过俩儿将来都要上大学。后来子鹿挠挠头说，那我俩抓阄吧，随手便写了两个纸团扔到饭桌上。子鱼捏住一个一打开，只见一个"上"字。其实，忽大年心里明白，两个纸团都是"上"，如今子鹿越发有模有样了。

这时，丁射手果断地扣动了扳机，火箭弹如火蛇突进，把方方正正的钢筋垛子击了个粉碎。焦克己乐颠颠跑近靶标，厚眼镜推到脑门，贴近破碎的靶标，头也不回对着步话机报告：漂亮！照这个劲头打下去，三个月就可以完成定型试验，肯定可以回家过元旦了。忽大年却毫不客气：少啰嗦，第二发准备！

虎头虎脑的丁射手一摆手：准备完毕！待人们从靶标处散开，又一枚火箭弹迅如箭镞，飞速地冲向了水泥垛。然而，就在离靶标六十米处，优美的曲线猛地抖了一下，弹头猛栽到地下，弹进一片洼地去了。

见状，所有人都愣怔了。焦克己气得直拍大腿，咋整的，麻烦了，撒腿就往落弹处跑去。可落弹处竟然是一片泥淖，站到洼边远远瞅见乌黑的弹体，犹如天外来客，又像拱出地壳的大萝卜，赌气般插在地里。焦克己回头看看忽大年，又瞅瞅沮丧的射手说：可能制导出了问题，弹道偏离了方向，可能引信也有问题，弹头栽地都没有炸⋯⋯

正说着丁射手蹚水过去，想去抱露出地面的弹体。

忽大年气急冒火边跑边吼：小心，不敢动！

厂长过去一把推开射手，围着弹屁股左右端详没有吭声。这时，焦克己拎着防弹衣和钢盔从掩体里出来，似乎想复制厂长当年的英勇。可是，忽大年却泛起一种不祥的预感，心口怦怦，手臂瑟瑟，也许就是人们常说的第六感觉吧。焦克己故意打岔问：你是想请示一下上级？忽大年回头一瞥：请示个屁！现在，我就是上级！焦克己忧虑地说：这个弹不拆开，故障就找不出来，定型试验怕就打到明年春分了。这话的确让忽大年一阵犹豫，耽误了计划也是要命的，可他最后挠挠红疤说：拉上警戒，明天再说！

傍晚时分，雪上加霜，山坳修路的生产队竟然也传来了事故快报，忽大年手攥帽子都快捏出水了，他根本没心思听取情况，只叫驻守厂区的黄老虎赶紧过去看看，就地做个处理。然而半晚钟声刚落，人们刚钻进靶场招待所的被窝，猛听到窗外一声轰响，声浪狠狠地撞到窗玻璃上，发出了咔啦咔啦的撕裂声，随后寂静便吞噬了旷野，静得都有点儿恐怖了。刚过一小会儿，就听见一阵杂乱的脚步声由远及近，一个卫兵猛敲开忽大年房门，大喊：故障弹炸了！天亮以后，人们围着那个炸成锥形的大土坑，倒吸了一口气，好险啊。丁射手跑过去一看，惊得舌头都缩不回去了，如果昨天贸然拆解，一定成为弹上之鬼了。

焦克己这时拉住丁射手说：你以后应该管忽厂长叫干爹了。大家矜持地笑了，可忽大年却没有一丝笑容⋯⋯

二

忽大年带着沮丧的试验队回到长安厂，立刻召开了故障原因分析会，可火箭弹坠地的问题，好像随着那一声轰响永远成了谜，似乎可以推测出十多个原因。而那个修路爆炸事故又毫不掩饰地叠加到会议的天花板上，压得人快喘不过气了。难道长安厂真的遇上了多事之秋？忽大年心绪烦杂，都不知啥时黄老虎坐到了旁边，一副讨债归来一无所获的样子。

我已经去了沣峪大队……

怎么样？事故处理复杂吗？

伤了两个人，倒是落不下残疾……

按规定办，尽快处理吧。

问题可比想象的复杂……

为什么？

农民开山的材料，不是土炸药。

那是什么？

是军用炸药……

忽大年心里蓦地一沉，毫无疑问，军用炸药是绝对不能流落民间的，这沣峪大队是从哪儿搞到的军用炸药呢？会不会跟长安厂有什么瓜葛呀？不管怎么说，问题的背后一定隐藏着暗道款曲，搞不好会是一个刑事案子，至少会牵扯出几个责任人来，一旦上纲上线就是违法乱纪了。他不由得一扭头，竟与黄老虎的鹰眼奇怪地对上了，尽管只暧昧地对视了一下，却深深地印到了他的脑海里，前胸马上渗出了细汗……

乌云笼罩的故障分析会开了一整天，各种意见莫衷一是，把主持人搞得头昏脑涨，瞅着桌上的记录本直想一把给撕了。临到散会，忽大年把黄老虎胳膊肘碰了一下，两人又对视一下笑了笑。这个老狐狸，新靶场已经开工半年了，道路也快修通了，刚才竟附在他耳边说：就怕事故扯出挪用资金的问题来，那渭河厂的叶京生才挪用了一百万，就……这是啥意思？这话开工之前你咋不说呢？他从黄老虎阴鸷的眼神里发现，靶场事故已不是处理个工伤那么简单了，好多事情在下边悄悄运行不觉得是问题，一旦放到阳光下便会引来尖叫的。

忽大年沉沉地避开锋芒问：你知道我为啥叫你去处理事故吗？黄老虎老辣地摇摇头。忽大年暗忖此人是钻进自己肚里了，说：沣峪大队是为修建靶场出的事故，就事论事，内部处理吧。黄老虎眯起眼：可是……忽大年不容分说：没有可是，这件事由你全权处理！

然而，忽大年回到办公室心绪烦乱，把电话拿起又放下，一直磨蹭到下班，才从抽屉翻出几双线手套，匆匆往单身大楼去了。其实，当他听说农民使用了军用炸药，心里就开始嘀咕了，这个鬼精的老部下话里有话，如今新选定的靶场地址，距离老靶场不远，宽有一里，长有六里，似乎是老天爷专为二代火箭弹预备的。可这地方仍属于沣峪大队，为了保障试验任务，忽大年要求先修靶道，后修行车道。现在，靶道工程已经竣工，事故出在一段陡峭的山路上。只是生产队怎能搞到军用炸药呢？

　　如果沣峪大队用的真是军用炸药，那绝不会是从装配线流出去的，每天装配多少弹、用去多少药，都是个死数，最大的可能是从销毁弹药里流出去的。问题是，负责销毁的人恰恰是黑妞儿啊！记得黑妞儿曾经嘟囔过，这些废旧炸药送给生产队，人家还会念你好呢，一点火炸轰了多浪费啊！当时自己摆了摆手说：这可不是你该操心的。黑妞儿居然歪嘴嘲笑：你呀，身体痊愈了，脑子咋还生锈了？他当时没再吭声，那可能被认为是默许了，这个胶东女人太有可能擅作主张了。

　　忽大年对黑妞儿的担心提到了嗓子眼，如今他经历了亲人的生生死死，越发感觉黑妞儿在心里的分量，已达到不能发生差池的地步了。所以，他已不怕什么嬉笑和嘲讽，径直跑上了女单身楼，重重地敲开门，不等同宿舍人出去，就坐到了黑妞儿的床沿上。但他一见到胶东老乡，又怕把问题说重了把人吓着，便咽了口唾沫风轻云淡地说：天气马上冷了，要进山做试验，给老乡织条线裤呗。

　　黑妞儿一听呵呵笑了：你还真是出息了，俺伺候你吃，伺候你睡，累得腰都弯了，你还不放过俺呀？忽大年环顾两边架子床：只要我抓住了，就不会放手了，你呀，干脆搬到我那儿住吧。黑妞儿嘻嘻笑了：哎哟，你说得轻巧。咋的，是想破镜重圆，还是想娶新媳妇？忽大年挠挠头：哪来那么多讲究，咱俩都这岁数了。黑妞儿却严肃了：如果是破镜重圆，俺是你大老婆，靳子是你小老婆；如果是娶新媳妇，那你得用八抬大轿，至少把黑家庄的父老乡亲请来，把厂里的好人请来。忽大年皱皱眉问：请那么多人干啥？黑妞儿又鬼精地撇嘴笑了：这你都不懂，通知大家伙，这俩人明铺明盖了呗。

忽大年转而吞吞吐吐地说：如果有人问，你就说沣峪的炸药，是我同意的⋯⋯

黑妞儿一脸狐疑地问：什么是你同意的？你说什么呀？

忽大年沮丧地说：反正⋯⋯反正有事，你就往我身上赖⋯⋯

黑妞儿点着他的鼻子说：你个猪脑子啊，如果那样说，别人都会想，俺以前为你历史问题的证明，一样都说的是假话！

忽大年一下子愣怔了，感觉胶东女人不仅手掌厉害，思维也够缜密的，只好顿了顿说：我怕有人揪住靶场事故，会扯个没完没了⋯⋯

唉，那怕个啥呀？不让咱干了，咱回黑家庄种地去。

两人你来我往，呛呛了半天，忽大年到了也没敢把炸药流失的疑问说透彻。这几年他从妹妹的遭遇中悟出一个体会，身边亲友遇上麻缠还是不说透的好，有时候说透了反而不好办，彼此心照不宣，悄悄在肚里藏掖着，可能才是对亲人最好的保护。何况，瞅着黑妞儿眼睛清澈莹亮，一脸的镇定无邪，哪像藏着什么问题，自己应该相信人家才是呀！只是，这个老乡以前笑着嚷着要搬过来，要来当家做主人，他觉得还是领了结婚证再搬的好，以免让人背后说闲话。可他现在主动去请人家过来，人家却扭扭捏捏打开岔了，难道她知道了什么故意退缩了？

她知道了什么呢？忽大年挠挠头起身下了楼，他想还是要在黄老虎身上做工作，要跟黄老虎把事挑明，这个事故不要深究不休了，此人尽管曾经想跟黑妞儿黏糊没有成，那也不至于记仇吧，不至于在这上面做啥文章吧。但是，他走着走着突然浑身发热，汗水竟在衬衣里汹涌起来。自从出院以后总是这样，稍一紧张人就冒虚汗，连开会讲话都会大汗淋漓，讲上一会儿就能湿透。今天他把衣扣全都解开来，让凉风吹了吹，又感觉毛骨悚然，便又合衣扣上了。

噢，这应是他第二次敲黄老虎的家门了。可是敲了敲没人应声，他头上竟然又往下掉起汗珠来。这个老鹰眼的毛病他是知道的，一下班就待在家里，即使俱乐部放电影也不去看的，现在正是饭点，他能去哪儿呢？

忽大年蹲下身从钥匙孔朝里窥探。呵呵，灯泡亮亮的，地上有双鞋，一只正着，一只歪着，显然黄老虎在家里，可他再敲再叫，门扉就是没动静。这个老鹰眼又在琢磨啥呢？

其实此时此刻，那黄老虎就在家里床上躺着呢。

他还真是神机妙算，平时回家就把收音机打开，声音开得很大，满楼道都能听到，今天他开了一会儿就关上了，还没来得及关掉走廊灯，就有人当当敲门了。从那毫不犹豫的节奏上判断，来者必是忽大年，但他不想去开门，开了门能说什么呢？

处理事故纯粹是行政业务，竟以命令的口吻让他去调查，好像忘了他是长安厂的副书记了。

昨天那火箭弹事故分析会还没开始，他就坐车跑到了沣峪大队。

那个大队的人生活在一片恢宏的古代遗址上，世世代代也没把石崖上若隐若现的痕迹当宝贝，现在山呼海啸价值连城了，似也看不到宝物能带来什么实惠。沣峪人已经为长安厂贡献了一条靶道，十多年轰隆轰隆的打炮声，已把村民们赶到山梁后边去了，而一条新靶道又选择在世代耕作的川道上，可人家听说这是国防急需的工程，二话没说又把地方给让出来了。

等他匆匆忙忙赶到事故现场，一群山民正在清理炸塌的巨石，气氛的确有点儿压抑。他听了伤情汇报，便拉住罗村长说：怎么会发生这般事故？像是炮眼没有掌握好，以后长安厂可以派个技术员，帮你们开山炸石。村长却连连摇头：自制的土炸药，不值当你们来。他惊奇地问：你们还能自制炸药呀？村长说：太简单了，化肥、锯末、木炭一拌就成了。村长说着把他拉进了另一个院的土屋里，窗下是一张土炕，炕上一层厚厚的棕色粉末。他掬起一捧不禁愕然：闹了半天，土炸药这么简单呀！

然而，黄老虎扭头看到地上有个面粉袋，敞开的线缝残留着一道黄末子。哎呀，这嫩黄的颜色太有冲击力了，他过去伸手捏了捏，放到鼻下闻了闻，便恍然意识到，靶场的销毁炸药可能流失了，否则一炮咋能炸下那么大一块山崖？

他马上赶到修路现场，有个村民讨好地说，你们长安炸药劲太大了，一点火地动山摇。他一听就明白了，撂下村长直奔会议室报告了情况，可人家忽大主任装模作样，不停地翻阅手上的一沓资料，弄得他反倒没脾气了。不过，他对老首长也太过了解，此人吃过晚饭才会用心考量，一旦反应过来必会再来找他的。

不知忽大年有没有想到，只要上级听到风声，对事故展开调查，抽丝剥茧，顺藤摸瓜，绝对会爆出一个大冷门来：修建新靶场有计划吗？建设资金哪里来的？那天，又开会讨论靶场筹建项目，财务科长竟然放胆忽悠，准备动用工厂自有资金。呵呵，谁信嘛！尽管自己负责党务，可泡在长安厂二十多年，有多少自有资金他还是知道的，看样子老首长的脑瓜是发热了，热得都让人感觉烫手了。

所以，装聋作哑，拒之门外，乃三十六计之上策也。

三

忽大年一回到办公室，坠弹事故和修路事故便一股脑地灌进来，即便打开所有窗户，新鲜空气也涌不进来。他就像钻进了水草茂盛的深潭，四肢都快被缠死了，想喘口气都感到难了。所以，他只能忘我地忙碌着，从早到晚不停地安排着事情，也似乎只有这样子，时间才会快一点儿，才能让他心里感到舒坦些。

终于，火箭弹制导试验取得了突破，居然要登军队简报了，这让他在郁闷中升腾起一点儿小小的亢奋。忽大年舒心地吸进一大口烟，吐出了一个个圈圈来。他有种预感，这篇报道应该是一场及时雨，可能减缓对军用炸药流失的追究，说不定领导轻描淡写叨叨两句，事情就可能悄没声地过去了。建厂之初，他超计划招工的问题，后来也挺令人头疼的，不光上纲上线了，还反映到了总部。可总部领导惜才如命，看他们干得风风火火，设备就位了，产品投产了，就把他叫去轻描淡写地批评了两句，大会上又严肃地喊了两声，便把所有的追究和责难搁下了。所以，老天保佑啊！

然而，夜半时分编辑打来电话，说稿子暂时搁下了。

这个"暂时搁下"，让忽大年沮丧得一夜未眠。天刚麻麻亮，他就急急地钻进了办公室，本想站到窗前把思路梳理清楚的，可上班号刚一停，黄老虎就神神秘秘推开门又反手掩上。看着老部下异样的举动，他感觉昨夜的报道夭折，可能与更大的问题关联，不能让人牵着牛鼻子往黑里走，所以他不等对方开口就出声了：处理事故，要快刀斩乱麻啊。

还处理啥呀，麻烦大了……

自己的工程，自己的炸药，怕个啥嘛！

咱长安是公有制，沣峪是集体所有制……

什么？还跟所有制扯上了？

公有的炸药转入集体的沣峪，问题说多大有多大。

你说吧，有多大？

等同于盗窃……

我说老鹰眼啊，你吓唬谁呢？

黄老虎闻声还陡然嘴硬了，说：忽厂长，你对我有恩我清楚，可我鞍前马后二三十年了，也够意思吧？你那些事哪个不是我操的心？不过，今天我可不是来跟你讨论事故的，我是来给你报告一个紧急情况，咱那个办公室主任门改户早上叫公安抓走了！

什么什么？沣峪那些炸药是门改户偷的？

好像不是炸药的事，好像牵扯到一起文物失窃案。

天哪，怎么麻烦事一个接一个哟！这长安是西安城响当当的军工厂，公安从没进厂公开抓过人，这一下人们的思想就乱了。何况人家敢抓一个，就敢抓两个，抓三个……忽大年脑门倏地渗出一层汗。

四

抓捕发生在早晨上班的路上，忽大年居然没有一点点察觉。

那个门改户像往常一样晃晃悠悠走进厂大门，传达室突然冲出一伙年轻人拦住问：你是门改户吧？还没等他答应，一个反剪，双手拽后，一副锃亮的铐子变戏法似的锁住了手腕，痛得他哎哟一声。可没等他喊出第二声来，整个人就像一捆麦秸，被扔进了车窗竖着铁栏的面包车里。所有看到这一幕的人都惊呆了，谁这么胆大？

传说中姓门的家伙曾对妹妹忽小月有所欺骗，对他也有过明里暗里的辱没，如今此人倒卖文物自投罗网，忽大年多少有点儿幸灾乐祸，便对满面愁容的黄老虎说：你是老保卫了，由你全权处理吧。可是没过两天，那个混蛋竟然从派出所传出话来，有重大机密要向厂长交代，公安判断案情可能有意想不到的突破，反复央求忽大年过去做个配合。

当忽大年走进派出所，见到戴着手铐的办公室主任，一个曾经的形象便顿时坍塌了，低头缩脖，满眼贼光，他心想人这一辈子，走正道得一辈子小心，走邪道就是一闪念。他竟滋生了一丝怜悯，恳请看守把铐子给摘了，感动得门改户眼泪止不住地流，一股脑儿倾诉了身上藏匿的一个秘密。

原来，这个混蛋也够窝囊的，当年他是顶着姐姐的名字进的长安厂，可他从此便背上了包袱。姐姐每月会按时带孩子进门，生生要拿走一半工资。婚后媳妇稍吐埋怨，姐姐便哭天抹泪地喊叫，要把身份换回去。门改户害怕工厂追究，一直强忍着凑合下来，可姐姐一家五口人，他一家四口人，九张嘴要吃饭，月月捉襟见肘。所以，他曾想恋上忽小月找个靠山，也曾想在后区开荒贴补家用，更企图走上领导岗位占到便宜……

忽大年终于从那絮叨里听明白了，这个精灵鬼是在盘算，盗卖文物，获利五千，咋说也是一笔巨款，肯定是要判刑了。判了刑自然要开除公职，他想能不能让姐姐恢复身份进厂上班。这真是个异想天开的想法，忽大年终于反应过来，禁不住冷冷一笑。可门改户没理会，竟然移步上前小声说：我知道你现在心烦，沣峪大队的事故，一旦下来调查，肯定会引出靶场违建问题，上头一旦知道，事情就闹大了。

咋就闹大了？

你真的不明白？那会影响到你的官帽子，还会影响到黑妞儿，那沣峪大队的炸药，肯定是她倒卖出去的。

你咋还能肯定？

不瞒你说，我给沣峪大队卖过一饭盒炸药，村长说那东西好用，让我想办法多搞点儿。你想，还没等我搞到手，他们就炸了，那炸药会是谁卖的？肯定是黑妞儿啊，只有她有这个条件。

你想嫁祸于人？

不不，我想我是破罐子了，我可以把卖炸药的事揽到我身上，事故就一下简单了，也就不会有人追究了，让我姐进厂也就能说得过去了。你好，我好，大家也好。

忽大年听到这话鄙夷地说：闹了半天，你是想跟我做一笔交易，想得不错啊！哈哈哈！朗朗的笑声如雷滚，冷峻中带着嘲讽。忽大年的笑声戛然而止：你知道你在跟谁说话吗？门改户闻声抬头，脸上一阵抽搐，扑通一声跪下了，惊得旁边两个看守箭步上前，狠狠按住了他的肩膀，鼻涕泪水立刻流下一大摊。

忽大年一扭身甩袖子走了，听到背后咚咚的磕头声也没回头……

五

那天傍晚，忽大年从公安局回到长安厂，本想去车间冲个澡的，却没走几步又回到了办公室。那个想跟他做交易的邋遢样却总在眼前晃悠，竟晃得他心烦意乱起来。是啊，人戴上铐子一切都完了，精神也会被摧残得失去人形的。而且，那遗失炸药的问题，门改户一定会为立功而揭发，也一定会引起公安的注意。当然他对黑妞儿心里有数，当年农村打土豪分田地，她分管浮财，没多拿过一分钱，这才赢得村民信任，当上了妇女队长。黑妞儿不可能去偷卖废炸药，但是若将那废旧炸药送给人家，也是个不小的问题。

忽大年躺在床上翻来覆去睡不着，直到夜半才有了困意，可桌上电话又狂躁地响起来。他实在懒得去接，可铃声一遍一遍地闹，只好挺起身抓到手上，一听那妖妖的声音就知道是那个烦人的宫科长：咋了？也不看看几点了？

我有要事报告。

什么要事？

我今天咋听见两人嘀咕，有个女的倒卖炸药……

女的？什么女的？

我想，你把人家门主任送进了局子，人家也想给老娘找个莫须有？

这……你可不敢胡说，我跟你可没啥关系！

这个宫科长自打他出院上班，看他的眼神就软了。不过，她反映的情况也挺烦人的，忽大年那天从军报编辑吞吞吐吐的语气中，已经察觉到炸药流失问题可能暴露了，否则人家为啥说，有些政策层面的问题还需讨论？这明显是有人透露了什么，现在连宫科长都知道了，事情恐怕就瞒不住了，以后的日子恐怕也就难过了。想到这儿，他想给黄老虎拨电话，让他快刀斩乱麻把事故处理了，免得夜长梦多节外生枝。

可电话转盘一遍遍咔啦，却始终没人接听，这个老狐狸一定是把线给拔了，否则以他那保卫出身的神经，铃响一声就会一跃而起抓到手上。忽大年恼怒得大汗淋漓，直想抓起茶盒杯子一个个摔了，可他知道现在入夜了，任何躁动都会引来保卫人员，只好撕下桌上的报纸，揉成一团摔到地下，又揉一团又摔到地下，一会儿满地都是纸团了。

不过这些日子，他在报纸上发现了一个词：改革。

这个词以前可从没在报上出现过，好像现在出现的频率也不高，也没在标题上招摇过，但是却很有冲击力。尽管藏在密密麻麻的铅字里，但目光略略一扫就能蹦出来，晃得人眼花，晃得人心跳，于无声处听惊雷啊！他上次去拜访成司令，听见老人家也杵着拐杖在品味这个词，不知道老人家是讨厌还是喜欢，直把地板杵得咚咚响。开始他对这个词也不怎么喜欢，觉得还是将新生事物称作"革新"的好。

但是，在这个夜深人静的时候，他看着满地的纸团，感觉管理工厂的确该有一场改革了。难道建靶场搞试验不是生产？至少是为了促生产，不，是生产的重要环节。什么事情都计划得丁是丁卯是卯，不准越雷池一步，那还怎么迸发活力呢？就像当年在战场上冲锋陷阵，指挥员只管下达攻击任务，甭管战士们是扔手榴弹，还是端机关枪突进，总会把红旗插上敌人城头的，那才是大将风度啊！

也许只有黄老虎知道忽大年生发了危机感，似乎在做人生最后的铺排。

这些日子老鹰眼待在办公室不愿出去，见到什么都不感兴趣，连公务员在窗台放了盆秋菊都让搬走了，他以自己特有的嗅觉判断，长安机械厂将会爆发一场地震。震中可能是长安大楼，也许这个福大命大的胶东人又能安渡劫波，也许这个工厂就要改朝换代了，却不知自己能否在麻乱的纠缠中独善其身，以前两次送到嘴边的肉不是都跑掉了吗？

令人心烦的是问题越来越集中了，昨天他那从没响过的保密电话嘟嘟起来，这声音太陌生了。他迟疑了一下才抓起来，是总部的一个王参谋打来的，要长安厂回答两个问题，一个是军用炸药流失的问题，一个是新建靶场的问题。人家毫不隐讳地将两个问题一线穿了，小参谋似乎没有追责的意思，但语气沉稳不愿多谈，明显背后隐含着重大因由。最后他小心地问了一句：你们会派人下来调查吗？小参谋没有回答就把电话挂了。

黄老虎放下电话心房狂跳，他知道这两个问题都很讨厌，第一个问题已经暴露，电话过问再正常不过了，第二个问题他只在心里嘀咕过，上级就英明地知道了。下边有什么风吹草动一清二楚，而这两个问题毫不犹豫地指向了厂长，上级只要下来调查，不费吹灰之力就能查个小葱拌豆腐。

只是，这么敏感的问题王参谋为何要打给他呢？是不是包含了某种信任的成分，或是某种考验的味道呢？看来这个材料是一定要报的，而且一定要快。但是他又担心上边就没有这个意思，那他就是自作多情了。任何不计后果的轻举妄动，都可能把忽大年给惹下了。古人为啥云，三思而后行？

黄老虎想了又想一夜未眠，第二天还是把田野拉上，推开了老首长办公室的门。他坦率地告诫忽大年注意：王参谋询问的两个问题，可能触碰了法令红线。可忽大年一副不以为然的样子：那边修路缺少炸药，这边炸药却要销毁，那边修建靶场缺少资金，这边资金趴着睡觉，这绝对绝对是一种浪费呀。

　　唉，他这是故意打岔嘛。老首长近来好像跟什么较上劲了，即使那炸药遗失问题不会直接找上你，从中引出的三百多万的工程也不是个小问题……而这都是为公家的事情，至于拿自己的政治生命去赌吗？看样子一定是被人点了捻子，那捻子正在刺刺地向上燃烧，烧进雷芯就会听到一声爆响，爆响之后一切就大白于天下了……

　　将来不管怎样处罚，责任人恐怕在位置上坐不住了。那个渭河厂的叶京生才挪用了一百万就摘了帽子，忽大年至少挪用了三百万，不收拾他又能收拾谁呢？庆幸的是这两个问题，当初黄老虎就态度明确，国家计划，不可逾越！这倒不是他先知先觉，实在是被自己经历的事情搞怕了。当然，昨夜风清月朗，黄老虎也对自己做了告诫，绝不能让人看出衣服里包裹的心思，一旦让人看穿了，让人背后戳戳点点，即使上了位子也会掉价，也会成为人生失败的记录的，那就划不来了。

　　不过，当他看到忽大年一头汗一身水的样子，多少生发了恻隐之心。老首长的身体是大不如前了，可人家对二代火箭弹有种特别嗜好，不知是何时下的功夫，居然把制导技术讲得通俗透顶。其实，只有他黄老虎明白，老首长如今的行事风格，表面上似乎温和了，内心却比当兵时还急躁呢。这是不是命运对他做了什么暗示？大病初愈，半天上班，谁也不会提意见的，可他好像拼上命了，要把一年的事几天里干完，这倒让黄老虎多少有些怜悯，毕竟两人风风雨雨几十年了。

　　可是，他和田野站在那儿讲了半天，首长大人居然没有让他俩坐下的意思，黄老虎只好嘿嘿笑笑岔开话题，说：你不是跟考古院的张大师有交情嘛，他们举办了一个盛世吉金的青铜器专题展，里边就有连福发现的三件青铜重器，听说他们还把门改户倒卖文物时磨掉的铭文修复了，发现是周公用过的礼器，社会上挺轰动的，你也去看看放松放松吧。忽大年抬抬眼皮：盛世吉金……盛世吉金是啥意思？你又不是不了解，我就对火箭弹感兴趣，别的一窍不通啊。黄老虎见话不投机，眨眼示意营长跟上补充，田野便直奔主题：忽厂长，你大病一场，出院就没休息，明天进山试验，就不用去了。

忽大年诧异一笑：我那病就是急出来的，待在家里头，反倒会加重。

田野小心提醒：试验不能掉以轻心，身体也不能掉以轻心。

忽大年把桌子猛一拍：气可鼓，不可泄也！

黄老虎只好坦白说：忽厂长，实话说了吧，我俩认为王参谋的电话，话里有话，你去总部主动做个汇报，也就是主动做个检讨，免得让人折腾出啥事来。

忽大年手挠额疤：你们说我去检讨什么？我找谁去检讨？

两人异口同声：叶厂长的事你知道不？

这话好像把忽大年说动了，只见他戴上帽子在办公室来回踱步。其实，早些天大家就知道了，渭河厂长叶京生挪用资金犯了错误。听说，去年生产任务重，炸药供给不及，只好三班连轴转，这在机械厂司空见惯，却是火工生产的大忌，他担心工人吃不消出事故，紧急挪用了一百万生产资金，改造了火药成形生产线。很快让上级发现了，认定这是破坏国家计划，一定要给个处分。叶京生本来还理直气壮，自己又没把钱装进腰包，有啥可害怕的？后来一听事态严重立刻蔫了，到处找领导哭鼻子做检讨。然而最后的处分，还是一撸到底了。忽大年开始有点儿不相信，想给叶油子打个电话探探虚实，也顺便安慰几句，可渭河厂的总机话务员一听找叶京生就说，叶厂长已经免职了，电话已经拆了。那天忽大年放下电话怅然若失，半天没有挪动脚步，连自己安排的会议都迟到了。

现在，老部下定定地看着老首长，一句话也说不下去了。好多事情的确通融与否不一样，但去一趟总部又能怎样呢？谁会给你担这个沉呀？谁都会说你怎能犯这么低级的错误。最后，三个人静默了许久，眼睛都斜睨着对方，谁也不肯言声，那样子忽大厂长今天像是听进去了。

第二天试验车队重新在办公楼前整装待发，准备向秦岭山里进军，只听哈运来一声出发，试验车、保障车、指挥车鱼贯驶出了工厂大门，向着被绿植遮盖的莽莽秦岭缓缓驶去。突然，黄老虎站在台阶上惊诧地张大了嘴巴，他看见忽大年乘坐的吉普车从车库里驶了出来，很快便越过车队跑到了最前面……

六

试验车队进山以后，速度还是慢下来了。现在已是深秋了，山坡上尽管落了厚厚一层枯叶，仍有一簇簇粉的黄的碎花顽强地张扬着，汽车一闪而过会看到花瓣在微风里频频点头。忽大年叫不上花的名字，只知道有一种可以吃的绿草叫苤苤菜，老树根下的白蘑菇可当下酒菜，似乎人们总说西北高原尘土飞扬，其实这里的绿荫比胶东还浓厚呢。

这次火箭弹定型试验，计划两个半月，应是一次集大成的考验，长安人都有点儿兴奋，这当是军方对这款产品的最后检阅。但忽大年却有些莫名的懊恼和沉重，他有一种预感，总部是一定会派人下来调查靶场问题的，调查的结果将难以预料，因此，他必须赶在调查之前，把二代火箭弹定型试验完成，那将是他给自己的一个交代啊！

所以满目葱茏的景象，并没能让他心绪静好，吉普车一开进干打垒的大院，他便走进几乎专属他的小套间，在床沿上坐了一下就起身来到院子。靶场主任尚仁义殷勤地上前问：晚上想吃点儿啥？准备了野兔野鸡，但是没人做得好。他随口打发说：你们去问问黑妞儿吧，她做饭有一手。尚仁义眨眨眼：听说她手上有功夫，做饭也可以呀？这时，忽大年瞥见田野远远地从沟里走过来，心里忽地涌起一股烦躁，转身回房拉开小屋后门，上了荆棘丛生的山间小径。

山坳里一群鸟儿惊起盘旋，忽大年盯着嫩黄的翅膀，不知道鸟儿叫什么名字。他知道田野一定是来催促他进京去的，好像只要他坐上东去的列车就什么事都可以摆平。那个黄老虎这次也似乎挺仁义，三番五次说要把事态控制在萌芽状态。其实，天要下雨，娘要嫁人，谁能阻拦得了呢？黄老虎昨天还开玩笑说他是个老"运动员"了，遇上什么麻烦都会逢凶化吉，话说得人心里暖洋洋的。看来人与人之间的确需要敞开交流，任何卑微的人都有高尚的闪光，任何卓越的人也都有阴暗的纠结，只是人心始终被那一身皮囊包裹着，谁也不愿把隐秘推到阳光下，以致心灵交流只能是个美好的愿望，遮遮掩掩反倒成了生活的常态。

不过，这次进山打靶不能叫人再去撒网捕鸟了，这么漂亮的黄翅鸟儿吃掉太可惜了，和平共处，自然舒适，好像自己这辈子从没对山野风光产生过眷恋。

现在来看，迁建靶场的决策完全没有错。尚仁义逢人就说，靶场人应该给他磕三个响头，两个月前一场百年不遇的暴雨，冲下来一股罕见的泥石流，不光把老靶场冲毁了，还把国宝石刻也给埋了，想想都后怕哟，如果靶场不挪地方，二代火箭弹的定型试验就一定泡汤了。可是，那些人是不会管这些的，只会搜罗问题比照条条框框，然后拿出个处理意见来。

昨晚上家里好生热闹，来了好几拨人，都在劝说他不要去靶场了，那么冷的天气，那么简陋的瓦房，小心再把身体折腾出毛病来。大家的好意他当然领了，可他还是执拗地进山参试来了。孙夫子两千多年前就告诫，安则静，危则动，这道理他也懂。

靶场大院后门外竟是一片乱石滩，大大小小的石头镶嵌在虚土里，忽大年看到凹地里的销毁场已接近完工，尚未堆积过期的炮弹。远远看见黑妞儿正忙碌什么，蓝帽蓝衣蓝裤，是在侍弄一块巴掌大的菜地，好像种的是小白菜，露出了指头长的叶芽，还有簇簇大葱也冒出了绿尖尖。

是的，如今的黑妞儿已不再年轻了，不能总在这深山老林里忙碌了。他突然想起门改户那天的鬼话，这小子凭啥断定是黑妞儿倒卖的炸药呢？近来他一直想找老乡好好聊聊，实在想亲耳听到黑妞儿斩钉截铁的话，门改户是胡说八道！那话才能让他悬着的心放下来。可这人一直猫在靶场不回长安厂，居然是在这儿侍弄菜地呢。

于是他慢慢走了过去，黑妞儿似也看见他了，扬了扬手上的毛巾，好像有准备似的，从包里掏出一件织好的红线裤。

这颜色，我能穿吗？

你忘了，人要老来俏。

呵呵，今天可是你骚情。

咋了？俺骚情又咋了？

人老了，脸皮就厚了。

你觉得咱俩老了吗？

两人好像在深山老林里才能找到感觉，说着山上的桑叶可以养蚕，地上的野菊可以入药，又说到销毁的炸药威力如何，可他仍没敢直问沣峪事故的炸药来源。后来，黑妞儿发现他的状态不佳，问他怎么有点儿魂不守舍，他只好提起那个心中挥之不去的情结……

咱俩回去就把结婚证领了吧。

领啥证呀？现在去领证，日子咋填呀？

哪天领，填哪天嘛。

那可不行。

咋不行？

填到现在，俺就真成老二了。

算我求你了，别再纠缠这些了……我心烦着呢。

你心烦，你跑来干啥呀？

那你真能跟我回胶东种地去？

嗯……俺就盼着那一天哪！

忽大年苦涩地笑笑，也许彼此心照不宣，他才好说话好呵护呢。于是返回靶场大院吃罢晚饭，好像精神又抖擞起来，又开始听取试验准备，且把细枝末节都安排停当了。田野最后见人散尽，悄悄附在他耳边说：今天黄老虎来了三次电话，内容只有一个，说上边正在酝酿什么调查。忽大年一听心就烦了，说：来就来吧，脑袋掉了，也不过碗大的疤。但是他略一沉吟咬住了牙根，他知道这件事如果认真追究，自己恐怕要像叶京生一样……所以，他忍不住拉住田野说：如果这次二代火箭弹能完成定型，就标志着我军单兵装备有了制导功能，长安机械厂以后就要忙活几年了，回头你把生产准备一一排出来，切记要往最坏处想，往最好处努力，这可是我一辈子的体会啊。田野怔怔地停顿了一会儿，说：你这话，咋像临别赠言呀？忽大年长长吸了一口气，再也没有说话……

第二天清晨，东方刚刚露出鱼肚白，忽大年突然在睡梦中睁开了眼睛，发出了一声长长的嚎啸。那声音像从风箱里挤出来的，由低而高，压抑而憋屈，又像雄狮发怒，由粗而细，沙哑而悠长，竟把土坯墙壁震得哗哗响，也震得所有人在睡梦中睁大了眼眸。

不等那嚎啸停住，人们便麻溜地钻出被窝，全都跑到院子里张望，然后开始整理试验行装，很快便看到厂长微驼着背站到了靶位上，毫不含糊地发出了一个又一个指令……

七

黑妞儿在睡梦中被老冤家的嚎啸惊醒了，她一骨碌坐起来，竖着耳朵听着听着……那声音似在向天发问，又像在向什么人倾吐，无疑是在发泄心中郁结的块垒……她望着披着晨曦步出大院的背影，心里慌慌起来，竟然一直跟在他身后走走停停，等看到水泥掩体透出的灯光，才心烦意乱回到宿舍重重地倒下来。

这一段时间，黑妞儿一直在做一个梦，只要晚上一钻进被窝，就要闭上眼享受梦境的演绎，这似乎已成了她入睡的催眠曲了。而这个睡前的幻觉又常常像施了魔法，与睡着的梦境衔接起来，早晨起床也不知是她的心念还是她的梦了，反正梦得她心花怒放，让她一天里精神抖擞，瞅见黄澄澄的弹壳也能嘿嘿笑出声来。好几次她都想把这个梦告诉老冤家，但是话到嘴边又迟疑了……她想，这不应该是个梦境，而是一个很快就能实现的期待。

她想，那一天应该是一个阳光明媚的日子，她要穿上一件的确良碎花上衣，藏蓝的咔叽布裤子，脚蹬商场橱窗展出的黑皮鞋，脸上抹一层厚厚的雪花膏，假装随意地靠在忽大年身边，一人手里拎一只帆布旅行袋，大步走进那个魂牵梦绕的黑家庄。然后，两人要走得很慢很慢，见到长辈要点上一支金丝猴香烟，见到晚辈要给上一颗水果糖，见到同辈要把早年出逃的老冤家拉到人前，大家都来瞧瞧吧，这就是当年入赘黑家的男人，现在夫妻双双把家还了。

　　然后，她要领着男人在黑大爷坟前美美地哭上一回，要哭得九曲回肠，把这些年的艰辛和磨难都哭出来，要让黑大爷知道他当年操办的婚礼没白费功夫，忽大年今天就来给他磕头了。然后，她要在黑柱儿哥把持的黑家大院摆上几桌酒席，一定要有肥肉有母鸡有白酒，把叔叔婶婶背过来，把村里见过的没见过的长辈都请来，把跟她一起唠家常的姐妹们也都请来，从傍晚一直喝到月上梢头，要喝得天昏地暗，最好能有几个瘫到地上让人背回去。总之，要让村里人知道尽管她在黑家大院守了十多年活寡，在西安的日子却幸福得一塌糊涂了。

　　但是，她从忽大年清晨那一声嚎啸里感觉到，老冤家犹如困在铁笼里的雄狮，憋屈极了，可怜极了，甚至流露出了一缕绝望。这……这可不是他忽大年的性格呀，当年挨了一掌还一脸胆气呢，现在怎么荡然无存了？她最近总在思忖，那天夜色都罩严实了，忽大年竟敢跑进女单身楼，敲开她的宿舍门，眼珠子一瞪，把同宿舍的姑娘都吓跑了。

　　她当时实在搞不明白，这究竟能有多大问题？偷了就偷了，建了就建了，都是公家的事情，至于这样魂不守舍吗？后来她跑到靶场开了两分菜地，她想只要自己不在人前晃悠，就不会有人惦记，就可以保护老冤家了。可是现在，黑妞儿倒在靶场床上陡然明白过来，沣峪大队偷了销毁的炸药，又伤了人，人家一定会顺着炸药的线索，发现未批先建的靶场，那些乱七八糟的问题就全抖搂出来了。

　　黑妞儿现在冷静回想两个月前的那次销毁，好像是有那么点儿蹊跷呢。

　　那天是在老靶场的深处，装满炸药的炮弹箱堆成了一个弧形，一根导火索抖抖擞擞爬上了山顶，似乎跟当年伏击战没什么两样，好像敌人就躲在哪个角落。突然，急促的铁哨声响了，导火索精灵般从上而下，钻进了炮弹箱，一瞬间爆炸了，山摇地动，黄土弥漫。待那烟雾散去，木箱变成了土锥，连一星木渣都没留下。可是在回程途中，一个叫冷娃的沣峪人，竟然拉着一辆架子车，还朝她憨憨地笑了笑。这人费牛劲把架子车拉上山干什么？好像那笑里隐含着诡异的味道。她完全可以过去盘问明白的，但是她鬼使神差地朝人家回了个傻笑，这……这真是蠢到家了！

黑妞儿呆望着窗外的野桑树，心里的懊恼汹涌起来，如果是自己的疏忽造成了老冤家心中的块垒，那么这个块垒就太鬼魅了，竟然在老冤家肚里兴风作浪起来，也搅得她坐立不安。黑妞儿等试验队的人去了靶道，抓过院里一辆自行车，像一头疯狂的毛驴，跌跌撞撞骑向了秦岭峪口的小村庄。

罗村长正蹲在门口吃捞面，看见她飞也似的驶来，吸溜一口把半碗面吸进肚里。黑妞儿顾不得擦汗，把自行车往墙根一撂便问：冷娃是不是在销毁现场扛了几箱炸药？村长不置可否：咋了？事故经过，我都给公社报告过了。黑妞儿气哼哼：报告过了就行了？罗村长纳闷地问：那不行还咋了？还要吃人呀？黑妞儿说：这里头事情复杂，我一两句也说不清楚。罗村长却低声说：你不要怕，我们尽管是农民，心里可亮堂呢，不是你睁只眼闭只眼，那两箱炸药咋能藏得住？前几天你们厂来人问，我压根儿没提你一个字。

黑妞儿急忙问：这么说，真是你们偷……拿了炸药？罗村长不屑地说：啥是个偷？农村人见不得糟蹋东西……黑妞儿拦住话头：你别一口一个农村人，我也是农村人，就说你们是咋拿的。罗村长嘿嘿一笑：你看，你们每次吹哨子，人都往山圪塄里躲，躲消停了才上去点捻子，冷娃就是趁那个空当子，把炸药藏到旁边山窝窝里，等到炸药轰隆一声销毁了，他跑过去扛上架子车就拉回来了。

黑妞儿气恼地说：说来说去还是我粗心了。罗村长把辣子碗舔了半圈说：你放心，打死我，我都不会说。黑妞儿沉下脸，无奈地叹口气：你们现在到底还剩了多少炸药？罗村长眼皮一眨：还剩下一半，后晌怕就用完了。

啥啥？你们还敢用啊？

今天一用，靶场路就通了。

黑妞儿一听急了，拉上罗村长就往工地跑，一边跑一边说：这可是军用炸药，跟你们的土炸药不一样，小心再出个事，就嘛哒透了……村长听

447

明白了，慌忙喊冷娃开来一辆手扶拖拉机，人未坐稳就在山涧路上狂奔起来。黑妞儿心想，这些日子，她常常找茬把忽大年怼得不亦乐乎，多少是想撒个娇，玩个小别扭，补偿一下青涩的梦想，咱这辈子没给老冤家帮上忙，可也不能给人家添乱呀！

所以，她盼手扶拖拉机能快点儿，千万千万不敢再出事了，再出事就把老冤家推进火坑了。唉，这都是自己给老冤家挖了个火坑呀，自己要亲手断送人家的前程了，本来还梦想携手回乡光宗耀祖呢，这下子是不是都要泡汤了？她大声告诉村长，炸药失效，威力难控，要是有个死伤，可就不是写份检讨那么简单了，会抓人戴铐子蹲监狱的。罗村长一听急得冒冷汗，一路上再不逗趣说话了。

临近工地，他们弃车匆匆爬上山腰，远远便看见几个山民在崖下施放导火索，杂乱的索线藤条似的从山石间爬出来，像巨大的蜘蛛网汇集到一个山民脚下。黑妞儿知道，这种引爆方式威力集中，山崖可能在瞬间崩塌。她急得脑子嗡的一下，一边呼喊别点火，一边纵身跳下山崖，连滚带爬朝坳底跑去。

八

这天上午，试验队打完了第九个单元，田野端着望远镜，望着弹痕累累的靶标告诉大家，他的战友在总部兵器专家组名单上，发现了厂长的名号。这么说，忽大年已得到了顶层认可，实践出英才，真真一个颠扑不破的真理。而且，名单上标明的头衔是"厂长"，这就说明撤销革委会的文件也已经下来了。

然而，忽大年对这些虚头巴脑的恭维没有理睬，十个头衔，也不抵一个可能砸下来的罪名。他检查完最后一个单元的试验准备，急急地回到靶场大院，准备对后续试验重新做个梳理。根据他多年的经验，前边的试验越顺畅，后边越可能出问题，千万不敢大意哟！

突然，田野猛然推开了房门，好像还有个熟悉的影子在门外闪了一下。

忽大年笑着问：你是不是心里不踏实？放心吧，我心里有数呢！田野懊丧地说：我不担心试验，是担心你呀。看来你今晚得回去了，黄老虎专门派苑军来催促，老厂长赶紧回去参加接待，总部对长安厂出现的问题格外重视，准备提交到什么会议上去讨论，现在已经成立了一个调查组，以经济管理人员为主，省里也成立了一个专案组，以公安人员为主，刚才又来通知两组并一组，已经在进厂的路上了。

忽大年闻听，心绪又烦乱起来，显然那个破坏计划的罪名，就像一把剑在头顶上悬着，似乎一旦落下来，尽管不会身首异处，也会让他遗臭长安的。他哼了一声说：咋的？咱长安机械厂的问题，还要提交到总部的会议上讨论？有那么严重吗？谁把事情捅上去的？田野吞吞吐吐：会不会是……是……忽大年冷哼一声：不管它，什么计划是铁，计划是钢，那么多的条条框框，还不把工厂给整死了？也应该让总部知道这些情况！

来了，来了，终于来了……

真可谓山雨欲来风满楼啊！

忽大年被试验接近成功鼓荡起来的愉悦，被田野的提醒搞得七零八落，又被将要到来的调查弄得荡然无存了。他知道等待他的会是什么结果，那叶京生就是个活生生的例子，可他实在不愿以这种苦窘方式结束自己的兵工生涯，他几乎想喊想叫想骂人了……可是骂谁呢？他站起来扔掉刚刚点燃的烟，这些年来，他为了长安厂，几乎奉献了身家性命，可自己却总也踏不到点上，难得长安呀！他已经发现这些天的报纸，时不时会讨论企业改革，应该网开一面让工厂突围出去呀！

忽大年闷闷地走到靶场大院门外，一屁股坐到土塄上茫然四顾，心想来人就来人吧，现在只能兵来将挡水来土掩了，谁让咱撞到枪口上了呢？突然，他起身冷峻地对田野说：这样吧，最后一个科目，提前到今天下午进行！田野诧异：今天下午打？打几发呀？他毫不客气地下了指令：全部都给我打了！田野宽慰地说：试验成功在望，也不在乎这两天吧？忽大年稍一沉吟亮明了心思：这可能是我主持的最后一次试验了，我要站到对面山坡上，看着抗干扰试验打完最后一发，打完了，我就从那儿直接回西安去了！田野还想劝说什么，但见他脸色严峻得铁打一般，便扭身去准备了。

你要告诉大家，我就在山上看着……

放心吧，保证完成最后的试验！

忽大年等田野离开便朝靶道后边的山坡走去，他没料到这里过去是一面陡峭的山崖，没有可以直达的路径，一溜可供攀爬的脚窝，像在嘲笑他渐渐臃肿的身板。忽大年抓住藤条只上了一个脚窝，就被匆匆赶来的忽子鹿拉住了，儿子坚决不让他爬山冒险，万一摔下来怎么办？忽大年只好摆摆手说：你别管我，我想清静一会儿，一个人走一走。说着，便走上了一条少有人踩的羊肠小道，似乎想从后山绕到坡顶去，且走了几步屡屡回头，确认儿子没有跟在后边，才不紧不慢地朝大山深处走去。

这条小道居然沉进了山坳，曲曲折折地弯向了顶端，两边山坡长着一大片铁色的野酸枣，稀疏的秋菊夹杂其间，露出了一簇又一簇的鹅黄，一片片或红或绿的枫叶你牵我拉，一路导引路人前行。这儿似乎是个休闲的好去处，如果能在这儿辟出一块地方，是可以长年隐居住下的，不但可以避开那些揪心的烦恼，也可为工厂守护靶场，将来遇到哪个型号试验，可以给大伙炖盆大烩菜，熬一锅大米稀饭。

似乎越往山坡上走，树还越密了，忽大年已经好多年没在这般小路上走过了，感觉又回到了游击队时的岁月，步伐也变得轻盈快捷了。他终于绕到了后山腰，停住了脚步。

九

靶道里的人全都看见了，一个老兵在山顶上铁塔般站着。

太阳钻进了薄薄的云层，似乎给忽大年披上了暖暖的戎装。他双手杵着一根枯枝，腰板挺拔，矍铄坦然，定定地端立在高耸的山梁上，注视着伸向远方的靶道，就像站在指挥壕里，手拿望远镜注视着冲锋陷阵的战士，就像站在办公楼的窗前，注视着赶来上班的长安人……

忽子鹿跑到忽大年身后有点儿焦急，不停地去摸父亲的额头。眼前这个靶场开工时，忽大年就发现了这个"奥妙"，尽管站到山顶听不清靶场的号令，却能看到远处一道山梁上的竹林，那苍茫的浓绿或有一抹翠色，在峰峦间像玉石一般闪闪发亮。他知道，那片竹林下边就是自己两个亲爱的女人，她们的魂灵好像还在长安萦绕，一想起她们自己就浑身发烫，汗水就会湿了前胸后背，心里就有疚痛噬咬不停。

他感觉，今天也许是他最后的时刻了，上边既然来人调查，一旦处分就不会让他再来靶场了。可他清楚自己是一个老兵，要昂首站立在前沿阵地，像当年指挥战士们攻城夺寨，指挥火箭弹试验完成最后的击发，也只有完成了这最后的打靶，才可以向妻子靳子向妹妹小月送去一丝告慰，也让她们原谅自己曾经的莽撞。

突然，一条火龙从沟底蹿出，迎着红红的太阳，箭镞般钻进了远处一个钢铁目标，似乎击穿了千年的寂静，惊飞了一群群翅膀嫩黄的飞鸟……

突然，又一条火龙蹿了出去，冲破了电磁屏障，向着钢铁靶标飞去，浓绿的靶道没有丝毫嘈杂，只有击中靶标的轰鸣……

今天，长安人的心始终提在嗓子眼，纠结每一枚火箭弹上舱击发，纠结每一枚火箭弹的飞行轨迹。最后，试验进行了整整一个下午，三个科目，九发九中，不论是打太阳仰角，还是施放强磁干扰，没有出现一点点遗憾，长安人期待已久的时刻到了！

靶道两侧的试验人全都竖着耳朵，一听到最后一发的报靶声，便忘乎其形地雀跃起来，刹那间人们的性别都模糊了，熟悉的不熟悉的，张开双臂就拥抱起来，弄得好些人嘴角笑意盈盈，脸颊却泪水涟涟。有人双手卷成话筒，对着空寂的长天，发出了一声释怀的长啸，于是所有人都这样"啊"起来，浩浩声浪把长长的沟壑都覆盖了，好像是告诉山梁上的忽大年，二代火箭弹成功了！

突然，大家沿着沟底靶道狂奔起来，满眼的黄叶枯枝扑棱棱迎过来，大家争抢着想与火箭弹击穿的钢靶合个影，有点儿像当年攻下敌人城池的疯狂。田野顿时来了情绪，当场打开了十多瓶西凤酒，咕嘟嘟倒进了一个个茶缸里，能喝的不能喝的，手一端就仰起脖子，直喝得满山遍野弥漫着浓烈的酒香。

忽大年在山梁上向山下摇了摇手，沉郁的心底终于涌起些许得意，他倚靠着一棵虬曲的老桑树，笑眯眯地望着手舞足蹈的长安人。看来建设新靶场的决策是正确的，那个老靶场已被泥石流截断，快漫积成堰塞湖了。如果没有那个冒险而又鲁莽的决定，今天的欢呼几乎就是一个可笑的幻想了。

对于这一天的到来，忽大年是有过预见的，只是没想到会这么快，好多事情拖下去常常会节外生枝，常常会弄得人措手不及。今天上午，他忽然想给黑妞儿打个电话，等定型试验完成了，你就凑着喜气搬到家里来吧，鬓角头发都白了，就不要那么讲究了。可是，没打招呼回厂的黑妞儿居然没在交验组，也没在单身宿舍。哎哟，这个女人该不是又想出什么幺蛾子？后来他让话务员接通了工厂调度室，调度长应该知道工厂已经发生和正在发生的事情……可是……电话接通了，调度长呜噜呜噜说黑妞儿处理什么事故去了。她能处理什么事故？忽大年放下电话，胸腔突然像塞满了稻草，有种虚落落的焦虑强烈地涌上来……

当忽大年迷怔的时候，一群年轻人端着茶缸从陡陡的崖面冲上了山梁，立刻把他给围住了。有人递上一个盛酒的搪瓷缸，他凑到嘴边轻抿了一下，马上引来一片哗哗的掌声，一股阳刚之气扑面而来，你碰一下，我碰一下，喝酒跟喝水似的。哎呀，现在的年轻人谈恋爱也都这样难缠吧？黑妞儿跟他们长年吃住在一起，是不是也想玩个浪漫呢？

想不到，哈运来也气喘吁吁跑上来了，远远就喊：今天，你就放下厂长架子，与民同乐，找点儿年轻的感觉吧！忽大年看着老部下说：年轻的感觉是找不回来了，我已经交班了。哈运来咣地狠碰一下茶缸，眼皮暧昧地一眨巴：你是不是想续弦清闲去呀？我正愁着给你老人家婚礼送点儿啥呢。呵呵，这个老部下走南闯北几十年，倒是蛮率真的。

这时，耳畔传来了黑妞儿似的喊叫：快，快找把椅子来！忽大年站在那里身子有点儿晃，感觉汗水泉涌似的把衣服洇湿了，禁不住抿住嘴叹了口气，明天……明天可以拉上黑妞儿，把纠结了多少年的结婚证领了，只是领了也不敢拿回黑家庄张扬的，既不能说破镜重圆，也不能说新婚燕尔……他感觉黑妞儿对这一天还是充满期待的，尽管她张口闭口老大老二的，其实两人只要手挽手在村里那么一走，一切的一切都会烟消云散的……

哎哟，你就别折腾了，我给你认个错行不？

你是真的认错了？那你说你当年该不该撇下我？

忽子鹿看见父亲有些落寞，便问：老爸，你又想我妈了吧？回去我们到墓园烧些纸，把好消息也告诉我妈吧。父亲眼角涌出一颗很大的泪珠，儿子抬袖擦去说：老爸，今天是咱厂定型的第几个型号？忽大年看着孝顺的儿子，有点儿愧疚，也没有应话，只是让儿子赶快通知尚仁义，马上给北京起草电文。

这时，从崖面上来的人越来越多了，忽大年被大家簇拥着，好像自己也年轻了很多，好像都在为即将来临的"告别"干杯。是啊，戎马倥偬，岁月蹉跎，等到免职了退休了，一定要在山坡上建一座瓦房，围上篱笆，养些鸡狗，闻着花香，听着鸟语，吃着自己种植的小麦黄豆，脱离纷纷扰扰的烦恼，那会是多么惬意啊，当年打鬼子轰老蒋不就是为了这一天吗？

然而，这时田野神色凝重地跑上来低语：忽厂长，你快走吧，再晚山路黑了就不好走了，人家大老远来了，厂长总不露面，怕是要生误会啊。忽大年苦涩地笑了，其实想撸头上的乌纱就赶紧撸吧，将来无官一身轻，回到黑家庄与乡亲们叙叙旧，不是也挺悠哉游哉吗？他举起搪瓷缸冲着大家示意：来吧，我们都把这酒喝了！喝了！只见他一饮而尽，马上赢来一阵掌声，可他又扭头对田野说：其实你看看我的简历，就知道我有没有怕过事！田野悲悯至极：谁说你怕事呀，就是怕你不怕事呀。

忽大年不置可否，又对大家说：今天，我还要做一个重要的决定。大家一听马上静了下来。他举起一个搪瓷缸说：我要给每个长安人发一个搪瓷缸，作为二代火箭弹试验成功的纪念。大家一听轰地笑了，厂长也太骚皮了，谁现在还稀罕茶缸呀？说着，他想把手中的缸子扔到空中去，可一扬手没扔出多远，就骨碌碌滚进草丛了……

他眼前又陡然恍惚起来，身上又出了一层热汗……噢，自己怎么变得弱不禁风了？是不是真的要躺进长安墓园了？噢，那些躺在汉江边的战友听到他要归去的消息，会不会赶到秦岭脚下为他拉歌壮行呢？忽大年抓住枯枝重重地杵在地上，当初开建墓园的时候他可没想过这个，只觉得应该给长眠的长安人营造一个归宿，现在看好像那个决策是怀有私心的。其实啊其实，他啥时候怕过死呀？不说是从死人堆里爬出来的，也是身经百战见过无数生死的。解放以后倒是可以享享清福了，可以领着媳妇回胶东老家过日子了，却马不停蹄在西安建起了长安机械厂……

忽子鹿上前把父亲搀住了，可忽大年不想让儿子搀扶，好像一搀扶就承认自己要败阵退场了。记得苏联那个钢铁作家说过，一个人回首往事的时候，不能因为碌碌无为而懊悔……现在墓园石壁上两位战斗中牺牲的英雄，是不是感到了欣慰呢？以后我们的英雄扛上火箭弹，就不用拿身体去炸碉堡了，也不用拿身体去堵枪眼了，现在自己是不是也可以吹吹牛了？我忽大年这辈子日夜兼程没敢偷懒，八千长安人都可以给我证明的！

似乎整个靶场的人都蜂拥跑上山梁了，大家找来一把藤椅，铺了一床棉被，人挨人围住，簇抬着忽大年朝山路走去。这时，火红的太阳从云层里晃出了半个脸，柔柔地抚摸着山峦清水，也抚摸着山坡上的人，连那满沟的野草也吐露出了嫩芽……

忽大年突然感觉右手心有点儿发痒，痒得都有点儿疼了。当年的项目早就成功了，令人惧怕的洋枪洋炮也早已销声匿迹了，取而代之的是长安厂生产的制导弹药，如果能有个亮闪闪的勋章别到胸前就光宗耀祖了，就会把黑家庄地下的祖宗们全唤醒了，忽家的子孙绝没给他们丢脸哟！不知为什么，他忽然想到那枚勋章应该像一只小小白鸽，洁白透亮，柔和优雅，飞翔的姿态又是那么潇洒。

哎哟，那一对小白鸽怎么飞落到眼前了……小家伙好像是从北边飞来的，北边就是灰蒙蒙的老古城，就是热火朝天的长安厂。这一次小家伙离得这么近，浑身羽毛如同白绸，没有一丝杂乱，也没有一点儿尘埃，簇拥着毛茸茸的小脑袋，也簇拥着眼眶上一圈鲜嫩嫩的红线，似乎欣赏地与他的眼睛对视着……